东方文化集成

"东方文化集成"为季羡林教授所倡导,由北京大学东方学研究院"东方文化集成"编委会组织撰写出版。

这是一项迎接21世纪东方文化复兴和再创辉煌的世纪性文化工程。

东方文艺创作的他者化倾向

林丰民 等著

东方文化集成
季羡林 创始主编
东方文化综合编

北京大学出版社

作者简介

蔡春华,1973年生,现为福建师范大学文学院教授,硕士生导师,主要从事中日文学文化比较研究。专著有《中日文学中的蛇形象》《现世与想象——民间故事中的日本人》,译著《中国的美术及其他》等。

李朝全,1970年生,中国作协创作研究部副主任、研究员。著有《文艺创作与国家形象》,报告文学《国家书房》《梦想照亮生活》《少年英雄》《震后灾区纪行》《你也可以这么好》,长篇传记《世纪知交——巴金与冰心》《徐光宪的故事》等。曾获全国五个一工程奖、中国人口文化金奖、中华优秀出版物奖抗震救灾特别奖、庄重文文学奖、中国文联文艺评论奖等。

林丰民,1968年生,现为北京大学外国语学院阿拉伯语系主任、教授,教育部人文社会科学重点研究基地北京大学东方文学研究中心副主任,从事阿拉伯语和阿拉伯文学的教学与研究工作。在国内外刊物发表学术性论文70余篇。主要专著有《为爱而歌:科威特女诗人苏阿德·萨巴赫研究》《文化转型中的阿拉伯现代文学》《中国文学与阿拉伯文学比较研究》(第一作者)等。

魏丽明，北京大学外国语学院亚非系主任、教授，教育部人文社会科学重点研究基地北京大学东方文学研究中心研究员。主要研究方向为印度文学和东方文学，出版有专著《泰戈尔文学作品专题研究》，编著《外国文学名著学习指导书》等。

石海军，1962年生，中国社会科学院外国文学研究所研究员。主要研究方向为印度文学及相关领域，主要论著有《20世纪印度文学史》《印度文学花园》《后殖民：印英文学之间》。

史月，1979年生，女，回族，上海外国语大学东方语学院讲师，主要研究方向为阿拉伯现代文学，阿拉伯女性文学。现主持上海外国语大学校级规划项目《在离散中皈依——嘉黛·萨曼内战系列小说解读》。主要论文有：《离散群体视角下的阿拉伯战争文学创作》《从〈十亿之夜〉看后现代语境下身份认同的复杂性》《在梦魇中呐喊——对嘉黛·萨曼〈贝鲁特梦魇〉中现代派创作手法的探讨》。

图书在版编目(CIP)数据

东方文艺创作的他者化倾向 /林丰民等著 .—北京：北京大学出版社, 2017.9
（东方文化集成）
ISBN 978-7-301-27823-9

Ⅰ.①东… Ⅱ.①林… Ⅲ.①文学创作研究—东方国家 Ⅳ.① I300.6

中国版本图书馆 CIP 数据核字 (2016) 第 294532 号

书　　名	东方文艺创作的他者化倾向
	DONGFANG WENYI CHUANGZUO DE TAZHEHUA QINGXIANG
著作责任者	林丰民　等著
责任编辑	张　冰　严　悦
标准书号	ISBN 978-7-301-27823-9
出版发行	北京大学出版社
地　　址	北京市海淀区成府路 205 号　100871
网　　址	http://www.pup.cn　新浪微博：@北京大学出版社
电子信箱	pkupress_yan@qq.com
电　　话	邮购部 62752015　发行部 62750672　编辑部 62759634
印 刷 者	三河市博文印刷有限公司
经 销 者	新华书店
	650 毫米 ×980 毫米　16 开本　21.25 印张　350 千字
	2017 年 9 月第 1 版　2017 年 9 月第 1 次印刷
定　　价	58.00 元

未经许可，不得以任何方式复制或抄袭本书之部分或全部内容。
版权所有，侵权必究
举报电话：010-62752024　电子信箱：fd@pup.pku.edu.cn
图书如有印装质量问题，请与出版部联系，电话：010-62756370

"东方文化集成"编辑委员会

创始主编　季羡林

名誉总顾问　林祥雄　炎黄国际文化协会会长
　　　　　　　　　　　北京大学东方学研究院研究教授

名誉顾问

杜德桥　英国大学汉语研究所所长、教授
冉云华　加拿大麦克斯特大学教授
饶宗颐　香港中文大学教授
谭　中　印度尼赫鲁大学院汉语系主任、教授
池田大作　日本创价学会名誉会长　北京大学名誉教授
王庚武　新加坡东亚政治经济研究所所长、教授　前香港大学校长
马悦然　瑞典皇家科学院院士、教授　诺贝尔奖瑞典文化学院评审委员会委员
杜维明　美国哈佛大学教授　哈佛燕京学社前主任　北京大学研究教授
安乐哲　美国夏威夷大学教授
罗亚娜　斯洛文尼亚卢布亚纳大学汉学系主任、教授　欧洲中国哲学研究会会长

特别顾问　陈嘉厚　张殿英

顾　问（按姓氏笔画为序）

王　镛　卢蔚秋　叶奕良　仲跻昆　刘　烜　孙承熙　李中华
李　谋　吴同瑞　张广达　张光璘　张岂之　姚秉彦　袁行霈
黄宝生　赵常庆　麻子英　梁立基　楼宇烈

主　编　张玉安　唐孟生　严绍璗　王邦维

"东方文化集成"分编主编
东方文化综合编
孟昭毅　郁龙余　侯传文
中华文化编
张　帆
日本文化编
严绍璗　王新生

朝鲜、韩国、蒙古文化编
李先汉　金景一　陈岗龙
东南亚文化编
裴晓睿　罗　杰
南亚文化编
薛克翘　魏丽明
伊朗、阿富汗文化编
王一丹　张　敏
西亚、北非文化编
赵国忠　吴冰冰　林丰民
中亚文化编
吴宏伟
古代东方文化编
拱玉书　李　政
编辑部成员
主　任　唐孟生
副主任　李　政　林丰民　魏丽明
秘　书　樊津芳

"东方文化集成"总序
季羡林

  我们正处在一个新的"世纪末"中。所谓"世纪"和"世纪末",本来是人为地创造出来的。非若大自然中的春、夏、秋、冬,秩序井然,不可更易,而且每岁皆然,决不失信。"世纪"则不同,没有耶稣,何来"世纪"?没有"世纪",何来"世纪末"?道理极明白易懂。然而一旦创造了出来,它就产生了影响,就有了威力。上一个"世纪末",19世纪的"世纪末",在西方文学艺术等意识形态领域中就出现过许多怪异现象,甚至有了"世纪末病"这样的名词,这是众所周知的事实,无待辩论与争论。

  当前这一个"世纪末"怎样呢?

  我看也不例外。世界上许多国家和地区都出现了政治方面天翻地覆的变化,不能不令人感到吃惊。就是在意识形态领域内,也不平静。文化或文明的辩论或争论就很突出。平常时候,人们非不关心文化问题,只是时机似乎没到,争论不算激烈。而今一到世纪之末,人们非常敏感起来,似乎是憣然醒悟,于是东西各国的文人学士讨论文化的兴趣突然浓烈起来,写的文章和开的会议突然多了起来。许多不同的意见,如悬河泄水,滔滔不绝,五光十色,纷然杂陈。这样就形成了所谓"文化热"。

  在这一股难以抗御的"文化热"中,我以孤陋寡闻的"野狐"之身,虽无意随喜,却实已被卷入其中。我是一个有话不说辄如骨鲠在喉的人,在许多会议上,在许多文章中,大放厥词,多次谈到我对文化,特别是东方文化与西方文化的联系,以及东方文化在未来的新世纪中所起的作用和所占的地位等等的看法。颇引起了一些不同的反响。

  为说明问题计,现无妨把我个人对文化和与文化有关的一些问题的看法简要加以阐述。我认为,在过去若干千年的人类历史上,民族和国家,不论大小久暂,几乎都在广义的文化方面作出了自己的贡献。这些贡献大小不同,性质不同,内容不同,影响不同,深浅不同,长短不同;

但其为贡献则一也。人类的文化宝库是众多的民族或国家共同建造成的。使用一个文绉绉的术语,就是"文化多元主义"。主张世界上只有一个民族创造了文化,是法西斯分子的话,为我们所不能取。

文化有一个很突出的特点,就是,文化一旦产生,立即向外扩散,也就是我们常说的"文化交流"。文化决不独占山头,进行割据,从而称王称霸,自以为"老子天下第一",世袭珍藏,把自己孤立起来。文化是"天下为公"的。不管肤色,不择远近,传播扩散。人类到了今天,之所以能随时进步,对大自然,对社会,对自己内心认识得越来越深入细致,为自己谋的福利越来越大,重要原因之一就是文化交流。

文化虽然千差万殊,各有各的特点;但却又能形成体系。特点相同、相似或相近的文化,组成了一个体系。据我个人的分法,纷纭复杂的文化,根据其共同之点,共可分为四个体系:中国文化体系,印度文化体系,阿拉伯伊斯兰文化体系,自古希腊、罗马一直到今天欧美的文化体系。再扩而大之,全人类文化又可以分为两大文化体系:前三者共同组成东方文化体系,后一者为西方文化体系。人类并没有创造出第三个大文化体系。

东西两大文化体系有其共同点,也有不同之处。既然同为文化,当然有其共同点,兹不具论。其不同之处则亦颇显著。其最基本的差异的根源,我认为就在于思维方式之不同。东方主综合,西方主分析,倘若仔细推究,这种差异在在有所表现,不论是在人文社会科学中,还是在理工学科中。我这个观点曾招致不少的争论。赞成者有之,否定者有之,想同我商榷者有之,持保留意见者亦有之。我总觉得,许多人(包括我自己在内)对东西方文化了解研究得都还不够深透,有的人连我的想法了解得也还不够全面,不够实事求是,却唯争论是尚,所以我一概置之不答。

有人也许认为,我和我们这种对文化和东西文化差异的看法,是当代或近代的产物。我自己过去就有过这种看法。实则不然。法国伊朗学者阿里·玛扎海里所著《丝绸之路》这一部巨著中有许多关于中国古代发明创造的论述,大多数为我们所不知。我在这里不详细介绍。我只引几段古代波斯人和阿拉伯人论述中国文化和希腊文化的话:

由扎希兹转载的一种萨珊王朝(226—Ca. 640 年)的说法是:"希腊人除了理论之外从未创造过任何东西。他们未传授过任何艺术。中国人则相反。他们确实传授了所有的工艺,但他们确实没有任何科学理

论。"(329页)

羡林按：最后一句话不符合事实，中国也是有理论的。这就等于黑格尔说：中国没有哲学。完全是隔膜的外行话。书中还说：

在萨珊王朝之后，费尔多西、赛利比和比鲁尼等人都把丝绸织物、钢、砂浆、泥浆的发现一股脑儿地归于耶摩和耶摩赛德。但我们对于丝织物和钢刀的中国起源论坚信不疑。对于诸如泥浆——水泥等其余问题，它们有99%的可能性也是起源于中国。我们这样一来就可以理解安息——萨珊——阿拉伯——土库曼语中一句话的重大意义："希腊人只有一只眼睛，唯有中国人才有两只眼睛。"约萨法·巴尔巴罗于1471年和1474年在波斯就曾听到过这样的说法。他同时还听说过这样一句学问深奥的表达形式："希腊人仅懂得理论，唯有中国人才拥有技术。"(376页)

关于一只眼睛和两只眼睛的说法，我还要补充一点：其他人同样也介绍了另外一种说法，它无疑是起源于摩尼教：

"除了以他们的两只眼睛观察一切的中国人和仅以一只眼睛观察的希腊人之外，其他的所有民族都是瞎子。"(329页)

我之所以这样不厌其烦地引这许多话，绝不是因为外国人夸中国人有两只眼睛而沾沾自喜，睥睨一切。令我感兴趣的是，在这样漫长的时间以前，在波斯和阿拉伯地区就有了这样的说法。我们今天不能不佩服他们观察的细致与深刻，一下子就说到点子上。除了说中国没有理论我不能同意之外，别的意见我是完全同意的。在当时的世界上，确实只是中国和希腊有显著、突出、辉煌的文化。现在中国那一小撮言必称希腊的学者们或什么"者们"，可以憬然醒悟了。

但是这也还不是令我最感兴趣的问题。我最浓烈的兴奋点在于，正如我在上面所说的那样，畅谈东西文化之分，极富于近现代的摩登色彩。波斯和阿拉伯传说都证明：东西文化之分的说法，古已有之，于今为烈而已。其次，令我感到欣慰的是，文化的东西二分法，我并非始作俑者，古代的"老外"已先我言之矣。令我更感到欣慰的是我讲的东西方思维方式是东西文化的基础。波斯和阿拉伯古代的说法，我认为完全证实了我的看法。分析出理论，综合出技术，难道不是这样子吗？

时至今日，古希腊连那一只眼睛也早已闭上，欧洲国家继承并发扬了古希腊辉煌的文化，使欧洲文化光照寰宇。工业革命以后，技术也跟了上来，普天之下，莫非欧风。欧美人昏昏然陶醉于自己的胜利之中，以

"天之骄子"自命,好像有了两三只眼睛。但他们完全忘记了历史,忽视了当前的危机。而中国呢,则在长时期内,由于内因和外因的缘故,似乎把两只眼睛都已闭上。古代灿烂文化不绝如缕。初则骄横自大,如清初诸帝那样,继则震于西方的船坚炮利,同样昏昏然拜倒在西方的什么裙下,一直到了今天,微有苏醒之意,正在奋发图强中。

从上面谈到的历史事实中,我得出了一个结论:上下五千年,纵横十万里,东西文化的变迁是"三十年河东,三十年河西"。这本来是两句老生常谈,是老百姓的话,并不是我的发明创造。我提出来说明东西文化的关系,国内外都有赞成者,国内外也有反对者,甚至激烈反对者。我窃以为这两句话只说明了一个事实。中国古代哲学讲变易,佛家讲无常,连辩证法也讲事物时时都在变化中。大自然、人类社会和人类内心,无不证明这两句话的正确。我不过捡来利用而已。《三国演义》开宗明义就说:"话说天下大势,分久必合,合久必分。"说的不也就是这个浅显的道理吗?

可是东西方都有人昧于这个浅显的道理。特别是在西方,颇有人在有意识或无意识中,觉得自己的辉煌文化会万岁千秋地辉煌下去的。中国追随者也大有人在。他们根本没有意识到,文化也像世间的万事万物一样,不会永驻的,也是有一个诞生、发展、成长、衰竭、消逝的过程的。

但是,中国有一句俗话:是非自在人心。人是能够辨是非,明事理的。以自己的文化自傲的西方人也不例外。在第一次世界大战以前,西方这种人简直如凤毛麟角。一战爆发,惊醒了某一些有识之士。事实上在一战爆发前,就有人有了预感。德国学者奥斯瓦尔德·斯宾格尔(Oswald Spengler)在1911年就预感到世界大战迫在眉睫。后来大战果然爆发。从1917年起,斯宾格尔就开始写《西方的没落》。书一出版,立即洛阳纸贵。他的基本想法是:文化都可以分为四个阶段:一、青春,二、生长,三、成熟,四、衰败。尽管他的推论方法,收集资料,还难免有主观唯心的色彩。但是,他毕竟有这一份勇气,有这一份睿智,敢预言当时如日中天的,他认为在世界历史上八个文化中唯一还有活力的文化也会"没落"。我们不能不对他表示敬意。美中不足的是,他还没有认识到东方文化和西方文化的存在和交流关系。(参阅齐世荣等译《西方的没落》上、下册,商务印书馆,1995年)

在西方,继斯宾格尔而起的是英国历史学家汤因比(Arnold J. Toynbee,1889—1975)。他自称是受到了前者的影响。二人同样反对"欧洲中心主义",是他们有先见卓识之处。汤因比继承了斯宾格尔的意见,认为文化——他称之为"文明"——都有生长一直到灭亡的过程。他把人类历史上的文明分为21种,有时又分为26种。这些意见都表述在他的巨著《历史研究》中(1934—1961年),共12卷。他比斯宾格尔高明之处,是引入东方文化的讨论。到了70年代,他同日本社会活动家池田大作对话时,更进一步加以发挥,寄希望于东方文化。(参阅《展望二十一世纪》,国际文化出版公司,1985年)

我并不认为,斯宾格尔和汤因比——继他们之后欧美一些国家还有一批哲学家和历史学家、社会学家赞成他们的意见,我在这里不具引——等的看法都百分之百正确。但在举世昏昏,特别是欧美人昏昏的情况下,唯独他们闪耀出一点灵光,是十分难能可贵的。他们的看法从大体上来看,我认为是正确的。如果借用上面提到的古代波斯和阿拉伯人的说法,我就想说:希腊人及其后代的那一只眼睛,后来逐渐变成了两只眼睛;可物极必反,现在快要闭上了。中国人的两只眼睛,闭上了一阵,现在又要睁开了。

闭上眼睛的欧美人士,绝大多数一点也不了解东方,而且压根儿也没有了解的愿望。我最近多次听人说到,西方至今还有人认为中国人还缠小脚,拖辫子,抽大烟,养小老婆。甚至连文人学士还有不知道鲁迅为何许人者。在这样地球越变越小,信息爆炸的时代,西方之"文明人"竟还如此昏聩,真不能不令人大为惊异。反观我们中国,情况恰恰相反。欧美的一切,我们几乎都加以崇拜。汉堡包、肯德基、比萨饼,甚至莫须有的加州牛肉面,只要加一个洋字,立即产生大魅力,群众趋之若鹜。连起名字,有的都带有点洋味。个人名字与店铺名字,莫不皆然。至于化妆品,外国进口的本来就多。中国自造的也多冠以洋名,以广招徕。爱国之士,无不痛心疾首,谴责这种崇洋媚外的风气和行为。然而,从一分为二的观点上来看,也有其有利的一面。孙子说:"知己知彼,百战不殆。"专就东西而论,现在的情况是,我们对西方几乎是了若指掌,而西方对东方则如上面所说的那样,是一团漆黑。将来一旦有事,哪一方面占有利条件和地位,昭如日月矣。

对西方的文化,鲁迅先生曾主张"拿来主义"。这个主义至今也没有过时。过去我们拿来,今天我们仍然拿来,只要拿得不过头,不把西方文化的糟粕和垃圾一并拿来,就是好事,就会对我们国家的建设有利。但是,根据我上面讲的情况,我觉得,今天,在拿来主义的同时,我们应该提倡"送去主义",而且应该定为重点。为了全体人类的福利,为了全体人类的未来,我们有义务要送去的,但我们决不会把糟粕和垃圾送给西方。不管他们接受,还是不接受,我们总是要送的。《诗经·大雅》说:"投我以桃,报之以李。"西方文化给人类带来了一些好处。我们中国人,我们东方人,是懂得感恩图报的民族。我们决不会白吃白拿。

那么,报些什么东西呢?送去些什么东西呢?送去的一定是我们东方文化中的精华。送去要有针对性,针对的就是我在上面提到的那一个西方文化产生的"危机"。光说"危机",过于抽象。具体地说,应该说是"弊端"。近几百年以来,西方文化产生的弊端颇多,举其大者,如环境污染、大气污染、臭氧层破坏、生态平衡破坏、物种灭绝、人口爆炸、新疾病丛生、淡水资源匮乏等等。此等弊端,如不纠正,则人类前途岌岌可危。弊端产生的根源,与西方文化的分析的思维方式有紧密联系。西方对为人类提供生存所需的大自然分析不息,穷追不息,提出了"征服自然"的口号。"天何言哉!"然而"天"——大自然却是能惩罚的,惩罚的结果就产生了上述诸种弊端。

拯救之方,我认为是有的,这就是"改弦更张""改恶向善",而这一点只有东方文化能做到。东方文化的基本思维方式是综合,表现在哲学上就是"天人合一",张载的《西铭》是一篇表现"天人合一"思想最精辟的文章:"乾称父,坤称母,予兹藐焉,乃混然中处。故天地之塞吾其体,天地之帅吾其性。民吾同胞,物吾与也。"(下略)印度哲学中的"梵我一如",也表达了同样的思想。总之,东方文化主张人与大自然是朋友,不是敌人,不能讲什么"征服"。只有在了解大自然,热爱大自然的条件下,才能伸手向大自然索取人类衣、食、住、行所需要的一切。也只有这样,人类的前途才有保障。

我们要送给西方的就是这种我们文化中的精华。这就是我们"送去主义"的重要内容。

我们的"李"送了出去,接受不接受呢?实际上,我们还没有正式地送,大规模地送。连我们东方人自己,其中当然包括中国人,还不知道,还不承认自己的这种宝贝,我们盲目追随西方,也同样向自然界开过战,我们也同样有那一些弊端,立即要求西方接受,不也太过分了吗?不过,倘若稍稍留意,人们就会发现,现在世界各国,不管出于什么动机,也不管是根据什么哲学,注意到上述弊端而又力求改变的人越来越多了。今年《日本经济新闻》刊载了高木韧生的文章,说21世纪科研重点将是"人类生存战略"。这的确是见道之言。我体会,这里所说的"科研"包括文理两个方面。作者把科研提高到"人类生存"这个高度来看,不能不谓之有先见之明,应该受到我们大家的最高的赞扬。至于惊呼人口爆炸的文章,慨叹新疾病产生的议论,让人警惕环境污染、臭氧层破坏、生态平衡的破坏、淡水资源的匮乏等等的号召,几乎天天可见。人类变得聪明起来了,人类前途不是漆黑一片了。我想,世界各国每一个有心人,无不为之欢欣鼓舞。我这一个望九之年的耄耋老人,也为之手舞足蹈了。

  我在上面刺刺不休说了那么多话,画龙点睛,不出一点:我曾在一次国际学术讨论会上说过一篇短话,题目叫做"只有东方文化能够拯救人类"。我在上面说的千言万语,其核心就是这一句短短的话。至于已经来到我们门前的21世纪究竟是什么样子?西方文化究竟如何演变?东方文化究竟能起什么具体的不是空洞的作用?人类的前途究竟何去何从?所有这一切问题,都有待于历史发展的进程来加以证明。从前我读过一个近视眼猜匾的笑话。现在新的一个世纪还没有来临,匾还没有挂出来,上面有什么字,我们还不能知道。不管自诩眼睛多么好,看得多么远,在这一块尚未挂出来的匾前,我们都是近视眼。

  在这样的情况下,我认为,我们最重要的任务就是学习,就是了解。我们责怪西方不了解东方文化,不了解东方,不了解中国,难道我们自己就了解吗?如果是一个诚实的人,他就应该坦率地承认,我们中国人自己也并不全了解中国,并不全了解东方,并不全了解东方文化。实在说,这是一出无声的悲剧。

  了解的唯一途径就是学习,而学习首先必须有资料。对我们知识分子来说,学习资料首先是文字,也就是书籍。环顾当今世界,在"欧洲中心论"还有市场的情况下,在西方某一些人还昏昏然没有睁开眼睛的时候,有关东方的书籍,极少极少。有之,亦多有偏见,不能客观。西方如此,东方也不例外。即使我们有学习的愿望,也是欲学无书。当然,东方各国的情况不尽相同,各国刊出书籍的多寡也不尽相同。但总之是很少的。有的小一点的国家,简直形同空白。有个别东方国家几乎毫无人知,它们的存在在一团迷雾中,若明若暗,似有似无。这也是一出无声的悲剧。

  就是为了这个缘故,我们这一批人不自量力——或者更明确地说是认真"量"过了自己的"力",倡议编纂这一套巨大空前的"东方文化集成"。虽然,我们目前的队伍,由于历史造成的原因,还不是太大;我们的基础还不是太雄厚;但是,我们相信主观能动性。我们想"挽狂澜于既倒",我们决非徒托空言。世界人民、东方人民、中国人民的需要,是我们的动力。东方人民和西方人民的相互了解,是我们的愿望。东方人民和西方人民越来越变得聪明,是我们的追求。我们老、中、青三结合,而对著作的要求则是高水平的。我们希望,能通过这个活动,既提高了中国对东方文化的研究水平,又能培养出一批学有专长的人才,收得一举两得之效。

我们既反对"欧洲中心主义",我们反对民族歧视;但我们也并不张扬"东方中心主义"。如果说到或者想到,在21世纪东方文化将首领风骚的话,那也是出于我们对历史发展的观察与预见,并不出于什么"主义"。本着这种精神,我们对东方几十个国家一视同仁。国家不论大小,人口不论多寡,历史不论久暂,地位不论轻重,我们都平等对待,决不抬高与贬低,拜倒与歧视。每一个东方国家都在我们丛书中占有地位。但国家毕竟不同,资料毕竟多寡悬殊。我们也无法强求统一。有的国家占的篇幅多一点,有的少一点。这是实事求是,与歧视毫无关联。我们虔诚希望,在即将来临的21世纪中,中国的两只眼睛都能睁开,而且睁得大大的,明亮而睿智。西方的一只眼睛能变成两只,也同样睁开,而且睁得大大的,明亮而且睿智。世界上各个民族也都有了两只眼睛,都要睁得大大的,明亮而且睿智。我们共同学习,努力互相了解。我们坚决相信,只要能做到这一步,人类会越来越能相互了解,世界和平越来越成为可能,人类的日子会越来越好过,不管还需要多么长的时间,人类有朝一日总会共同进入太平盛世,共同进入大同之域。

1996年3月20日

目 录

绪论　东方文艺创作的他者化 ……………………………………… 1

上　编

第一章　东方作家的诺贝尔文学奖情结 ………………………… 15
　　第一节　阿拉伯作家:从洋人情结到诺贝尔文学奖情结 ……… 15
　　第二节　中国作家的诺贝尔文学奖情结 ………………………… 23
　　第三节　日本文坛的诺贝尔文学奖策略 ………………………… 29

第二章　东方文学中的他者视角 ………………………………… 37
　　第一节　西方中心主义的创作视角 ……………………………… 37
　　第二节　阿拉伯现代文学中的"他者"眼光 …………………… 41
　　第三节　日本文学:对"他者"的迎合与自然的意识之间 …… 53

第三章　他者化:神秘怪诞的东方 ………………………………… 64
　　第一节　杰马勒·黑塔尼苏菲神秘世界的构建 ………………… 64
　　第二节　奈保尔与纳拉杨对神秘印度的不同认知 ……………… 72
　　第三节　中国文学中的荒诞母题 ………………………………… 83

第四章　他者化:东方文学作品中的落后与堕落主题 …………… 88
　　第一节　阿拉伯作家笔下的落后现象 …………………………… 88
　　第二节　普列姆昌德对印度社会落后现象的揭露 ……………… 122
　　第三节　媚俗堕落的中国写作 …………………………………… 126

第五章　"为获奖而拍摄"的东方电影 ………………………… 136
　　第一节　阿拉伯电影:从殖民主义到后殖民主义 ……………… 136
　　第二节　迎合西方的伊朗获奖影片 ……………………………… 153

第三节　西方大奖诱惑下的中国电影 …………………… 165

第六章　为展览而美术：另类的行为艺术及前卫派绘画 ………… 182
　　　第一节　创作主体普遍追求作品被展览的浮躁心态 ……… 182
　　　第二节　对西方现代派艺术的生吞活剥与文化虚无主义倾向 … 184
　　　第三节　另类的行为艺术 …………………………………… 187

下　编

第七章　西方对东方文化的想象与消费 ………………………… 195
　　　第一节　好莱坞电影中的阿拉伯主题和阿拉伯形象 ……… 195
　　　第二节　东洋迷梦：西方视野中奇异的"他者" …………… 202
　　　第三节　西方人从文艺作品中读解到的中国 ……………… 213
　　　第四节　欧美文化市场对阿拉伯文学的消费 ……………… 217

第八章　传统东方学与他者化 …………………………………… 226
　　　第一节　殖民运动与东方学 ………………………………… 226
　　　第二节　东方学家的东方主义倾向 ………………………… 236
　　　第三节　阿拉伯—伊斯兰形象的构建 ……………………… 241

第九章　后殖民主义与他者化 …………………………………… 248
　　　第一节　殖民和后殖民时代的模仿 ………………………… 248
　　　第二节　阿拉伯现当代作家的后殖民主义倾向 …………… 268
　　　第三节　后殖民倾向的印度英语文学和侨民文学 ………… 280

第十章　文化误读与他者化 ……………………………………… 299
　　　第一节　文化误读和他者化的普遍性 ……………………… 300
　　　第二节　区分不同的文化误读 ……………………………… 304
　　　第三节　消除文化交流中的"贸易逆差" …………………… 308

第十一章　结语：建立多样化的世界文化生产机制 …………… 314
参考文献 ………………………………………………………… 321
后　记 …………………………………………………………… 326

绪 论

东方文艺创作的他者化

"他者"（The Other）的概念是由西方人首先提出来的。在殖民扩张的过程中，欧洲国家积累了许多关于与自己不同的"他者"世界的记述和认识，18世纪末至19世纪中叶逐渐形成了一股探寻"他者"的热潮："在'被发现'的地域传教士、探险家不断地出没于这些'他者'的世界，同时也把军队和控制权延伸到这些所谓'蛮荒'的世界，大批猎奇式的'异文化'的记录和描述，开始在欧洲流行起来。在和'他者'的接触中，欧洲人确立了欧洲中心主义的文化立场，他们把新大陆和非洲等为代表的'他者'的世界，视为野蛮和未开化的世界。与这一'他者'相对应的欧洲被认定为理性和文明的世界。其实，即使在18世纪前，在诸多的旅行记中，对于'他者'的认识已经被贴上了野蛮的标签。"[1]"他者"和"自我"（Self）是一对相对的概念，西方人将"自我"以外的非西方世界视为"他者"，将两者截然对立起来。所以，"他者"的概念实际上潜含着西方中心的意识形态。

其实，"他者"的观念在中国古代也早已有了类似的表述，如"非我族类，其心必异"就已经把"我族"与非我的"异族"区分开来，并且带有一种居高临下的心态，甚至于歧视异族的心理。清朝时期强调夷夏之防，仍然是把外国人看成未开化之"夷"人，后来迫于无奈欲"师夷长技以制夷"，虽承认西方人船坚炮利的科技进步，却还摆脱不了华夏中心的心态。

一个民族在强大，或自认为强大的时候，就很容易产生自我中心的思想，并以其权力话语来构建"自我"与"他者"的二元对立体系。但这并不意味着只有强势的民族（或国家、社会）才有资格使用这种话语。一个民族或国家只要拥有足够的自信，同样可以把强势的民族或国家视为"他者"。"一个民族和国家的文化如果自足独立，完整统一，就意味着它获得了自我意识，也使它能与其他不同民族和国家的文化区别开来。所

---

[1] 麻国庆：《走进他者的世界》，学苑出版社，2001年，第8页。

以,不同民族和国家之间在文化上的差异,既是他们相互交流的必要前提,也是他们之间互为'他者'的前提。实际上,在一个民族和国家的文化独立自主的特性中,已潜在地隐含着成为别的民族的'他者'和把别的民族视为'他者'的可能性。"①

一、他者化与西方化

东方各国的学者往往把各自民族传统的和古典的东西当成"自己的",而把现代的东西当成"西方的",或者看成是"他者的"。"有时大概因为觉得吸收了西方的东西太多,忍不住就更是死死地抓住'自己的'东西,唯恐连这一点东西也失去了,变得'一无所有'。"②

对于东方文化的他者化,东方各国的学者往往持两种不同的态度,这两种态度与他们对待东方文化的现代化与西方化的立场是基本吻合的。不仅仅是中国的文化界争论过是"全盘西化"还是"回归传统",是"中学为体、西学为用"还是"西学为体、中学为用"的问题,在阿拉伯、印度和其他东方国家、民族也都探讨过同样的问题。不仅仅是生活在本土的知识分子关注这样的问题,那些漂洋过海,远赴欧美去留学深造或追求新生活的人也思考过西方文明与东方崛起的问题。

在我国新文化运动蓬勃开展的时候,这类问题是人们讨论的一个焦点。而在差不多同样的时代,阿拉伯文化界也开始发起一场大讨论。如埃及久负盛名的《新月》杂志创刊的第 31 年(1922 年)即她生命的第四个十年之初,就以"阿拉伯东方的崛起及其对西方文明化的态度"为题,掀起了阿拉伯本土和海外学者、文人对其进行大讨论、大争论的热潮,那些在南、北美洲侨居的阿拉伯知识分子特别是旅居美国的文学家、诗人们也纷纷作出响应。

在许多东方人的心目中,欧洲和美国是文明的中心。该文明不仅仅表现在科学的发达和物质的丰富上,还表现在其所秉持的价值体系上。教育、法律和宗教领域每天都伴随着自由、民主的新尝试,每天都有新的发现和创造,其中不乏闪光的东西,在思想上、在生活方式上深深地影响

---

① 邹跃进:《他者的眼光——当代艺术中的西方主义》,作家出版社,1996 年,第 8 页。
② 田晓菲:《北美中国古典文学研究近况》,《中国比较文学通讯》,2002 年第 1 期,第 21 页。

着世界各地的人们。于是,"西方"成了这些东方人的目标,即便东方被他者化并承受文化断裂所带来的巨大痛苦亦在所不惜。

但是,另有一些东方人,包括一些在西方生活过的人逐渐发现了西方文明的弊端,回首东方的精神文明,用相当多的时间和精力思考一个问题:西方文明将把东方和东方人带向何方?当被人问及阿拉伯东方的振兴及其对于西方文明化的态度时,旅居美国的黎巴嫩诗人、文学家、评论家米哈依尔·努埃曼(Mikha'il Nu'aimah)回答道:

> 我除了回答说:我将要使东方回到它那比西方文明化更强大的更永久的信念之中。除此而外,还能说些什么呢?
>
> 如果你把西方文明化中东方借取的一切都剥离掉,在你面前的就将是一座外饰黄金,内包朽骨和蛆虫的坟墓。……
>
> 除了飞机、火车、机器、铁丝、螺旋装甲车、议会、博物馆、大学、餐馆、毒品和无数的弊病、难题外,东方能向西方学得什么呢?一切既不能使它接近生活的真谛,也无法给它随着自己的信仰便可得到的精神上的安宁。那么,它能得到什么呢?面对着向西方的借贷或乞求,付出的代价是:心灵的自尊、思想的安宁和公开的承认,"东方是世界的垃圾桶,西方是富有的天堂。"①

在美国生活、工作多年的米哈依尔·努埃曼对西方社会的弊端有着切身的感受:美国的人们整天都在为一些事情和问题争执、喧哗。像交易所里的一笔买卖;一口油井或由分文不值而变得价值连城的土地,使人在旦夕之间得到的横财;罢工和制止罢工的企图;骗子向天真的孩子们榨取大笔钱财;女子的不知羞耻,剪掉头发,穿上短裙,和男人比赛喝威士忌和吸烟;某政府机关的财政丑闻;某太太在佛罗里达过冬,爱犬忘在波士顿,便租用专机把狗接来;物价昂贵,租金高涨;某百万富翁离弃结发妻子,和女佣结婚,或是他妻子将他抛弃而和自己的汽车司机结婚,等等。以及这座喧嚣的城市在它的社会、政治、经济生活和其他各国关系中所激起的形形色色的骚乱和喧哗。② 其实,经历了20世纪百年的"西化"历程之后,今日的东方与米哈依尔·努埃曼所描述的80年前的

---

① [黎巴嫩]米哈依尔·努埃曼:《七十述怀》,王复、陆孝修译,甘肃人民出版社,1993年,第319页。
② 同上书,第318页。

美国社会何其相似！那些新文化运动的先驱们,那些阿拉伯的"努埃曼"们,那些经受过东方淳朴民风的先人们,如果今天尚在人世,将会发现今日东方被异化、被"他者化"到何等的地步！

　　通过对东西方文明的比较,"努埃曼"们发现在西方指导文明进程的科学,自身也需要向导;发现在东方虽然科学不发达,却能找到他们一直在努力寻找的"庞大的、遥远的、模糊的东西"。米哈依尔·努埃曼发现人类面孔的幻影集中投射到三张东方的脸庞:"这就是菩萨、老子和耶稣的面孔。三张东方的面孔。我确信这三个人已经看到了我追寻的'庞大的、遥远的、模糊的东西'",笔者认为,这种"庞大的、遥远的、模糊的东西"正是季羡林为代表的中国知识分子对于东方神秘文化的呼唤。可见东方的有识之士在这一点上达成了一致的认识。在发掘了东方精神文明的信心后,"我呼吁东方重新确立和捍卫的信念是,不卑不亢、不屈膝投降、无所畏惧,不甘于低贱、穷困和悲惨的状况。这信念正是到达并超越思维的边缘,从而揭示生活中的精神财富。黄金、'白金'、'黑金'价值万贯,怎能和这精神财富相比？但使我痛苦的是,东方仿佛没有认识这种精神,把它变成一种向下拉拽,而非向上振兴的力量。因此,西方可以把它变成殖民地,进行抢劫和奴役。"①

　　第一次世界大战以后,西方基本上完成了对全球的控制,自诩为教育东方、改造东方和使东方文明欣欣向上的主人,在政治、经济上把东方殖民化,在文化上则把东方他者化。面对西方对东方的骄横跋扈,努埃曼内心感到痛苦,难以忍受,他义愤填膺地写道:"你是谁？是什么人,竟敢统治人类,/掌心里仿佛攥着日月星辰。/你是上天的光明,/还是宇宙、命运的造物主,/或是主人在你那里得见天上的主？/为了你,我厌弃权势,轻生自尽。/你用刀剑和金钱,/残杀被你创造的生物。/看,你的剑已经砍钝折断,/是你用它把大地砸成四方碎块,/地上地下的都难逃劫杀。/你从这些人手中夺来口粮,/又送给另一些人作礼物,/要不,用泥团填满他们的嘴。/砍断种植人园中的苗,/以便截枝为薪或采摘鲜果。/你把人群分成三六九等,/彼此屠杀,赖以生存,为所欲为,/这样,你吃掉人的肌肉,或抛弃/你随意玩弄着他们家园中的一切。/似乎你手中转动的机器,/像生命的源泉从你掌心迸滴。/你是谁？你这西方人又

---

① ［黎巴嫩］米哈依尔·努埃曼:《七十述怀》,王复、陆孝修译,甘肃人民出版社,1993年,第317—320页。

算什么,竟敢命令我。/你发号施令,我毫无反应。/主人!莫非上帝以他胸中的呼吸创造了你,/而用石头造了我。莫非他选中你做世界的明灯,/却未赐给我听力和视觉。/你说我懦弱、愚昧,/我却让天下人都知道我的弱点。/因为,在腰杆下硬的人面前,我并不因承认懦弱而羞愧。/我也不在他面前掩饰自己的愚昧,/佯称深知未来和过去。/多少笨人知道学者所不知的事,/多少弱者战胜了强权。/放弃你那开导我、教育我的任务,/把这差事让那别具慧眼而你又看不到的人。/以你主的名义说:星移斗转,/死的镰刀不会厌烦。/你是谁?是什么人?竟敢统治人类。"①

努埃曼的这首诗不仅对于我们今天在文化层面上抵御西方妖魔化、他者化东方具有积极的意义,而且在当前国际社会强权横行、正义不行的世界政治形势下,无疑可以借来为缺钙的东方政坛一壮胆色。

二、东方文化的他者化倾向

随着全球化的不断发展,在东方国家的文坛、影坛上出现了不同程度的"为翻译而写作"和"为获奖而拍摄"现象,甚至在画坛也有某种为"展览而绘画的"的倾向。这种"他者化"倾向并非中国文化界所特有,在阿拉伯、印度等东方国家几乎都存在的,只不过程度有所不同罢了。它的形成既有东方创作主体自身的原因,也有西方文化市场的诱导因素在起作用。

欧美文化市场对现当代东方文学、电影、音乐、绘画等文化产品的消费具有极大的片面性,无论是中国、阿拉伯、还是印度的文学/文化产品,在欧美文化市场上的遭遇都是非常相似的,甚至是基本相同的,(按照季羡林先生的世界文化体系理论,将世界文化划分为中国文化体系、印度文化体系、阿拉伯—伊斯兰文化体系和西方文化体系,除西方文化体系外,其他的三个文化体系都属于东方文化的范畴。)欧美文化市场对东方文学/文化的消费不是以反映东方文学(文化)的整体面貌和文学美感为目的,而是按照西方人的标准有选择地进行翻译、引进、介绍和研究。

这种选择性消费经常置原文化主体的文艺美感于不顾。如阿拉伯

---

① ميخائيل نعيمة، **المجموعة الكاملة**، دار العلم للملايين، ١٩٩٩م، ص ٧.

作家赛利姆·巴拉卡特（Salim Barakat）的一部与拉什迪《撒旦诗篇》（The Satanic Verses）在主题和风格上都极为相似的小说《黑暗中的圣人》（Sages of Darkness），讲述一个毛拉的新生儿超自然成长，在出生的当天就提出结婚的要求，而他的傻老爹也居然安排这位"婴儿"与痴呆的堂妹成亲，他们之间还有多次怪诞的性遭遇。这部让阿拉伯读者未产生多少文学美感、甚至读后生厌的作品，从一个完全外在的、与阿拉伯经验无涉的角度叙述一个荒诞的故事。许多阿拉伯读者对之不屑一顾，而它却竟然被译成英文在西方世界流传，其原因就在于西方读者认为这样的作品体现了阿拉伯世界的野蛮、荒诞和变态色情诱惑，它符合西方读者心目中的"阿拉伯形象"，是典型的对"他者"的想象。

为了抵御东方价值和美感的渗透，西方的某些东方学家甚至在介绍、翻译作品时有意抹杀原作内容的复杂性。阿拉伯女作家汉娜·谢赫（Hanan ash-Shaykh）的处女作《宰哈拉的故事》（The Story of Zahra）进入欧美文化市场时，英译者故意回避作品中对西方妇女的冷嘲热讽，将其介绍为一部描述"封闭的中东社会"里否定阿拉伯妇女之人类天性的小说。另一位阿拉伯女作家奈娃勒·赛阿达薇（Nawal as-Sa'adawi）的代表作之一《女人与性》（1972，英文版易名为 The Hidden Face of Eve）在 1980 年被译成英文后，西方评论界和读者只对其作品中所描述的阿拉伯妇女的身体与性感兴趣："首要的是，她对'阴蒂切割术'的描写才是所需要的"[①]，没有人想去倾听她对伊斯兰的辩护、带有社会主义色彩的评论和对不符合西方原型的阿拉伯妇女的透视。

西方按照自己的审美标准对东方文学进行选择性引进本来无损于东方各国的本土文学，但由于现代科技、信息和媒体的发展，世界范围内的交流日益方便发达，西方的这种单一性消费机制被迅速反馈回来，驱动一些唯西方马首是瞻、急欲得到承认的东方作家和艺术工作者为了在国际上获得广泛的影响，转而面向西方读者/观众进行创作，从而产生了"为翻译而写作"（Writing for Translation）和"为获奖而拍摄"的怪现象。如汉娜·谢赫创作的另一部小说《沙与没药的女人》（Women of Sand and Myrrh）虽然是用阿拉伯语写成的，却完全是以西方人作为假

---

① Jenine Abboushi Dallal: *The Perils of Occidentalism: How Arab Novelists Are Driven to Write for Western Readers*, See "The Times Literary Supplement", April 24th. 1998, pp. 8—9.

想读者的。作者对其作品中出现的阿拉伯文化所特有的所指和传统习俗,不惜花费笔墨大加阐发,如小说中解释进口的布娃娃等玩具被当局销毁的理由,在于不允许生产真主创造物的变形物体。而这点对于所有信仰伊斯兰教的阿拉伯人来说都是再清楚不过的,根本无需解释。相反地,小说中出现了不少西方文化所特有的所指,如芭比娃娃、史努比、伍德斯托克音乐节等事物对于绝大多数的阿拉伯读者来说是陌生的,但是作者却丝毫不作解释。中国的某位作家在以山东作为背景的小说作品中居然出现了瑞典传教士的形象,有论者指出,该作者显然是冲着诺贝尔文学奖去的,为了吸引瑞典的诺贝尔文学奖评审委员会的注意力而故意设计了这样的一个人物形象。如果按照正常的逻辑思维和历史真实,是不应该出现瑞典传教士的,因为山东在近现代时期是德国的势力范围,如果出现传教士的话,也应该是德国的传教士而非瑞典的传教士。很显然,作者是在曲意迎合。

中国文艺界也有不少类似的作品,电影中的"红"字系列《红高粱》《红尘》《红樱桃》《红色恋人》等,和一些从小说改编的影片,如刘恒的《白涡》改编为电影《菊豆》,《贫嘴张大民的幸福生活》改编为电影《没事偷着乐》(英文名译为 *A Tree in House*,让人一看就觉得很怪诞),陈源斌的《万家诉讼》改编为电影《秋菊打官司》,韩少功的《女女女》改编为电影《寻根》,苏童的《妻妾成群》改编为电影《大红灯笼高高挂》,余华的《河边的错误》改编为电影《活着》,等等,文学创作上贾平凹的《废都》《浮躁》,莫言的《丰乳肥臀》,刘恒的《伏羲伏羲》,韩少功的《爸爸爸》《马桥词典》,叶兆言的《红粉》《风月》,等等,都具有他者化倾向。

具有他者化倾向的东方文艺作品恰恰是西方读者和评论界所乐于接受和欣赏的。因为它们所表现的往往是神秘的东方大国,落后,愚昧,非人道……是与西方人所想象的东方形象相吻合的。其总体特征是题材的选择上存在"媚西"的心理,对特殊的历史题材和现实题材如印度的童婚,阿拉伯的女性割礼、戴面纱,中国的纳妾、裹足等表现出特别的偏爱;人物、景观(环境)、情节、细节上进行"奇观式"的展示;艺术形式上一味追求新奇怪异的效果。

但是,这种"他者化"倾向对于东方文化的发展具有一定的负面影响。首先,"为翻译而写作"和"为获奖而拍摄"的作品往往忽视本国本民族读者(观众)的审美趣味与追求,放弃对东方语言、文学、艺术美感的追求,从而对东方文学、艺术的生产造成一种潜在的危险。其次,这种倾向也对世界文学/文化生产机制产生不良的影响,它将世界文学/文化的生产纳入到所谓的全球一体化的轨道中去,使东方文学/文化的生产向西式的生产机制趋同,从而形成一种世界文学/文化生产的单一性机制——一种打上深刻西方烙印的生产机制,不利于民族文化的多样性发展。另外,"他者化"的作品对"自我"的表征,在认识"他者"的过程中,发生了自我认同的危机,以他者来观照自我,重新认识自我,产生心理落差,从而使一些具有严重他者化倾向的东方人放弃对东方传统价值的信仰,也容易对东方传统文化产生怀疑。

东方的这种他者化倾向产生的原因是多方面的。从西方外来因素看,欧美文化市场对东方文化产品的接受具有单一性消费倾向。它在一定程度上诱导了东方的"他者化"。欧美文化市场对现当代东方文学/文化产品的消费主要集中在有争议的作家或遭查禁的作品,和描绘东方社会的愚昧落后、野蛮荒诞,状摹准人类学意义上的具有异国情调的东方风俗图景的作品。它反映了欧美文化市场对东方文学/文化进行选择性引进的单一性消费倾向:被消费的东方作品只以欧美审美主体的审美情趣与鉴赏品味作为唯一的标准,它们必须符合欧美语境中特有的"东方主题",符合欧美政界和媒界所塑造的"东方形象"。这种消费的实质,是一种文化的误读,是西方读者/观众对东方文化的误读。总体上讲,西方人对于东方文化的误读普遍带有一种把东方神秘化和野蛮化,甚至于妖魔化的"泛东方想象"的特点。那些自视甚高的西方人,尤其愿意在"东方式野蛮"与未开化的紧张想象中,"松弛地升华他们的博爱情愫"[①]。西方的许多东方学家更是将自己看作是"把东方从迷惑、异化和怪诞中挽救出来的英雄。"[②]造成这种消费现象的传统因素,主要在于欧洲传统的东方学(Orientalism,又译"东方主义")对东方形象的塑造。这种东方形象又具体分为"中国形象""阿拉伯形象"和"印度形象"等,(如"阿拉伯形象"是由阿拉伯妇女的割礼景象,一夫多妻的生活图景,头戴面纱、幽闭深闺的中东妇女形象,好色的阿拉伯男人和荒淫无度的阿拉伯王子/酋长等诸如此类的形象以及他们视之为落后的东西与迥然相异的阿拉伯风俗图景共同构成的。)其总体特征不外乎荒诞、野蛮、落后,充满浪漫传奇色彩和异国情调。造成这种消费现象的现代心理基础,更多的是出

---

① 刘心武:《"泛东方"想象》,《读书》,1997年第8期,第116页。
② Edward Said: *Orientalism*, London, Routledge, 1978, p.1.

于对东方崛起并向西方发起挑战的担心。无论是当代伊斯兰复兴运动在中东和全球的蔓延之势,还是第三世界国家自尊自信的恢复以及中国、印度、马来西亚、新加坡和印度尼西亚等亚洲国家对亚洲价值的张扬,都使得以亨廷顿为代表的一些西方人深感不安和忧虑,以一种"非我族类,其心必异"的心态把东方置于"他者"的位置,以防备来自东方的政治和文化挑战,使得西方在全球化(Globalization)的过程中能够继续顺利地推行其价值观和政治经济体制。

从东方内部因素看,东方国家的对外开放使得一批年轻的知识分子在全球化的影响下形成了一个比较容易接受西方价值观的知识阶层,具有与西方人相同或相似的审美观点,从而成为"他者化"产生的温床。他们迎合西方对中国(东方)历史、文化现实的错误理解,满足西方的"猎奇"心理。他们对"创新"观念的误解导致一系列的"新潮试验"(包括文艺批评),刻意追求"话语"、表达上的"国际化",在语言、文字上求奇求异,哗众取宠,在形式上不顾行为艺术的荒唐可笑而做出种种前卫艺术、先锋艺术、后现代艺术和人体行为艺术等边缘化文化努力。而主观创作在理解"越是民族的越是世界的"和"中国(东方)文学走向世界"的观念时存在的误区,则促使他们将其自身所认定的"民粹"推向世界,兜售给西方。

面对东方的这种他者化现象,我们深感消除其负面影响的必要性,我们必须想办法改变欧美文化市场对东方文学/文化的单一性消费倾向和东方/中国文艺创作的"他者化"倾向。在生产方面即东方的创作主体本身应有积极的对策,我们的文艺政策和文化政策应如何进行适度的倾斜,对"为翻译而写作"和"为获奖而拍摄"以及"为展览而绘画"的不良现象进行正确的引导,使这些作家和艺术工作者为弘扬东方的传统文化而贡献他们的才华,把东方文化的真正精华介绍给西方,以促进东西方文化之间的良性交流。在消费方面,一是从当前西方思想界和学术界的情况来看,多元文化主义(Multiculturalism)和后殖民主义理论(Post-colonialism)或许是我们可资利用的两种有效的理论工具。多元文化主义思想倡导文化的多元存在,是对欧洲中心论的排斥与消解;后殖民主义理论对西方的文化殖民现象和传统东方学的批判:这两种理论应该"拿来"为我所用,以配合西方理论界对西方固有的审美情趣进行改造,使其对东方文化产品的审美倾向发生变化,从而在最大程度上接受东方的文化产品。二是东方内部的审美主体方面,学者和评论家有责任、有义务去引导本民族读者/观众的审美情趣,使"他者化"作品失去存在的需求和市场。

三、他者化的双重效应

有的东方国家作品本身是从"他者化"的眼光,审视东方社会传统与现实的结果。有些作品是持揭露、批判的态度,为寻求理想的乌托邦而展示东方社会的原生态。东方社会的进步在很大的程度上是由于这些作家、评论家和艺术家的努力,改变了人们的思想观念和行为方式。但这类作品在作为东方之"他者"的西方读者/译论者眼中,则被视为东方愚昧、落后、野蛮、原始、封闭等负面因素的呈现。另外还包含着一种极端"他者化"倾向的文学/文化生产。这种极端"他者化"的文艺创作也是以东方作家自身的"他者"眼光进行的,它不是本着揭露、批判社会现实的态度,不是为了"疗救"的目的,而是为了自身的"功名"利益,去迎合西方人/"他者"的对于东方文化的审美取向。这类创作者更多的是为了丑化东方,而不是最终为了东方走向美的未来。如前所述,在文学方面出现"为翻译而写作"的现象,在影视创作上出现"为获奖而拍摄"现象,在艺术创作上出现"为展览而绘画"现象,就都是这种极端"他者化"倾向的显著表现。这一类的文学作品和文化产品一方面难以给本国本民族的读者、观众和鉴赏者带来审美的愉悦,甚至可能破坏他们的审美情趣;另一方面,由于作品出自东方创作主体本身,在迎合了西方人对"他者"的审美习惯的同时,也为西方进一步妖魔化东方提供了大量的素材和口实。

可以说,他者化的东方文化产品直接导致了西方人对东方文化的误读,影响了东方人在西方人心目中的地位,从而不可避免地给那些生活在西方的东方人带来消极的影响,甚至使他们的精神受到伤害。张艺谋的某些电影就是明显的例证。海外华人和留学生对此反应强烈。有一篇文章写到张的电影是导致留学生某些尴尬经历的直接原因:

> 在英国伦敦,今年 4 月的一个星期天,阿丽应邀去一个英国同学家中做客。席间,英国同学戴维像看西洋景似的把阿丽从上到下打量一番,然后怯怯地问:"你们中国人都穿长衫么?"阿丽莫名其妙,说:"不,穿的和你们一样。"戴维头摇得像个拨浪鼓,笑得前仰后合。接着又问:"你们中国人有电脑么?"阿丽说:"有啊,中国人好多

个人家都有。"戴维又是一阵摇头。临行时,戴维用轿车送阿丽回宿舍,戴维又问阿丽:"你们中国有轿车么?都骑自行车吧?"阿丽一听不是味,立刻反唇相讥:"你是什么意思?今天怎么这么不友好,净说中国人坏话。"戴维见状忙赔礼道歉:"这都是你们的电影《一个都不能少》上讲的,怎能怨我呢?"阿丽在打给国内的电话里,谈及此事,气都喘不匀了,她愤慨地说:"张艺谋可把咱中国人埋汰透了。让我们在国外的留学生受尽白眼。"①

西方人从类似的艺术作品特别是电影作品中得到的中国印象当做是所有人的形象,从而认为当下的中国人就是生活在那样的状态里,导致西方人对整体中国人都印象不好,有时候还因此给有些在外面的中国人造成了不便:

在澳大利亚留学的"老虎"来电话说:"张艺谋的电影使我们中国人在国外面子一点都没有了。有一次,我从澳大利亚登机去美国旅游,登机时,机场工作人员开始以为我是日本人,很礼貌,后一看护照,见我是中国人,立刻让我到另一个地方去排队登机。因为这里登机走的是绿色通道。他怀疑我们中国人有问题,所以不能走此通道。我当即予以抗议,他很有耐心地解释:'你们中国张艺谋的电影我们看了,中国人落后,好人不多,必须仔细检查才能放行。'"②

在海外的中国人有过这种经历的似乎还不是个案,远在加拿大的阿伟在电子邮件中陈述了他的遭遇:

由于张艺谋的电影《大红灯笼高高挂》《红高粱》《一个都不能少》《秋菊打官司》在加拿大演出,在加人眼中的中国人,男子七妻八妾,住的是荒野破屋,喝的是搀了尿的白酒……中国人成了一帮原始野人。有一次,我去超市购物,我走到那里,明显感到有一种无形的眼睛在跟踪我,当我推车到出口结算时,忽然发现,是电视监视器一直在跟踪我,把我的全部活动都记录在案。我当时向超市老板提出抗议,老板笑着说:"别介意,对你们中国人,我是了解的。"我打断他说:"你了解什么?"他说:"你们中国人小偷太多,有张艺谋电影作

---

① 《留学生:张艺谋使我们尴尬》,载《辽沈晚报》2000年8月4日。又见http://ent.sina.com.cn.

② 同上。

证。"当时气得我差点晕了过去。①

  2000年3月,中国电影《丝绸之路》在美国上映前夕,纽约华人文化界人士在华埠举行一次座谈会,他们看到有些中国作家、艺术家把落后、庸俗的东西搬上国外银幕和舞台,心中常常感到难过。有些人还直截了当地批评了张艺谋的一些电影,认为这些电影虽然在海外捧到奖杯,却常常丢了中国人的脸。比如,当时在美国放映的电影《一个都不能少》,无疑引起社会对边远、落后的农村教育的注意,这是好的一面;但把农村和农村教育写得一团糟的确在外国人心中产生负面影响。他们认为,中国改革开放以后,进入海外文化市场的中国艺术品很多,其中大多数都是好的,但也有一些人为了某种狭隘的利益,胡写乱拍,把五千年中华文化搞得不伦不类,既糟蹋了别人也糟蹋了自己。他们以为,从天时、地利、人和来看,现在是弘扬中华文化的极好时期,因此,他们不希望有些人为了迎合西方某些人低级、庸俗或猎奇的口味,把糟粕的东西捧给"老外",使他们对中国文化和中华民族产生错觉。正是认识到这一点,他们对中国的文艺工作者发出强烈呼吁:"一个有责任感、有良知的文艺家,应该把优秀的中华民族文化介绍到海外,而不要投某些人之所好,把糟粕介绍到海外,以免对外国人产生负面影响。"②

---

  ① 《留学生:张艺谋使我们尴尬》,载《辽沈晚报》2000年8月4日。又见 http://ent.sina.com.cn。
  ② 《纽约文化界人士呼吁把优秀民族文化介绍到海外》,中新社纽约三月三十日电,见 http://www.sina.com.cn。

上 编

第一章

东方作家的诺贝尔文学奖情结

在东方国家中,印度和日本较早就获得了诺贝尔文学奖。泰戈尔于1913年获得诺贝尔文学奖,日本则有两位作家获得诺贝尔文学奖,一位是川端康成,于1968年获诺贝尔文学奖,另一位是大江健三郎,在20世纪90年代又一次为日本文坛带来荣誉的光环。一些小国家虽然也向往诺贝尔文学奖,但毕竟没有太大的心理负担。而作为东方大国和东方大民族的中国与阿拉伯在20世纪的漫长等待中,不能不对诺贝尔文学奖这一世界性的大奖视而不见。由于诺贝尔文学奖100年的历史所形成的巨大声望和权威,寻求得到这一国际大奖的承认便演变成东方各国文学赢取强国地位的重要标志。而百年诺贝尔文学奖中国作家的缺席,更是极大地刺激了中国作家的自尊心和自信心。阿拉伯人虽然在80年代末等到了姗姗来迟的诺贝尔文学奖,但对于一些本来对该奖满怀期待却希望落空的作家来讲,那浓重的诺贝尔文学奖情结依然挥之不去。

第一节 阿拉伯作家:从洋人情结到诺贝尔文学奖情结

1988年度获得诺贝尔文学奖的阿拉伯作家纳吉布·马哈福兹坦言,他那一代的阿拉伯作家没有追求过诺贝尔文学奖,他们身上没有诺贝尔文学奖情结,但是他们这一代人有种"洋人情结"。①即认为阿拉伯文学本身没有多大的成就,起码比不上欧美作家的成就。马哈福兹本人虽然认为阿拉伯也有马哈穆德·阿卡德那样的大师,但他也更多地把萧伯纳、托马斯·曼、阿纳托尔·法朗士、萨特、加缪等欧美作家当成世界级的大师,以其作为师从、效仿的对象,视其为某种标志。对欧美文学大师的仰视,使包括马哈福兹在内的许多阿拉伯作家缺乏自信。

"洋人情结"的一个最为突出的表现是跟署名有关。在马哈福兹的

---

① رجاء النقاش، **نجيب محفوظ**: صفحات من مذكراته وأضواء جديدة على أدبه وحياته، مؤسسة الأهرام - مركز الأهرام للترجمة والنشر - القاهرة، ١٩٩٨م، ص ١٥١.

同代人中,有许多阿拉伯作家给自己创作的小说署上一个外国名字。一来容易被相关的刊物采用发表,二来借洋人之名以壮自己的声势,可以拥有更多的读者。所以,这种"洋人"情况不只是存在于阿拉伯作家身上,还普通存在于读者和批评家之中。

"洋人情结"在阿拉伯持续了很长一段时间,直到 20 世纪中叶才有所改观。"从纳赛尔时期开始,这种情结淡化了,因为我们感到一种新的精神给予我们前所未有的自信,于是有了走向世界的渴望。有些作家开始瞄准诺贝尔奖了,他们到国外介绍自己及其作品,请一些机构向诺贝尔奖评委会推荐他们。从此,阿拉伯文学的形象开始引起国外注意。但我认为其中更重要的原因,在于对阿拉伯文学的学术研究和数量有限的一些翻译,从事翻译的是些专门机构,如法国的辛巴达出版社,和著名的三大洲书店。虽然这些译作主要面向大学和研究机构的东方语言学习者,而不是文学市场和普通读者,但是它为吸引诺贝尔评奖委员会对阿拉伯文学的注意起了很大作用,因为评委会并不要求出版社非常著名,但起码要求文学作品被译成欧洲语言,这样才能得到评委会所信赖的大学和研究机构的推荐。"[①] 不少阿拉伯作家的确对诺贝尔文学奖抱着非常明显的意图。埃及著名作家陶菲格·哈基姆就曾在晚年的时候专门跑了一趟欧洲,为自己做宣传,在巴黎的时候还抓紧时间创作了一部剧作,就连马哈福兹都认为哈基姆最后一趟欧洲之行是冲着诺贝尔文学奖而去的。

即便在马哈福兹获奖之后,阿拉伯世界仍然热衷于对诺贝尔文学奖推荐与提名进行炒作。早年亚历山大大学曾推荐塔哈·侯赛因,埃及前总理毛希丁领导的最高政治委员会推荐陶菲格·哈基姆,这在阿拉伯文坛都已是公开的秘密。而后来尤素福·伊德理斯、尼扎尔·格巴尼、阿卜杜·拉赫曼·穆尼弗和艾杜尼斯等人的被推荐则更是被炒得沸沸扬扬。

2001 年度奈保尔获奖前后,阿拉伯的许多报纸杂志都刊载了有关黎巴嫩诗人阿多尼斯获得提名的传闻,传说在瑞典文学院评奖委员会的投票中,阿多尼斯的得票居于第二而与当年度的诺贝尔文学奖失之交臂。很多阿拉伯知识分子认为应该有一位阿拉伯诗人得诺贝尔文学奖,

---

① رجاء النقاش، **نجيب محفوظ: صفحات من مذكراته وأضواء جديدة على أدبه وحياته**، مؤسسة الأهرام - مركز الأهرام للترجمة والنشر - القاهرة، ۱۹۹۸م، ص ١٥٥.

有的甚至认为应该是由另一位诗人代替马哈福兹获奖,因为"诗歌历来就是阿拉伯人的文献",只有诗歌更能代表阿拉伯文学和文化的水平,它比包括小说在内的其他文学形式更加悠久,也更有成就。马哈福兹对攻击他获得诺贝尔文学奖的各种观点予以驳斥,但他唯一承认反对的观点中的"比较客观而且值得提出的,是认为应该由一个阿拉伯诗人来获诺贝尔文学奖。"①因而,人们对艾杜尼斯这样卓有成就的阿拉伯诗人寄予厚望,也就不难理解了。在马哈福兹之后,阿拉伯人对于诺贝尔文学奖的情结并未因为他的获奖而得到完全的解脱,相反地,他们所表现出的诺贝尔文学奖情结在某些方面表现得更加突出。

阿拉伯人的诺贝尔文学奖情结在马哈福兹获奖之后在阿拉伯各国,在埃及社会各个阶层、各个领域都表现得相当明显。当马哈福兹获奖的消息传出以后,阿拉伯各国和各种文化机构都向马哈福兹表示祝贺,就连当时和埃及关系不睦的国家如叙利亚也是如此。叙利亚还派出电台、电视台人员去采访马哈福兹。据说阿萨德总统亲自审看了叙利亚电视台采访马哈福兹的节目,并下令马上播放。当时的巴勒斯坦解放组织也派出代表团亲赴马哈福兹家中传达其领导人的恭贺与喜悦。阿拉伯各国作家和读者给马哈福兹寄来的贺信更是多得不可胜数。其中有不少是巴勒斯坦被占领土的阿拉伯人和生活在以色列的阿拉伯人。据马哈福兹本人透露,还有一些生活在以色列的巴勒斯坦青年作家专程到马哈福兹经常去的山鲁佐德咖啡馆,去和他见面,谈论各种事情。

阿拉伯文化界也因为马哈福兹的获奖而重新激起了对阿拉伯文学和文化自豪感,许多人开始重新审视阿拉伯的传统文化与民族遗产。在有关马哈福兹获奖与阿拉伯传统文化的讨论中,埃及作家、评论家拉贾·尼高什的观点具有一定的代表性:"如果说纳吉布·马哈福兹获得诺贝尔文学奖,是第一个获得该奖的阿拉伯作家,那么这一奖掖实际上是对阿拉伯文化的奖励,因为它生养了第一流的世界性作家。从这个意义上讲,阿拉伯人已在世界上第一次根深蒂固地实现了文化的胜利。这种胜利的实现不是靠金钱的力量,也不是靠武器的力量,而是智力和精神的力量,靠的是他们在文化领域所拥有的深度。阿拉伯文化在其繁荣的时代曾是第一流的世界性文化。随后的黑暗时代,我们隐匿了很长时

---

① [埃及]纳吉布·马哈福兹:《自传的回声》,薛庆国译,光明日报出版社,2001年,第113页。

间,遭受大大小小的战争之苦。如今新的曙光照耀阿拉伯民族,在许多埋伏守候着的黑色獠牙中推出一个代表纯粹天才的儿子,获得了世界的承认。"① 拉贾·尼高什把一个深厚、庞大的文化体系的成败优劣同一个作家获得诺贝尔文学奖联系起来,可见阿拉伯人的诺贝尔文学奖情结有多深。

瑞典文学院把诺贝尔奖授予一位阿拉伯作家,光是这样一件文化事件就改变了西方人、改变了整个世界对阿拉伯文化的看法吗?就改变了阿拉伯文化在世界文化的地位吗?瑞典文学院肯定了一位阿拉伯作家就等于肯定了整个阿拉伯文化吗?实际上,瑞典文学院把该奖授予马哈福兹,除了要扩大诺贝尔文学奖的世界性影响,消除东方国家对诺贝尔文学奖公正性的怀疑与批判,就像在世纪末把该奖授予一位已取得法国籍的中国作家一样,其目的在于提高诺贝尔文学奖本身的地位,另一方面,我们仍然无法排除诺贝尔文学奖在授予东方国家/第三世界时出于政治上考虑,这一点在马哈福兹和高行健身上都是一样的。

在1988年,马哈福兹获诺贝尔奖的年头,正是阿拉伯世界和伊斯兰世界各国的伊斯兰主义运动蓬勃展开的时候。我们知道,伊斯兰主义运动是强烈反对西方的。现代伊斯兰主义者不仅反对西方的殖民主义侵略、压迫与控制,而且在文化观上抵制西方腐朽文化的侵蚀。"现代伊斯兰主义认为,西方殖民主义者把他们的文化拿到被他们征服的国家去传播,是企图利用它为他们的侵略行径辩护,在政治、经济、文化各方面消灭殖民地人民的民族文化意识和民族文化特性,破坏其宗教信仰,培养一批为他们的殖民统治服务的具有西方文化观的精英。因此,现代伊斯兰主义感到,西方文化在殖民地的传播,其破坏性之大,后果之严重,无论如何不能低估,它是关系到殖民地人民的前途、国家的存亡、民族的存亡和伊斯兰教的存亡这样一些生死攸关的大问题。"②

伊斯兰主义的理论家哈桑·班纳在描述西方文化使伊斯兰教及其信仰受到严重威胁的程度时说道:"欧洲人力图以他们的带有腐朽现象和致命细菌的物质生活的大浪淹没所有伊斯兰国家,他们的这种社会侵略计划订得非常周密,并以政治阴谋和军事力量相配合,完全达到了他们的既定目标。他们引诱穆斯林中的大人物上当,再通过他们取得经济

---

① رجاء النقاش، في حب نجيب محفوظ، دار الشروق، ١٩٩٥م، ص ٣٤.

② 陈嘉厚主编:《现代伊斯兰主义》,经济日报出版社,1998年,第195页。

干涉权,用西方的资本、银行和公司把伊斯兰国家压垮,从而能够随意转动这些国家经济工作的车轮,独占巨额的利润和大量的财富,并使这些国家的政治、经济、法律和文化制度染上西方的色彩。西方把裸体女郎、酒、戏剧、舞厅、娱乐厅、报纸、小说、幻想、玩世不恭和淫荡不羁都输送到埃及来,纵容过去不曾允许的犯罪行为,美化充满罪恶和淫秽的喧嚣的现世;这还不够,他们办学堂、设科学文化研究机构,以教育埃及人如何贬低自己的价值,如何蔑视自己的宗教和祖国,如何放弃自己的传统和信仰,而去崇拜西方的一切,相信唯有西方的东西才是生活的最高理想。学校招收的尽是上层社会的子弟,他们都将成为伟人、统治者、伊斯兰民族和人民的事情都得由他们来操持。西方这种有组织的社会侵略取得了最大的成功,深入人心,受到喜爱,因此它比政治侵略和军事侵略要危险许多倍。现在这股西化浪潮正以迅雷不及掩耳之势向广度和深度扩展,以至于现在我们很难让一个穆斯林理解,伊斯兰是一种规范人类生活各个方面的完美社会制度。因此,我们可以说,西方文化在伊斯兰的土地上,在一场以穆斯林的心灵、灵魂和理智为战场的残酷的社会战争中,战胜了伊斯兰文化。然而就像政治侵略唤醒了民族感情一样,文化侵略促使了伊斯兰思想的复苏,各地要求回归伊斯兰,了解伊斯兰教义,实行伊斯兰制度的呼声日高。"①

现代伊斯兰主义的反西方立场让西方感到恐慌。一方面,历史上的十字军东征遭到过阿拉伯人的顽强抵抗,两种文明之间的交锋早就已经发生过,阿拉伯人对欧洲安达卢西亚(今西班牙)长达 800 年的统治,让欧洲人至今心有余悸;另一方面,现实社会中存在大量来自阿拉伯国家的移民及其对阿拉伯—伊斯兰文化的固守,以及中东地区人口的迅速膨胀使欧洲产生了一种隐忧,更令欧洲人感到恐惧的是一些奉行现代伊斯兰主义主张的极端暴力组织对来到阿拉伯国家旅行的西方人的袭击。如 1992 年现代伊斯兰主义的埃及极端组织伊斯兰集团在埃及的艾斯特枪击一辆外国游客汽车,导致英国人一死两伤②;1994 年 2 月 23 日,伊斯兰集团在开罗至阿斯旺的旅客列车上安置炸弹,炸伤 6 名西方游客和 5 名埃及人③;1996 年 4 月 18 日,伊斯兰集团在开罗袭击欧罗巴旅馆的

---

① حسن البنا، **مؤلفات حسن البنا**، دار الإسلام للطباعة، ١٩٩٢م، ص ١٠٤-١٠٦.

② See *Middle East Journal*, Volume47, No. 2, Spring1993, p. 320.

③ See *Middle East Journal*, Volume48, No. 3, Summer1994, p. 523.

希腊游客,打死18人,打伤21人①……当然这些事件是在马哈福兹获奖之后发生的,但它们和马哈福兹获奖也不无关系。与我们的话题更加密切的是在马哈福兹获奖之前暴力恐怖活动就已经开始,而且这些暴力活动直接威胁到阿拉伯一些国家的世俗政权。西方不愿看到阿拉伯世俗政权的倒台和伊斯兰政权的上台,因此,他们不仅在政治上支持阿拉伯的世俗政权,谴责一些伊斯兰主义极端组织的行动,同时也在思想上支持阿拉伯的世俗主义,授予阿拉伯世界世俗主义思想代表人物马哈福兹诺贝尔文学奖的深意即在于此。

马哈福兹的不少作品实际上宣扬的是世俗主义的思想。特别是他那被查禁的小说《我们街区的孩子们》②中的老祖宗杰巴勒被一些西方评论家和阿拉伯评论家认为是对真主/上帝的象征,而象征着科学的后世子孙阿拉法特不慎用炸弹炸死了老祖宗被认为是宣告了真主的死亡,类似于尼采所提出的"上帝死了"的口号。尽管瑞典文学院在授予马哈福兹诺贝尔奖的时候主要肯定了他的代表作《宫间街》《甘露街》《思宫街》三部曲,但也提到了《我们街区的孩子们》,从而引起阿拉伯世界一些宗教人士的抗议,特别是一些深受现代伊斯兰主义思想影响的评论家对马哈福兹的这部作品进行了详尽的分析,指出他对伊斯兰教和先知的亵渎。

一些宗教情绪高涨的评论家详细地分析了小说的各种细节,从中找出马哈福兹渎神的证据。他们认为第一代子孙伊德里斯(Idris)是魔鬼易卜利斯③(Iblis)的谐音,而艾德海姆(Adham)则是亚当(Adam)④的代名词。小说开头部分写到老祖宗杰巴拉维选择艾德海姆代替伊德里斯,被认为说的是上帝(真主)选择亚当取代魔鬼一事,因为在《古兰经》中提到"我必定在大地上设置一个代理人"⑤。而伊德里斯的抗辩之词"我和我的兄弟是良家妇女所生,而这个人只不过是黑女仆的儿子",被拿来比

---

① See *Middle East Journal*,Volume50,No.4,Summer1996,p.581.
② 该小说于1959年在《金字塔报》上连载,很快被人指责亵渎了伊斯兰教,到宗教界人士的强烈攻击,终于被禁止发行,直到10年之后,即1969年才在贝鲁特出版了单行本,但已经不是足本。据说原稿被一位英国的东方学家收藏。
③ 又译易卜劣斯。
④ 《古兰经》中的阿丹。
⑤ 《古兰经》(2:30),本书所引《古兰经》均以马坚译本为准。马坚译,法赫德国王古兰经印制厂,回历一四零七年版。本文所引古兰经经文均据此版本,标以章节数。

附《古兰经》中魔鬼所说的话:"我比他高贵;你用火造我,用泥造他"①。杰巴拉维说艾德海姆了解佃户的情况,知道他们中大部分人名字,还能写会算。这一情节则被拿来与《古兰经》中所说的"他将万物的名称,都教授阿丹,然后以万物昭示众天神"②进行比较。评论家还指出,艾德海姆后来在妻子吴梅妹(Umaymah)的怂恿下去偷看老祖宗的遗嘱而被双双逐出大房子,暗喻亚当夏娃因偷吃禁果被赶出伊甸园。吴梅妹这一名字也被拿来分析,认为它是阿拉伯语里母亲(Umm)一词的指小名词,暗指吴梅妹为人类的第一位母亲(夏娃)。

　　第二代人杰巴勒则被看成是摩西的化身。他们首先从字义上分析"杰巴勒"一词:它的意思是"山",而摩西便是在西奈山上接受上帝的启示的,说明两者之间是有联系的。有关杰巴勒的描写在这些读者和评论家看来也与摩西的故事有不少吻合之处。如杰巴勒住在耍蛇人巴尔基忒家里,帮助耍蛇人的两个女儿沙菲卡与赛伊达汲水,并且与沙菲卡结婚成家,这颇似摩西与牧羊父女的故事;杰巴勒带着妻子悄悄回到街区后对大家讲述自己在黑暗的沙漠中听到老祖宗杰巴拉维的声音,则可对应摩西接受上帝启示一事;杰巴勒施展从岳父那里学到的魔法,消除了恶头人放进哈姆丹家族各居所的毒蛇,则有着摩西用手杖与法老斗法的影子;哈姆丹家族在杰巴勒的带领下挖掘深坑,诱得恶头人落进陷阱,然后水淹土埋之,颇似摩西率领以色列人出埃及时法老追兵被淹而以色列人奇迹般地安全渡海的神迹。

　　第三代人里法阿在这些读者看来是耶稣的象征。在里法阿的身上有不少耶稣的影子。如里法阿虽是木匠沙菲仪和妻子阿卜黛的儿子,却长得与传说中的老祖宗的相貌最为相似(基督教徒相信耶稣乃上帝之子);他主张非暴力,向说书人的妻子学魔法为穷苦人治病,驱除他们身上的邪魔秽气;他不受妓女雅斯敏的诱惑,但为解救她舍弃与头人的女儿定亲的机会而与她结婚(耶稣与妓女的故事);他还收留了四个改邪归正的人跟随他走四方,治病救人(耶稣的十二门徒);最后雅斯敏背叛他,向恶头人告发里法阿及其追随者的出行计划,导致里法阿被抓并被处死(犹大背叛耶稣,致使耶稣被钉死在十字架上),等等。

　　有些评论家把小说的人物形象与宗教人物对应起来之后,就把小说

---

① 《古兰经》(38:76)。

② 《古兰经》(2:31)。

的各种虚构情节全都看成是宗教人物的言行。如他们把里法阿、高西姆看成是耶稣和先知穆罕默德的象征，那么在读到里法阿与妓女雅斯敏结婚后不能生育时，就认为这是对耶稣性无能的嘲讽；而在读到高西姆在新婚之夜喝酒、吸食大麻的情节时，他们认为这是对先知穆罕默德的亵渎。

尽管那些现代伊斯兰主义者对马哈福兹获得诺贝尔文学奖给予猛烈的抨击，但这并没有影响全埃及从上到下的欣喜之情。当马哈福兹获奖以后，埃及总理西德基博士亲自去作家府上道贺，埃及总统穆巴拉克则亲自为马哈福举办了一个招待会，授予他尼罗河勋章。埃及的知识分子，包括作家、思想家、医生、工程师、农艺师和大学教授等各个领域的专业组织都为马哈福兹获得诺贝尔文学奖举办庆祝会，法官俱乐部甚至还授予马哈福兹名誉成员的称号。普通的老百姓也表现出极大的兴奋，当他走在街上时，认出他的人会拦住他，和他热情拥抱，以朴素的语言表达他们的爱意和崇敬之情。马哈福兹曾透露街上遇到的出租车司机将崇敬之情化为实际的行动来表达："最奇特的是出租车司机对我的态度，他们争相要我上车，绝不收费，若是非要付费，他们就拿休妻来发誓坚决不收。"① 按照马哈福兹自己的说法，他的获奖带来的是"全民的欢乐"。

特别有意思的是，与阿拉伯文化界人士认为马哈福兹获奖是阿拉伯文化的胜利这种想法颇为相似的，是马哈福兹认同埃及群众及对获奖给埃及文化带来的积极意义。他说："有些淳朴的百姓认为，外国人长期对我们实行殖民统治，控制了我们的资源，这次获奖是我们战胜了他们。我获奖的时机，正是埃及在经济、社会和政治上面临诸多的问题的困难时候。当时，阿拉伯各国对埃及的抵制仍未解除，② 虽然穆巴拉克总统在处理危机时表现明智，我们同一些阿拉伯国家的关系得到恢复，但是抵制埃及的气氛依然存在，阿拉伯国家联盟及其附属机构仍然设在埃及以外。在体育方面，由于在汉城奥运会上埃及运动队空手而归，我们都垂头丧气。在文学方面，出现了一些怀疑埃及领先地位的声音，还有人认为阿拉伯文化中心应由开罗转到别的阿拉伯国家首都。这些说法都

---

① [埃及]纳吉布·马哈福兹：《自传的回声》，薛庆国译，光明日报出版社，2001年，第109页。

② 1978年埃及签署戴维营协议、实现与以色列的和解以后，遭到很多阿拉伯国家的谴责与抵制。阿拉伯国家联盟也将原设开罗的总部迁至突尼斯，直至1990年才迁回开罗。

让我十分痛心。所以,诺贝尔奖可以恢复对埃及在阿拉伯世界文化上居领先地位的信心。"①虽然马哈福兹本人在获奖以后一再否认自己的诺贝尔文学奖情结,但我们从他的这些话中也可以看到,他实际上还是非常看重这一给他带来世界性盛誉的西方大奖。

既然马哈福兹这样的作家都带有或多或少的诺贝尔文学奖情结,其他的有一定实力的作家就更不用说了。尤其是在认识到东方作家的作品是否被翻译成西方文字和能否获得诺贝尔文学奖有一定的关系以后,一些阿拉伯作家便开始将自己的作品如何翻译成英语和其他西方文字作为自己创作的一种追求,从而加剧了"为翻译而写作"的现象。这种"为翻译而写作"的心态,说白了还是冲着诺贝尔文学奖去的。在马哈福兹获奖之后,阿拉伯世界开始重视将阿拉伯文作品翻译成英文和其他欧洲文字,这实际上是阿拉伯人的诺贝尔文学奖情结的一种延续。特别是他们还希望起码有一位阿拉伯诗人获得诺贝尔文学奖,以此来重建他们对阿拉伯民族文化的自信。

第二节　中国作家的诺贝尔文学奖情结

1840年,当英国用坚船利炮轰开闭关锁国的"天朝",中国这个神秘的东方古国从政治到经济,从军事到外交,都不得不直接面对西方。有识之士接受了"师夷长技以制夷"的理念,从"洋务运动""百日维新"到"辛亥革命",为救亡图存而努力发起一系列的运动,其中非常重要的是思想上的启蒙。这种思想启蒙在20世纪初兴起,至新文化运动蔚成大观。高举民主与科学巨纛的启蒙运动最终找到了新文学这一最富影响力的载体。一大批文学、文化巨星便在"五四"时期的文坛上冉冉升起。此时离中国被动地打开国门已经七八十年了。在1840—1917年这段被定义为近代的文学史上,统治文坛的主要还是文言文文学。其中虽有"官场小说"和黄遵宪的"诗界革命"两朵浪花,亦不乏康有为、梁启超这样的思想巨匠,但文学就其整体而言还是滞后于时代需要的。

五四新文化运动塑造了中国新文学,而新文学也极大地促进了新文化运动。新文学运动发端迄今有八十多年,其间各式各样的作家、文学

---

① [埃及]纳吉布·马哈福兹:《自传的回声》,薛庆国译,光明日报出版社,2001年,第108页。

流派和文学作品层出不穷,文学思潮波起云涌,诞生出鲁迅、老舍、巴金、沈从文、曹禺、郭沫若、茅盾、金庸等一大批的文学大师。文学曾几何时占据了文化思想的核心位置,文学作品一度成了平民百姓主要的精神食粮。无论从作家作品的数量,还是从文学在社会生活中所占地位、所起作用来看,中国都称得上是一个超级文学大国。随着经济的逐步强大,这个东方古国开始在崛起,竭力跻身于世界强国之列;与这种渴求相适应,中国文学也在寻求拥有一个强国的地位。"求之弥切,得之愈难;得之愈难,求之弥切。"——诺贝尔文学奖几十年来已经成为中国作家心头永远的痛,成为笼罩在中国文学头上挥之不去的巨大魔影。

中国人传统的中庸思想、好大喜功心态促使中国作家背负着十三亿人民的期望,期待中国文学能够冲出亚洲,走向世界。这种期望与国人对于男足的期望有异曲同工之处。如果中国作家获得诺贝尔文学奖,则必然犹如中国文学赢得了奥运会或是世界杯冠军一样,能在文坛内外引起了极大震动,满足许多人脆弱的虚荣心、自尊心或自信心。诺贝尔文学奖自1901年首届开始颁发,中国人起初似乎并无人予以关注。但这一奖项一年年地颁下去,巨额奖金与国际性影响等因素渐渐造就了这一奖项不可动摇的巨大权威。1927年,当瑞典人拟提名鲁迅为诺贝尔文学奖候选人,托人探询鲁迅意见时,鲁迅郑重回答道:

> 诺贝尔赏金,梁启超自然不配,我也不配,要拿这钱,还欠努力。世界上比我好的作家何限,他们得不到。你看我译的那本《小约翰》,我哪里做得出来,然而这作者就没有得到。
>
> 或者我所便宜的,是我是中国人,靠着"中国"两个字罢,那么,与陈焕章在美国做《孔门理财学》而得博士无异了,自己也觉得好笑。
>
> 我觉得中国实在还没有可得诺贝尔奖赏金的人,瑞典最好是不要理我们,谁也不给。倘因为黄色脸皮人,格外优待从宽,反足以长中国人的虚荣心,以为真可与别国大作家比肩了,结果将很坏。①

从鲁迅的这番话中可以看出,到20世纪20年代时像鲁迅这样有代表性的中国作家对诺贝尔文学奖推崇之一斑。如果说鲁迅认为中国尚

---

① 鲁迅1927年9月25日致台静农信,见《鲁迅全集》,人民文学出版社,1981年,第11卷,第580页。

无可获诺贝尔文学奖的作家这一看法是对20世纪头二三十年中国文坛较为冷静而理智的评价的话,那么,似乎可以认为,20世纪初期的中国作家并不太在乎中国文学要如何走向世界获取国际性认同,这一时期的作家更多关注的是国计民生,关注国内的事情以及文学艺术本身。这或许是那一时期文学自在自为、名家名作迭出、繁荣发展的一大原因吧。

在20世纪上半叶只有1940年赛珍珠推荐过林语堂作为诺贝尔文学奖候选人。林语堂对中国人的描述与刻画,如《吾国吾民》《中国人的精神》等书,曾被西方人认为是了解中国的重要著作而备受推崇。

1949年以后至"文化大革命"结束,中国文学与西方世界的交流基本中断,中西文学的交互作用和影响不复存在,中国作家基本淡忘了文学世界性和文学要获西方大奖的渴求,而把更多的精力投向国内正在进行的社会主义改造和建设,关注正在发生的现实问题。文学的艺术性问题相对被削弱。其间除了丁玲的《太阳照在桑干河上》、周立波的《山乡巨变》等曾获得过斯大林文学奖外,还有些作品被译介到其他一些社会主义国家,中国作品被译介到西方及获国际性奖项几乎是一片空白。

"文化大革命"期间,老舍被提名为诺贝尔文学奖候选人一事,至今仍是一个不解之谜,一直有一种传言,说是老舍在1966年已被拟定为颁奖对象,但在诺贝尔奖评委会即将正式宣布将该年度大奖授予他的时候,他却已投湖自尽。后来该奖不得不临时授予另一位作家。传言虚实难辨,前些年有很多人特别是作家倾向于相信它是真的,各种媒体一度也加入到这种热烈的探讨中去。这些,也正印证了世纪之交一段时间里中国人特别是中国作家相当严重的诺贝尔文学奖情结。

20世纪80年代初中期,拉美作家获得诺贝尔奖,拉美文学大爆炸极大地刺激中国作家。"回首他们身后由屈原以降耸立的一座座挺拔巍峨的文学大山,他们感到了心力不足而自惭,而面对诺贝尔文学奖等带来的世界性挑战,他们又升起一种神圣的民族责任感","在这一时期,中和西,传统和现代之间的碰撞、融汇是最深层的,同时又十分表层化。有些作家急于'走向世界',急于去拿到世界上的文学大奖,于是走上'恶性西化'之途"。①

　　20世纪80年代中后期,受拉美魔幻现实主义影响的"寻根文学"勃兴而起。随着中国电影在国际上频获巨奖,一方面刺激中国作家调整自己的创作路子、取向,另一方面也为一些作家、作品走向世界打开了一条通道,使一些年轻作家的作品很快地就被译介到西方,并赢得了很高的知名度。这期间有一个插曲是沈从文几乎就要获得诺贝尔文学奖。1985年马悦然被选为瑞典文学院院士,这位据说精通中文的汉学家早在他的青年时代就喜欢沈从文,这时他开始着手翻译沈从文的作品。1987年,他翻译的瑞典文版《边城》正式出版,紧接着,《沈从文作品集》又出版,这成了瑞典文学界的一大盛事。沈从文也立即被提名为诺贝尔文学奖候选人并名列前茅。到了1988年,据说,瑞典文学院已初步决定授予他本年度的文学奖。怎料到他却在这一年的五月十日去世。听到沈从文去世的消息,马悦然很着急,立即打电话询问中国驻瑞典使馆,而使馆竟称:"我们不认识沈从文这个人。"②

　　八九十年代,巴金、王蒙、北岛、莫言、李敖等作家都曾获得过诺贝尔奖提名,有些作家对获提名淡然处之,但各种媒体却不肯错失良机,不惜大力加以炒作,于冷新闻中炒出热新闻;有的作家则对被提名沾沾自喜,进而自吹自擂,扬言似乎中国若有作家获此大奖,第一人当非他莫属。譬如李敖1999年获得提名后的"表演"即是证明。他利用中国普通读者对诺贝尔文学奖提名及评颁程序的生疏,大肆自我炒作,使人误以为诺贝尔文学奖桂冠似乎就将落到李敖的头上了。这种炒作,无论是媒体的还是作家自我的,都与九十年代文化市场化、商品化战略紧密相关。李敖自我炒作的第一大成果便是带动了其长篇小说《北京法源寺》的畅销,并且使这座小小的庙宇一夜之间"佛光重观",扬名天下。

　　对于诺贝尔文学奖的梦寐相求,导致了中国少数作家心态上的变异。当马悦然访华时,有些作家便簇拥前后,刻意迎合,向他推介自己的作品,并将马悦然有关中国文学的讲话"神化",把他的批评奉为创作的圭臬,唯"马"首是瞻。有些作家在写作时刻意与瑞典人、瑞典"传教士"之类扯上边,格外留心马悦然先生有关的评论,对来自瑞典文学院或与

---

① 田中阳、赵树勤主编:《中国当代文学史》,湖南师范师范大学出版社,1998年,第4—5页。

② 参见刘再复:《诺贝尔文学奖和中国作家的缺席》,《北京文学》1999年第8期。

诺贝尔文学奖有关的消息特别予以关注。为数不少的作家还不断地追逐每年度获奖作家,这些作家获奖后其作品立即被译成中文并在中国畅销,便是一大例证。于是出现了不少模仿福克纳、马尔克斯的作品。而每当一些诺贝尔文学奖获奖者来华访问,必会受到中国人特别是作家们特别的关注。这种种现象的背后,深藏着的是中国作家牢固的诺贝尔文学奖情结,挥之不去的想要让自己的作品走向世界、受到西方认同的深刻焦虑。

1999年,刘再复在《北京文学》杂志发表长文《诺贝尔文学奖和中国作家的缺席》,在国内文坛引起了巨大反响,引发了人们对于诺贝尔文学奖评奖标准等问题的思考和争议。1895年,阿尔弗雷德·诺贝尔立下最后遗嘱,以自己遗产的绝大部分——3200万瑞典克朗作为基金,"将基金所产生的利息每年奖给在前一年中为人类作出杰出贡献的人",其中,"一份奖给在文学界创作界创作出具有理想倾向的最佳作品的人",而"对于获奖候选人的国籍"则"不予任何考虑"。① 应该说,诺贝尔在设立奖项时对于评奖标准的规定相当含糊,可操作性极弱。后来奉命执行评选颁发文学奖的瑞典文学院对于如何评选出"创作出具有理想倾向的最佳作品"难以确定。在最初的一二十年里,评委们在评选过程中往往显得谨慎有余而大胆不足,致使一大批应该得奖的优秀作家受到了不应有的忽略,比如托尔斯泰、左拉、易卜生、卡夫卡、乔伊斯等。在随后的几十年中,评奖标准做了部分调整。大致可以归结为三条②:(1)授给文学上的先驱者、锐意创新者;(2)授给虽不太出名、但确有成就的优秀作家,通过授奖给他(她)而使其成名;(3)授给名气很大,同时颇有成就的大作家。同时也兼顾获奖者的国别和地区的分布和语言的使用。正像诺贝尔文学奖评委会委员谢尔·埃斯普马克教授所说的,"诺贝尔文学奖并非衡量一个作家优劣的唯一标准,"只是由于其设立历史最长,而且国际影响最大,因而备受全世界的关注,人们对其评奖标准的批评便接踵而至,多如牛毛。十多年前,当马悦然宣称"中国作家至今未获得诺贝尔文学奖的一个重要原因在于缺乏好的西文译本",当时不少中国作家愤然质问,究竟是在评翻译奖还是评文学奖?殊不知,任何评奖都难免偏颇,

---

① 王渝生:《20世纪科技史的缩影——写在诺贝尔奖颁发100周年之际》,载《光明日报》2001年12月10日B1版。
② 参见五宇《诺贝尔文学奖与中国失之交臂?》,《北京青年报》2000年7月3日第11版。

难免有失公正和公平。这一西方文学大奖，评委中至今只有一人能直接阅读中文作品，它对中国文学的疏忽或关注不足是可想而知的，而且他们对于中国这样一个社会主义国家的作家作品带有意识形态等方面的偏激，亦是可以理解的。所以，对于诺贝尔文学奖评奖我们本不必太在意，对于来自西方的声音我们也可以不去听，不予理睬。但由于诺贝尔文学奖的巨大权威以及巨额奖金的诱惑，中国作家仍按捺不住对它的热切期待和执著追求。

多年来，马悦然先生似乎是在证实自己的话：一直不遗余力地译介中国作家的作品。比如，他翻译了沈从文的代表作并几乎让他获奖，他又翻译了北岛的全部诗作，李锐的《厚土》《旧址》。对于高行健这位客居法国的中国作家，他更是坚持不懈地予以推介，在《灵山》中文本尚未出版时，由他翻译的六七百页厚的瑞典文本就已经出版了。2000 年，高行健作为华裔第一人荣膺诺贝尔文学奖殊荣，恐怕无法去除马悦然先生极力推荐之功。

高行健获得 2000 年度诺贝尔文学奖，这是世界文坛的一件大事，自然也是中国文坛的一件大事，是中国文学"走向世界"、加入国际文学潮流进程中的一个重要事件。当高获奖后，中国作家协会随即发表声明，指出诺贝尔文学奖已背离其原先的文学评奖标准，而被用于政治的目的。颁奖业已演变成在政治上对抗中国的一种手段，因为它表彰的作品明显带有反对中国政府的倾向，是为中国主流意识形态所不接纳的。这有点像若干年前达赖喇嘛获得诺贝尔和平奖的情形。如果说达赖获奖尚未给中国作家敲响警钟，那么高行健获奖，则从根本上，至少从很大程度上粉碎了中国作家的"诺贝尔美梦"，它立即引发了中国文坛一场热闹非凡的外在的和潜在的争论和议论。有些作家认为高行健根本算不上中国的一流作家，中国比他优秀的作家多得很；有人认为高行健不具备获奖实力，他之所以获奖一是占了"流亡国外"、法国籍的便宜，占了反中国政府创作姿态的便宜，作品迎合了西方某些人的反华需要；二是占了用法文写作的便宜，其作品受到马悦然赏识并被译介成瑞典语，则是他一举登极的关键，云云。正如一些批评者指出的那样，凡此种种的议论正印证了中国作家挥之不去的诺贝尔文学奖情结，而这之中亦不乏"吃不着葡萄的狐狸"。

高行健的获奖，起码证明了以下两点：一是中国作家要想获奖，必须被译介到西方；二是作品必须满足西方评论者的选择标准和阅读期待。

第一点正是马悦然先生一贯强调的。第二点则正像美国作家李萨茜（Lisa See）在评论李锐的小说《旧址》（葛浩文翻译，译名《银城》）时所说的："这是我读到的有关中国的书籍中最令人惊叹的一本，它是中国的《齐瓦吾医生》（又译《日瓦戈医生》——笔者注）"，① 帕斯捷尔纳克创作的小说《日瓦戈医生》被认为具有反苏联倾向而受到苏联政府查禁，却在西方社会大行其道，广受欢迎，作者亦因此而获得诺贝尔文学奖。换言之，唯有写那些受西方欢迎被西方认可的作品才有可能进入诺奖评委的视野。

很多人都认为，自从高行健获奖之后，中国作家的诺贝尔文学奖之梦彻底破灭了。在20世纪即将结束之际发生的这一事件，结束了中国作家数十年的翘首企盼和纷纭议论，也结束了诺贝尔文学奖中国作家百年缺席的历史。从21世纪开始，中国作家对诺贝尔文学奖的热情与关注似乎一下子冷却了下来。2001年度对于奈保尔的获奖反应，中国文坛也已出奇的冷淡。这究竟是一种躁动过后的冷静，还是狂热过后的厌倦，只有等待时间来证实。然而中国作家对于作品融进世界文学大潮的追求，对于得到国际性承认、拥有世界性声誉（特别是赢得西方读者）的渴望则决不会随时间的推移而不断销蚀，淡化。

第三节　日本文坛的诺贝尔文学奖策略

日本文坛较之以印度、中国和阿拉伯等亚洲民族和国家，在诺贝尔文学奖上无疑是幸运的。1968年川端康成获得了来自瑞典学院的第二次超越欧洲视野的获奖殊荣。② 时隔26年之后，大江健三郎于1994年再度为日本文坛赢得了这一来自欧洲同时显然也具有世界性影响的文学大奖。

一、日本人对两次获奖的不同反应

由这两次获奖而引发的种种思考与争议似乎并不比获奖本身逊色。这两位日本作家的获奖，与其说是对该国文学的一种褒奖，莫如说这一

---

① 参见刘再复：《诺贝尔文学奖和中国作家的缺席》，《北京文学》1999年8期。
② 第一次是1913年的泰戈尔，不过泰戈尔是以英国的皇家文学协会成员的身份获得提名，并且学院最后给奖是根据泰戈尔自己的英文版本的《吉檀迦利》而决定的。

来自西方"世界"的认同更让日本人感到精神振奋,尤其是1968年川端康成的获奖更具有超越文学世界的重大意义。尽管凝聚着川端康成的巨大心血、同时也代表了其文学创作最高顶峰的《雪国》等获奖作品,在关乎日本精神世界与文学表现上,展示了全然迥异于西方的、无与伦比的域外的绝美姿态,由此而显示了川端本人的文学造诣,并进而有代表性地显露了日本文学的创作面貌。但它无疑也是一剂医治源发于1945年的日本国民整体性"精神创伤"的最佳良药,再加上20世纪60年代末的日本已走上了令人不可小视的复苏之途,故而这样的创伤疗治剂同时还是一种强心剂,在文学世界之外足以取到任何政策性策略或法规所无法企及的鼓励民众的最佳效果。

在这样的意义上,继川端之后大江的获奖,情形远远比让日本人再次领略被肯定与认同的喜悦更为复杂。川端获奖之前在日本文坛已具有公认的地位与影响;而大江不仅在知识阶层中是一个有争议性的人物,一般日本民众也对他不甚熟知。作为日本"战后民主主义"的代表人物,他受到了来自右翼和左翼的两面夹攻。对于他的获奖,"一般日本市民都普遍觉得突然"[①],一些大学生则对他抱以冷漠的态度,或者甚至明言不喜欢他。[②] 出现这种情形的原因是多重的,大江本人所抱持的"边缘化"写作和"边缘人"定位使他的创作既不同于主流,又与大众文化存在一定的距离。他那源出于萨特的存在主义人生观、价值观与创作观,虽然相当切合第二次世界大战后的人类生存景况,但的确与川端式的日本传统美相隔甚远。并且,从世界文化交融的外部大环境到内在的自我反省与审视,都使20世纪中叶的日本在领受这一殊荣时较之26年前更为冷静与清醒。

如果说川端的作品"以敏锐的感受,高超的叙事技巧,表现了日本人的精神实质"(瑞典学院授奖辞),并因此得到广泛的认同;那么,针对大江获奖而引发的批评似乎更为喧嚣与尖锐。有些批评指责诺贝尔评奖委员会拿西方的审美观来评价东方文化,其实质无异于文化上的霸权;另有些批评则质疑大江本人是有意识地改变其风格以迎合西方读者。姑且不论其正确与否,这两种批评有一个共同的潜在话语,即渊源久远

---

① 参见叶渭渠:《偶然与必然》,见《大江健三郎作品集》,"编前的话",光明日报出版社,1995年。

② 参见《拿中国人开玩笑的诺贝尔文学奖》,www.ahjob.com.cn。

的东西方文化的紧张关系,并且这种紧张关系并非单纯出自文学,而更关乎文学之外的人种、权利与隐含在政治经济背后的利益关系。这样的话题在20世纪末21世纪初文化全球化的滚滚声浪中,不仅没被全球化淹没,反而更加突出,有力地揭示了不同文化间达到完全和谐共处的艰巨性。高行健获奖而引发的争议与质疑也是一个典型的例子。

二、策略:从译本到政府行为

那么,日本作家两度获奖除了作家本人的创作实绩之外,是否还存在其他的因素? 话题不妨从诺贝尔文学奖的评奖过程谈起。瑞典学院马悦然院士在一次接受台湾《自由时报》的采访时,曾详细谈及川端康成得奖的经过,他认为川端获奖为诺贝尔文学奖评审委员会评奖的严谨和费时提供了最好的说明。现将这一过程简述如下:1961年瑞典学院委托院外一位精通日文、深谙川端文学的瑞典作家与评论家进行初步调查,他根据川端被译成德文、英文、法文的作品给予其高度的评价。同时,美国哈佛大学的希贝特教授(Howard S. Hibbett)、哥伦比亚大学的唐纳金教授(Donald Keene)、日本学者伊藤整这三位学者也接受了学院的委托,在当代日本文学的报告中肯定了川端的成就。希贝特教授在报告里将重心放在谷崎润一郎和川端上,认为他们是世界级作家。唐纳金教授推荐川端和三岛由纪夫,且偏爱川端。伊藤整则认为,谷崎于1965年去世后,够资格拿诺贝尔奖的日本作家只有川端一人。之后瑞典学院评估种类繁多又互有差异的川端作品欧文译本的质量,根据这些资料和院士各自对川端译本的审阅最后才决定给奖。[①]

马悦然院士的这一说法的确使人们看到了与诺贝尔文学奖之精神相符的,对一个作家的成就给予肯定时的慎重。就一个具世界性影响的奖项来说,也只有付出这样的慎重才能最大程度地确保它的严肃性与权威性。[②] 且不论这四位学者中只有一位是日本本土的学者,显然一个作家的作品能否获奖与其译本有着极其密切的关系。换言之,要获得委员们手里的选票,首先必须让他们接受作家的作品,对于东方国家的作家而言,接受至少包括语言与文本(文化)两个层面。这也是诺贝尔文学奖

[①]《文学、翻译和台湾》,《自由时报·副刊》1998年10月9—10日。
[②] 对于中国内地的读者来说,也许他们也非常需要这样的关于高行健获奖的给奖过程说明。

经常受到质疑的根本原因之一。文学语言远非自然科学等具明晰的可译性,此为其一;优秀的文学文本又是一种超越了语言本身,蕴涵着丰富的风俗、传统与历史的艺术承载体,此为其二。而川端之所以能够获奖,与他的作品在西方有大量的译本有着不可分割的联系,我们甚至可以为其译本列出一份非常详细的清单。① 众多译本必然存在着良莠不齐的情况,但又可借此互为补充,也就能达到最大限度地传达该文本信息的作用。

所以马悦然指出,那些在语言上不容易获得西方世界读者了解的国家,如果想问鼎这一由西方世界国家颁发的奖项,国家文化单位的全力支持与高质量的译本(优秀的译者)均起举足轻重的作用。虽然不同语言文本之间的转换多少会造成原语国作品的损伤,但对于不能直接阅读原文本的评委来说,也只能以译本质量的好坏来评判。不过国家文化单位作为一国政府在文化上的代表,通过一定的策略将本国的优秀作家推上世界文坛以赢得人们的注目,在马悦然看来也非常重要。作为一种策略,他认为国家文化单位可以从以下三个途径进行:(1)为优秀杰出的译者提供不带任何条件的、大方的奖助和补助金;(2)支持一切以该国文学为主体的研讨会和大型会议的召开;(3)以选集的形式,重新印行那些已经发表在刊物上,却又不易为西方读者看到的好的翻译作品。②

如果以此来反观川端的获奖,我们可以从一份材料上得到不少相符的信息。《环球时报》曾刊登过一篇名为《日本:推销自己的文化》的文章,该文以一些具体的数据说明了第二次世界大战后日本政府在向外推销自己的文化时不惜重金的措施,其中包括设立由官方主持的海外文化交流项目,请最好的翻译家将本国作品翻译成各种语言,甚至将国外的翻译家请到日本长期居住,在日期间的所有费用由日方负担,译著出版

---

① 桑典司克1955年译《伊豆的小歌女》,1956年译《雪国》,1959年译《千羽鹤》,在美国出版;八代佐地子1956年译《千羽鹤》,奥斯柯、拜尔1957年译《雪国》,在德国出版;爱尔克、瓦仑德也译《雪国》,在瑞典出版;卢柯、兰贝尔特译《雪国》,马丽奥、丹弟1965年译《千羽鹤》,在意大利出版;1958年伊尔珠、克密司译《雪国》,曼乃尔译《千羽鹤》,在芬兰出版;1960年藤森文吉、阿尔门歌伦译《雪国》、《千羽鹤》,在法国出版;1961年阿威荷德译《雪国》、1963年译《雪国》,在荷兰出版。1963年滋夫特夫、格里安译《雪国》、《千羽鹤》,1965年柯拉尼克译《千羽鹤》,在南斯拉夫出版;1962年撒尔吧德尔译《千羽鹤》,在西班牙出版;1965年可丹司克译《雪国》,在波兰出版。1966年文德菲尔德哈岛逊和麦拉尔地合译《千羽鹤》,在丹麦出版。http://www.home.njenet.net.cn。

② 参见《文学、翻译和台湾》,《自由时报·副刊》1998年10月9—10日。

后还付给丰厚的稿酬等。日本在战后恢复了国际笔会会员的资格后,20世纪50年代就申请申办第29届国际笔会,以川端为首的一些著名文学家四处奔走募捐,人民慷慨解囊,会议最后得以圆满成功。在这一次活动中,不仅日本文学得到了充分展示的机会,作为会议主持者的川端也成了国际文坛关注的对象,之后川端就经常参加国际性文学活动,这些都为川端获奖创造了不少有利的外部条件。①

以上对译本与策略的说法只是为了指出与诺贝尔文学奖相关的一些外部条件的存在,完全没有借此鄙薄川端本人及其创作的意思。然而不管是译本还是策略,尤其是策略,多少为欲申请国所讳言;或者欲言之时,必以发扬本国文化为旗号,其目标是否为问鼎该奖是无法言明的。因此,马悦然的这一说法首先一定程度地破解了该奖项的神秘性。再者,这一奖项在由西方世界颁发给东方世界的过程中,东西方文化之间的冲撞及其实质也必然地不可回避。也就是说,获得该奖的过程即是让西方接受东方的过程,以译本获奖而非原文本获奖使东方世界不得不面临首先要转换自身母语的尴尬。在积极的意义上,它的确是促进不同文化间交流所必需的文化手段之一。但因差距巨大的物质与科技发展水平而决定的,现在的西方世界(及其文明)高于东方世界(及其文明)的观念之限制,这样的评奖永远有着抹不去的西方文坛接受非西方文学的微妙的暧昧,并且1968年比1994年的暧昧色彩更为浓厚。

三、川端与大江:从文化冲突中的他者到认同

如果仔细比较川端与大江的获奖,除了两人都有杰出的文学成就之外,可以发现从外部条件到作家自身都有了巨大的变化。大江在获得诺贝尔文学奖之后,却于同年表示拒绝接受日本政府拟颁发的文化勋章。这一不合作的姿态显然需要相当的勇气,作家的独立人格与精神也由此可见。这多少与上述政府行为在获奖过程中的作用有些相悖,但也就是这种相悖恰好可以说明世界文坛在这短短的二三十年间发生的变化,即跨国界的文化交流从完全的政府扶持到知识分子较为相对的独立性与个人性的转变。

大江1994年之前还曾获得欧洲共同体设立的犹罗帕利文学奖(1989年)、意大利蒙特罗奖等跨国界的奖项(1993年)。1960年作为第

---

① 参见《日本:推销自己的文化》,见《环球时报》2000年11月17日。

三次日本文学家访华团访华,1961年在欧洲旅行期间访问萨特,1965年参加哈佛大学的研讨班,1968年《个人的体验》英译本在美国出版,并应译者与出版社的邀请赴美旅行。1974年在日本作家要求释放索尔任尼琴的声明上署名。1975年为抗议韩国政府镇压诗人金芝河而参加有关活动。1976年于墨西哥首都用英语讲授"战后日本文学史"。1977年参加夏威夷大学东西文化研究所举办的"东西文化在文学里的相遇"研讨会,做了"关于边缘性文化"的报告。1984年参加国际笔会东京大会,围绕"核状况下的文学——我们为什么写作"的主题,做了《日本文学如何表现核爆炸》的演讲。

  大江获奖之前的这些跨越国界的主要文学、文化活动,既使他的身影较为频繁地出现在国际文坛上,同时又为他的创作与思想提供了广阔的世界性视野。他的法国文学专业出身,以及对加缪、萨特、福克纳、梅勒和索尔·贝娄等作家的热心学习,使他对创作方法论的探寻也更具有外来而非本土的特征。但就像他在获奖"答谢辞"里自述的那样:"我是一个在幼年时代全面接受尼尔斯·霍格逊影响的奇怪的日本人"[1]如果象征性地去理解这句话,"我是日本人"是他在写作中鲜明的日本立场(或曰主体性立场),"影响"显示了他对外来文化的自觉摄取,"奇怪"既指他的边缘化创作与对自身的定位,又与他表现出来的自觉地与政府保持一定距离的、在外人看来显然有些"奇怪"的姿态。换言之,这一"奇怪"的身姿是因为他站在民间的立场去严厉批判反省由日本发动的侵略战争的实质,对人民造成的伤害,以及具普遍意义的人道主义关怀与喧嚣尘上的右翼势力、包括与政府的分歧。这也是置身战败国的日本,作为文学家的大江与川端的主要区别之一。尽管带有特殊时代环境的限制,但比起川端在战争期间以棋道为言说的委婉方式,大江激烈的姿态显然需要更多的勇气。

  两相比较瑞典学院的授奖辞,可以发现一种相似的模式,即对两位作家的成绩的肯定同样含有两层意思:(1)与西方文学的联系;(2)与日本文化的"根"的联系。在给川端的授奖辞里,有"正像已逝的前辈作家谷崎润一郎一样,川端康成先生显然受到欧洲近现代文学的洗礼,但同时也立足于日本古典文学,对纯粹的日本传统体裁,显然加以维护和继承。""他在气质上同西欧现代作家有某些相似之处。说到这一点,我们

---

[1] 参见《大江健三郎作品集》之"答谢辞",郑民钦译,光明日报出版社,1995年。

脑海里首先浮现出来的,便是屠格涅夫。"①在给大江的授奖辞里,有"人生的悖谬、无可逃脱的责任、人的尊严等这些大江从萨特中获得的哲学要素贯彻作品的始终,形成大江文学的一个特征。"②从上述的这些引文里,可以窥视到获奖的一丝端倪,即获奖作品在文学上既有着本土的根,又有着外来的文化资源。一方面,它说明了具有生命力的优秀文化是开放性的;另一方面,这里是否还是排除不掉欧洲人欣赏自身文化在东方文化里的身姿的、哪怕是非常微弱的潜在意识?这就是诺贝尔文学奖之光环笼罩下的东西方文化互相撞击时的必然命题吗?

不过在这一命题下倒是有一点可以肯定,那就是"我在美丽的日本"和"我在暧昧的日本"的不同。安德斯·奥斯特林在给川端的"授奖辞"中还说道:"我们对日本人的传统观念及其本质,几乎一无所知,似乎无法领略川端作品的奥蕴"。如果把"他者"视为一种异文化的冲突,那么川端的《雪国》《千鹤》和《古都》就是以一种鲜明感性的"他者"身份进入欧洲文化视野的。这正如孙歌在一篇文章中指出的那样,川端的"演说辞"主要谈的是日本人在花鸟雪月中悟到的禅机,而听众或许大多是听不懂这其中的真意的;即川端言说的核心主旨其实是在强调人与自然中的日本人的纤细微妙感性的"日本的美",那是无可替代的。③ 换言之,屠格涅夫抑或在欧洲近现代文学是桥梁,是陌生的世界里的依稀的熟悉面影,让人在接受陌生之先就有了亲切的感受,然后才是被陌生的美、陌生的世界打动的震撼与臣服般的接受。日本的"美"不仅是战后川端栖息的精神家园,也是那一时代日本文化可以用来与西方文化相抗衡的最具实力的堡垒。

大江"暧昧"的魅力与力量来自于批判的锋芒,借助的思想工具是西方民主主义政治理想与存在主义的哲学、美学理念,借以施展其文学想象世界的实际土壤是日本内陆的森林里的峡谷,峡谷的生命则来自祖先灵魂的一次次再生。另一方面,他那以广岛、冲绳为基地反省核战争、侵略战争的超国家主义,也显示了尖锐的批判锋芒。西方的读者在他的文学世界里遭遇了与"卢贡·马卡尔家族"相似的体系建构,并因其"以

---

① 瑞典科学院授奖辞。可见"获诺贝尔文学奖作家丛书"之《雪国·千鹤·古都》的附录,高慧勤译,漓江出版社,1985年。
② 参见《大江健三郎作品集》之"颁奖辞",郑民钦译,光明日报出版社,1995年。
③ 孙歌:《美的意识形态的功能》,《中华读书报》,1998年5月27日。

诗的力量创造了一个意象世界,在其中,生命和神话浓缩成一幅令人不安的今日人类困境的图画"而折服,①因为这样的"困境"不仅是日本的也是世界的。所以,比之川端的异国的美,毋宁说西方世界在认同大江的同时也是在认同自身。也只有在这样的意义上,世界文学的交融孕生(cross-fertilization)才有其真正的价值。

---

① 参见《文学、翻译和台湾》,《自由时报·副刊》1998年10月9—10日。

第二章

东方文学中的他者视角

在西方中心主义者看来,东方世界(包括中国、印度和阿拉伯)令他们感兴趣的,首先是东方神秘文化是与古老文明联系在一起的;在他们眼中,古老的东方是愚昧、保守、落后、野蛮的象征,东方人丑陋、残忍、狡诈无信,顽固不化,盲目自大。(这些在下文中将详细述及。)西方对中国文学的阅读,便抱有这样的一种期待:即从心理深层或称潜意识、无意识之中对于东方已有相当成见,并希望从东方文学作品中寻找映像,寻找呼应。一旦找到了这样的东西,便认为其写得真实、准确,是对东方之人与事的一种最好表达。同时,这种阅读消费又更加巩固了他们对于东方的错误印象。

东方的某些作家,片面追求自己的作品能被译介到西方,并且获奖,自以为只要这样自己便"走向世界",赢得了西方世界的认同。为达此目的,他们在创作时便有意地将西方人作为自己的隐含/潜在读者,时时想着他们的阅读期待与需求,刻意地迎合西方的审美趣味和需要。

第一节　西方中心主义的创作视角

在一些作家的笔下,凡是能揭示或表现或展现中国人/东方人愚昧、野蛮、落后、狡诈、丑陋顽固不化、残忍、妄自尊大等负面特征的事物和事情都被一一开掘出来,凡是涉及民族劣根性、丑恶一面的内容均变成其大力渲染的对象。尽管这种渲染和表现,有时对于某位作家而言,未必是"有意为之""故意为之",但这些创作在客观上却都很好地满足了西方读者的需要。譬如,中国历史上的许多文化糟粕,如裹脚、留长辫(被西方人统称为"猪尾巴")、阴阳八卦、算命、风水学、吸食鸦片、烟枪烟灯、三妻六妾婚姻体系成为一些作品热衷表现的主题。血腥的暴力,落后的风俗(譬如童养媳、"拉皮条"婚姻、乱伦性关系、"吃人"现象)等题材也大量进入作品中。

在作品题材与主题的选择上,刻意将迎合西方阅读期待作为目标,以西方的观点来决定取舍,以自我"他者化"的眼光来进行选择,这归根结底也是创作的一种市场化策略,是商品经济时代一种推销、推广作品和作家自己的伎俩。它的运作方式是:通过哗众取宠的写作来吸引读者的关注,亦即首先是"造势"。为了造成某种声势或反响态势,可以利用写作来进行种种"表演",可以毫无顾忌地书写裸体、性乱交、群居群奸、吸毒等;而在西方人中"造势",引起注意乃至轰动,再将作品"出口转内销"返销国内市场。懵懂少辨、喜欢盲从的一些评论者和阅读者便会对这些作品趋之若鹜,跟着起哄架秧子。比如前一阵子走红一时的《乌鸦》即是一例。作者九丹把在国外的中国女人描述成"铺天盖地地飞临外国的乌鸦",不讨当地人喜欢,但顽强挣扎求存,力求繁衍。九丹自己声称:"我的肮脏的东西亮给别人看,这种表现本身就已经是一种忏悔。不仅是在说身上的伤口,这些伤口首先是我自己的罪恶,然后才是别人的罪恶。"她又宣称:"《乌鸦》不仅仅是个女性题材,它更不是写新加坡留学的题材,全人类都会从这《乌鸦》里面所描摹的几个女性身上感受到自己的命运。当人们只有从这个意义上去阅读《乌鸦》这本书的时候,那么人类在精神上才不堕落,去表现真正的高尚才会变得有希望,否则我们精神的亮点在什么地方呢?如果说因为我写了《乌鸦》这本书,全人类的人都把我当作了肮脏的妓女,如果因为你们把我当做妓女看,而使你们真的干净了起来,使得你们精神有了亮点,使新加坡的女人能够开始分析自己从而对于一些其他的弱者对于一些可怜人表现出真心的同情,那么你们全都把我当做妓女又有什么不好呢?我就当这个妓女了。"①九丹的这一番辩白,从一个侧面证实了她写作本书的意图:正是想引起全人类的关注,而其实首先是西方读者的注意。而从目前《乌鸦》一书市场运作的效果来看,恐怕正好印证了"出口返内销"的运作策略。

　　电影方面,像台湾导演李安执导的《卧虎藏龙》是最典型的市场运作的例子。这是一部采用美国好莱坞"梦幻工厂"制作出来的影片,情节、情境、细节处理,包括服装、特技剪辑等均是为了首先满足西方人的观赏需要,并很快在西方世界引起轰动,后来还获得奥斯卡大奖。随后倾销国内,电影、光盘铺天盖地播放,无疑赢取了相当可观的票房收入,在市场运作上获得了极大成果。

　　还有一些这样的例子,即利用西方世界的反应来为自己的作品市场

---

① 引自《九丹:很性格的女人〈乌鸦〉:受争议的小说》,"三九作家网",2001年8月23日。

发行造势。譬如李敖在 1999 年被提名为诺贝尔文学奖候选人之后,便在各种媒体上频频出镜,大出风头,其架势几乎到了当年度的诺贝尔文学奖已非他莫属。尽管在一次接受大陆记者的采访时,他说:

> 假如我说把诺贝尔奖当做破鞋看,这是错的,我珍惜这个。因为它形成了名气。说我为它而写作,(这是)错的。说我为了得诺贝尔奖而拼死拼活,我告诉你,我没有那么笨!所以他们对我的批评,(是)他们在那个地区里形成的认识不够的评论。①

李敖对待诺贝尔奖的态度,是一种地地道道的"实用主义",即要利用它来为自己作品的发行,扩大影响及至推销"造势",提高自身的"市值"。他的这些苦心和努力在《北京法源寺》在内地的畅销上得到了最好的"回报";加上一些媒体的推波助澜,国内甚至因此出现了一股探讨北京法源寺的小热潮。

还有一些作者乃至于假"西方之名"来为自己造势。譬如把自己的文集冠名"准诺贝尔文学奖作品""诺贝尔文学奖提名作家文库"之类,更是拙劣的市场操作,令有识者不禁掩口而笑。

西方资本主义社会对于共产党领导的社会主义和不同于基督教文化的伊斯兰教从一开始即怀敌意心理。对伊斯兰复兴运动不加区分地冠以"恐怖主义"的标签,加以打压。以美国为首的西方世界在 1949 年的中国完全输给共产党的军队,在 50 年代初、70 年代初又先后遭逢朝鲜战争和越南战争的败绩,整个冷战时代及后冷战时期对于中国形成的强烈的敌意与对抗心态,促使西方一方面在国际社会上设法"遏制"中国,另一方面则千方百计地企图在中国及中国海外的华人中寻找代言人,寻找对共产党政权"持不同政见者""现政权的异议者"或所鼓吹的"民主斗士";利用他们,试图从文化、意识形态等方面加紧对中国的渗透乃至于"和平演变"。

90 年代初期,一些所谓的"精英分子""民主斗士"及其追随者大量逃亡海外,西方世界变成了其最大的收容所和庇护所。90 年代末中国政府反对"法轮功"邪教,又使以李洪志为首的一群邪教分子趁机跑到西方寻求"避难",等等。

这些"持不同政见者"或"流亡者"在海内外创作的作品、诗歌、小说

---

① 孙承斌:《聆听李敖——大陆记者首次专访李敖节录》,《参考消息》2001 年 5 月 22 日。

或随笔杂感,因其大多涉及所谓的"民主""反政权"等并且发出异端的声音而为西方世界所叫好,得到其在出版、发行、宣传等方面的鼓励。而这些人中的一部分,也慢慢地,自觉或不自觉地扮演了西方人所希望的角色,创作了西方人所需要和希望阅读的讽刺中国政府、揭露中国政治阴暗面、残酷性等主题的作品。

由于西方世界对中国长期以来的敌视心理,造就某些西方人喜欢与中国政府和人民"唱对台戏",为中国"喝倒彩"的局面。表现在文艺创作方面,则凡是中国政府查禁的作品、审查的创作者,他们都像鬣狗对待腐肉一样表现出了极大的兴趣。

举些近期的例子来说。1994年前后以"缺字《金瓶梅》"著称的《废都》,因其对性行为、性关系表现得过于"坦诚"与"直率",终于遭到了中国政府的严厉查禁。然而,过后不久,该书便迅速被译介成各种西方文字,在西方世界迅速蔓延开来。更令人啼笑皆非的是,该书竟于1996年摘取了法兰西文学大奖"最佳女评委奖",法国文化部长亲莅北京要为作者颁奖。

次年出版的《丰乳肥臀》的命运与之相似:因其在中国的曲折经历反而更受西方人的赞赏。

"美女作家"因对性乱、吸毒、颓废等消极、堕落题材的渲染,有些作品如卫慧的《上海宝贝》受到了中国政府查禁。就是这样一部毫无文学性、文采可言的小说,近期竟卖出了30个西方国家语种的版权,受到了西方的推崇。

另有一些作家表现"人性恶"的极端题材,譬如有位作家曾在西方媒体上刊载其对于"文化大革命"期间广西地区"吃人"现象的调查报告,本意是明显的:想揭中国之"丑事"以博西人之欢心,然而,当地的读者看完报告,大都难以置信,有的还遣责报社为何发表这样的无稽之谈的东西![①] ——这就可谓"偷鸡不成反蚀一把米"了。

综上所述,在东方文艺界的确存在着某些以西方人为中心的视角。这种现象的出现,从市场规律上探讨,也是与供需关系密不可分的。在西方阅读的消费市场上,有对于此类中国文艺产品的需求,必然会牵动一些作者生产、制造此类商品来满足西方需要。从这一个意义上讲,这种从西方中心视角出发,为西方人写作的文化现象恐怕在短期之内是不

---

① 参见刘再复:《诺贝尔文学奖和中国作家的缺席》。

可能消亡的,随着中国加入国际化格局步骤的提速,这种现象甚至会有加剧的可能。

第二节 阿拉伯现代文学中的"他者"眼光

阿拉伯人对于传统的珍视本无可厚非,但在现代社会,由于同外界的接触越来越多,特别是包括作家在内的许多知识分子看问题的角度变了,他们以"他者"的眼光重新审视一夫多妻制、名誉罪、深闺制度等传统的习俗,发现这些传统包含着许多落后的因素。

经过深入的探究,我们发现,的确有不少的阿拉伯作家在他们的作品中站在西方人这一"他者"的角度去考察阿拉伯的传统习俗,把以前他们的祖辈视之为天经地义的东西都翻出来看看,结果把一些传统的观念颠覆了。比如一夫多妻制、女性割礼、名誉罪、深闺制度等等,所有这些在他们的老祖先看来都是很正常的事情,那些接受了西方价值观的作家和知识分子从另一个角度去考察,却得出了相反的结论,认为那些做法都是不人道的。

一、一夫多妻制度

在大多数阿拉伯人的观念中,一夫多妻制至今仍然是一件十分自然的事情,尤其是男性把它视为天经地义。但也有些作家对一夫多妻现象有了新的思考,尤其是这种制度导致的负面影响使一些阿拉伯女性知识分子感到深恶痛绝。最为典型的就是埃及女作家伊哈桑·卡玛勒对一夫多妻的批判。

伊哈桑·卡玛勒在作品中描述了阿拉伯现代社会中一个深受"一夫多妻"之害的女性悲惨的命运。女主人公是其丈夫四个老婆中的一个,因犯了盗窃罪而被投入监狱,在法庭上,她说出了真相:她是为了抚养自己的孩子,更是为了做点好吃的饭菜以取悦丈夫才走上偷盗之路的。事实上,逼使她走上犯罪道路的是她的丈夫和男性中心的社会,而根源就是一夫多妻的制度。女主人公在法庭上控诉道:

> 我那可敬的丈夫除去我以外还有三房妻室。对,我们四个人,有什么不可以呢?假如按真主制定的法律由他来养活我们的话,一个女人就够他养的了。他要是只娶一个老婆,必定得养活她,女人

肯定不会去供养男人。可现在他把我们四个女人投入到一场竞争、一场角逐之中。尽管奖品就是这个男人，一个一文不值的东西，可我们每个人都不停地奔跑，否则就会被人踩在脚下。法官阁下，您可以相信，也可以不相信。我丈夫，我指的是我们的丈夫，他每天在四个家之间奔波，哪家有丰盛的晚餐，他就在那家过夜……①

丈夫的这种做法促使四房妻室为了吸引丈夫的到来而想方设法做好吃的饭菜，但好吃的晚餐需要以金钱作为后盾，于是她们有想方设法去弄钱，为了弄到钱，每一个人都干过荒唐的事情。女主人公详细陈述了自己为了孩子也为了自己能得到丈夫的青睐而做的事情，同时也批评了一夫四妻制度造成阿拉伯女性生存境况的恶化：

  不，不是把招待他作为一种享受。我一开始就说过，角逐的奖品不过为得到他这个男人，一个一文不值的东西。但是问题进入了对抗的境地，或者说不太体面的境地。比如说，丈夫不经常去他某个妻子那里，其含义很多，这意味着她是一个不受欢迎的女性，或者说她根本就不是个女性。一句话，她只不过是一个没有用的陪衬，是她丈夫唾弃的废物，接着就会被趋炎附势的残酷社会所唾弃。一个被遗弃的妻子，她没有地位，在其他妻妾中间抬不起头来，以至成为别人谈论、嘲笑、幸灾乐祸的对象。我原来就是这个样子，或者说有很长一段时间一直是这样。而除我以外的其他其妻妾，她们都能弄到钱。她们当时也都不工作，我们中间没有一个参加工作的，我们每个人都被近半打的孩子束缚住手脚，这也是我们每个人都被迫进行的另一场角逐的原因。我丈夫满四房妻室之前，他看上一个娶一房。而且满四房以后，为了再娶，他就得休掉我们中间的一个，而最明智的办法就是休掉孩子最少的一个。我们谁也不想让自己的孩子无家可归，我们每个人都想用牢固的锁链缠住他，因此，我们就比着生孩子。我说过我们每个人都不工作，其他三房妻室弄钱的办法对我也算不上什么秘密。我研究过她们弄钱的方法，也许我也能照着她们中间某个人的样子去做，可我的情况不允许。正房老大，她的母亲是卖鸡的，她每隔几天回娘家抓只鸡回来。实际上，她母

---

① 伊赫桑·卡马勒：《四分之一个丈夫》，见李琛选编：《四分之一个丈夫》（"蓝袜子丛书·阿拉伯卷"），河北教育出版社，1995年，第156页。

亲也不情愿给她,而她总有办法对付母亲,强迫她给。有时她以丈夫要抛弃她、那时不得不孩子大人一起回娘家为理由相要挟,让母亲看到,到那时她将为娘儿几个花费更多的钱。听说有一次她母亲不顾这一要挟,她就将母亲推到一边。母亲摔倒在地,头撞在墙上,她的女儿,我的正房姐姐,往常只抓一只鸡,这次却抓了两只,把她母亲扔在血泊之中,自己扬长而去。偏房老二,真主赐福她,住在一幢正在施工的新楼附近。楼的主人让她看管钢筋水泥,日工资三镑。她不费吹灰之力,边带孩子边喂奶就干了。老三呢,让她的两个女儿去别人家里帮工,两个孩子的工钱和看管物资的收入差不多。因此,她俩也能每周做上一、两顿肉食。可我呢,我娘家又没有个卖鸡的铺子,邻居也不盖大楼,又没有女儿出去做活儿。我的运气不好,生的都是男孩,男孩挣钱是不会给母亲的。我要催他们哪个人干点什么,他们就会冲我发火。没有教养,对吧?没有父亲管教的孩子,除了抽烟、赌博,还能指望他们做什么呢?又有什么比这两样更让人恼火的呢?如果母亲对他们加以管束,他们就会对母亲无礼。我搞不到晚餐的钱,即使每周只有一次……结果是他再也不来看我了。我成了被抛弃的人,成了活寡妇。我的孩子尽管他们的父亲还活着,他们却成了孤儿。这对孩子们来说太难了,对我自己也是如此。我必须设法把丈夫找回来,我指的是找回我的那一份,四分之一个丈夫。我只有去偷……我真的去偷了!这样,轮到我的时候,我也能够给他烧肉吃了。于是,他又经常到我这儿来,在我这里过夜了。可今天,他想摆出一副清白无辜的架势,说他与我干的那些可耻的事无关,那他当初为什么没有想着问问我买肉的钱是从哪儿来的?他给我的那点钱除了交房租,所剩不够买干面包的。我不想对你们隐瞒我最初朝着别人的东西伸手的想法。毫无疑问,你们大家都会猜测。即使在最后一刻,我还在阻止自己,或者说是良好的家庭教养在阻止我这样做(我父亲是个非常虔诚的神职人员)。因此,走上偷盗对于我本人并不是一件容易的事,我实在是迫不得已。没有一个人能忍受屈辱;即使抛开这一层,我也要为糊口去偷,因为没有人帮我抚养全家。确实,我的命真是坏透了。①

---

① 伊赫桑·卡马勒:《四分之一个丈夫》,见李琛选编:《四分之一个丈夫》("蓝袜子丛书·阿拉伯卷"),河北教育出版社,1995年,第160—161页。

小说从一个侧面揭露了一夫多妻制的弊端。在阿拉伯社会的传统观念中,女人和男人是根本不平等的。比如在遗产继承权的问题上,伊斯兰教经典《古兰经》中明确记载,女儿只能得到儿子所得份额的一半:"真主为你们的子女而命令你们。一个男子,得两个女子的分子。"①男女发生不正当性关系被发现后,对女人的惩罚远苛于对男人的惩罚,尽管伊斯兰教法规定私通的男女都应该鞭笞一百后乱石击毙,②但在实际的操作中,男人最多受到一点道德谴责,而女人却要在这种残酷的刑罚中丧生。

在一夫多妻制的框架中,女人是绝对不可能拥有和男人平等的地位和权利的,尽管《古兰经》中也规定丈夫必须平等地对待每一个妻子:"如果你们恐怕不能公平对待孤儿,那末,你们可以择娶你们爱悦的女人,各娶两妻、三妻、四妻;如果你们恐怕不能公平地待遇她们,那末,你们只可以各娶一妻,或以你们的女奴为满足。这是更近于公平的。"③

阿拉伯人自古就有一夫多妻的习俗。在贾希利叶时期,有的人妻妾多达20余人,从这一点上看,正像许多阿拉伯学者认为的那样:穆罕默德建立伊斯兰教以后,规范了一夫四妻的制度,相对于当时社会的婚姻状况而言是具有进步意义的。另一方面,伊斯兰教初建时期,战事不断,大量的男子死于战场,留下了很多孤儿寡母,男女比例严重失调,在这种情况下,一个男子多娶两三个女子,不仅解决了男女比例失调的问题,同时也让那些失去男人依靠的孤儿寡母得以重建家庭,解决温饱问题,这对社会的平衡发展具有积极的意义。

于是,这种婚姻制度得到了广大阿拉伯人的拥护,从此延续下来,并一直得到人们的认同,很少有人质疑这种制度的合法性,甚至在当代社会"有的阿拉伯妇女以协助丈夫再娶、并与其和睦共处视作美德"④。在西方的民主、自由、平等的价值观传入阿拉伯世界之前,人们很少注意到这种"一夫四妻制"在现代社会继续实行的不合理性,以及由此产生的各种弊端,就像《四分之一个丈夫》里所揭示的那样,一夫多妻的制度导致了男人对女人的压迫和剥削,还可能导致因子女过多而产生的贫穷,甚

---

① 《古兰经》(4:11)。
② 吴云贵:《伊斯兰教法概略》,中国社会科学出版社,1993年,第161页。
③ 《古兰经》(4:3)。
④ 刘光敏:《现代生活与古老话题》,见仲跻昆等著:《阿拉伯:第一千零二夜》,吉林摄影出版社,2000年,第562页。

至由于贫穷而导致犯罪。支持一夫多妻制的阿拉伯人认为不存在平等不平等的问题,因为一个丈夫如果按照伊斯兰教的规定行事,必然会平等地对待每一房妻室,丈夫给一个妻子零花钱,也会给另外三个同样数目的零用钱;给一个妻子买礼物,也会同时给另外三个买相同的礼物;甚至她们住的房子也一样大,一样的格局,一样的装饰。但是,从西方人——"他者"的男女平等观念来看,虽然四房妻室之间可能相对是平等的(如果丈夫确实能够公平地对待她们的话),在物质上,丈夫可以平等地对他四房妻室,但在情感上丈夫能没有偏爱吗?更何况她们和丈夫之间根本就是不平等的,每个妻妾无论如何也得不到完全属于自己的丈夫,而只能享有"四分之一个丈夫"。像伊哈桑·卡玛勒这样的作家和知识分子正是由于改变了观察的角度,以"他者"的眼光重新看待阿拉伯社会的问题,才得到了迥然不同的结论。

二、深闺制度

阿拉伯的深闺制度由来已久,而且至今还在很大程度上约束着许多阿拉伯女性。这种深闺制度主要体现在面纱、幽居和两性隔离。女人除了自己的丈夫和直系男性亲属以外,必须回避所有的男人,因此,女人只能呆在家里,尽量减少与男性接触的机会,没有丈夫的允许,女人不能擅自出门。当家里来客人的时候,成年的女人要回避,只能呆在内房,透过专门的小窗口往外窥视,她能看见外面会客厅的男客人,而外面的客人却看不见她。即使经丈夫同意走出家门的女人,除了把身体裹得严严实实以外,还要带上面纱,以免让别的男人看到她的"庐山真面目"。一位阿拉伯学者在描述六七十年代阿拉伯半岛上的妇女生活时说:"在萨那,你可以看到那里的妇女从头到脚都遮盖了起来,使你一点儿也看不出她的体形,只能从她们的来去行动判断哪是她们的正面,哪是她们的后身,……她们生活的地方(尤其是她们如果是有权有势者的妻子的话)只是几层楼房,包括几个房间,他们在院内只能俯视内院和街道。妇女只能在城里互访。当他们出访的时候,要蒙上密实的黑面纱,迅速地走过大街,穿过小巷,避开拥挤的市场和公共场所,而且必须在日落之前赶回家。"[①]

阿拉伯深闺制度的产生有着深远的根源。从穆罕默德时代起,甚至

---

① [巴勒斯坦]穆斯塔法·穆拉德·代巴额:《阿拉伯半岛》,北京大学东语系阿拉伯语教研室译,北京人民出版社,1978年版,第198—199页。

在那之前，阿拉伯人就认为女人是妖艳迷人、勾魂摄魄的动物，其魅力犹如魔鬼那样具有摧毁性的力量，令男人难以抗拒。"这种思想在伊斯兰哲学中占据了主导地位。"① 穆罕默德本人就曾把魅力十足的女人比喻为魔鬼，他说："女人迎面而来时的形象犹如一个魔鬼，如果你们中有人喜欢上她，赶紧把家人叫来，因为同她在一起就如同和魔鬼在一起。"② 在阿拉伯人的眼里，女人成了一种危险的动物，因此，他们认为必须把妇女紧紧地关在家里，与社会隔离开来，让其他的男人看不到。如果女人实在需要出门，那么，她就得穿上斗篷、黑长袍，再蒙上面纱，从头到脚裹得严严实实的，以免让她诱惑了外面的男人。于是，以两性隔离为核心指导思想的深闺制度在阿拉伯社会得以确立，并且长期延续了下来，直到近代才有所改变。

阿拉伯紧闭的大门被西方殖民势力打开以后，他们开始和西方有了接触，对西方有了一些了解，通过比较，以西方的眼光反观阿拉伯世界，他们才发现深闺制度是一种落后的东西。一些受西方观念影响的阿拉伯作家和知识分子从很早的时候，就已经开始反思深闺制度。阿拉伯妇女解放运动的先驱卡西姆·艾敏在 19 世纪末、20 世纪初就已经指出："戴面纱、妇女幽居是一种不宜实行的风习。"③ 他在 1899 年撰写的一本书中说："妇女照现在这种样子戴面纱，并非出自伊斯兰教的要求，让她们抛头露面也并非离经叛道。"④ 卡西姆·艾敏有关妇女解放的观点遭到保守派的猛烈攻击，说他离经叛道、胡说八道，说他的主张是"对西方人的过分仿效"，攻击他"被西方文明的五光十色晃花了眼，使他只看到它的优点，看不到它的缺点"，甚至有人上纲上线，说他的主张是对伊斯兰教也是对民族的犯罪。⑤ 尽管如此，卡西姆·艾敏的主张还是得到了很多人的共鸣，"他的呼吁还是鼓动了喜欢革新和自由的人们的心灵，于是他们在报刊，在家里，在集会时不断地谈起这个问题。"⑥

---

① نوال السعداوي، **الوجه العاري للمرأة العربية**، ارجع **دراسة المرأة والرجل في المجتمع العربي**، المؤسسة العربية للدراسة والنشر، ١٩٩٩، ص ٧٥٣.

② **الحديث**، منقول عن أبو حامد الغزالي، **إحياء علوم الدين**، دار الشعب، مصر، ١٩٧٠م، ص ٦٩٦.

③ قاسم أمين، **المرأة الجديدة**، مطبعة الشعب بشارع درب الحمامير بمصر، ١٩١١م، ص ١٨٣.

④ قاسم أمين، **تحرير المرأة**، ١٣٤٧هـ، مصر، ص ٥.

⑤ **عودة الحجاب**، دار طيبة للنشر والتوزيع، ١٤٠٦هـ، ص ٥٠.

⑥ أنيس المقدسي، **الاتجاهات الأدبية في العالم العربي الحديث**، دار العلم للملايين، بيروت، ١٩٧٧م، ص ٢٥٥.

很多的诗人、作家也在自己的作品中表达自己的观点。伊拉克著名的诗人马卢夫·鲁萨菲在一首诗中吟道:

> 他们蔑视妇女的权利,
> 而把她们囚禁在家里。
> 他们强迫她们戴上面罩,
> 出门不遮脸就是大逆不道。
> 他们把她们关在狭小的天地,
> 好像怕她们争享阳光和空气……
>
> 　　　　　　　　　　《东方妇女》

诗人在这里抨击了深闺制度对妇女的压迫。他在另一首诗中还指出,深闺制度造成了妇女的落后,但是妇女的这种落后原因不在于妇女,而在于男人,深闺制度所造成的这种落后状况从根本上说是男人的落后,是社会观念的落后:

> 妇女的境况真可怜,/人们竟自私得让她们蒙住脸。/试问那些要妇女戴面纱的人,/你们可知斗篷下长的是什么心?/知书达理就是女子的贞淑。/文化教育可将她们防护。/假如姑娘知道廉耻、羞臊,/岂不胜过让她们戴上面罩。/如果妇女落后,却说男子先进,/那不过是撒谎骗人。/如果一个人半身不遂,/他又如何能昂首挺立!

另一位伊拉克诗人杰米勒·绥德基·宰哈维也在他的诗中表达自己对深闺制度深恶痛绝的态度:

> 伊拉克的姑娘! 把面纱撕烂!
> 露出脸来,生活就是寻求改变。
> 毫不迟疑地把面纱撕烂,烧掉!
> 因为它并非维护你,而只是欺骗!
> ……
> 若说这种面纱会令老头子们满意,
> 今天,它却不会让年轻人喜欢!
> 有人说:女人抛头露面是堕落,
> 是伤风败俗,会引起混乱。
> 不对! 裸露面孔是纯洁的标志,

不该受到怀疑,受人责难。

(《面纱与裸脸》)

埃及当代著名作家、诺贝尔文学奖得主纳吉布·马哈福兹在他的代表作三部曲中也对深闺制度有所触动。小说中的女主人公艾米娜,在丈夫艾哈迈德去外地的时候经不住孩子们的怂恿,走出家门,去拜谒侯赛因陵墓。但由于在回家的途中意外遭遇车祸,受了伤,背着丈夫偷偷出门的行为终于被丈夫知道了。艾哈迈德没有因为她的受伤而原谅她私自出门的行为,等她一旦痊愈就毫不留情地把她休回了娘家,根本就不考虑妻子已经任劳任怨、服服帖帖地服侍他长达四分之一个世纪,还辛辛苦苦地把孩子们带大,从未违背他的意志。

在这件事情上,艾哈迈德充分地运用了休妻权和深闺制度赋予男人的权力。在阿拉伯的传统习俗中,男人只要连说三声:"托俩格"(意为离婚),离婚就生效了。当然,男人要休妻也得有点理由或有点借口,尽管有的借口从我们现在的观点看来根本不应该成为把妻子赶出家门的理由。我们从理智的眼光来看这件事,艾米娜是值得我们深为同情的,她并没有做错什么事,她作为一个虔诚的穆斯林,想去拜谒一下圣陵,根本无可厚非,更何况她还受了伤。但以阿拉伯人世俗的眼光看来,艾米娜不经丈夫允许就擅自走出家门,严重违反了深闺制度对女人出门的限制,这就为休妻提供了充足的理由。马哈福兹在对待女人的问题上曾遭到许多女作家和女性知识分子的诟病,但在艾米娜出门这件事上,我们可以看出来,他还是对女主人公的遭遇深表同情的。

三、名誉罪

名誉罪,顾名思义,就是损害了名誉的罪过。在阿拉伯世界,它指的是妇女越过界限同男人发生了"非法"的关系,从而损害了家庭、家族甚至部落的名誉。对于犯有名誉罪的女人,其惩罚是非常严酷的,要鞭打50或100下(视其未婚或已婚而定),然后乱石击毙。而杀死犯有名誉罪的妻子或其他女眷的男人则不担负刑事责任,只会受到一些舆论的谴责而已。在约旦,《惩治法》第340条至今仍明确规定:一个男子依据名誉罪杀死自己的妻子或任何一个女眷,只会受到轻微的谴责。①

2000 年巴林郡主玛丽安·哈里法和美国士兵约翰逊私奔事件在阿拉伯人看来就是一个事关名誉罪的重大事件。玛丽安在同恋人私奔到美国后生怕被遣送回国,因为她知道自己回去后意味着什么。与大多数伊斯兰教国家一样,巴林的女子如果没有获得家人的同意即私下与人约会,会被视为有辱门风,与妓女无异;如胆敢和非伊斯兰教男子私下交往,更是人人得而诛之。玛丽安说:"我对我做的事情非常清楚,在我们国家,这种事不啻滔天大罪,怎么处罚都不过分。"了解当地习俗的约翰逊也十分担忧地说:"如果她回国的话,他们一定会杀了她的。"因此,玛丽安不但拒绝回国,而且向美国政府提出政治庇护。理由是,她一旦回国,肯定会遭到严惩。② 这并不是玛丽安郡主为了获得在美国的居留权而故意危言耸听。她说的是一个不争的事实。20 世纪 70 年代,一个沙特公主就曾因为和人谈恋爱而被乱石击毙。

一些阿拉伯作家已经认识到名誉罪是一种落后的东西。如埃及现代文学泰斗塔哈·侯赛因的小说《鹡鸰声声》就完全是以名誉罪为主题的。小说中,故事的叙述者也是故事女主人公的艾米娜深切地感受了名誉罪所造成的悲剧。她的姐姐胡娜迪在一个富家子弟、年轻的工程师家里当女佣,受到年轻男主人的诱惑,不慎失身。深受传统观念影响的母亲一旦得知这件事后,就强行将她和同样也在同一个城市当女仆的艾米娜带走,离开她们打工的城市,要回到那个欺负她们孤儿寡母的故乡,一个闭塞落后的小山村。在回家的路上,胡娜迪和艾米娜的舅舅接到她们母亲的口信匆忙赶来接她们回去。当舅舅从她们的母亲那里听说了实情以后,逼着母女三人连夜赶路,瞒着她们事先在荒野中挖好土坑,然后将母女一行引到坑边,骤然停下,母女三个还没来得及问他为什么黑夜中在荒野停下,就听到一声惊骇的惨叫声腾入空中,一个身体沉重地倒在地上,一把匕首插在了胡娜迪的胸口,鲜血喷涌,挣扎、扑腾了一会儿便一命归西了。舅舅把她的尸首埋入预先挖好的坑中,然后带着"我"(小说中的女主人公)和母亲一起回到故乡。年纪尚小的"我"被这一骇人的惨剧吓坏了,生了一场大病,精神恍惚,不省人事。就在"我"还深陷

---

① 参见郅溥浩:《为爱而歌——科威特女诗人苏阿德·萨巴赫研究》"序",中国华侨出版社,2000 年。

② 参见《巴林郡主与美国大兵谱写"惊世恋曲"》,载《扬子晚报》,2000 年 07 月 15 日。

那种恐怖场面而不能自拔的时候,那位杀了人的舅舅已经心安理得、若无其事地去忙自己的事,大模大样地同村里人一起出去跑生意了。

  小说中的舅舅本来就是一个固守传统的贝都因人,他杀人以后之所以仍能心安理得、若无其事,就是因为他觉得自己杀死外甥女是对的,没有任何过错,因为他维护了家族和部落的名誉,也维护了社会的道德。他村里的人们也同样认为他是对的,他不仅可以杀死她,而且应该杀死她,所以在他杀人以后,村民们照样非常高兴地同他会面,还像以往那样为他从外边带回来许多让人满意的货物而欢呼雀跃:"大院里将会欢呼他的归来,整个村子都将为他欢呼,人们像过节一般欢天喜地。"① 村民们即使知道他杀死自己的外甥女,也不会去追究他的罪责,更不会有人去追究他的刑事责任,因为宗教法律(沙里亚)认定一个男人有权杀死与人发生非法性关系的女眷。

  但是,塔哈·侯赛因是一位深受西方文化和西方思想影响的作家,他在法国留学多年,并获得了博士学位,留学期间广泛涉猎欧洲的名著,同时对西方的生活有着感性的认识,还娶了一位法国姑娘为妻,对许多问题也有了自己不同的思考。他和西方人一样认为,生命是最可宝贵的,杀人就是犯法的,是不对的,应该受到法律的制裁,受到应有的惩罚。作者还借这个悲惨的故事道出了另一种西方式的观点,即女人也应该享有自由恋爱的权利。胡娜迪是一个未婚的女子,使她失身的年轻工程师也未娶,两人在长期的接触中建立起感情是一件很正常的事情。小说中虽然没有正面描写工程师对胡娜迪的态度,但实际上也通过巫婆的贝壳卦相暗示了工程师对胡娜迪是有感情的。在塔哈·侯赛因看来,她唯一失误的就是和工程师在婚前发生了性关系。但不能仅仅因此就将她杀死,剥夺她的生命。而且胡娜迪被杀并不是一个特殊的事件,而是在阿拉伯社会具有普遍性的社会问题。作家在叙述的过程中不止一次提到另外几个与胡娜迪遭遇相同的姑娘:"一幅幅惨不忍睹的画面时时在她眼前闪过,那是三个姑娘的悲惨遭遇,她们的故事一年前就在城里传开了……据说她们同我们一样离开了这座城市,或者说被赶出了这座城市,以后就再也没有回来,回来的是关于她们的传闻。这些传闻全都是那样的恐怖,令人丧气、忧虑和不安,全都是血淋淋的。……那个叫艾米

---

① [埃及]塔哈·侯赛因:《鹧鸪声声》,白水、志茹译,中国盲文出版社,1984年,第62—63页。

纳的姑娘被砍了头,那个叫玛尔塔的姑娘被开了膛,另外一个叫穆勒宰曼的姑娘据说被活埋了。"① 从这里我们还看到,这些不幸的姑娘们是被人以极端残忍的手段杀害的,引起了作家极大的同情。

如果说塔哈·侯赛因作为一位进步开明的男作家,对遭受名誉罪之害的女性深表同情,这已经是社会的一个进步,那么,一些女性作家对名誉罪所表达的愤怒之情,则更进一步站在了受迫害的女性的立场上。巴林女作家法姬娅·拉希德的短篇小说《问》便是对所谓的名誉罪的强烈质疑,小说中的"姐姐"年纪尚幼,对男女之事还一无所知,而且似乎也没有干出什么越轨的事情,只因为和一个男孩一起玩,便触动了大人们对名誉罪极为敏感的神经,不明不白地就被杀害了:

> 此刻,你又想起那天。一群蓬头垢面的黑影走过来,来人的目光里闪着怒火。你母亲躲在门后,不时地探出头,浑身颤抖着,轻轻呼唤着比你大几岁的姐姐的名字。也是那么黑,你姐姐刚刚还在熟睡,几双粗糙的大手把她从床上拽起。她从来没有这样害怕过,惊恐地叫着,随后极度的刺激使她昏倒在那些大手间。当时你不知是梦还是醒,觉得离她那么远,像是隔着莽莽丛林,一些陌生的人在林中晃动。紧闭的房门后传来一个男人的声音,像是你的父亲,声音嘶哑还带着愤怒:
> "说,他是谁?"
> 她由于害怕声音喑住了……有一声问话打破了沉寂……你真不愿再听下去了,恨不能把她从门后解救出来。
> 最后,她战战兢兢地说出了一个名字,使你大吃一惊,更加忐忑不安。
> 她无力地辩解着:
> "我没干什么,只是和他玩玩。"
> "可他是男孩,你是女孩!"
> 那时个阴雨的夜晚,人们围坐在茶炉旁。
> 没人敢问她去哪儿了。
> 过了一会儿,从屋子中间女人们围坐的地方,你听到一阵低声

---

① [埃及]塔哈·侯赛因:《鹡鸰声声》,白水、志茹译,中国盲文出版社,1984年,第47—48页。

的哭泣,接着,是断断续续的对话声:
"她还小……是那男人骗了她……""……名誉……家门不幸……"等等。你完全明白了,她消失了,永远地消失了。①

看到这里我们就已经明白了,是名誉罪夺去了小"姐姐"的生命。小弟弟——小说的主人公对此感到困惑,他忍不住要问:"为什么他们在漆黑的夜里把她带走?"他不知道答案,因为他还小。他寻觅姐姐的踪迹,但始终不知道她藏在哪里,几年后人们告诉他是一场疾病在那个雨夜夺去了姐姐的生命。他善良的、未经污染的心灵为姐姐期许一个快乐的天国:"在那个漆黑的雨夜,她消失了,而哪里才是她灵魂的归宿?她的肉体早已化作粉末,心灵的创伤又怎样愈合?人们都说,春天的夜晚灿烂的繁星簇拥着天神的轿子……神仙们在争着吞吃大地上女孩化成的粉末……那她一定在那个只有欢乐没有悲伤的另一个世界里,和神仙在一起,和闪烁的群星嬉戏。""他们还说,一个人假如没有在人世享尽快乐,定将在天国里得到满足。"

而当他长大了以后,他开始了解男女之事,他看到了蒸汽室里一丝不挂的女人在强烈的肉欲支配下扭动自己的腰肢;他曾经在无意中闯入别人家,被那家的女主人当成送上门的情人追逐嬉戏;他看到了自己的父母亲热地在一起的场景,甚至看到父亲脱下裤子、走近母亲所作的"游戏"……他明白了,这就是人类的本能。于是,他大声质问:"那个小女孩啊,难道仅仅因为作了类似的事,就应该让她永远地消失了?"而事实上,她就是因为仅仅做了每日都能见得到的、人人都在做的事情,而被无情地扼杀了,"无可选择地毁灭了"。他感到困惑的也不仅仅在此,让他感到更加困惑的是"竟然没有人问那是为什么"。人们竟然如此麻木,这不仅让他感到困惑,简直让他感到愤怒!

其实真正感到困惑和愤怒的正是女作家本人。人们对小姐姐的死麻木不仁,是因为他们已经习以为常,因为他们是用传统的眼光来看待她的死:既然她使自己的家人、家族或部落的名誉受到损害,那么只有她的生命才能洗刷他们的耻辱,只有她的毁灭才能恢复他们的名誉。而作家通过小主人公的质问表达了她的困惑与愤怒,那是因为她所观察的视

---

① فوزية رشيد، "مساءلة"، مختارات من القصص القصيرة فى 18 بلدا عربيا، مركز الأهرام للترجمة والنشر، مصر، 1993م، الطبعة الأولى، ص 139-141.

角是不同的,她不是从本民族的传统的眼光去看待这件事,而是从一个截然不同的角度去评判,这一迥然有异的视角恰恰是"他者"的眼光,因为在传统的观念中是不存在的。女作家在一定程度上受到了西方女权思想的影响,她把女人看作了一个应享有与男人平等地位和权利的社会存在。

这里谈了一夫多妻制、深闺制度和名誉罪等题材的阿拉伯现代文学作品或多或少带着"他者"的眼光,类似的题材还有反映阿拉伯妇女生活的驯顺室、女性割礼和表现阿拉伯社会愚昧落后的内容等,限于篇幅,有待另述。这种"他者化"的阿拉伯文学在推动社会进步方面功不可没,但是,在另一个方面也在客观上迎合了西方媒体"妖魔化"东方的需要,不利于西方民众对东方的全面、客观的了解,不利于东西方文化的正常交流。

第三节 日本文学:对"他者"的迎合与自然的意识之间

从明治初年伊始,日本人对西方文学的崇拜有着愈演愈烈的趋势。在这股气势汹汹的西方浪潮中,有一种现象需要强调,那就是学者伊恩·布鲁玛所说的"审美意识上的精神分裂症",即面对西方而产生的优越感和自卑感的奇怪交织。具体的表现是:"对西方审美意识的迷恋在现代日本依然显而易见。时装杂志用瑞典和美国的金发女郎来展示日本设计的服装。外国模样的模特儿直挺挺地立在日本的商店橱窗中。学生们将《花花公子》杂志上的女人相片贴在他们宿舍的墙上;而另一方面,他们跟谷崎一样,似乎更喜欢选择具有日本传统风格、丰满而富有母性的女子作女友或妻子。"[①]这的确是日本明治时代的一种突出的现象,当时日本眼中所谓的"现代化"其实就是西方化,其最后结果是从政治、经济,以至审美意识,都受到西方的影响。

一、谷崎润一郎:迷恋西方与回归古典

前述引文中提到的"谷崎"就是明治时代的重要作家,也是日本唯美派的文学大师谷崎润一郎。谷崎润一郎是以描写丑恶、颓废、怪异的官能性的美而登上文坛的,一开始就以《文身》《麒麟》《恶魔》等作品震撼文

---

① 布鲁玛:《日本文化中的性角色》,张晓凌、季南译,光明日报出版社,1989年,第54页。

坛,因此有着"恶魔主义者"之称。

在他被冠之以"恶魔主义者"的一系列作品中,女主人公往往是拥有着美丽肉体的妖艳女郎,与此相对应的男主人公则为之战栗为之疯狂,由这两种角色构成的文学世界里,充满着丑恶的肉欲、扭曲倒错的性爱和变态的自虐、施虐与受虐。这样一种女性形象的出现直接来源于谷崎润一郎对于美的审美理念的理解,即美本身就带有恶魔性,文学的美就是表现官能的美,而"艺术就是性欲的发现。所谓艺术的快感,就是生理的官能的快感,因此艺术不是精神的东西,而完全是实感的东西"。① 那么,这样一种文学的审美理念又是怎样来的呢?

青年时期的谷崎润一郎是西方文化的虔诚臣服者,对西方曾一度达到迷狂的程度。1921 年,为了体验西方文化,他还曾迁居横滨本牧的外国人居住区。他说:"为了满足我的渴慕,如果可能,我要到西方去——不,与其到西方去,不如彻底变成他们国土的人,有决心埋骨在他们的国土上的觉悟,移居那里,这是唯一最好的办法。"②至于西方在何种程度上影响了他,则可用他自己的话来回答。他说:"西洋文学给予我们的影响是深广的,其中最大者乃是'恋爱的解放'——我想说得尖锐一点的话是'性解放'。"在他看来,西洋女性在精神上处于优越地位,首先是肉体上的美与健康。"追古溯源,在西洋远有古希腊的裸体美的文明,在当今的欧美都市的大街小巷都有希腊神话中女神的雕像,在这样的风土里培育起来的女性自然就具有匀称、健美的肉体。而我们的女性真要有与西洋女性同样的美,就需要在我们的国度产生出与他们相同的神话,把他们的女神当成我们的女神来崇拜,把几千年前的西洋艺术移植到我们的国家来。"③

这一段话其实也可视为对上文问题的一种回答。也就是说,美来自健康的肉体,其源头可理解为古希腊的裸体美;将扭曲的性爱世界引入文学,即一种幅度很大的"性欲的解放"。至于何以拥有健康美的女性却偏要置身于扭曲的性爱世界,就有些复杂。一方面,这样的"她"与西方的"荡妇"形象不无关系,另一方面,当对西方的狂热崇拜达到极致时,对

---

① [日]谷崎润一郎:《疯癫老人的日记》,转引自叶渭渠:《谷崎润一郎的唯美艺风》,中国文联出版社,2000 年,第 5 页。
② [日]谷崎润一郎:《德探》,中国文联出版社,2000 年,第 6—7 页。
③ [日]谷崎润一郎:《恋爱及色情》,孟庆枢译,河北教育出版社,2002 年,第 144—145 页。

肉体美的追求及肉体美本身所具有的魅力,也将面临这样的危险,即由极致到极端,由健康到病态;而谷崎润一郎恰恰没有逃脱这种危险,反而是有意识地将这种危险推到病态的程度。值得强调的是,这种病态也许早已不是谷崎润一郎所清醒意识到的、那种可以与艺术相结合的所谓追求了,而是病态成了下意识。这种状况的后果是严重的,一方面,由狂热的追求而导致的"病态",经由谷崎的笔创造出来后,当西方世界接受它时,是否可能在理性分析这种病态时,将一种健康的形象或者是一种健康的思想回馈给自己的这一狂热追求者?另一方面,当晚年的谷崎力图回归到日本古典中去时,除了洗尽铅华、玲珑剔透的《细雪》之外,他是否真的摆脱了这种"病态"呢?

客观地说,明治初期,当谷崎笔下的"恶魔女郎"横空出世时,这对文坛的震荡的确是巨大的。它代表着一种新的文学理念与新的思想,它推出了一种与既往的女性形象有着鲜明区别的新形象,它甚至也多少刷新了创作的艺术手法。这些都需要得到公众的承认,而谷崎润一郎也确实得到了承认,就像永井荷风所说的:"迄今,明治现代文坛无一人能亲手或未曾想过要亲手开拓艺术的一个领域,而谷崎润一郎氏却完成了,并取得了成功。换句话说,谷崎润一郎氏完全具备现代作家群中任何人都没有的特别的素质和技能"。① 这里包含着对谷崎润一郎的具有代表性的高度评价。至今,谷崎润一郎还是日本文坛的大师之一,也是曾受诺贝尔文学奖提名的日本作家之一。除了川端康成和大江健三郎曾问鼎此项殊荣外,他和三岛由纪夫都曾被提名。

以迁居关西为契机,谷崎润一郎经历了他的创作历程中的巨大转变。当他被古都奈良和京都之美所折服时,他的思想也慢慢过渡到了回归古典的主题上来。耗费多年的时间将《源氏物语》翻译成现代日语,在这之后创作的《细雪》则成了他改变创作风格,告别"恶魔主义",寻找日本传统情调美的代表性作品。《细雪》向我们展示了一个迥异于以往的谷崎润一郎,怪异的倾向完全消失了,一种甘醇的、宁静的、典雅的美最终成功塑造了一个足以让日本人引以为豪的谷崎润一郎。

二、变态的性爱世界与西方世界的接受

但是,除了《细雪》之外,晚年的谷崎也写作有《钥匙》《疯癫老人日

---

① 转引自叶渭渠:《谷崎润一郎的唯美艺风》,中国文联出版社,2000年,第3页。

记》等作品。如果不把这类作品看做是"恶魔主义"的再现,至少可以说,这是"恶魔主义"的一种阴魂不散,《钥匙》和《疯癫老人日记》就是典型之作。这两部小说都采用日记的形式,但又有变化和区别。前者用平假名和片假名来区分丈夫和妻子的日记;后者在老人的日记之后,又附有看护老人的护士的"看护记录拔萃"和医师的"病床日记拔萃"。形式的变化避免了结构的单调与重复,后者的处理方式使人物的主观心理与客观诊断形成互相映照。但从主题上看,这两部作品是一致的,都是对老年男人的变态性欲的反映。如果从他的整体创作上看,这与他一以贯之的"男性在女性肉体的美的面前的爱慕、膜拜、倾倒、无能、倒错"的主题也是一致的。

这是否也可以说,尽管谷崎润一郎在他的晚年一直努力于回归古典美,可是在这一过程中也反思如何吸取西方文化的问题。正如他所说的:"引进外国的文明利器无可厚非,但为什么不重视我们固有的习惯和生活情趣,略加改良以适应我们的传统呢?"①但由虔诚的臣服者转化为不无自觉的反思者的谷崎润一郎,在他的这两部小说中,又陷入了上文所说的"病态成了下意识"。有一个材料是很值得重视的。《钥匙》1956年在《中央公论》杂志一月号上一刊登,"负面呼声大哗,以至作者不得不停笔三个月,到五月号才连载下去。这部小说却立即在欧美获得了欣赏。我多年前在德国买了一本东德出的书:《爱之欲——四千年来的艳情诗歌和散文》(Die Lust zu lieben-Erotische Dichtung und Prosa aus vier Jahrtausenden)。号称'四千年',可谓洋洋大观,其中远东作品只选《金瓶梅》和《钥匙》,作为代表。"②

国内读者的抗拒与西方读者的快速接受,其反差不能不说是巨大的。国内读者的抗拒最可能来源于小说中高度的变态扭曲的性欲望的传达,但从上述材料上看,西方读者的快速接受也正是在这一点上。这是一种需要细致分析的现象。从创作者与创作本身而言,对一种极致抑或极端的状况的凸显可能更具艺术的想象力,也更能传达创作者的激情与创作理念。但对接受者来说,作品是与现实不可或缺地存在着衔接的。对于国人而言,极端或过度的丑恶容易激起反感。但对西方的接受

---

① 转引自叶渭渠:《谷崎润一郎的唯美艺风》,中国文联出版社,2000年,第11页。
② 钱定平:《罪恶谷底有樱花——浅尝谷崎润一郎》。下载自 http://www.booker.com.cn/gb/paper23\1\class002300002\hwz5132.htm。

者而言,情况就显得微妙。我们几乎能马上将这种扭曲的性爱世界,与伊恩·布鲁玛在《日本文化中的性角色》中描绘的"日本形象"联系起来。也就是说,西方世界在快速接受这样一种扭曲形象的时候,我们曾专节论及的"东洋迷梦"可能起着不可忽视的导向作用。两者互相应和,最可能也是最坏的结果是公众把它作为一种日常的日本形象来接受。也许我们不能把这样一种结果的出现完全归结为对西方世界的迎合,但却无论如何也抹不去"病态成了下意识"的痕迹。

　　《钥匙》和《疯癫老人日记》分别写作于 1956 年和 1961—1962 年间。《钥匙》描述了年届 56 岁的大学教授在夫妻性事上已日渐无能,而他的 45 岁的妻子——郁子却依然性欲旺盛。为了满足妻子以及自己虽已力不从心但却欲望不减的性欲,教授有意让本想撮合给女儿的青年木村进入他与妻子的世界,借助妻子与木村的暧昧关系来激起自己的妒忌心,妒忌心又进而激发出他的性欲,他和妻子就在这样被畸形燃烧着的欲火中纵情声色。妻子郁子的反应也很强烈,丈夫的变态加剧了她的疯狂,木村的年轻无异于火上浇油。青年人木村在这场性游戏中,暧昧地扮演着第三者的角色,既迎合着教授的意图,更满足着郁子的欲望。在这场荒唐的性游戏中扮演着更为暧昧角色的是教授和郁子的女儿——敏子。她似乎很反感父亲的变态,所以后来搬出了自己的家。但她又似乎有意无意地在为母亲和木村的幽会提供方便与机会。这种暧昧的举动里,显然也有着并不健康的心理状态。综观全文,由这四种角色构成的欲望世界有不堪入目的丑陋,不合情理的扭曲,缺乏理性的疯狂,和现世行乐的衰颓。国内负面呼声哗然自是在所难免。

　　不过,谷崎也并未停止他的这种创作。1961—1962 年间创作的《疯癫老人日记》,刻画的依然是老年男子的变态的性欲望。77 岁的老年男子虽然身体状况已不容乐观,但对儿媳妇飒子却仍有着不合常理的欲望。为了能够亲吻飒子的脖子,他愿意掏三百万日元给她买首饰;他同时还热衷于舔飒子的脚。"我和 7 月 28 日那天用的是一个姿势,用嘴去吸她的小腿肚。我用舌头慢慢地舔着,近似接吻的感觉。从腿肚一直往脚踝吻下去,她竟一直没说什么。舌尖触到了脚面,进而触到了脚趾。我跪在地上抱起她的脚,一口含了三个脚趾头,又吻了脚心。湿润的足底很诱人,仿佛也有表情似的。""刚才吻脚心的触觉还留在嘴唇上呢。一定是我在吻飒子脚趾的时候血压高上去的。我的脸一下子变得火热,血液全部涌到了头部。我甚至想到自己会不会在这一瞬间脑溢血死去。

我要死了,我要死了。我曾设想过种种情况,然而一旦真到这时候,还是害怕。于是,我强迫自己冷静,对自己说不能过于兴奋,可是,奇怪的是,越这么想,越停不下来。越来越疯狂地吮吸起来。一边想着我要死了,一边吸着。恐怖和兴奋,快感在心里交替着。心绞痛发作似的疼痛快使我窒息了。"①这样一个于死亡的边缘、匍匐在年轻女子脚下的老年男子形象,与《钥匙》中的"教授"属同一系列的人物。如果说,这样一种形象是谷崎润一郎的"恶魔主义"在晚年创作中的回光返照,并达到了烂熟的程度;那么,与《痴人之爱》里的男性憧憬着将自己喜欢的女子塑造成西方女子形象相区别,后者明显地展示着对西方的畸形的憧憬,前者则是在美学理念形态下促成的"病态成了下意识",也许此时的他并没有刻意迎合的意思,但这并不妨碍西方世界把它作为艳情式的"东洋迷梦"来接受。

三、"老人文学"与《睡美人》

《疯癫老人日记》发表后,川端康成在与三岛由纪夫的一封通信中说:"《疯癫老人日记》是一部'遗言状(怕别人听见)般的杰作,真让人大吃一惊'"。② 这封信的写作时间是1962年,而在1960—1961年间,川端本人也创作有小说《睡美人》。这也是一部以老年男子为中心的小说。67岁的江口老人,在别的老人的介绍下,来到一个提供特殊服务的旅馆。光临这个旅馆的老年男子基本都丧失了性能力,旅馆让年轻的处女服下大量的安眠药,这些女子就在无论如何也弄不醒的状态下,陪老人们睡过一夜。旅馆同时也为过夜的老人提供两片安眠药,以使老人们能拥着年轻的女子安然地睡着。小说在这里留有很大的想象空间,这些老人们可能在这一夜干些什么?

这无疑是非常丑陋的一幕,如果把它还原为现实场景,它还会是令人毛骨悚然的一幕。客观地说,小说的写作是成功的。江口老人总共到旅馆过了五夜,每一夜的每个不同的姑娘,都唤醒了他对于在人生不同阶段接触过的女子的不同回忆。姑娘的年轻衬托出了他们的衰老,这就犹如一种仪式或祭奠,让人站在生死边缘渴望生与恐惧死,只是祭奠物

---

① 谷崎润一郎:《疯癫老人日记》,竺家荣译,中国文联出版社,2000年,第40—42页。
② [日]川端康成、三岛由纪夫:《川端康成三岛由纪夫往来书简集》,许金龙译,昆仑出版社,2000年,第118页。

格外特别的是沉睡的年轻女子。江口老人经历了好奇、兴奋、着迷,也一度有着犯罪的感觉和忏悔,但很快的,他也进入了应该进入的状态,在渴望生与恐惧死的交错中吞下安眠药,抱着年轻的女子沉沉睡去。随着时间的推进,干点什么的念头一点一点地进入了他的意识之中,尽管它是模糊的,但作恶的念头最终让他在有意无意中杀害了一个陪睡的姑娘。在那个寒冷的冬夜,"江口把棉被盖到姑娘身上,并且把姑娘那边的电毛毯子的开关关掉。① 江口似乎又觉得女人生命的魔力也算不了什么。勒住姑娘的脖子她会怎样呢?那是很脆弱的。这种勾当就是老人干起来也是轻而易举的。"②就在这样的心态下,江口老人断送了那个姑娘的年轻生命。人性极端的丑陋使小说有着很深的震撼力。

20世纪60年代初的日本文坛曾兴起"老人文学",总体的主题是关注被死亡所限定的生命的光辉。谷崎润一郎的《疯癫老人日记》和川端康成的《睡美人》都是这股文学思潮的代表作。③ 这是一个完全不同于通过《伊豆的舞女》《雪国》《古都》等作品投射出的川端康成的"面影",《睡美人》也远比《千羽鹤》要激烈得多。当然,我们也读不出日后站在诺贝尔文学讲坛上,吟味着"雪月花时最怀友"的川端康成。针对这种在创作中体现出来的分裂,评论者们各有说法。美国的日本文学研究专家德纳尔特·金的解说是:"川端的暧昧是暗含在一切人际关系之中的暧昧,是在心里不断燃烧的、不能解答的疑问……"同时代的评论家小林秀雄则把川端的这条道路称作"一种错乱的浪漫主义"。是什么引发了这样的"错乱"? 以具某种时代的文学思潮的共性,譬如"老人文学"的群体出现来解释显然是不够的。中国学者赵柏田则解释道:"在这里我们看到了一个分成两半的川端,一半是纤细、哀愁的,还期待着人心的善意修复的可能,另一半则是一张夸张了的粗暴、乖张的美的亵渎者的面孔,从表面上看来,这一半的川端是对那个宣称'日本美和我'的川端的反动,一个对立面,但事实上他只是那个神经质的川端的一个影子,他在那时候还未曾料想到的未来岁月的一张面孔。"而"那个在安眠药的毒害中'如醉如痴、神志不清'地写作着的川端……强行把自己拉上了这条道

---

① 旅馆女老板曾多次吩咐,不要关掉毛电毯子的开关。
② 川端康成:《睡美人》,叶渭渠译,选自《川端康成小说经典二》,人民文学出版社,1999年,第535页。
③ 还有另外一部是伊藤整的《变容》。

路,他成了自己的天赋之才的牺牲。"①

　　这部小说在1962年11月获得了第十六届每日出版文化奖。也就是说,尽管读者的反应是复杂的,但同时也接受了这一作品。它包含了年过60的川端的某种人生体验,比如身体的病痛的折磨、渐入老境的对死亡的更真切的体会等等,这些个人的体验一经和日本文学"以悲哀为美"的传统相结合,也就有了被接受的基础。这和《钥匙》不同,《钥匙》(以及《疯癫老人日记》)也包含有老人面临死亡威胁的恐惧主题,但扭曲变态的性爱主题太强大、太突出,故而接受者多有反感。而《睡美人》虽然也有在性爱上扭曲的阴鸷的一面,但祭奠式的渴望生与恐惧死的主题及其传达的对人生的悲哀体验,包括对人性丑陋的深刻揭示,都远远胜于阴鸷的性爱揭示,故而虽然同为"老人文学"的代表作,但作品遭遇的命运则不同。

　　问题在于,川端康成与谷崎润一郎几乎是在同样的年代里进入诺贝尔文学视野的。那么,如果在西方视野中将《钥匙》《疯癫老人日记》和《睡美人》连缀在一起,涌现出的"日本形象"又将会如何？1968年奉送给川端康成的授奖辞是令人信服的:"他以洋溢着悲哀情调的象征性语言表达自然的生命和人的宿命的存在,表现了日本人心灵的精髓。"虽然这样的授奖辞不是针对《睡美人》而发的,但如果西方世界认同了诸如《钥匙》等的作品,也许《睡美人》将会成为"病态成了下意识"的微妙注脚。

　　不过,也有研究者曾指出,谷崎润一郎是20世纪最具日本文学特色的日本作家,且"日本小说与一般小说出发点不同,不能沿袭对一般小说的看法去看日本小说"。如果不理解谷崎的审美理念,就容易把他的作品仅仅误解为:"施虐狂和受虐狂文学,而且多半涉及性的方面"。② 文学的美具有感官的特色、审美体验涉及所有感官,这的确是日本文学的一个极为突出的特色,"老人文学"也具有这一审美特点。因不能深入理解谷崎的审美观而对他的作品有所误解的情况的确也存在着,并且不能排除西方世界把这种误解作为"正解"去接受,这就好像刻意的迎合和自然的意识之间的偏差,尽管是误解,但却是存在的事实。

---

① 赵柏田:《分成两半的川端康成》,《中华读书报》,1999年5月5日。
② 止庵:《美的极端体验者》,下载自 http://www.dangdang.com\zhuanti\pl_sb_xs_9.asp。

四、三岛由纪夫:作为一种背景的补充

前文曾提到除了谷崎润一郎外,三岛由纪夫也曾获得诺贝尔文学奖的提名。作为一个共同的前提,我们首先应该肯定川端康成、大江健三郎、谷崎润一郎和三岛由纪夫的杰出贡献和优秀的文学成果。这四位文学大师还有一个共同的特点,即对西方文学的熟稔。在创作方法上,他们也共同体现出了将本国与西方的创作手法糅合运用的杰出才能。

不过,就西方视野中的"东洋迷梦"而言,三岛由纪夫虽然没有谷崎鲜明的迎合痕迹,也没有川端的"老年梦魇"在无意中做的注脚,但却也呈现出了另一种形式的扭曲。

1951年,26岁的三岛以朝日新闻社特别通讯员的身份,登船环游世界。这之前的他已凭《假面自白》《爱的饥渴》等作品奠定了他的作家身份。出国前的1950年,他曾在一封给川端的信中说:"我最大的愿望,就是看看欧洲,而且是想看看荒废了的欧洲的各个角落。"① 欧洲是他的一个梦,更确切地说,古希腊文化中的英雄主义和男性肉体美,从少年时代就在他的感觉世界中存在。游历欧洲回来之后,儿时的梦更为狂热,也更为真实。

三岛的文学是多面的、立体的。紧张、残酷、狂热,让人喘不过气来;同时也抒情、细腻、哀怨,各种互为悖反的因素奇异地交织在一起,加上他在文学、电影、戏剧等领域展示出多方面才能,使他有着文坛的"怪异鬼才"之称。这样一个怪异鬼才于1972年,就像自己作品中的人物那样(《忧国》中的武山中尉),以中世纪的武士方式剖腹自杀,这一举动的震撼力效果并不亚于地震。他与他的作品是那样紧密地交织在一起,以至于让人读他的作品时,每每能在作品之中或作品的背后读出他的影子。

《假面自白》是他的第一个"身影",他在"笔记"中说,他在这部作品里是将"谎言"放养了。他并且说道:"许多作家都写了他们自己的'青春时代艺术家的自画像'。我之所以想写这部小说,却是出自相反的欲望。在这部小说里,作为'写作人'的我完全被舍去了。作家在作品中不出场。但是,像这里所写的生活,如果没有艺术的支柱,那就属于具有倾间将崩溃的性质的东西。因此,这部小说中的一切,即使都是依据事实,但

---

① [日]川端康成、三岛由纪夫:《川端康成三岛由纪夫往来书简集》,许金龙译,昆仑出版社,2000年,第47页。

作为艺术家的生活既然没有被写出来,那么一切都是完全虚构的,都是不可能存在的东西。我想创造完全虚构的自由。《假面自白》这个题目就包含这一层意思。"①这种曲曲折折的表述方法很类似这部小说的叙述方式,"性倒错"是重重叠叠的表述之下的核心,但要清楚地表述出它来又是如此困难。殉教的塞巴蒂昂就成为一种隐喻的象征。如果把唐纳德·金的一段评语与三岛的告白进行对读,一切就会显得更为清晰一些。唐纳德·金说:"《假面自白》不仅在文学上是一部出色的作品,而且由于其存在着一些能够清晰反映出三岛隐藏着的那一面的缘故,它还是一部重要的作品。"这与三岛的告白恰成对应,首先是创作意义上的肯定,接着才是对于作家本人的一种更为深入的挖掘。三岛的这一"身影"非常重要,这与他的"欧洲梦"是吻合的,同时也使作家三岛有了一种格外特别的身姿。

《爱的饥渴》紧接着就在这种"身影"的背面投射了另一种极端的"身影"。成为寡妇的悦子与公公有着暧昧的关系,她又爱上了园丁——年轻而又健康的三郎。当她发现三郎和美代相爱后,终日监视他们,找借口解雇了怀孕的美代,向三郎示爱。纵情中的两人被公公找到,手拿铁锹的公公不敢动手。最后,悦子抢过铁锹杀死了三郎,因为只有这样才能永远拥有三郎的爱。不可能的爱造成了极度的饥渴,极度的饥渴促成了痛苦、扭曲、激烈、残酷的爱。——三岛本人曾说:"《爱的饥渴》中的悦子其实是男性的。"评论家奥野健男则将三岛的说法细化,认为《爱的饥渴》是《假面自白》的直接延伸与发展。"为了避免把同性爱表面化的危险,才极力讴歌通过女主人公悦子对美貌健壮的青年三郎的异性爱。三岛由纪夫潜入悦子这个人物中,通过悦子的眼睛,把自己的美意识尽情地表现出来。也就是说,悦子正是作者三岛由纪夫的化身。"②唐纳德·金从影响的角度指出"三岛能够理解莫里亚克作品中的凄厉,并把建立在这种理解之上的影响,深深渗入超越本人自白的《爱的饥渴》中去。"唐纳德·金准确地把握了三岛本人的特异性与西方影响在一个很好的支点上的融合。

这两种身影构成了"生理"与"文化"意义上的三岛的基本底色,它的格调是特异的,有一些疯狂,是理性与非理性的奇妙杂糅体。这之后的

---

① 三岛由纪夫:《假面自白》,唐月梅译,见"《假面自白》笔记",北京出版社,2002年。
② 转引自唐月梅:《怪异鬼才三岛由纪夫传》,作家出版社,1994年,第119页。

创作也基本上是在这样的底色上展开的。模仿古希腊戈斯的古代主义的《潮骚》，为了保持住男性形象而发生的血的事件的《午后曳航》、为保留记忆中的美而毁灭现实的《金阁寺》、国家、文化、与男性形象重叠出现的《忧国》和《叶隐》，直到最后的《丰饶之海》四部曲，佛教轮回、家国梦想，"和""武""奇""幸"四魂交织，①成就了三岛生命之绝唱。三岛在他的作品中排列了很多"数学等式"，譬如"血＋死＝美""生＋青春＝美""爱＝丑""优雅＝暴烈""希望＝破灭"等等，其中既有对传统的继承，也有对西方的借鉴，还有三岛本人独特个性。这些不仅构成了三岛作品之奇幻、妖艳、蛊惑的艺术世界，也构筑了一个立体的三岛。从另一种角度而言，几乎所有重要作品都被译介到西方的三岛文学和三岛本人，不仅展示了"三岛"世界，难道不也是西方视野中的一种具代表性的"日本形象"？

尽管贴着"三岛"标签的"日本形象"是丰富的，既有艺术的价值，也有文化的内涵，但能否试想这样一种可能：以性倒错为主导，压抑的、包含着暴力与嗜血的、扭曲的爱，是否也会成为像《睡美人》那样的微妙注脚？

---

① 三岛自己总结《丰饶之海》四卷的构成，《春雪》是描写柔弱纤细的和魂，《奔马》写的是激越的行动的武魂，《晓寺》为具异国情调的心理小说之"奇魂"，《天人五衰》反映的是"幸魂。"

第三章

他者化：神秘怪诞的东方

在西方的想象中，神秘怪诞的东方才符合他们心目中的东方形象。他者化的东方文学中有一部分正迎合了西方人的这种想象。这一面在阿拉伯、印度和中国的文学中都有不同程度的存在。本章将通过对东方部分作家的作品来探究这一文学现象。

第一节　杰马勒·黑塔尼苏菲神秘世界的构建

埃及当代著名作家杰马勒·黑塔尼①（Jamal ot-Ghaytani）在西方文化市场也是一位受到关注的人物。他的作品被翻译成英、法、德、俄等欧洲语言，有的译本印数超过10万②，这个印数对于一个来自东方世界的作家来说的确意义非凡。

黑塔尼在西方读者如此受欢迎当然是有其原因的，但总的看来还是要归结于他者化的因素。最主要的当然是黑塔尼所表现的神秘的苏菲——独特的修炼方式和苏菲人的怪异的生活方式，而实质上，西方读者对黑塔尼的兴趣所在说穿了还是对阿拉伯怪诞生活的窥视欲。

不少学者认为阿拉伯没有小说传统，黑塔尼却从《一千零一夜》、阿拉伯史传、苏菲诗文、圣徒奇迹故事中找到形形色色的小说胚胎，其奔放无羁的想象力、独特的叙述方式、启示性的语言都极富艺术魅力，都为阿拉伯现代文学提供了可资借鉴的经验。在诸多文学遗产中，黑塔尼慧眼识珠，深谙苏菲文化遗产的珍贵。他表示："虽然苏菲文学有些朦胧费解，但是苏菲的经验更接近艺术家的经验。我借鉴苏菲文学，不是为了

---

①　杰马勒·黑塔尼出生于埃及苏哈吉省一个贫困家庭。幼时随全家移居开罗，1962年毕业于工艺美术学院。曾于1966年因政治原因被囚禁。1968年加入新闻行业，1969年起在消息报社任战地记者，后负责文学版的编辑工作。1993年起主编《文学消息报》。创作有长篇小说、短篇小说集、评论等共35部作品。1987年获得法国骑士勋章，2007年获得埃及国家表彰明奖以及其他奖项。

②　参见李琛：《冥冥中的呼唤》"译者前言"，《世界文学》，2001年第3期，第72页。

标新立异引人注目。苏菲文学表达了内在的不安,是一种现成的形成,从中我找到了表达的自由。由此可以创造一种非同一般的艺术风格。""苏菲文学家吉利、哈拉智、古萨里、伊本·哈彦·陶希迪、伊本·阿拉比都是语言大师。语言对苏菲大师来说是一种寂灭、是存在的真实。虽然他们语言的水平参差不齐,但它是一种暗示不是直白;是一种启示不是说明。"①他欣赏陶希迪表达直觉和灵性体验的能力,注意吸收伊本·阿拉比的表述方式,摈弃他对宇宙形而上的解释。

对阿拉伯——伊斯兰文化遗产的潜心研究,特别是对史传典籍,苏菲诗文和民间文学的阅读,使黑塔尼对建构一种以苏菲文化为核心的新的叙述模式产生了极大的兴趣。他在1985年与李琛的长谈时提及自己对于苏菲文学的理解:"虽然苏菲文学有些朦胧费解,但是苏菲的经验更接近艺术家的经验。我借鉴苏菲文学,不是为了标新立异引人注目。苏菲文学表达了内在的不安,是一种现成的形式,从中我找到了表达的自由。由此可以创造一种非同一般的艺术风格。"②在借鉴苏菲文化方面,黑塔尼无疑是非常成功的,其作品的内容与形式都呈现出新异脱俗的苏菲文学特点。

从《宰阿法拉尼区奇案》(1975)开始,黑塔尼就引入了苏菲人物和思想,从此以后,他的创作重心便移向对苏菲文化的重构。《宰阿法拉尼区奇案》则是一个阿拉伯的荒诞故事,描绘了人情百态和浮世众生之相。故事发生在一个近乎封闭的街区。一位著名的苏菲长老经七年闭门修炼后出世,为拯救混乱堕落的街区先后宣布了几项规定:男人在一段时间内将丧失性功能;街区将被咒语控制;居民不得吵架,要友爱宽容;统一早饭时间和内容。当然,街区的反映非常激烈,甚至引起国家和国际社会的关注。黑塔尼着意渲染的气氛和环境产生一种间离的效果,使人能从那近乎闹剧的故事中,看到与现实近似的人生,由此引发联想和思考。从这部作品,黑塔尼开始引入苏菲人物和思想,使他的小说向神话寓言的方向发展,成为他小说的一种过渡形式。

后来的《显灵书》则着重在思想上表现了苏菲的显灵观和天界观念。在显灵的状态下,"我"不仅看到了自己父亲的出生,还看到英雄人物纳赛尔的出生,甚至看到千年之前的宗教圣贤侯赛因的出生。在隐而不见

---

① 李琛在开罗对黑托尼的录音采访,见李琛:《阿拉伯现代文学与神秘主义》,中国社会科学出版社,2000年,第291—292页。

② 同上书,第291页。

的导师指引下,主人公乘彩虹升空,看到母亲生前遭受的苦难,也见到母亲病故的情形,还看清了自己被捕的前因后果。苏菲神秘主义的天界观念源于对先知穆罕默德登霄故事的坚定信仰。传说穆罕默德在公元621年的命运之夜(伊斯兰教历的7月27日)从麦加来到耶路撒冷,在耶路撒冷的阿克萨清真寺附近由天使杰卜拉伊勒引导,升上了七重天,分别见到各重天的主宰,即一重天的主宰伊萨(耶稣),二重天的主宰阿丹(亚当),三重天的主宰达乌德(大卫)和苏莱曼(所罗门),四重天的主宰伊德里斯,五重天的主宰哈伦,六重天的主宰穆萨(摩西)、叶哈亚和宰克里亚,七重天的主宰伊卜拉欣(亚伯拉罕)、伊斯马仪(以实马利)、伊斯哈格和叶阿古布。到达七重天以后,天使停下来,而穆罕默德则继续向前直至安拉的宝座。见到安拉之后,穆罕默德回到麦加。这一传说为广大的穆斯林所信仰,苏菲修炼者对此更是深信不疑,有的苏菲教派甚至认为在自己修炼到一定的层次以后,能够与安拉合为一体,即达到所谓的"人主合一"的境界。

黑塔尼借用了苏菲的这种上界观念,仿借穆罕默德登霄旅程的传说,将主人公的旅程分为三个层次,或者说三个界层。第一个界层的主宰宰娜布是先知穆罕默德的妻子,由侯赛因和哈桑兄弟辅佐。主人公在第一个界层见到了父亲、侯赛因[①]和纳赛尔的人生历程及其对后世的影响。宰娜布在思念、希望与期待的大盆中为主人公洗心换心,反复以忍耐和满足清洗他的悲伤,然后给他的心里重新注入同情与怜悯。在这里他感受到生、死与生命的延续,对于人的悲哀、渴望、思念、慰藉等情感波动有了深刻的认识,并进一步了解遗忘的必然:"思念是遗忘的第一个台阶,慰藉是迈向遗忘的一个步伐。"[②] 尔后在导师伊本·阿拉比[③]的引领下进入了第二个界层,看到了父母的因缘和自己的因缘,看到了想看的和不该看的事情,历经漂泊、虚弱、亲近、悲哀和疼爱的情境,明白了他的存在之树在烦恼、忧虑和窘困之水浇灌下才开出花蕾的,他了解了生存的实质。导师告诉他:"人总是抱怨今天,赞扬昨天。这就是人。""没有一个人对自己的生存状况满意。这个毛病是人与生俱来的。"[④] 所有这些

---

① 穆罕默德的外孙,第四任哈里发阿里的儿子。

② جمال الغيطاني، **كتاب التجليات**، **الجزء الأول**، دار الشروق، ١٩٩٠م، ص ١٩٨.

③ 苏菲大师。

④ جمال الغيطاني، **كتاب التجليات**، **الجزء الثاني**، دار الشروق، ١٩٩٠م، ص ٢٩٠.

都让他感到郁闷。在第三个界层,他驾彩虹升空,观望了母亲生前遭受的苦难,也看到了自己被捕的前因后果,经历了亲善与分离,认识到自己在这里只是一个陌路人,这个世界只不过是他的流放地,他终将返回家园。他由母亲的亡故体验了死亡的必然,他体悟了"真正的自由源于天欲之心、无为之为"①。

在《都市之广》中我们则不仅看到了苏菲时空观在黑塔尼笔下的展现,更看到了苏菲的神秘,由神秘的事件我们又看到荒诞。作者在这部小说中不时以第一人称和第三人称,从不同的视角叙述主人公在异国他乡的奇特经历。主人公的身份是教授,他代替一位同事去某国的某大学参加该大学的九百年校庆典礼。就在这个大学及其所在的城市发生了许多离奇的事情:神秘的高塔上突然跳下一个非洲人和一位英国公主,事先却一点预兆都没有,此后这便成了一个自杀的场所;一位中国太子登上高塔便失去影踪,引得其后人来此寻踪探秘;神秘的摩洛哥人和导游小姐主动邀请主人公在城市观光,在主人公丢失护照之后,两人双双消失不见,使主人公找不到证明人而陷入绝境……不仅发生的这些事情很神秘,而且大学本身就是一个充满神秘的地方。据介绍,大学校舍是该城市最早的建筑。传说大学所在地,原是远方被国王贬黜的 40 位贤人开拓的。他们在此与神女通婚,繁衍了后代。但后人只发现了 39 个贤人墓,第 40 个墓地在哪里成了一个谜。该城在 17 世纪前是一个小王国,后被武力统一,成为中央集权国家里的一座城市。主人公逐一参观了城里重要的建筑,如四座外城门、七座内城门、神秘的高塔、有螺旋楼梯的古堡、阿拉伯饭店、安全部的三层现代化建筑等等。

大学所在的这座城市发生的一切都那么扑朔迷离,神神秘秘,令人难于琢磨。七座内城门相望,神秘的高塔则位于每两门之间的连线上。古堡远远地构成大学的核心。每个建筑的功能都很奇特。高塔具有神秘力量,在特定时间登塔能治病、帮人解开难题。安全部的三层建筑是高科技的监测保安系统,地上建筑掩盖着地下的建筑。建筑看似稳固,其实它在做缓慢运动,50 年转一周,每年从地面消失一次。

发生在那些建筑中的故事可以和天方夜谭的故事媲美。传说,古堡是一位参与开拓的 40 位贤人之一治病养老的地方。他并没有死去,而

---

① جمال الغيطاني، **كتاب التجليات، الجزء الثالث**، دار الشروق، ١٩٩٠م، ص ٩٦٤.

是进入贤人子孙锁定的时间。他们向众人宣布他要隐退一段时间,返回时将是健壮的。由此才设置了隐退代理人的职务。代理人专管地方水的净化和分配。主人公从种种迹象得出古堡即是第 40 位贤人墓地的结论。

《冥冥中的呼唤》则充分表现了苏菲神秘主义中旅行的修炼。冥冥之中老是有一个声音在呼唤主人公:"离开吧,朝向落日的方向!"主人公应声而动,一次又一次的旅行构成了故事的主线。第一次呼唤,他被动地离开了出生的开罗;第二次呼唤,他离开了已经混熟的驼队;第三次呼唤,他与妻儿不辞而别,离开了绿洲;第四次呼唤,他离开了鸟王国的王位;第五次呼唤,来自他自己的内心深处,听到呼唤,他离开了挂杖人的营地。

苏菲神秘主义主张苦行修炼。旅行也是苦行的一种。在《冥冥的呼唤中》,旅程是劳累的,更是痛苦的,因为主人公不仅要忍受身体的劳累,人体的潜能发挥到极限,而且还要忍受精神上的压力和痛苦,割舍一切身外之物。每次的离去都要割舍他的东西,引起切肤之痛。离开出生地开罗割舍了故乡情;离开驼队和哈达拉毛人割舍了友情和类似的父子之情;离开绿洲割舍了妻子和未出生的儿子的亲情;离开鸟王国割舍了至高无上的王权和令人向往的人生享受,成为一贫如洗的穷人;离开挂杖人的群体主动割舍了无拘无束的绝对自由,达到了无欲;离开面对大洋的摩洛哥露台割舍了已经得到的平静,继续走向人所未知的不能联络的地方。离开挂杖人的营地是他主动割舍的。这是因为他已发生质的变化,他变为穷人,放下了一切,对那绝对的无拘无束没有了兴趣,内心生出一种力量推动他离开。离开摩洛哥是他内心呼唤使然,为了"心安"连那一丝的平常心也舍弃,最后走向无限。这一次次的离去使主人公的精神境界逐级提升。他渐渐从旅途的见闻和经历体悟到人生如梦如幻。他每离开一地到达一地,都好似凭空而降,非常神奇。

音乐也是苏菲神秘主义者修炼的重要途径。我们从《冥冥中的呼唤》里可以看到这类的描述:

> 中间的凉篷下面,坐着一组乐师,大概有七个人,六个介乎于少年与青年之间,一位长者居于中间。他身着白色长袍,戴一顶红色小帽。若不是一双眼睛有疾,会把他当成监理人,那模样那神态与监理人太像了。他握着一把丝弦,丝弦放在膝上,用象牙拨子弹

拨,弦线有五六根,其他人弹琵琶、铃鼓、竖琴、冬不拉,吹奏长笛和双簧短笛。只见他们手指飞动或抚或弹,却没有发出音响,听不到曲调。他们在练习?不过,音乐分明从远处就听到了!?

……

  他对那女子的欲望在周围一切失常的状态下越发强烈地显露出来。他进入众人之中是踏着舞步的。详细的过程是这样的:他注意到徐缓的音乐响起,轻柔得辨别不出来源,仿佛发自虚空。音乐开启他的心扉,顿是眼明心亮。那声音,似开罗的灯光、沙漠上升起落下的太阳,也好似陆地上夜间的响动突然唤起他的激情。

  音乐的节奏愈来愈快,一个音符接着一个音符,迅速地变换着。乐队指挥拿起一面小鼓,另一位乐师在他身旁弹拨琴弦,目光盯着地下不确定的一点。其他乐师一边弹奏一边摇头晃脑。指挥不时用手指击打鼓面,移动方向。一曲终了,他已面朝另一个方向。大家低着头,和着乐曲唱起来,声音悠扬和谐。乐师一边听合唱,一边开始新一轮的演奏。

  艾哈迈德站起身来,踏着节拍左右摇摆,手指指向前方或后方,一只手臂伸开,两腿旋转,然后单腿旋转,越来越快,仿佛看不到自己的身体和周围的人。他没有停下来,试图达到不可企及的状态。①

  从黑塔尼的作品中,西方读者不仅可以窥见平时难以了解到的苏菲文化,而且还可以读到怪诞的故事。在《冥冥中的呼唤》里,作者叙述了在鸟王国的变性,其中包括男变女,女变男的转化。该地区的人都要经历两种性别的生活,生下来是男,尔后变为女的;生下来是女,以后转变为男。什么时候转化很难确定,也许在儿童期,也许在青春花季,但绝不迟于五十岁。谁在死前还没有实现转变,就被视为不吉利,是神圣阳光没有渗透的结果。每一个土生土长的居民都要经过这个阶段。至于外地人就没有这个福分了。

  一般转化发生在十七岁左右。监理人喜欢的那个姑娘,生下来是个女的。预言家预言她会早熟。果然,她八岁来月经,很反常;十二岁生孩

---

① [埃及]杰马勒·黑塔尼:《冥冥中的呼唤》,见《世界文学》2001年第3期,第117—118页。

子,年纪轻轻就已经成为三个孩子的母亲。在此地,孩子用母亲而非父亲的姓氏。她母亲在转性后生下了她。母亲曾是宫中的武士,随着性别转化的完成,威武强壮的外表很快消失。每个男性愈成熟,转化后的女性愈强。

变性的事情让身为鸟王国国王的主人公深感忧虑:

> 一有机会,我便要照照镜子,瞧瞧出现了什么迹象,外貌发生什么变化。每位走近我的人都让我费些心思。若是男人,我就想看出他的女性特征或即将发生的变化。于是,我的情欲枯竭了。记得,我曾听一位朋友讲他友人的故事,那个人准备夜里好好消遣一番,请了三个女人,其中一个脱下衣服才知是阴阳人。他吓坏了,死活不敢和阴阳人同居一室。①

> 我询问过那个接待贵宾的官员,视其为有权参加我的男女欢宴的人。他说,作为一个女人他在性交时的快感异常强烈,变性后便知道如何从最初的女性生活中获益。他很幸运,变性时没费太多时间。有的人需要两三年的时间,不男不女的非常难受。我也询问过那些与我有过交往的女孩,从她们那里了解了一些从其他女孩那里得不到的房中术。尔后,我才知道他们原本是男孩,幼年已经变性。这令我惊愕不已。②

《冥冥中的呼唤》还描述了海水受孕的奇怪习俗。主人公到达有人烟地带的最后一站,也是未知世界的最前沿的地方,当地人根深蒂固地认为不育的女人若为大洋之水所打湿便可怀孕。此举需于满月之时,刮起东北风,海浪达到一定的高度拍击了巨石之时。女人提起衣衫露出大腿,下水时脱去长裤,将下身暴露在海洋飞溅的水珠之下。下身受到飞溅海浪的滋润,便有一种与丈夫做爱时的快感,有的女人把身体扭来扭去,咸水渗入体内,安拉保佑,此后她便怀孕。"过去居民这样认为,也的确行之有效。"③

主人公在沙漠上看到的拄杖人是一个怪异的群体:男男女女或在谈话,或在拥抱,或坐在一起仰头观天;还有一些可爱的孩子,七八岁的女

---

① [埃及]杰马勒·黑塔尼:《冥冥中的呼唤》,见《世界文学》2001年第3期,第88页。
② 同上书,第94页。
③ 同上书,第111页。

孩三四个人围在一起跳起舞来；一个青年趴在地上，另一群人鱼贯从上跳过；一个孩子在吹皮囊，也不怕吹伤了气；有个男人捂着耳朵，不和任何人讲话；另一个戴着沉重的缠头巾，舞起曲柄的粗手杖，指向空中威胁着；有七八个人坐在他的周围，望着一个挂着同样手杖的人，他的面部表情复杂，不断变化，但一言不发；砂石上摆放着大号的铜盘，盘中盛着米饭、烧羊肉、或烧或烤或油炸的大小不一的禽类、圆形长方形的奶酪、陶瓷的长颈瓶，瓶子中装着是葡萄酒，有红葡萄酒，也有白葡萄酒。还有一个人倚着拐杖，在场的所有的人，几乎不是握着拐杖便是倚着或将它放在身旁。可是，他们个个身强力壮，没有残疾，走路正常。众人面前摆放着一盆盆满满的青草，他们一口一口地抓到嘴里，不经咀嚼便吞咽下去。主人公还看到在大庭广众之下一个男人和一个女人正在拥抱，男人撩起女人的衣服。发生这样的怪事，是因为他们被告知世界即将结束了，于是不顾一切地尽情享乐：

开始，他们小心谨慎地穿街过巷，预报末日的临近。不少人去清真寺，靠托安拉，不停地祈祷，企盼祈祷的声音能打动安拉宽恕他们；另一些人以为大地上的火焰是他们的救星；还有人离开妻儿老小；有的人带着亲人一走了之。拄杖人的追随者说时光短暂，余下的时间不多。短时间内，人无法穷尽生活所包容的欢悦，享受一点儿总比没有强，不能再浪费光阴了。于是，他们撤离城市来到荒郊，每个人干自己想干的事。有关他们在荒郊的生活，要说的话还很多。总之，反城里之道而行之。他们不盖住房，只用布搭起凉篷，铺上起码的垫被，将一切交给集体，无所用其心。加入这个团体的人需死了那颗心。他们需要吃死人肉，称之为安拉的宰牲。他们再也不像以前那样节制自己的生活，他们带上自己的妻子，在一旁看男女交欢，或是看着妻女行事。只要他无动于衷，大家就为他鼓掌，他本人也有权参加。众人不再拘泥礼节，相互直呼姓名别号，儿子召唤母亲，母亲可以不理。有谁突发奇想，便可以立刻去努力实现它，无需担心责难和反对。一些人常说，今天属于我们，明天还不知怎么过。主人公来到这里所见到的事情太离谱了：有人竟穿上用女人衣裳裁开的布片，两手打着榧子，东倒西歪地走着，像个舞女，更有甚者，干脆脱光衣服露出羞处。

城里有位警官，一向对弱者、孤儿、需要帮助者十分凶狠粗暴。他出现在市场上时，百姓们都怕得发抖。一天下午，他站在警事办公楼前，脱下用金银丝装饰的警服，点燃了它，光着身子挂上一根用阿拉伯胶树枝干做成的拐杖。他不从家门入户,而是爬阳台和围墙,他攻击女人,半路抢劫首饰项链,躲在墙角突然袭击儿童,吓得孩子们撒腿乱跑。尔后,他也加入了荒野的团体。草药商本是位受尊敬的学者,他不再给病人按医生开具的药方配药,引起混乱,造成明显的损失。还有一位把自己拴在车上当牲口,拉着车在市场上乱跑乱叫。许多人离开了商店。为什么还做买卖?为什么还费劲去找稀有商品再运回来?他们不再关心名誉地位,只注意吃喝。多少羞怯的女人脱下面纱光着脸上街;另一些女人像从娘胎出来一样光着身子。一个男人娶了椰枣树。他爱上大树,走过去用双臂拥抱大树,亲吻树干,声称已与椰树订婚,大树与之谈话,相互吐露心曲。大法官四脚着地,见到恶狗就狂吠,又咬又抓,吓得恶狗望风而逃。一切规矩都消失了,一切准则也不复存在。人不分高低贵贱,一律拄着木拐杖,仿佛要向世人宣布即将出现不测事情。

杰马勒·黑塔尼所塑造的苏菲世界神秘而怪诞,正好契合了西方人对阿拉伯人的想象。

第二节　奈保尔与纳拉杨对神秘印度的不同认知

阿·克·纳拉杨是著名的印度英语小说家。印度英语文学因为萨尔曼·拉什迪、维·斯·奈保尔(2001年获诺贝尔文学奖)等移民作家在西方的走红而受到了关注。纳拉杨也常常被纳入后殖民文化批评的视野之中。

像拉什迪、奈保尔这样的流亡作家大多是在20世纪三四十年代出生于印度并在五六十年代移居西方,到了80年代初,他们在创作上的模仿性、双重性、无根(失重)性、混杂性、戏谑性正好迎合了西方后结构主义话语批评的趣味,由此逐步形成了主要是由印度裔学者所倡导的后殖民文化批评的一套话语。后殖民文化指涉的主要就是这些流亡作家(如奈保尔、拉什迪、穆克吉等)和流亡批评家(如斯皮瓦克、霍米·巴巴等)的创作和批评。20世纪末,随着全球化呼声的高涨,他们在创作上的跨国家、跨民族的"世界主义"特质正好使他们积极地参与进了当前世界化的跨国信息交流过程之中,因此他们在西方世界受到了较为普遍的关注,特别是他们的作品中很多关于东方的描述正好契合了西方对东方的想象。印度英语文学创作作为印英文化的混血儿,似乎是在大英帝国在印度结束其统治50余年之后才终于呱呱落地,真是生逢其时——这时代正是学者们热衷于谈论后殖民文化杂交的时代。这些作家用英语进行创作而获得西方的承认和肯定,对东方的本土作家也起到了一定的诱导作用。

当然,印度英语文学并不是在 80 年代才产生,其时间追溯到 1935 年,也就是奈保尔刚刚出生不久,印度作家纳拉杨就用英语创作了他的第一部小说《斯瓦米和他的朋友们》,从此,他一直用英语进行着文学创作。奈保尔曾说:"四五十年之前,当印度作家不太受到人们的重视时,作家纳拉杨对我们这些想搞创作的人来说,既是安慰,又是榜样。纳拉杨用英语创作来反映印度的生活,他的英语富于个性、明白易懂,没有什么奇异感。"①

但是长大成人之后的奈保尔却远离了纳拉杨,不仅是奈保尔,几乎是整个年轻一代的印度英语作家,都远离了纳拉杨。自拉什迪于 1981 年出版了小说《午夜的孩子》以来,印度英语小说的创作似乎进入了后殖民时代。他们紧紧追随的是西方的潮流,而纳拉杨的创作则自始至终都是土生土长。但"土生土长"与稍有点"崇洋媚外"之间也并非一刀两断,奈保尔就颇为崇敬纳拉杨,他对纳拉杨的创作有着不同一般的认识,分析一下他对纳拉杨创作的看法,一方面可以为我们理解纳拉杨提供一个他者化创作倾向方面的参照,另一方面也可以使我们反思奈保尔、拉什迪等后殖民作家的创作及其批评。

在奈保尔看来,印度和英国的相遇是一种流产的行为,它使印度在双重的迷茫中不知所措。一方面,新的自我意识使印度人不再可能后退,另一方面,对印度性的珍惜又使印度人很难向前行走。我们可能会发现印度自莫卧儿王朝以来好像是没有发生什么变化,但实际上它发生了深刻的变化;我们也可能发现令人深信不疑的印度对西方进行模仿的事实,有时也会让我们感到困惑,或是焦虑不安地认识到完全的交流是不可能的。否定和肯定两种原则在此是互为消长、互为平衡的。印度的力量主要来自她忍受苦难的能力,来自否定性的原则以及她那无以考察的、非时间性的、非历史性的静止中的延续感。这种原则一旦消解,印度也就失去了它的特点。正是从这种否定性原则出发,纳拉杨通过小说的创作而魔术般地将印度文明在近现代的失败转变了性质,他像是永远在沿着印度小说的无目的性的道路在行走——对小说的目的和价值有深

---

① V. S. Naipaul, "The Writer and India", *New York Review of Books*, March 4, 1999.

刻的怀疑,但他又被真诚、幽默感和更重要的以对一切都全盘接受的态度化解了印度的迷惘,他是那种不去进行自我评判和自我审视的老印度人,太多的令人困惑的东西都被他略掉了。①

奈保尔是一个典型的流亡作家,在他的心理中,印度,正如他在《黑暗地带》所说的那样,"从来都不是一个有形的世界,因而也从来都不是真实的世界,它是远离特立尼达(奈保尔的祖上从印度移居到加勒比地区的一个岛国)的、存在于虚空……悬挂在时间之中的国家。"②同样道理,我们也可以说,西方对纳拉杨来说也从来都不是一个有形的世界,因此他不会像奈保尔那样去思考印度和英国的相遇是不是一种流产的行为,他观察并加以思考的更多是他周围的人及其生活,他创作的立足点在于他脚下的、实实在在的印度。有此立足点的差异存在,也就导致了奈保尔与纳拉杨之间在创作的思维方式和审美心理上的不同,这是因为,对奈保尔这样的流亡作家来说,"流亡地与家乡并非纯粹的地理概念,更多地表现为心理作用和心理建构。家乡实际上是某种看待问题的方式,对流亡者来说,新的家乡就是以新的眼光来看待世界的方式的产生,是对世界的新发现。"③奈保尔以西方文化的新眼光来看待印度文化时,他沉痛地发现印度是一个"黑暗地带",他对印度文化感到的不仅是困惑和不安,而且是失望和幻灭,因此他笔下记录的只是印度丑陋与混乱的生活方面。而"对社会生活有着深刻洞察力的"(奈保尔语)纳拉杨却并不像奈保尔所认为的那样是一个缺乏自我评判和自我审视的老印度人,他更多地是以自己的感触对印度文化进行了他自己的再发现。我们不妨从二位作家对黑暗中灯光的感受和描写中品味其中的差异。

奈保尔如此描写他记忆中"黑暗"的印度:"对童年时代的我来说,记载着很多的人与事的印度没有什么特色。我想见(英殖民者对印度的)权力移交发生在黑夜之中,夜色一直延伸到整个的国土,就像傍晚时分围绕着茅屋的夜色,尽管在小屋周围还有一点亮色。这点亮色就是我在时间和空间中所感觉到的地带。即使是现在,尽管时间已经扩展开来,空间也已凝聚起来了,但对我来说是这是一片黑暗的地带,我就在这一

---

① V. S. Naipaul, *An Area of Darkness*, London: Andre Deutsch Limited, 1964, p. 26.
② V. S. Naipaul, *An Area of Darkness*, London: Andre Deutsch Limited, 1964, pp. 227-228.
③ Timothy F. Weiss, *On the Margins: The Art of Exile in V. S. Naipaul*, The University of Massachusetts Press, 1992, p. 111.

地带清清楚楚地旅行过了,但某种黑暗的东西仍然停留在我的脑海之中……"①在奈保尔的心目中,印度显然就是苦难的化身。他的祖父本来生活在印度这块古老的土地上,但后来被殖民生活所迫而离开了印度,来到了加勒比地区的特立尼达岛国。虽然离开了家乡,但他的祖父的心灵却一直停留在印度,因此,当他建造自己的家时,他会忽略在特立尼达所看到的殖民地风格而按印度北方邦村镇中的屋子建造那种厚重的平顶房。没有什么东西迫使他不再是他自己,他是带着他的村庄出去的。他会在一片新土地上,在特立尼达中部,令人满意地再建一个北方邦式的村庄,就像在印度那片广阔的土地上一样的村庄。童年时代的奈保尔的生活深深浸染上从祖辈到父辈一直延续下来的传统印度教家庭的生活气息。但就像年轻一代作家远离了纳拉扬的情形一样,奈保尔也无法忍受祖祖辈辈传下来的印度教式的生活。留学牛津之后,他再也不可能回到特立尼达那个充满印度教生活气息的家庭中来了,印度作为他更为遥远的文化之乡也就在虚空式的存在中永远地被悬挂起来了。本来,人们在时间的流逝中存留于脑海的大多是一些美好的、带有一点亮色的记忆,而一些阴暗的东西则会在记忆中慢慢地淡化下来,但在奈保尔对印度的记忆中,情形则正好相反,浓重的黑暗不时地吞食着他那脆弱的一点亮色。正因为他脑海中的印度是阴暗的,所以他在《黑暗地带》中所发现的印度也丑陋不堪:"印度人在铁路、海岸、山坡、河边、大街等等各个地方大小便。……从宗教角度说,如果印度教徒、穆斯林农民使用一个封闭的厕所的话,他们就会得幽闭症。北方邦某所大学里一个漂亮的、身着尼赫鲁服装的穆斯林学生有另一种解释:印度人是一个诗意的民族,他们总是寻求开阔地带,因为他是一个诗人,一个自然的热爱者,这是乌尔语诗歌所表现的内容:没有什么比黎明时分蹲在河岸更有诗意了。"②虽说这种讽刺的笔调不乏幽默,但比之于纳拉扬的幽默风格,明眼人不难看出其中恶作剧式的心态和用意。

同样是面对苦难,纳拉扬对"黑暗"却有着与奈保尔截然不同的感受。在创作《英语教师》之前(1945),纳拉扬经历了他一生中最大的苦难:爱妻不幸早逝。但是极度的磨难却使他在《我的生活》中最终认识到:"我们常人的目光停留在受到时间限制的感官之中,就像某一地点有

---

① V. S. Naipaul, *An Area of Darkness*, London: Andre Deutsch Limited, 1964, p. 32.
② Ibid., p. 74.

火把在闪耀,而其余的地方则处于黑暗之中的情形一样。如果一个人能够对自我和他人有一种整体观,那么他就能够通过人从小到老以及生生死死的进化和发展而看到一种全面的境界。"[1]无意之中,纳拉杨这段话好像正好是说给奈保尔这样的后来者似的,奈保尔在创作中也深深地触及到自我与他者的问题,但他一直在努力的目的却是要融入西方主流社会,他笔下的人物也有类似的心理倾向:他们认为殖民主义是不公正的,但又不愿把自己归为殖民主义的"受害者",而是渴望着加入殖民主义的队伍之中,为西方文化的发展作出自己的贡献,并以西方文化来批判性地引导印度文化的发展。这其中缺乏的恰恰是纳拉杨所说的某种发展的整体观,因此印度在奈保尔的笔下变成了一片黑暗的地带。而纳拉杨却通过一具火把的光芒而驱散了心灵中全部的黑暗,摆脱了外在感官的束缚而进入了内在心灵的明亮世界,这样,跳出时间的限制也就超越了生死,进入了全面的境界也就摆脱了无尽的苦难。妻子的去世给他的心灵留下了永久的印记,使他的创作发生了根本性的转折。他以常人不可理解的平静心态对待着生活,他的人格也就是他的创作风格至此终得以丰满成形:客观冷静中不乏幽默与情趣。

  奈保尔曾说,纳拉杨小说写的都是印度现实生活中的"小人物"和"小事件",而对印度的苦难和不安却没有什么反映。[2] 不管纳拉杨是否沉思过印度这个苦难国家的命运,但他在对小人物和小事件的逼真描写中也寄托了他从青年时代就一直存在的梦想:对各种事情都会转好的自信,因为事情的发展都应该如此。这与深受战争之苦的欧洲所弥漫的阴郁情调以及奈保尔对印度这个"受伤的文明"的忧郁、失望情绪正好形成对比。正是他根深蒂固的乐观主义使他能够从容平静地对待日常生活,并在对下层人物的细致观察中提炼出日常生活的真谛。比如,在小说《沙姆帕特先生》中,主人公希里尼瓦斯从《旗帜》杂志焦躁不安的工作中退回到下层社会时,他对赶车人所产生的感觉就像印度给人留下的永恒的记忆一样,假如纳拉杨的心灵中没有一束不灭的烛光的话,他就无法写出印度下层人物生活中的这种诗意来:

---

  [1] 转引自 Patrick Swinden, "Hindu Mythology in R. K. Narayan's *The Guide*", in *Journal of Commonwealth Literature*, 2000, No. 3.
  [2] V. S. Naipaul, "Hindu withdraw", in *Indian: A Wounded Civilization*, London: Andre Deutsch, 1997.

马车散发出古老的香味,那是青草的气味——将青草铺在车上,用黄麻布袋盖着供乘客坐卧。马车和青草的气味使他的思绪回到他在塔拉布尔度过的童年时代……那个名叫穆尼的赶车人皮肤粗糙,很像眼前这个正在赶车的人。那好像是很久以前——几个世纪以前——的事件了,然而它又好像是同一个人,他的年龄好像是停止在某个特定的阶段。不知什么原因,看到这个皮肤粗糙、多毛发的赶车人给他一种感觉:生活的持久性与稳定性的感觉——就像是看到榕树或岩石而生发出的那种感觉一样……

在《英语教师》中,母亲的形象也在敏感的主人公心目中产生了类似的感觉:年老的母亲象征着生活的安宁与稳定。这种描写显然不同于奈保尔心目悬挂在时间之中枯萎了的印度,它是鲜活生动的形象,是印度几千年来无所不在的传统。这种传统与纳拉杨这样的"老印度人"密不可分,而一般人尤其是外国人对此并不会有那么深的感受,无怪乎奈保尔说:"纳拉杨小说中的印度不是旅行者所看到的印度。他讲的是印度的真理。"①

1961年,奈保尔在伦敦遇见纳拉杨,纳拉杨说,无论发生了什么事情,印度都将前行。这句话给奈保尔留下了深刻的印象,以至于他在《印度:受伤的文明》《黑暗地带》《作家和印度》等多部著作反复引用纳拉杨这句话。纳拉杨这句话以及说话时无须强调的语气使他感到惊奇和有趣:印度独立14年之后国家正面临着难以摆脱的困境,但纳拉杨却像他在早期小说中所表现的那样,对印度依然充满了自信。说完上面那句话之后,他对奈保尔说,他得回去了,去散步(打着一把太阳伞),与他的人物走在一起。奈保尔在《黑暗地带》中还从这次会面谈到纳拉杨的创作:"他的创作反映印度南部一个小城中生活的人们:平常人物的平常事情,五十年来他的创作一贯如此。一定程度上可以说,这也正是纳拉杨自己的生活。他从来没有游离于他的生活。"②

而奈保尔却是要永远地游离于印度的生活,他再不会像纳拉杨那样回家了,因为他主动选择了流亡,印度对他来说也就不再会有"家"的感觉了。他把西方想象成了自己的家园,但这种"想象的家也不是真正意

---

① V.S. Naipaul, *An Area of Darkness*, London: Andre Deutsch Limited, 1964, p. 227.

② Ibid., p. 228.

义上的英国而是英国的建构,是一种典型的、对宗主国中心世界的迷狂,是某种理想化、现代化的第一世界。英国在此变成了一种神话,根据这种神话,宗主国变成了家,是世界的神圣中心。"①

但是,像纳保尔这样的作家,由于文化处境的特殊,他们在西方又难免有某种文化上的失落感,这使他们不时地带着某种冲动来回顾过去的印度或是到印度再看一看,但他们心灵上与印度的疏远又意味着他们不可能再像纳拉杨那样深入到那个业已失落的世界之中了。因此他们创作所反映的并不是真实的城市或乡村,而是他们脑海里变形了的印度。为什么会出现变形呢?拉什迪在《想象的家园》中的一段话对我们或许会有启示:

> 在南部伦敦从事着自己的创作,通过窗户看到的城市景象完全不同于我在小说想象中的城市,这个问题一直困扰着我,直到迫使自己只是在小说文本中来面对它,我清楚地知道,我在创作一部关于记忆的小说,因此我的印度就只能是"我的"印度,是千万个印度中的一个。尽管是想象性的,但我也尽力把它真实化,但是想象性的真实既是可敬的又是令人怀疑的,我知道我的印度可能只是我愿意归属的印度(我不再是过去的我,离开孟买的人可能从来不会成为我所谓的孟买人)。
>
> 这就是为什么我让叙述者萨里姆怀疑他自身的叙述,他的错误是人物角色和环境变异中不可避免的错误,他的印度是碎裂的记忆。这就是生活在国外的印度作家所努力反映的世界,那是一个破碎的镜子,某些碎片已经不可挽回地失去了。②

与纳拉杨笔下鲜活生动的印度相比,差异不仅在于奈保尔、拉什迪笔下的印度只是一种破碎的记忆,而且在于奈保尔、拉什迪把文学描写本身变成了一种政治行动,他们要通过对印度进行碎片式的再描述以便按照自己的意志来"解构"印度;而"解构"的目的却在于迎合西方后现代主义文学的趣味。这样,他们创作的真实性和艺术性首先是建立在政治化的基础之上。将文学政治化是后殖民主义文化批评的一个典型特征。

---

① Timothy F. Weiss, *On the Margins: The Art of Exile in V. S. Naipaul*, The University of Massachusetts Press, 1992, p. 88.

② Salman Rushdie, "Imaginary Homeland", in *Imaginary Homeland: Essay and Criticism 1981—1991*, London: Granta Books, 1991.

正是从这种政治化的角度出发,奈保尔对纳拉杨的创作倾向感到不可思议:"他从来都不是一个'政治性的'作家,他最初发表小说时,印度还是英国的殖民地,但在他的文学世界里,却感觉不到英国人的存在,英国的殖民统治在他所有的小说中似乎没有留下任何痕迹。太多的令人困惑的东西被他略掉了,他认为理所当然的东西也太多了。""一代代王朝兴起又衰落,一个个宫殿出现又隐没。全部国土沦落于入侵者枪炮与刀剑之下,但当沙拉玉河(印度的一条河流)泛滥时,一切又都被冲刷干净。它总是会再生并发展的。"①奈保尔引用纳拉杨的这段话来表明纳拉杨的创作思想,并进一步阐释道:"刀枪好像是抽象的东西。没有什么真正的苦难,再生基本上是一种魔幻般的力量。"②

奈保尔对纳拉杨小说的看法对西方的相关批评产生了直接的影响。比如,艾勒克·博埃默在《殖民与后殖民文学》中对纳拉杨的评价就直接继承了奈保尔的衣钵:纳拉杨的创作"强调的是印度小城镇生活的延续性和和谐。他对殖民问题的处理主要是回避。……所用手法极其简单,那就是无视英国人的存在。纳拉杨最初发表小说时,英国人还在台上,然而在他的小说里,他们却处于边缘的位置。……纳拉杨30和40年代写小说的时候,正是国内民族主义运动极其活跃的时期,但他的小说却描写了一个在很大程度上独立于殖民主义势力的世界。贯穿于他的全部作品的一个重要结构原则就是,要尽量地挽回一种有时与国大党运动有关、具有印度特色的生活方式。"③

纳拉杨的小说确实反映了一种平静随意的生活,小说中一页一页的片断性故事就像生活中不断展现的一幕幕场景一样,它似乎是没有开始,也没有结束,自然也就没有什么高潮的到来。表面上,纳拉杨似乎是在怀恋传统的印度生活方式,但在殖民和后殖民时代的现实中不可能再回到前殖民文化的背景之中,实际上,纳拉杨的创作也并非为了重建印度传统的价值观,他只是生动地反映了印度的当代生活,他创作的灵感更多来自于好奇心以及对人和周围环境的兴趣。这是他的创作策略,其中也隐藏着他的创作思想,这种思想在他创作《沙姆帕特先生》时就已经

---

① V. S. Naipaul, "The Writer and India", *New York Review of Books*, March 4, 1999.
② Ibid.
③ [英]艾勒克·博埃默:《殖民与后殖民文学》,盛宁、韩敏中译,辽宁教育出版社,1998年,第200—201页。

孕育成熟了,这就是人类力量关系中的平衡观或说是和谐观:如果一个人能够全面地考察人性,那么他就能对世界作出正确的看法:世界没有绝对的错误,也没有绝对的正确,世界只是对与错的不断平衡罢了。正是基于这种和谐的生活观,他才能稳定扎实地生活于印度这个贫穷的国度并从中发现无尽的诗意。

纳拉杨通过他的小说创作而虚构出一个南方小城马尔古蒂,并将它视为印度传统社会的象征。马尔古蒂的秩序本来是不变的,但是它的平静常常被外来的因素扰乱,这些外来的因素主要体现为旅游者、商人等代表的现代生活方式。这样,传统与现代、平静与喧闹之间便碰撞出许多故事来。但是在纳拉杨的信念中,代表传统与宁静的马尔古蒂总是胜利者,外来的不安因素最后总是自我消亡了。因为原初的秩序是不可更改的,变化只是一种假象或幻觉。纳拉杨在他的小说创作中遵循的实际上是印度传统的神话信仰:原初的世界是秩序井然的,但魔鬼以混乱的方式扰乱着众神的世界;而且魔鬼的力量如此强大,以致众神也无可奈何。可以说,每一个魔鬼在世界上的出现都带着某种不可摧毁的性质;但每一个魔鬼又都不知他在诞生的时刻就已埋下了毁灭的种子。这样,魔鬼总是在某个难以预料的时刻而自我毁灭了,于是宇宙的秩序又得以恢复。这是一个循环往复的过程:从秩序到秩序被打乱,然后是秩序的恢复。

纳拉杨的这种信念反映出了"老印度人"的某种天性,他们把令人目眩的现代世界看成是真实世界的幻象,不仅英国在印度的殖民统治在纳拉杨的小说创作中见不到踪影,而且印度三四十年代极其活跃的民族主义运动与纳拉杨早期的小说创作也无多少关涉;再者,随着印度的独立而出现的印巴分治以及印度独立后的五年计划和教派纷争等历史事件与现实问题似乎也不触及马尔古蒂,洪水、灾荒、疾病等自然灾荒在纳拉杨的笔下也显得轻描淡写。所有的事件与行动在纳拉杨幽默与机智相结合的小说叙事模式中均变成了幻象。一定程度上也可以说,纳拉杨的小说是现代印度的神话和寓言。

但是,他的小说又不像印度传统神话那样散漫无序,在叙事方式上,他也不像拉迦·拉奥那样采取印度老祖母式的喋喋不休的讲故事的形式,他的小说如《向导》等作品很讲究人物叙事方式的现代化,结构上显得非常严谨。他也不像一般小说家那样以爱情或是艳情取胜,他甚至是有意回避了这方面的内容。语言方面,他也从不夸饰,也不故弄玄虚地以印度的语言词汇夹杂于英语文学的创作之中,他的语言总是明白易懂的。风格方面,他的讽刺笔调既谈不上善意也谈不上恶意,而是充满了幽默与情趣。比如,在《金融专家》(1952)中,小说的主人公,也就是所谓的"金融专家"马尔迦耶,在寺庙里听到一个父亲在教训自己的孩子:不要在神面前啃指甲!马尔迦耶因此想了很多,若是自己的儿子在寺庙里啃指甲,情形会如何?他应该执着于他所喜欢做的事情——不仅啃自己的指甲,啃别人的指甲也无妨——伟大的"金融专家"自傲地想象着按自己的形象来塑造自己儿子的性格:自我中心主义者。纳拉杨的小说正是以这样的喜剧形式写下了富于宗教色彩的寓言:利欲熏心导致的必然结果不仅是精神的匮乏,而且是精神的扭曲和变形。印度人喜爱夸夸其谈,常常会说些不着边际的大话,通过马尔迦耶的心理话语,纳拉杨把印度人这种爱吹大话的——用奈保尔的话说是喜欢"big talks"——的毛病毕现无遗。

从所继承的传统上看,纳拉杨的讽刺似乎是借自于西方文学,但是他的讽刺又融合进了印度的某些难以言明的东西,这可能和纳拉杨对一切都采取漠然的处世态度有关——讽刺也是一种漠然的讽刺。"在后殖民社会的混合现实中不可能返回理想化的、纯洁的前殖民文化背景之中,纳拉杨的创作反映了这一问题,他的创作或被认为是极为传统的,或被认为是融合了英语文学传统的讽刺观。这两种阅读观都建立在虚假的二分法之上。后殖民文体常常是混合杂交的形成物,把它们读作纯粹传统价值的重建或是外来文化入侵所造成的结果都是不足取的。"[①]从本质上看,讽刺和印度的文学传统并不相融,纳拉杨是如何解决这一矛盾的呢?他采用的方式非常简单,这就是将矛盾非表面化,换言之,他以漠视的态度淡化或说是抛开了这一矛盾,他并不去深思这一问题,而是平静随意地拿来为我所用,也可以说是印度现当代社会光怪陆离的现实中自然而然地孕育了纳拉杨的创作风格。我们以《向导》为例对此风格稍加分析。

《向导》写的是一个假圣人的故事,但其中的真真假假颇有《红楼梦》式的"假作真时真亦假,无为有处有还无"的梦幻般的色彩。小说开篇,刚从监狱里出来的拉纠因为没地方可去便暂居在一个破落的庙宇里。

---

① *The Empire Writes Back*, eds., Bill Ashcroft, Gareth Griffiths, Hellen Tiffin, London-New York: Routledge, 1989, p.109.

农民瓦楞来到庙里,他失神而敬畏地凝视着拉纠,拉纠对此感到好奇与不安,就说:"你愿意的话,请坐。"瓦楞在拉纠盘腿坐着的地方下面两个台阶上坐下,把拉纠当作了半人半神的圣人。拉纠刚从狱中出来,为了不泄露自己有罪的过去,谈话极其谨慎,这进一步使瓦楞坚信他是一个圣人,日后拉纠的话在瓦楞看来又是绝对地应验了,于是拉纠是个圣人的说法很快就在村中传遍了,来膜拜拉纠的人络绎不绝。拉纠本来只是想在破庙里暂时居住,现在他不愁吃穿,于是就乐得做起圣人来。他并不是要欺骗人,只是他发现人们需要欺骗,他不能使人们失望罢了。拉纠慢慢地由被动转为主动,自觉地玩起圣人的游戏来。但在最后他却被自己编织的罗网套住了再也逃不出来,只得被动地为圣人角色的完成而进行绝食。在百年不遇的大干旱中,村民们为了生存而发生争吵,并进而发生了械斗,拉纠听说后深感不安,他怕警察来了之后他的身份暴露,因此对村里的一个小孩说:如果人们继续争吵,他就不吃饭了。这个小孩不明白村民们的争吵与拉纠的吃饭之间有什么必然的联系,于是昏头昏脑地告诉大家,拉纠要绝食;人们问他为什么,他想不出什么合适的理由,就说因为天不下雨。拉纠糊里糊涂地陷入了他自己的骗局之中:除了绝食至天下雨外,他别无选择。在村民们的精心照顾下,他想逃也逃不出去。无奈,拉纠最后只好连医生的劝阻也不听了,坚持绝食到他晕倒下去,而后天空出现了要下大雨的征兆。拉纠最后是死是活,作者没有交代。换句话说,拉纠最后是否真的成了圣人,作者让读者自己去判别。有评论家认为拉纠假戏真做,最后抛弃了假圣人的面具而成为了真正的圣人;也有评论家认为拉纠至死都是一个骗子,因此整部小说自始至终采用的都是幽默和讽刺笔调。

这部小说采用主人公讲故事与第三人称直叙两种叙事方式将拉纠作为凡夫俗子的过去与现在的圣人生活有机地结合起来,形成鲜明的对照,这本身具有一定的讽刺效果。但从印度的文化传统上看时,这似乎又不是纳拉杨有意制造的讽刺效应。纳拉杨曾根据印度神话编写了《蚁垤仙人》的故事,这故事中的蚁垤仙人的前身,根据印度神话的说法,就是一个强盗,如果说蚁垤能从一个强盗再生为一个仙人的话,拉纠从一个骗子转变为圣人也就不违背什么常理了,这一切在纳拉杨的幽默的文笔下似乎也顺理成章——拉纠在破庙里被农民瓦楞当成了圣人,拉纠的心中只是好生奇怪:我这是在监狱里呢,还是已经经历了某种再生?连他本人也搞不清楚自己是不是一个圣人,后来他甚至把他的过去一五一十地讲述给瓦楞,但瓦楞却只是失神地听着,并依然把他当做圣人,好像拉纠讲的都是他前生的故事一样。这里面真真假假、虚虚实实,个中奥妙尽可由读者自己去体会,所以,我们在小说中看不出拉纠从一个骗子转化为圣人的心理变化,也可以说骗子和圣人本来也就是合为一体的,由此来考察小说的结局时,它的含混性也恰恰是它的魅力所在:一切矛盾都是非显现化的。这也显示出纳拉杨在创作中泰然自若的心态来:他的小说并不是要有意融合印度文学与西方文学,因此不能认为他的小说是后殖民印度社会的杂交文本;再者,他也从没有拉什迪或奈保尔那样把小说的创作看得多么辉煌和崇高,他更多地把小说创作看成是对生活的充实和对生活情趣的发现和提炼,因此他的创作也不是要造就一个新的印度或是思考印度在当今时代的命运等等问题。纳拉杨更像是他笔下的拉纠一样不断地演出一些看似荒唐实则辛酸的故事来。2001年当他以90余岁的高龄离开人间时,他没有留下什么遗憾,因为他那种漠然而然的态度早已把死亡看得淡得不能再淡甚至淡出了几分喜悦之情:"死亡就像是脱去了旧衣服和穿上了新衣服。"①

奈保尔对纳拉杨还是颇为敬慕的,他对纳拉杨创作的认识也可谓深入骨髓,他知道他永远不可能有纳拉杨那样的创作心境,因此,在他看来,纳拉杨是无法模仿的:"在纳拉杨所关心的形式和他的否定态度之间存在着他自身的矛盾;在这种非表面化的矛盾中隐藏着纳拉杨的魅力,有人称之为契诃夫式的魅力。他是不可模仿的,也不能认为他的创作是印度文学所要实现的综合性的产物。"②

第三节 中国文学中的荒诞母题

已故女作家茹志鹃创作于1978年12月的短篇小说《剪辑错了的故事》可视为新时期最早的反思小说、意识流小说的代表作,亦可看作较早的涉及荒诞、变异母题的作品。在浮夸风盛行的大跃进时期,农民将十多亩地的稻子,硬搬到一亩地里去收割,生生地放出亩产一万六千斤的"特大卫星",当来参观的人问及"稻子长得这么密,通风问题你们怎么解

---

① R. K. Narayan, in *Time*, August 24, 1992.
② V. S. Naipaul, *An Area of Darkness*, London: Andre Deutsch Limited, 1964, p. 227.

决?",老寿玩笑般地回答"用风扇扇"。并且滑稽地编唱:"一年种出四年稻,今后生活甭提有多好,拍大腿,唱小调,共产主义眼看就来到……"。凭借浮夸风,公社甘书记升为了县委专抓粮棉油的书记,批评老寿他们眼光太浅,要他们"一天等于二十年,跑步进入共产主义"。人们挑灯夜战,"革命有点像变戏法";而且要砍断快成熟的梨树,赶种麦子;又是用土坩埚,发动农民大炼钢铁……小说客观暴露了"文化大革命"时期种种荒唐之事,勾画了一幅幅滑稽可笑而又可悲的现实生活图景。

  与茹志鹃同时,宗璞则从精神受摧残、扭曲的知识分子题材来表现"文化大革命"荒诞的特征。短篇小说《我是谁》描写了一个研究生物的学者韦弥被"文化大革命"中"在革命的口号下变得狂热的人"诬为"黑帮的红人""牛鬼神蛇"后对于自身身份的迷惘。在幻影与错觉中,自己仿佛是"青面獠牙,凶恶万状,张着簸箕大的手掌",仿佛自己果真是"浸透了毒汁",变成了虫子,一条大毒虫,"一本正经地爬着"。因对自身身份的迷惘、困惑、失落与绝望,她最终投水自尽。小说间接地描绘了"文化大革命"这个把人变成鬼、变成虫蛇的荒诞年代,并揭批了它对于人性的无情摧残与毁灭。短篇《泥沼中的头颅》描写在混沌蒙昧的泥沼中,一颗知识分子的头颅倔强地四处游弋,希望找到那把改变泥糊状态的现实的钥匙,要"从腐烂里挣扎出来",要用理性的思想和文化去拯救那些陷于泥沼之中不可自拔、灌满混沌泥浆的众多身躯、头颅与灵魂。小说以荒诞无稽的笔触叙述了一个寓言式的故事,旨在暴露十年"文化大革命"对于民族身心深刻而久远的侵蚀与伤害,指出要疗治、肃清"文化大革命"余孽、余毒,是多么迫切而紧要、艰巨而持久的工作。

  在描写非人的、颠倒理性与文化、思想的十年"文化大革命"之后患、伤痕方面,同样采用荒诞手法的女作家还有谌容等。短篇小说《减去十岁》从一条小道消息开始写起,这条消息称上面要发个文件把大家的年龄都减去十岁,于是,64岁的老局长可以不愁退休了;49岁的工程师当不上局长了,却可在专业上有更大成就;39岁的父亲觉得自己精力充沛,闹腾着想离婚,女人则感到自己一下子年轻了回去;29岁的老姑娘变成含苞待放的少女,想要上大学了;……结果发现这一切都只不过是一场荒唐的闹剧。岁月无情地溜走,现实生活依旧延续。"文化大革命"剥夺了多少人整整十年的大好时光,这样一个沉重的主题便在荒诞的描述之中浮出水面。

  与宗璞以想象与幻觉的方式表现荒诞母题不同,残雪则是以一个变态的视角洞察人、事及人与人的关系,从中发现荒诞的意味。在短篇小说《山上的小屋》(1985年8月发表)中,像个"狂人"的"我"敏锐地感觉、感受着周围变形、扭曲、畸态的人和事:在月光下,有那么多小偷在我们这栋房子周围徘徊,窗子上被人用手指捅出数不清的洞眼;父母亲的鼾声,震得瓶瓶罐罐在碗柜里跳跃起来;父亲每天夜里都变为狼,绕着房子奔跑,发出凄厉的嚎叫;母亲常被吓得哆嗦,"一边脸上的肉在可笑地惊跳";妹妹的目光直勾勾的,"刺得我脖子上长出红色的小疹子";母亲每次盯着我的后脑勺,"我头皮上被她盯的那块地方就发麻,而且肿起来";每次我在井边挖得那块麻石响,父母就觉得被悬到半空,簌簌发抖,用赤脚蹬来蹬去,踩不到地面。而母亲一听到我开关抽屉的声音就"痛苦得将脑袋浸在冷水里,"一直想着"要弄断我的胳膊";而房里的灯光竟刺激得她的血管发出嘭嘭的响声,像是在打鼓……小说通过这种种幻觉、梦游、变态扭曲、畸形的描写,表达人与人之间的隔膜、敌意及无法沟通,呈现人生存的孤独、寂寞、焦虑、痛苦。残雪的荒诞"话语"是极端的,几至"痴人说梦"或"狂人疯语"的地步,而正是这种极端的荒唐无稽才更深层面地揭示了人性中的缺陷与弱点,人生的迷惘、苦痛与悲哀。在《苍老的浮云》中,人物都心理变态,人与人之间没有丝毫温情,夫妻、父母、邻里、同事之间都处于相互窥探、互相忌恨的窘境之中。长篇小说《突围表演》描写五香街上一群处于焦灼不安、惊恐压抑中的人物,每个人都以打探他人隐私当做自己的资本、生活的乐趣。残雪的小说以一个梦魇的呓语,一个敏感"狂人"的梦游话语,描述出一个荒诞、丑恶、变态、错乱的非理性世界。在这个空间中,个人处于孤独、焦灼、恐惧、压抑,大多带有神经质、自恋变态精神分裂的印记。人际关系则体现出萨特所言的"他人即地狱"的存在主义哲学价值理念。从这些方面看,残雪小说无疑是具备现代派特点的,是与西方存在主义、表现主义、荒诞派等现代思潮的影响密不可分的。

如果说残雪的小说着眼于表现一个神经质者感觉中的世界的话,竹林的长篇小说《女巫》则试图表现的是一个巫术的荒诞世界,充满着神秘、怪异、宿命、诅咒、秩序伦理错乱的生存空间。

《女巫》开篇便写到"天上出现莲花",一时间遍地氤氲,异香馥郁,和赵婆婆死而复生这两件怪诞的事,奠定了小说充满神秘农村宗教迷信氛围和曲折悬念的基调。小说接下来写小尼姑荷花因与族长私通而被"放水灯",死后满池荷花只剩下一朵硕大无朋的五色莲,被村民认为是"小尼姑显灵"。之后引出对族长与小尼姑私通的离奇情节,和打雄的公鸡一样的年轻小伙阿柳看狗打雄,又偷窥族长和小尼姑通奸,之后逮住一只羊发泄欲火这样一个荒诞情节。在东洋人打过来后,他也趁机奸污了比他大好几岁的小尼姑。

年轻的阿柳当上族长后,奸污妇女,无恶不作,被身受其害的须二嫂加以长久的诅咒,终于上吊死了。

须二嫂是小说着力最多的人物。小说写到她与赵婆婆儿子小金宝,即后来当了和尚的"观世法师"殷来,俩人少小无猜。嫁给二哥后冤魂附身,成了女巫,开始"跳神",并借其口说出阿柳、阿桃兄弟杀人害命的事实;在人和神的世界里她报复不了仇人,便在巫与魔的世界里对仇人施加怪诞神秘的诅咒:在木刻的小人身上扎针,日复一日地念诵咒语。而女巫的诅咒竟神秘的一一变为现实。

小说处处散发着荒诞而神秘的宿命气息。譬如,赵婆婆很小的时候,瞎子先生给她算命,说她是骨牌命,将来要克丈夫的。后来,她的两个丈夫真的都先后死了。阿柳的儿子林泉被一阵怪风给吹歪了嘴巴,村里人都说是"神道风",他给菩萨烧香上供,认定钱不但能通人,也能通鬼神:菩萨吃了喝了也拿了,该不会再忍心降祸了吧。老法师认定是他家祖上孽气太重,连累及子孙,便同意他把孩子"过继"给菩萨做干儿子,还要捐一笔钱给庙里做善事,终于挽救了林泉,但在他即将还俗之际,这个法名叫悦来的和尚却阴差阳错地被他父亲杀害了。当须明华与同父异母的妹妹春芳野合后,突然听到村头的老柳树喊"救命",最后这对乱伦的兄妹生下一怪胎,挂在了喊"救命"的老柳树纷披的枝叶间,须二嫂的诅咒应验了,冥冥之中的报应竟落到了女儿身上。

须守道被母亲安排着"借腹生子",与"小尼姑"荷花媾和。其中穿插了500鬼子之母因吃人后经佛祖点化变成送子娘娘护法神的佛经故事,以及佛教密宗的欢喜佛形象等神秘故事。当私通奸情被揭发后,身为族长的须守道企图使用调包计,花钱从外村买一个不谙人事的傻女子替换荷花去被"放水灯",最后却阴差阳错地留下了傻女子,而她竟是自己当年志同道合的革命情侣杨小姐的妹妹。

阿柳借助算命老道婆神秘的"道",实现了主宰一村人命运的渴望。老道婆用一个怪异的小"嶂里人"来算命,算出阿柳家前池塘的那条笔直的路,像一支射向心脏的箭。阿柳相信了她的话,供奉这个用7年香才通灵得道的小仙人,从此,他要的一切就都能得到。他主持"吃公祭",哄菩萨老爷,"哄得高兴了,来年风调雨顺,大家都有好处"。他发现抬菩萨必经的官路上银宝外婆家的那只粪缸十分碍眼,于是让几条汉子去撬粪缸,动了"湿"的粪,结果碰到了"刹",银宝外婆晕了过去。白相阿狗让人拿来一些草纸垫在缸下,外婆果然醒过来了。由此又引出了怪异的关于罗刹女的佛经故事。

接着给菩萨"添相",整修、油漆。因为长庙庙界的人丁不兴旺,于是连升和尚提议再塑个女身菩萨。悦来娘发现家门口有两棵豆苗,便认为是有人咒他儿子"出痘子",为嫁祸于人,她把豆苗移种到赵婆婆家门口,"想用妖法害人",咒她儿子出痘子。引出了骆驼相面,说出一番男身菩萨耐不住寂寞,去了几次烟花巷染上了腥臊病决心传染给庙界的人,并提出给塑一身通灵的女身菩萨。结果在"叫姓"时,银宝这个丫头疯疯傻傻应了一声,魂便附到了菩萨身上,变得迷迷糊糊,一点灵气也没了。而这一切竟会是因为连升和尚投了迷药造成的。

小说全篇充满了神秘怪诞的情节、场景和事件,正像萧乾先生为《女巫》所作的序《中国农村社会的历史长卷》一文中所指出的:《女巫》的主要艺术成就在于对中国农村神秘的宗教文化的描写。宗教文化活动几乎贯穿了整部小说。在文化落后的农村中,这种宗教文化渗透到农村生活的所有领域,从而代表了封建社会的精神统治。《女巫》的内在力量和影响,也许会大大超过我们的估价,而走向世界。

诚然,随着竹林的作品逐渐引起英、美、加、日和现代中国文学研究界的重视,她的名字不断地被海外人士提及,包括《女巫》在内的竹林小说势必会在包括西方读者在内的外国引起一定的反响。

第四章

他者化：东方文学作品中的落后与堕落主题

在东方作家的笔下有不少揭露本民族社会存在的各种落后现象，揭露社会的阴暗面。应该说这类作品的大多数是本着促进社会发展进步的宗旨去进行写作的。但是这类作品中有一部分被西方发现以后，倍感兴趣，赶紧翻译介绍给西方读者阅读，潜意识中含有一种西方比东方进步、高贵的思想，纳入到西方对东方的想象体系中去，从而鼓舞了后来的一些具有他者化倾向的东方文艺创作者，进一步表现东方的愚昧落后。

第一节 阿拉伯作家笔下的落后现象

面对阿拉伯社会的落后愚昧，很多阿拉伯作家的笔下都有所表现，埃及的塔哈·侯赛因、苏丹的塔伊布·萨利赫和摩洛哥的塔希尔·本·杰伦等作家是其中的高手。他们在这方面题材的写作在不同程度上受到了西方评论家的肯定和赞扬。但需要说明的是，这几位作家对于阿拉伯社会的揭露对于促进阿拉伯社会的发展是功不可没的，他们并不是刻意迎合西方的作家，只不过他们所选取的角度恰恰符合了西方审视落后东方的"他者"目光。

一、塔哈·侯赛因对埃及农村落后生活的描绘

塔哈·侯赛因（Taha Husein）是阿拉伯现代最著名的文学家、评论家、思想家之一。1889年出生在上埃及一个小城马加杰附近的一个村庄。他虽自幼失明，"但却以超乎常人的毅力在黑暗中、在布满荆棘的道路上顽强、执着地探索、追求、前进"。[①] 他虽然身有残疾，却做出一番事

[①] 季羡林主编：《东方文学史》下册，吉林教育出版社，1995年，第1473页。

业,①被人尊称为"征服黑暗的人",获得了"阿拉伯文学之柱"的美称。他创作的小说不仅得到阿拉伯文坛的称誉,还受到西方读者/评论家的欢迎,尤其是其代表作《日子》从1932年出现英译本开始,被译成了多种欧洲文字,后来,有些东方国家也从阿拉伯文直接翻译,或间接地从俄文版、英文版译成本国文字。②

塔哈·侯赛因的自传体小说《日子》共分3卷,第1卷从1926年开始在《新月》杂志上连载,于1929年出版单行本。这一卷,记述了作者童年时代在埃及农村的生活。第2卷发表于1939年,着重叙述了作者离开家乡,来到开罗爱资哈尔大学的学习与生活,反映了当时在宗教和文化教育领域里主张改良的革新派与旧势力之间的斗争,以及革新派对作者和其他一些青年学生的影响。第3卷直到1962年才出版,描述了作者进入新建立的埃及大学,接受新式教育,汲取新思想、新知识,以及后来赴法国留学的学习生活与传奇式的爱情经历。"作品具有强烈的感情色彩和浓厚的抒情意味。作者时而用抒情笔调,娓娓动听的语言,描述一个双目失明、正直、善良、敏感、自尊、要强的孩子在寻求光明的道路上遇到的种种艰难困苦,令人读后不禁会洒下同情的泪水;时而又用幽默、诙谐的语言,漫画式的手法,绘声绘色地刻画出那些不学无术而又要装腔作势、招摇撞骗的守旧势力代表人物的丑恶嘴脸,使人读后忍俊不禁。"③

西方评论家对《日子》很感兴趣,原因是这部作品可以帮助他们了解19世纪末20世纪初埃及阿拉伯社会的面貌,特别是阿拉伯知识分子在

---

① 塔哈·侯赛因不仅在文学上成就卓著,曾两度被推荐为诺贝尔文学奖候选人,而且为埃及的教育作出过巨大的贡献。他在20年代末、30年代初曾两度担任埃及大学文学院院长,40年代又出任亚历山大大学校长一职,积极推动埃及的现代教育,尤其值得称颂的是,1950年至1952年他任埃及教育部长期间,签署了免费教育法令,使埃及广大贫穷家庭的子弟获得受教育的机会。他的努力也给他带来巨大的声誉,1952年革命以后,他被推举为埃及作协主席、阿拉伯语言学会会长,先后获得希腊、英国、意大利、法国、西班牙等欧洲国家七所大学授予他的名誉博士称号。1949年,获埃及国家文学奖,1958年获国家文学表彰奖,1965年获尼罗河勋章,1973年他逝世的前一天获得联合国人权方面有最杰出成就的名人奖。

② 新中国成立前曾经出版过《日子》第1卷的中译本。1961年由秦星根据阿拉伯文本重新翻译,把第1卷和第2卷合在一起。据称该译本还参考了苏联外国文学出版社1958年出版的俄文译本,和英国朗文—格林出版公司1948年出版的英文译本 The stream of Days(Hilary Wayment 译)。

③ 季羡林主编:《东方文学史》下册,吉林教育出版社,1995年,第1478页。

当时的社会环境中所面临的种种问题。另一方面,作品中所描绘的埃及/阿拉伯社会普遍贫困、疾病盛行、卫生的落后、人民愚昧、迷信盲从和浓厚的伊斯兰气氛,在一定程度上吻合了西方人想象中的阿拉伯人形象。

主人公"我们的朋友"/"这孩子"所在的私塾,除了教他背诵《古兰经》以外,什么也学不到。私塾的教书先生则是个十足的骗子,一点都没有为人师表的模样。他整天不管私塾里的学生,而把他们的功课交给一个比他们年长的学长。当"这孩子"会背《古兰经》的时候,他马上到"这孩子"的家里去,好吃好喝一顿,走的时候还要拿走"家长赠送的厚礼"。对于那个帮助他管、教学生的学长,他本来答应分给学塾收入的四分之一。但是他"隐瞒了学塾的一部分收入,又把孩子们带来的好吃的吃食都独吞了。"①以至于学长恨之入骨,"因为他是一个臭名昭彰的骗子手和撒谎者。"

现实教育了"我们的朋友",在这个尔虞我诈的社会里必须慎独,不能轻信:

> 在这一周里,这个孩子懂得了讲话必须谨慎,知道轻易相信人们的诺言,轻易相信人们会履行义务,那是鲁莽和愚蠢。难道雪赫②不是起了誓,说永远也不把他送回学塾里去吗?可是现在他又回来了!雪赫的起誓忘誓,西迪③明目张胆地撒谎,还要随便拿休妻来发誓,这两个人有什么区别呢?这些孩子们和他唠叨,他们在他面前挖苦西迪和学长,并且故意调唆他骂他们,等到他们达到了目的,却又向这两个人去讨好,利用这种方法来接近这两个人,这些孩子们和西迪又有什么区别呢?后来西迪来了,把孩子们传的话说给母亲听,母亲也笑话他,还特意叮嘱西迪严加管教,他的母亲和西迪又有什么区别呢?他的弟兄们更是幸灾乐祸,不时地重复西迪的话,嘲弄他,刺激他,这些弟兄们和西迪又有什么区别呢?……④

在"我们的朋友"眼里,到处都是欺骗与背叛,从学塾的老师到同学,从自己的父母到同胞兄弟,没有一个值得信赖的人。在西方人对阿拉伯

---

① [埃及]塔哈·胡赛因:《日子》,秦星译,作家出版社,1961年,第23页。
② الشيخ 指孩子的父亲。又译"谢赫",意为长老。
③ 指学塾先生。笔者注。
④ [埃及]塔哈·胡赛因:《日子》,秦星译,作家出版社,1961年,第31页。

人的描绘中,欺骗与背叛是经常出现的主题。如前所述,伊斯兰教的先知穆罕默德就常被欧洲人当成一个大骗子。因此,塔哈·侯赛因作品有关这一类的描述正好契合了西方人对阿拉伯人形象的妖魔化想象。

《日子》中所描绘的一系列埃及人形象中,对于宗教界人士的刻画尤其详尽、突出。上述提到的学塾先生,实际上也在一定程度上带有宗教的色彩,因为他在学塾中所教授的内容几乎都是关于伊斯兰教经典《古兰经》《圣训》。除宗教知识以外,他没有教给学生其他的知识,事实上他也没有能力授予学生更多的非宗教知识。尽管那位学塾先生没有什么学问,但是对学生的家长却表现出贪婪的嘴脸,要求经常供给他食物、饮料、衣服和钱财。在"我们的朋友"刚刚学会背诵《古兰经》的时候,"先生"就提出了他的"权利":

> 一顿丰盛的晚餐、一件竺巴①、一袭长袍、一双鞋子、一顶马格里布式帽子、一条同样材料的缠头巾和一个金基尼,②"这些东西是少一样也不行的。……假如不把这些东西都给他,他就翻脸不认人,束脩一概不收,并且和他家断绝关系,还用最厉害的咒语来诅咒他家。"③

从这位学塾先生开始,在乡村颇有地位的宗教人士逐一粉墨登场。在农村的广大农民看来,这些人是有学问的人、品德高尚的、能够沟通普通民众与造物主关系的人:"在农村和偏僻城市中,雪赫骄傲而威严地踱来踱去,他们一开口,别人就会带着感动而尊敬的神气倾听他们。我们的朋友在内地人的心理的影响之下,也像内地人一样,把学者看得了不起,认为他们是用特殊的泥造成的,和造化全人类的泥土不同。"④但是在这位年幼失聪然而分外敏感的孩子心目中,威严的宗教首领露出了狡黠、诡诈、卑鄙、贪婪的面目。⑤

小城的几位宗教学者都不学无术,而且身上都有这样那样的毛病,或心胸狭窄、尚慕虚荣,或装神弄鬼、愚弄百姓。"这个城里的学者就是这样。但是,另外还有一些散居在城里和附近村庄的土学者,论起愚弄

---

① 竺巴,埃及人常穿的一种类似无袖罩衫的外衣。
② 金基尼,埃及及货币单位,又称埃及里拉,当时的币值与英镑等价。
③ [埃]塔哈·胡赛因:《日子》,秦星译,作家出版社,1961年,第15—16页。
④ 同上书,第38页。
⑤ 高骏千:《日子》"中译本前言"。

人和统治人的手法来,他们也和这几位官方承认的学者差不多。"①作者描述了 3 位这样的土学者。有一位当裁缝的哈吉,是"我们的朋友"非常熟悉的人,因为他就在学塾对面开一家成衣铺。这个人不仅以贪婪和吝啬闻名遐迩,而且骄傲自大,目空一切,只因结交过一位信仰塔里卡特派②大谢赫,便瞧不起一切学者。另一位谢赫,靠做买卖发了财,但是大家都了解其为人:自恃"有学问"而讨厌大清真寺的特长,不愿到大清真寺去礼拜,他侵吞孤儿的遗产,靠着剥削穷人才发了财,却经常背诵和解释宗教经典中警戒侵吞孤儿财产者的有关章节:"侵吞孤儿的财产的人,只是把火吞在自己的肚腹里,他们将入在烈火之中。"③还有一位谢赫,读也读不好,写也写不好,甚至连最简单的"开端章"(《古兰经》的第 1 章,只有几句话)都念不好,却召集人们共同举行修行仪式,还对人们的教务和俗事指手画脚。

除了这些正宗的学者和土学者外,还有一群所谓的"教法学家",其实他们只是一些普通的诵经师,却自命不凡,自称为"安拉圣经的代表者"。"他们接近一般老百姓,特别是妇女,因为他们大多数是瞎子,可以随便走进人们的家庭去诵读《古兰经》。妇女常和他们商量,把有关斋戒、礼拜和其他问题求教于他们。这些法开赫④的学问完全与学者不同,因为学者的学问是从书本中取得的,因此和爱资哈尔⑤多少有些联系。他们的学问也和塔里卡特派不同,因为这个神学派的学问是直接由《古兰经》中取得的,而他们却尽力求得理解,决不囫囵吞枣,也不墨守成规。他们的理解也和先生一样,先生原是一个最聪敏、最有学问和最善于解释的法开赫。"作者以反讽的手法揭示了这些瞽目的诵经师的不学无术与胆大妄为,他们对宗教经典胡乱加以解释,却显得满腹经纶。有一天,"这个孩子"(即"我们的朋友")问先生:"至上的安拉说的,'他确已经过几个阶段创造了你们'这句话是什么意思呢?"⑥这位先生居然"安详而确切地"答道:"既然把你们造化成野牛一样了,当然你们什么也不

---

① [埃及]塔哈·胡赛因:《日子》,秦星译,作家出版社,1961 年,第 41 页。
② 哈吉(حاج),凡是去圣地麦加朝觐过克尔白天房的穆斯林都被尊称为"哈吉"。
③ 塔里卡特,意为"道路""方法",伊斯兰教的一个苏菲神秘主义派别,以精神上的自我修炼为目的。
④ 法开赫(فقهاء),فقيه的复数形式,意为教法学家。
⑤ 爱资哈尔是埃及的宗教教育体系,包括宗教大学、中学、小学和幼儿园。
⑥ [埃及]塔哈·胡赛因:《日子》,秦星译,作家出版社,1961 年,第 42 页。

会理解。"①先生把句子里头的一个重要语汇"阶段"(أطوارا)，误记为"公牛"(أثوارا)，虽然只差一个字母，其所理解的意义已相去甚远。而其在回答问题中时表露出居高临下、蔑视学生的态度更是可笑。

作品还描述了埃及各地苏菲盛行、宗派林立、门户纷争，宗教首领借宗教的名义扰民、害民，他们的狡黠、诡诈、贪婪、卑鄙、无耻残忍，简直是"一代更比一代强"。一位深受此类首领之害的母亲经常对子女们讲述其祖母的故事：

> 有一次我的父亲随着我的祖母跟谢赫哈里德去朝圣，这一次他带了母亲一起去。朝觐以后又到麦地那去，老太太在旅途中从马上跌下来，摔伤了背，不能走了，连动也不能动，她的儿子就一路背着她走，使他感到十分痛苦和劳累。一天，他向谢赫诉苦，谢赫问他说："你不说过她是阿里的儿子哈桑②的后代，是高贵的人吗？"他答道："是的。"谢赫说："要知道现在她是到她的祖宗那儿去，等你把她带到圣寺时，就把她留在寺边，让她的祖宗看着办吧！"
>
> 他就照办了，把母亲放到圣寺的一角，用农民的粗鲁而仍旧充满亲爱怜悯的口气对她说："让你和你的祖宗在一起去吧，从此不与我相干。"说完就抛下她，随着那位要游圣墓的谢赫走了。后来，他对人说："我凭安拉起誓，我刚走几步就听母亲叫我，我回头一看，她很快就站起来了，我不愿回到她那儿去，她就在我后面追着跑来，超过了我和谢赫，随着巡礼者——同游了圣墓。"

作者平平淡淡地插述进来的一段小故事，把宗教首领的冷漠、农民的粗鲁、儿子的不孝、民众的盲从与迷信描绘得有声有色。

后来在第二卷中出现的爱资哈尔教师、德高望重的谢赫们的形象，比之第一卷中的那些宗教人士，其保守的姿态有过之而无不及。除了个别人主张宗教与教育改革的有真才实学的老师外，大多数的谢赫因陈袭旧、循规蹈矩，整天徜徉在故纸堆中寻寻觅觅，翻检古人的垃圾，对一些词汇的含义纠缠不休。做着一些毫无意义的、没有任何创新价值的学问，并以此"授业解惑"，反而是越解释使学生越迷惑不解。误人子弟不

---

① [埃及]塔哈·胡赛因：《日子》，秦星译，作家出版社，1961年，第42页。秦星译本对把《古兰经》原话译为"他们造化你们，确有种种阶段"，与马坚译本不同。窃以为错在前者，原文的创造者是"他"，即真主，而非"他们"，"种种阶段"应为"几个阶段。"

② 阿里是穆罕默德的堂弟，也是穆罕默德的女婿，哈桑是穆罕默德的外孙。

说,他们还对那些追求真知的学生打击、报复,对有真才实学的老师排挤、打压,以维护传统的秩序,维护他们自身的地位和既得利益。

物资的贫乏在当时的埃及农村也是普遍的,这种贫困的现象尤其表现在食物方面:人们没有太多的食品种类可供选择。即便当"我们的朋友"到了开罗——埃及最大的城市,每天的食物除了大饼还是大饼,以至于他的哥哥连家乡托人带来的食物也要背着他偷偷吃掉。哥哥和一些同学会餐时大家都互相监督着,生怕有人多吃了。越贫穷就越需要劳动力,于是人们就不加节制地生育,一家子十几个孩子是很正常的事情,结果孩子越多吃饭的人也越多,越吃变得越穷,从而形成了一种恶性循环。

与贫困维系在一起的是落后与疾病。医疗的落后造成了大量的死亡与残疾。"我们的朋友"并非天生就是瞎子,而是在小时候生病被疏忽和误诊才造成的:"农村和内地小城市的儿童,往往就是这样被疏忽的,在人口很多,主妇工作繁忙的家庭更是这样。农村和内地小城市里的妇女有一种残酷的哲学和罪恶的知识,认为无论孩子怎么诉苦,做母亲的只应当少理他……哪个孩子不诉苦呢?过了一天,他自己就会好起来。即使母亲注意到孩子的病痛,但是由于她不知道哪里有医生或者不相信医生,也就根据这种罪恶的知识和妈妈的哲学来处理。我们的朋友就这样失掉了两只眼睛;起初他害的是眼炎,好些日子没有人注意,后来请一个理发匠给他治疗,终于把两只眼治瞎了。"①不只"我的朋友"有这样的遭遇,埃及很多人都有过这样的经历。瞎子的数量多得惊人,在爱资哈尔就专设了一个盲人部以便解决瞎眼孩子的学习问题。

因病致残,这在我们看来已经够严重的了,但是,在当时的埃及城乡还有更严重的事情发生,还有好多人因病不治而死。小主人公家里最小的妹妹,一个"活泼天真、美丽可爱、口齿伶俐、语言甜美、想象力很强的孩子",在她四岁那年的宰牲节前夕活活病死了。活泼小女孩忽然变得呆呆的了,但是几乎没有人注意到她,而后她发起了高烧,神志不清,躺在屋子一角的铺上,母亲和姐姐偶尔想起她就给她一些东西吃,这种状况一直持续了三天。直到第四天,小姑娘的连声叫喊才引起了母亲和家人的注意。一个年纪幼小的孩子竟然忍受着这般巨大的痛苦。她不停地哆嗦,浑身抽搐,汗流满面。"母亲默默地坐着,凝视着女儿,给她服下了好些种药,至于是什么药,谁也不知道。"小姑娘的喊声越来越凄厉,

---

① [埃及]塔哈·胡赛因:《日子》,秦星译,作家出版社,1961年,第60页。

"最奇怪的是,这么多人谁也没有想到去请医生。"孩子们停止了嬉戏,父亲只知道念《古兰经》,母亲不停地哀祷。夜降临了,小姑娘的痛苦的叫喊声逐渐微弱,身体的颤动也逐渐平静,只有一息微弱的气息通过微微张开的双唇呼吸着。"随后呼吸就停止了,女孩子和生命告别了。"①

比小姑娘这样病死更为可怕的是大规模流行的瘟疫。"我们的朋友"有一个18岁的哥哥便在1902年的一场霍乱中不幸丧生。"霍乱降临到了埃及,迅速地袭击着埃及的人民,它摧毁了城市和农村,整家整家的人被死神的魔手攫去。先生一天到晚画符写咒,大学和小学校都关了门,医生和卫生机关派遣的人员在全国各地设置了帐篷和医药设备,把病人隔离起来。恐怖散播在每个人心中,人的生命变得微不足道了,这一家人在谈论着另一家人的不幸遭遇,可是他们自己也只能束手无策地等待厄运的降临。"②在"我们的朋友"眼里那位18岁的青年是这个家庭中容貌最清秀、资质最优异、心地最善良、脾气最温和的人。他仪表堂堂,天资聪颖,精神饱满,孝敬父母、尊老爱幼。就是这样一位优秀的青年,他本来可以不死的,但他善良的心使他无法坐视那些病人的苦痛,已经获得学士学位、马上就要进入医学研究所的他,自觉自愿、毅然决然地投入拯救病人生命的工作中去,帮那些正式的大夫们一块儿出诊。不幸的是他自己也染上了那可怕瘟疫,恶心、呕吐,直至被病魔夺去宝贵的生命!

塔哈·侯赛因的另外一部小说《鹬鸟声声》受到西方评论界的关注尽管比不上他的自传体小说《日子》,但阿拉伯文坛对于《鹬鸟声声》的重视丝毫不逊于《日子》。在2001年叙利亚的阿拉伯作家协会组织遴选的20世纪100篇最佳阿拉伯语小说排行榜上,《鹬鸟声声》赫然上榜。

故事描写了宰赫莱无情无义、道德败坏的丈夫因为风流韵事被人杀死以后,她带着两个女儿艰难度日的悲惨遭遇。三个孤儿寡母不堪忍受族人的歧视,含恨出走,流落他乡,过着颠沛流离的生活。后来,大女儿胡娜迪在工程师家当佣人,不慎失身,被固守部落传统、自私而又残忍的舅舅杀死于荒漠。妹妹阿米娜怀着为姐姐复仇和追求自由的憧憬,独自寻机出逃,经受种种磨难,终于赢得了那位工程师对她的爱。"但是,社

---

① [埃及]塔哈·胡赛因:《日子》,秦星译,作家出版社,1961年,第59—61页。
② 同上书,第63页。

会地位的差异,阶级的偏见以及封建礼教的不容,使她和青年工程师之间的爱情将成为另一场悲剧的开端。"①

在一位中国的阿拉伯文学研究者看来,这部中篇小说写出了埃及农村妇女在愚昧、落后的封建传统礼教以及各种邪恶势力的压迫下的悲惨遭遇,表现了作家对身受重压迫的劳动妇女的深切同情,对残害妇女的封建礼教、传统习俗和邪恶势力予以无情的谴责和鞭笞。② 这种看法与阿拉伯评论家的观点基本上是一致的。但对于西方读者/评论家来说,他们所看重的不是小说的批判性,而是作品中所表现出来的埃及/阿拉伯社会的愚昧、迷信,传统的习俗和残余的部落意识。

比如,作家描述了埃及社会认干儿子的风俗。那位风流成性、耍奸弄滑、坐享其成的朱奴拜就曾为了得些好处而认一户殷实人家的孩子作干儿子,盼望他"日后成为局长、法官、工程师那样的达官贵人",③好好照顾她。通过她,读者可以了解到埃及认干儿子的具有准人类学意义的风俗图景:干妈把幼小的干儿子贴肉抱在怀里,从衣服的领口放进去,再从下摆掏出来,宛如她生了这个婴儿一样。这样,她就对干儿子拥有了母亲的权利,而干儿子则负有做儿子的义务。

在作家的笔下,农村的落后是不言而喻的,起码在物质生活与生存方式上都是十分落后的、贫困的。在旅途中接待了母女三人的一位老村长,对开罗城市人的生活羡慕不已:

要说他们的生活,那可是王公贵族的日月!人家不在地上吃饭,哪儿吃?桌子上,嘿嘿!杂粮那是一点不沾,净吃白面包。铜盆多好,可人家嫌次,讲究用瓷盘。女人们哪能随随便便出门,都得用丝绸衣服裹好,面纱蒙得严严实实的,才能出来。她们鼻子上装饰的都是用真金做的——不是真金也是镀金的银子做的鼻饰。④

在这位村长的眼里,埃及城乡有着巨大的差别,但在作家目光的审视下,城里那些有钱人家跟埃及乡下人没有太大的差别,因为他们的生活、他们的生存方式与乡巴佬无异。

---

① [埃及]塔哈·侯赛因:《鹬鸟声声》"中译本前言",白水、志茹译,中国盲文出版社,1984年。
② 季羡林主编:《东方文学史》(下册),吉林教育出版社,1995年,第1478页。
③ [埃及]塔哈·胡赛因:《鹬鸟声声》,白水、志茹译,中国盲文出版社,1984年,第98页。
④ 同上书,第9页。

第四章 他者化:东方文学作品中的落后与堕落主题

小妹妹第二次回到城市做女佣时是在一个富足的小康之家。尽管居于城市之中,但这家有钱人选择居住的却是一个农家式的庭院。"只要一进这个家,你就会发现这家人钱是不少,可是,正像俗话说的,都是些乡巴佬。东西很多,却到处乱扔,杂乱无章,一点也不协调。"① 他们的生活仍然像乡下人一样随随便便、毫无讲究,甚至于不讲卫生,人畜不分,甚至客厅和饭厅也没有什么区别,什么地方有椅子就在什么地方会客,凑巧呆在哪个位置就在哪个位置吃饭,来了客人,会客的地方就是吃饭的地方,也是客人过夜的地方。家里有的是凳子、椅子,可人们喜欢席地而坐。只有来了客人才会想到椅子、凳子的用处。作家描述道:

> 在这个家,人同牲畜、家禽混在一起,鸡随便乱跑,弄得到处是鸡爪子印和鸡屎,只有一两间屋费了好大劲才没让鸡糟践。夏日酷暑,一家人就在离牲口不远的地方纳凉、过夜。只要凉爽,他们才不管什么牲口不牲口呢,这是一种土财主的生活。他们也想讲点文明,摆点阔气,但是刚学上一点,就停步不前了。②

在这家做女佣的艾米娜虽然地位低下,但机缘巧合,使她有机会第一次在局长家里做局长千金的侍女兼陪读,成为一个知书识字的追求文明生活的人。因此她在"土财主"家的生活显得枯燥无味,与那家人的交谈都显得无聊。当"土财主"家的少爷们从开罗带回精美的图书,艾米娜多么想借来看看,但那是不可能的事。后来,她终于忍不住去偷来看,并以"窃书不算偷"的想法聊以自慰,但终于"东窗事发",被财主家扫地出门。

在塔哈·侯赛因的这部小说中,还可以读到埃及/阿拉伯社会中普遍存在的迷信现象。他们求神问卦,企图借助巫婆、神汉作为中介,以获取神秘的力量为自己排忧解难。老巫婆奈菲赛便以其"能卜善卦、会推述以往,描绘现在,预测未来"而成为许多人家的座上宾。特别是许多妇女将其视为闺中密友,因为她通鬼神,识妖魔,能为女人们祈神驱邪。"在那些天真无知仍然相信鬼神威力的女人中间,她这一套还是很吃香的。哪个女人因为丈夫在外拈花惹草或偏爱小老婆而苦恼时就去求助

---

① [埃及]塔哈·胡赛因:《鹌鸟声声》,白水、志茹译,中国盲文出版社,1984年,第100页。

② طه حسين، **دعاء الكروان**، مطبعة المعارف ومكتبتها، بمصر ١٩٣٤م، ص ١٥٧–١٥٨.

奈菲赛，让她请一位精灵来管住男人，别让他再乱跑。哪个女人受了丈夫的虐待或被抛弃，也去找奈菲赛，向她讨符问咒，使丈夫回心转意。"这个老巫婆不仅在女人们中间颇有影响，在男人、小伙子们中间也很有市场：

> 她能掐会算，能使冷若冰霜的女人燃起爱情之火。她会请神唤鬼，为他们排忧解难。她总是很忙，忙着在男男女女与鬼神之间传递消息，搭设桥梁。她的名声早已传出这座城市，远远传遍四乡。老乡们时常谈到她，跑去求她。她也不时地拜访他们，带着她的法宝、符箓和卜卦用的贝壳辗转乡间……①

阿米娜发现这个老巫婆有着一种非凡的能力，能够迅速抓住周围人的心思，把大家和她的那些神、鬼、精灵联系在一起。阿米娜的姐姐一副失魂落魄的样子，引起了老巫婆的好奇心，主动为她卜起卦来：

> 老巫婆听了，麻利地打开包，从里面拿出一堆贝壳摊在地上，一双手迅速地抓起这些贝壳，再撒开去，如此收拢、撒开，反复多次，靠着贝壳呈现的各种图案推算过去、现在和未来，怪极了！
>
> 她两束目光紧紧盯在卦上，脸上露出疑惑不解的神色，嘴里发出断断续续的耳语般的判语。她当时的话，直到现在我还清楚记得，也永远不会忘记。怎么会忘记呢！时间已经证实了它。当时，她久久地注视着卦象，然后抬头看着姐姐，凝视一阵，又回到卦上。如此再三，这才抬了头，对姐姐说："孩子，你的事真怪呀！我看你正处在两者之间：一个是爱你的，但会伤害你；另一个伤害你，但是会爱你。我真想弄个明白，可惜力不从心。孩子，我看你是不是去问问神汉子或者圣贤，好生弄个明白。这并不难，附近村子就有，一个多小时就能走到。那里有一位圣贤，能显圣。还有一个神汉子，能使精灵附身，很灵验的。"②

让人感到更加奇怪的是作家本身对此类事情的立场。从后面的情节发展来看，老巫婆奈菲赛的话被应验了。那个爱她但伤害她的正是后来杀死了她的舅舅，而那个伤害她但会爱她的却是诱惑她使她失身并间

---

① طه حسين، **دعاء الكروان**، مطبعة المعارف ومكتبتها، ١٩٢٤م، ص ٥٣-٥٥.
② طه حسين، **دعاء الكروان**، مطبعة المعارف ومكتبتها، ١٩٢٤م، ص ٥٥-٥٦.

接导致她的死亡的少东家工程师。

从这里,我们看到作家对待埃及老百姓的迷信现象的态度似乎是矛盾的。一方面,他详细地揭露了巫婆、神汉骗财骗物的伎俩,批判了普通老百姓的愚昧、落后;另一方面,作者本人又似乎相信这种民间巫术具有一定的可信度。由此可见,这种传统的阿拉伯陋习是多么根深蒂固,连一个接受了多年现代科学教育的文学家、思想家和教育家也很难把这种东西从自己的脑子里完全清除出去。

除了《日子》和《鹬鸟声声》以外,塔哈·侯赛因还创作了中、长篇小说《文士》(1935)、《山鲁佐德之梦》(1943)、《苦难树》(1944)和短篇小说集《大地受难者》(1948)等。这些作品也在不同的程度上受到西方评论家的关注,因为其中的内容可以满足他们窥视阿拉伯的猎奇心理。《文士》描述一个留学法国的埃及青年的故事。这位性情孤僻乖戾的年轻人,为了达到出国留学的目的竟然将爱妻休弃。在国外留学期间尚能发奋努力,但又忍不住拈花惹草,以至沉沦堕落,沉溺其中,不可自拔,在正邪之间挣扎,结果身心俱累,精神分裂。《山鲁佐德之梦》对《一千零一夜》中女主人公山鲁佐德向国王山鲁亚尔讲述的故事进行了一番精心的演绎,讲述了精灵公主法蒂娜及其众多崇拜者的神话故事,表达了作家追求民主、和平与反战的思想。《苦难树》揭示了传统势力、迷信思想和包办婚姻对埃及/阿拉伯人民造成的不幸。《大地受难者》收入 11 篇故事和论述,揭示了当时埃及/阿拉伯民众深受贫穷、疾病、愚昧、落后和奴役之苦的悲劣生存境遇,批判了社会的黑暗。该小说集由于激烈的观点,在出版后不久即遭查禁,作者也因此被指控为"埃及共产党"。

二、塔伊布·萨利赫的苏丹农村:进步与落后的斗争

塔伊布·萨利赫 1929 年出生于苏丹西部麦尔瓦地区一个中等阶层的农村家庭。他就读于喀土穆大学,并曾当过一段时间的教师。^① 后离开苏丹,在英国伦敦大学学习国际关系,并获得学位。曾任职于 BBC 电台阿拉伯语节目部,70 年代中期担任卡塔尔宣传部长。80 年代在巴黎的联合国教科文组织工作。之后,又回到阿拉伯联合酋长国。其妻为英国人,育有三女。

---

① محمد زغلول سلام، **دراسات في القصة العربية الحديثة: أصولها، اتجاهاتها، أعلامها**، مكتبة منشأة المعارف مكتبة منشأة المعارف بالاسكندرية، ١٩٧٣م، ص١٣.

阿拉伯的一些作家如塔哈·侯赛因、陶菲格·哈基姆、叶海亚·哈基、苏海勒·伊德里斯等,只是到西方学习或工作一段时间后便返回东方。与他们不同的是,塔伊布·萨利赫在20多岁出国后只回到苏丹作过一次短暂的访问,后来的大部分时间往返于欧洲和阿拉伯各国。这种特殊的经历对他的文学创作产生极大的影响。萨利赫自己也承认既受到阿拉伯文化的影响,又受到西方文化(文学)的影响。他本人曾说过,在阿拉伯作家中他特别受到纳吉布·马哈福兹的影响,但作为一个男人和艺术家,和他靠得最近的却是叶海亚·哈基[①]。他还承认受到一系列英语作家和诗人如斯威夫特、康拉德、福克纳、莎士比亚和叶芝等的影响。[②]作为一个阿拉伯人,萨利赫对于阿拉伯民族文化遗产,对伊斯兰教、对穆斯林和对苏丹人都有着深切的了解。所有这些在他的作品中都有所体现,而最突出的则表现在他对农村居民的描写上——他们的生活方式,他们的信仰和他们的习俗,还表现在他与苏丹盛行的神秘主义的接近。这种特点在《瓦德·哈米德棕榈树》中极为明显,而塔伊布·萨利赫在西方长期居住所受到的影响亦表现在他创作的方方面面,从主题、风格到技巧都有所体现。其中心主题多为东西方文化冲突、农村与城市的差异、新与旧的交锋、进步与落后的混融等。在他所接触的西方文化/文学中,他尤其对英语文学有深刻的理解,受到意识流手法很深的影响。

塔伊布·萨利赫的创作以小说为主。[③]他并不是个多产作家,只有一个短篇小说集和四部中长篇小说。小说集收录了他从1953年到1963年间创作的短篇小说,其中包括他的处女作《小溪上的枣椰树叶》。这些作品于1959—1966年间陆续发表在喀土穆、贝鲁特和伦敦的各种期刊上,于1967年结集出版。四部中长篇小说分别是《宰因的婚事》(1962)、《迁徙北方的季节》(1966)、《班德尔·沙赫》《马尔尤德》(1976—1977),其中《迁徙北方的季节》曾一版再版。[④]

---

① السيد الفرغلي، الطيب صالح، "الالتقاء مع الطيب صالح في لندن"، مجلة الهلال، ١٩٧٠م، ص ١١٨.

② أحمد سعيد محمدية، الطيب صالح: عبقري الرواية العربية، دار العودة، لبنان، ١٩٧٦م، ص ٢١٩-٢٢٠.

③ 塔伊布·萨利赫还曾尝试过诗歌创作,但极少发表。

④ 《宰因的婚事》和《迁徙北方的季节》均已译成中文。两部合集出版,译名为《风流赛义德》,张甲民、陈中耀译,山西人民出版社,1987年。其中《迁徙北方的季节》还另有中文译本,译名为《移居北方的时期》,李占经译,外国文学出版社,1983年。本书中的引文主要采用李占经译文,个别地方有改动。

第四章 他者化:东方文学作品中的落后与堕落主题

自70年代中期以后,文学批评界越来越看好塔伊布·萨利赫和他的作品。其重要原因,除了塔伊布·萨利赫作品本身的魅力以外,还有两个突出的因素:一是原先被视为边缘文学的叙利亚文学和伊拉克文学,而后是苏丹文学的、海湾各国文学和马格里布文学越来越受到阿拉伯文学批评界的关注,由边缘向中心移动。塔伊布·萨利赫正是在这样的一种动向中逐渐为人们所瞩目的。二是《宰因的婚事》与《迁徙北方的季节》于60年代末译成英语,后又译成其他的语言,引起欧洲特别是英国文学批评界的大量评论,赞誉不绝。也许是"墙里开花墙外香",西方人对萨利赫的充分肯定引起他的同胞们的关注。阿拉伯文学批评界逐渐表现出对萨利赫越来越大的兴趣。一些研究作家本人及其作品的著作也相继问世。①

在阿拉伯世界尚处于边缘的苏丹文学,传到其他阿拉伯各国和西方的读者那里,这在很大程度上要感谢塔伊布·萨利赫。尽管其他的苏丹作家如塔伊布·扎鲁格、阿里·麦克、艾布·伯克尔·哈立德和易斯哈格·易卜拉欣等也在发挥其作用,但最突出的还是塔伊布·萨利赫,以他的影响最大。迄今为止,塔伊布·萨利赫的作品已译成英文、法文、德文、意大利文、波兰文、希伯来文和中文等多种文字。他的一些作品还被改编成剧本,搬上银幕。特别是其中有两部已闻名遐迩,一是《迁徙北方的季节》,另一部便是《瓦德·哈米德棕榈树》。塔伊布·萨利赫在其作品中高超的叙事技巧使他赢得了"阿拉伯小说天才"的美誉。

在塔伊布·萨利赫的作品中东方与西方、进步与落后的主题都是贯穿在一起的。《迁徙北方的季节》这部代表作长篇小说便是如此。东方与西方的主题主要表现在两个方面:一是殖民与被殖民的矛盾冲突,二是东方文明与西方文明的撞击。

塔伊布·萨利赫在他的作品中常常提到英国殖民者对苏丹的统治,以及这种殖民统治对苏丹产生的深远影响。在《迁徙北方的季节》中,作家对英国人的殖民活动虽然着墨不多,却令读者充分感受到苏丹人民对于殖民者的矛盾心理。英国殖民者不仅直接对苏丹人民进行压迫和剥

---

① 研究萨利赫及其作品的文章和著作很多,较重要的著作有穆罕默迪亚主编:《塔伊布·萨利赫:阿拉伯小说的天才》,穆罕默德·鲁什迪·哈桑·阿里:《塔伊布·萨利赫小说的艺术创新》(埃及复兴出版社,开罗,1980年),优素福·努尔·奥笃:《塔伊布·萨利赫的结构批评透视》(阿拉姆书社,吉达,1983年),穆纳·泰基丁主编:《塔伊布·萨利赫〈迁徙北方的季节〉研究论文集》(《艾卜哈斯·萨利赫研究专刊》第32期,1984年)等。

削,还豢养了一大批代理人/走狗,以加强他们对苏丹的控制与统治。他们在每个县派驻的监察官,就具有生杀予夺的大权:

> 当时英国驻在一个县的监察官就是天使和皇帝,在比大不列颠全岛还要大的地盘上为所欲为。他住在一座高大而阔绰的官殿里,仆役成群,警卫森严,就是那些家人侍从也都神气十足,颐指气使,随意戏谑、讥讽我们这些靠赚钱取工资维持生活的当地的小职员。对此,人们为我们鸣不平,向英国监察官提出控诉。当时的英国监察官还算是宽容开朗的。他们的走卒在我们苏丹人民的心中播下了怨恨,却取得了殖民主义者的欢心。孩子,请相信我的话吧!难道现在我们的国家没有取得独立吗?我们没有成为自由的公民吗?请你相信,是他们豢养了那些奴颜媚骨的人,正是他们这些断送了脊梁骨的癞皮狗在英国人统治时代享有高官厚禄……①

非常奇怪的是,他们对英国殖民者虽然也恼也恨,但有时会觉得他们不太坏,最坏的是他们培养的那些走狗。小说的主人公从某种程度上也属于帮助了英国人的那一类人:

> 三十年代末期,英国在苏丹进行了大量的阴谋活动,在这期间,穆斯塔法·赛义德起了重要作用。然而却未曾听到过这里的任何人提到过他,这是令人感到吃惊的。他是英国人最忠实的支持者。英国外交部曾在它设在中东的行动诡秘的使馆中任用过他。在一九三六年的伦敦会议上,他是大会的秘书之一。②

正是像穆斯塔法·赛义德这一类人对殖民的态度很暧昧。在故事的叙述者看来,英国人在苏丹的殖民活动并不像他们所描述的那样是一种恩赐,但同时又认为"他们来到的国土也并非像他们所想象的那样是一个悲剧。"③他觉得英国人的殖民活动更像一场闹剧。

英国人来了以后把他们的思想观念、生活方式和所谓的民主制度也带到苏丹来,改变了苏丹人的政治生活,但是苏丹人照葫芦画瓢的那种政党的轮替、政客的表演、村民的选举所呈现出来的喧嚣吵闹的景象让

---

① [苏丹]塔伊布·萨利赫:《移居北方的时期》,李占经译,外国文学出版社,1983年,第46页。以下引自《迁徙北方的季节》的内容大多采用此译本,个别地方有改动。
② 同上书,第48页。
③ 同上书,第52页。

塔伊布·萨利赫这样的苏丹知识分子认识到了西方文明在移植到东方国家时并不总能适应,照搬西方的模式不可能在东方社会取得多大的作用,有时甚至会起到相反的效果。这一点不仅体现在《迁徙北方的季节》中,也体现在他的短篇代表作《瓦德·哈米德棕榈树》中:那些政客每隔一段时间就领着他们的随从和吹鼓手,乘着卡车,打着标语牌到农村转悠一圈,高呼某某万岁,打倒某某,他们常常以农民的名义"闹革命"把在台上的当权者推下去,等自己上台以后一样地说着冠冕堂皇的话,私底下干着一样腐败的事情,过着一样花天酒地的生活,然后再等着别的政客再来把他们替换下去。而政客的这些伎俩连最纯朴的农民也都能识破:"倘若我对祖父说,革命是以他的名义制造出来的,政府都是为了他而兴亡,那他一定会哈哈大笑。"①

有些知识分子则对西方的殖民行为给予猛烈的抨击。小说中的苏丹人曼苏尔对欧洲人理查德说:"你们已经把资本主义的弊病传染给我们了。一小撮帝国主义公司过去吮吸了我们的鲜血,现在依然如此,除此之外,你们还给了我们什么呢?!"②这种观点,不仅在苏丹具有代表性,在整个阿拉伯世界甚至在所有遭受过殖民统治的东方国家中都普遍存在。

但是从西方人的角度看,他们认为落后的东方只有在接受他们的殖民统治,只有接受他们"普适的"文明以后才可能得到发展,尤其是殖民化程度较高的第三世界国家,在殖民者离开以后似乎都不知道如何维持国家机器的运转,不知道如何使自己的国家得到持续的发展。针对这种状况,西方找到了他们殖民的理由:"这一切只能说明一个道理:你们离开我们就无法活下去。过去你们曾控诉帝国主义,在我们离开以后,你们又人为地制造出所谓隐蔽的帝国主义的神话。然而无论我们公开地还是隐蔽地存在,对你们来说,都像水和空气那样的必要。"③这话出自欧洲人理查德之口,自然代表了殖民者的观点。正是殖民主义者的这种逻辑支配了他们对于第三世界国家持续不断的掠夺行为。曼苏尔和理查德之间的对话充分显示了东西方之间不可弥合的鸿沟。从这样的文

---

① [苏丹]塔伊布·萨利赫:《移居北方的时期》,李占经译,外国文学出版社,1983年,第55页。
② 同上书,第52页。
③ 同上书,第52页。

本中,西方的读者和评论家了解到东方国家和东方人民对殖民者和殖民活动的真实想法。

而他们更乐于知道的是东方国家还有那么一些人竟然对殖民运动表示认同。这些人对激烈反对殖民运动的观点表示怀疑,而对殖民的成果表示欣然的接受:

> 他们闯入了我的家园。我不明白这是为什么,这是否意味着我们的现在和未来遭受到了侵害了呢?他们迟早总会有一天要从我们的国土上滚出去。就像许多人在历史的进程中,从许许多多的国家撤离一样。到那时,铁路、医院、工厂和学校都将属于我们。我们将用他们的语言进行交谈,既不认为这是一种罪过,也不被看做是一种美德。我们一如既往,仍是普普通通的百姓。如果说我们是幻象,那是由我们自己造成的。①

从物质方面看,经过殖民以后的苏丹似乎进步了,有些事情确实变了:电动水泵代替了古老的水车,铁犁代替了木梨,女孩子也可以送到学校去读书识字,收音机、汽车也进入了一些人的生活,苏丹人还学会了喝威士忌和洋啤酒,而不再喝烧酒和苏丹土产啤酒了,"然而,其他的一切还都是老样子。"②苏丹人的传统习俗,他们的信仰,他们的生活方式仍然没有改变。阿拉伯评论界对这部作品有多种阐释,但基本上有一种共识,即认为塔伊布·萨利赫的这部小说旨在向人们提示一种观点:东方国家/第三世界国家不必为落后的过去而感到羞耻,脱离本土的母体文化而一味模仿西方也并不可取。必须吸取西方文化的精华而非学其皮毛,最好的办法是使西方的优秀文化因子在本民族的母体中发育壮大。

那改变了自己的穆斯塔法·赛义德在东西方文明的冲突中成了牺牲品。他因为学习优秀而被派遣到英国留学,他以自己的聪明才智获得英国人的承认与接受,成了"英吉利人的宠儿",年纪轻轻就成为英国著名高等学府的讲师,在那里讲授他的"帝国主义经济学",他用英文写的《帝国主义垄断》《帝国主义经济》《十字军与火药》《对非洲的豪夺》等经济学著作宣扬关于建立在爱的基础之上,而不是建立在统计数字基础之

---

① [苏丹]塔伊布·萨利赫:《移居北方的时期》,李占经译,外国文学出版社,1983年,第42—43页。

② 同上书,第85页。

上的经济,通过关于经济方面博爱主义的宣传而建立了其个人的威望,在英国的左派人士中间产生了很大的影响。

在他的内心深处,苏丹/阿拉伯/非洲的传统文化是根深蒂固的,但他到了英国以后,西方文化改变了他。他变得放荡不羁,整天寻欢作乐,充分利用自身的独特身份和某些西方人的猎奇心理,吸引了很多英国女性围绕在他的身边。他曾在短短的四、五个月时间里同时与 5 个英国女人发生性关系,其中有学生,也有职业妇女;有豆蔻年华的年轻姑娘,也有成熟的已婚女性。放荡的性生活使他忘记了民族传统道德的约束,而完全沉浸在西方开放的性文化所带给他的乐趣之中,他变得玩世不恭,变得不可一世,口出狂言:"我将用我的××解放非洲"。① 他在各种公开的大众场合以苏丹/阿拉伯/非洲文化代言人的身份,胡乱阐释民族文化,引起英国人的极大兴趣。他把自己的住处布置成一个充满神秘东方情调的虚假空间,吸引一个又一个女人和他上床。他向每一个和他交往的女性许诺同对方结婚,然后又毫不在乎地弃旧迎新:

> 我出入于雪利斯大街的酒吧间、汉斯特大街的俱乐部和拜伦祖伯里大街的夜总会。我朗读诗歌,谈论宗教、哲学,评论美术,讲述东方的精神生活,我无所不为,甚至和女人鬼混。搞了一个女人之后,便设法去猎取另外的对象。正如鲁宾逊太太所说的那样,我没有一点一滴的欢乐。为了寻求一时之快,我把救世军、公谊会和费边社中的一些姑娘带到我的床上。每当自由党、工党、保守党或共产党举行集会,我便备好我的骆驼前往参加……"②

他白天同凯恩斯的经济理论打交道,夜晚就挥舞他的弓、剑、矛、弩投入"战斗"。他学会了西方人的那一套,通过赠送礼品和甜言蜜语,对身边的女性挑逗引诱,以其新奇的世界吸引着她们,用阿拉伯的檀香和龙涎香的芬芳使之神魂颠倒,以其随机应变巧妙如神取之不尽的"阿拉伯"格言,使她们倾慕。她们走进他的卧室时,还是贞节少女,但当她们走出他的房门时血液已染上病毒,很快就会默默地死去。他自己也意识到自己的卧室是致命病菌的温床,是悲哀的根源,但他就是无法控制自

---

① [苏丹]塔伊布·萨利赫:《移居此方的时期》,李占经译,外国文学出版社,1983 年,第 104 页。
② 同上书,第 26 页。

己,因为他也染上了西方文明的病菌,那达到顶峰的利己主义把他紧紧地捆在床榻之上,他的淫荡和不负责任的行为导致了英国姑娘的自杀。而他面对强烈征服欲的英国女人菁·摩尔斯的痛苦使他最终亲手杀死了这个充满魅力的女人。

他和菁·摩尔斯之间的关系隐喻了东方和西方的关系。她充分施展自己的魅力和手段,对他进行百般挑逗,却不让他靠近自己;她和他结了婚,却仍然对他若即若离,还常常在他面前公然挑逗别的男人,以激起他的情欲和痛苦,让他为自己而和其他的男人打架斗殴。她对他的征服最后以她的被杀而告终。

在审判他的过程中,公诉人和为他辩护亲友师长把判决变成了两个世界的搏斗。他自己已经变得心灰意懒,一心求死。但有不少人不希望判他死刑,特别是英国左派对他抱着一种很微妙的心理。穆斯塔法·赛义德这个来自非洲并在很大程度上融入西方生活的苏丹黑人迎合了英国某些贵族奇怪的心理需求:

> ……他是一个标致的黑人,放荡不羁的文人阶层中的宠儿。贵族阶层在二十年代和三十年代初期煞有介事地提倡解放,穆斯塔法·赛义德是他们摆在橱窗中的一件陈列品。据说他是上议院某议员的朋友,是英国左派引为得意的人物之一。有人说他很精明,但他很不幸,因为世界上没有比左翼经济学家更为可憎的了。他获得了学士院的学位。我知道得不很具体,我想他所以能获得这种学位,是和上述原因不无关联的。仿佛他们想要向公众表白:瞧!我们是多么宽容,多么解放!这个非洲黑人就像我们中间的一员,他和我们的女儿结了婚,在工作中和我们平起平坐。①

西方的读者和评论家从这类的描述中看到了西方自身的影像,尤其是通过东方的镜子映照出来的镜像对于他们来说,是一种十分难得的反思机会,由此再次凸现了西方文化市场对东方文学/文化产品消费的单一性倾向。

当然,西方读者对这部作品的接受也同样具有其他多种他者因素。如在这部作品和作家的其他作品中,西方读者可以读到具有东方异国情

---

① [苏丹]塔伊布·萨利赫:《移居此方的时期》,李占经译,外国文学出版社,1983年,第50—51页。

调的景象:那浩瀚的沙漠犹如辽阔的海洋无边无际;长长的驼队爬山入谷、晓行夜宿;似火的骄阳下,艰难的跋涉令人精疲力竭;夕阳西下,寒意渐生,分外清晰可见的无数星星在夜空中闪动;宁静的夜幕下,饱餐畅饮之后的旅行者们聚在一起,或引吭高歌,或虔诚祈祷,或拍掌起舞;夜行的旅人时而遭遇美丽的蜃景,时而生起漫无边际的遐想。尼罗河从南向北流淌,在故事发生的地方几乎以九十度的急转弯突然折向而流,由东流向西。宽阔的水面分布着一个个小岛,成群的白色水鸟在河水上空不时掠过,岸边的枣椰树林茂密高耸,引水的沟渠纵横交错,抽水机在轰轰作响,男人们光着膀子、穿着长裤在耕耘……①

萨利赫的这部作品得到西方评论家的认同,还在于他的叙事手法符合了他们的审美习惯,如萨利赫避开了许多阿拉伯现当代作家直白的叙事模式,努力使自己的作品富含深刻的象征寓意:"北方与南方,东方与西方,文化价值冲突与融合时的不平衡与不理解,所有这些为小说提供了一个意义无限丰富的语境。小说中的2位苏丹留学生,2种空间,和2位凶手都有着深远的象征意义。"②小说中对意识流手法的运用娴熟自如,使得作品的可读性大大增强。塔伊布·萨利赫自己也承认在创作这部作品时受到弗洛伊德作品的很大影响。③

当然,西方评论家和读者除了从中了解到一位来自东方的作家对于西方的看法以外,特别欣赏的还是作者或多或少流露出的对西方社会、西方文化的景仰。一位西方的评论家特别指出:"小说的结尾,是那条河——从南流向北的河,在叙述者那里具有象征的成分。更有甚者,瓦德·哈米德的村庄——塔伊布·萨利赫采用得最多的地点,也座落在尼罗河的一个点上,在这个地方弯弯曲曲地自东向西流淌"。④ 这位西方评论家如此解读的意图是很明显的,即西方优于东方,东方需要西方的支持与帮助。

但我们从东方的立场重新解读萨利赫的这部小说,恐怕会得出一种

---

① [苏丹]塔伊布·萨利赫:《移居此方的时期》,李占经译,外国文学出版社,1983年,第53—54页。
② Roger Allen, *The Arabic Novel: An Historical and Critical Introduction*, Syracuse University Press, second Edition 1995, p. 167.
③ Muhammad Sidqi, "The Process of Individuation in the al-Tayyib Salih's Novel Seasons of Migration to the North", *Journal of Arabic Literature* 9, 1978, pp. 67—104.
④ *The Arabic Novel: An Historical and Critical Introduction*, p. 166.

迥然不同的结论,即作家在这里还暗藏着另外的寓意:一、东方的文化源泉滋养了西方的文化土壤,在历史上,古埃及的文化曾经影响过古希腊,埃及当时先进的数学、天文学、哲学吸引了不少希腊的学人;而中古时期阿拉伯的科学和文化对欧洲的影响则是全方位的,有些学者甚至认为没有阿拉伯人的影响就不会有欧洲的文艺复兴。①二、由南向北的迁徙不仅体现了近代以来落后东方的无奈,同时也体现了西方对东方的掠夺,经济的掠夺是明显可见的,而对人才的掠夺则没有被阿拉伯人发现,没有引起人们的重视。穆斯塔法绝对是阿拉伯的精英人才,他不仅在本土学习期间表现卓越,而且到了西方之后也能脱颖而出,在向来自视甚高的西方人的高等学府的讲坛上侃侃而谈,令人倾倒。但这样的人才却被西方人以优厚的待遇留住了,不能或不愿回故乡为祖国作贡献。三、东方对西方的这种关系只是暂时性的,是必然要变动的。正如小说的标题所预示的,迁徙北方只是季节性的。那些到欧洲留学、工作的阿拉伯人(东方人)不会终生待在西方,过了季节是肯定要飞回南方(东方)的,因为他们的根还是在自己的家乡。小说的主人公穆斯塔法,在几经曲折,漫游世界之后,终于回到了祖国,而故事的叙述者——新一代苏丹留学生的代表则在学成之后马上归国,在政府机构中任职,用自己所学来的知识为自己的祖国服务。或许我们还可以猜测,萨利赫是否想暗示我们:东方与西方的相互影响也是季节性的,是动态的,是历时性的,在某个时代(季节)西方会影响东方,在另一个时代,东方则反过来影响西方。

塔伊布·萨利赫的短篇小说《瓦德·哈米德棕榈树》②(以下简称《棕榈树》)则突出了苏丹(阿拉伯)社会落后与进步、新与旧、传统与文明之间的冲突。该小说创作于 1960 年,但在 1967 年才第一次用阿拉伯语发表。《棕榈树》是当代阿拉伯文学最重要的短篇小说之一,是塔伊布·

---

① 德国著名的东方学家、女学者吉格雷德·洪凯认为:"伊斯兰教的出现及其扩张挽救了基督教会使其免于死亡,并迫使它重整旗鼓以向那些宗教、思想、物质方面与其敌对的势力应战。在这方面,最好的证明也许就是,西方在整个使自己与伊斯兰教隔绝而不肯与其面对的期间,在文化、经济方面一直都是落后的。西方的昌盛与复兴只是当它开始在政治、科学、贸易方面与阿拉伯人交往之后才开始的;欧洲的思想是随着阿拉伯的科学、文学、艺术的到来才从持续了几世纪的沉睡中醒来,而变得更丰富、完美、健康、充实的。"见《阿拉伯的太阳照亮了西方》(阿拉伯文译本),贝鲁特世纪出版社,1993 年,第 541 页,转引自仲跻昆等:《阿拉伯:第一千零二夜》,吉林摄影出版社,2000 年,第 58 页。

② [苏丹]塔伊布·萨利赫:《瓦德·哈米德棕榈树》,林丰民,载《回族文学》2002 年第 3 期,第 57—63 页。

萨利赫最优秀的作品。不仅在评论家的眼里如此,作家本人也这样认为。这篇短篇小说代表了他文学创作生涯的一个转折点,因为正如他自己所说的那样,只有在创作了这篇小说以后,他才真正认识到自己可以算个作家。①

《棕榈树》的故事发生的背景是50年代苏丹独立前后的农村社会。当时苏丹的民族主义风起云涌,十分活跃,尤其在年轻人中更甚。在苏丹有两个中心政治集团正在形成。其中的一个党派集团皆在把苏丹的独立与埃及联系起来,而另一集团则坚决主张完全的独立,不依赖于任何外部势力(指埃及)。两大集团之间的冲突在50年代愈演愈烈。随着独立的时间越来越迫近,议会的政治生活越来越充满风暴,各界政府迭换频繁。1956年1月1日,苏丹在政治和经济不稳定的情况下取得了独立。1958年发生了一次军事政变,国家置于易卜拉欣·阿布德的军事独裁统治下。尽管冲突、叛乱和更深刻的革命的尝试从未停止过,但这届政府相对还是较为稳定的。《棕榈树》的故事正是在这样一种社会、政治和历史背景下发生的。

《棕榈树》是塔伊布·萨利赫创作整体的一个重要的有机组成部分,而不是一部完全独立的作品。小说的中心形象,那个年老的叙述者,非常像其他作品如《一捧椰枣》《迁徙北方的季节》《班德尔·沙赫》等篇中的老爷爷。而年轻的听者,仿佛就是《一捧椰枣》《致爱琳的一封信》《迁徙北方的季节》和《班德尔·沙赫》中的孙子。那些外来者常代表政府当局,进入村庄而不受欢迎,却也常常被提起。瓦德·哈米德村庄本身,出现在几乎所有塔伊布·萨利赫的创作中。但在这个同地名的故事里,相对于《一捧椰枣》《小溪上的枣椰树叶》和《宰因的婚事》而言,它所提供的苏丹农村居民日常生活方面的东西较少,而更多地在于居民同政府所欲引导的"进步"之间的对抗。

小说的这一中心主题是通过瓦德·哈米德村庄的棕榈树的故事表现出来的。棕榈树是在这个村庄被称为"瓦德·哈米德"以后一个传奇式的神圣形象。瓦德·哈米德是多种象征的聚合。它是这个村庄始祖的名字,也是村庄的名字,同时还是村里的大棕榈树的名字。圣徒瓦德·哈米德、他的村庄和棕榈树可以被看做是一个三角形上的三个点,

---

① أنظر أحمد سعيد محمدية، **الطيب صالح: عبقري الرواية العربية**، دار العودة، لبنان، ١٩٧٦م، ص ١٢٢.

共同构成一个整体,与村民们的故事密不可分。在故事中,棕榈树充当了两种截然相反的力量的焦点。一边是村民们,连同他们的信仰、习俗和生活方式,以及祖先的遗产;另一边则是苏丹中央政权,试图把村子引入现代化。小说描绘了村民与政府之间一场尖锐而持久的冲突。政府当局代表了新世界,把革新和现代化的事物强加在与旧事物维系在一起的村民身上。这场持久的斗争是与一系列的三次事件相结合的。每次事件都是由苏丹独立前后的一届届政府当局煽起的。冲突双方都缺乏理解。政府迫切地要在农村引导"进步",却没能把握住传统的力量,村民则紧紧抓住他们的信仰和习俗不放。政府不是逐步地去完成这种变革,而坚持马上放逐旧事物以强制"进步",强迫村民们接受新事物。在政府人员的三次尝试中,每次冲突都以村民的胜利和政府的退却而告终。村民们坚信,隔断传统的危险会危及他们的存在,因此,他们无可避免地要针对几次砍伐棕榈树的企图做斗争直至那种痛苦的结局。

虽然第四届政权的政策较为温和,更能理解村民的感情。但叙述者仍然毫不隐瞒他对这些政府权力代表的嘲笑。他这样描述道:"他们身上穿着干干净净的衣服,手腕上戴着的金表闪光熠熠,头发散出香水味。"他批评新政府及其代表来到村庄所造成的喧哗与骚动。他取笑他们"就像一阵风一下子吹起又一下子消失一样,那群人也是来得快,走得也快,连一夜都没住"。他们的速疾离去显然是因为"牛蝇让他们吃不消了。那一年的牛蝇又肥又大,到处嗡嗡叫个不停……"叙述者看不出新政府与其前任有多少不同。在他看来,他们都是为狭隘的自私自利所驱动,并不关心村民的需要。政府及其代表与村庄居民之间的分歧反映了故事发生的年代里政府与普通公民之间的紧张关系。正像埃及评论家法特梅·穆萨所说的,那些官员代表了专横的权力,是对村民和村庄有机整体的一种威胁。①

造成政府与村民之间的紧张关系的一个重要原因就是政府及其所在的城市与村民之间存在着很大的差异。作者看到了这一点,以小说的形式表现了出来,因此整个故事从头到尾都在强调城市与农村的差异。叙述者一而再,再而三地提到这些差别,称村民为"我们"或"你们",而称城镇居民和政府人员为"他们"或"你们"。如他对年轻的听者说:"我们

---

① فاطمة موسى، "**طائر من الجنوب**" وعالم طيب الصالح، **المجلة**، أغسطس ١٩٧٠م، ص٩٥.

是一群皮糙肉厚的人,跟其他人的皮肤不一样。我们已经过惯了这种粗野的生活,而且,我们实际上喜欢这样的生活。可是,我们不需要任何人委屈自己在我们这儿受苦。""我们从来连想都没敢想过他们会来到这里,可他们却一拨一拨地来了。"

具体而言,城镇与乡村之间的潜在差异体现在文化、教育、通讯、运输、健康卫生和经济等许多方面。对此叙述者详细的进行了描绘:

> 毫无疑问,孩子,你每天都读报纸、听广播,一周看一两次电影。如果你生病了,你会去医院看病。如果你有儿子,他会在学校里上学。我知道,孩子,你讨厌路上黑咕隆咚的,你喜欢晚上看到电灯亮着。你不喜欢步行,也不喜欢骑毛驴,怕骑坐的地方被磨伤。孩子,要是……要是有城里铺得那么平平坦坦的路,有现代化的交通,有漂亮舒适的车子,那该多好! 可是所有这些我们这儿都没有。我们是一群与世隔绝的人。①

很显然,城镇与乡村是两个完全不同的世界。从城市来到村庄访问的人无论是肉体上还是精神上都无法在那里忍受比一个昼夜更长的时间。唯一例外是那个被送到村里讲经宣教,本来计划要待上一个月的宣教师,只有他坚持了整整三天。叙述者断言,村民的艰苦生活有助于他们身体力量和忍耐力的锻炼,而城里人则不仅不能适应乡村生活,甚至几乎不能完全适应他们舒适的城市生活。叙述者讥笑年轻的听者——一个城里人,对他说:"你们在城里总是有一点小毛病就急急忙忙上医院,要是你们那儿有人手指受了点伤,就会赶紧去找'大夫',于是他就会用纱布把手指缠起来,还要吊在脖子上好几天,尽管如此却不见好"。而村民们则恰恰相反,他们以自己的方式忍受伤痛疾病,等候自然康复。叙述者告诉听者:"是的,孩子,我们这些人不知道去医院的路。一些小伤小病,像蝎子蜇啦、发烧啦、浑身乏力啦、摔伤啦,我们都呆在家里。"②

城市与乡村的另一种反差在于:一个喧闹而嘈杂,而另一个则安宁而恬静。当牵连到棕榈树事件的 20 位村民从监狱里获释时,他们被寻求政治利益的城里人簇拥着返回村庄,一路上浩浩荡荡,气势颇壮。莫

---

① [苏丹]塔伊布·萨利赫:《瓦德·哈米德棕榈树》,林丰民译,载《回族文学》2002 年第 3 期,第 57—63 页。

② 同上。

名其妙的村民们只能在那里低声议论:"从首都已经闹腾到我们这儿来了"。①

政府与村民发生摩擦与冲突的另一深层原因是宗教。官方的信仰以政府委派的神职人员为代表,而民众的伊斯兰信仰则为形形色色的苏菲派(神秘主义教派)教徒和一些正义的善者、圣徒所体现。那位被送到村里可怜兮兮地呆了三天受尽了罪的宣教师充分说明了官方的伊斯兰与民众通俗伊斯兰之间的不谐和音。在作者的另一部作品《宰因的婚事》中亦清楚地表达了这一点。他在这部作品描绘了代表通俗伊斯兰的宰因、哈宁与政府指派并支付薪水的代表官方伊斯兰的伊玛目之间的紧张关系。正统信仰的宗教学者与隶属各种不同制度的苏菲派长老之间的冲突在苏丹是一件很正常的事。②苏菲制度在乡村居民与游牧的贝杜因中间比正统宗教更有影响力。③这种情况并不是苏丹所特有的,在许多穆斯林社会都可见到类似的现象。譬如,在埃及的一些农村地区,官方的伊斯兰与民众的伊斯兰之间存在着经常性的摩擦。我们从埃及著名作家塔哈·侯赛因的自传体小说《日子》中也可以明显地看到这一现象。

在《棕榈树》这个故事里,城市与乡村、新与旧之间的冲突被寓于由棕榈树引起的争斗中。为什么三届不同的政府恰好都决定在棕榈树那里实施他们的规划?换句话说,为什么成功上台的政权只在损害固有传统的情况下强迫村民接受新事物?难道就没有折中办法?没有妥善的解决途径?这些问题在故事的末尾由年轻的听者拐弯抹角地提问。两者之间的问答为顺利地解决冲突提供了极其合理的思路。

听者问:"你们什么时候建水泵,搞农业工程和汽船码头站呢?"他并不问"是否",因为在他是很清楚的:现代化不论早晚终将进入到这个村庄。"什么时候"是唯一的问题。叙述者的回答是:"等到人们睡梦中再也见不到棕榈树的时候。"也就是说,叙述者知道"进步"是内在的,必须

---

① [苏丹]塔伊布·萨利赫:《瓦德·哈米德棕榈树》,林丰民译,载《回族文学》2002年第3期,第57—63页。

② See J. Spencer Trimingham, *Islam in the Sudan*, London: Oxford University Press, 1949, p. 202.

③ عبد المجيد عابدين، تاريخ الثقافة العربية في السودان منذ نشأتها إلى العصر الحديث:الدين،الاجتماع،الأدب، دار الثقافة، بيروت، ١٩٦٧م،ص ٦٣-٧٣.

来自于村民，出自于他们自己内心的自由意愿，而不是通过上头的意志强加在他们身上。在这里，与进步的概念达成的和谐已经初步体现了出来。

年老的叙述者懂得，教育是走向现代化的一个要素。他对听者强调他的这种想法："我跟你提过我的儿子。他在城里的一所学校读书。我并没有送他去上学，可是他逃出家门，自己跑去上学了。我倒希望他呆在那里不要回来。当我儿子的儿子从学校毕业的时候，具有新的不同的精神的年轻人在我们这里多起来的时候，也许那个时候我们建起水泵，搞起农业工程，也许那个时候汽船将在我们这儿、在瓦德·哈米德树下停靠。"

叙述者也认识到变革是不可避免的，关键在于这种变革何时到来和如何到来。他的愿望是自己的儿子将继续留在城镇。他相信只有到儿子的下一代，村子才会接受"进步"。听者提出了另一个问题："你觉得棕榈树有一天会被砍倒吗？"他的回答提供了一个巧妙的解决办法："没有必要砍掉棕榈树，也没有必要铲除陵墓。所有这些人都忽略了的事实是：这地方可以容下棕榈树、陵墓、水泵和汽船码头。"这些话语承认了可以找到两个党派集团之间、政府与村民之间适当的妥协，大家可以和平共处。年老的叙述者懂得，"进步"是必然的、无可抑止的。他接受这一点，但提出进步的过程需要一定的时间，在必要的情况下必须逐渐延续不止一代人。在这一过程中，没有考虑到人民的真正需要是不会成功的。在与村民对抗的三个事例中当局都以败退而告终，就是因为各届政府都没有看到村民真正的需要。叙述者一直在暗示，政府当局及其代表无权干预村民的事务，特别是他们的信仰方面更不可轻易冒犯。棕榈树是传统、习俗与信仰所构成的旧世界的象征。它的倒下将意味着旧世界的解构。叙述者以老年人的智慧建议"新"与"旧"居于同一屋顶之下，他请求听者，同时也是想通过听者请求当局有所理解。

读完这一篇幅不长的小说，我们发现作者的确掌握了非凡的叙事艺术。他在小说的结构、叙述的角度、人物形象的塑造、语言的运用和气氛的营造等方面都极具匠心。

《棕榈树》的结构让人很容易就联想到阿拉伯古代杰出的文学瑰宝民间故事集《一千零一夜》的叙述艺术。那种大故事中套小故事的框架式结构把许多零散的神话、传说和故事都连接在一起。萨利赫极其熟练地运用了这种技巧，把几个似乎没有什么关联的小故事都套进年老的叙述者向年轻的听者讲述瓦德·哈米德棕榈树的故事这一大框架之中,使之形成一个有机的整体。沿着叙述的线索安插进文本的共有六个故事。前三个故事是村民们所作的梦。这些梦中人无一例外都曾陷入了困境,正是瓦德·哈米德把他们从困窘中解救出来。第四个故事是瓦德·哈米德本人为安拉所救。第五个故事是20个被囚的村民获得释放。第六个故事则是保护棕榈树。这些故事放在一起,就是彼此之间的相互救助。村民们救了棕榈树,而棕榈树又救了他们;瓦德·哈米德救助了人民,而安拉又拯救了瓦德·哈米德。这六个故事缠结在一起,达到了一个高潮——救助棕榈树,暗示着对传统习俗、传统文化的保护。世俗的事务与宗教信仰连接起来,融入现实社会的整体构架中去。

相对于围绕一个中心情节的建构而言,更重要的是老村民叙述的同瓦德·哈米德棕榈树相关联的一连串事件。这些事件不是年表式的顺序叙述,而是按照叙述者的意向重新排列组合。叙述者根据村民们反对"进步"的斗争讲述了棕榈树的故事。这个故事的讲述实质上是一段独白。在某一天,由一位我们不知道姓甚名谁的老者,向一位同样不知名姓的年轻听者叙说。事实上,故事中的人物除了圣徒瓦德·哈米德以外没有一个是有名有姓的。

故事并不直接向读者叙说,而是向一个来自城里的年轻人讲述。年老叙述者在所叙及的事件中同时也是一位参与者,这样增强了读者对其真实性的信赖。这些事情,有的是老人直接牵涉在内的,另外的一些则是发生在与他同村的男女身上,都曾由当事者向他本人描述过,就连圣徒瓦德·哈米德以及村庄起源的故事也是他听自己的父亲讲述的。这位经历丰富的老年叙述者或许就是《一捧椰枣》和《迁徙北方的季节》中年轻的叙述者形象,或许还可以在小说《班德尔·沙赫》中找到其影踪。塔伊布·萨利赫所塑造的众多人物都曾一再出现于他的一部又一部作品中。

整个故事除了结尾处以外,叙述者都是自问自答。如说完"你问是谁栽种的这棵棕榈树"之后,老人自己又接着回答道:"没有谁栽种,孩子。"老人的话语显示了他的个性。他是一位有过许多实践的睿智老人,对他周围发生的进步有着深刻的个人见解。令人难以置信的是这位老人生活在一个与外部世界隔绝的偏僻遥远的村庄里,极少外出,而且平常也不听广播,不看报纸,竟然知道那么多关于城镇的知识。也许一位像叙述者这般年纪的人偶尔也有机会到城里去,或者从外来者或受过教育的年轻人那里听到一些有关的情况。不管怎么说,选择一位老人讲述棕榈树的故事和一位居留城市的年轻人来倾听的真正目的,是要建立叙述者世界与听者世界之间的联系,即农村与城市的联系。老人的叙述使得听者并通过听者让读者看到和感觉到城市与乡村的差异,认识到村庄的传统与现状对它的居民意味着什么。这种文本的阅读被老人的叙述所引导。如他引述那位宣教师发给政府的电报也是含有深意的。那就是要表明政府当局虽然也能听到现实的反映,但那是间接的,因而是不清楚的,有时甚至可能是被歪曲的。如果能亲眼目睹那是最好不过的了。

萨利赫在这一作品中对于人物形象的塑造不是直接去刻画人物的外表形貌,而是通过老人口头的表达和隐喻逐步建立叙述者作为一位经验丰富、颇有见地的老人的性格,让读者在阅读文本的过程中逐渐了解人物的性格。故事虽然是用优美雅致的、正规的阿拉伯文学语言写就,但从叙述者的嘴里也经常吐出一些苏丹方言的语词和表达法,如"尼米泰"(小咬)和"瓦德"(儿子)等。作者以苏丹农村社会盛行的语言、文化、道德和美学的形式来刻画人物形象。而所有这些人物形象又都与棕榈树连在一起,紧紧扣住中心主题:"诺,这就是……瓦德·哈米德棕榈树。你瞧,它的树梢顶上了天;再瞧,它的树根深深扎在地下;你瞧它的树干又粗又圆又结实,就像一个丰满女性的身段;再瞧瞧它顶尖的树叶,就像性子暴烈的马驹身上的鬃毛!"那个做梦的村民对棕榈树,则是这样一种印象:"……后来他爬上一个高地,走到顶上,就看到一片茂密的棕榈树,中间有一棵高高的棕榈树,跟其余的棕榈树相比,它就像一群山羊中的一只骆驼……"①

第二个人物形象是从城里来的年轻听者,同年老的叙述者一起贯穿整个故事。"听者"的角色间接地帮助故事的陈述并使之更加周详、具体。这种角色往往可以通过提问或评论来介入而起到某种作用。听者好奇心的表现或不经意地提出一个明智的或不明智的问题都可能是作者有意的安排,借以"鼓励"叙述者加快或放慢叙述的速度和节奏,使得需要加强或突出的内容清晰地呈现在读者的面前。在《棕榈树》这个故事中,年轻的听者一直在听老人讲述,随他的故事往下进行(只有结尾部

---

① [苏丹]塔伊布·萨利赫:《瓦德·哈米德棕榈树》,《回族文学》2002年第3期,第57—63页。

分是个例外),几乎是一种被动的体验。在故事前面的大部分篇幅中,叙述者不让听者有机会提出问题,而抢在年轻听者的提问之先,自问自答。"你问我为什么要叫瓦德·哈米德棕榈树?耐心点,孩子!再喝一杯茶。"这样的例子显示了叙述者的主动角色的功能。通过抢先发问和做出回答,所有的事件便都能完全通过叙述者的视角而呈现出来。

如前所述,无论听者还是叙述者都没有提到他们的姓名。我们只是从文本叙述的蛛丝马迹中辨认听者的身份。听者很显然是一个城市人,尽管他是否出生于城市并不清楚。我们辨认其城市人特性是基于这样的事实:他像其他的城市人一样,对村里的"小咬"的攻击抵挡不了一个昼夜,而且听者和读者不止一次地被提醒说他第二天就要离去。听者显然还是一位年轻人,因为年老的叙述者称他为"孩子",强烈地暗示了彼此之间充满感情的关系。年轻的听者可能是来这个村庄访问的一位城里人,也可能是去了城里并看到苏丹整个国家发生的变化的一位村民的儿子。后者恰恰是就像作家本人。塔伊布·萨利赫所描述的年轻人的类型往往就是要离开村庄,在外面接受教育,而后返乡探望。《给爱琳的一封信》《迁徙北方的季节》和《班德尔·沙赫》中的年轻人都属于这种类型。当然,我们也可以把年轻的听者看成是读者中的一员。年老的叙述者邀请年轻的听者同读者一起听一听在苏丹一个遥远的小村庄里发生的事情,并据之作出判断。老人的告别似乎带有一种特殊的内涵:"请往好里想着我们,对我们的判断不要太苛刻了。"这是一种殷切的恳求,甚至带有一丝绝望。他要求我们尽可能作为一个宽容的听众,去理解村民在现代化进程中所面临的困难及其复杂性。

塔伊布·萨利赫在《棕榈树》的故事中熟练地运用了延续文本的一种重要技巧——悬念。年老的叙述者让他的听众保持了对棕榈树故事的欲望,吞吞吐吐要告诉听者关于棕榈树的由来。一方面文本有序地朝着结局的方向推进,另一方面又试图尽可能长时间地保持谜底不让揭开,使文本的存在得以延续。为了达到这种效果,作者运用了各种不同的延续策略。叙述者允诺年轻的听者要讲述瓦德·哈米德棕榈树的故事,留下了听者(和读者)要了解瓦德·哈米德棕榈树详情的悬念。在开始讲瓦德·哈米德棕榈树的故事之前,他先叙述了乡村生活各种各样的"插曲",而所有这些"插曲"——他儿子的朋友的故事,宣教师的故事,县视察员的故事,三个梦的故事,政府官员的故事,都或多或少与棕榈树有一定的关系。到了最后,他显然要讲真正的故事了……"孩子,你是想睡觉吗？还是让我给你讲瓦德·哈米德的故事？"即使到了这个时候，他还不直截了当地说到点子上去，作者的延续技巧成功地保持了听众的悬念，留给他们空间和时间去填补空白，使文本的整体在被解读的时候更丰满。同时这种类型的技巧还有助于创造传统故事叙讲的气氛和调子。作者巧妙地以和缓的调子营造了时间观念极其淡薄的、无始无终的乡村生活的气氛。

塔伊布·萨利赫还善于运用令人惊奇的传说故事。这些传说与他创作中出现的"圣徒"形象常常是连在一起的，如本篇故事中的瓦德·哈米德，《小溪上的枣椰树叶》中的瓦德·杜利布，《宰因的婚事》中的宰因和哈宁，《班德尔·沙赫》中的祖贝特等。这种圣徒与善者形象的广泛运用跟苏丹农村社会普遍存在此类圣洁形象有一定的关系。作者还运用梦来使棕榈树及同名的圣徒瓦德·哈米德显得更加神秘，也突出了其重要性。尽管每一个梦都是不同的，但为叙述主题服务的目的是相同的：赞美瓦德·哈米德。每一位做梦人都遇到了麻烦，陷入了困境，但是最终都获得了瓦德·哈米德的救助。正像一位阿拉伯评论家所认为的，瓦德·哈米德棕榈树在这里是一种神秘主义的象征。①作家运用传说故事和梦境的一个重要效果就是营造了一种神秘的氛围。

塔伊布·萨利赫的作品在中心主题方面与阿拉伯当代文学出现的许多中长篇小说是很相似的，都努力要表现城市与乡村的差异、新与旧的矛盾、传统文化与现代文化的冲突以及东方文化与西方文化的撞击等。《棕榈树》在有限的篇幅中就表现了一个极其重大的主题，更重要的是它在结构、技巧和文体方面和其他的阿拉伯叙事作品相比，更有其新颖别致、独具匠心之处。也许正因为如此才使塔伊布·萨利赫和他的作品在西方评论界引起很大的重视，在阿拉伯文坛获得重要的地位，从而为苏丹文学和阿拉伯文学的发展做出贡献。

三、塔希尔·本·杰伦：生命中不能承受的腐败

塔希尔·本·杰伦(Tahar Ben Jeeloun)是摩洛哥当代著名的诗人、小说家，用法语进行创作。1987年，他创作的长篇小说《神圣之夜》获得法国的龚古尔文学奖。其前期作品多描述背井离乡的摩洛哥人在欧洲

---

① أحمد شمس الدين الحجاجي، "صانع الأسطورة: الطيب صالح"، المجلة ((ألف))، الربيع، ١٩٨٣م، ص ١٥-٤٨.

国家的生活,表达了他们由于受种族歧视和生活、工作的困难而导致精神的压抑感,这方面最为突出的是他的长篇小说《最深的孤独》,着重描写了非洲人迁徙到欧洲以后的情感生活与性生活,着意渲染了他们的内心孤独,后期作品则侧重于叙述阿拉伯/非洲国家的落后与腐败现象,如获得龚古尔文学的《神圣之夜》和获得地中海文学奖的《腐败者》(1994)。其他作品还有诗集《太阳的创伤》(1972)、《骆驼的演讲》(1974)、《被砍死的扁桃树》(1976)和《不为记忆所知》(1980),长篇小说《哈鲁达》(1973)、《离群索居》(1976)、《愚笨的穆哈,聪明的穆哈》(1978)、《缺席者的渴求》(1981)、《民众作家》(1983)和《错误之夜》等。① 这里将着重分析他的后期作品《腐败者》。

　　腐败不只是东方特有的产物,它是一种普遍的现象。塔希尔·本·杰伦本人也指出:"如今,腐败现象已是肆虐南方国家和北方国家的司空见惯的灾难。"②南方国家指的是大多数分布在南半球的贫困的第三世界国家,北方国家则是大多居于北半球的西方发达富裕的资本主义国家。无论是贫穷的东方世界,还是富裕的欧美国家,腐败现象都在侵蚀着社会的正常运行。但是西方人却往往以他者的眼光看待东方国家的腐败,他们认为东方的腐败是在东方专制的温床上滋生出来的,因此,格外予以关注。印尼、中国等东方国家的腐败现象近年来特别为某些西方所津津乐道。塔希尔·本·杰伦在其小说《腐败者》的前言中变坦陈自己是受到印尼作家普拉姆迪亚·阿南塔图尔的小说《贪污》的影响:"我读了他于1954年在印尼发表的小说《贪污》。③ 为了表达我对他的尊敬和一位作家对另一位作家的支持,我写了这本关于腐败现象的小说《腐败者》。""我谨把这部小书献给印尼伟大的作家普拉姆迪亚·阿南塔图尔。"④另一方面,塔希尔·本·杰伦这位经常用法语进行创作的摩洛哥作家,由于常年生活在法国,受到法国文化/西方文化特别是其价值观的影响,有时难免也以一种"他者"的眼光审视阿拉伯各国存在的各种现象。《腐败者》所揭示的就是发生在他的祖国摩洛哥的腐败故事。"这个相似而又不同,带有浓郁地方色彩而又具有全球性的故事,把我们跟南

---

① 参见季羡林主编:《东方文学辞典》,吉林教育出版社,1992年,第128页。
② Tahar Ber Jellon, *L'Homme Rompu*(《腐败者》"前言"), Le Seuil,1994.
③ 由德尼·隆巴尔译成法文,菲力普·皮基埃尔出版社出版。
④ [摩洛哥]塔哈尔·本·杰伦:《腐败者》"前言",王连英译,史忠义校,华夏出版社,1998年。

方作家的距离拉近了,尽管他的南方国家远在天边。"①尽管这个故事具有全球性意义,但是小说的获奖无法排除评委们对于其中"浓郁地方色彩"的瞩目。他们从中可以看到作者对于老夫少妻、不加节制的生育、狂热怪诞的性"趣"、女人热衷穿金戴银和荒诞的变形生活的描述。

当"我"带着女儿外出旅行时在火车上碰到一个漂亮的年轻女士,后边跟着一位老先生。年轻的女士可以作老先生的女儿,然而她却是他的夫人。似乎很富有的老先生不是城里人,那么,他可能是一个有钱的乡下老头,而她则可能是个出身贫寒的女子,于是有了这样的买卖式婚姻。老先生的司机应该不会有很多钱,却"不断地把妻子肚皮弄起来",刚刚添了第七个孩子,越穷越生,越生越穷。②"我"作为一个知识分子出身的富有理性的政府官员,知道自己微薄的薪水养不起太多的孩子,在第二个孩子出生之后就让妻子戴上了避孕环,却因此得到妻子的诟病,被她认为不算个男人:

> 你的助理,他啊,才算个男人!人家薪水比你少,可住着漂亮的别墅,有两辆汽车,孩子们全都进法国学校,还带着夫人去罗马度假!你呢,就有赐给我避孕环的本事。家里一周才吃两次肉。这也配叫生活?只能到你妈妈那儿去度假了,在非斯教徒区那座老房子里。亏你想得出,那也算是度假?你是木头人啊?怎么就不觉得寒酸呢!③

"我"的"寒酸"是因为"我"奉公守法、秉公办事、拒绝贿赂。"我"是一名富有正义感的、接受过现代教育的工程师,"计划、规划和发展司"的副司长。不经"我"的同意,谁也拿不到基建许可证。在这个肥缺职位上,只需略耍手腕,财源就会滚滚而来。可"我"一味清廉,于是只能以菲薄的薪金养活家人,甚至有时还得向人借高利贷维持生活。我的清廉品格首先受到妻子的冷嘲热讽,继而又承受着来自岳母及其家人方面的压力,"我"的下属劝我收受贿赂,"我"的同事甚至"我"的上司都希望"我"变得腐败,与他们同流合污,以轻减他们的心理压力和实际工作中收受贿赂的阻力,到后来连"我"那富有而谦虚的、宽厚却又谨慎的、"品质不

---

① [摩洛哥]塔哈尔·本·杰伦:《腐败者》"前言",王连英译,史忠义校,华夏出版社,1998年。
② 同上书,第63—64页。
③ 同上书,第3页。

错"的同学兼好友也劝起我来:

> 相信我,这条道不坏,也不损人,既合情合理,又很现实。填补了国家的短缺,自己又没干什么缺德的事。我支持司法,支持法治。可是当大家都走后门、都在走廊里谈正经事时,您与众不同,那不是自苦吗?国家这么运转也挺好。它有能力抛弃这一制度吗?我不相信。另外,人们也都无可奈何地习惯了。①

其实,不只是人们无奈何地习惯了腐败,而且腐败者们已经在思想中形成了一套腐败的逻辑:腐败是一种平行经济,是社会运行的润滑剂,有利于消除产生暴动的土壤,因而是天经地义的。"我"的顶头上司——司长就是这样劝"我"的:

> 物价天天在上涨,从不征求我们的意见。要适应这个现实啊。大家心里都清楚,公务员工资是象征性的。国家也知道。它更知道人的聪明才智可以想出办法以弥补短缺部分。国家也睁只眼闭只眼。怎么办呢?否则,就会发生暴动。公民也据自己的能力参与了补窟窿的行为。这很正常。全国已经达成默契,通过竞争奔向平衡。根本问题在于要做得委婉一些,高雅一些。这就是我所说的灵活。国家应该感谢所有这些向它伸出援助之手的公民。这些人像您一样,保证着国家的稳定和繁荣……
>
> 您从道德领域出发叫作腐败的东西,我则称之为平行经济,它甚至不是秘密的,而是必需的。我并不认为这很美妙,我只是说应该并行不悖,停止把补充和偷盗混淆起来。别以为只有发展中国家才有这类问题。瞧瞧法国、意大利乃至日本那些丑闻。在我们这儿,这是个人行为,还属于个体这个等级。在那些国家,已经不是民众的补偿行为了,而是拐骗巨额款项、舞弊、规模惊人的抢劫犯罪。您发现没有?自从意大利开展反对重大腐败现象的斗争以来,这个国家的经济已陷入停顿状态。我们这种手工业式的、落后得靠启动一个项目来创造就业机会的小打小闹,与欧洲那些政治家在瑞士开设秘密账户、与企业界甚至黑社会联系、接受献金的行为不可同日而语啊。我们这些待遇过低、生活寒酸的公务员们,成年累月地斗

---

① [摩洛哥]塔哈尔·本·杰伦:《腐败者》,王连英译,史忠义校,华夏出版社,1998年,第25页。

第四章 他者化:东方文学作品中的落后与堕落主题

争,仅仅为了我们的孩子能够接受正常教育、合情合理地休假、生活中不再缺这少那、不再伤感。我们并不贪婪。我们只是想吃饱饭。这是天经地义的。完全是人之常情啊,我的道德先生!我希望您能理解我的话!①

"我"本来不为这些人的劝说所动,但生活实在太窘迫了,儿子要上好学校就得去贿赂学校,可"我"没钱。女儿有病,随时可能需要花大钱。"我"常常算我的账,又加又减,但每月总是入不敷出,从月中开始就得去杂货商那里借高利贷。伊斯兰教是禁止高利贷的做法的。② 但是那个杂货商一边祈祷,一边抬高利息,使我月月被宰上一刀,总是债台高筑。

在生活困境的压力和周围人士的包围合力推搡之下,我一边抗拒着,一边脚步不断地被推向那道警戒线。我的思想开始动摇,在犹豫、徘徊中两种思想在进行着激烈的交锋,一边是正义、道德,一边是腐败、堕落,打得不可开交。"我"的思想、我的灵魂在搏斗着,"我"的声音——各种声音在耳边响起来,善的声音、恶的声音对我进行轮番的轰炸。"我"终于挺不住了,"我"越过了最后的那条线,我忐忑不安地拿走了夹在申请材料中的装钱信封。

"我"就这样堕落了。"我"和妻子也彻底地决裂了,因为她以前给予我的压力最大。"我"去找了旧日的情人——"我"的表妹,还和邂逅的独眼女人上了床。与此同时,儿子的率真、情人的谴责和"我"的自责,使"我"陷入精神痛苦的深渊,在澹忘中接受灵魂的拷问。"我"担心收受贿赂的行为被发现而变得心神不安,开始不断地做噩梦,精神上备受折磨。来自现实的折磨也接踵而至。"我"去银行兑换受贿的美元被银行的人敲诈勒索,那些人以"我"的美元是连号的新币而诬我盗窃,以告发"我"

---

① [摩洛哥]塔哈尔·本·杰伦:《腐败者》,王连英译,史忠义校,华夏出版社,1998年,第18页。
② 《古兰经》中允许富人向穷人放债,但同时又严厉禁止放债取得利息和其他变相的高利贷行为。违反者将在死后下到火狱,并"永居其中"不得赦免;而现实中对他们的惩罚是剥夺他们所得的重利,用于赈济穷人。(参见杨启辰主编:《〈古兰经〉哲学思想》,宁夏人民出版社,1991年,第250—252页)《古兰经》中说:"吃利息的人,要象中了魔的人一样,疯疯癫癫地站起来。……真主准许买卖,而禁止利息。(2:275)"信道的人们啊! 如果你们真是信士,那末,你们当敬畏真主,当放弃余欠的利息。如果你们不遵从,那末,你们当知道真主和使者将对你们宣战。如果你们悔罪,那末,你们得收回你们的资本,你们不致亏枉别人,你们也不致受亏枉。"(2:278—279)。

相要挟，要求我分给他们一部分，至此，"我"明白了受贿以及后续的事情都是那帮腐败者合谋设下的一个圈套。更大的灾难还在后头，检查组进驻"我"的办公室来审查，发现一台旧打字机不见了。在"我"的助理——那个大腐败者的斡旋之下，检查组到助理的豪华别墅去搓了顿饭，临走的时候每人送一瓶名酒，然后就走了，事情似乎到此结束了，但隔了2个月之后，我被停职了，因为有人指控"我"侵吞公共财产——那台被我借回家的旧打字机。这台打字机已经完全锈蚀了，被"我"用去垫儿子的床。"我"可以马上还回来，但他们不让我归还。我明白了，打字机只是一个借口。就在我内心痛苦不堪，甚至想过以自杀来结束这场闹剧的时候，"我"的工作又莫名其妙地恢复了。他们弄了另一台破旧的不同牌子的打字机，当做是我借回家的那台。这事情就这样了结了。"我"的那位一直在收受巨额贿赂的助理居然对重返办公室的"我"说："欢迎加入我们的家族。"

第二节　普列姆昌德对印度社会落后现象的揭露

　　普列姆昌德被誉为"印度小说之王"，"印地语第一位符合现代意义的小说家"①。他一生创作了十余部长篇小说和三百多篇短篇小说。作为一位爱国主义作家，他把自己的文学创作和现实生活、民族独立运动紧紧地联系在一起。他认为印度的独立不仅需要和英国的殖民主义者斗争，和印度的当权者作斗争，也应该和印度落后的传统观念作斗争，反映民族的尊严，唤醒民众麻木的精神。他认为，文学的复兴可以促进民族的复兴，文学是作家战斗的武器。作家凭着自己对社会的深刻观察和自己的强烈感受，可以发现和丰富美感。作家的职责是揭示社会中那些丑的、恶的，没有人性的东西，并加以猛烈的攻击。文学不仅应当是社会的镜子，更应该是社会的灯塔，可以照亮社会前进的方向，给人的心灵世界以光明。

　　正是以这样的文学主张为基础，普列姆昌德的作品展现了他生活的时代和社会的种种丑恶，抨击印度社会的落后习俗。虚伪残酷的宗教习俗、荒谬残酷的种姓制度、落后的童婚和嫁妆风俗、不许寡妇再婚、寡妇殉节的萨蒂制度等摧残和蹂躏女性的陋习，引起社会混乱的教派争

---

① 黄宝生：《印度现代文学》，外国文学出版社，1981年，第93页。

斗……在他犀利的笔下,印度的种种丑恶得以暴露,深深地触及印度社会的弊端和民众的劣根性。为此,有的评论者惶恐不安,认为"像普列姆昌德这样标榜自己为理想主义和民族主义的作家描写了印度这样丑恶的农村生活,这除了吉卜林①以外任何人也都没有写过。普列姆昌德长期住在城市,为了创作小说,他读许多外国小说,离本国的文化越来越远。我们可以从他的作品中引出几百处令人憎恶地刻画了印度教徒特别是婆罗门的文字。据说,作家是自己时代的代表,如果把普列姆昌德作为代表,50年代后人们读他的作品,他们对1932年的印度社会生活说什么呢?还不是认为那时印度教徒的生活,特别是婆罗门的生活是可憎可恨的生活吗?他们是无情的人,是刽子手,顽固分子,没有同情心的人,伪君子,难道这是真实的吗?"②在印度本国学者的眼里,普列姆昌德的创作并非真实地反映了印度当时社会的情况,这种误会的原因是什么呢?在普列姆昌德的笔下,印度社会是如何得到表现的呢?西方社会是如何读解他的小说的呢?带着这些问题,我们来读解普列姆昌德的一些代表作品,这些作品都生动地再现了阻碍印度社会进步的诸多问题。试以《服务院》这部小说为例加以分析。

在印度的传统观念里,印度的女性和男性的地位是不平等的。在古代的经典中,女性被视为首陀罗。她们的职责和生活意义就在于孝敬公婆,侍候丈夫,生儿育女。落后的童婚和嫁妆风俗、不许寡妇结婚、寡妇殉节的萨蒂制度等摧残和蹂躏女性的陋习给印度妇女带来了可悲的命运。印度女性的诸多不幸在普列姆昌德的成名作《服务院》里得到了深刻的再现和批判。《服务院》这部小说也被认为是印地语现实主义小说的开篇之作,有印度的《复活》的美誉。

小说主人公苏曼是一位从小娇生惯养的小姐。她的父亲只是一位警官,无力筹办几千卢比的嫁妆。为了把苏曼嫁到体面人家,他接受贿赂,东窗事发,被拘入狱。苏曼的母亲带着两个女儿投奔到胞弟家中。苏曼被嫁给一个不要嫁妆、中年丧偶、生活困顿、脾气粗鲁的小职员格加特尔。看到对门的歌妓波莉过着豪华奢侈的生活,苏曼十分怀念少女时代的富裕日子,对自己穷酸的生活日益不满。为了调剂单调的生活,满

---

① 英国小说家和诗人,出生于印度孟买,在印度长期生活过,所写作品反映了英国帝国主义的扩张精神,丑化印度,被称为帝国主义诗人。
② 刘安武:《普列姆昌德评传》,中国国际广播出版社,1999年,第292页。

足自己的虚荣心,得到精神上的安慰,她接近波莉,并和她一起参加一位律师家中举办的晚会,深夜才回家。终于被一直不满和怀疑她的丈夫逐出家门。无奈之下的苏曼只好求助波莉,开始当歌妓,最后也成了妓女。苏曼的堕落影响了妹妹香达和斯登的婚事。在好心的律师等人的帮助下,姐妹俩人都被安置在寡妇院中。苏曼父亲刑满回家得知苏曼当妓女,二女儿被退婚,羞愧悲愤万分,投水自尽。苏曼得知后,也准备投恒河了结余生,却被自己原来的丈夫——由于曾虐待苏曼悔恨不已而成了出家人的格加特尔加以拦阻。寡妇院中混进妓女的消息导致寡妇们纷纷出走,苏曼姐妹不得不离开寡妇院。在苏曼的开导下,斯登背着家庭和香达结了婚。由于家庭和斯登断绝关系,他们三人只好卖船,在恒河上招揽顾客维生。当周围的渔民得知苏曼曾是妓女时,都拒绝和他们来往。斯登和香达对苏曼日益不满,视之为累赘。为了照顾快临产的妹妹,苏曼忍气吞声。由于香达生了一个儿子,斯登的父母和他们恢复关系,但发现苏曼和他们生活在一起时,十分不满。苏曼不得已离开妹妹家,在漫漫的黑夜中,无处藏身。幻觉中,苏曼看见前夫来开导她,并为她提灯引路。最后果然是生活在草房中的格加特尔再次指点苏曼到城里由律师兴办的刚刚成立的服务院中,并在好心的人们的帮助下,找到了教育妓女所生的女孩子的工作。

在小说中,苏曼的一生和广阔的社会生活联系在一起,她的不幸是社会环境逼迫的结果,她的悲剧可以说是印度女性生存境遇的写照和缩影。苏曼的悲剧有她自身的原因,虚荣心和不切实际的幻想,贪图享受和追求奢侈的生活。作者借苏曼这个形象批判了印度社会当时普遍存在的拜金主义和享受主义倾向,同时把批判的锋芒直指造成苏曼不幸人生的主要原因——在印度兴盛的嫁妆制度。

嫁妆是印度重要的婚姻习俗,也是印度的一大社会问题。在印度,一个女子的价值主要体现在她所拥有的嫁妆上。女性能否得到尊重,更取决于她结婚时花费了多少。因此,结婚时,女性家中所能提供的嫁妆的多少是和一个家庭的体面和社会地位成正比的。女儿结婚时,为了体现家庭的社会地位和保证女儿婚后在男方家庭的地位和幸福,人们往往不惜千金。一般的家庭,即使生活拮据,也要借债大办女儿婚事,为此,往往落得家道中落,负债累累。一般家庭如果有几个待字闺中的女儿,往往导致家境贫困。嫁妆少,女儿难以出嫁。嫁妆少,婚后,女儿在婆家往往受气,受虐待和毒打,甚至被剥夺生命,以便男方再娶,得到更多财富。为此,印度女子惨死情况严重。这种情况一直延续到今天。以印度首都新德里为例。1984 年印度《新印度导报道》报道,1980—1981 年间,因为嫁妆而被烧死的女子有 421 人;1982—1983 年,被烧死的女子有 690 余人。又有报道,1984 年,德里平均每 12 小时就有一位女子因为嫁妆问题而被活活烧死。印度报纸最近报道,近几年来,印度嫁妆命案急升,每 100 分钟就有一位新娘因为嫁妆而死。印度政府公布的《暴力侵犯妇女报告书》中指出,1987 年至 1991 年,女性遭暴力侵犯的命案增加了 37.6%,新娘因嫁妆而惹来杀身之祸的命案暴升 169.7%,妇女因嫁妆而丧命的案件每 112 分钟就有一起,起因往往是男方家庭不满女方家庭的嫁妆少而杀死新娘。① 正是因为嫁妆制度的传统习俗,印度也有溺死女婴,重男轻女等等陋习。可见,印度的嫁妆制度影响了印度社会的秩序和人身的安全,更是阻碍了印度社会的发展,造成人民生活贫困的原因。普列姆昌德写作时代是这样,现代的情况也没有得到根本的改变,甚至有加剧的趋势。普列姆昌德的作品中对嫁妆制度危害的揭示,正是他对自己的文学主张的一个坚持,即"文学是社会生活真实的一面镜子","它必须是对我们的生活进行批判和解释。"②

从这部小说中可以看出,正是由于没有嫁妆,苏曼的父亲受贿坐牢;由于没有嫁妆,苏曼只好嫁给不要嫁妆的中年丧偶的丈夫……从根本上看,如果没有嫁妆制度,苏曼的悲剧就不会发生。通过小说的描写,很明显可以看出,嫁妆制度就是买卖婚姻。印度女子的嫁妆越多,她的身价和品位越高。在印度,女性如商品一样等待男子的选购,首要条件是她的嫁妆的多少,而她的品貌也只是一个附属的和额外的条件而已。在 1925 年出版的小说《妮摩拉》中普列姆昌德再次揭示了印度的嫁妆制度对女性的戕害,描写了女主人妮摩拉由于没有嫁妆而导致的悲惨命运。

需要注意的是,普列姆昌德并不是一位刻意迎合西方的印度作家。他在小说中始终关心国家的命运、民族的前途、人民的利益。他一生的经历如他自己所言"犹如平坦无奇的平原"③他一生未踏出国门一步,他生命中的绝大部分在印度北方农村度过,他笔下的世界更是以印度农村

---

① 《法制日报》1993 年 4 月 11 日。
② 倪培耕:《印度现当代文学》,新加坡新华文化事业有限公司,1997 年,第 157 页。
③ [印度]普列姆昌德:《一生的主要经历(自传)》,见《如意树》,上海译文出版社,1983 年,第 357 页。

生活为主体,在读者面前展现了一幅幅色彩斑斓的印度农村风俗画,印度农村的田野、耕牛、河流;女性的纱丽、首饰、情感;村民们喜爱的槟榔、水烟、豆蔻……这一切伴随着村民的生动具体的生活,给读者带来一股印度泥土的芬芳土味,营造出一个以印度传统农业文明为核心的文化氛围。普列姆昌德的小说中并不满足于对农村生活浮光掠影的描写,而是深入揭示印度村社生活中最底层的农民以及被压迫者苦难生活的根源,同情他们的疾苦、关注他们的精神面貌、揭示他们的苦难、再现他们的生活,抒发他们的情感。故普列姆昌德的小说有"印度农村的现代史"的美誉,他也被视为印度下层农民的代言人。我们之所以把他放在他者化的问题中来阐述,是因为西方人把像普列姆昌德这样的作家所描绘的落后现象看成是东方的主要面貌,因为这样的景象符合他们对东方落后的想象,并以此来证明东方的落后不是他们的杜撰,而是东方作家自己都承认的。这在一定程度上误导了后来的年轻作家,以为像这样的写作就能引起西方的关注,从而加剧了后辈作家的他者化倾向。

第三节　媚俗堕落的中国写作

"鸳鸯蝴蝶派"文学是在亲美革命失败后,在半殖民地的"十里洋场"上滋生出来的一个文学现象。这些作品大多采用鲁迅所说的"新的才子＋佳人"的形式,在 20 世纪 20 年代间,曾风行一时。这些小说大都内容庸俗,"言爱情不出才子佳人偷香窃玉的旧套,言政治言社会,不外慨叹人心日非世道沦夷的老调"。① 鸳鸯蝴蝶派作品对读者会起到迷惑与麻醉的作用,属于迎合商业化需要的通俗小说。

譬如,张资平的小说《梅岭之春》,写在教会学校当教师的叔父段奸淫了侄女保瑛这样一种不伦之爱、之欢。小说中充满着肉麻、欲望、感官刺激的细腻的描写。如"吉叔父行近她的身旁,耐人寻味的处女的香气闷进他的鼻孔里来。关于皮袄的做工和价值,她不住的询问,她的一呼一吸的气息把叔父毒得如痴如醉了。他们终于免不得热烈的拥抱着接吻。"

又如《苔莉》讲述一个女人勾引男人的故事:谢克欧的表兄国淳是一

---

① 沈雁冰:《自然主义与中国现代小说》,《小说日报》第 13 卷第 7 号,1922 年 7 月。见《茅盾全集》第十八卷,人民文学出版社,1989 年,第 228 页。

个荒淫男人,娶有一妻三妾。苔莉为示反抗,不断地引诱克欧,终使其屈服,二人不断偷情、滥情以至于被发现后殉情。文中穿插苔莉与年轻美男子小胡的恋爱、克欧与未婚妻刘小姐的关系,而苔莉则能微妙地处理好这种交错盘结的情爱关系,始终把克欧紧紧地掌握在手中。

如果说,鸳鸯蝴蝶派有些受西方自然主义艺术的影响的痕迹,那么,30年代在上海滩上风行一时的"新感觉派"则直接学习"欧风美雨",从提出潜意识、"力比多"(libido)理论的弗洛伊德和性心理学家蔼理斯理论那里接受影响,师法日本20年代兴起的"新感觉派",通过直感来反映近代资本主义都市崩溃情景的手法,逼视都市人物的内心,挖掘其包括梦幻、变态心理在内的无意识的领域,创作出一些反映性爱与现代资本主义文明尖锐冲突的小说。穆时英、刘呐欧等人是其代表作家。

被称为"中国新感觉派的圣手"的穆时英是30年代现代海派小说的代表人物,是中国现代"都市文学"的先驱。[①] 陈漱渝在为《上海的狐步舞》所作的引言中指出:穆时英运用感觉主义、意识流和心理分析等技法进行创作,多描写闯荡江湖的流浪汉和体力劳动者,以及从生活里跌了下来的市民、知识分子。作品具有浓重的颓废色彩、悲观消极的情调和流氓无产者的气味。在形式上则摒弃了故事或情节线索的因素,打破了顺序排列事件的法则,把一些互不相干的人和事在内容和时间上并列,形成组合的结构模式。

《咱们的世界》写流氓无产者李二爷加入海盗行列后,抢劫奸淫,大畅其快;《偷面包的面包师》写一个养家糊口的面包师为了满足母亲和儿子对面包的馋欲,犹豫再三,最后还是冒险偷了面包因而砸了饭碗的故事。这两篇小说还存在对资本主义式大都市社会现实和流氓无产者劣根性的批判,具备一定的认识、教育价值,而在《上海的狐步舞》等一大批作品中,这种进步意义已荡然无存。

《上海的狐步舞》把上海这个"大洋场"都市社会比作"造在地狱上的天堂",充盈于此的是糜烂的性与欲,情与爱。在这里,遍布的是赌场、舞场、街头娼妓、"野鸡交易所"、时尚报刊、狐步舞、华尔兹的旋律……为了几个救命的钱,老太婆可以充当皮条客,从街上为媳妇拉来嫖客;而父子可以同时与一个女人保持暧昧的关系。《白金的女体塑像》写为女病

---

① 陈漱渝:《上海的狐步舞》"引言",见王平编:《中国现代小说风格流派名篇》,中国文联出版公司,1998年。

人做太阳灯照射治疗的医师受到赤裸女体的诱惑,大肆渲染人物微妙、复杂的性冲动、性兴奋心里。《PIERROT》通篇充斥着颓废沉迷的性、色情、欲的内容:在作家潘鹤龄先生的书室内,谈论的话题尽是美国女人大腿的线条、玛雅阔夫斯基的花柳病、白浊的诊法、嘉宝的性欲的过分亢进和子宫病,以及一些这样恶俗的黄色笑话。

穆时英的小说关注的是五光十色的舞厅、影院、旅社、酒吧、跑马场、夜总会、郊外花园等场景,模仿欧美现代派手法,展现的是现代都市人的悲哀、没落、颓废和百无聊赖的苦闷与糜烂生活,表现"现代资本主义大都市文明的崩溃与坍塌"[①]。贾植芳在为"海派文化长廊"丛书所作的《总序》中指出:上海的都市生活特点是低调、松弛、杂乱、自在,缺乏正统思想和传统道德,有着十里洋场的半殖民地背景,在藏污纳垢的同时,保存着离经叛道的思想生气,文化氛围相对轻松。文人一开始即面对市场,用新的文字技巧和审美感情征服读者,争夺读者。

上海滩上的作家近商,自觉地把文学当做商品,赋予"媚俗"品格的同时,也使文学艺术能通过小报副刊、通俗杂志、电影戏曲、连环画报、无线电台等大众媒体走向社会,进入民间。刘呐鸥的小说集中于表现都市生活情绪的骚动不安和情感焦虑体验;小说中的人物痴迷于都市的声色犬马、灯红酒绿,大都在本能的欲望支配下逢场作戏。如小说《风暴》写乘早晨特别快车的燃青遇到 week-end 去看大夫的一位女性,两人中途下车,偷欢一场后又复上车。《热情之骨》叙述比也尔遇上卖香橙花的花店姑娘玲玉,与之做爱时,姑娘向他索要 500 元,自称原为名家之女,因爱上家庭教师而离家私奔,现在则靠卖花糊口。《两个时间的不感症者》写赛马后 H 替女人排队领奖,又一起闲聊,压马路,后又遇上 T。过了一段时间,女人就走了,责备他俩自己没有把握好相处的时间和机会好好玩乐,让时间白白溜走。《礼仪与卫生》讲述律师姚启明的妻子可琼学画,遇到了法国人普吕业先生,两人交好;后又跟妹妹的情人好上了,两人私奔了,却把妹妹转送与丈夫相好。《赤道上》写"我们"在岛上度蜜月时,妻子珍与向导非珞偷欢,我则与其妹莱茄好上了。刘呐鸥这些都市故事大多描写城里人颓靡、骚动的生活状态及漂泊、虚幻、失落、失衡的情感体验,编织的都是一些都市"三角恋""换妻""多角恋"之类的故事。这些都体现出"新感觉派"着眼于大都市糜烂现实题材,情、欲、性之类的

[①] 刘呐鸥:《刘呐鸥小说全编》"序言",学林出版社,1997年。

"媚俗"主题等共同性特征。这些都可视为"洋场小说"的典型代表。到四十年代,洋场小说的中心仍旧在上海。

到20世纪末期的时候,随着文化氛围的宽松,都市生活的各种弊端逐渐暴露,在上海重又出现了一种"媚俗"的都市女性文学,这就是以卫慧、棉棉等为代表的,被讥为用下半身写作的"美女作家"。

"美女作家"的创作特点是所谓的"私人化""个性化",刻意暴露私生活,展现本能的感官欲望,追求物欲满足,寻找新鲜刺激,表现颓废、空虚、冷漠、孤僻、躁动的情绪。在她们的小说中:大都市"边缘人"是其主要描写对象,酒吧、毒品、做爱、酗酒、迪厅、旅馆、私人汽车、香烟、黄色光碟等,是其主要的描述题材。小说大多带有作者自传的影子,小说中活动着的人物,自由职业者或城市游民,"在寄生的生活中自闭、自恋、自虐和自狂",他们声称"任何时候都只相信内心的冲动,服务灵魂深处的燃烧,对即兴的疯狂不作抵抗,对各种欲望顶礼膜拜。"[①]

从《上海宝贝》《像卫慧那样疯狂》《糖》等作品中,明显地可以看出这是对30年代活跃于上海滩"新感觉派"小说一次可怕而低级的"轮回"与"重视":这种以都市"五光十色的舞厅、影院、旅社、酒吧、跑狗场、夜总会、效外花园"为环境背景,在写法上,题材,人物,技巧上模仿、抄袭西方现代派作品,"把自己的直觉、幻觉渗入一切对象物上,流泻式地叙述身处商业化大都会的男女,在爱欲上的享乐和厌倦,骚乱和重压",[②]展现其顺从本能欲望驱使的颓废、糜烂、感官化的生活,在大约60年之后,在上海滩卷土重来,随着同样的商业炒作、媒体炒作之后日见甚嚣尘上。

"美女作家"的写作也深受欧美社会思潮的影响。其骨子里体现出来的是一种"垮掉的一代",迷惘困惑、骚动不安。其内在精神是对美国70年代越战后"垮掉一代"青年情绪的遥远呼应。70年代,在西方世界的新一代青年怀着迷茫失落,困惑孤独的情绪,愤世嫉俗,叛逆传统,放纵不羁,大胆地提出"毒品加革命","到大街上做爱"的口号,他们试图破坏一切的社会规范与约束,尽情满足自己的一切冲动和欲望。"美女作家"的创作所表现出来的精神实质与此一般无二。她们小说中的人物及其生存状态、生活方式又带有明显的西方犬儒主义者的特征,她们的写作也打上了自然主义的鲜明烙印。

---

① 王大路:《透视"新新人类文学"》,《北京日报》2000年6月7日,第13版。
② 参见钱理群:《中国现代文学三十年》,上海文艺出版社,1987年,第327页。

谢有顺在为"文学新人类"丛书所作的"序"①中认为,90年代是"一个崇尚金钱、技术和性的时代,一个强调个人化的时代。与他们的前辈比起来,他们是最缺乏神话和集体经验的一代人,在他们的记忆里,很难找到属于他们这代人的共同话语,也很难从一个整体主义的角度来谈论他们的生活与写作","他们更愿意相信自己的眼睛与身体,更愿意信赖自己对生活的私人理解。"他们只着眼于经验和感受,很少有什么禁忌,吸引他们的是现实。他们过着另类的生活,进行另类的写作。他们的小说充满了城市生活的符码:酒吧、迪厅、摇滚、时尚杂志、西餐、染发、吸毒、逛街、放纵的性爱、冷漠、酷、金丝雀,等等;在她们的笔下,那些孤独、快乐、伤感、冒险、放纵、浪漫、泪水、尖叫、自由、困惑、厌倦、自虐、梦想、飞翔等心灵碎片构成了小说中描写的混乱的现实……

　　谢有顺的这些归纳总结,基本代表了当前文坛对于"美女作家"比较普遍的看法。卫慧在《我生活的美学》一文中这样阐释自己的写作取向:"这群人点缀着现代城市生活的时髦、前卫、浮躁,无根的一个层面,组成独特而不容忽略的一个部落","他们绝大多数出生在70年代之后,没有上一辈的重负没有历史的阴影,对生活有着惊人的直觉,对自己有着强烈的自恋,对快乐毫不迟疑地照单接收",他们越夜越美丽,越欢乐越堕落,而"我愿意成为这群情绪化的年轻孩子的代言人,让小说与摇滚、黑唇膏、烈酒、飙车、Credit Card、淋病、Fuck共同描绘欲望一代形而上的表情"。

　　而关于棉棉,葛红兵认为,在她笔下"性成了它本身",王干则指出其作品着力于"叙述她的那些细腻而敏锐的被夸张了的病态的当下感受。"棉棉的写作被认为体现着"残酷的青春"气息及严肃的自省精神。②

　　再来具体地解读卫慧、棉棉其人其作。

　　卫慧,1973年生于余姚,1995年毕业于上海复旦大学中文系,做过记者、编辑、电台主持、酒店女侍、鼓手、广告文案。部分作品已被译成德文发表,曾被国内媒体称为"小说雅皮""文坛坏女孩",代表作有《上海宝贝》《像卫慧那样疯狂》。

　　《像卫慧那样疯狂》主要书写了一个叫阿碧的女孩的疯狂的性爱经历与体验。"我"的女友爱着有妇有女的男人黑狗,"她被欲望的鞭子抽

---

① 卫慧:《像卫慧那样疯狂》"文学新人类丛书",珠海出版社,1997年。
② 棉棉:《糖》,中国戏剧出版社,2000年。

打着,死去活来,销魂荡魄"。而后又与男友马格同居,接着则与求婚的黑狗一起赴日。在日期间又跟一有妇之夫有染。小说穿插着"我"的疯狂性爱:"我给他(指马格)寄了书,书上签了我的名,印上雨果(养的狗)爪印,请他觉得有必要时,一定来找我。我是那么想念他","我永远是他的小天使,他的妓女"。同时,我与阿碧又存在着姐妹一般情谊的同性恋,对老头 BOO 有好感,后来又认他做了干爹,只为他每月可给我 1500 元的生活费。小说结局是阿碧嫁给了 BOO,怀孕后移居英国。小说中的男女大多变态、畸形、颓废不振,通篇处处布满了男欢女爱,空虚、庸俗的感官体验和感性刺激。譬如:"他(指黑狗)的声音很温和,像刚出炉的面包那松软";迷恋金钱的唐明(媚眼儿)愿意付出一切代价娶一富婆,成为趴在富婆身上的寄生虫;又利用钱去嫖:媚眼儿正与达柔在床上,才把她"唾舒服, Call 机就响了,一看是我们打来的,跟那女人好说歹说才下了床"。而达柔的前任男友是个身高马大的黑人,一看就让人怀疑得了艾滋病的那种。最后媚眼儿被黑人杀死了。"我"是个"色香味俱全的女作家","他('我'的继父)是一个住在我们家的陌生男人,一个眼睛亮闪闪、浑身香喷喷、手指灵巧而下流甚至偷看我洗澡的男人"。"阿碧的那玩意就像一个芬芳优雅的水果,随时等待着被狠狠咬一口";14 岁的处女,"把铅笔塞进自己的身体,来回动作着,脸上挂着残忍而痛苦的微笑"。而那个中学生的秘密组织,则热衷于裸露灵魂和身体,一丝不挂地拍写真集,欢聚一堂比赛谁的字眼儿最脏,招纳 10 岁出头的女孩,按不同等级冠之以仙女、圣女、王后的头衔……

从卫慧的小说中可以看出,她涉及的多是混乱的性爱、性交、性关系,性表述与性满足以及颓靡的物欲、金钱欲,享受欲及其实现方式,为此,她的笔下多描写性病、艾滋病,吸毒、抽烟、酗酒、手淫、口淫、乱伦、错伦之性爱、金丝雀、嫖客与妓女、三角多角恋爱性关系、同性恋,等等。

应该指出的是,小说许多内容并不是生长于中国本土之上,即便是在上海滩这样一个有着"十里洋场"和百年租界历史的大都市,这些"前卫""时髦"的"玩意儿"亦难觅踪影,譬如那个以裸露身体为宗旨的中学生组织,显然是从美国的"天体会"接受的启发。换言之,卫慧小说的主要题材是借用、模仿西方人的时髦玩意儿,再贴上中国、上海的标签后趸卖零售给充满猎奇心及偷窥欲的中国读者。这种"倒买倒卖"西方前卫思想、行为的做法,在市场、媒介的商业炒作下,已经取得了相当大的"成功",它对于民族文化传统、民族品格、品德的破坏摧毁之效简直如"洪水猛兽"。如果说,王朔的通俗小说是以一句的调侃去摧毁一千年的神话与神圣;那么,"美女作家"颓废、空虚、没落、毫无理想与思想生气的创作,则能使百年的民族启蒙、教化之功化为泡影。

棉棉的情形与卫慧相似。棉棉,1970年生于上海,代表作有《糖》等,小说集《啦啦啦》已在德国、意大利出版。

《糖》写的是一个问题女孩的性爱经历与体验。"我",一名小歌星敢于拿刀划人,与白脸做爱。在酒吧里认识了赛宁。听见赛宁和别人做爱的声音,便跑回家去给他打电话,又跑去见他,"我说我也要那样做爱"。她认为男人是可以同时有几个女朋友的,而"没有做过爱的女人是青苹果,做过爱的是红苹果,做太多爱的是被虫蛀过的苹果但那能给你一种残缺美。"赛宁又与旗勾搭上了,旗说,是赛宁来我家上我的床,不是我来你们家上你们的床。旗曾经说过有一次她和一个朋友的男朋友做爱,那男人把她做昏了过去。在"我"看来,问题女孩就爱坏男人,爱情是一种毒素。她们还吸食海洛因和其他毒品,而后进了戒毒所。

与陈染、林白这一辈60年代出生的女作家不同,陈染她们主要描写的是女性隐秘的自我性体验,揭穿式地展示个人化、个性体验和隐私,表现诸如自闭、自恋、童少年时的同性恋等独属于女性的直觉、感受、经验;70年代出生的这批"美女作家"强调的是感官、肉体的快感,物欲/性欲的宣泄与满足,她们把陈染同代的女作家蔑视男权、消解男权中心的努力推向极端,她们关注的是现世的享受,宣扬的是吃喝玩乐、及时享乐,她们笔下的人物生存是剥去了伦理道德规范的纯粹动物本能、生理性的生存,是抽空了思想、精神等作为人的特性而演变成兽性的生存。从这些层面上说,"美女作家"无聊、空虚、颓败的写作,实质上是一种反道德伦理的、反文化、反社会的写作。她们这种"社会反叛者"的创作主要姿态及其所谓的"前卫"写作,在赢得国内一批看众暧昧的喝彩之外,也招来了国外看客意义含混的叫好。据说,卫慧近期已将被政府查禁的长篇小说《上海宝贝》十几种文字的版权卖出,收获颇丰。

卫慧、棉棉等人的写作,作为一个文学现象出现,有其历史和现实的原因,也有其必然性,但它对传统文化的苦心经营、对正统意识形态在精神领域的主导地位都已构成严重威胁。这些,无疑是那些对中国抱有异样心态的西方人所愿意并乐于看到的。"美女作家"相当浅薄、粗俗的写作竟然在西方激起涟漪,恐怕与此亦不无关系。

"美女作家"写作中涉及的女性有不少是具备"准妓女"身份的。对于"妓女"题材的挖掘主要是一些"海外兵团"的华文作家在做。早在1996 年左右,旅居美国的严歌苓就在小说中率先触及这一题材,在长篇小说《扶桑》中,她把妓女"扶桑"作为作品的主人公,通过钩沉史料,描绘了美国史书上一段被称为"最奇特的社会现象":白种男童用午餐的糖果费向中国妓女定期造访。① 1890 年到 20 世纪初生活在美国的中国女人,可以靠展览自己的三寸金莲挣生计,每天有几千名来自斯文的东部或大西洋彼岸的游客专程来参观这活生生身体上的一个古老末梢,"从那脚的腐臭与退化中"读出"东方"。20 世纪 60 年代,陆续有 3000 名中国妓女漂洋过海抵达美国卖身。史书对她们叫卖肉体的言语都有详尽记述——

  华裔妓女们的叫卖通常有三种——"中国妞儿好啦,先生里头看啦,您父亲也刚刚出去啦!"……
  "一毛钱看一看,两毛钱摸一摸,三毛钱做一做啦!"……
  "才到码头的中国妞,好人家的女儿,三毛钱啦!"……

于是,年仅十二岁的白人男童克里斯就这样,第一次见到二十岁的扶桑就起念嫖她。《扶桑》通过电影般的画面和雕刻般的心理刻画,描述中国妓女的生活,旨在揭示历史上中国移民触目惊心的非人、悲惨的遭遇与生存状况,具有很强的认识价值和教育意义。

如果说严歌苓通过钩沉历史上的中国妓女生活图景有相当的积极意义的话,同是描写妓女题材的九丹,她的《乌鸦》描写当下在新加坡操皮肉生涯的女性,则纯粹是一种消极、糜烂的写作行为,"令人作呕"或"哗众取宠"。海外留学生特别是新加坡留学生强烈认为,作者"九丹心理有毛病","以另一种包装出卖自己","不应该一竿子打翻一船人,卖身的中国女性不具有代表性",批评《乌鸦》"这篇小说使中国人蒙辱","这是对中国女性的一种侮辱"。②

《乌鸦》首先丑化旅居外国的华人形象,把在国外的中国女人比做"铺天盖地飞临外国的乌鸦"。《乌鸦》用一种聒噪刺耳的声音,诉说在新

---

① 严歌苓:《扶桑》"序言",中国华侨出版社,1996 年。
② 参见搜狐网"艺文资讯"《女作家九丹的小说〈乌鸦〉引发全球华人大讨论》,中日青年报记者沙林撰文,2001 年 7 月 31 日。

加坡这座"花园城市"中不为人知的中国移民的生活,叙述了王瑶芬等一批内地女性为了在新加坡生存并取得长期居留权,钩心斗角,不择手段乃至出卖肉体为妓为娼的悲惨经历,揭示了一群中国女子在新加坡留学的另类黑幕。

在谈到《乌鸦》的创作初衷时,九丹承认《乌鸦》更多地考虑了走市场,"她们(林白、陈染、王安忆)没把自己作为女性的特点端出来。我的小说完全是一部文学作品。我把肮脏的东西亮给别人看,这种表现本身就已经是一种忏悔。不仅是在说身上的伤口,这些伤口首先是我自己的罪恶,然后才是别人的罪恶。我在揭示更多本质的东西,站在女人的基础上,对人的生存状态进行更深的思考,比别的作家先走一步。"她还公然声称和叫嚷:"《乌鸦》不仅仅是个女性题材,它更不是写新加坡留学的题材,全人类都会从这《乌鸦》里面所描摹的几个女性身上感受到自己的命运。当人们只有从这个意义上去阅读《乌鸦》这本书的时候,那么人类在精神上才不堕落,去表现真正的高尚才会变得有希望,否则我们精神的亮点在什么地方呢?如果说因为我写了《乌鸦》这本书,全人类的人都把我当作了肮脏的妓女,如果因为你们把我当妓女看,而使你们真的干净了起来,使得你们的精神有了亮点,使新加坡的女人能够开始分析自己从而对于一些其他的弱者对于一些可怜人表现出真正的同情,那么你们全都把我当做妓女又有什么不好呢?我就当这个妓女了。"①

尽管九丹本人对《乌鸦》这部"妓女文学"作品作了不少的辩解和说明,或许其主观上是试图用"乌鸦"来象征迁徙到新加坡的一群中国女性,不讨当地人喜欢但却顽强挣扎求存,力图繁衍。作者或许想借此"妓女小说"探询对女性生存、人类生存的一些根本性思考,但其对中国人形象的丑陋化描写,对中国女人卑劣猥琐、令人作呕的刻画,对妓女题材的商业化炒作,无疑是其引发国内及国外读者强烈猎奇心、窥视欲和阅读期待的原因。而在客观上,《乌鸦》也能较好地满足西方人士怪诞化、漫画化中国人,"妖魔化""他者化"中国形象的深层心理需要。这是《乌鸦》出版后迅速引起中外瞩目,进入西方阅读视野的根本原因之所在。据媒体介绍,"《乌鸦》热"首先在新加坡掀起,迅即波及香港和欧美的华人社会和非华人媒体。《亚洲周刊》连续两次刊文介绍《乌鸦》冲击",并将其

---

① 引自三九作家网"情报热站"《九丹:很性格的女人 乌鸦:受争议的小说》,2001 年 8 月 23 日。

作为"亚洲焦点"登在封面上。接着,《苹果日报》、美国《新闻周刊》、"美国之音"、法新社、法中社等纷纷采访九丹。《乌鸦》一书在国内由长江文艺出版社推出后多次告罄,盗版书蜂起,在新加坡该书也已印刷5次以上,并很快被译介成英文和法文等出版。

第五章

"为获奖而拍摄"的东方电影

有人在分析西方人为何青睐包括华语片在内的东方电影的原因时指出,在欧洲眼里,独特的东方文化有无穷的魅力。这种魅力很大程度上缘自于东方古老而神秘的氛围、原始而异样的东方传统、东方情调,同时也源自于东方电影——特别是初期获奖电影对浓郁商业气息的排斥,譬如后来曾获柏林电影节"银熊奖"的影片《晚钟》(吴子牛导演)在国内竟只卖出了一个拷贝。西方人对自身文化堕落、消沉的隐忧以及希冀从包括电影在内的东方文化中吸收优秀因子,促进自身文化的创新与发展,也是西方人对东方电影倍感兴趣的重要原因。[①]

还有人指出,西方人接受并赞赏东方电影,固然由于东方电影具有浓厚的民族文化特色的因素,同等重要的还有这些电影更多地具有"全人类因素"亦即对人的主题的挖掘与表现这个原因。[②] 有些人在《老井》《红高粱》摘取国际电影节大奖之后断言,这两部电影之所以得奖,是因为表现了中国的落后,但西柏林电影节主席默利斯德·哈登发表了针对性谈话:"我和我的同事以及电影节期间报刊的评论都没有谈及中国落后问题。"《红高粱》之所以得奖,"最重要的一点是它的主题深刻,是一部关于人的电影。"而从卡罗维·法利捧回水晶球大奖的中国电影代表团成员认为,《芙蓉镇》得奖是因为它"深刻地反映了人的命运,人与人的关系,人与社会的关系。"但不管怎么说,东方电影获得西方电影节大奖的确是有奥妙所在,其关键就在于他者化的因素。

第一节 阿拉伯电影:从殖民主义到后殖民主义

阿拉伯人接触电影的时间很早。电影在世界上首映的时间仅一周

[①] 参见王樽:《欧洲人为何青睐东方电影?》,载于《深圳特区报》2000年5月8日,第11版。

[②] 参见童道明:《人的主题》,原载《中国电影报》1988年9月5日。本段引文均参见该文。

之后,埃及人就极其幸运地欣赏到了人类的"第七艺术"。1896年1月6日,一些埃及人在亚历山大城一个法国人开设的咖啡馆里观赏了电影艺术的创始人卢米埃尔兄弟摄制的《海水浴》《工厂的大门》和《火车到站》等短片[1],同月底,在开罗市内又放映了同样的影片,受到埃及人的极大欢迎:"在谢尼德游泳池大厅里,第一次放映了法国里昂人卢米埃尔先生发明的活动照片。到场的观众很多,他们对卢氏发明的这种超绝的新玩意儿目瞪口呆,赞叹不绝,这种玩意儿堪称世界奇迹。"[2]

一、早期阿拉伯电影的殖民主义色彩

阿拉伯早期电影从制作到放映都带有浓厚的殖民主义色彩。阿拉伯的第一座电影放映厅是1900年由意大利侨民善蒂在开罗创设的。而第一座正规的电影院则是法国百代公司于1904年在埃及亚历山大城建成的,称"百代电影院"。然后在短短的三四年时间里就有十几座电影院相继出现在开罗和亚历山大等大城市里。这些影院大都掌握在法国百代公司和高蒙公司手里。可以说,阿拉伯最初的电影放映也是被法国和意大利所垄断的。那些垄断埃及电影放映业的法国人和意大利人最初放映的电影几乎都是法国或意大利制作的,后来,美国电影也加入进来。

早期阿拉伯电影的殖民主义色彩在马格里布地区[3]表现得尤为突出。这一地区的摩洛哥、突尼斯和阿尔及利亚在获得独立之前,处于法国的殖民统治之下,民族文化受到摧残,而法国宗主国文化却在这些国家大行其道。电影行业更是如此,一方面是法国电影和其他的西方电影在这些国家占据了电影院的主导地位,另一方面,在突尼斯和阿尔及利亚拍摄的早期电影多局限于其美丽的地中海风光和迦太基文明遗迹,无论是本国影人还是西方导演在这里所拍摄的影片都很少反映当地的社会问题,更多的是突出表现了一种东方情调,因为这才是西方观众真正感兴趣的,能够满足西方人窥视东方的猎奇心理。但这样的影片对于本国的阿拉伯观众来说,没有太多的现实意义。

不仅埃及和马格里布地区如此,阿拉伯其他各国电影发展的最初阶

---

[1] 卢米埃尔兄弟创造的电影首映时间是1895年12月28日。
[2] 《支持报》,开罗,1896年1月30日。转引自张文建:《阿拉伯电影史》,中国电影出版社,1992年,第3页。
[3] 指西北非的几个阿拉伯国家,包括阿尔及利亚、突尼斯和摩洛哥。

段都带有浓厚的殖民主义色彩。这主要体现在两个方面,第一,电影最初在欧洲产生,因此欧洲有着先进的摄影技术和逐步完善的电影理论,欧洲电影商以之为强力后盾,全面控制阿拉伯电影市场以谋取利益,而阿拉伯国家的电影业一开始就陷入被动地位,在技术落后的状态下处于被压制、被剥夺发言权的殖民地状态;第二,电影是欧洲殖民者进行殖民统治需要而被引入阿拉伯国家的,为了从精神上奴役当地人民,电影成了美化殖民统治的工具,因而不可避免地传播了欧洲的价值观,带有文化上的殖民主义色彩。

阿拉伯各国早期的电影发展都经历了在技术上受制于欧洲的被动局面。如同现代戏剧首先在欧洲发源,然后再传入埃及,最终成为埃及文学的重要组成部分一样,埃及电影业也是在与欧洲接触的过程中逐渐成长的,并且由于其"历史最悠久,发展规模最大,影响最广"[①]而在阿拉伯世界中处于前列,开罗也成为阿拉伯世界的电影首都。

埃及电影的领先位置是由以下原因共同作用的结果。首先,欧洲殖民者的入侵客观上刺激了埃及当地文化事业发展,而埃及人对欧洲文化始终保持着敏锐的嗅觉和善于学习的开放心态。19世纪末到20世纪初,埃及面临着强大的外敌:欧洲殖民者和土耳其奥斯曼帝国的统治。为了满足居住在亚历山大、开罗等埃及大城市中的欧洲移民的文化需求,也为了从精神上控制埃及人民,宣扬殖民主义理念,电影被引入埃及,电影文化和技术也随之传入。这促使埃及人也跃跃欲试,积极投入电影事业。其次,这得益于埃及戏剧事业的发展。"阿拉伯电影从诞生之日起就同戏剧艺术紧密联系在一起"[②],而埃及的戏剧事业不仅自身发展日趋完善,而且还源源不断地向其他阿拉伯国家输送戏剧文化,帮助别国的戏剧艺术成长。戏剧的逐渐成熟为电影业提供了良好的基础,特别是两位文坛巨匠艾哈迈德·绍基和陶菲格·哈基姆的戏剧创作为电影文学提供了丰富的素材。事实上,埃及的戏剧更像是电影发展的过渡阶段,这不仅表现为许多戏剧演员转行投身电影艺术表演,还表现为许多戏剧艺术家将他们创作的舞台剧改编后搬上银幕,戏剧工作者成了埃及电影业的先行者。再次,埃及的民族解放运动在阿拉伯世界中兴起较早,埃及的民族工商业也随着封建主义枷锁的解除而得以迅速发展,

---

① 张文建:《阿拉伯电影史》,中国电影出版社,1992年,第1页。
② 张文建:《阿拉伯电影史》"绪论",中国电影出版社,1992年,第3页。

这为本国电影业的发展提供了必要的物质基础和储备。埃及的电影之花就在这些因素的共同作用下逐渐绽放。

然而电影事业在埃及的产生和发展并不是一帆风顺的。早期电影完全由外国人控制,埃及人民只是作为看客存在,欧洲人认为埃及是潜在的电影消费市场,于是竞相在埃及大城市中投资开设影院以便牟利,因此早期的埃及电影带有浓厚的殖民主义色彩。1895年12月28日,在法国巴黎卡普辛路14号大咖啡馆的地下室里,卢米埃尔兄弟放映了几部他们拍摄的短片,有《工厂的大门》《拆墙》《婴儿喝汤》《火车到站》和《海水浴》等。而仅在1896年1月6日,埃及人就在亚历山大一家法国人开设的兹瓦尼咖啡馆内看到了上述短片。同年1月28日,一个名叫谢尼德的意大利人也在他的大沙龙里播放了同样的影片。①电影给埃及人带来了极大的愉悦,受到广泛欢迎,电影院也随之逐渐增多。乔治·萨杜尔的《世界电影史》中曾经提到:"卢米埃尔的摄影师们(其中有北非人梅斯吉希)从1897年起就在埃及拍摄并放映影片。1908年埃及已有十几家影院,1917年增至80家,这些电影院有的属百代和高蒙所有,有的归布兰巧克力公司或马托西安烟草公司所有,后两家公司把电影票作为奖券赠给他们的顾客。"在所有的这些电影院中,百代和高蒙是两家最大的法国公司,基本垄断了埃及的电影市场。然而意大利电影的涌入打破了法国垄断的单一市场,而20世纪20年代,美国好莱坞影业渐渐繁荣,逐渐征服世界。埃及成了欧美电影争夺市场份额的战场。

叙利亚对电影的了解远远落后于埃及。叙利亚人第一次接触电影已是1908年,比埃及整整晚了12个年头,而叙利亚人自己经营电影放映则在1912年。正如土耳其在叙利亚戏剧发展史所起的中介作用,欧洲电影也是通过土耳其进入叙利亚的。第一次世界大战期间,土耳其与德国结盟,德国电影通过土耳其大量进入叙利亚。虽然叙利亚起步较晚,但是叙利亚电影的产生仅仅比埃及落后一年,即1928年在大马士革首映的《无辜的被告》。然而种种不利因素遏制了叙利亚电影业的发展,叙利亚没有雄厚的民族工商业的投资支持,法国殖民者对叙利亚的多年殖民统治使叙利亚完全丧失了民族自主权,而对叙利亚的电影业的打击更可以扼杀叙利亚人民的政治觉悟,以维护殖民统治。叙利亚在文化发展上并不像埃及一样自由开放,政府也不加重视,再加上埃及电影业如

---

① 张文建:《阿拉伯电影史》,中国电影出版社,1992年,第3页。

日中天,更对叙利亚电影业造成了排挤。

　　北非阿拉伯国家阿尔及利亚的电影事业可以追溯到法国殖民地统治时期,然而当时的电影并不能被称为真正意义上的阿尔及利亚电影。这是因为阿尔及利亚人在当时电影中参与的比重很小。例如,阿尔及利亚独立前至第一次世界大战时期,共有 50 多部电影摄制完成,这些影片大都由外国公司拍摄,其中主要是法国人,而阿尔及利亚人在片中则饰演无关紧要的角色。在第二次世界大战期间,法国殖民者开始在首都阿尔及尔和农村地区建立电影发行机构,进行殖民宣传。当阿尔及利亚获得独立时,全国共有 300 家左右的影院,然而几乎所有的影院都按照 35 毫米标准放映。而这些影院大多集中在首都和另一大城市奥兰等欧洲人聚居的地方,主要目的也是为了满足当时的欧洲人(大多数为法国人)的需要。当时,在阿尔及利亚公司承担发行的 1400 多部电影长片中,只有 70 部左右是埃及出产的,而就连这所占比例很小的埃及电影,都受到了来自欧洲和美国影片的强烈冲击。

　　事实上,阿拉伯国家在电影发展过程中所遭受的排挤在许多阿拉伯国家基本是相似的。法国殖民者的长期统治使黎巴嫩的电影生产起步较晚,伊拉克的早期电影也由外国人掌控经营,科威特电影事业更为落后,还有北非的阿拉伯国家,例如突尼斯、摩洛哥等国,当地的电影事业是在法国殖民者进行殖民主义宣传中逐渐成长的,电影和放映也完全掌握在欧洲电影商手中。

　　在欧洲列强对阿拉伯国家进行殖民统治时,他们不仅从经济、政治上遏制当地的发展,更试图打击当地的文化事业,将欧洲文化传播到当地,虽然这在客观上刺激了当地的文化事业的发展,然而这毕竟只是文化殖民的副产物,其主要目的是扭曲欧洲殖民的事实,为殖民者造势,从精神上奴役殖民地的人民。

　　开罗被称为东方的好莱坞,这种称号在肯定埃及在整个阿拉伯世界电影发展中的地位时也暗含贬义。早期的埃及电影不仅在运营机制上向好莱坞学习,也在拍摄手法上吸收了娱乐片的模式,埃及导演大都师从欧美电影业者学习电影文化,当他们回国拍片的时候,就难免带有欧洲文化的印记,力图将阿拉伯风情和特色展现给观众,再加上阿拉伯民族本身就能歌善舞,因此,在有声电影出现后,歌舞片蓬勃发展。这些影片是以纯粹的娱乐性吸引观众的,只是为了获得商业上的成功。虽然其现实主义性不强,但对观众的影响却不可忽视。影片经常以豪华的沙龙为背景,主人公穿着华贵,情节主要以东方肚皮舞和歌唱表演为主。歌舞片粉饰太平,完全脱离了当时埃及的社会情况,麻痹了人民的斗志,客观上为殖民统治提供了方便。

欧洲影商还以影片为媒介,赤裸裸地替殖民行为辩护。摩洛哥位于非洲西北角,濒临大西洋和地中海,气候温和湿润,景色美丽宜人,花繁叶茂,被称为"烈日下的清凉国土"和"北非花园",然而这块土地却并不平静,自15世纪始,欧洲列强就侵入摩洛哥,1904年法国和西班牙瓜分势力范围,1912年摩洛哥完全沦为法国的殖民地。法国殖民者为了掩盖其罪行、"教化"当地居民做了不少手脚,而电影也是其中之一。1907年,法国人米兹吉什扭曲法国军队炮轰卡萨布兰卡的事件,并拍摄纪录片,替法国殖民者做宣传,这种美化殖民者的行为在摩洛哥社会引起了轩然大波。①

当时的埃及处于法鲁克王朝的统治下,统治者昏庸腐败,为了巩固统治,统治者与欧洲殖民者勾结,打击民族电影业的发展,因此在当时,勇于揭露社会现实的影片较少,而粉饰太平的居多,埃及的电影业因此遭到极大的限制。在欧洲殖民者和本国封建统治的双重重压下,阿拉伯各国民族电影的生存面临着严峻的考验,如何摆脱殖民主义色彩是阿拉伯早期电影人共同面对的问题,因此实现电影的本土化刻不容缓。

二、阿拉伯电影的本土化

阿拉伯电影的本土化主要是通过三个渠道实现的,第一,迫使欧洲电影商根据阿拉伯的市场需求进行调节,这在客观上促使他们吸引阿拉伯的本土力量参与影片的制作和拍摄,或者在影片中加入阿拉伯文化元素;第二,阿拉伯的早期电影人在接触欧洲电影后,积极主动地学习电影艺术,或是拍摄阿拉伯风格的影片,或是改编欧美影片,用当地人民更能接受的方式实现电影的本土化;第三,埃及在阿拉伯电影发展中处于龙头地位,是阿拉伯电影之母,埃及电影在领导其他阿拉伯国家电影事业发展的同时,也对其造成了猛烈的冲击,因此在其他国家实现电影的本土化,还必须摆脱埃及模式的影响。

戏剧表演在埃及有着深厚的基础,也是一种当地人更为喜闻乐见的艺术形式,埃及的文盲比例很高,这促使那些欧美的无声电影在受到埃

---

① 张文建:《阿拉伯电影史》,中国电影出版社,1992年,第251页。

及人的猛烈追捧后逐渐丧失了新鲜感，人们更愿意在喧嚣热闹的滑稽剧中打发时光。欧美电影商在短期的票房低迷中迅速捕捉到了信息，他们为了给本国影片打开销路，在影片放映前往往先放一小段当地人喜爱的小节目，以此作为促销手段吸引观众。这些加片取材于埃及人所熟悉的日常生活场景或者自然风情，阿拉伯人自己的文化就这样被逐渐推向银幕。

第一次世界大战以后出现了外国影商在埃及拍片活动的高潮。大量的法国、英国、意大利、德国或美国的影片在埃及拍摄，但全由外国人担任演员。1917年，意大利—埃及影业公司成立，这个公司聘请意大利人奥沙托为导演，拍摄了《致命的花》《走向深渊》《贝都因人的荣誉》，然而这三部影片由于演员全是外国人而不为埃及人所接受，因而使制片商蒙受了巨大损失，这促使他们逐渐认识到要将电影在埃及本土化的必要性，也在客观上给了埃及人民真正接触电影、而不是充当看客的机会。话剧界的演员和艺术家纷纷尝试参加影片的拍摄，其中最著名的当数穆罕默德·凯里姆。外国电影商投资的电影越来越多的由埃及人自己熟悉的话剧演员或一般的埃及人演出，例如在开罗上映的《尼罗河之子》（1924）就是由上埃及的一个农民主演。

埃及人最早摄制影片的是穆罕默德·贝尤米。他对电影有着浓厚的兴趣，曾经自费去德国和奥地利学习电影艺术。1923年，他的短片《大秘书》拍摄完毕，于1924年初上映，并获得了极大的成功。贝尤米的努力打破了欧美在埃及市场的霸权，埃及著名电影艺术家和电影史学家艾哈迈德·卡迈勒·马尔西认为贝尤米为"埃及电影之父"[①]。然而这些短片毕竟不能被称为真正的电影艺术产品，它们只是埃及电影史上拓荒者的最初尝试。1927年上映的故事长片《莱拉》才被埃及人认为是电影业的开端。因为从该片的摄制到演出等各个环节都是由埃及人在本国完成，这给予了一直在欧美电影后亦步亦趋的埃及电影人强大的信心。

实现电影的本土化还来自对欧美电影的阿拉伯化。20世纪20年代，美国导演乔治·梅尔福特拍摄影片《酋长》，鲁道夫·瓦伦蒂诺创造了一个好色的阿拉伯酋长形象。1927年，埃及电影发展的又一对先驱者易卜拉欣·拉马及其兄长巴德尔对该片进行了改编，改名为《沙漠中

---

① 张文建：《阿拉伯电影史》，中国电影出版社，1992年，第8页。

的一吻》。虽然该片放映时间尚早于《莱拉》，但由于其演员大都为欧洲侨民而不能算是埃及本土化的电影，然而这毕竟是将欧美影片本土化的一次尝试。20世纪20年代末，美国有声电影的出现，给低迷的埃及电影市场带来了新的生机，30年代，早期电影人纷纷投身有声电影的创作，埃及电影业获得极大的发展，也就是在这个时期，埃及电影开始走向阿拉伯的大舞台，它的成功也鼓励了其他阿拉伯国家电影业的萌芽和本土化。

继拉马兄弟之后，喜剧表演艺术家纳吉布·里哈尼在法国导演的帮助下，将一部法国电影改编为埃及影片《宝石》①，此后改编或借鉴欧美电影的现象就逐渐普遍。第二次世界大战爆发后，有感于当时社会状况，一大批以反映、揭露现实为己任的电影人在埃及出现，他们大都深受法国和德国的现实主义电影思潮影响，其中最为引人注目的是因拍摄影片《意志》而一举成功的卡玛尔·塞利姆，他酷爱艺术，自学成才，对西方文学的了解促使他将法国浪漫主义大师雨果的《悲惨世界》和英国伟大戏剧家莎士比亚的《罗密欧与朱丽叶》进行了本土化的改编，并搬上银幕。40年代上半期，受西方音乐片的影响，法国小仲马的名著《茶花女》也被搬上银幕，改编成《茶花女——莱拉》。②

然而过分依赖国外电影剧本，将其阿拉伯化的做法并不总能得到本国人民的青睐。事实上，欧美影片或剧本中透露出的是欧美的价值观和生活方式，传递的是欧美文化，而阿拉伯—伊斯兰文化却与之大不相同，虽然经过埃及电影人的改头换面，用埃及人熟悉的生活场景取而代之，又由埃及人自己演绎，但这种嫁接了阿拉伯风格的影片却并不具有艺术上的美感，在观众中也反响平平。而且外国的经典名著还曾经数次被不同的电影公司改编后搬上银幕，这种盲目改编的后果导致埃及的电影人放弃了阿拉伯—伊斯兰文化的深厚底蕴，也脱离了当时的社会现实，造成了电影资源的浪费和剧作者的惰性。而且第二次世界大战后模仿欧美歌舞片、喜剧片的风气也给当时的社会带来了不良风气。在当时法鲁克王朝的黑暗统治下，埃及国内更需要能彻底反映现实、揭露现实的进步、爱国的思想潮流激发埃及民众反帝反封建的决心和意志，而不是影片中的靡靡之音。

---

① 张文建：《阿拉伯电影史》，中国电影出版社，1992年，第32页。
② 同上书，第48页。

埃及扶持了其他阿拉伯国家电影的发展,但同时其强大的竞争力也对当地的电影业造成威胁。伊拉克的电影发展便是在埃及电影的冲击下逐渐丰满羽翼的。埃及电影的成功吸引了许多慕名前来的伊拉克青年,在埃及学习医学的阿迪勒·阿卜杜·瓦哈比成立了第一个伊拉克电影公司——拉希德电影公司,与埃及合作拍摄了《东方之子》,影片由两国当时著名的影星和歌星联袂演出,于 1946 年 11 月 20 日在伊拉克首映并大获成功。女星麦蒂哈·叶思丽的表演吸引了大批观众,伊拉克人为他们的演员能和埃及明星同台演出而欢呼雀跃。此后,又有三部影片问世,但是这些影片模仿了埃及影片的风格和模式。1953 年,一些电影爱好者成立了艺术世界电影公司,并拍摄影片《菲蒂娜和哈桑》,该片在 1955 年 6 月 22 日首映后,连续上演了两周,并在伊拉克各省巡回放映。这部影片的成功之处在于它反映了伊拉克人所熟悉的社会生活,展示了伊拉克农村青年的爱情故事,因而引起了观众强烈的共鸣。与前四部影片不同,它是没有依靠埃及电影支持而完全依靠伊拉克人自己的力量拍摄的影片,可以说,这是伊拉克电影真正实现本土化的一个里程碑,这部电影的成功也是伊拉克电影业真正获得独立的成功。

摩洛哥的电影在很长时间内一直在法国的控制下。1896 年卢米埃尔兄弟曾经在摩洛哥拍摄了一系列风光短片,并在次年放映,让摩洛哥人首次接触到了电影艺术。1948 年至 1955 年,世界上许多著名电影都在摩洛哥拍摄完成,例如《第七个门》《沙漠婚礼》《阿里巴巴和四十大盗》等,然而由摩洛哥人自己导演拍摄的影片却迟迟未出现。电影院从 1945 年的 80 家增加到了 1956 年的 150 家,到六十年代甚至超过了 250 家。然而由于进口影片充斥了市场,日益扩大的电影市场需求并没有给摩洛哥的本土电影带来发展的机遇。1956 年,摩洛哥获得独立,然而直到十二年后的 1968 年,才出现了真正由摩洛哥人自制的影片。那就是 1968 年初的长片由穆罕默德·塔齐和艾哈迈德·米斯纳维共同执导的《生活就是斗争》,此后还有同年拍摄的阿卜杜·阿齐兹·拉马丹执导的《当椰枣成熟时》。

20 世纪 70 年代,阿卜杜拉·米斯巴哈和苏海勒·本·巴拉凯成为摩洛哥电影的中流砥柱。埃及的电影模式成了米斯巴哈模仿的对象,他模仿穆罕默德·塔齐河和米斯纳维在《生活就是斗争》中开创的道路,在他拍摄的许多影片中都沿用了这种模式,例如 1973 年拍摄的影片《闭嘴,别往前走》和另一部商业片《明天不会天翻地覆》等。埃及模式的歌舞商业片给摩洛哥带来成功,摩洛哥的影片也以著名歌星为卖点吸引观众,例如《闭嘴,别往前走》的主角歌星阿卜杜·哈迪·拜勒黑耶退和1982年候斯尼·穆夫梯的影片《悔之泪》中的主角歌星穆罕默德·哈耶尼。

摩洛哥的电影在相当长的时间内,都是在欧洲模式和埃及模式中徘徊,并获得了极大的商业成功,例如模仿埃及模式的《悔之泪》和改编来自西班牙的情节剧而成的电影《流血的婚礼》。然而模仿并不能形成摩洛哥自己的风格和特色,将影片本土化、反映社会现实才是电影发展的正道。事实上,摩洛哥的电影人完全有这样的能力。苏海勒·本·巴拉凯就曾经拍摄影片《杀人狂》,揭露了南非白人政权屠杀当地黑人的罪恶行径,并首次获得国际电影节的大奖,此外还有穆斯塔法·德卡维,他的影片富有现实主义电影的思想艺术特色,而艾哈迈德·马努尼的《日子》真实反映了农村的现实,还作为摩洛哥的参展片参加了戛纳国际电影节和迦太基电影节。

阿尔及利亚电影在经历了早期备受殖民者压制的阶段后,在发展的过程中逐渐形成了自己的特色,而其本土化最明显的成就就是出现了表现革命题材的"圣战电影"[①]。让欧洲殖民者万分惊异的是当他们用电影试图驯服阿尔及利亚的人民时,当地人民却利用起了这一武器,使得电影在阿尔及利亚人民为了祖国的解放而浴血拼搏时发挥了极大的作用。阿尔及利亚的民族解放阵线组织了一些电影人才拍摄纪录片,其中最为著名的是卢涅·弗蒂耶,他的著名纪录片《战火中的阿尔及利亚》于1959年放映,该片最早向世界报道了阿尔及利亚的民族解放事业,也使国内的民众得到极大的鼓舞。后来,阿尔及利亚临时政府还成立了电影摄制机构,拍摄了大量短片,大部分由贾迈勒·汉德利摄制完成。在国家取得独立后,贾迈勒·汉德利光荣退休,之后,哈米纳沿着贾迈勒的足印,在艰难条件下坚持自己的电影事业,将电影作为宣扬爱国主义的武器,最终成为马格里布地区最为杰出的电影人之一。当阿尔及利亚获得独立后,新政府在国有电影业中发挥了主要的作用,并宣布了电影业的国有化。电影业在阿尔及利亚的战火中成长起来,因此在独立后的十年内抗法战争成了其主要创作源泉。许多早期的电影人同时也是参加阿尔及利亚革命的斗士,这就使得影片大都以八年抗法作为主题,揭露法国殖民者的暴虐行径,讴歌人民不畏强权的英勇斗争。圣战电影的出现大

[①] "圣战电影"中的圣战内涵与后来伊斯兰激进分子的"圣战"内涵是不同的,此中的"圣战"更侧重于表达反对欧洲殖民侵略的斗争。

大鼓舞了独立之后的阿尔及利亚人民,起到了很好的爱国主义宣传作用。

阿尔及利亚电影在本土化的过程中遇到的阻力相比其他国家要小,这主要是由于以下两个原因:第一,早期的电影人都积极参加了阿尔及利亚的解放运动,他们反殖民主义斗争的经历使得他们比任何人都格外珍惜来之不易的独立。例如卢涅·弗蒂耶、杰克·沙勒比都是人民解放阵线的成员,哈米纳与艾哈迈德·阿里米都曾经在阿尔及利亚民族解放阵线下属的电影工作队工作并拍摄纪录片,穆罕默德·赛里姆·里亚德曾经由于其政治言论而在巴黎被捕,阿卜杜·阿齐兹·托勒比曾经参加解放斗争。这些解放运动中的斗士同时也是阿尔及利亚电影业的中流砥柱。1975年以后,老导演哈米纳仍然宝刀未老,他的《烽火年代》反映了人民反抗法国殖民统治的艰苦卓绝的斗争,它以史诗般的画面获得了戛纳国际电影节的一致好评,并获得金奖。而穆罕默德·赛里姆·里亚德也在学习美国电影的基础上,拍摄影片《南风》和《对一起爆炸案的剖析》,在国内受到热烈欢迎。导演的艺术生命力旺盛,这对电影的发展大有裨益。第二,当时的导演大都没有受过正规的学院教育,他们在拍摄中大多充当助手,并在法国片场或学校学习,然而值得庆幸的是他们受法国影响并不深,这就减轻了电影在本土化过程中遇到的阻碍。例如哈米纳为了能在片场实际学习而曾经辍学,而里亚德、巴蒂等也都有在法国片场学习的经历,哈迈德·阿里米曾经在法国的电影学院学习过八个月,穆罕默德·艾敏·米尔巴哈以及赛义德·阿里·马兹夫等也都在阿尔及利亚的法国学校学习过电影艺术。

在将电影本土化的过程中,电影工作者受到了诸般阻挠。在1956年以前,即突尼斯摆脱法国殖民统治之前,突尼斯的电影文化已经有了相当的发展。1958年,突尼斯第一家集导演、拍摄、发行及放映于一体的国有公司成立。60年代初期,该公司试图摆脱国外公司对突尼斯市场的控制,然而在国外公司的强烈反对下,政府只能做出让步,突尼斯电影本土化的努力遭到失败。摩洛哥的电影也受外国电影公司(主要是法国和意大利公司)的重要影响,在本土化的道路上仍然需要更多的努力。然而,在吸收国外经验的过程中,阿拉伯国家本国的电影业必定会逐渐成长、成熟,实现电影的本土化只是必然结果。

三、阿拉伯当代电影人的后殖民心态

电影的历史虽然只有短暂的一百余年,但是它在人们生活中所起的

作用，却不可估量。作为文化传播的手段和工具，电影以它独特的艺术表现手法，塑造了栩栩如生的银幕形象。然而电影的意义何在？显然，电影的意义并仅限于提供给屏幕前的观众以休闲和娱乐，而是应该通过电影语言、电影故事以及所使用的电影手段表现出更为深刻的含义。艾哈迈德·谢尔巴绥谢赫曾经说过，艺术的目标是为了激发人们对宗教的热爱，而圣洁的宗教也鼓励艺术的发展。如果说诗歌、小说、散文等文学作品能起到影响人们的价值观和行为等作用的话，那么戏剧、歌剧、音乐、电影等艺术形式也能够引导人们提高道德水平，艺术应该以信仰为基础，以弘扬阿拉伯的民族性为目标，以崇高的道德观念为讲台，宣扬真善美。阿拉伯的电影所要承担的艺术责任也正在于此。然而当电影事业发展到今天，某些电影人却表现了一种后殖民的心态，他们的作品非但没有成为表现阿拉伯民族特色的镜子，反而对其加以扭曲，建构了西方眼中的他者形象。

后殖民主义批评家认为西方对自身充满了强烈的民族优越感，并在思想、文化等领域都处于主导地位，西方试图将自己的思想意识和价值观强加于东方，使之具有普世意义。而东方则处于逐渐失去话语权的边缘地位，成为西方意识和文化中浓缩出来的二元对立中的"他者"，东方所代表的也就不仅仅是地理意义和东方国家和文化的特色，而是西方所期望看到的东方，是西方想象中的东方，体现的是西方集体的意识及文化。后殖民主义者的代表人物是爱德华·赛义德和佳亚特里·斯皮瓦克和霍米·巴巴这三位出身于第三世界国家的学者，他们利用后殖民主义这个武器向西方挑战。然而不得不注意的是，他们从血缘上来说，虽然都来自第三世界，但他们所使用的话语却都是属于西方语境的，而且他们都在西方获得了一定的学术地位。这就构成了一个悖论，他们用西方的语言呐喊，企图让西方重新审视东方，但这种为东方所处地位不公的呐喊却成了他们跻身西方学术圈的资本，于是他们又在不自觉中让东方被看，反而使他者化的倾向更为明显。

电影的发展也正是如此，阿拉伯国家的电影事业在西方电影的强势挤压下，逐渐陷入了后殖民性的困境。阿拉伯电影的出现是在西方电影的刺激下萌发的，在此后的发展中，也与西方电影紧密相连，电影工作者或是乐于前往西方学习先进的摄影技术，或是视观摩西方经典电影为学习机会，这虽然加快了本国电影的成熟，但也不可避免地受到西方文化的熏陶，这主要表现为影像和文化层次的内在冲突。在欧美的各种新式电影手法为阿拉伯电影人所熟练掌握后,阿拉伯的电影非但没有成为阿拉伯民族性的载体,反而处处流露出一种伪民族性,阿拉伯民族的历史与现实由此被扭曲。他们渴望得到西方的承认,在本国电影向西方电影靠拢的同时,也丧失了自己的一些特色,并不自觉地以西方的审美尺度去观照本国的电影,将西方乐于见到的一些阿拉伯形象搬上银幕,以此作为获得西方承认的筹码。

不可否认,当代的阿拉伯电影也在继续关注阿拉伯社会的现实生活,电影人也努力在朝着民族化的方向发展,但是,我们看到阿拉伯当代拍摄的电影中有不少影片具有很严重的后殖民情结。"后殖民有两种含义:一是时间上的完结:从前的殖民控制已经结束;另一个含义是意义的取代,即殖民主义已经被取代,不再存在。但第二个含义是争议的。如果说殖民主义是维持不平等的政治和经济权力的话,那么,我们所处的时代仍然没有超越殖民主义。'殖民化'表现为帝国主义对第三世界国家在经济上进行资本垄断、在社会和文化上进行'西化'的渗透,移植西方的生活模式和文化习俗,从而弱化和瓦解当地居民的民族意识。"[①]由此观之,当代阿拉伯电影人对西方文化的接受甚至推崇,电影中所表现出来的西化了的价值观念,已经使阿拉伯当代电影具有了浓厚的后殖民色彩。而此类电影也由于在相当大的程度上迎合了西方观众的审美情趣,不仅受到了影评人的关注,而且拥有了一定的文化市场。阿拉伯电影人在近年拍摄的《民主的时代》《亚历山大,为什么?》《杏德和卡米丽娅的梦想》《奔向南方》等就是比较典型的迎合了西方的,具有后殖民色彩的电影。

90年代后期,埃及的电影工作者阿提娅·艾卜努迪(Ateyyeat El-Abnoudy)拍了一部以民主选举为题材的纪录片,片名就叫《民主的时代》(Days of Democracy),纪录了1995年埃及人民议会选举中女候选人们的成功与失败,被西方影评家认为是一部"划时代的纪录片"影片。

埃及导演尤素福·沙欣(Youssef Chahine)的自传体三部曲《亚历山大,为什么?》(Alexandria, Why?)在阿拉伯各国由于使用第一人称叙述的方式和尝试界定文化身份而被禁演。故事说的是,1942年当隆美尔的军队接近亚历山大城时,一些人为胜利者欢呼雀跃,而犹太人则忙着准备逃亡。一个报复心极强的贵族买通了一些英国士兵去诱杀犹

[①] 张京媛:《后殖民理论与文化批评》"前言",北京大学出版社,1999年,第1页。

太人,但他本人最终却爱上了一个年轻的女俘。由于巴勒斯坦问题的存在,阿拉伯人和以色列犹太人之间结下了不解之仇,作为一位阿拉伯的贵族居然爱上一个民族的仇人,这在绝大多数的阿拉伯人看来是一件非常难以接受的事情。因此,影片在阿拉伯各国被禁止放映,实属正常。但西方人却对这部电影青睐有加,主要的原因就在于:一、这是被禁止放映的电影,越是被禁,他们越是想要了解,也越想要破坏阿拉伯政府的禁令;二、自从第二次世界大战以后,以美国为首的西方国家基本上都支持犹太人在中东地区的存在,都站在以色列人的立场上,既然阿拉伯贵族爱上的是一位有犹太人姑娘,那不是可以证明犹太人的魅力吗?三、在阿拉伯人和犹太人之间发生的这段爱情,跨越了民族的鸿沟,消弭了相互之间的仇恨,表现出了西方人所宣扬的人性。因此,西方人乐于观赏这样一部符合他们审美要求的影片。

在《杏德和卡米丽娅的梦想》(Dreams of Hind and Camilia)这部电影中,杏德和卡米丽娅是两个女佣人,她们俩都受尽雇主的虐待,也都受到她们的男性亲属的压迫。经过了许多的失望与不幸,她们痛下决心要自谋生计。影片对标志着埃及穷人特别是贫困妇女生活的残酷与无望提供了一种非常有说服力的描写。这部影片非常典型地符合了西方人对于东方极端贫困的想象。

由埃及导演谢里夫·阿拉发(Sherif Arafa)执导的《羊肉串与恐怖主义》是一部闹剧。影片对现代埃及的极为荒谬的官僚作风进行了无情的讽刺和猛烈的抨击。埃及的大笑星戏剧演员阿迪尔·伊马姆(Adel Imam)饰演剧中的父亲角色。这位普通的父亲想让儿子转学到离家较近的一所学校。为了办理儿子转学所需要的手续,他来到穆格迈阿——犹如铁板一块的开罗官僚机构的中心所在地,也就是今年埃及发生革命的解放广场边上的一个政府大楼。他态度诚恳请求那里的官员给他开证明、办手续,但自始至终没有人理他。到最后,他实在忍无可忍,抓住一个在办公桌前没完没了地念经、祈祷的大胡子官员。于是,他成了一个袭击政府官员的恐怖分子。全副武装的警察部队迅速赶到现场,捉拿"恐怖分子"。在格斗中,一把手枪神差鬼使地塞到他的手中。形势发生了变化,警察怕他开枪杀人而不敢轻举妄动,并且软化了立场,内政部长亲自和他谈判。作为一个"恐怖分子",他向内政部长提出的要求很简单:给他提供羊肉串,要用最高级的羔羊肉做的羊肉串。可是,在和他的人质饱餐了一顿之后,他又提出了新的条件,这些新的条件越提越具有政治色彩。他要求政府提供药品、良好的学校,最后还要求内阁总辞职!具有讽刺意义的是,那个大胡子官员却成为了恐怖分子的人质。尽管影片中所反映的是埃及的现实,但是我们从影片所涉及的几个方面的内容仍可感受到其中蕴涵的西方主义/他者化倾向,因为导演在这里所表现的阿拉伯人/埃及人形象恰恰是西方媒体所描绘的阿拉伯人形象,甚至是整个东方人形象中的几个重要的侧面:官僚作风严重,医疗卫生事业落后,教育条件差、水平低,恐怖活动频繁,社会动荡不安。

由杰斯·萨鲁姆(Jayce Salloum)和沃利得·拉阿德(Walid Ra'ad)共同执导的黎巴嫩电影《奔向南方》(Up to the South)紧紧抓住了以色列占领黎巴嫩南部和阿拉伯人顽强抵抗的重要题材,虽然也可以把它看成是一部表现民族主义题材的影片,但电影表达的思想却远不止于此。"它还检验(examines)了不连贯的然而却很流行的几个概念,诸如'国土'(the land)、'文化'(culture)与'身份'(identity)等,这是一些与东方和西方都有着紧密关系的概念。(影片中)对'恐怖主义'(terrorism)、'侵占'(occupation)、'殖民主义'(colonialism)、'后殖民主义'(post-colonialism)、'真相'(truth)、'神话'(myths)和'殉难'(martyrdom)等的探讨,丝毫不亚于西方对这一地区的知识的生产,为纪录片类型的类似批评提供了极好的机会。"① 可以说影片采用的是西方人的视角,阐释的是西方人的观念。如果真正从阿拉伯人的视角出发,那么导演不会花那么大的力气去探讨"恐怖主义"的问题,起码不会把重点放在这样一个西方人更为关注的问题,更确切地说,是西方人感到担忧甚至恐惧的问题。如果不是带着他者的眼光,那么,作为一个阿拉伯导演,他所关注的和他所要探讨的重点应该在于"侵占""殖民主义",他会用批判的眼光去看待在西方人特别是美国人默认(甚至于支持)下的以色列占领行动。

《赛布阿》和《诞辰》等影片也在西方的电影市场占据了一定的份额,但是这类电影不是由于其具有后殖民色彩,而是由于电影较为深入地描绘了阿拉伯社会具有准人类学意义的风俗图景,在很大的程度上能够满足西方观众对阿拉伯的异国情调的需求。

《赛布阿》这部电影描述了有关埃及庆贺婴儿诞生的风俗习惯。这种庆贺仪式被称为"赛布阿",意为"第七日"。在埃及,无论城市,还是乡

---

① http:// www.arabfilm.com/films/lebanon/uptosouth/uptosouth.htm

村,无论是科普特家庭还是穆斯林家庭,无论是上层社会,还是下层百姓,无论是生男还是生女,在婴儿诞生的第七日都要举行这一"赛布阿"仪式。庆典上专用的陶罐上雕塑的图像有着明显的性别象征,同时也反映了数字七在古代埃及宇宙论中的象征意义。影片中庆典是为一家埃及中产阶级家庭出生的双胞胎举行"赛布阿"仪式,对这种习俗进行了人类学意义上的分析与透视。

影片《诞辰》描述一个公共节日,纪念一位圣人诞辰的宗教节日。这部影片生动地再现了人们为纪念13世纪的穆斯林圣徒赛义德·艾哈迈德·贝德威(Sayyid Ahmed Al-Badawy)700周年诞辰的宗教情绪和欢乐心情。在埃及坦塔地区,每年棉花收获的季节都要举行这种纪念活动。这部影片为西方观众了解阿拉伯的风俗人情提供了一个侧面,同时也符合西方人对阿拉伯人宗教狂热性的想象。

在西方人眼中,中东地区是个神秘之地,充满了他们所要追求的异国情调,也是个适于冒险的地方。伊斯兰教严格的教义教规,裹着头巾的阿拉伯人,无边无际的沙漠,都给人们以无尽的遐想。因此在阿拉伯国家的电影中,故事发生的环境是东方的,但其情节却往往为西方观影者所熟悉。在这些反映"阿拉伯民族性"的影片中演绎的往往是一些对于西方人来说并不陌生的主题、故事、情节甚至细节,从而唤起西方人的认同,使他们从东方故事中得到满足,对于自己的文化兴起浓厚的优越感。

另一方面,西方文化政策也对阿拉伯国家造成了强烈冲击,面对西方文化的自夸和自负,以好莱坞为代表的新殖民主义正在逐渐消解阿拉伯民族的特性。性、传统风俗这些昔日阿拉伯电影中较少涉及的题材也被渐渐搬上银幕,在西方看客的审视下一览无遗。事实上,这也是整个第三世界社会普遍面临的文化问题。西方高科技带来的诱惑是难以拒绝的,包括阿拉伯国家在内的第三世界在引进高科技的同时也必须时时警惕科技发展带来的副产品,那就是文化的殖民,科技没有国界,然而文化却有鲜明的国界,且与政治紧密相连,阿拉伯国家既想保持其民族特性以拒斥西方,但却又不得不在科学技术上处处受制于人,对西方的一切欲拒还迎,陷入窘境。

摩洛哥电影在阿拉伯国家中起步较晚,直到60年代才开始有自己的电影。近三十年来,国家对电影事业加以扶持,发展节奏逐渐加快,每年能生产八到十部电影。摩洛哥曾经师从埃及学习电影艺术,但是在今天,西方发达的电影技术和文化才是他们学习的对象。摩洛哥电影人企图以电影为媒介作为与世界交流的手段,然而令人遗憾的是,在国外学习电影艺术或是在国外导演的帮助下拍摄电影的摩洛哥导演却在电影中表现了摩洛哥的落后和贫穷,展现了当地的民俗和传统习惯,因而在本国引起抗议,被指责为歪曲事实,迎合西方。

外国资本也对阿拉伯电影造成强烈冲击。埃及举办的亚历山大电影节是阿拉伯电影界的一项盛事,在2000年电影节上,却出现了法国资本投资电影,然后又一手将该电影捧上桂冠的咄咄怪事。以至于突尼斯电影导演在电影节结束后不无讽刺地说如果他有机会获得法国投资,一定也会在电影节折桂。电影节大爆冷门,《紧闭的门》和《2000年》这两部电影捧走了电影节的十九项奖项,这两部电影全是由法国投资,令人奇怪的是该电影的投资方居然同时也是电影节的评审委员会委员,而更令人奇怪的是提名该项电影的评审委员会委员竟是和获奖影片导演阿退夫·希高嘎为同一个电影公司工作的导演爱诗玛·柏克尔,而爱诗玛·柏克尔电影《乞丐和绅士》的拍摄更是获得了阿退夫·希高嘎的鼎力协助。如果对亚历山大电影节寻根问底,不难发现其背后庞大的人情网后纠结难分的利益网。

有人称亚历山大电影节就是投资方一手操办的电影议会,他们不仅对电影进行投资,而且还操纵了电影的评审,从而使那些有法国风味、符合法国人审美特征的电影获胜。有人认为,美国电影大行其道对各国电影业的发展都造成了威胁。而以法国电影来对抗美国电影,似乎又给人以刚出虎穴又入狼窝之感。两者都无益于当地文艺事业的健康发展,无论是美国风格还是法国口味,都是在不动一兵一卒的情况下对阿拉伯国家进行新的文化殖民,阿拉伯的民族特色都在两者的参与下变了味,成就了西方观众乐于见到的"阿拉伯形象"。

突尼斯电影曾经是法国的殖民地,法国对突尼斯电影的产生和发展有直接影响。突尼斯电影的特点是以外国投资资助本国拍片。早期电影反映了突尼斯人民的反帝反封建的斗争,以欧玛尔·哈利菲的《黎明》为代表,他为突尼斯电影关注社会问题打下了良好的基础,此后在突尼斯电影史上出现了许多反映现实的优秀电影,例如反映农村人口流入城市的《明天》,反映妇女问题的《阿齐扎》,反映突尼斯移民在法国生活后引起的价值、道德观等变化的《行者》等等。突尼斯电影的拍摄主要是与外国电影公司(主要是法国)合作,并没有对电影实行国有化,这在客观上活跃了电影市场的蓬勃发展,与欧洲电影的亲密接触促使其电影拍摄技巧更趋成熟和先进,然而,正所谓成也萧何败也萧何,这同时也导致突尼斯电影陷入了既想保持个性又不得不迎合西方审美而丧失个性的两难境地。

突尼斯专管电影生产发行的文化部每年对电影的投入不到60%,这正是促使突尼斯导演不惜接受附加条件也要积极寻求外国资本支持的原因,外国资金是伴随着其思想意识一起注入突尼斯电影中的,导演不得不在其影片中加入了反映了突尼斯社会生活的民俗、传统元素或是性的引诱和刺激,以保证影片的市场。而一些导演为了占据市场,也对这种风气推波助澜,以异国风情和性为手段作为赚取票房和声誉的筹码。这些电影只能被称为在突尼斯土地上拍摄的电影,并没有真正反映突尼斯文化。突尼斯电影的出路究竟在何方? 也许正如导演纳赛尔·卡塔里所说,跨国电影公司的介入已经阻碍了突尼斯电影的发展,导致了其水平的下降,文化部应该对电影的生产、发行加强监督,以免丧失个性寄生于外国资本成为附庸。

随着西方文化在全球的势力扩张,包括阿拉伯国家在内的东方国家的文化事业都不可避免地被染上后殖民主义和他者化的色彩,虽然不能说是仰人鼻息,但也至少是在夹缝中努力地求生存。阿拉伯国家渴望声张自我价值,保持阿拉伯民族的个性,但要真正实现本民族文化的独立和自主发展仍要付出相当的努力。因为只要有交流的存在,误读就难以避免。西方对阿拉伯世界的了解,大部分出自想象,或是局限于欧美的东方学家对阿拉伯国家的描述,常常局限于帐篷、骆驼、部落等几个关键词的描述和勾勒。有识之士已经认识到:只有提高阿拉伯国家在政治、经济、文化等各个方面的形象,才能使西方以平等的心态看待东方,在平等的交流中减少误读的发生,才能消除银幕上的恶劣的种族歧视现象,让世界看到真正的阿拉伯形象,而这正需要全世界的共同努力,道路虽然仍然漫长,但是希望必将在前方。

第二节 迎合西方的伊朗获奖影片

伊朗电影继中国电影之后频频获得西方各大电影节的大奖,让世界观众为之一振,让我们看到伊朗电影大师的艺术追求和高超的技艺。但是,再仔细看一看这些电影,我们能发现这些电影获奖的关键原因是什么。那就是这些电影大都表现了苦难伊朗的主题。毫无疑问,这些电影能够获奖,其表现手法和艺术水平是获奖的原因之一,但笔者认为电影的主题才是更为重要的因素:对伊朗老百姓苦难生活的再现,深深地打动了评委们的心。但是,这其中也未尝不含有西方人高高在上的怜悯姿态。从这个角度上讲,伊朗电影获得国际大奖依然是一种他者眼光的体现,或者说,这些获奖电影在一定程度上迎合了西方人的审美需求。

获得第八届东京国际电影节青年电影樱花金奖的《白气球》①叙述小女孩爱达·摩哈玛卡哈尼在新年期间苦苦要求母亲答应她去买一条大金鱼,母亲被她烦得没办法只好应允。不料女孩在途中竟然弄丢了妈妈给她买鱼的钞票,她焦急万分沿路寻找,终于发现钞票掉在一家商店前的水沟中,但她却无法将钱取出而干着急。的确,这么一件生活中的小事件,在编导的生花妙笔下发展成一段大城市的小插曲,有趣的童言童语自始至终洋溢而出,足以洗涤人们为俗务所遮蔽的心灵,但是,如果不是贫穷的家庭,也就不会发生这样的故事。

获得第五十三届戛纳电影节金摄影机奖《醉马时刻》②讲述一个少年阿佑的艰苦卓绝的故事。在天寒地冻的两伊(伊朗和伊拉克)边界,生活着一群库德族人,他们过着奔波劳苦的日子。12岁的阿佑自己还是个没长大的孩子,却已经成了家里五个孩子的支柱。当爸爸误触地雷而死后,他幼嫩的肩膀不得不开始承担家庭的重负,家里还有一个侏儒哥哥罹患绝症,需要一大笔钱去动手术。然而阿佑唯一能做的,就是跟大部分当地小孩一样,冒着极大的危险往来于国界,去走私货物赚钱。只是在这条漫漫走私路上,处处有地雷,偶有埋伏打劫,天气又是那么寒冷,冷到连运货的骡子都得喝了酒才走得动,其中的艰难实在不是一个普通的孩子可以承受得起的。阿佑要攒钱攒到什么时候,才能给侏儒哥哥开刀治病?

获得奥斯卡最佳外语片提名的《小鞋子》常常被当做一部儿童电影,但是,除了其中以情动人的因素以外,仍然难逃"苦难"的怪圈:小哈里取回为妹妹修理的小鞋子时,不慎把这双妹妹仅有的鞋子丢失了,因为担

---

① *The White Balloon*,1995,导演:杰法·派纳喜,主演:爱达·摩哈摩德卡尼、莫森·卡利费。

② *Zamani Baraye Masti Asbha*(伊朗/法国合拍,2000),导演:哥巴第(Bahman Ghobad),主演:阿尤布·艾哈迈迪(Ayoub Ahmadi)。

心父母的惩罚,他央求妹妹帮他逃脱父母的责罚,兄妹两人达成协议:每天妹妹上学时先穿哥哥的鞋子,然后下学后再把鞋子换给哥哥去上学。于是,兄妹两人共穿仅有的一双鞋子。这双鞋子就这样在两个人的脚上每天交换着。兄妹俩多么盼望能够找回丢失的鞋子,或者再拥有一双新的鞋子,这种强烈的渴望在两颗稚嫩的心中日益增长。他们俩一方面担心被父母发现丢了鞋而遭受责罚,另一方面,换鞋带来的种种不便实在令人感到难受,而对于他人鞋子的羡慕更是带来心理上的折磨。有一天,哈里本来要同父亲一起,去城里打工挣钱,然后给妹妹买一双新鞋子,没想到父亲却意外受伤,父亲治病花掉了本来要给妹妹买鞋的钱。后来,哈里偶然看到一个关于全市长跑比赛的通知,比赛季军的奖品中有一双鞋子,这让哈里的眼睛为之一亮,于是,他哀求老师允许他去参加比赛。在比赛中,哈里奔跑着,他的眼前不断闪现着妹妹放学后奔跑回来与他换鞋的情景,以及他换好鞋后迅速跑向学校的脚步。他想赢得比赛,为了得到那一双作为奖品的鞋子。于是,他努力奔跑,不停奔跑,在极度疲劳中继续顽强地奔跑,后来他不幸跌倒了,让观众为之深深惋惜,但是,这只是导演故意设置的悬念。为了鞋子奖品,他又不顾一切地从跌倒的地方爬起来,朝向终点继续奔跑,并在混乱中率先撞线,无意之中成了这次比赛的冠军。当人们向小冠军表示祝贺时,哈里却泪眼汪汪,充满了失望。哈里回到家中时,妹妹没有看到那双期待中的鞋子,难过地走开了。哈里在院子里脱下了已经彻底磨破的鞋子,把长满水疱的脚伸进水池中泡着,一群鱼向他的脚游来。而此时,镜头闪现哈里的父亲正骑着自行车回家的途中,在自行车上,放着两双新鞋子,那是买给哈里和妹妹的……这就是伊朗电影《小鞋子》的主要故事线索。有人评论道:"20世纪末,伊朗电影以自己独特的民族风情结合现代的人文意识而在国际影坛引起注目。可以说,他们的电影是把西方电影意识和自己的民族传统结合得最为自然和成功的。"①《小鞋子》便是其中之一。

当然《小鞋子》的确很感人。"最感人的是电影里的人文关怀气息,导演以一种极其温情的目光关注了一个普通儿童以一种挣扎的方式实现一个梦想的全过程,这种温情反映在导演以蹲下来的姿势在平视一个孩子的眼睛,倾听他的声音,所以哈里和妹妹的语言是幼稚的,思维是幼

---

① 陈木:《小鞋子:纯净心灵的温柔触摸》,见《网易报道》2002年05月31日,下载自:http://ent.163.com/edit/020531/020531_121862.html,访问时间:2004年8月27日。

稚的,行为也是幼稚的,但又是最自然真实的,这种自然使他们的梦想呈现出最纯净的色彩,也使他们的渴望具有了灼人的力量,当我们在不知不觉中同哈里一起在渴望那双鞋子时,有一个念头会突然闯进你胸膛:我们不都在不同的境况下丢失过不同的'鞋子'吗?我们这样渴望过吗?我们这样不懈过吗?""这种温情还表现在对哈里这样一个在窘迫景况下生存的儿童,导演没有表现出廉价的同情,而是体现出了尊重,在哈里那双清澈的大眼睛中,始终有一种倔强的光芒,这种倔强使哈里始终保持着对目标不懈努力的激情,也诠释着他的许多品质,他对妹妹的关爱,对父母的体贴,对学习的热爱,对善良的尊重以及自己应有的聪明机智,无不发乎内心,出于自然。这种自然是如此的水到渠成,以至在结尾,导演可以大胆地把失望留给哈里,而把惊喜留给了观众。也正是这种结尾,我们才会让哈里在我们心中烫出了印记,也才能回味出导演对哈里最深处的温柔抚摩。"[①]

获得第五十七届威尼斯电影节最佳影片金狮奖《七女性》[②]则着重表现了伊朗女性的苦难。七个都市边缘伊朗女性的梦想在街头交错、传递,从白天到黑夜,恐惧、失落、到漠然接受。她们每天的际遇,正是她们一生命运的缩影。苏尔玛兹(Solmaz)刚经历完生产的人生大痛,却不知即将面对的是更残酷的身心重击,老母在产房外焦急地再三确定,无奈再怎么问,也改变不了生下女婴的事实。公婆、丈夫的失望,或许会让这对母女眼前触手可及的幸福,在转瞬间消逝。阿烈珠(Arezou)一直表现得强悍勇敢,她早上才出狱,就拼命地到处筹措旅费,然而最后,她却胆怯了,只因不敢面对再一次的失望,而放弃天堂与新生活。娜尔吉斯(Nargess)正值18岁花样年华,她也是早上刚刚出狱,她想回到天堂般的家乡,还为那儿的男友买了件新潮的衬衫。但是没有男人陪伴的她,根本寸步难行,连搭上巴士都是遥远的奢望。帕丽(Pari)逃出了监狱,躲回家中,却被她愤怒的哥哥无情地驱逐。她怀了男友的孩子,只是男友也犯了罪,遭到处决,因此她想找一位医师帮她堕胎,但没有合法的丈夫,要做堕胎这件事情在伊朗社会是极其困难的,连要在旅馆住宿都不可能。莫妮耶出狱后,却发现丈夫娶了第二个老婆,而久未见面的小孩

---

① 陈木:《小鞋子:纯净心灵的温柔触摸》,见《网易报道》2002年05月31日,下载自:http://ent.163.com/edit/020531/020531_121862.html,访问时间:2004年8月27日。

② 原名《生命的圆圈》(Dayereh,伊朗/意大利 2000),英译为 The Circle。

也疏远了。但她仍然知足,并乐于回报曾帮助她的人。艾儿罕出狱后,摆脱了过往的记忆,在医院当一名快乐的护士,并成为一位巴基斯坦籍医师的未婚妻。但代价却是永远不能再与家人旧相识见面,也不敢与未婚夫回家见公婆。① 尽管这部电影带有强烈的女性主义批评的色彩,表现了伊朗女性的生存困境,但女性的困境又何尝不是整个社会的创痛?

有些伊朗电影虽然没有获奖,但同样得到西方电影界乃至世界影坛的认可与欣赏,其原因是一样的。都是因为这些电影在西方人看来,表现了"他者"伊朗的真实,尤其是伊朗人的苦难生活。

《柳木和风》和《天堂孩子》属同一类型:一男孩在一次足球游戏中,踢碎了教室窗户的玻璃。校长发下指令,必须当天就配上玻璃。但是这个学生家境贫寒,没钱买玻璃,而他爸爸认为,每个踢球的孩子都有责任,应该平摊。中午放学后,男孩和新来的学生一起回家,路上两个孩子很快成了朋友,他向新生借了钱,去买玻璃,可又忘了尺寸,回头去爸爸的羊毛加工厂拿写有玻璃尺寸的纸条。一番折腾后,终于来到玻璃店。结果纸条又拿错了,男孩不能确定尺寸,老板是个认真、善良、细心的老人,让孩子搞清楚后再来。男孩只得说他可以肯定是 105 乘 87,等老人切割时,他又改口说是 105 乘 78,老人说还是弄清楚再来吧。一去一回要不少时间,孩子知道时间很紧了,坚持说是 105 乘 78。老人经不起孩子的纠缠,还是给他划了一块 105 乘 87 的玻璃,说:"若大了,拿回来我给你改小,若小了,我没法子变大。"老人还给了他钉子、油灰,示范如何把玻璃安在窗框里。一路上又是风又是雨,孩子经历磨难,终于把这块玻璃完好地带到了教室,并设法把玻璃安上。在这个过程中,每个观众的心都悬着,最后玻璃还是掉了下来,摔碎了。整个电影院都能听到心碎的声音,比玻璃"哗啦哐啷"的碎声还要响得多。电影让人看后觉得大人真的很残酷、无情。成人世界的"道理",其实是一种无理。在工于算计的成人世界里,小孩们往往稀里糊涂就成了牺牲品。"电影中雨和风既象征大自然的美,也象征人生的苦难。"② 但是在西方观众和电影评委们看来,更是伊朗普通老百姓的苦难。

---

① 虞夫:《伊朗电影史上最优秀的 15 部电影》,博客中国(Blogchina. com)2004－1－1 12:47:38,原始出处:北大新青年 b20262c,http://www.blogchina.com/new/display/20262.html,访问时间:2004 年 8 月 27 日。

② 参见何华:《说说伊朗电影》,下载自:http://hzzh.myrice.com/kandianying/406.htm,访问时间:2004 年 8 月 27 日。

《黑板》所讲述的故事则是战争带来的苦难。除了保持了伊朗电影一贯的叙事简单干净、以小见大、大量使用非职业演员等风格之外,这部影片最大的独特之处就是涉及了战争。尽管影片不是从正面涉入战争,却巧妙地从一个意想不到的角度切入到了战争的深处。两伊战争离现在已经很远了,但在导演和其他伊朗人的记忆里仍然积淀着一段痛苦和焦虑的回忆,虽然他们中有些人自身好像没有参与到战争中去,但他们目睹了人民在战争中所遭受的苦难,那种记忆是潜藏在心里,时时想冒出来时时又被他们压下去的东西。在关于两伊战争中伊拉克使用化学武器的影片资料,其惨烈场面颇让人同情,而在《黑板》中看到老人、孩子、女人躲在男主人公不大的一块黑板下,在遭到普通的袭击时惊慌地呼喊着"是化学武器"的时候,观众才确实感到了一种真正的恐惧。"这也许就是电影这种虚构的影像比原始的真实影像更有魅力的地方。"[①]应该说,这不是一部关于战争的纪录片,但它用纪录片的手法,从一个独特的角度,从一个侧面讲述了关于人们如何在战争中生活的故事,从而也讲述了战争本身。一群身背黑板的人,在山间行走,时而还要躲避空袭。他们是在寻找学生,但他们可不是些像当代中国希望工程的优秀教师这样的人,从某种意义上说,他们是失业者,只有找到学生他们才能找到工作。从这个奇怪的角度切入之后,电影的叙事在两条并列的线索之间交错进行:一个背着黑板的男人(甲)找到了一群背着重物在山间行走的孩子,另一个背着黑板的男人(乙)为了一袋胡桃成了一群想要跨过边界线返回家园的难民的向导。

甲的想法单纯一些:孩子中有一个想要学习读写的,在行走的路上,他就跟在甲的黑板后面,练习发音和拼写,甲开始以为其他的孩子都不会读写也不愿意学,但后来他发现,大多的孩子都上过学,但是他们不愿和陌生人交谈,因为这是他们的父母教给他们的处世原则,好像只有这个孩子是既不会读写也愿意学的。孩子中还有一个拿着望远镜的领头者,他好像在指挥着这一群孩子在干着什么重要的事情,甲不知道他们要去哪里,他们的背上背的是什么,只是为了教这一个孩子和他们一起走着。

---

① 雌黄:《很多的东西都没有来得及写上黑板———伊朗电影〈黑板〉》,来源:电影夜航船(2001.1022),下载自:http://www.islambook.net/xueshu/sort.asp? sort_id=6&sorts_id=21,访问时间:2004年8月27日。

乙的想法也很单纯——当一次向导,挣到一份食物。乙带领的难民中有一个好几天尿不出尿的老人,他很痛苦,好像就要死了。老人有一个女儿,女儿没有丈夫却有一个孩子。在路途中,乙和这个难民中唯一的女人结了婚,婚礼简单得如同儿戏:男人和女人蹲在黑板的两边,说出愿意和对方结婚,然后一个长辈让他们站到黑板的同一边宣布他们成为夫妻。很明显,这样的婚姻对于男人来说是意外的,而对于女人则是可有可无的,她好像对一切已经麻木了,婚姻与生存相比,毫无意义,更加不可能涉及感情,她一如既往地走路,照顾她的孩子和父亲。但对于乙来说,生活中多了一项工作——教这个女人读写。伊朗电影很少涉及性爱,而导演马克马巴夫在这里用特殊的处理方式来表现男人对女人的欲望:当男人把女人身边的孩子支开,用黑板挡住人们的视线,在观众都以为他要干点什么的时候,他却在黑板上写下了一句话"我爱你",并让女人跟着他来读,认真投入的样子真的一点都不亚于做爱。后来在遭受袭击的时候,乙和女人、孩子都躲在了黑板下面,他像一个真正的丈夫一样用自己唯一的谋生工具——黑板——保护着他们,与此同时,老人由于惊吓,竟然奇迹般地小便失禁了。战争就这样给这一家人带来痛苦和幸福!

两个故事的结尾反差很大,导演好像是有意在展示战争的种种可能性。在第一个故事中,当孩子们躲在羊群里通过了敌人的关卡之后,在休息时与一个牧羊姑娘一起交谈时却被追上来的敌人枪杀了:那个好学的孩子首先倒下,其他的孩子想逃走却也被子弹击中了,而在旁边亲眼目睹了整个事件的甲的结局是什么样的,影片没有交代,可能连导演自己也没法确切地知道。在战争的状态下危险无处不在,但你只能凭借命运的力量去抵挡,也就是说生命就系在偶然性那根细线上,就像开枪的敌人在电影中一次都没有出现,但一个个孩子就在枪声中死去了。在第二个故事结尾处,难民到达了边界线,女人要跟着他们回到家乡,但乙不想离开自己的土地,他们离了婚——离婚的仪式也简单得如同儿戏:长者让他们站在黑板的一边,然后宣布他们自愿离婚,还把黑板作为财产判给了女方。这导致了影片最后一个镜头出现:在清晨的浓雾里,女人背着黑板,牵着孩子向远方走去,她没有回过一次头,只有孩子偶尔扭过脸来,在他们的身后,男人手拿一袋胡桃,注视着他们远去的背影,还有那渐渐模糊的、黑板上还没有擦去的、女人始终都没有学会说的一句波斯语——"我爱你"。

叙述这样的故事可能是相对简单的。但对于一般的观众来说,很难像一个经历过战争的人那样去体验。在那两块黑板上,前后写下的不过就那么几个字,但试想一下,如果不是在战争的环境下,他们就不会背上黑板游荡,甲可以站在讲坛前,给一群坐在教室里的孩子上课,在黑板上写下许多他想教给孩子们的东西,孩子们对待他也不会那么冷漠;而乙或许可以在自家的黑板上写下很多表达感情的词语并把自己的女人教会。在影片里,黑板成了生存的工具,但在生存都成为问题的时候,别人是不需要黑板的。没有需求,黑板当然也没法给背负它的人创造生存的条件了。但黑板可以涂上泥土,可以在空袭来临时把黑板下的人融入土地的颜色;黑板可以作为担架,用于抬起那个尿不出尿的痛苦的老人;黑板还可以砍下一部分,在孩子摔伤的时候成为固定伤腿的夹板。由于战争,那么多的东西都来不及写在黑板上,也不需要写在黑板上;同样是由于战争,那么多的东西都已经写在了空荡荡的黑板之上!

我们很难确定,背着黑板去寻找学生,这是出自于马克马巴夫的艺术想象,还是来源于当年战争中伊朗的现实生活,但不管怎么样,从这里把故事展开,还叙述得这么精彩,把战争反映得这样深刻,读者肯定也不会质疑这件事本身的真实性了(艺术真实,就像《樱桃的滋味》中的自杀方式很奇怪但很真实一样)。其实,在看影片的时候,观众一开始很可能都不会意识到这是反映战争题材的,至多就是觉得导演把战争当做一种背景,但当故事一步步进行下去的时候,观众越来越觉得它跟战争有着密切关系。到故事快要结束了,我们才知道原来这简直就是一部"战争片"。它所反映的问题比普通的战争片还要深刻。

在这部影片中,有两个细节特别值得关注。第一个细节是那些孩子说他们不要学习,他们是驴子,只知道负重和行走,那他们到底在干什么呢?他们干了什么竟然使他们丢了性命呢?我们不妨猜测,他们背的是军用物资(事实上很有这种可能),他们要去某个地方把这些东西交给自己的军队,而在这个过程中他们要穿越敌人的封锁线。果真如此,那简直就是一个非常典型的战争故事的类型。但还不止这么简单,还有一个问题:他们是自愿的吗?从他们说自己是"驴子"的语气中可以想象,自愿的可能性非常小。那么只有一个解释是合理的:同样是为了生存,只有干这样的事情,他们才能给自己,还有他们没有出场的父母赚来钱与食物;他们不是战争中"为了祖国而献身的小英雄",而是在为了获得生存条件而工作的时候丢失了性命的可怜儿童。从这个意义上来理解战争的残酷,可能更为深刻。第二个细节是难民中为何只有老人和妇孺?很自然的解释是,正值壮年的男人都在打仗。但他们在为谁打仗?难民要跨过国境线回到家乡,而且国境线是被封锁的,那是不是说:主人公乙和难民来自不同的国家,甚至可能是来自敌对的国家呢?如果是这样,片尾的那一幕就不仅仅是两个个人之间的感情的问题了,说得大一点,可能就是两个国家之间期待着"我爱你"这样的感情的问题了。在两个并列的故事同时发生的情况下,马克马巴夫把更为温情(虽然有些伤感,但不残酷)的一个结尾放在了全片的最后,而那个残酷的事情先结束了。这是一种期望,一种人道主义、和平主义的关怀?也许这些大词是不准确的,但这样的处理,仔细想一想,里面确实有一种感人的东西在。①

　　为什么伊朗电影一下子风靡世界?除了对伊朗苦难的表现以外,还有一种原因,就是它引起了世人对伊朗封闭社会的神秘感。这里面依然包含着他者化的问题。有论者指出,伊朗电影在西方观众面前重新唤起了一种"神秘感",并对现代文明社会暗藏嘲讽之意。思想家韦伯(Max Weber)认为现代科技的发展造成人类精神的失落和幻灭,尤其是"神秘感"的失落,他倒是一针见血。古代伊朗被称为波斯,它的神秘、它的智慧由来已久。波斯地毯就是这种神秘感的视觉化。西方影评家也喜欢用"简约主义"(minimalism)来形容伊朗电影,一方面是故事简单,另一方面又很抽象,有多种诠释的可能。其实我们的水墨画就是简式抽象艺术。中国人应最能体会、领悟这种艺术。②

　　此外,伊朗电影吸引西方评委的恐怕多多少少还有一些政治的因素。《巴伦》(Baran)就是这一类型电影的典型。《巴伦》并非政治影片,而是一个爱情故事,或者说它几乎是一部浪漫喜剧。它非常平易近人——华丽的摄影,态度认真而绝不沉重——这可能会使它成为第一部被美国观众广泛观看的伊朗电影,这些观众无须是艺术院线的忠实追随者。但是,它的确映射了许多美国人刚刚开始了解的一些中东政治现实。比如在《巴伦》片头的介绍性字幕里提到,伊朗是中东各国里接纳了最多阿富汗难民的国家,在那里生活的阿富汗难民有140万人。这种迎

---

　　① 雌黄:《很多的东西都没有来得及写上黑板——伊朗电影〈黑板〉》,来源:电影夜航船(2001.1022),下载自:http://www.islambook.net/xueshu/sort.asp?sort_id=6&sorts_id=21,访问时间:2004年8月27日。

　　② 何华:《说说伊朗电影》,下载自:http://hzzh.myrice.com/kandianying/406.htm,访问时间:2004年8月27日。

合西方观众的意图再明显不过了。担任影片编剧的马基·麦吉迪围绕阿富汗难民与伊朗人之间紧张关系与不安定的友好并存的状态编织这个故事。拉提夫是一个英俊、懒散、本质善良的伊朗少年,他的工作是为老板米玛的建筑工地上的阿富汗民工备茶送饭。米玛以远低于本国工人的价格雇佣这些阿富汗人,但这种事情原本是被禁止的。当有关部门来人检查的时候,所有阿富汗人都得赶紧藏起来。如果米玛雇佣他们的事露馅了,会受到重罚而且不得不让他们全部离开。有些稚嫩、有些自私的拉提夫很仇视工地上的这些阿富汗民工,他认为自己作为一个伊朗人,工作更努力,但得到的报酬比他们少,因此他觉得这不公平。而事实是否如此呢?从影片中看,他的工作实际上不过是把茶、饭盛在托盘里端来送去,而那些多半年近花甲的阿富汗民工则是用自己的肩和背运送沉重的水泥包,这其中的轻重差别显而易见。在遇到一个年轻的阿富汗女子巴伦之后,拉提夫的态度开始有了变化,但由于各种原因,他没法向这女子求爱,于是他想方设法为她的家人做好事。这一切都是为了那个在感觉到他的灼人目光时下意识地掩起面纱以保住自己的矜持不受危害的女子。可是很明显,一片薄薄的面纱如何能够抵挡花季异性间的吸引。他付出的代价最终甚至危及他在自己国家的地位。① 其实,隐藏在政治和爱情之后的还是中东的苦难:巴伦迫于生计,只能女扮男装来到这个工地上做活。因为她是纳贾夫一家的大女儿,父亲在伊朗包工头米玛的工地上做工,不幸摔断了腿。好在善良的米玛分派给了"他"——巴伦为工人们煮茶做饭的工作。那片绿叶就是巴伦放在工地厨房里的一处装饰。米玛的侄子拉提夫起初怨恨巴伦抢走了他轻闲的工作,处处找茬。不期然间却发现了赢弱纤细的巴伦原本就是个女孩。在对巴伦苦苦挣扎养家的一系列举措的悄悄观察中,他逐渐生发了卫护这片"嫩叶"的勇气。"只是整个伊朗也贫败不堪,同样身无长物的拉提夫最终只能送纳贾夫一家踏上了茫茫未知的归乡之途。"②

像大部分伊朗电影的中心主题一样,麦基迪在他的影片中也保持了

---

① Stephanie Zacharek:《Baran:让美国看到中东》,Andnot 编译,载《南方周末》,2001 年 12 月 06 日,下载自 http://ent.163.com/edit/011206/011206_109081.html,访问时间:2004 年 8 月 24 日。

② 渔歌会有时:《〈巴伦〉:废墟上的一片绿叶》,网易娱乐 2003 年 03 月 14 日 11:16:43,下载自:http://ent.163.com/edit/030314/030314_155425.html,访问时间:2004 年 8 月 27 日。

对社会现实的高度关注,并积极地使用电影叙事和艺术手法再现生活中属于人民大众的底层实况。当大批的阿富汗难民涌入伊朗城市,他们的生存状况是困窘和艰难的,就像当下中国社会中的民工一样,他们不仅要选择薪金微薄危险辛苦的工作来糊口,还要承受当地原住民的歧视鄙薄和排挤压迫。作为敏感和善良的艺术工作者,麦基迪不会不对此情况产生思索。另一方面,当伊朗的伊斯兰革命发生二十年之后,经过政治和文化运动洗礼的伊朗电影人,面对伊朗和周边国家政治、社会的剧烈变化,自然也有一腔观点需要表达。麦基迪就是将发生在他身边的日常生活和世界政治中的中心热点巧妙结合,从而完成了一场艺术良心和人文关怀的抒发与传播。作为一位聪明的并深谙世界主流电影界意识形态倾向的导演,我们不能说麦基迪在制作这样一部影片的时候,完全没有迎合西方观众欣赏趣味的考虑,但是比之更加重要的是,作为一位电影导演,并且是活动在思想文化管制严格的国家的导演,到底有没有对真实的现实表达意见的勇气?即使有人说《巴伦》这样的作品是为西方观众拍摄的,那么它只要没有缺失最主要的正义神采和道德灵魂,就值得我们为其而喝彩。这也正是马基·麦基迪的影片中一贯所流露的立场和闪光之处。①

遭禁的伊朗电影更是容易引起西方电影人关注。2003 年威尼斯电影节期间有两部伊朗影片在伊朗被封杀,反而引起了参加电影节的各界人士的兴趣。一部是《第一封信》(Abjad),导演阿波法兹·佳利利(Abolfazl Jalili)原定赴威尼斯参展,但突然收到消息,伊朗政府禁止他参赛。《第一封信》的监制则强调影片是"超越了宗教去探讨爱情",但是伊朗有关部门以《第一封信》的情节涉及一位穆斯林男孩和一个犹太女孩之间的爱情,有伤伊朗人民的民族感情,也是与伊朗民族习俗不相符合的。另一部被封杀的电影名为《思维有别》(Silence Between Two Thoughts),此片的胶片拷贝被伊朗当局没收,其情节涉及一个被判了死刑的女人,由于她还是处女,无法被处决,一位当地的精神领袖提出一个解决方案:让这个女人与行刑的刽子手结婚。不过这位导演(巴巴克·帕亚米)运气好些,事先准备好的一个录像带版本仍然得以在电影

---

① 西西佛:《这一次,没有天堂——麦基迪的〈巴伦〉》,网易娱乐 2002 年 12 月 10 日 17:35:19,下载自:http://ent.163.com/edit/021210/021210_144712(1).html,访问时间:2004 年 8 月 27 日。

节播放。①

伊朗电影中对准人类学意义的伊朗风俗图景的描绘也是吸引西方的一个重要原因,如《巴伦》的故事发生在冬天的伊朗,在一片灰白天地间,导演潜心捕捉着悦目的自然风物和伊朗人情风俗之美,要把对家乡土地与民族百姓深沉的爱意不遗余力地传送开来。不但开篇即用一组快速切换的特写镜头,连贯地表现了伊朗人民典型的主食——一种扁平大饼的制作过程以吸引观众的好奇心,还在整个故事中不时使用伊朗人人饮茶而且是一日多饮的习俗,作为塑造人物形象、激发冲突或流露情感的手段;工地辛劳的工作里,有专人悉心地做出茶饮,送到每个人手上;拉提夫因为有人支使巴伦上茶而打架的行动是在向观众展示他的内心情感;而巴伦静静搁在角落的一杯清茶、两粒糖块,是她在无声地向拉提夫道谢。除此之外,尚有从门缝间拍摄阿富汗人捡收家人遗物的情节,由于选取独特的拍摄角度,前景被一个彩色的门帘遮挡,后景里一个孩童酣然沉睡,丝毫不觉人生的苦痛;然而,哀凄地叙说持续响着,遗物赫然在目,持续战争带给普通人民的痛楚已清楚降临在这些无辜孩童的身侧,这才是事实,微言大义,其意自现。影片最末处,固定镜头拍摄的全景,在迤逦曲折的乡间小道上,卡车渐行渐远,直至不可见也不可知的未来。环境是一派萧索的灰色,而留在观众心中的自然就是最后一刻男女主人公都乍然浮现的那抹珍贵的笑容,因为我们知道,在一片废墟之上他们始终会执着于爱,执着于生……②

如果说这些获奖的或者没有获奖但受到西方喜爱的伊朗电影都纯粹是为了迎合西方而拍摄,那是不公平的。但是客观上这些电影又的确符合西方观众的审美情趣,迎合了西方人看待"他者"东方的眼光,因此西方各个电影节的评委一看到这样的电影就情不自禁给予好评。

---

① 参见《威尼斯电影节风波再起 两部伊朗电影被禁》,来源:《南方都市报》,2003—09—03,下载自:http://ent.enorth.com.cn/system/2003/09/03/000626570.shtml,访问时间:2004年8月27日。

② 渔歌会有时:《〈巴伦〉:废墟上的一片绿叶》,网易娱乐 2003 年 03 月 14 日 11:16:43,下载自:http://ent.163.com/edit/030314/030314_155425.html,访问时间:2004 年 8 月 27 日。

第三节　西方大奖诱惑下的中国电影

随着20世纪80年代在国际上陆续摘取各项大奖,中国电影在西方世界上大受青睐,相当走红,形成一种"中国电影大爆炸"的壮观场面。一批中国电影导演、华语片导演、影星、一大批中国影片就此登上了世界舞台。中国电影所取得的这些成就是各种文艺部类中最突出的,也令中国文艺界颇受震动。

综观中国电影在西方电影节上获奖的情况,可以较清楚地找出以下这些共同特征。这些"共性"也正是其在西方受欢迎而在国内市场上却未必被看好或在发行放映之初未能引起较大反响的根本原因。

1. 与中国文学同题的"他者化"的中国叙事。

在西方获奖的中国影片,大多是根据中国现当代文学作品特别是小说改编而成的。譬如张艺谋导演的《红高粱》《秋菊打官司》《菊豆》《活着》《一个都不能少》等,分别是根据莫言《红高粱》与《高粱酒》、陈源斌《万家诉讼》、刘恒《伏羲伏羲》、余华《活着》、施祥生《天上有个太阳》等小说改编,陈凯歌导演的《黄土地》是根据柯蓝散文《深谷回声》改编,姜文导演的《阳光灿烂的日子》《鬼子来了》分别是根据王朔《动物凶猛》和尤凤伟的小说改编,李安导演的《卧虎藏龙》是根据现代作家王度庐作品改编等等。在诺贝尔文学奖阴影下的中国现当代文学所存在的种种自觉或不自觉的"媚西"主题、题材等方面的特点,必然会被带进电影。比如:对于神秘、古老、原始、愚昧、野蛮、专制、落后的中国及中国人形象的塑造,神秘中国传统民族文化的展示,对于长辫、裹脚、鸦片、烟灯烟枪、深宅大院、妻妾成群、武打侠义等丑陋或荒蛮怪异的中国事物的表现,关于宗族械斗、顽执生存、阴郁恐怖生活、荒诞古怪的行为、乱伦野合等奇观式的中国事件的呈现,等等。这些表现民族劣根性和神秘、原始、"奇观"式的中国场景、画面与镜头,是首先能够抓住西方观众的地方。

2. 对独特的中国景观戏剧性的展露与渲染,是影片引起关注的另一原因。

在中国导演的镜头下,中国的一些奇崛古怪的自然景观、贫瘠恶劣的生存环境,散发着东方魔力的民俗民风,尤其是那些陋俗恶习,经常成为他们追逐的热点。在这里,中国人生存的社会环境是抑郁沉闷的,荒诞怪异的,故事的进展富于中国式的戏剧性场面。民歌、民俗、民族事物成为花哨的点缀。中国电影在表现手法与技巧上这种自觉或不自觉地自我"他者化",自置于世界"边缘"地位的努力,都使这些影片对西方受众的"魅力"大增。

正如香港"新浪潮"电影导演徐克在接受记者采访时所说的:"我近年比较多从中国古代传统发掘题材,是因为中国传统有着泥土性,而古代由于远离现在,更给人以浪漫的感觉……在 80 年代,中国的形象本身已具吸引力,如能发掘其中精华,则更能吸引观众。中国传统的好处可谓数之不尽,但要加以适当的现代化才更能令人乐于接受。"所谓的"适当的现代化",就包含了将"中国传统文化"赋予"他者化""奇观化"的表现形式这一内涵。

3. 中国导演及观众对于西方审美趣味的盲从,部分导演有时有"为获奖而拍摄""为西方而拍摄"的价值取向。

早在数年之前,张颐武先生在一篇评论中即已指出:台湾侯孝贤导演的影片《好男好女》、王献虎的《阿爸的情人》及张艾嘉的《少女小渔》等影片都在国际上获了奖,但台湾本地观众却不认同这些片子。而在"不能吸引台湾年轻的'新人类'观众之际,为外国评委拍电影似乎就成了许多发展中社会里电影业的顽症。而这些台湾电影是都仰仗当局的'辅导金'制作的"①。

李安是个最典型的例子。陈少波在《脚踏东西文化 享誉中外影坛:李安,把中国拍给西方看》②一文中指出:从《推手》到《喜宴》再到《饮食男女》,李安越来越熟练地以好莱坞方式来拍摄华语电影,也一次次在国际影展中获得大奖。在他重新闯荡好莱坞后,先后成功执导了《理智与情感》《冰风暴》《与魔鬼同行》,奠定了他在美国电影界的一席之地。2000 年他又拍成了"用心于传统文化与感情的武侠片"《卧虎藏龙》。有评论认为,李安的电影是拍给美国人看的。的确,李安一直是在试图用西方人能够理解的电影语言来诠释中国人的情感的。"他对中国人、中国的伦理道德有着准确描摹与判断,也熟悉西方电影工业的模式、程序;他知道东方人在想什么,也清楚西方人需要什么。《卧虎藏龙》的作曲谭盾甚至认为,李安是最懂得如何打动西方,尤其是美国观众心理的人。"李安有着如此自觉的追求和努力,又熟悉如何赢得西方观众,他的《卧虎

---

① 张颐武:《影人影事之窘》,见《世纪末的沉醉》,百花文艺出版社,1999 年。
② 载《环球时报》2001 年 4 月 3 日,第 20 版。

藏龙》一举摘取了包括"最佳外语片奖"在内的奥斯卡四项大奖,在世界范围内票房收入逾亿美元,也就不足为怪了。

而同样是在各种国际电影节上频频获奖、创下不菲票房价值的张艺谋电影,有人认为,因其往往依靠跨国的资本制作,"自然不可避免地力求去适应国际电影市场的消费走向"。他注意展现浓郁的民族特色,特别是将民间文化、民俗礼仪、地域风情等融入自己的影片,使之具有了神秘的东方文化色彩。①

马瑞芳更是尖锐地批评张艺谋影片的创意是"仰脸看外国人的喜好,低头找中国人的毛病"。她在《华夏优雅文化的失语症——也说张艺谋》②一文中写道:"这些年成了'获奖专业户'的张导演,既不乐意描绘中国人美丽的面孔,也不曾美丽地描绘中国人的面孔,其镜头像个滤色板,中华民族的优雅文化,中国一日千里的现代化进程,被尽行剔除,代之以贫穷、落后、变态。诸葛亮、孙中山式堂堂中华男儿在张导演片中一概隐没无闻,林黛玉、秋瑾式优美中华女性在张导演片中一概找不到位置,女主角不是躺在高粱地野合,就是进入深宅大院做姨太太争宠,成了性化的附庸和奴隶!""这实在是令人难以容忍的取巧,甚至可以上纲上线曰阴险诡诈的取巧!以毁坏古老文明中国在世界的整体形象为个人谋取名利的取巧,制造、批发中国'灿若桃花'(鲁迅语)的脓疱迎合外国人的猎奇心,以毁灭中国人特别是中国女性的美好形象赢得洋人叫好声,……张艺谋某些影片可算中国丑恶大全的'主页'。"

海外不少华侨也纷纷指责张艺谋投西方某些人之所好,展现中国"落后面貌",把民族糟粕介绍到国外,"出卖中国人"。有的更尖刻地告诫他"别捧了外国人的杯,丢了中国人的脸"。③

公正地说,张艺谋对中国电影的贡献的确应给予大力的肯定,对于张艺谋在中国电影走向世界方面的努力更要给予鼓励,但是我们也不回避张在某些电影创作上也的确存在着他者化的倾向。他拍摄的电影《金陵十三钗》就带有明显的迎合西方审美的考虑。据媒体披露,张在这部电影中邀请奥斯卡奖得主参演,而且40%的对白用的是英语。张艺谋

---

① 参见彭吉象:《跨文化交流中的华语电影》,原载《电影艺术》2001年第1期。
② 原载《文艺报》2000年3月30日。
③ 金石:《张艺谋反思否?》,载《人民日报》(海外版)2000年5月24日,第9版。

本人"说非常希望该片能受到国际市场欢迎"。① 进军国际电影市场当然是好事,但是以迎合西方的方式是否有效还需拭目以待,就连西方人也质疑这样的做法:"有人说困扰众多电影产业的问题很复杂,并非仅仅通过添加西方概念或名称就能万事大吉。"②

90 年代成功跻身好莱坞主流电影,拍摄出《断箭》《变脸》等西方人评价极高影片的吴宇森自己说:"要拍一部国际性的电影,一定要了解当地的文化和他们的思想行为,但是我拍电影的一贯方式是希望尽量找出我们的一些共通之处,不论我们是来自哪个地方或哪个民族。在《变脸》里面我找到一个相通点,就是大家都有的'家庭观念'。"

由此可见,有些中国导演在主观意识、潜意识或无意识之中都在把西方观众作为隐含、潜在的第一接受者,充分考虑其审美情趣和需要,在题材选择、主题确立及表现形式等方面都做出相应的迎合,借鉴或借助好莱坞"梦幻工厂"的制片方式,"为获奖而拍摄"或"拍给西方人看"。

中国普通民众也存在着某种程度的盲从西方审美情趣的情形。在西方引起轰动或摘取大奖的精神产品(包括小说、电影等),也会对中国受众产生较大的引诱力。有些中国影片在西方获奖以后,其在国内的票房收入随之飙升,犹如股票受国际经济振荡而变动莫测一样。

有人已经指出,好莱坞刻意经营的《卧虎藏龙》其实只是其企图打开中国庞大的电影消费市场的一块试金石。"中国作为最有潜力的电影市场,好莱坞电影巨头们一直虎视眈眈。在中国面临加入 WTO 之际,好莱坞将奥斯卡奖授予一部华人影片,其实是有着极深的用意。他们通过给《卧虎藏龙》授奖,实际上是为进入中国市场作准备。"③可见,中国观众对西方审美趣味的盲从,在很大程度上也影响了导演的拍摄,促其追求"能被西方人所接受","能在西方获大奖",并由此扩大影片在国内的综合影响力和票房收入。这也是那些支撑影片拍摄的国际资本、制片人所企望追逐的最终目标。

4. 色调的刻意选择与个性化的风格。

影片对于主色彩的选择,一方面出于满足受众感官刺激(视觉感应)

---

① [美]史蒂文·泽奇克:《中国影像:中国影片在西方市场中的窘境》,《洛杉矶时报》2011 年 7 月 3 日,见《中国电影在西方遭遇窘境》,王会聪译,载《环球时报》2011 年 7 月 4 日,第 6 版。

② 同上。

③ 石河:《〈卧虎藏龙〉获奥斯卡奖背后》,载于《光明日报》2001 年 4 月 6 日,第 1 版。

及审美需要,因为色彩是美的构图、镜头、场景的重要因素;另一方面,色彩可以很好地烘托气氛,渲染环境,奠定影片基调,有助于影片主题的表达。

《红高粱》《红樱桃》《红粉》《红尘》《红色恋人》……这些"红色系列"的电影追求和运用的是共同的红色。《红高粱》中鲜红的高粱,茂盛的烧酒窖火,以及整个影片被红色照射着的明丽、热烈的暖色调,都很好地烘托了对于野性生命和蓬勃生机的讴歌与赞美,红色代表着血、跃动、生机与活力,成为自由、舒展、热烈的生命的象征符号。《黄土地》则选取黄、红为主色调。张艺谋镜头下的黄河、黄土地以其明亮热烈的色彩除了能给人强烈的视觉震撼之外,色彩本身亦作为一个主体被突出出来,成为了影片中沉默无语的一个主角,蕴含着丰富而深刻的象征意义。这种浓郁的色调也奠定了这部电影优美而带忧伤的诗意和抒情基调。

其次,导演们还自觉地利用镜头、画面、音响等手段营造一种独特的影片氛围,并由此形成自己的个性化风格。比如香港导演王家卫的电影,已形成一种类型影片:如《花样年华》中深色的背景、沉郁的氛围、音符强劲的配乐等,裹挟着生命的活力又带有一些压抑,造就了他奇特的电影风格。这种风格有助于他借助电影传达关于情爱、人性等命题的思考与探寻。

张艺谋电影则大多以农村生活、农民生存为题材,展现乡土中国从物质到精神的贫困与落后,同时又力图从中揭示出中国人顽强不屈、坚韧不拔的生命活力,生之火种。在《红高粱》中,起伏躁动的红高粱,爷爷、奶奶在野合,原始酒作坊,小孩在酒瓮中撒尿,日本鬼子强迫中国人活剥人皮;《秋菊打官司》中衣着邋遢、挺着大肚子的秋菊,表情麻木步伐不稳,穿着土气十足的红色土袄,一次次地奔走、上诉,要"讨个说法";《一个都不能少》中则是一群脸色蜡黄的农村野孩子……这类型的人物和场景是张艺谋所情有独钟的。而在农村这块沃土上,他才能极好地施展个人的才华。正是这些富于个性化风格的电影为张艺谋赢来了西方世界的一个个大奖。

下面对部分在国际上获奖的影片及其导演做一些具体分析。

1. 陈凯歌和他的《黄土地》《霸王别姬》等影片

陈凯歌是中国电影"第五代导演"最早在国际影坛扬名者之一。所谓的"第五代导演"指的是 1978 年 5 月北京电影学院恢复全国招生后录取的第一批学生,这些学生 1982 年陆续毕业,毕业后不久,其中的不少人相继在国际电影节上摘取各项大奖。这些人中包括张军钊、陈凯歌、张艺谋、田壮壮、吴子牛、李少红、黄建新等。正如张艺谋所说的:第五代导演的作品"都是从大的文化背景入手,带着对传统文化的反思,带着对电影进行变革的愿望,以人文目标为主要目标,具有一种大的气势,这跟我们的文化有关。""第五代导演"是与文学上的反思、寻根热潮相呼应的,用受中西文化交流影响下创新的造型语言和视听表现技巧,追求主观性的审美感受,着力于运用意象、象征等手法反思民族文化精神,呼唤民族生命力,从而具有丰厚的历史、文化蕴含。

1983年,分配到广西电影制片厂的张军钊、张艺谋等人就拍出了一部惊动国内影界的电影《一个和八个》。这是张子良等人根据郭小川的同名长诗改编的。故事讲述一个被诬陷受审的八路军指导员王金在危急关头,激励和感化了关在一起的三个土匪、三个逃犯、一个奸细和一个投毒犯,与敌人展开了血与火的战斗,并在战斗中唤醒了这八个人的民族意识,使其灵魂得以升华。这是由"第五代导演"拍摄的第一部影响巨大的探索性影片。它第一次成功地把诗改编成电影,借助强劲的视听造型表达凝重、深沉、粗犷的内涵,在当时的文艺界内外引起轰动。

1984年,由陈凯歌执导、张艺谋摄影的《黄土地》拍摄完成,1985年8月在瑞士获得第38届洛迦诺国际电影节银豹奖;1985年11月在英国获第29届伦敦国际电影节导演"萨特兰杯"奖;1985年11月在美国获第五届夏威夷国际电影节东西方文化技术交流中心和东方人柯达优秀制片技术奖;1986年获伦敦电影展览英国电影协会大奖。

《黄土地》是张子良等根据柯蓝的散文《空谷回声》改编的,具有诗的意象、色彩和韵味,采用了诗歌中常用的重复、排比、象征、比喻、对比等表现思想情感的手法。影片以黄色为基调,民族文化象征意味很强;又突出了人生存的环境黄土地和黄河,打破画框限制的优美摄影,赋予了黄土地、黄河以与人物同构的坚忍执著、不屈不挠、富于生命活力的人格特征,成为了养育中华民族的摇篮浓厚的民族内在力量的象征。《黄土地》的叙述手法是抒情的、散文化的,打破了完整的故事情节,凸显了人自身的生存,刻画了一群地地道道的中国农民形象。影片具有一条情节发展脉络:黄河边上,抗日时期,翠巧一家终年辛劳却生活穷困。翠巧爹给她订下了"娃娃亲",并逼她出嫁。受搜集陕北民歌的八路军文艺工作者顾青的启迪,翠巧开始觉醒,冲破了封建包办婚姻的束缚,毅然投奔了光明。

除了优美的诗性叙事语言和镜头画面之外,《黄土地》吸引西方观众的地方首先是表现了人与自然的和谐与融洽。而这种和谐又是建立在粗犷、荒蛮的大自然与过着穷困、落后生活的人群之间的和谐。其次,电影所呈现的黄土地人们原始、蒙昧、神秘而怪异的生活场景及生活方式也是其在西方大放光彩的重要原因。这里的人们住的是洞穴式阴暗不明的窑洞,门边贴的红对联,因为"俺这个地方穷,没个识字的人"(翠巧语),竟是用碗底蘸墨,印出一个个黑圈圈。中国农村迎亲的场面,热烈奔放、震天动地的安塞腰鼓,悠长、缠绵的陕北信天游民歌和荒诞、怪异、神秘的几百名农民的祈雨场面,都是影片震撼人心、吸引关注的原因。

电影两次表现的"迎亲"队伍,都有这样相同的一组镜头:面对镜头劲吹而来的唢呐,飘动纷飞的红绸子,戴上红花的马头,轿子,飞扬的黄尘,四名踏着整齐步伐的轿夫;电影开始时多次重复翠巧去黄河边取水、挑水的镜头,而且说出"十里,不远"的话;翠巧嫁人后的场景:画外传来开门声,而后是一只男人的黑手伸进画面,触到红盖头,掀开盖头,露出了翠巧惊恐的脸;祈雨场面:用夸张、变形的镜头,呈现五百多位老农向画面镜头缓缓奔去,画面静穆、压抑,而翠巧的弟弟则在求雨队伍中逆向奔跑,这些鲜明的画面具有丰富的文化韵味和内涵,展示的是古老而神秘中国所特有的民族习俗、民族文化。影片对西方人具有吸引力也就毫不足怪了。①

陈凯歌后来拍摄的《孩子王》《霸王别姬》也曾获得过国际大奖。《霸王别姬》获得第46届戛纳电影节"金棕榈奖"和奥斯卡最佳外语片提名。它所表现的中国文化传统中一些浓郁的习俗礼仪、民间文化和民族风情、京剧、优伶隐秘的"同性恋"、曲折的"侠义"故事,都赋予影片神秘的东方文化情调和奇特的东方魔力。电影运用镜头语言表现师傅屡次用戒尺痛打徒弟的残暴场面,红卫兵野蛮的武斗、拷问、游行,"妓女"与"戏子"结合的动人情爱极其悲惨遭遇,流产堕胎,当政者的专制、独裁,混乱无序的社会,人性的迷失与回归等繁复庞杂的内容与主题,都是西方读者期待阅读和观赏的中国事物和中国形象。其在西方世界引起轰动便不足为奇。

拍摄于1985年并获得法国第八届三大洲国际电影节大奖的影片《野山》,是由颜学恕导演的。影片根据贾平凹小说《鸡窝洼人家》改编。

---

① 参见童道明《我看〈黄土地〉》一文,原载《戏剧界》1985年第4期。

讲述两个家庭由于人物性格和感情不和而发生分裂、重新组合的故事，以纪实手法，真实地展示了改革大潮对于农村习惯思维、传统观念的强烈冲击，生动地刻画了一群普通的中国农民形象，揭示了民族传统文化沿袭在农民身上的因素。影片对于人性的觉醒和社会变革现实的描写，是其赢得西方关注的根本原因。

2. 张艺谋电影

张艺谋无疑是中国电影走向世界进程中起过重要作用的一个人物。自他导演的《红高粱》摘取1987年西柏林电影节"金熊奖"之后，他的电影在国际上频频获奖。一般的西方人，大多只能从中国电影上了解中国，而他们最有可能选看的，必然是在国际上获奖的中国影片。其中张艺谋的电影无疑是他们看得最多，也最崇拜的。不管人们承认不承认，很多欧美人就是信张艺谋的，就是从张艺谋的电影里了解中国和中国人的。①《羊城晚报》2000年2月22日刊出一位经常往来于欧美做生意的读者的文章《张艺谋出卖中国人？》，介绍了他在外国的一些尴尬经历和遭遇：美国小伙认为中国人不可能穿体面衣服、住高级宾馆；法国酒店领班认定中国人只喝土酒，不会喝高级香槟；荷兰姑娘神秘地认为中国男人可以娶多个老婆；德国司机则固执地认定中国男人都是要留一根长辫子的……作者认为，所有这些西方人对于中国的"误解""误读"几乎都要由专事"丑化中国人"的张艺谋之类的电影导演来承担责任。我们姑且不论这位商人的观点是否偏颇，仅从他的叙述中亦已窥见张艺谋电影在西方被广为接受、欢迎与赞赏之一斑了。

张艺谋是一个"用脑子"拍电影的导演，在艺术表现形式及内容方面，富于大胆探索创新、勇于反叛传统的精神，"想方设法和别人不一样"（张艺谋语），追求电影造型、视听语言方面的个性化风格，在电影创作上走出自己的新路。对于"越是民族的，就越是国际的"这种观点，他有着自己独特的理解："坚持写中国人的故事，坚持电影的中国特色，就越能走向国际，这是一个方面；同时，作品所写的人的故事，必须表达某种人类的共同的主题，这样人家才看得懂，才能接受……我们的作品应该面向全人类，要从人类共通的那些方面表现人物，要找到某个共同的东西……人类的情感应该是共通的，喜怒哀乐，七情六欲，不会因为肤色的不同，民族的不同而不一样，对美的东西的向往，是人类的一个共性。电

---

① 参见金石《张艺谋反思否？》，载《人民日报》（海外版）2000年5月24日，第9版。

影应该表现这种人类所共同敬重的美。"①在拍摄影片《一个都不能少》之前,张艺谋就一再强调,要在这部影片里反映人类共同的情感,也就是失学儿童和魏敏芝那种不屈不挠的追求精神,用这种东西去沟通人类共有的感情。

在张艺谋独立执导的第一部影片《红高粱》中,他所要表达的人类共通的主题是对于"种"退化的忧虑及对于原始、粗犷、蓬勃生命力的热情讴歌与赞美。正如张艺谋自己所阐释的:"是要通过人物个性的塑造来赞美生命,赞美生命的那种喷涌不尽的勃勃生机,赞美生命的自由舒展。"电影展示的是"我奶奶""我爷爷"敢爱敢恨、敢生敢死轰轰烈烈的情爱故事。同时用热烈、疯长、强悍的红高粱来衬托这种崇高的人性。而那些快乐、高亢、跃动鲜活生命的《颠轿曲》《妹妹歌》和《祭酒歌》都很好地烘托出祖辈们浓郁、活跃、强悍的生命活力。《妹妹歌》高亢、流畅地吟唱:

  妹妹你大胆地往前走,
  莫回头。
  从此后你盖起红绣楼,
  遍撒红绣球,
  正打中我的头,
  和你喝一壶红红的高粱酒。

这是血一样火一样热烈、高粱酒一样醇厚的情爱,是人性和人情的自由舒展与奔放。而《祭酒歌》则用哽直、沙哑的声音,吼叫式地唱道:

  九月九酿新酒
  好酒出在咱的手
  喝了咱的酒
  上下通气不咳嗽
  滋阴壮阳嘴不臭
  一人敢走青杀口
  见了皇帝不磕头
  一四七
  三六九

---

① 李尔葳:《张艺谋说》,春风文艺出版社,1998年,第140页。

九九归一跟我走

　　好酒，好酒——

这吼叫中带出黄土味、高粱酒味，也带出了北方农民刚强、壮烈、昂扬的生命活力的气息。

　　影片《红高粱》充满着"奇观式"的镜头。譬如：轿夫们恣肆放纵的颠轿，黄尘飞扬，唢呐劲吹（有借鉴《黄土地》类似画面的地方）；在高粱地里"爷爷"余占鳌与"奶奶"九儿的野合场面，日本人强迫中国人剥罗汉大叔的皮（触目惊心、惨无人性），"爷爷"、小孩往酒缸里撒尿，竟酿出了好酒"十八里红"；"爷爷"在酒缸里躺了三天三夜竟然安然无恙……这样带有传奇、怪诞、神秘色彩的画面无疑极大地增加了影片对于西方观众的吸引力。但也正是电影中的酿酒画面让西方的观众获得了中国酒都掺尿的极坏印象。

　　而电影对于民族独特风俗、生活方式的呈现，也是其赢得西方观众的一大原因。比如具有民族特色的一些事物：轿夫、烧酒伙计们所穿的肥裆裤、"我爷爷"的小兜肚儿，"我奶奶"剪的"福"字窗花等；又如许多独特的民族习俗：品新酒在喝完第一口后摔掉碗，把九儿挟在腋下回房，新娘坐轿，轿夫颠轿，新媳妇过门三天回娘家，等等。

　　影片《红高粱》通过将丰富的情感和人性内涵溶解在富于观赏性和戏剧性的动作画面中，运用电影形、声、色的造型艺术将人与自然环境有机地结合在一起，追索祖辈们未受"现代文明"扭曲、变异的人性，提出了一个关于在科技发达的现代社会中，怎样常葆人的质朴、尊严和人性的全人类、全球性命题。

　　与《红高粱》同期，运用电影语言思考人的生存方式及处境，反思民族文化并在国际上获奖的电影还有《老井》《芙蓉镇》。

　　1987年由西安电影制片厂拍摄的、根据郑义同名小说改编的电影《老井》中，张艺谋摄影并出演男主角孙旺泉。该片获得1987年第二届东京国际电影节故事片大奖、"最佳男演员奖"、国际电影评论家联盟特别奖和东京都知事奖，第七届夏威夷国际电影节评审团特别奖，第十一届意大利沙尔索国际新电影节一等奖。《老井》以深沉、严峻的镜头，表现的是人对于自然、环境不屈不挠、顽强执著的抗争以及这种苦难抗争过程中所闪现出来的不灭的人性光芒。影片基本故事线索是前仆后继的找水与打井，纵向展示老井村二百多年世世代代找水打井的历史，并用"有女不嫁老井村""人羊争水"、村民为争水而械斗等来强化人与环境冲突的尖锐化。影片用浓墨重彩的现实主义手法表现生存的悲剧:孙旺泉们为打井而处处碰壁,碰壁之后犹挖山不止。旺泉爹为打井而被炸死,为打井旺泉挚爱的女人离开了他,最后娶了一个自己不爱的女人……影片在人物造型与表演、叙事风格方面努力逼近生活现实,风格凝重朴实,乡土气息浓郁,人对自然、环境所做的堂·吉诃德式的勇敢抗争被用写实的手法淋漓尽致地表现了出来,使影片取得了震撼人心的效果。

在《红高粱》之后,张艺谋便一发而不可收,陆续推出了十几部在国内外均产生巨大反响的影片,其中不少都摘取了西方大奖。比如,《菊豆》获奥斯卡最佳影片提名,《活着》《大红灯笼高高挂》获奥斯卡最佳外语片提名,《活着》获1994年康城影展"最佳男主角""评审团特别大奖""人道精神奖",《大红灯笼高高挂》获威尼斯电影节"银狮奖",《秋菊打官司》以及1998年后拍摄的《一个都不能少》《我的父亲母亲》《我的兄弟姐妹》及其执导的歌剧《图兰朵》都在国际上获取大奖。其影片《秋菊打官司》饰演女主角的巩俐、《活着》中饰演男主角的葛优更是因此在国际影坛上扬名,成为国际影星。

《大红灯笼高高挂》根据苏童小说《妻妾成群》改编。影片表现的是在传统中国封建家庭中,一夫多妻的生活情景以及妻妾之间为受宠而勾心斗角、明争暗斗;女人沦为男人的玩物,性成了权力、奴役的对象。影片突出了象征意义明确的"大红灯笼"这一意象。以"点灯"——"灭灯"——"封灯"这一性指涉的话语,来传达男人对于性和女人的主宰。女人要是能天天门前高挂"大红灯笼",便获得了捶脚和侍睡陈佐千老爷的机会,这便意味着受宠和地位的"尊贵"。影片还描写了四姨太颂莲与大姨太儿子之间的"不伦之爱",突出了奇特、隐秘的中国大家庭深宅大院的生活图景,阴郁、神秘的氛围,种种"怪异""有趣"的民族风俗习惯等,赋予了电影更多"异样"的、东方化的特征,从而吸引了西方人的眼球。

根据陈源斌小说《万家诉讼》改编的影片《秋菊打官司》,对于原始、愚昧农村生活状况,愚昧、落后却坚忍顽执的农民生存方式的着意刻画,巩俐对"腆着大肚子农妇"形象的生动塑造,对于中国变革中的社会现实的努力展示,是影片率先在国际上获奖而后在国内引发热烈反响的主要原因。

《菊豆》根据刘恒小说《伏羲伏羲》改编,影片对于叔、侄、婶错乱扭曲、变态的性爱以及血腥的复仇描写,压抑、敌意、沉凝的生存氛围的有力渲染,是其引起关注的重要原因。

《活着》根据余华同名小说改编,讴歌人顽强执著的生存,展现人性与人情的闪光,传达人与自然、环境的浑然融溶,加上对民族独特风情礼俗的表现和著名演员葛优、巩俐的出色演绎,使这部底蕴丰厚的影片走上了国际影坛的奖台。

《我的父亲母亲》《我的兄弟姐妹》试图以刻骨铭心的人情美打动观众。《一个都不能少》则第一次全部启用非职业演员,关注教育题材。讲述的是一所只有一名教师兼校长的山区小学,一至四年级18个孩子挤在一间教室上课。王校长因母亲生病回家探亲,村长便临时找了个小学毕业生、16岁的魏敏芝来代课,任务就是"看住孩子"。后因一名学生张喜科为还债进城打工,流落街头。魏敏芝进城找学生,在好心人的帮助下终于找回了学生。影片关注愚昧、贫穷、落后山区的教育问题,用破烂的校舍、师生混住、节约粉笔等细节来凸现蒙昧乡民对于文明的渴求,传达人性中美好的质素,从而引起了国际影界的瞩目。

综观张艺谋电影,可以看出,他是特别注重运用电影这种国际通用的、西方人能够接受的语言,力图创造出美:优美的画面,美丽的色彩与构图,美好的人性与人情。在艺术上追求上他精益求精,尽量在每个镜头中寄寓形象,传达生动的情与思,透过镜头传达出对于民族和人类生活的思考,关注人们的生存境况,探寻人类的命运。在他的镜头下,每个人物都被赋予了独特的个性,变成了一个个鲜活的形象,带有自己的情感、思想、行为和生存方式。张艺谋还特别注意通过影片展示民族风习、人情礼仪等,给影片涂抹上民族的色彩。有人认为张艺谋专事拍摄中国人的丑陋与落后,是"出卖中国人"。鲁迅说:"有地方色彩的倒容易成为世界的,即为别国所注意。"[①] 其实,张艺谋锲而不舍的这些个人化的努力,正是试图借助对中华民族文化传统、人性人情等进行"他者化"的呈现,来诱发西方观众新奇的感受和浓厚的兴趣。他的这些努力从他的作品不断赢得国际大奖这个事实上已被印证是成功的。

3. 姜文等人的电影

---

① 鲁迅:《致陈烟桥》(1934年3月9日),见《鲁迅书信集》,人民文学出版社,1976年,第528页。

姜文导演的《阳光灿烂的日子》和《鬼子来了》都曾获得欧洲电影节大奖。他自导自演的影片《鬼子来了》获得 2000 年第 53 届戛纳电影节第二大奖"评委会大奖"。《鬼子来了》讲述的是这样一个故事：黑夜里，一个神秘人物把一个日本鬼子和一个中国人翻译扎在麻袋中交给一位老实巴交的村民看管，并说好大年三十来取人。过了时间，神秘人物仍没来，村民们便进城去打听寻找，毫无线索之后，他们设法要杀死这 2 名人质，但终于谁都不敢下手。他们又惧怕被据点上的日本鬼子发现，村民们为此整日提心吊胆，生活在恐惧不安之中。后来，村民们想出了用人质同日本人换粮食的招数，却中了日本人的圈套。日本人在投降之前借"军民联欢"之名杀死了全村人及其附近几村的亲友。侥幸逃生的"大哥"终于对投降的日本军人勇敢地举起了刀枪，最终却被国民党军官以滥杀"无辜"俘虏的罪名被捕，就死在被他释放的那名日本人质的东洋刀下。

影片基调压抑、沉闷、恐怖，极富悬念。生动刻画了中国农民"与虎谋皮""与虎狼为伴"的愚昧落后心态和善良懦弱的性格，以荒诞、黑色幽默的手法表现国民党军官可笑、罪恶的嘴脸，深刻揭露了日本侵略者惨无人道的兽性行为和思维方式。影片对中国百姓既怜其不幸，痛其不争，又满怀同情的关切，揭出民众、民族劣根性及集体无意识中丑陋、卑下的弱点。影片其实是关于以善易恶、以怨报德的主题，是关于人性与兽性搏斗、抗争的主题。影片竭力渲染的抑郁、沉重、恐惧氛围，也极大地吸引了观众的注意力。故事的离奇曲折、玄妙机关悬念迭起，洗练、简洁、色彩单一的黑白画面的出色运用，也是影片取得成功的要素。

除了张艺谋、陈凯歌、姜文等人之外，吴子牛、谢飞、田壮壮、黄建新、冯小刚等人导演的影片，也有在国际上获奖、受到西方观众关注的。例如吴子牛导演的《晚钟》就曾拿到过"银熊奖"。而冯小刚这些年着力最多拍摄的一些"贺岁片"，像《不见不散》《一声叹息》《没完没了》等在国内均有不俗的票房收入。由他执导、冯巩等主演的影片《没事偷着乐》[①]在国内外产生较大影响。这部根据刘恒中篇小说《贫嘴张大民的幸福生活》改编的影片，具有浓厚的写实主义特征。它反映中国普通百姓艰难困苦却不失乐观、执著的生存方式、生存处境。影片中的张家七姐妹的姓名都只是一个象征意味很浓的符码：大民，二民，三民，四民……寓指

---

① 英译片名 *A Tree In the House*，意为《屋中有棵树》。

着他们是最普通之"一民",是底层百姓。影片对中国底层民众的生存和中国社会现实生活的表现,加以奇特的"四合院"、民俗风情,俏皮幽默的人物语言,使其产生了较大的艺术魅力。

4. 李安等港台导演的影片

港台电影在国际影坛上较早扬名的大概是一些功夫片、武侠动作片之类的。其中,李小龙主演的中国功夫片,以国际社会为背景,通过徒手武功打斗塑造维护民族尊严的中国好汉形象,一扫"东亚病夫"之耻辱,在世界上重建中国人英勇尚武的形象,也使香港的华语影片打进了欧美市场,在西方受到瞩目、欢迎和接受。

在李小龙前后出现的武打明星,还有主演《少林寺》的李连杰和擅长演动作、武打片,被称为港台"四大俗"①之一的成龙。成龙和李连杰都以自己的功夫片在国际上赢得了很大声誉。而武打、侠义这一民族独特的传统文化形态也被他们演绎得相当到位,并树立了中国武术在世人心目中的崇高地位。成龙主演的电影相当之多,其中有代表性的如《红番区》《警察故事》等。他的影片经常以出色的冒险动作、"奇观式"的打斗表演而赢得观众的阵阵喝彩,也使其在西方世界创下了较好的票房收入。香港电影正是凭借功夫片和一些运用好莱坞手法创作的类型电影,进军中外影视市场。

20世纪80—90年代,李安导演的"父亲三部曲"(《推手》《喜宴》和《饮食男女》)通过对中国特色文化、风俗习惯和生活方式等生动、形象的展示,通过对中国人勤劳、朴实、寡言、爱面子、讲求礼义等独特个性的表现,接连在国际影界引起巨大关注,并先后摘取大奖。

《喜宴》大肆渲染中国式婚礼的场面,突出繁缛讲究的礼俗,大胆涉及同性恋这一题材盲区并运用美妙的镜头语言予以表现,希冀传达出一种人性美与和谐的信息,展现古老的中国文明在迎接新事物挑战时的困窘与屈服。《饮食男女》着重展示中国丰富、悠久的饮食文化。其可贵之处在于把饮食同男女性爱这两个孔子认为人之本性的主题交融在一起,并给予动人、有力的表现。影片中,"父亲"与朋友女儿的错伦之爱,父女之间的深情、隔阂与鸿沟,都被揭示得淋漓尽致,极具人性、人情美。《推手》则着力表现中国功夫这一独特事物,同时也贯串着老年人的情爱故事。可见,"父亲三部曲"主要是以展现中国特色的事物、伦理、情爱和人

---

① 系指金庸武侠小说、琼瑶言情小说、"四大天王"流行歌曲和成龙电影。

情人性之美见长,并以此而受到西方观众的认同、赏识和喜爱。

2001年,李安推出一部准武侠片《卧虎藏龙》,一举夺取四项奥斯卡金像奖,令世人对中国特色的武打侠义类型电影话题重拾,产生出新的浓厚兴趣。

据介绍,李安导演生涯中受影响最大的是香港已故著名导演李翰祥拍摄的黄梅调电影《梁山伯与祝英台》。李安1954年生于台湾屏东,在导演《卧虎藏龙》之前从未去过大陆。2000年在首次到内地拍摄电影时,李安觉得正在实现着自己多年来的梦想,即"置身于中华大地,得地利人和之优势,拍一部用心于传统文化与感情的武侠片"。在这部充满神秘怪异氛围的武侠片《卧虎藏龙》里,李安很好地借鉴和吸收了《梁山伯与祝英台》中深宅大院、小桥流水、茂林孤寺的场景设置,凭借对民族文化感性的理解和深沉的寻根情结,根据对西方观众审美情趣的准确把握,他拍摄出了一部蕴含深厚民族文化内涵和人生感受的影片。尽管在中国人眼中,这只是一部并不出色的打斗武侠片,但它里面激烈的格斗,晃来晃去的长辫,压抑情欲的调情,豪侠飞舞起来的特技,施放九阴毒针的碧眼狐狸,以及曲折、隐秘的爱情故事,还有那些金黄沙漠、红色峡谷、翠林茂竹、灰色的城墙房舍等所构成的油画般的画面和优美古典的中国音乐,都使西方人如痴如醉,感受到古老而神秘,带有某些原始、蒙昧特征的东方世界、东方文化。① 美国人认为,影片表现的正是西方人熟悉的"压抑的情欲"、个性的张扬以及他们不熟悉的东方式的"暗恋",二者结合得如梦如幻,意蕴深远。而影片悲剧式的框架及结尾,巧妙而煽情的英文字幕说明,加上铺天盖地、极尽煽情能事的宣传广告,都是其招徕观众的招数。李安因此而被认为是善于运用好莱坞方式拍片,最懂得如何打动西方,尤其是美国观众心理的导演。他的优势就在于曾在美国的大学专攻过导演与电影制作,又进出于好莱坞和台湾影界,了解并熟悉西方及华语电影的趋势与走向;他的长处和独特之处就在于他所受的文化教育以及个人化的人生经历使他能够脚踏东西文化两只船,自由出入于东方与西方的文化与生存空间。

《卧虎藏龙》在西方的热映已经引发了西方人对中国传统文化的再度关注。他们纷纷订阅华报,报名学习中国功夫、中国武术,并对到中国

---

① 参见王如君:《美国人为〈卧虎藏龙〉落泪》一文,载《环球时报》2001年4月3日,第20版。

旅游产生了巨大兴趣。这些都是电影这种世界通用语言所带来的莫大影响力。

港台在国际上摘取影界大奖的影人还有王家卫、梁朝伟、杨德昌、侯孝贤、吴宇森等人。1997年,香港导演王家卫以《春光乍泄》获第50届戛纳电影节最佳导演奖,2000年他执导的《花样年华》,饰演男主角的梁朝伟凭借与张曼玉的优美配合,获得53届戛纳电影节最佳男演员奖,台湾导演杨德昌以影片《一一》荣获最佳导演奖。杨德昌的电影注重剖析物质生活富足的现代人精神和情感的空虚,通过冷静的理性思考,透视现代都市文明下普通人的生存状态,被视为最具现代主义精神的台湾导演。

与杨德昌同为台湾"新电影运动"中涌现的另一位重要导演侯孝贤,1989年曾以一部《悲情城市》赢得威尼斯电影节"金狮奖"。他的影片更倾向于追忆往昔的美好岁月,"以诗化的风格展现田园牧歌式的自然景观,具有浓郁的乡土气息"。他的《悲情城市》"在时代风云中描绘出台湾世风民情的现代风貌,以现代意识观照和反省历经苦难的民族的历史",被誉为是"在历史苦难铁砧上锤炼民族魂",具有浓厚的人文精神、历史使命感和传统文化的魅力。① 而在影片的视听语言方面,他除了采用深焦距、长镜头、场面调度、非戏剧化剪辑等基本手法外,又借鉴中国诗词书画建筑美学,以省略、浓缩、象征、隐喻等诗性手法,创造出影片浓郁的诗化风格。

被归入台湾"第三代"导演的蔡明亮1997年以《河流》一片获得柏林电影节第二大奖"银熊奖"。他和李安一样,都长期致力于把华语片推向欧美主流市场。

严浩也是一位经常摘取国际大奖的电影导演。他导演的《我爱厨房》获得纽约电影节"最佳影片"奖,《天国逆子》曾获柏林电影节"银熊奖"。2000年他执导的影片《庭院里的女人》根据诺贝尔文学奖得主赛珍珠小说《闺秀》(*Pavilion of Woman* 或译名《妇女的绣楼》)改编。小说原作以西方的视角,根据回忆与想象,展示西方世界对中国生活、情感的困惑与认同。影片讲述的其实是一位中国传统女性吴太太与外国教会医生安德鲁之间的偷情和性爱故事,着重关注这位中国女性复杂的内心世界以及她对情爱的觉醒、自信与追求,在浓郁的中国民俗文化环境

---

① 引自彭吉象《跨文化交流中的华语电影》,原载《电影艺术》2001年第1期。

中塑造出一位秀美端庄、心思缜密、柔中有刚的东方女性形象。影片试图在中西文化交融的氛围中表现一段动人的"人性美",搭起一座沟通中西文化的浮桥。①

应该说,大陆、香港、台湾的导演及影片在国际上获奖,主要是与其坚韧不拔地追求影片艺术性与娱乐性统一、民族性与国际性统一的努力分不开。但也不排除个别导演或影片在西方受奖也带有政治性或意识形态方面的因素。这是必须引起我们警惕和重视的。

继"第五代"之后,大陆"第六代"导演已经浮出地表,开始登上世界影坛。比如以影片《站台》获得威尼斯电影节"最佳亚洲电影奖"的贾樟柯,执导《北京杂种》的张元,《头发乱了》的管虎,《长大成人》的路学长,《扁担姑娘》的王小帅,《找乐》及《民警故事》的宁瀛,《二嫫》《周颂》的周晓文等,都在欧洲电影节上拿到奖项。这些后起之秀都值得关注,标志着中国电影后继有人,正在持续发展兴旺。在他们身上,预示着中国电影将会有一个充满希望和丰收前景的未来。张艺谋在看过贾樟柯导演的《小武》后赞不绝口。法国权威的《电影手册》认为《小武》摆脱了老套的电影常规,标志着中国电影的复兴与活力;法国《世界报》则称,《站台》表现了惊人的电影品质,将成为电影史上重要一笔。由此看来,"第六代导演"在东西方影坛的崛起已是一个不容忽视的事实,他们将把中国电影引向何方,人们将拭目以待。②

---

① 参阅汪方华:《〈庭院里的女人〉:中西文化交流的一座浮桥》,载于《文艺报》2001年4月26日,第3版。
② 引自王樽:《欧洲,电影扬威的主战场》,载《深圳特区报》2001年5月8日,第11版。

第六章

为展览而美术：另类的行为艺术及前卫派绘画

新中国成立后，中国美术走过了一条与文学、影视艺术相近似的路程。新中国成立前十七年是向苏联、东欧等社会主义国家文化艺术"一边倒"的相互交流、学习与借鉴，在创作上讲究社会主义现实主义与革命浪漫主义的统一。"文化大革命"十年，文化几近荒漠。新时期以来，中国美术也掀起了一股来势迅猛的模仿、引进、吸纳西方现代派、后现代派艺术的热潮。这股热潮一直延续到 21 世纪的今天。回过头来总结和反思最近二十几年中国美术的历程，可以发现其存在着比较普遍的创作主体心态浮躁、名利意识较重，盲目引进、吸纳西方现代艺术，片面寻求怪异形式乃至反道德、反艺术的"另类"倾向等众多问题。

第一节　创作主体普遍追求作品被展览的浮躁心态

新时期以来，宽松的社会政治氛围为艺术家创造了一个可以自由、充分施展个人才华的精神文化空间。市场经济、商品大潮的激荡，又使艺术家无法静守书斋，坚守自己纯粹、"清洁"的精神家园；而开放的环境使作者有机会直面更多的西方艺术精品，艺术对比的巨大落差又使创作者心态失衡，产生焦灼感、紧迫感。20 世纪 80 年代的情况还好一些，丁乙认为那个时代的精神还是很丰满的，除了西方现代主义的影响之外，还有着理想主义、英雄主义和伤痕反思的成分，但已经出现了些微的浮躁，"1980 年代的作品，当时让人激动，产生争议，但现在回头看，觉得很幼稚，有很明显的模仿、抄袭西方的痕迹。"[①]而到了 20 世纪 90 年代，中国艺术表现出了明显的他者化倾向："1992 年和 1993 年，中国现代艺术逐步向外发展，因为争论变得不合时宜，而且国外开始对中国艺术产生

---

① 韩博：《艺术家需要显示出力量——丁乙访谈录》，《书城》，2004 年第 6 期，第 81 页。

关注。在这样的氛围里面，大多数艺术家都寻求国外展览的可能性，纯粹以西方标准衡量中国艺术。当时最大的两个流派，波普和泼皮，都是西方媒体提出来的。在当时的背景下，他们需要一种中国式的东西，一眼就能辨别。这样的东西被反复提携，误导了1990年代中后期的艺术家。他们觉得那是时代的主流，要追随那样的主流"。① 在中外社会、文化现状与思潮的夹击下，不少文艺创作者产生了浮躁心态。这是文艺在其发展过程中迟早会经历的一个阶段，也是其尚未发育成熟的表现。

美术创作者浮躁的心态表现在创作上就是具有相当严重的功利性倾向。他们希望自己的作品能够被展出，特别是获得在国际上展览的机会，追求作品能"有市场"，卖出好价钱，渴望能得到媒体、评论者的宣传、介绍，成为名家，有十分露骨的名利思想倾向。急功近利的创作心态，又使这些创作主体根本不会也不可能静下心来，认真钻研真正优秀、先进的文化艺术，充分借鉴、吸纳古今中外优良的绘画传统及典雅的艺术风格，融会贯通，创造出自己的绘画风格。清代唐岱曰："胸中具上下千古之思，腕下具纵横万里之势，立身画外，存心画中，泼墨挥毫，皆成天趣。读书之功，焉可少哉！《庄子》云：'知而不学，谓之视肉。'未有不学而能得其微妙者，未有不遵古法而自能超越明贤者。彼懒于读书而以空疏从事者，吾知其不能画也。"②而当代的一些年轻文艺创作者不仅不读书，甚至不好好学习美术基础，对美学基本原理及规则一窍不通，而刻意寻求所谓的创作上的终南捷径，玩弄色彩与线条，并胡乱贴上花哨、另类、前卫的标签，妄图借此哗众取宠，耸人视听，奢望鲤鱼跃龙门一步登天，一举成名天下知，一画功成财源滚滚来。其中不乏企图凭借对西方前卫艺术进行低级模仿以期纳入所谓的"国际潮流"者，不乏艺术观念与逻辑思维混乱、心理变态者，亦不乏受经济、商业利益驱动者。

美术创作主体的基本职责是沉心静气，创造出真正美的，经得起时间考验的作品；而严重的焦灼、浮躁情绪却使不少的美术工作者逐末舍本，不是埋头创作，扎扎实实练真功夫搞真艺术，而是刻意追求自己的作品能被展览、包装、拍卖、宣介。为此他们甚至不惜代价，"雇请"吹鼓手类的所谓"批评家"为之捧场鼓吹，在各种媒体上大做变相广告，漫天遍

---

① 韩博：《艺术家需要显示出力量——丁乙访谈录》，《书城》，2004年第6期，第81页。
② 《绘事发微·读书》，见杨大年编著：《中国历代画论采英》，河南人民出版社，1984年，第18页。

地大加炒作。为了获奖,拉关系,走"后门",敢于贿赂评委,而为了自己的作品能到国外展览,甚至不惜泯灭自己的创作个性,苦心孤诣地迎合西方人的审美情趣,以一些丑陋、愚昧、野蛮、原始、神秘的主题及荒诞、现代、前卫、另类的表现方式与技巧试图营造出一种妖魔化或"他者化"的东方及东方人形象。从这一层面上说,其创作带有很浓的作秀意味,即"为展览而作秀""为媚外媚西而艺术"。而为了达到自己的作品能拥有市场和消费者的目的,有些美术创作者不是力图以高品位、优雅艺术品去引导、提升一般消费者的欣赏水平和文化艺术素质修养,倡导一种先进的、良好的艺术趋向,而是降格以求,去雅趋俗,竭力迎合大众平庸的艺术口味,乃至一味地"媚俗",把低档次的艺术商品"卖给"接受者。

美术界特别是在青年美术工作者中存在的比较普遍的浮躁心态是与整个文化艺术界各类精神生产者广泛的浮躁心态紧密相连、遥相呼应且相互激荡、相互作用的。在文学界,有"玩文学""玩后现代"等进行语言文字游戏的各类文体实验,特别是后新诗潮以后的诗歌创作,不少所谓的诗人不甘心于自我的"社会边缘人"地位与角色,企图以某些耸动视听的嘈杂的"诗句"来引发人们的关注,有一些则更进一步地走入了堆砌、玩弄汉字的死胡同。他们的"诗"缺乏诗意,无美可言,纯粹只是一些"思想"的垃圾与汉字搅拌的布丁。在音乐界,后期摇滚乐远离了理性反思文化与民族、群体、自我生存的思想内蕴,而代之以嘈杂无章的音乐、混乱无序不知所云的歌词。这些艺术创作上的浮躁心态对于创作的发展是不利的,有时还有相当大的危害。

第二节　对西方现代派艺术的生吞活剥与文化虚无主义倾向

当代美术界在普遍的浮躁情绪及风气的裹挟下,不少创作者忽视、无视或抛弃中国绘画传统,对民族文化持虚无主义态度,只将关注的目光投向西方现代派艺术。

国画,无论是水墨,或是水彩画,无论是山水画,还是人物画、鸟兽画,无论是写意画,还是写实画,都有着优良的传统,讲求画的品格、风骨、画艺、画的精气神。古人论画,有将划分成神品、逸品、妙品和能品的,实质上讲究的还是绘画的思想文化内蕴。黄宾虹在《致治以文说》中指出:"古者图画之作,所以明政教,觇风化也。"鲁迅也在《拟播布美术意见书》中提出:"凡是美术,皆足以征表一时及一族之思维,故亦即国魂之现象;若精神递变,美术辄从之以转移。"①也就是说,美术是时代精神的反映,是民俗文化、社会风习、族群生存方式和生活状况的表征。美术,如鲁迅所言,还承担着辅翼道德、救援经济的功效。中国的绘画传统,特别是其中的文人画,注重借助绘画艺术"成教化,助人伦",讲求画艺的精工、优美或典雅等。清代沈宗骞云:"笔格之高下,一如人品,故凡记载所传,其卓乎昭著者,代惟数人,盖于几千百人中始得此数人耳。苟非品格之超绝,何能独传于后也? 夫求格之高,其道有四:一曰清心地以消俗虑,二曰善读书以明理境,三曰却早誉以几远到,四曰亲风雅以正体裁。具此四者,格不求高而自高矣。"②在绘画技巧上,讲究感性画法,散点透视手法,以及"意在象外"的韵致与境界。这些都是中国画、民族文化中的精华。但中国当代美术界与其他文艺部类一样,都相当程度地存在着有意或无意、自觉或不自觉地忽略传统文化,无视或抛弃民族优良文化传统的现象。这些创作者要么对国画传统一无所知,要么执意背叛传统,对民族文化抱虚无主义姿态。

　　对民族绘画传统采取虚无主义态度,就使得某些画者丧失了民族文化的基础和源泉,成了"无根"的一代。他们的创作亦极易沦为无源之水、无本之木。这是因为,一个时代有一个时代的绘画,一个民族有一个民族的绘画,绘画总是灌注着特定地域和时代、特定种族群体的思维方式、思想内涵和文化底蕴,这些正是绘画的精气神、绘画的生命力之所在。对民族文化传统取采取虚无主义态度,势必导致绘画个性的丧失。个人总是生存在族群之中,身上因袭和承载着共同的文化心理积淀,携有独特的生存方式和形象思维方式。拒斥、背叛民族文化,亦即拒斥本民族独特的共性特征,势必导致画者失去个性。而失去个性的画者是不可能创造出个人化的绘画风格的。

　　对民族绘画传统、民族文化的拒斥与背叛,还会导致崇外"西化""他者化"的倾向。浮躁的创作主体一面抛弃民族绘画传统,一面则脸朝外,双眼紧盯着西方盛行的现代派艺术并把它视为世界美术发展的潮流与

---

① 鲁迅:《拟播布美术意见》,最初发表在 1932 年 2 月《教育部编纂处月刊》第一卷第一册,后收入《鲁迅全集》第七卷,人民出版社,1958 年。

② 《芥舟学画编卷二·山水·立格》,见杨大年编著:《中国历代画论采英》,河南人民出版社,1984 年,第 12—13 页。

趋势。在这些人的潜意识中,有着强烈的登上世界画坛、为西方所关注和接受的渴望与冲动,他们渴望自己的画作能在西方展出,能被西方收藏者或收藏机构收藏,能在国际上获奖、扬名或卖出好价钱。为达此功利目的,他们一方面割断与民族传统文化的联系,一方面又对西方现代艺术顶礼膜拜,生吞活剥。他们的价值取向、思维观念带有深刻的崇外、"媚西"倾向。

于是,西方的达达主义、荒诞派艺术、颓废没落的绘画流派等都被照搬过来。他们试图用这些"现代派""后现代派"的艺术形式来容纳带有愚昧、原始、野蛮、落后、残暴的神秘东方的社会现实内容。由于西方现代派艺术是在欧美本土的文化土壤和社会现实生活的温床上成长起来的,深深地打上了西方文化传统和社会生活的烙印,对于表达西方人的时代思想与情绪或许是适合的,可被受众接受与认同。如果无视中国自身的民族文化心理、审美习惯及社会现实环境条件,而将西方现代派艺术照搬过来,生吞活剥地套用和滥用,则必然会造出一些"四不像"、不伦不类的"艺术品"。这些所谓"中西合璧"的"艺术品"在短期内可能会引起中西方一些观众出于猎奇心态的好奇与兴趣,但久而久之终会因其内涵的贫乏和精神的缺失、艺术品位的失落而受到观众的唾弃。

当代中国美术对西方现代派艺术的接受有时几乎是不分良莠,不辨精华与糟粕,盲目地拿来。有些画者,不了解也无法把握西方现代派艺术产生的背景、基础及其所包蕴的文化心理积淀和社会现实内涵、意义与价值,却盲目地予以生吞活剥,学到的就只能是它的皮毛,甚至只学到它的糟粕。中国画坛上近年来热点频闪的"行为艺术",某些号称前卫或另类的艺术,便属于此种类型。这些"艺术",把丑当做美,把滑稽无聊当有趣,把颓废没落当格调品位,基本上代表的是一种消极的创作倾向。更可悲的是,这些创作者还自我感觉良好,以为得了西方现代派艺术的真传,为自己的丑从海外找到充足理由,自封未来派、意象派、达达主义、象征主义、后现代艺术、行为艺术、表现派等等,仿佛给自己的丑画贴上了某个标签,立刻就能"艺术"起来。殊不知,这些"看似玄妙的花样翻新,不过是一些舶来的文化垃圾,或者舀来的概念布丁",①是臭水沟中浮起的一些花花绿绿的渣滓。

对西方现代派艺术生吞活剥的照单全收,既是对民族文化传统的割

---

① 崔自默:《当代美术现象刍言》,载《北京日报》2000年8月16日,第13版。

裂,也是对西方文化传统的割裂。一个民族有一个民族的艺术,这种艺术是在本民族艺术传统的根基与土壤上,通过新陈代谢式的创新发展起来的。对西方现代派艺术的借鉴、吸收,不能将它与西方的绘画、艺术传统和西方民族文化、社会心理等割裂开来,要在西方大的文化背景上来观照其现代派艺术,从而辨别其优点与缺点、精华与糟粕,要在科学判断的前提下,理性地予以借鉴与吸纳,并融化到本民族的文化、绘画艺术之中去,使之成为个人绘画有力的表现形式、有机的构成部分。当代中国美术界存在着对自身绘画传统的漠视与忽略,对西方绘画、文化传统更是陌生、知之甚少,这就注定了其对西方现代派艺术的模仿和学习必然是片面的、偏颇的、表皮的,也就注定了那些冠以现代名称的中国前卫绘画艺术品位的低劣乃至匮乏、堕落。

第三节　另类的行为艺术

有些艺术创作者试图借用反政治、反意识形态或反道德伦理规范、反法规制约,反社会、反人性的作品引起国内外关注,博取虚名。淡化、忽略民族文化传统,简单机械地照搬模仿西方的中国现代派艺术,为了博取虚名或哗众取宠或入围某些国际绘画年展及其他政治性或功名性目的,有些从艺者在创作中刻意追腐逐臭,追丑逐怪,以"奇观"式、荒诞怪异乃至血腥、残暴、淫秽、反动类作品来吸引大众注意力,企冀在国内外造成轰动,一举或一画成名。

这些画者,有的借用"达达主义"、后现代、未来派、荒诞派艺术之名,实施扭曲、畸形、变态之实。譬如1990年底在北大柿子林举办的一次未来派作品展。其中的一些作品借用血红画面、光头变形的抽象人体等表达世纪末荒漠般虚幻的思想或某些带反政治意识形态寓意的内涵。

与文学上出现某些反社会、反人性、反道德、反伦理、反法律规范的创作倾向同期,美术上以所谓的行为艺术、装置艺术为代表,也出现了近似的倾向。在某些表现主题如血腥、暴力、性及淫秽内容方面,二者还惊人的相同。

1994年6月,旅美华人徐冰在北京举办名为《文化动物》的展览:选择两头猪,在公猪身上印英文,母猪身上印中文,让它们在堆满中西文献、报纸和杂志的圈子里,当众交配。号称要借此展览表现中西文化交汇融合的主题。

更令人发指和恐怖的是,有位"艺术家"的"大作"竟是一个人在吃盘中的死婴。作者竟轻松地说:"那不就是碳水化合物吗?"这位"行为艺术家"果真凭借"食人"这一惊世之举而扬名国内外。

1999年4月,上海淮海路某商厦中举办"超市艺术展",陈列瓶装"脑浆"、香皂制成的男性生殖器、印有女作者自己头像的男式内裤等大量指涉"性"的"艺术品",遭到公众强烈指责后被取缔。

1999年6月,在广州出现了一件表现环保主题的作品《地球在流血》,将一桶掺有动物血的红色颜料浇向一名赤裸的少女。后来这位少女不堪各种媒体竞相追逐的巨大压力,终于离家出走。

2000年5月,在南京清凉山公园举办的一次行为艺术展上,一件名为《人·动物:唯美与暧昧》的艺术,通过一位全裸男子钻进一只血淋淋的死牛肚中,声称是要表现"诞生的快感"这一主题。而在成都的一个题为《人和动物》的表演中,一名"艺术家"坐在玻璃箱中,然后倒入数百只小鸡,这些小鸡或被压死或窒息而亡。

2000年10月,在上海西区某公寓举办的行为艺术展上,作品《花与异常》的造型是这样的:一位穿"三点式"的女郎俯卧于铺满鲜花、绿叶和切开的猕猴桃围成的池中,任由数百只螃蟹在身上爬行。

近年来,行为艺术从人体彩绘到烙铁烫身,又"由表现身体的自虐到集中演示血光刀影,甚至出现令人不寒而栗的屠宰场面","大量展示血腥","割皮放血、人皮植到猪身上,玩尸体,食死婴,弄到连外国人也瞠目结舌的地步"。"那么多的中国'行为艺术家'热衷于性和暴力,追求感官刺激","越来越像病态的偏执狂,把前卫、实验艺术推上'邪艺术'的不归路"。①

2001年1月18日,《文艺报》发表杨盅的文章《以艺术的名义:中国前卫艺术的穷途末路》,揭露了近年来走火入魔"行为艺术"的烫烙、割肉、放血、"食人"、虐杀动物等各种极端的表现。随后又开辟专栏进行讨论。国内一些媒体、政协委员也纷纷对"前卫艺术""行为艺术""另类艺术"提出各种批评。专业美术刊物也陆续发文,关注对行为艺术极端表现的批评。

2001年4月3日,文化部以文政法发[2001]14号文件发出《坚决制止以"艺术"的名义表演或展示血腥残暴淫秽场面》,要求各地坚决制止

---

① 金涛:《行为艺术创作走入误区》,载《文汇报》2001年8月29日,第1、3版。

"违反国家法律,扰乱社会秩序,破坏社会风气,损害人民群众的身心健康,社会影响恶劣"的各种"以'艺术'的名义表演或展示血腥残暴淫秽场面"的行为。文件发出后,行为艺术中的某些极端表现仍坚持超越社会道德和法律、超越人性和公共利益,既背叛了艺术的真谛,也背叛了作为人所应遵循的基本的为人的原则。① 在这些痴迷于极端行为艺术的人身上,具有了反法律反政治意识形态及违反伦理道德规束乃至反社会、反人性倾向。他们漠视甚至无视国家行政职能部门的制止、禁止文件,敢于公然对抗社会与人性的基本要求,继续陷入极端行为艺术表演与展示的泥坑中而不可自拔。

2001年8月13日,在成都市宽巷子"小观园"内,"行为艺术家"周斌在一口大缸里将它敲破,大缸中流出了浓黑的墨汁,周斌先是大声地念诵着什么诗,而后赤裸着身子,从缸内赫然站起。8月16日,在成都郊区某花园住宅内,20多位来自各国的"行为艺术家"参加在这里举行的第二届"Open国际行为艺术节"。那位以"食人"著称的"行为艺术家"再次上演了一幕名为《复活节快乐》的血腥、残忍的场面:一头大公猪,被当众开膛破肚,露出鲜红的跳动的心脏,而后"艺术家"将其重新缝合,声称这是在展示"人和动物之间的美好关系"。公猪最终的咽气为这个闹剧式的表演画上了一个颇具讽刺意味的句号。

在"第四届深圳当代雕塑艺术展"上,题名为《2001年12月12日》的作品,竟是往深圳华侨城生态广场的水池中倾倒10吨苹果,并任由其沤烂。在12月22日西安"当代前卫艺术展"上,又上演了一件血腥、残暴虐杀动物的作品《在小学打猎》。

2002年4月21日,200多名来自各地的"行为艺术家"和爱好者在南京城外几十公里远的大塘金岛,举行"2002南京晒太阳露天艺术派对"。在大塘金岛与外界相连的桥上,鱼的内脏被挖出来放在红布上,周围点满了蚊香,太阳暴晒下的鱼腥味让经过此处的艺术家们也禁不住想吐,河里漂满了花花绿绿的杂志,在树上高高挂起的巨幅裸男照片,地上插着套着避孕套的胡萝卜。主办者甚至突发灵机想来一场男女裸泳,终因无人敢付诸实践而作罢。②

这些极端的"行为艺术""前卫艺术"无疑是在公然挑衅和对抗政府

---

① 参见陈履生:《2001年美术大事述评》,载于《文艺报》2002年2月7日,第4版。
② 参见《江南时报》2002年4月22日相关报导。

的禁令,敢于背离法律约束、道德伦理规范和人性最基本的要求。正如陈履生所指出的,其用意正在于"以艺术的名义,用怪异的或极端行为,引起媒体的注意,从而让社会哗然。"这些带有明显商业炒作动机的"行为艺术",其宗旨正是希图借此扩大社会影响力,一举成名,名利双收,并借此类"极端""痴迷"的展示与表演试图招来国际艺界的关注,为这些贴上了"前卫"标签的中国式"行为艺术"赢取入围国际展览的机会,以一种异样化中国、"他者化"中国人、事及行为的方式博取西方人"猎奇"式的围观或别有用心的喝彩。骨子里,这些"行为艺术"及其作者都带有很强的功利性倾向和目的。这从中国所谓的"行为艺术家"经常被邀参加西方相关的国际展览这一事实上亦可得到印证。譬如,2001年3月9日—5月6日,在德国柏林世界文化宫举行的"行为的传译"艺术展上,就有包括徐冰、谷文达、汪建伟等多名中国的"行为艺术家"参展,并展出、演示了自己的作品。①

背离文化传统的"前卫""另类艺术"容易走向"反艺术""反美学"的极端。行为艺术,是20世纪60年代兴起于欧美国家的当代视觉艺术之一类型。它由光线、形体、运动、态度、姿态和身体其他语言、声音等要素构成,融合了装置艺术和表演艺术的某些特征。早期的行为艺术因受到"第一次世界大战"后达达主义思潮影响,呈现出反传统特征。

行为艺术于20世纪80年代中期传入中国。根据美术评论家栗宪庭的研究,中国的行为艺术大致已经历了1987年、1992年和1995年3个高潮。1987年,多在圆明园、长城、明陵等文化意味较浓的地点创作,受当时文化热影响,以包裹自己为特点,带有文化批判的色彩;1992年行为艺术注意关注社会现实,反讽文化现象,开始带有波普特征;1995年以来,行为艺术由强调身体感受走向以自虐形式表现生存体验,以至于近期大量表现血腥残酷性场面,导入艺术的盲区。

行为艺术作为一种舶来品,在中国首次引发争议是在1989年2月。中国美术馆举办了最大规模的一次"中国现代艺术大展",集中展示、表演了"枪击电话亭""抛撒避孕套""洗脚""人孵蛋"等一系列的"行为艺术"作品。从这些引起社会纷纷议论的早期作品中,已初现出中国所谓"行为艺术"的致命弱点。这就是,没有对源自西方的这种艺术门类进行很好的消化并结合中国特点加以本土化,而是不加选择地照单全收,照

---

① 参见《北京青年报》2001年4月5日,第29版。

搬照抄，对其腐朽病态的内容也全盘引进。譬如早就在柏林举办过的令观众恶心呕吐的死人及其器官展览。

更是有不少的中国"行为艺术家"，奉承达达主义反艺术、反传统、反美学的衣钵，热衷于追求暴力、血腥与性主题，寻求感官刺激，背离真善美，张扬假恶丑，徒有"行为"外表，没有"艺术"之实，没有任何美学意义上的艺术价值。"行为艺术"之所以沦丧为"反艺术""反美学"，其对文化取虚无主义，消解艺术、解构文化、"反文化"态度是最根本的原因。反文化反道德伦理乃至反人性反社会必然会将"行为艺术"引导至艺术和社会的边缘。而陷入两难境地、找不到出路的"前卫艺术"的作者只能以做出更加离奇怪异的举动来震动世人的视听，从而在"反艺术"的泥潭中越陷越深。一些痴迷这种"另类艺术"的人更是走向畸形变态，偏执狂般地把所谓的"艺术"实验引入"邪恶艺术"的绝路。

除了"行为艺术"之外，某些从西方蹑来的所谓荒诞艺术、后现代或未来派艺术在某种情形下也可能哗众取宠，运用杂乱的色彩和线条堆积"创作"出所谓的"艺术品"，与诗歌创作中胡涂乱抹堆砌文字词语的做法存在着异体同质的联系。这些自封的这个派那个主义的美术创作因为缺乏审美的钙质，注定只会是一堆瘫软的成人的色彩、线条游戏，不具备美学意义上的艺术价值。

美术作品是一种十分特殊的精神商品。它在被社会消费的过程中实现自身的使用价值与商品价值。而美术作品的商品价值反过来可以影响作者的创作，对创作产生引导和规约作用。但由于国内美术品消费者审美素质匮乏，艺术品消费未能较客观、准确地反映其实际价值。一些被热炒的平庸之作、媚俗之作反而可能拥有很高的市值，而真正的艺术精品则可能无人问津。

其次，目前的美术批评存在着种种吹捧、变相广告宣传式的不良倾向。批评缺乏独立品格，未能很好地秉持客观、科学的测衡尺度，造成了理论批评不健全的局面，致使其未能起到弘扬精品，贬斥庸俗之作，引导先进、优秀创作潮流的作用。

松软不振的消费市场及疲沓变味的理论批评（有些甚至是被收买了的）都为"非艺术""反美学""媚俗"艺术创造了生存空间，造成了美术界杂色斑驳、旗帜"流派"林立的局面，也为那些纯粹为"媚西""媚外"、为追求作品被展览而胡涂乱抹、粗制滥造的"前卫""实验""艺术"营造了滋长的土壤。

下 编

下 篇

第七章

西方对东方文化的想象与消费

东方的文艺创作产生他者化的倾向既有东方文艺创作主体的内在冲动,同时也是西方对东方的想象以及欧美文化市场对东方文艺作品的消费倾向的诱导。好莱坞电影中所出现的东方主题和东方形象让一些东方文艺创作者知道了西方对东方审美的某些倾向。但这种想象和消费是从西方的视角而非东方的视角出发的。对此,我们必须保持着清醒的认识。

第一节 好莱坞电影中的阿拉伯主题和阿拉伯形象

电影的历史虽然只有短暂的一百余年,但是它在人们生活中所起的作用,却是不可估量的。作为文化传播的一种手段和工具,电影以它独特的艺术表现手法,塑造了栩栩如生的银幕形象,不管是现实还是虚幻,宏观或是微观,几乎一切都可以在银幕上得以再现。说起电影界的大亨,当然非美国莫属。美国的电影业发展成熟,早就形成了一条电影"流水线",及时生产出各种产品,以迎合不同的观众的口味,满足当下人们追求感官刺激的需要。

表现人与人之间的真情以及表现爱情的题材,只要人类存在,就永远是一个卖点,从这一点切入,当然能赚得观众的一把同情之泪,乖乖地从口袋里掏出钱来,上缴给票房。但是光有这些,显然还是不够的。爱情自古以来就已被诗人吟诵,被歌者所传唱,被文学家们书写,虽然电影突破了以上这些非直观的方式,使观众通过银幕得到了真正的感观上的愉悦,但是爱情的主题已经不被人们那么看重了。好莱坞的电影人永远都有鲜活的头脑,敏锐的视野,在爱情被翻来覆去地炒冷饭后,好莱坞刮起了腥风血雨,有大量暴力镜头的以反对恐怖分子为主题的影片逐渐开始走俏。而且这种影片不仅在美国本土极为卖座,甚至在全球都所向披靡。

暴力充斥着好莱坞,随着美国大片席卷了世界上的大多数国家,影片里的恐怖分子形象也在人们脑海中根深蒂固：他们无一例外是灭绝人性的，一心想要与正义为敌，以扰乱世界的和平和秩序达到他们的目的，他们面目可憎，阴险毒辣，为达到不可告人的目的不惜以牺牲众多的无辜生命为代价，劫机、绑架人质、轰炸大楼……这些都是犯罪分子的恶劣行径。而且我们可以发现所有这些恐怖分子几乎都不是美国人，他们要么来自于遥远的外星球，要么就来自于第三世界、东方国家。这似乎已经成为定势了。外星来客自然不必多说，因为我们会发现在对外星人作战的过程中，美国人永远是领导全世界各国人民拯救地球的将领，美国式的傲慢自大在这里暴露无遗，1996年的卖座影片《独立日》就是比较有典型意义的一个代表。至于电影中对东方国家人民的无端诽谤，大概就是因为这些国家处于第三世界，经济发展较为落后，社会也相对不稳定，因而就被想当然地认为是动摇美国社会根基的不稳定因素，成为好莱坞影片中的假想敌。与这些恐怖分子相对的，就是拯救美国于生死存亡之中的英雄。这些美国式英雄对恐怖分子深恶痛绝，与他们周旋，斗智斗勇，有的英雄甚至单枪匹马就可以将犯罪分子一网打尽。好莱坞的影片正需要这些恐怖分子来为他们营造机会，让他们大展身手，满足一些人的英雄情结。

在大多数美国人的眼中，中东地区是个神秘之地，充满了他们所要追求的异国情调，也是个适于冒险的地方。伊斯兰教严格的教义教规，裹着头巾的阿拉伯人，无边无际的沙漠，这些都给人们以无尽的遐想。所以很多好莱坞的导演都偏爱在阿拉伯地区选景拍摄就不足为怪了，例如1999年的《木乃伊》及其续集《木乃伊归来》就赢得了一大批人的喝彩，上榜仅仅两周就稳坐冠军宝座。其实早在1932年，鲍里斯·卡洛夫就以《木乃伊》(1932)开创了与木乃伊相关主题的系列影片，如《木乃伊的坟墓》(1942)、《木乃伊的鬼魂》(1944)、《木乃伊的诅咒》(1945)[①]。在前人对该题材反复拍摄的基础上，1999年拍摄的《木乃伊》仍然大获成功，其续集票房也相当可观，这也许可以从一个侧面说明好莱坞对这些表现异国情调的题材是多么的乐此不疲。而"木乃伊"已经不再是一种单纯的噱头，而是一种他者的形象出现在观众面前，它还象征着所谓的落后、愚昧、迷信，与西方的科学、进步相对立。

由于个别伊斯兰教原教旨主义极端分子的行为，好莱坞就借机大做

---

① 参见《环球银幕画报》1998年第7期。

文章,否定整个阿拉伯民族。影片中的阿拉伯恐怖分子的形象出现得越来越频繁,而且这些恐怖分子在美国特工人员的打击下,最后都逃脱不了被一举歼灭的命运。好莱坞的导演和编剧们俨然把恐怖分子当成了整个阿拉伯民族的写照,肆意地加以批判、丑化,而且试图使观众也接受这个观念。这种态度无论从何种角度去考察,都是偏颇的、狭隘的和不符合事实的,然而这些观念却由于好莱坞电影所占领的广阔的国际市场流毒甚远。

　　文化是上层建筑的一个组成部分,因而也必然受到经济基础的制约。以美国为首的西方国家凭借自己强大的经济实力,占据了文化交流中的主导地位,对其他文化形成一种霸权式的压迫。作为文化弱势的一方,亚非国家往往在各个方面都会受到来自文化强势一方的压力。这种压力其实随处可见,各国电影市场上的美国大片就是其中比较常见的一种。应该承认,美国大片制作精良,给人的视觉冲击感和快感是非常强烈的,它有着相当成熟完备的运作机制,能够迎合观众的需求,而本国内的电影制作跟美国相比,就有一定的差距。因为毕竟并不是任何国家都有强大的资金支持,动辄拍出炸大楼、炸飞机、炸汽车、与外星人决战等宏大场面,因此不可否认,抗拒美国大片在某些方面是有困难的。据有关资料表明,美国的电影市场全球化的趋势非常明显,在20世纪90年代后期,美国电影的本土化市场和海外市场相比的比例分别为40%和60%。好莱坞的电影一直牢牢地锁定了全世界相当多的观众,美国大片来势汹汹,覆盖面极广,影响力甚大。因此只要是在美国大片里定格了的形象,就会在相当大的范围内流传。阿拉伯人的形象一直以来都是美国电影界的惯用素材,而好莱坞塑造的阿拉伯人形象一般都是反面的,不是和平的公敌,就是可笑的跳梁小丑,比如有一部电影干脆就叫《巴格达的小偷》。

　　据有关资料统计,在20世纪的20年代就至少有87部美国影片都在某种程度上涉及阿拉伯人形象。而到了21世纪,涉及阿拉伯人形象的影片也很多。为了满足美国人对异国情调的追求,好莱坞的电影工厂在流水线上炮制了大量的相应影片,其中充斥着对阿拉伯的风土人情的夸张描述和对阿拉伯人的肆意攻击。如果有人会以为如此对阿拉伯世界的描述是出于文化交流的必需,那就真是大错特错了。因为这纯粹是出于对异国情调的追求,是为了满足一些人的猎奇心理而已。影片中出现的阿拉伯人形象到底有几分是真正的现实中阿拉伯人呢?没有人会为这个问题而伤脑筋,因为他们不需要去了解真正的阿拉伯人,去切实地站在阿拉伯人的立场上,拍摄记录阿拉伯人的现实生活。

事实上,又岂止是阿拉伯人遭受到这种不公平的待遇呢?美国人有着雄厚的经济实力做后盾,这是他们称霸世界的坚实基础。他们在很多领域都领先一筹。天生的文化优越感,使他们相信自己的文化毫无疑问是世界上最先进和最优越的,他们对东方国家里的一切,尤其是那里相对落后和贫穷的一面,充满了强烈的好奇。在他们的脑海里,东方国家的整体形象都是这样的落后、愚昧、迷信,东方国家的人们也都是化外之民,不听教化,野蛮粗鄙。东方人的形象一直是一成不变的,在美国人的影片中表现为铁板一块似的不容置喙。在这种心态占主导地位的美国社会,很少有人愿意去了解真正的事实究竟是什么,或者可以说,他们认为媒体表现的就是事实,却没有去思考。媒体是政治统治的手段之一,是为当局者服务的,是传播本国统治阶级的政治纲领的媒介,处处都渗透着政治的气息。在处理来自外界事物的时候,往往都是从本国利益出发,真实的一切常常受到某种程度的遮蔽或是歪曲,因此当这些有关外界的相关资料传到美国民众手中的时候,就已经有了出入和偏差,而不符合事实了。

强烈的自大引起了盲目的自闭,美国的一般民众对外界知识的获得无非就是凭借几部好莱坞的影片,而能够获得真实材料的人却也会由于政治上的原因而宁愿去编织和相信谎言。好莱坞诸如此类的影片不计其数,来自所谓落后愚昧之地的人物形象在影片中是个噱头,他们的言行举止令人忍俊不禁,捧腹大笑。在对片中小人物的嘲笑和讥讽中,这些"文明人"完成了对自身的肯定,这就是好莱坞电影的功用所在。《炮弹飞车》续集(1984)中那个愚蠢的酋长就是这样的一个提供笑料的小丑。虽然阿拉伯人在近几年的国际地位有所提高,他们也一直在试图使世界了解他们的真实情况,但是这种丑化阿拉伯的趋势却还是愈演愈烈,丝毫没有为其平反的迹象。

也许最为人们所熟知的就是1994年的黄金大片《真实的谎言》了,剧中的阿拉伯人长着鹰隼一般的眼睛,透露出邪恶的光芒。他们居然偷窃了四枚核弹头想要对美国图谋不轨。阿诺德·施瓦辛格在剧中扮演了一位精通六门语言和各种间谍手段的特工,负责调查这宗阿拉伯恐怖分子集团走私核武器的事件。观众们在观看影片的时候,沉浸在导演刻意安排营造的时张时弛的氛围中,欣赏着演员的卖力表演和大量特技镜头所带来的冲击，不得不对英雄般的人物敏锐的头脑、矫健的身手大加赞赏。同时，也逐渐培养起了对这群恐怖分子的憎恶痛恨之情。剧情跌宕起伏，虽然这只是又一部好莱坞电影工厂编出的好看的戏码而已，观众的思路仍然被剧情所引导，开始为主人公的命运、为美国是否真的会招致恐怖分子的袭击而捏一把冷汗。毫无疑问，这个阴谋到最后被证明只不过是有惊无险，因为它被单枪匹马的阿诺德·施瓦辛格全盘破坏。好莱坞式的英雄主义在这里得到最大程度的张扬，美国式的幽默也在其中插科打诨，让观众们爆笑不已。影片中随处可见的惊险镜头更是使观众们叹为观止，枪林弹雨再加上气势宏大的背景音乐使他们得到了视觉上、听觉上的最大享受。然而阿拉伯人却成了这出美国人自编自导的影片的最大受害者，因为阿拉伯人凶残的面目已经深入人心，不由得不让人感到害怕和恐惧。特别是影片中为了加强观众对其中恐怖分子的阿拉伯人身份的确认，还特意在部分剧情中采用阿拉伯语作为将恐怖分子的对白。于是，看过这一影片的美国观众深信银幕上的阿拉伯人形象就是真实世界中的阿拉伯人，他们杀人放火，无恶不作，对和平构成了最大的威胁。《烈血天空》中的阿拉伯恐怖分子就曾潜入美国联邦调查局，不仅轰炸了FBI总部，甚至连一些民用设施例如公交车、剧院都不放过。在《绝地悍将731》中，恐怖分子的名字（如阿拉法特、依哈桑等）非常明显地暗示了他们的阿拉伯人身份。他们粗暴地劫持了美国的飞机，先是提出要求给予一大笔钱的条件，为了达到目的凶狠地残杀无辜的人质，后来，恐怖分子头目提出了政治诉求，要求美国当局释放关押在监狱里的恐怖组织的领导人，当手下人对这一事先毫不知情的政治行为提出疑义时，领头劫机的恐怖分子头目竟然凶狠地将其击毙。我们从这里看到的阿拉伯人形象不仅是贪图钱财的，而且还是惨无人道的，是连自家兄弟都要杀死的恶徒。

好莱坞的影片就是这样对试图了解阿拉伯文化的人起着误导作用，中国有句成语"三人成虎"，意思就是说如果以讹传讹，假的也会变成真的。"众口铄金，积毁销骨"，在这种强大的文化攻势下，阿拉伯的形象很难不被曲解。而且在某些阿拉伯国家，例如沙特，伊斯兰教在世俗生活中发挥的作用似乎更为明显，据法国的影评家乔治·萨杜尔编著中所述，直到1963年沙特还是一片未被电影开发的处女地。看电影都尚未解禁，更别提斥资拍摄影片了。虽然埃及的电影业在阿拉伯世界中相对发展得快一些，埃及甚至还曾被誉为"中东的好莱坞"，但是事实上证明，这种称号其实是一种悲哀，因为在埃及电影发展高峰的年代里拍摄的影片大多是以美国好莱坞的影片为蓝本创作的，是对好莱坞电影的单纯模仿，没有丝毫的艺术价值。虽然在后来埃及本土也出现了许多新一代的导演和演员，但是所有的这一切努力相对美国好莱坞电影占据主导地位的电影市场而言实在是杯水车薪。况且，又有多少人愿意放弃场面宏大豪华的美国大片而去观赏投资小而且拍摄手法相对落后、缺乏特技的本国电影呢？在以美国为首的西方文化的压抑之下，阿拉伯人本身就已经失去了自我表达的能力和机会，他们只能等待被别人表述，自己却无力扭转这种局面。

曾几何时，电影还只是作为一种娱乐手段出现在人们的生活中，但是现在它已经不那么纯粹了，政治之手在背后起着操纵作用。美国的政策一向就对以色列支持有加，而对阿拉伯国家却是明显的抑制。因此有些影片就是为了升华以色列人的形象而拍摄的，这些影片有强烈的美化以色列人，贬斥、丑化阿拉伯人的倾向，为美国对以色列和阿拉伯国家的双重标准和态度做宣传。《巨人的阴影》(1966)中的阿拉伯人就是这样的形象：残忍血腥，毫不留情，甚至对手无寸铁的以色列妇女都不放过。影片故意把以色列人塑造成弱者的形象来博取观众的同情，引发对阿拉伯人的憎恶，却没有人去深入挖掘了解阿以冲突的历史背景，因此这虽然只是一面之词，但也足以对阿拉伯的形象造成恶劣的影响。

《阿拉伯的劳伦斯》(1962)是另一部较为经典的影片，它曾经获得过七项奥斯卡大奖。它讲述的故事有历史可考，历史上也确有其人。但是看过这部影片之后，不难发现这部影片处处透露出一种讯息：阿拉伯人是一盘散沙，没有纪律，崇尚暴力，他们需要一个英明果断的人来领导。于是一个在军营里的不修边幅、没有献身精神的英国人担当起了这个重任，他就是劳伦斯。他凭借着熟练的阿拉伯知识得到了阿拉伯司司长的赏识，担负起了缓和阿拉伯部落关系的任务，因为这些阿拉伯人已经被部落仇恨搞得四分五裂，相互之间倾轧不止。本来应当由阿拉伯人自己承担的任务反而落在了外人身上，阿拉伯的命运并没有掌握在自己的手中。影片向观众展示的是：劳伦斯花费了很多心血促进阿拉伯人的团结，但遗憾的是这种联合并没有持续很久，也许阿拉伯人就被注定了没有联合的可能，他们很快在占领了大马士革以后就分崩离析了，因为他们所成立的阿拉伯委员会是由各个部落组成的，他们是贝都因人，根本无法适合城市生活，因此在一片混乱中，他们灰溜溜地撤出了大马士革。

如果没有了西方人的领导，阿拉伯人自己是无法管理好自己的，因此阿拉伯人必须服从西方人，才能有出路。这就是影片竭力想告诉观众的一种看法。

阿拉伯人也一直在为扭转自身在好莱坞影片中的负面形象做出自己的努力和斗争。早在1984年，在美国的阿拉伯裔就已经开始为自身的利益抵制这种无端污蔑诋毁阿拉伯形象的影片，当时美—阿反歧视委员会向影片《协议》提出抗议①，因为这个剧本中充斥了诽谤阿拉伯形象的老套路。这是阿裔美国人首次对这种反阿拉伯的剧本提出抗议，因此这个事件具有非常重大的意义。1998年，美国20世纪福克斯公司的新片《围攻》开始试映，引起了旅美的阿拉伯人和穆斯林的强烈不满，因为这部影片中的阿拉伯人还是在美国人眼中非常传统的形象，他们戴着阿拉伯的头巾在街上以圣战为名，耀武扬威②。面对众多反对的呼声，影片的导演爱德华·茨维克辩解说这部电影的本意并非如此，而是为了反映美国社会当前对待少数民族的态度。不管编剧的原意究竟如何，事实证明当人们离开电影院的时候，影片中阿拉伯人的邪恶形象就是他们能从这部片子中得到的最深刻的印象。

也许西方人对阿拉伯形象的曲解在短期内还不会消失，阿拉伯人的形象仍将是负面大于正面。虽然影片中阿拉伯人的形象永远是一成不变的，他们玩弄手段搞恐怖活动的花样却是时时在翻新。早期电影中，他们也许还只是小偷小摸小丑形象，但是随着时代的发展，这种小打小闹式的反面形象已经不能使美国观众们满足，阿拉伯人充当了美国各种棘手的社会问题的罪魁祸首，他们无恶不作，走私、卖淫、爆炸、谋杀……总而言之，社会中所能出现的案例都能及时地反映在表现阿拉伯人形象的影片中，他们的身份就是替罪羊，是美国转嫁社会矛盾的受害者。随着电影技术的飞速发展，高科技与高投入的结晶产生了大量的震撼人们视听的所谓大片，这本来是好事，因为它使高科技的产品进入了人们的生活，满足了人们的感官刺激，但是阿拉伯人却成了这种高科技的牺牲品，被扭曲地描述和展示在世人面前，这是任何一个稍有良知的爱好和平的人所不愿意看到的。对于阿拉伯人和其他的有识之士来说，这种扭曲才是影片背后真正震撼人心之处。

---

① 参见《环球银幕画刊》，1998年第7期。
② 参见《环球时报》，1999年9月13日，第5版。

对包括阿拉伯国家在内的东方国家文化的压抑,对自身文化的自夸和自负,这就是美国文化政策的取向,而好莱坞长期的宣传也为虎作伥,造成了恶劣的后果。随着美国文化在全球的势力扩张,东方国家的文化事业都不可避免地带上了后殖民主义的色彩、他者化的倾向,虽然不能说是仰人鼻息而存在,但至少是在夹缝中努力地求生存。东方国家的绝大多数人民都希望能够声张自我价值,但是距离真正地实现本民族文化的独立和自主的发展,仍然有相当长的路要走,而且这条道路也必然并不平坦,而是一条布满荆棘之路。世界上的各种文化本来就没有优劣高下之分,百花齐放才是合理的选择。银幕上的这种恶劣的带有种族歧视的他者化现象到底何时才能消失?这需要全世界的共同努力,道路虽然很长,但是希望毕竟就在前方。

第二节 东洋迷梦:西方视野中奇异的"他者"

以樱花为其象征的"日出之国",曾经是中国文化的执着追随者。而它又是一个如此奇异的国度,对外来文化的执着追求尽管很大程度上改变甚至主导了这一国家文化的基本面貌,但就像众多研究者们不约而同地指出的那样:日本虽然在变,但却从未脱离其古老的文化根源。荷兰学者伊恩·布鲁玛认为这种根源与神道有关,但它"不是政治家在19世纪末为推行强烈的民族主义而炮制的国家神道教,而是指所有对自然的崇拜、民间信仰、古代神和旧式仪式。他们反映了一个由地地道道的农民组成的民族的信奉,而日本从许多方面来说仍是这样的一个民族。"① 显然伊恩·布鲁玛揭示了日本文化在吸收、消化外来文化时的一个本质问题,即在看来似乎是全盘"拿来"的现象背后,日本文化一直有着它稳固的文化之根,这也是日本文化历经两次大的文化变革(分别为中国文化与西方文化的大量输入),但依然不失其独特文化面貌的根源所在。

这一原本处于日本海与太平洋包围中的小岛国,尽管拥有海洋为其天然的保护屏障,但这同时也限制了它的发展。一方面它促使这一国家的国民有着一种似乎是天生的忧患意识,这种忧患意识既锻造出了勤劳节俭的美德与坚韧的民族性格,但也使这一民族一直有着向外扩张的野

---

① 伊恩·布鲁玛:《日本文化中的性角色》,张晓凌、季南译,光明日报出版社,1989年,第3页。

心,其文化中优美的无常与死亡的意识,归根结底其实也是这种忧患意识的一种极致的表现。另一方面,海的阻隔也激发了许多来自外界的想象,尤其是在航海事业并未发达的年代。在这样的背景之上,古代日本还保持着与中国的频繁交往。之后由于唐王朝的衰落,遣唐史宣告终结,日本与中国之间的交往逐渐减少,到德川幕府时代实行闭关锁国的政策,中日交往基本断绝,直至两个世纪之后黑船事件爆发,1853年由佩里率领的舰队以武力的方式敲开了这一神秘的国度。西方由此进入了日本人的视野,日本再一次成为一个虔诚的学生,就像她曾经臣服于中国文化之下一样;西方此时也只是以好奇的眼光窥视着她,以殖民者的姿态欣赏着这一光怪陆离的"浮世世界"。而曾经是日本的文化先驱的中国被远远地抛开了,并且具有讽喻意味的是,当中国再次进入日本的视野时,文化先驱却沦为了被侵略的对象。

从1868年到第二次世界大战爆发,西方视野中的"日本"形象一直带有梦幻般的奇异色彩,一开始这种梦幻充满着迥异于西方文化的东方之美,而残暴丑恶的军国主义则撕下了美的面纱,至此美梦转为噩梦,美人变为野兽。梦醒之后的西方世界突然发现:原来我们对这个国度及其文化是这样的陌生!就这样,新一轮的日本研究拉开了序幕,虽然它的政治色彩是那样的浓厚,但"东洋迷梦"终究以其独特的方式渐渐地展露出它的面貌。

一、"奇异与魔力":一个臣服者的描述①

小泉八云在日本备受尊敬,与他对日本文化的热爱和向西方世界介绍日本文明所做的贡献分不开。小泉八云的原名是 Lafcadio Hearn,生于希腊,在英国、法国读过书,二十岁到美国,当过新闻记者。四十岁到日本,在东京帝国大学和早稻田大学教书。和日本人小泉节子结婚后入日本籍,从妻姓小泉,名八云。他为西方世界的读者写了大量介绍日本和日本文化的书,在西方世界可谓赫赫有名的日本通。

1890年的日本是进入维新时代的第22年,高度的现代化还未进入这一国家,因此,在小泉八云的笔下,它还充满着世外桃源般的田园风味:"一个日本城市,还和10世纪以前一般,仅仅比竹篱茅舍的村野略胜一筹——的确是风景美丽的,和纸糊的灯笼一般,玲珑而脆弱。不论何

---

① 《奇异与魔力》是小泉八云一篇介绍日本的文章。

处,没有什么大的扰动和喧嚷,没有热闹的交通,没有隆隆之声,与轰轰之音,没有急如星火的匆促。倘使你愿意,你在东京城里也能享受到乡村的生活。"①这种迥异于当时西方业已发达的物质文明及其不可避免的喧嚣的异国风情,使小泉八云深深地陶醉了。

　　小泉八云一直在把日本与古希腊进行比较,在他看来,研究日本生活和实地体验古希腊文明同等重要,"因为日本现在所给予我们的种种活景,比那艺术和文学为我们所熟悉的任何希腊时代,都要古远些,在心理上也格外要和我们不同些。"②他也一直执着于告诉西方世界的读者们:尽管这是超乎寻常的令人难以理解的奇异国度,但她的文明并不亚于任何西方文明。他甚至说道:"须知日本文明是很特别的,或者竟不是西方所能望其项背的……"③在 19 世纪末,面对强大的西方文明,一个欧洲人要抛开文化与种族的偏见,去承认并衷心做出这样的论断显然并不容易。

　　尽管不少学者认为小泉八云的日本论有"过谀"之嫌,但不可否认的是,作为一个研究者,小泉八云在探究日本文化的实质时,也的确抓住了日本文化的一个本质特征,即:日本文明有其天性,她拥有神道的文化精魂,并有佛教加以辅佐,两相结合,就成了这一民族道德的创造者和保存者。在做出这一论断时,小泉八云有一段文字极其动人,堪称描写日本文化的绝美之笔:

　　　　当你跋涉了数里的寂寞长途,到了什么神道教的庵宇,而所见的只是虚空与孤零时,你就差不多要感觉到,——只是一件渺小荒凉的木建筑,在千年的暗影中发着霉斑。日本的力量,和伊那古信仰的力量一样,用不着什么巨大的物质宣示;它们的所在地,就是那不论哪一个大民族真正最深力量的所在地——在那"民族的灵魂"中。④

---

① 《日本文明的天性》:选自[日]小泉八云:《日本与日本人》,胡山源译,海南出版社,1994 年,第 9 页。
② 《奇异与魔力》:选自[日]小泉八云:《日本与日本人》,胡山源译,海南出版社,1994 年,第 140 页。
③ 同上书,第 141 页。
④ 《日本文明的天性》:选自[日]小泉八云:《日本与日本人》,胡山源译,海南出版社,1994 年,第 10 页。

这犹如一幅传神的画卷,在描摹日本形象的同时,也恰当地揭示了它的精神力量之所在。

小泉八云对日本的描述基本可以作为那一时代西方视野里的日本形象的代表之一。除去上文论及的小泉八云对于日本的发自内心,但同时也似乎有一些"过誉"色彩的赞誉之外,(我们很快就可以看到它的弊端及其相反的一面)小泉描述的某些形象更具有普遍性,也更切合西方的普遍认识。这突出地表现在《奇异与魔力》这篇短文中。

顾名思义,一般读者大致都能从中知道文章的基本意向,即日本这样的国家在西方视野里必然有其奇异之处,这种奇异可能引发的效果几乎可以称之为魔力。而小泉八云则把这种奇异描写到了一种极致,古怪、震惊、陌生、荒谬等字眼纷纷登场:"他们简直是另外一个行星上的人类","学会欧洲语言的经验,所能帮助你学会日本语言的地方,正如它能帮助你学会火星居民的语言一样"等等,都足以说明这一国家刚闯入西方视野时,所能引发的"震惊"的程度。然后,沿着小泉八云自己的思路,他紧接着就解释了"魔力"之所以会产生的根本原因,即"在民众普通生活中反映出的伦理的魔力"。对日本的赞美又再次汹涌而出,最平凡生活中的诚朴和纯洁的人,平和温暖的人际关系,在任何灾难面前的乐观,没有争吵、没有责骂,甚至看不到对人或者动物的残暴之举等等。小泉八云在这里勾勒了一种人类生活的理想状态,就描述者的立场而言,这样的描绘可能是发自内心的真诚而无一丝的矫揉造作。问题在于,小泉可能永远也解释不了40年之后的日本何以为日本。这也就是小泉的过誉之处,很难说它在某种意义上是否产生了误导的作用,以至于一开始西方视野中的东洋之梦仅仅焕发出美轮美奂的色彩,而失去了更为理性的审视与分析。

二、"菊与刀":战争背景下的追问

半个世纪之后,那些被小泉八云描述为"残暴之事,即使是对于畜类,也是不会有的:上街去的农人,时常傍着他们的牛或马走着,为他们这些不开口的伴侣分担重任,既不用鞭策,也不用刺击。推车或挽车的人,遇到了一条懒狗或者一头笨鸡,即使是在最困难的地位,也总是绕道避开,而不直撞上去"的日本国人,①突然之间就变成了失去理性的疯狂入侵者。两种形象的反差之大实在超乎人们的想象!为了更好地理解分析这一国家及其国民,以便有的放矢地对付它,以人类学家本尼迪克特(Ruth Benedict)为首的各方专家、学者,运用人类学的研究方法,以战时被拘禁在美国的日本人为研究对象,同时也参阅了大量书刊、电影、文学作品等,写成了享誉世界的人类学研究著作——《菊与刀》。之后的日本研究都把它列为不可缺少的参考书,《菊与刀》所勾勒出来的日本形象也就成了西方视野中具有代表性的形象。

比之于小泉八云所描绘的日本人的内心图景,《菊与刀》显然更具理性。小泉八云和本尼迪克特首先面临着一个相同的问题:日本这一国家充满着众多不可思议的矛盾,原因是什么?小泉八云深入到艺术的领域去探询原因,而本尼迪克特则着眼于对"双重性格"的分析。就像《菊与刀》中译本的译者吕万和指出的那样,"菊"原为日本皇室家徽,"刀"则是武家文化的象征;而本尼迪克特则在该书中,用这两种意象来象征日本人的矛盾性格和日本文化的双重性。② 也就是说,小泉八云所谓的"奇异与魔力",还是没能帮助西方世界解答这种矛盾性。在战争背景下,本尼迪克特把曾经为小泉八云所描绘的日本形象,以更为科学的解剖学式的方式,更进一步地展示在西方世界面前。

本尼迪克特开宗明义言曰:"我这本书并不是一本专门论述日本宗教、经济生活、政治或家庭的书,而是探讨日本人有关生活方式的各种观点。它只描述这些观点的自我表露而不论其当时的活动。它是一本探讨日本何以成为日本民族的书。"③本尼迪克特为此成功地向西方世界描绘出了一个有别于小泉八云笔下的日本形象。本尼迪克特的分析涉及面很广,围绕着回答"日本何以为日本"、并探究"双重性格"这一主旨,论及了日本社会中的忠、孝、报恩、情义、复仇、人情、伦理、道德、自我修养、儿童的学习等。把日本文化的特征概括为"耻感文化",知耻与雪耻同等重要,围绕着它们,可以把很多在外人看来纠结不清的情义、人情等连接起来,并形成决定日本人的行事思维和准则。而日本人之所以具有

---

① 《奇异与魔力》,选自[日]小泉八云:《日本与日本人》,胡山源译,海南出版社,1994年,第136页。

② 参看《菊与刀》"译者前言"。[美]鲁思·本尼迪克特:《菊与刀》,吕万和、熊达云、王智新译,商务印书馆,1996年。

③ 同上书,第9页。

令人难以理解的复杂性格,则是幼儿教养和成人教养的不连续性造成的。前者纵容不知耻,容忍一切违规行为;后者则抑制一切违规行为,截然相反的规则导致了人格的分裂。

有两种例子经常被作为典型范例,恰恰呈现出了西方世界的某种观察视角,或者可以称之为兴趣所在。有一种范例是关于男人的范例,以四十七武士的复仇故事为其代表。在这一例子中,情义、复仇、忠、报恩等纠结在一起,随着故事的推进,日本社会关于这些问题的独特认识及解决方法都得到了生动的解释。其结论是:日本人酷爱深陷于拖欠社会恩情与不悖名分的无法调和的矛盾中,最终结局就是死。而这种处理方法,则与西方人根本对立。换言之,义务与情义的冲突,代替了善与恶的区分。本尼迪克特是不下判断的,她只是描述一种行为和结果,她尽可能地力求客观;只是西方视角似乎挥之不去。

另一种范例则是关于性的。不管是男性还是女性,他们都为两种因素所主导:淫荡、享受肉体之乐与克制欲望。男性可以在家庭外的声色场所放纵肉体,但不得迷恋它,如果因此而破坏家庭,那就违反了大规则,是一种很不得体的行为。女性被要求对丈夫保持忠贞,但到了成熟年龄,又不忌讳男女间之事,即"在满足男人性欲时,她们是淫荡的;同样的,在满足男人性要求时,她们又是克制欲望的。"①这样的描述尽管大体是不出错的,但与日本在明治维新之前的种种风俗,例如男女同浴等相结合,就极大地激发了西方世界的想象力,尤其是在性爱上。这也许大大超出了本尼迪克特的本意,但西方视野中的"东洋迷梦"的确是经常性地带有"色彩"的。

三、女人与男人:日本文化中的性角色

荷兰学者伊恩·布鲁玛在其专著《日本文化中的性角色》里称:日本是个"无罪性娱乐天堂",这个国家的黄色作品也许不是最露骨的,但的确是最多的。上述在《菊与刀》的部分章节里论及的日本文化中与性问题相关的论题,是伊恩·布鲁玛论述的中心,"性的人"成了西方视野中日本形象的另一张面孔。

《日本文化中的性角色》考察了三类人:女人、男人和第三种人(女扮

---

① [美]鲁思·本尼迪克特:《菊与刀》,吕万和、熊达云、王智新译,商务印书馆,1996年,第197页。

男装和男扮女装的人)。所借助的对象是那些满足最大多数人趣味的、往往也可能是最低级的电影、连环画、戏剧和书,据他自己的说法,那就是:"将以更多的篇幅描述日本文化猥亵、暴烈并往往呈病态的方面,而较简要地描写那些在西方已为我们熟悉了的更优雅、精致的艺术形式。"①也就是说,伊恩·布鲁玛在开始正文之前即声明:虽然暴露病态是主题,但其前提是确认优雅与精致的艺术的存在。不可否认,伊恩·布鲁玛在这一点上与本尼迪克特相似,都力求客观,这也是研究者一种科学态度的体现。

在伊恩·布鲁玛看来,日本社会中的女性担当着两种传统的角色:母亲和妓女。两种角色的区分在日本社会中很鲜明,并且都不可或缺。最重要的是,这两种形象都是按照男性的欲望塑造的。这与本尼迪克特所谓的"他们把属于妻子的范围和属于性享乐的范围划分得泾渭分明,两个范围都公开、坦率"是一致的。一方面,日本社会要求家庭里的女性必须是母亲,她必须温柔、善良、贤惠,也必须坚强,能忍辱负重,能微笑着承担任何苦难。另一方面,风月场中的女性则是淫荡的,是男性发泄欲望,解除压力的对象。但这里的女性也有区别,其中尤以高级艺妓为最特殊,因为她可能只真正满足一两个男性的肉体欲求,但在她的行业里,她又可用特定的手法与方式去满足众多男性想象中的欲求。男性在这两者之间都可放纵,只是不能将这两个世界的界限搞混。在这一基本框架之下,母亲出于拯救家庭的目的而担当妓女是崇高的行为,妓女也可能在性游戏中担当母亲的角色,男性的任何"胡闹"都只是一种淘气的行为,他们需要发泄,或者他们需要通过这样的交往、应酬来完成某件大事。性是社会的一种润滑剂,种种令人瞠目结舌的"胡闹"也有了其存在的理由。日本社会由此成了一个"无罪性娱乐天堂"。

与此同时,男人还有另外一种社会角色必须担当,这也就是本尼迪克特曾论及的,处在义务与情义冲突中的男性,因为这种基于日本社会而生存的行事准则与思维,和西方社会相比而言,实在是太独特了。不过伊恩·布鲁玛还延伸了这种形象,即进一步描写了关于歹徒的传统世界,"这是因为这个幻想世界几乎成了日本社会绝妙的缩影"。② 以四十

---

① [荷]伊恩·布鲁玛:《日本文化中的性角色》"序言",张晓凌、季南译,光明日报出版社,1989年。
② 同上书,第175页。

七武士复仇为代表的古代故事为其前身,并且伊恩·布鲁玛指出这种大量出现在电影中的歹徒故事,实际上只是大众想象力的产物,与真实社会中的黑社会成员不尽相同。而在日本,黑社会成员往往是这种影片的最狂热的影迷,并且常常模仿影片中人物的风格。有意思的是,这种被伊恩·布鲁玛称为"歹徒影片"中的歹徒,"代替了超人般的武士来充当理想的捍卫者,变成了现代日本社会的豪侠。"①而这类人物的对立面则是穿着色彩浓艳的西服,叼着雪茄,乘坐在外国大汽车上的"坏蛋"。请注意,这些坏蛋也是日本人,其着装则是一种象征,并且"为了将本土的罪恶与外国的影响更加不容置疑地结合在一起",抽着雪茄的人也可能是中国人、朝鲜人,以及美籍日本人。然后,解决问题的方式依然是古代的方式,总有一个"豪侠"要在最后的决斗中为荣誉光荣地死去。——这样的形象与在性爱场中尽情享乐的形象相结合,相辅相成地勾勒出了一个"日本男性形象"。伊恩·布鲁玛为此指出,这样一个"他"的现实形态是:"以对妓女的佯装的爱情来替代在家里和妻子的关系;陶醉于银幕和舞台上的血腥格斗,而不是在办公室伸张个人权力。"②

尽管伊恩·布鲁玛最后所下的结论是:一个文雅的民族;读者也不断被提醒,这只是对大众想象物的分析,但是,伊恩·布鲁玛在最后又说道:"戏剧性的想象和奇异事物的世界是与现实并行的,或者更恰当地说,是现实的反面,就像镜子的反光那样不可触摸,转瞬即逝。"③这里是否存在着连伊恩·布鲁玛自己也说不清楚的矛盾?深谙插花与茶道,精心布置小小庭院的"日本"的确是文雅的,但又有谁能否认那些高举军刀的嗜血的"军国主义者"不是"日本人"呢?结果,可能读者最终记住了妓女与歹徒,却忘记了那些也确确实实存在的文雅。

四、艺妓:奇妙世界里的迷人故事

1997年底,一部由美国人阿瑟·高顿写作的《一个艺妓的回忆》,在美国一问世,就登上了《纽约时报书评》和《出版商周刊》的小说类排行榜,并在《纽约时报书评》畅销榜上高居60周之久。该书后来被翻译成

---

① [荷]伊恩·布鲁玛:《日本文化中的性角色》,张晓凌、季南译,光明日报出版社,1989年,第175页。
② 同上书,第232页。
③ 同上。

28种文字,在全球35个国家出版。

这又是一道窥视日本世界的奇妙的风景线。西方世界对这部小说兴趣浓厚,评价也很高。"《一个艺妓的回忆》是一部巨著。画布上的每一个细节都是迷人的、吸引人的;而整个故事重现了一个真实的生命,更使你销魂夺魄","我仍不能相信:一个美国男子竟能进入一个日本女子的灵魂,如此完美地掌握了她的世界及其结构——《一个艺妓的回忆》用如此真实的手笔,再现了京都艺妓文化的精致微妙之处,在你读完以后,使你觉得不仅仅是进入另一个世界而且进入一个不平常的外国人的心灵","《一个艺妓的回忆》一书有了不起的成就"等等,都是溢美之词。①女星麦当娜也说自己很喜欢这本小说,好莱坞大导演斯皮尔博格也有意将其搬上银幕。当然,这本大为畅销的书也为作者和出版公司赢得了大量的钞票。

艺妓原本就是日本文化的一种独特产物,这一古老行业有其严格的行业规则,因之形成的艺妓文化在日本的文化结构中具相对的独立性。艺妓必须谙熟茶道、插花、舞蹈、乐器、诗歌、嗅香等各种高雅技艺,与单纯出卖肉体的妓女不同。而这些技艺实际上也是日本文化中不可或缺的部分,所以一些高级艺妓往往也可称之为艺术家。同时,艺妓也是日本社会的一种高级艺术品,只有达官贵富才享受得起。艺妓不能结婚,但可以在众多客人中找一位"老爷",原则上她只与这位"老爷"保持性爱关系;这位"老爷"则支付她的日常费用,为她提供一定的庇护,但不能娶其为妻。艺妓们为到艺妓馆的客人们表演,察言观色地与客人谈话,用一种行业内的方式与客人进行暧昧对答,目的是使客人在轻松的氛围中完全放松。不过在众多的技艺中,以特定的方式和客人调情是必须学会的看家本领。艺妓与客人之间的实质是一种服务与被服务的关系,两者在社会地位上判然两分,前者或可称之为后者的高级"玩偶"。

艺妓世界是一个神秘的世界,艺妓之间等级森严,竞争也很激烈,她们的生存处境在奢靡的外表下却不无艰难。除了为客人提供服务之外,她们的世界并不向外界敞开。惟其封闭,在外界看来,它就越发神秘。这是一个充满着暧昧欲望又苛守高雅举止,并且很好地保存着古代日本文化的精粹又不乏艰辛的畸形世界。日本社会明令禁止卖淫后,艺妓馆

---

① 参看《一个艺妓的回忆》之封页。阿瑟·高顿:《一个艺妓的回忆》,黎明译,青海人民出版社,1999年。

基本关闭,但却并未绝迹。在当代日本,这仍然是一个神秘的存在和一种昂贵的服务业。在京都,一名艺妓陪一小时的费用是每名客人 500 美元,如果是几个人一起去,时间超过两小时的,一个晚上的费用大约在 3000 到 4000 美元之间。①

作为一个不无神秘的社会群体,这一直是西方视野中关注日本形象的兴奋点之一,《一个艺妓的回忆》则恰好迎合了西方的好奇与想象。小说描写了一个出生于日本贫穷小渔村、长着一双美丽透明的灰色眼睛的姑娘小百合,被卖到京都的一家知名艺妓馆,备受折磨,辛苦学艺,凭着她的技艺和那双颜色特殊的美丽眼睛,成了一个名艺妓。小说的高潮部分是几个男人争夺小百合的初夜权,而小百合所属的艺妓馆的"妈妈"则运筹帷幄,最终让其中的一个男人开出了天价。日本社会的性意识、性观念和性爱在艺妓世界中的位置,是蒙在"斗争"这一面纱下的真正的主导者,该书作者深谙西方世界的好奇与想象的所在,对此的描写的确充满了惊人的戏剧性。小说的最后是小百合历尽艰辛,如愿地委身于一个商业巨头,并移居美国,在美国开了一家小茶馆,往来的客人主要是日本文艺界、商界的要人,也有黑道人物。

学者董炳月曾指出:"如果说艺妓是日本色情文化的一枝奇葩,那么这部展示艺妓生活的《回忆》则可以看做日本色情文化的百科全书。"②并且他认为,这本书最值得注意的是它对日本人性心理和性道德观的揭示;而小说对小百合颜色特殊的眼睛的一再强调,可以看做"白人叙述者在代言过程中人种优越感的折射"。的确,小说虽然是由美国人士写作,但因为作者一再强调这是根据材料提供人的叙述写的,所以不仅眼睛的描写,甚至小说女主人公最后选择了居住美国的结局,都让人感到她对于西方世界的憧憬。

充满戏剧性的是,小说出版 4 年之后,为该书作者提供了生平经历的京都前艺妓岩崎峰子却将作者和出版商告上了法庭,她在讼状中指出,作者将艺妓与青楼女子混为一谈,是为了迎合西方读者的猎奇心理,但这却侮辱了所有的艺妓,是肆意践踏她和她的姐妹们的清誉。"我们圈子里绝对没有牺牲色相的事儿,艺妓馆可不是出卖肉体的藏污纳垢之

---

① 参看《他乡故事:我在日本当艺妓》,该文记述了俄罗斯女记者达丽雅·阿斯莫拉娃亲身在日本当了一次艺妓的体会。http://www.china.com.cn\Chinese\WISI\171729.htm
② 董炳月:《艺妓之艺》,选自《读书》2000 年第 9 期。

处。"岩崎峰子如是说。① 而她之所以4年之后才兴诉讼,是因为一直对私下调解抱有希望;选择在美国告美国作家,则是因为尽管该书热销全球,但日文版却销量平平,据说小说中那些鄙俗情节不讨日本读者的欢心。

我们无意于评判双方的是非,只是想借此指出:一方面,西方世界对日本形象的想象与该书揭示的形象及其氛围极为切合,而这种切合又很容易让我们联想到伊恩·布鲁玛所写的那些文字与描绘的形象。另一方面,日本对西方世界想象的迎合的确也应和了这种想象,岩崎峰子也许本意并不在此,只是在无意中也成了西方想象的一部分。

这种迎合西方世界想象的现象由来已久,至今也依然存在。就在2002年的第60届威尼斯电影节上,日本导演北野武的《座头市》获得殊荣,媒体称"国外观众的反应将是北野武最大的兴趣。"这部影片的主人公依然是武士与艺妓,但北野武对日本民间著名传奇人物座头市(座头是僧侣的级别,市是名字)做了一个很大胆的改动,即将这一日本历史剧中的人物形象改成穿牛仔衣裤、金发的僧侣盲侠。此举除了用创新来解释之外,与艺妓小百合的非本土的灰眼睛有相似之处。

总之,西方视野中的东洋迷梦其实是可以总结出一些特征的。或者这种迷梦具有猎奇的色彩,武士与艺妓最适合在其中扮演主要角色;或者这种迷梦在一定程度上最好有一些西方的影像,眼珠的颜色也好,头发的颜色也好,也可以将人物的居住地选择为美国等;或者就坦而言之对西方的憧憬。日本文学界曾有两位作家获得过诺贝尔奖,此外还有两位作家获得过这一奖项的关注,一个是三岛由纪夫,一个是谷崎润一郎。前者以写死亡、血和扭曲的心态为最佳,后者以写带有魔性的女性为著,《痴人之爱》中的主人公苦苦渴望的,不就是一位带有西方外表的日本太太吗?大江健三郎在作诺贝尔奖答词时,不也声称童年对瑞典梦幻之憧憬?至于川端康成,青年时代以新感觉派起家,在获奖答辞上以吟咏诗歌的方式赞叹日本古典之美,但他笔下的那种老年男人对女子肉体的畸形的渴望,与其说是日本的,莫如说,这样的畸形形象更切合西方视野中的日本想象。村上春树曾说,自己的读书范围只限于外国文学,他笔下的那些男男女女们也真的抹去不少日本色彩。也许有些读者要说这样的形象更具有全球化的特色,殊不知,全球化也许不仅只是东洋迷梦,而

---

① 参看《日本艺妓状告美国名作家》,选自《海外星云》2001年第16期。

是非西方化的所有国家的迷梦。

第三节　西方人从文艺作品中读解到的中国

文艺作品，特别是那些流传甚广、迎合读者期待与需求的作品，对西方人形成关于中国的印象、感受、认识等起到很大作用。西方人接触到的文艺作品，有关中国主题的，既有被译介过去的中国作品，也有由西方人直接创作的。

一、西方人通过中国的文学艺术了解中国

中国人使用的汉字，被西方人认为是世界上最古老的口语和书面语之一，是"最复杂、最难懂、最笨拙的思维工具"。西方人对中国作品的接受，大多基于西人的译作，而这种译作因对"汉语"的严重误读必然存在众多的缺陷。他们把翻译作品中的情况当做了中国人的真实历史与事实，而不管作品本身是写实的还是虚构的。

中国的古典小说，如《三国演义》《红楼梦》等给西方人留下深刻印象的是：人物对生活和格调的"乏味夸张"，一切事情都讲究一定的仪式，都有严格的礼俗规范，人物的生活矫揉造作、循规蹈矩。由此，西方人认为：现实中的中国人可能也是呆板不化、亦步亦趋、中规中矩、缺乏血肉情感的。[1]

在西方人眼中，《金瓶梅》讲述的是"商人西门庆和他的六个老婆的故事，女人之间的明争暗斗构成了该书内容的主要部分"；《红楼梦》则讲述"一个荣耀高贵的家庭被剥夺了长期以来所享用的皇帝恩赐而最后衰落的故事"。这类题材的小说带给西方读者的印象是：中国人都生活在这样的大家庭里，男人都妻妾成群，女人不仅要服侍丈夫，还要照顾公婆、小叔、妯娌、小姑和孩子们，她们妒忌心强，相互勾心斗角。而小说角色流行使用敬语和谦词，则被西方人看成是中国人生性做作、虚伪的表现。

对于中国戏剧，诸如《琵琶记》《汉宫秋》《赵氏孤儿》《西厢记》，尽管西方人也承认这些作品剧情跌宕，细节优美，表现简洁、明晰、自然，风格

---

[1] 参见[美]M.G.马森：《西方的中华帝国观》，杨德山等译，时事出版社，1999年，第254—262页。

独特,中国人演技超凡,灵活敏捷等,对了解中国习俗和生活很有价值,但是,"总体而言,他们认为中国戏剧粗俗、造作"。中国人的幽默被认为是猥亵下流,中国人的笑话鄙俗不堪。

对于中国诗歌,因为中国的诗"内心深处没有太多的宗教激情可以宣泄",在表达超凡世界或上帝的意会方面无能为力,所以西方人认定中国诗人缺乏灵气和深度。①

对于中国当代文学、电影的接受,西方人热衷于发现"铁幕"后中国人僵化、落后、残忍、愚昧、野蛮不开化、专制不自由等负面特性,关注中国神秘的"功夫"、武侠、奇异压抑的爱恋情感,注意的是其中所表现的各种独特的习俗。换言之,西方人是按需接受,从自己的接受心理定势出发来选择中国(东方)的文艺作品,并以自己的思维模式来加以阐释和理解。

二、西方文学艺术作品中的中国人形象

法国文豪伏尔泰1755年根据元人纪君祥的杂剧《赵氏孤儿》改编的悲剧《中国孤儿》,把故事挪到了欧洲人感兴趣的蒙古族铁腕人物成吉思汗的时代,描写中华民族的儒家智慧与修养最终感化了这位少数民族的领袖成吉思汗,使他制止屠杀,成为贤明的一代君主。《中国孤儿》是欧洲最负盛名的"中国式风格"的戏剧,采用的道具和布景都是"中国式"的,而其思想内涵则是欧洲人传统的思想。

在西方大部分作家的笔下,把中国人描绘成"可爱"却不大通人情、缺乏血肉情感的玩偶。家长总是满脑子陈腐学问,满嘴孔孟之道,手握毛笔写个不停;年轻的新娘娇媚秀丽,天真无邪,打扮得如花似玉;而妇女们总是生活在男人的阴影之下,没有自由;她们的名字译成西文后便成了"金色的莲花"(金莲)、"冬季的樱花"(冬樱)之类,越发带给西方人矫揉造作的印象。而在西方小说中的中国人,则往往被刻画成活生生的"中国式风格"工艺品中的雕像。像哈罗德·阿克顿的《牡丹与马驹》一书中塑造的一对中国恋人,只是"两个会动的象牙雕像,两个灵巧的、精心制作的机器人",而中国则被描述成"一出长年不断上演的哑剧",从天坛到公开处决等百件事物总有人出于毫无意义的好奇心围观。西方作品中的这

---

① 参见[美]雷蒙·道森:《中国变色龙》,常绍民、明端译,时事出版社、海南出版社,1999年,第174—177页。

些中国人物，又被西方作家赋以运用过分客套的敬语和谦词对话，而且使用的是蹩脚的洋泾浜英语，平添了许多辛辣的嘲笑和讽刺意味，诸如欧内斯特·布拉默所写的《凯隆》(Kai Lung)的故事，狄更斯撰作的喜剧等。

在英国著名作家索默塞特·毛姆(1874—1965)的笔下，中国的高官被塑造成"腐化、无能而且肆无忌惮，他要扫除挡住他去路的一切障碍。他是勒索高手。他用最可恶的手段积累了一大笔家底。他阴险狡猾、残忍、报复心重，而且贪污受贿"。①

对西方读者影响最广最深的有关中国的小说，应数美国女作家珀尔·赛登斯特里克·布克，即赛珍珠(1892—1973)发表于1931年的长篇小说《大地》。该书出版后立即成为畅销书，并于1932年获普利策奖。1938年她因创作了描绘"中国农民的丰富多彩而真挚坦率的史诗"和"传记文学的杰作"而被授予"诺贝尔文学奖"。赛珍珠曾在中国生活、传教多年，晚年的政论主要为美国政府的外交政策辩护，攻击共产主义。她是地道的"中国通"，自称热爱中国，但她爱的是封建时代的旧中国。《大地》讲述的是一个名叫王龙的贫苦农民经历私营业主、家庭困难和矛盾纠纷，最后达到了在经济上和社会上的发迹。这个故事因为迎合了许多美国人自身的经历与阅读口味，赢得了他们的同情与共鸣，所以大受欢迎。但读者对其中的中国背景并不太在意，只留有模糊的印象。她的《大地》及随后分别于1932、1935年发表的《儿子们》《分家》这组"大地上的房子"三部曲并未能真实反映中国社会的现实面貌，也未能反映中国人民的命运。而在其1957年发表的《北京来信》及1969年发表的《梁太太的三个女儿》中，则明显地流露出对社会主义中国的敌对情绪。②

歌剧方面，意大利著名的歌剧作家普契尼撰作的《蝴蝶夫人》塑造的日本女人东方式的典雅、含蓄，压抑自己的欲望与情感的形象，在西方人代表的外来文明的影响下逐渐变得开化大胆，敢于追求爱情，情感炽热、真挚。歌剧《中国公主图兰朵》则塑造了另一位富于个性的中国女子。

电影方面，特别值得关注的是好莱坞影片中的中国人形象。在好莱坞电影中，中国女人一向被描绘成"花瓶式"的；中国男人则多为留长辫、穿长袍，中国古装戏里的人物。近些年由于李安、吴宇森等一批华人导

---

① 以上引文出自[美]雷蒙·道森：《中国变色龙》，常绍民、明端译，时事出版社、海南出版社，1999年，第167—185页。
② 参见《中国大百科全书》"赛珍珠"词条。

演以及成龙、李连杰等中国演员的加盟,好莱坞电影中的中国人多被赋予中国功夫、武侠形象,人物的情欲都是压抑的、蕴蓄的,布景、道具和背景音乐等都是典型的"中国式风格":深山老寺,雕梁画栋,中国民俗等,集中展现的是一个古老、神秘、幽雅,怪异的中国整体形象。

意大利导演贝托卢齐1987年执导的《末代皇帝》正是西方关于中国形象塑造方面的电影的代表。

电影中的末代皇帝溥仪被作为中国人形象代言人。电影着重表现溥仪当上皇帝后被限制了自由到成为平民后恢复了自由的过程,表现中国封建制度对人性的压抑与扭变。电影中充斥着大量神秘、怪异的中国场景:表现红卫兵跳"忠字舞"的"文化大革命"街头场景,具有纪录电影式的特征;"老佛爷"慈禧生活的空间,她的病榻被置于一个烟雾弥漫、佛像环绕的殿堂里。电影中许多细节描写也暗合西方人的欣赏心理,比如:小皇帝喜欢一张口就吸吮奶妈的乳头,揪心地叫喊"我要出去",那只溥仪幼时玩耍过的蝈蝈神奇地活过半个世纪,由绿色变成了褐色。电影通过对溥仪一生的描述,表现了中国60年的历史,体现着西方人对东方文明和文化的"他者"想象。其对神秘、古旧、怪异的中国形象的塑造,是其赢得西方读者,并一举摘取第六十届奥斯卡九项大奖的根本原因。[①]

2000年,罗燕根据赛珍珠小说《闺秀》(Pavilion of Woman 或译名《妇女的绣楼》)改编、严浩执导的影片《庭院里的女人》,表现中国女性的生存处境及其追求个性自由和解放的动人经历。女主人公吴太太被刻画成心思缜密、绵里藏针、秀美端庄的东方女性,她在美国教会医生安德鲁的启发引导下,逐渐从中国男尊女卑、相夫教子、三纲五常的囚笼中挣脱出来,自觉追求爱情,献身爱情。影片的场景也是中国式的:深宅院、朦胧水乡,吴家花园里举行盛大寿宴、堂会,金水镇通电仪式上的烟花爆竹、中国大戏,旧中国沿河停泊岸边的花船,孩子们在水边捞莲藕、捉鸳鸯……所有这一切所呈现的正是一个遥远而陌生、古老而神秘、朴实而怪异的中国形象。[②]

---

① 参考童道明《两个"末代皇帝"的碰撞》一文,载于《文化的魅力》,广西教育出版社,1995年,第267—270页。

② 参考汪方华《〈庭院里的女人〉:中西文化交流的一座浮桥》,载《文艺报》2001年4月26日,第3版。

第四节　欧美文化市场对阿拉伯文学的消费

在多元文化主义思想的影响下,欧美的文化市场对第三世界文学、文化的消费呈现增长的趋势。由于在地理位置上距离欧洲比较近,而且在历史上与欧洲文化交流甚多,阿拉伯文学在欧美文化市场的消费中占有特殊的地位。但尽管如此,它同样受到欧美文化市场消费的单一性机制的限制。

一

在单一性机制的限制下,按照西方标准选择出来翻译的阿拉伯文学作品,不能反映阿拉伯文学的整体面貌和阿拉伯文学美感。那么,欧美的读者究竟喜欢什么样的阿拉伯作家和什么样的阿拉伯文学作品呢?我们发现大体上有二类作家作品特别受到西方读者的青睐。

一是阿拉伯世界有争议的作家和遭查禁的作品。1988年获得诺贝尔文学奖的纳吉布·马哈福兹(Najib Mahfuz)是被英译最多的阿拉伯作家。他为西方评论界所发现,主要是从他的小说《我们街区的孩子们》被查禁开始的。在这部小说中,作家以象征主义的手法,把人类历史进程浓缩在一个街区的故事里,反映人类在追求幸福与理想的过程中善与恶、光明与黑暗、知识与愚昧的斗争。小说结尾部分象征科学与知识的年轻人阿拉法特闯进了象征创世主的老祖宗杰巴拉维的老房子,造成了老祖宗的死亡。①西方评论家和一些阿拉伯评论家认为其中所预示的象征意义与尼采所喊出的"上帝死了!"没有什么本质的不同。

这部小说于1959年在《金字塔》报上连载后,遭到阿拉伯宗教学者的猛烈攻击,认为它亵渎神明,不久后即遭查禁。(1994年10月年届耄耋的马哈福兹遭到极端分子的行刺,与他这部小说有很大关系。②)1969年才在黎巴嫩出版单行本,但已有部分内容被删节。(该书在作者的祖国埃及一直到2006年才有条件解禁,出版单行本的条件是要由埃及宗教界权威加一批评性的序言。)该书的手稿落入了西方学者的手里。据

---

① نجيب محفوظ: **أولاد حارتنا**، دار الآداب، بيروت، ١٩٧٢م، ص ٤٩٩.

② نادية أبو المجد، عيسى عبد الجواد، "**المواجهة بين شيخ الأدباء وشيوخ المتطرفين**"، المجلة ((روز اليوسف))، العدد٣٤٦٣، يوم ٢٤ أغسطس١٩٩٤م، ص١٢-١٥.

说，只有英译本才是最完整的版本。此后，西方的一些东方学家对马哈福兹给予极大的关注，发现他的作品对阿拉伯社会现实多持批判的精神，于是翻译了不少他的作品。

伊拉克诗人阿卜杜·沃哈布·白雅帖（Abd al-Wahhab al-Bayati）在西方亦颇有声誉。他的多部诗集在西班牙出版，受到欧美许多读者的欢迎，一个很重要的原因就在于其政治意义：白雅帖因触怒伊拉克政府而两度被开除国籍的经历十分吸引西方读者的好奇心。他曲折的人生历程就是一部引人入胜的传奇。白雅帖于1944—1950年间就读于巴格达高等师范学院，毕业后从教三年，积极参加各种爱国活动，具有激进的革命观点，为此遭到迫害。1954年他任职的进步刊物《新文化》被查封，诗人本人也被关进集中营，获释后流亡叙利亚、黎巴嫩和埃及等多个阿拉伯国家，曾任埃及《共和国》报编辑。1957年伊拉克独立后回国，任教育部编译局局长。1959年任驻苏联文化参赞，不久辞职，在莫斯科大学和亚洲研究所任客座教授，并访问东欧各国。1963年被伊拉克当局吊销护照，诗人有家不能回，只好移居开罗。1968年恢复国籍。翌年，伊政府请他回国担任文化部顾问，但很快又因政见不和再度出走，客居马德里。1997年，已过古稀之年的白雅帖被伊拉克政府再度开除国籍，叶落归根的希望落空了。

此外，白雅帖诗歌的苏菲神秘主义①倾向也是吸引西方读者的一个重要原因。白雅帖认同苏菲的某些思想观念，并对之作出现代解释，创建"革命的神灵潜入人体说"，从对世界精神的认知与把握转向内在的自我，心造一个独立的精神王国，弘扬人不可战胜的精神力量。这种东方神秘主义的氛围在日益物化、异化的西方人眼里是充满着魅力的。

沙特作家阿卜杜-拉哈曼·穆尼弗（Abd ar-Rahman Munif）也由于其小说影射当局，嘲讽时政而颇受西方读者的青睐。他的小说《盐城》(The Salt City)就曾在多个阿拉伯国家遭禁。小说是以西方国家的石油公司进入海湾地区勘探、开采石油为背景展开的，带有对当时地方统治者——埃米尔或部落酋长的影射和讽刺。所以，尽管美国著名作家厄普代克（John Updike）认为穆尼弗的《盐城》"还没有西化到创作一部我

---

① 苏菲神秘主义是奉行禁欲、苦行的伊斯兰教派，主张通过沉思、入神、赞念等苦修方法，达到个人心灵与安拉精神之光的交融，达到与安拉的"合一"，在"合一"中"寂灭"，在"合一"中"永生"。

们可以称之为小说的作品",①但西方媒体仍然热衷于对其作品进行大量的翻译介绍,主要就是看中了它的政治意义。而它与西方媒体(包括电影)所塑造的阿拉伯人形象相吻合,也使得西方读者易于接受。

另一类是表现阿拉伯社会的封闭性特征,描绘阿拉伯社会的愚昧落后、野蛮荒诞,状摹准人类学意义上的阿拉伯风俗和日常生活图景的作品。阿拉伯女作家奈娃勒·赛阿达薇(Nawal as-sa'aadawi),其作品是当前阿拉伯女作家中被英译最多的,仅次于马哈福兹。② 这固然是因为她的作品中表现出性与爱的统一性、性的人道主义等观点符合欧美的性道德观念。更重要的是她的作品中勾画出与西方女性原型迥然不同的、"封闭社会"中的阿拉伯女人形象,大大地满足了西方读者的猎奇心理。在以男权为中心的阿拉伯社会里,许多妇女至今仍受到宗教禁律、传统道德观念的重重禁忌包围。戴着面纱、幽闭于家中的穆斯林妇女对于西方读者有一种神秘感,他们想知道阿拉伯妇女究竟如何却无从了解。于是,像赛阿达薇这样的作家将阿拉伯妇女的"隐秘"状况"曝光"以后,自然满足了西方读者"一睹为快"的心理。在这种情况下,对其作品进行解读和接受时,审美主体对于作家创作意图的理解产生偏差是在所难免的。作为一位为阿拉伯女性命运而担忧的女作家,赛阿达薇的主要意图是想通过对阿拉伯女性非人的生存境遇和悲惨命运的揭露,批判男权为中心的阿拉伯社会对女性的压迫,抨击社会道德的两重性。但是西方的一些读者从她的作品中看到的却很可能是现在西方难得见到阿拉伯妇女的割礼景象,一夫多妻的生活图景,好色的阿拉伯男人和荒淫无度的王子、酋长形象等等他们视之为落后的东西。

阿卜杜-拉哈曼·穆尼弗也是表现阿拉伯社会落后状态的能手。在他的小说《树林与雇佣谋杀》中,男主人公曼苏尔·阿卜杜-赛拉迈向其女友,一位来自比利时的女大学生卡特林娜描述阿拉伯传统民俗的图景和奇异的自然景观,对她谈了许多关于沙漠的事:夜晚,漫无边际的广漠中,低近的星星在静谧的夜空中恍如一盏盏彩灯;白天,烈日如同火团般从天洒落,在每一个地方炸裂开来。没想到他所描述的这种东方情调却

---

① See *New Yorker*, Oct. 17th, 1988.
② Jenine Abboushi Dallal: *The Perils of Occidentalism: How Arab Novelists Are Driven to Write for Western Readers*, See "The Times Literary Supplement", April 24th. 1998, pp. 8—9.

深深地吸引了卡特林娜。尽管他一再向她说明自己的祖国是如何贫穷落后,却改变不了卡特林娜对东方的向往之心。他向她描述自己的祖国时说道:"要是有人接到一封信,他会带着这封信走一天的路程,找到一个缠头的算命先生给他读信。这位算命先生如唱歌一般地把信读完,然后索取一只鸡和十张大饼作报酬。这位算命先生还可能和信主人那不满11岁的女儿结婚,使她成为第10个老婆,而以前的9个老婆中有4、5个在生孩子时死去。"①作者在这里通过男主人公之口道出了阿拉伯世界的落后状况:教育滞后,文盲现象严重,迷信盛行,童婚普遍,医疗卫生条件极差,妇女命运悲惨,等等。

男主人公还对女友说了另一番话:"卡特林娜呀,我们这里的王侯跟你们的国君绝对不同。在我们这里,每个男人都是国王。我们的小王国小到跟咖啡馆和饭店的卫生间一样,密集为邻。这些国王们殴打他们的妻子,拽她们的头发。他们碰到比自己大的国王时,便趴在地上,吻对方脚下的土。大一些的国王则跪在更大的国王面前,甚至所有的国王都跪拜一个国王。而这个大国王不会读也不会写,他的后妃比其他所有国王的老婆加起来还要多。他有100个妃子,来自全球各地,说不定就有一个比利时妃子,名字或许就叫卡特林娜。你别生气,我说的都是实话。我不想让你伤心,卡特林娜!但我们国家里的一切事情都是颠倒着的。"②作者在这里透露给读者的信息是:这是一个大男子主义盛行的、一夫多妻的社会,与西方社会截然不同。在这样的一个社会里,统治者没有什么文化,没有什么修养,却专制暴虐,荒淫无度,还大搞个人崇拜;普通男子在女人面前大发淫威,但遇到有权力的统治者却俯首帖耳,奴性十足。过了多年以后,男主人公从欧洲回到阿拉伯祖国,发现自己的同胞不仅仍处于落后的时代,还处于一个镇压的时代。那是现代化装饰之下的亚洲专制时代,是秘密警察、特务、打小报告、监禁、地窖、折磨和有形清算的时代。尽管阿拉伯社会现实如此残酷,但卡特林娜仍不为所动,顽固地抱守着一个欧洲姑娘对东方情调的欢心向往。

苏丹作家塔伊布·萨利赫(at-Tayyib Ṣaliḥ)也是这方面的一个突出例子。他曾在英国伦敦大学学习国际关系并获得学位,娶一位英国姑娘

---

① عبد الرحمن منيف، **الأشجار واغتيال مرزوق**، منقول عن جورج طرابيشي، **شرق وغرب: رجولة وأنوثة: دراسة في أزمة الجنس والحضارة في الرواية العربية**، دار الطليعة للطباعة والنشر، بيروت، ١٩٧٩م، ص ١٨٨–١٨٩.

② 同上。

为妻,曾在 BBC 电台任职,较多地受到一系列英语作家和诗人如斯威夫特、康拉德、福克纳、莎士比亚和叶芝等的影响,这些因素使他较易于为英国人所接受。但他的作品所产生的影响却波及世界的许多地方。其代表作《迁徙北方的季节》被译成英文、法文、德文、意大利文、波兰文、希伯来文、俄文、日文和中文等多种文字,并特别受到西方评论界的赞誉。

　　萨利赫的叙述使西方读者很容易透过他的视角看到作者对阿拉伯文化遗产、对伊斯兰教、对穆斯林和对苏丹人特性的感悟和理解,特别是他的作品多以苏丹北部的农村为背景,细腻地描绘了苏丹农村居民的生活——他们的生活方式、他们的信仰和习俗以及盛行的苏菲神秘主义,具有浓厚的乡土气息。他的作品所表现的多为东西方文化冲突、农村与城市的差异、进步与落后的斗争、新与旧的交锋等主题,也是西方读者乐于了解的。

　　《迁徙北方的季节》就是在淳朴的乡土气氛和神秘的东方情调中展示东西方文化的冲突。在这部小说中,一位英国姑娘苏珊喜欢上主人公穆斯塔法·赛义德,完全是被他所营造的"东方情调"所诱惑。他故作神秘地在自己的房间里精心布置了波斯地毯、玫瑰色窗帘、鸵鸟毛绣花枕头,摆着乌木雕像和硕大的象牙,书柜上放着封面印有秀丽库法体字迹的阿拉伯文书籍,墙上贴着各种阿拉伯风景画和照片:尼罗河边的枣椰树、风帆如鸽的碧波泛舟和红海落日,也门边境沙丘上行进的骆驼队、库尔多凡的参天古木,赞迪、努威尔和谢勒卡各部落的裸体少女,努巴地区的古老神庙。他还点燃奇南香和龙涎香,使房间里烟雾缭绕,香气四溢,显得神秘兮兮的。这种在欧洲很难见到的异国情调令苏珊为之陶醉,深陷其中而不可自拔。她甚至深深地迷恋穆斯塔法·赛义德身上的汗臭味。在她的想象中,这就是非洲原始大森林里腐叶的气味,是阿拉伯半岛大沙漠雨水的味道。

　　苏珊对男主人公的欣赏实际上是一种文化的误读,是一位西方女性对阿拉伯文化的误读。总体上讲,西方人对于东方文化的误读普遍带有一种把东方神秘化和野蛮化,甚至于妖魔化的"泛东方想象"的特点。[1]那些自视甚高的西方人,尤其愿意在"东方式野蛮"与未开化的紧张想象中,松弛地升华他们的博爱情愫。许多现代东方学家更是将自己看做是

---

[1]　刘心武:《"泛东方"想象》,《读书》,1997 年第 8 期,第 116 页。

"把东方从迷惑、异化和怪诞中挽救出来的英雄。"① 如果说苏珊对男主人公的接受是一种带有把东方神秘化特点的文化误读,那么另一位英国姑娘伊莎贝拉·西蒙与他的交往则不仅带有"东方神秘化"的特点,还兼有"东方野蛮化"的性质。西蒙曾听他神侃祖国的种种神奇景象:浩然无边的广漠中金沙滚滚,密林里怪兽乱吼,狮子、大象在首都街头四处漫游,正午时分鳄鱼爬到街心晒太阳……她半信半疑地听着,时而"笑得两眼眯成一条窄缝",时而"眼睛里充满了基督徒的同情",②西方式的博爱之情油然而生。

对此类作品过分倾斜的译介,使欧美的普通读者在理解阿拉伯社会时便停留在一种非常片面的认识上,很容易造成"盲人摸象"的效应。著名的巴勒斯坦裔后殖民主义理论家赛义德曾批判东方学(Orientalism,又译"东方主义")的这种片面性。他说:"东方几乎就是欧洲人的一个发明,它自古以来就是一个充满烂漫传奇色彩和异国情调萦绕着人们记忆和视野,有着奇特经历的地方。"③

二

欧美文化市场对阿拉伯文学消费在长期的运作中所形成的定式与机制必然对阿拉伯本土文学产生一定程度的影响——包括负面影响和正面影响。

其负面影响在近年来引起了第三世界学者和西方一些有识之士的重视。他们注意到欧美文化市场对阿拉伯文学/文化的消费已形成了一种单一性的机制:被译成英文的阿拉伯作品只以欧美审美主体的审美情趣与鉴赏品味作为唯一的标准,它们必须符合欧美语境中特有的"阿拉伯主题",符合欧美政界和媒界所塑造的"阿拉伯形象"。④

如前所述,这种特殊的"阿拉伯主题"和"阿拉伯形象"被好莱坞电影

---

① Eric Wolf: *Europe and the People without History*,转引自王铭铭:《文化格局与人的表述》,天津人民出版社,1997年版,第119页。

② الطيب صالح، موسم الهجرة إلى الشمال، دار العودة، بيروت، ١٩٦٩م، ص ٤١.

③ Edward Said: *Orientalism*, London, Routledge, 1978, p. 1.

④ Jenine Abboushi Dallal: *The Perils of Occidentalism*: *How Arab Novelists Are Driven to Write for Western Readers*, See "The Times Literary Supplement", April 24th. 1998, pp. 8−9.

发挥得最为淋漓尽致。美国影片中涉及阿拉伯题材的仅在20年代就有87部之多,而在60年代共有118部中东题材的影片。好莱坞生产的这类影片在表现阿拉伯的异国风情和东方情调的同时,绝大多数突出的是一些负面的主题,从20世纪早期表现阿拉伯人的诱拐、偷盗、妒忌、土匪和复仇等主题,到60年代增加了谋杀、背叛、折磨、爆炸、卖淫、造反、走私和叛国等主题,后来又在此基础上增添了恐怖活动的内容,把阿拉伯世界塑造成一片邪恶之地。①

其实,"阿拉伯主题"和"阿拉伯形象"由来已久,西方的东方学家们几个世纪以来一直在以他们自己的眼光建构包括阿拉伯在内的东方形象。他们津津乐道地把东方描绘成荒诞、野蛮、落后之地。而当代西方人不仅没有随着对东方越来越多的了解而改变他们对东方的看法,反而由于政治的和文化的因素而深化他们心目中固有的东方形象。

这种奇怪的心理更多的是出于对东方崛起并向西方发起挑战的担心。尤其是当代伊斯兰复兴运动在中东和全球的蔓延之势,使得以亨廷顿为代表的一些西方人深感不安和忧虑,因为"伊斯兰正在作为西方政治体制深刻的文化挑战而起作用。"②伊斯兰的挑战在他们看来是显而易见的,具体表现在"伊斯兰世界普遍出现的伊斯兰文化、社会和政治复兴,以及与此相伴随的对西方价值观和体制的抵制。"③正是由于这种设防的心理,西方的东方学家们长期以来在对异族文化怀有一种敬重之情的同时,又保持着一种极为深刻的"他者"的感觉。④

于是,在接受东方文学时,他们自然而然地以"自我"的标准审视来自"他者"的作品,作出有意识的选择。这种选择经常置原文化主体的文艺美感于不顾。如前所述,阿拉伯作家赛利姆·巴拉卡特(Salim Barakat)的小说《黑暗中的圣人》(*Sages of Darkness*)讲述的是荒诞的故事,在阿拉伯世界并不受欢迎,甚至有些人对该作品还有些排斥,但是它却竟然被译成英文在西方世界流传,原因就在于西方读者认可作者所

---

① 参阅张辉编译:《美国电影中的阿拉伯人形象》,《环球银幕画刊》,1998年第1期。
② Bryan S. Turner: *Orientalism, Postmodernism & Globalization*, London and New York, Routledge, 1994, pp. 183—184.
③ [美]塞缪尔·亨廷顿:《文明的冲突与世界秩序的重建》,周琪等译,新华出版社,1998年,第102页。
④ Bryan S. Turner: *Orientalism, Postmodernism & Globalization*, London and New York, Routledge, 1994, pp. 183—184.

描述的阿拉伯世界野蛮、荒诞和变态色情诱惑，它恰恰契合了西方人心目中的"阿拉伯形象"。

为了抵御东方价值和美感的渗透，西方的有些东方学家甚至在介绍、翻译作品时有意抹杀原作内容的复杂性。阿拉伯女作家哈南·谢赫（Hanan ash-Shaykh）的处女作《宰哈拉的故事》(*The Story of Zahra*）英译者将其介绍为一部描述"封闭的中东社会"里否定阿拉伯妇女之人类天性的小说，却故意回避作品中对西方妇女的冷嘲热讽。[①] 埃及女作家奈娃勒·赛阿达薇的作品在西方世界广受欢迎，特别是西方的女权主义评论家把她看成是人权斗士，因为她的作品中揭露了阿拉伯妇女所遭受的性剥削和性压迫，西方读者从她对阿拉伯女性割礼的描述和批判中得到的印象是阿拉伯妇女艰难的生存境况和落后的人权状况，但他们却有意无意间忽略了作家在作品中为伊斯兰所作的辩护，忽视其思想中的社会主义色彩，甚至对作品中所勾勒的阿拉伯妇女原型视而不见。

西方这种按照自己的审美标准对阿拉伯文学进行选择性引进本来无损于阿拉伯本土文学，但由于现代科技与信息的发展，世界范围内的交流日益方便发达，西方的这种单一性消费机制得以迅速反馈到阿拉伯本土，从而驱动一些唯西方马首是瞻、急欲得到承认的阿拉伯作家为了自己的作品被翻译成英文或法文而转向面对西方读者的创作。这样的创作必然置阿拉伯读者的审美趣味于不顾，放弃对阿拉伯语言、文学美感的追求，从而对阿拉伯文学的生产造成一种潜在的危险。

这种"为翻译而写作"（Writing for Translation）的现象虽然在阿拉伯世界还只是少数作家所为，但个别有影响的作家也加入了"为翻译而写作"的行列则显得格外引人注目。前述提及的女作家哈南·谢赫就是一个明显的例证。她后来创作的小说《沙与没药的女人》(*Women of Sand and Myrrh*）虽然是用阿拉伯语写成的，却完全是以西方人作为假想读者的。作品中出现的阿拉伯文化所特有的所指和阿拉伯人所司空见惯的传统习俗，作者不惜花费笔墨大加阐发。如小说中解释进口的布娃娃等玩具被当局销毁的理由，在于不允许生产真主创造物的变形物体。而这点对于所有信仰伊斯兰教的阿拉伯人来说都是再清楚不过的，

---

① Jenine Abboushi Dallal: *The Perils of Occidentalism*: *How Arab Novelists Are Driven to Write for Western Readers*, See "The Times Literary Supplement", April 24th, 1998, pp. 8—9.

根本无需解释。相反地,小说中出现了不少西方文化所特有的所指,如芭比娃娃、史努比、伍德斯托克音乐节等事物对于绝大多数的阿拉伯读者来说是陌生的,但是作者却丝毫不作解释。如此做派对于阿拉伯文学的发展有损无益。

关于欧美文化市场对第三世界文学/文化的单一性消费及其负面影响,我们尽可以表示质疑和批评,但从其对阿拉伯文学生产的影响来看,只要"为翻译而写作"的现象不占据主导地位,我们就大可不必担心欧美"世界文学"生产机制的全球化蔓延。因为第三世界也可以有自己的"世界文学"生产机制。"世界文学"的真正构成不是靠某种单一的生产机制在一时一地形成的,而是长期以来由不同民族以不同的语言载体和不同的生产机制创造出的、各具民族特色的丰富多彩的总体文学。第三世界文学不会因为欧美文化市场的片面性消费而被抹杀其整体的存在。另一方面,在欧美对阿拉伯文学的再生产中,阿拉伯读者作为阿拉伯文学最主要的审美主体对他们自己文学的美感毫无发言权,对此,一些阿拉伯评论家愤愤不平。其实,我们还是可以心平气和地对待它的,因为在文化交流的过程中发生"文化误读"是很正常的。最重要的是在第三世界自身的文学生产中,审美主体必须对自己民族的文学之美感保持发言权,即在阿拉伯本土保持阿拉伯文学美感的合法性或在中国的文化氛围中保持汉语文学美感的合法性。在这个意义上,一些学者对"为翻译而写作"倾向的担心和对欧美"世界文学"生产机制全球化的顾虑,是向第三世界那些媚西方中心之俗的文艺工作者敲响了警钟。

第八章

传统东方学与他者化

传统东方学以前一直是欧洲学者的领地,刚开始的时候只是局限于对中东地区的区域研究,后来才把研究对象扩展到包括印度、中国等东方国家在内的东方国家和地区。爱德华·W.赛义德(Edward W. Said)曾经说过,东方学"是一种根据东方在欧洲西方经验中的位置处理、协调东方的方式。"[1]是"通过对东方有关的陈述,对有关东方的观点进行权威裁断,对东方进行描述、教授、殖民、统治等方式来处理东方的一种机制;简言之,将东方学视为西方用以控制、重建和君临东方的一种方式。"[2]由此可以看到传统东方学与他者化是有着密切联系的。

第一节 殖民运动与东方学

东方学是西方霸权主义的一种体现。它一直与殖民运动息息相关,可以说东方学是应殖民主义的要求而生的,而它此后的每一步发展都随着西方殖民帝国的殖民运动的深入而不断得以强化。东方学从一开始就是对以往传统的再处理和再建构,是对已有知识的不断重复和积累,是东方学家们集体创作的产物。它在西方的殖民运动中屡试不爽,越来越引起人们的注意,从而成为西方殖民者的必备参考。

由于殖民者在东方的殖民经验,他们在殖民地往往会使用一种与在本国内部截然不同的话语,以将他们眼中的他者(the other)和他们的自我区分开来。对内即对有共同的意识形态的西方社会使用一套话语,对外即对非西方世界,也就是广大的非欧美的欠发达或落后的地区又是一套。从根本上来说,东方学就是这种西方殖民者看待东方被殖民者的方式,是从政治的角度对东方的现实进行解构、重塑、再认识的一种手段。

---

[1] [美]爱德华·W.萨义德:《东方学》,王宇根译,生活·读书·新知三联书店,1995年,第2页。

[2] 同上书,第4页。

通过这种方式和手段,西方的力量得到进一步的自我夸耀和欣赏,而所谓的东方的落后与愚昧在西方人面前则得到完全的暴露。东方学的主要目的就是服务于帝国主义的殖民侵略。在殖民帝国对广大的东方地区进行殖民的过程中,东方学曾经发挥了甚至也许连东方学家自己都难以置信的作用。在世界上的大多数第三世界国家已经赢得了国家独立的今天,直接的赤裸裸的旧殖民主义的存在已成为不可能,新的殖民主义应运而生,从而为东方学的存在提供了充足的理由。虽然它在后期曾经被改头换面地称为"区域研究",其作用也仍然不可低估。

东方学之所以能在西方世界有着如此大的市场,以至于被所有的西方殖民者奉为金科玉律,从而在殖民过程中得到反复证明以及不断的加强和巩固,并不是偶然的。东方学产生的渊源由来已久,回顾历史,东方学在 14 世纪就已初露端倪,"东方学的正式出现被认为是从 1312 年的维也纳基督教公会上决定在巴黎、牛津、波洛尼亚、阿维农和萨拉曼卡等大学设立'阿拉伯语、希腊语、希伯来语、古叙利亚语'系列教席开始的"。① 当时的东方学看起来似乎是从语言角度研究的纯学术性的角度出发,然而那只不过是因为在其萌芽之初还尚未形成像现在这样对东方国家在政治、经济、文化、社会生活面面俱到的关照和在其土地上行之有效的为殖民活动进行辩护的理论而已。

欧洲人一直都对未知的世界有着惊人的想象力,随着对航海的探秘,地图的测绘越来越能符合实际,为了寻找新的空间,他们不再局限于地中海——大陆观念,而用海洋观念去看待世界。地理发现是欧洲人的创举,现代地图学产生于葡萄牙,随着航海技术手段的日臻成熟,在各项条件逐渐具备以后,早期的扩张开始了。早期扩张的起因复杂,既有宗教传教精神的因素,也是与外部世界交流的动力使然,更是受传说中那些东方大陆丰饶物产的吸引。他们决意亲身经历,以满足自身不可遏制的需求。1493 年,欧洲的教皇为了追求权威,颁发谕旨让葡萄牙人和西班牙人瓜分世界。虽然在后来的几个世纪里,葡萄牙和西班牙作为殖民国家,其实力已经远远赶不上后来居上的英国、法国和美国,在东方学奠定和发展的领域中也没能像后者那样提出鲜明具体的理论为其殖民活动摇旗呐喊,但是我们不能忽视的是这些早期的欧洲殖民者就曾以各国人

---

① [美]爱德华·W. 萨义德:《东方学》,王宇根译,生活·读书·新知三联书店,1995 年,第 61 页。

民的精神保护者的身份为其殖民活动进行粉饰和美化,他们所说的各国人民在很大程度上指的就是东方国家。

在15—16世纪,西班牙和葡萄牙的扩张运动伴随着地理大发现而进行,紧随其后,英国、法国、荷兰的扩张活动也在最大的范围内展开。进行海洋扩张的欧洲国家建立了海洋和陆地的辽阔帝国。在早期的欧洲人的想象中,东方有着难以计数的贵金属,名贵的香料,生活在东方的人奇异而神秘。门斯特的《万国宇宙志》中对畸形人的描绘,充满了对遥远的东方国度的恐惧。马可·波罗的《马可波罗游记》深入人心,因为它在很大的程度上满足了欧洲人对东方的猎奇心理。而14世纪的法国人让·德·曼德维尔的《世界之奇迹》更是荒诞,他居然使树木长出羔羊和独腿的狗头人来,而这种通篇是无稽之谈的书居然也能大获成功。由此可见,早在殖民扩张阶段的早期,欧洲人就已经以这种自以为是的态度观望东方了,把东方描述得越怪异越神秘,就可以越刺激人们的想象力,越能激发人们的征服欲。从这些资料不难猜测以后的东方学究竟会发展到何种地步,虽然此后的东方学随着殖民帝国范围的扩大而扩大,西方人在东方的经历也日渐丰富,他们已经不可能像早期一般再把东方人描绘得如此怪诞,然而东方人仍然是"非我族类",因此东方人又不得不以另一副被西方人所认同的面貌出现,被西方人描绘。当然在描绘的过程中,东方人是可以不必现实存在的,只要有西方人的存在,这项颇为复杂的工作就能完成。在此后东方学发展的几个世纪以来,虽然东方学本身在某些方面发生了一些变化,但其中所透露出来的对东方一厢情愿的描述与判断的模式归根结蒂却是如出一辙的。

在18世纪中叶,东方学家中甚至还有一部分只是局限于学院化的东方研究范围之内。这类东方学家大多以研究语言为目的,如对闪语、汉语、阿拉伯语、古叙利亚语、梵语等的研究,或是对东方社会古代阶段的研究。其主要的研究途径是通过文本研究东方。东方学家们通过这些资料研究东方,从而得出结论。于是,东方通过遗留下来的书稿,其存在价值在西方学者那里得到体现。东方学家的结论无一例外都在证明东方自身没有能力再现自己曾经有过的成就,也在最大程度上显示了东方学家学识的渊博和他们无可比拟的责任心,因为若不是他们对这些文献的梳理,这些遗产就会不可避免地被湮没。东方学家为避免这种事的发生而殚精竭虑,为自己向东方人做出了如此之大的贡献而沾沾自喜。"成熟、稳健、理性的欧洲人"完全可以在这方面睥睨堕落、幼稚而又非理性的东方人,他们也自认完全有能力教化、约束、管制这些"愚昧落后而又不自知"的东方人。

当然18世纪的东方学还有更为引人注意的地方,它是一个承上启下的世纪,在继承了前几个世纪的东方学家的研究成果之后,它为以后的东方学的发展开辟了新的时代,铺平了新的道路。欧洲殖民者孜孜不倦地在世界的各个地方开疆拓域,东方所指的范围日益扩大。航海旅行、探险报告、匪夷所思的猜测、宗教的传播、贸易的往来……所有这些无疑都拓宽了东方学家的眼界。东方学家们在拓宽自己眼界的过程中获得了一种新的方法,那就是通过对古代东方文本的分析和理解,将东方的历史与欧洲的历史相比较,进而更深刻地认识自己的文明的"优越性"。作为比较学科的早期阶段,这种比较的手段尚未发展成熟,它更多的是在现象的表层进行比较和对照,但是这种技巧也足以为以后蓬勃发展的各类比较学科提供了先验,也为以后19世纪的东方学研究提供了一条新思路和新技巧。无疑,这种思路和技巧就是为了体现西方在与东方的对比中的优势和居高临下的地位而服务的。

西方也未必总是居高临下地俯瞰东方的,在18世纪的众多研究方法中东方学家会采取另一种对此后的东方学产生很大影响的研究方法,即赛义德所说的"移情"法。在采用这种方法时,东方学家也许是并非情愿地纡尊降格,将自身融入到东方文化中,去亲身体验东方,企图通过这种移情取得自己对东方文化的内在认同。这种方法有一定的冒险性,因为这些"文明"的东方学家可能会亲自到野蛮的东方去考察,他们会面临许多意想不到的危险,甚至会有性命之忧。当然,大多数的东方学家是不会拿自己的生命开玩笑的,他们只需坐在写字台前,翻阅前辈东方学家遗留下来的关于东方的研究结果,然后在他们的基础上加以翻新或是原封不动地照搬就可以了。在此过程中东方学家是保持头脑清晰的,他们不会真的把自己"先进"的文化与那些所谓的野蛮无知、愚昧落后的文化相等同。因此不得不遗憾地说,这种移情也只不过是一种通过与东方的对比,证明自己高人一等的技巧而已。

也是在这一时期,出现了一股思潮,即对事物加以人为的分类和命名。其实这种思潮的出现并不是突然发生的,而是有其历史的根源的。"东方人""西方人"这两个词就已经是将人类进行的最初分类了,随之而来的分类无非是在此基础上毫无新意的强调而已。根据东方人和西方人这两大类,野蛮、迟缓、堕落、不开化等都被归于前者,而优雅、理性、文明等却都只是后者的专利。因此凡是见到东方人,东方学家的脑子里不约而同地就会闪现诸如上述这些词,甚至可以说,东方学家们根本就不必见到真实的东方人,就已经几乎可以断言他们的劣根性,并对他们横加指责了。因为东方学家自认为比东方人自己还要了解他们,也唯有东方学家才能担负起教化他们的责任,因此对他们进行分类简直就是非进行不可而且也唯有西方人能承担得了。

18世纪出现的东方学研究的新方法,为19世纪和20世纪的东方学开辟了新的道路,使之得以持续发展,使东方继续作为西方的对立面而存在,并且为以后的东方学奠定了框架和基调,甚至可以说东方学自18世纪以后虽然仍在不断地发展,新的研究手段也层出不穷,但东方却自18世纪起就在东方学中徘徊不前,凝滞不动。

东方学一直就是帝国主义和殖民主义的组成部分,东方学家也一直是殖民活动的忠实服务者。经历了18世纪的建构、丰富和发展,到19世纪,东方学获得了极大的进展,而这一时期恰巧与欧洲急剧向东方扩张的时期不谋而合。1815年,当时的欧洲力量已经控制了地球表面的35%。就在这个时期,欧洲殖民者们似乎在对东方的征服上有了新的认识。如果说以往的殖民者之间在对世界的分配上是对立的,那么在这个时期他们之间有了心照不宣的默契。那就是对东方共同的目标,想从东方得到尽可能多的好处和最大的利润。在面对这个共同的目标时,来自不同国家的殖民者们明白了一个共同的道理:如果要在利益上得到相对均衡的分配,那么最佳的方法不是彼此之间的对抗,而应该是携手合作,也就是共同开发,共同"拯救"东方。

众所周知,这个时期最大的殖民国家分别是老牌的殖民国——号称日不落帝国的英国和紧随其后的法国,这两个国家在争夺殖民地的过程中互不相让,都妄想独霸一方,然而他们很快就发现了这种做法的弊病,因为他们的主要精力都是为了要在广袤的东方大展身手,彼此之间的争斗显然只会令他们分心。因此他们尽管仍然互相排斥,但是已经在很多方面显示了尽释前嫌的苗头。对于欧洲人来说,这当然是个好现象,因为这种协作对他们来说意味着战争的避免,有更多的精力为本国的利益服务,而对其他殖民帝国而言则提供了合作开发的极好的典范。殖民帝国在政治统治、经济利益上得到了充分的共享和均衡,但是如果我们只重视在这两个方面的共享的话,那么我们就太小看了东方学家的作用了。因为东方学家的影响是无处不在的。一国的东方学家欣喜地发现在其他的国家里也有着跟自己的想法相似的学者,在对东方的说明和解释中他们有着惊人的一致性,这个发现促使他们有着强烈地与对方交流的愿望。在交流中,东方学突破了一个国家的国界而实现了与其他殖民帝国的共享,形成了范围更广的世界性体系。

　　这个时期的东方学研究不再平铺似地展开,而逐渐向纵深发展。有三个主要的原因导致了这种结果。首先,"到这时可供想象和实际操作的地域已经越来越小"①。当然这是可以理解的,当东方学家在极力将所能想象的范围都一股脑儿地纳入东方学后,似乎除了在深度上有所突破外就别无出路了。其次,这个时期欧洲的扩张活动空前活跃,对东方学需求的增加也构成原因之一。最后,"东方学自身也完成了从学术话语向帝国主义机制的转化。"②因为如果说前一阶段的东方学还只是侧重于对文本的分析和理解的话,那么这个阶段的东方学已经着眼于实际操作的意义了。这在很大程度上意味着学院派的东方学向实践中的东方学的转化,意味着跃跃欲试的东方学家终于能够在广阔的东方将他们的理论加以实践的证明。

　　继承前一阶段的东方学的成就,东方学专用的术语得到进一步的重复和再构,因为东方学自产生以来就有着自己一套独特的话语模式,以后的东方学都是在前人基础上的发展。西尔维斯特·德·萨西(Antoine-Issac-Silvestre deSacy)、厄内斯特·赫南(Ereste Renan)和爱德华·威廉·雷恩(Edward William Lane)③这些东方学传统的创造者早已为东方学规定了一整套的词汇和观念,这使后继的东方学家都能信手拈来,而不用自己再去费力地创造。而且在东方学的范畴里,这些词汇和观念都是通用的,受到全体东方学家的承认,个体的东方学家完全不必为自己所阐述的不为人理解而苦恼。即使非东方人对这套话语会引起误解,但是又有什么关系呢?因为东方学所使用的本来就是西方的东方学家通用的语言,东方人这些局外人明白与否又何必在意?他们只要处于静默的状态中,摆出姿态来供东方学家研究就足矣。然而这种普遍性似乎也会带来麻烦,因为东方学家无法摆脱这套固定语汇的束

---

① [美]爱德华·W. 萨义德:《东方学》,王宇根译,生活·读书·新知三联书店,1995年,第124页。
② 同上。
③ 同上书,第11页。

缚,随着原创性的消失,话语的通用使所有的东方学家的作品看起来都是同一个论调,一个模式,但是这一点并未引起东方学家们的恐慌,因为在东方学家的眼里,实用才是最重要的,只要能对东方做出适合自己利益的阐释,真实的东方是否如此根本没有人会关心。

19 世纪的东方学更多地与政治相结合,成为与种族主义、帝国主义、民族中心主义联系在一起的一种政治学说。它凌驾于东方之上,而东方则处在被观望的地位,不能表达自己的意愿,只能作为东方学家实验室中的实验品被体验,被研究,被想象。东方学就是一个怪圈,在这个怪圈中,它为殖民国家的政客们提供教化殖民地所需的理论上的指导,而通过一次又一次的殖民实践,即直接在殖民机构里供职或充当殖民地顾问等手段,这种理论得到不断的强化,从而又引发了东方学进一步向纵深发展和逐渐地成熟。这样,在东方学与政治之间就形成了循环往复的联系,除非帝国主义的殖民本性自动消失,否则我们便可以说,这种怪圈会一直持续下去,直至永远。

研究这段时期的东方学,另一个有趣的现象也值得注意,当然这并非也只是在 19 世纪刚刚出现,只不过在这个时期这种风气愈演愈烈而已。这种风气极大地体现在东方学家对东方集体的贬斥和鄙视上。这使得东方学与其他的学科立刻有了很大的区别。因为从一般意义上来讲,如果不出乎人们的意料,导致研究者们投入极大的心血和热情致力于他们所从事的事业的原因,应该是对该事业的无比的热爱。然而非常不可思议的是,东方学在这种地方也是标新立异,与众不同的。因为东方学家们并不是出自对东方的热爱而投身其中的,相反,在他们的言论、著作中充斥着对东方的偏见、鄙意和厌恶,有的时候甚至是掩饰不住的仇恨。在这种态度下,东方学家们居然获得了学术上一个又一个的成功,其卓越贡献实在令人不得不佩服东方学家所显示出的超凡的驾驭知识的能力和在面对自己能够长期从事自己厌恶的学科时坚定的意志力。

进入 20 世纪,世界上的大多数殖民地都获得了政治上的独立,但如果我们据此就以为东方学已经走向了终点,那无疑是犯了一个极大的错误。在 20 世纪初期,殖民力量疯狂膨胀,到 1918 年,地球上 85% 的表面都被欧洲殖民力量所攫取,因此东方学仍然顽强地存在着。这也许要归功于东方学旧有的深厚基础和筚路蓝缕的东方学家前辈的卓越贡献。不管世界发生了多大的变化,也不管东方对此做何反应,东方学出现在西方的各种面目都让人觉得似曾相识,这些面目无非就是各种研究学会,或者借助于出版社以及其他媒体的传播力量。其实,由于东方学家为殖民政策所提供的借鉴与参考,东方学家的地位从来就是异常稳固,不曾动摇。如果说在其他的研究领域还存在着不为人理解、不受人重视的烦恼的话,那么在东方学这个领域这种烦恼则是永远不会出现的,因为东方学家可说是揣摩殖民者心思的高手。不管是不是出于自身对东方学的浓厚兴趣,东方学家所做的一切都已经或正在为殖民者提供了不可多得的资料。他们对东方的分析是如此的详尽和入木三分,以至于殖民者根据这些分析就完全可以推测出如果发生了某种情况,东方人会对此做出何种反应,因此东方学家的地位之重要就可想而知了。

东方与西方的接触和碰撞从来就没有停止过。在20世纪,随着西方对东方的控制和强权进一步的加强和深化,东方与西方之间的矛盾越来越不容忽视。这个时期的东方学根据其对东方进行表述时的出发点不同可以分为两个阶段,这两个阶段的划分正好以第一次世界大战为界。在第一次世界大战爆发以前,东方学家在观察东方的视点上完全沿袭了以往的传统,那就是继续把东方看成是自己的臣属民族,把自己看成是宗主国,对东方颐指气使,作威作福,用陈词滥调重复着对东方的描述。这一时期的东方学毫无新意,与以往的研究一脉相承。他们所做的一切都在证实和不断深化东方与西方之间的不平等。

在第一次世界大战期间,帝国主义列强忙于在欧洲厮杀,放松了对殖民地的控制。大战以后,帝国主义重新瓜分殖民地,造成殖民地半殖民地国家与帝国主义之间的矛盾进一步激化。亚非国家的民族解放运动蓬勃发展,爆发了土耳其资产阶级革命,印度的非暴力不合作运动,朝鲜的"三一"起义以及埃及的独立运动。这些运动都迫使东方学家们对东方重新思考。因为从诸多的事实看来,东方人似乎不是那么顺从,他们原来也会反抗,也似乎是有着自己的思想。东方学家们慢慢地从以往对东方的不可一世中超脱出来,开始试图用另一种眼光审视东方。

第二次世界大战之后,世界形势发生了更大的变化。欧洲在战争中受到了严重的削弱。在此期间,亚洲、非洲、拉丁美洲的许多地区出现了民族解放运动的高潮,其中有几十个国家都摆脱了殖民主义的枷锁,相继取得了民族的独立。在这种形势下,东方学家以前那种态度再也行不通了。他们开始用一种全新的视角去看待东方,在这种视角的观照下,东方的地位有所提高。东方学家们也开始关注真正意义上的东方的现实,而不是书本上或是前辈东方学家的经验,这种尝试值得赞赏,因为看起来东方学家已经努力从他们的褊狭的观念中摆脱出来,开始正视东方。东方仿佛从臣属民族的地位上升到了西方的伙伴,这种转变不由得使所有关心这个问题的人猜测其中的缘由。西方何以屈尊去倾听东方的声音、关注东方所发生的一切?难道是东方学家们确实想反拨和修正以往的观点,愿意把东方当成自己真正意义上的盟友,从此不再歧视东方?这个问题的确令人疑惑不解。

其时,西方正在经历着以前从未有过的道德沦丧,文化低谷,而重新审视东方则使得东方学家从东方的发展历程中获得了对解决西方当前问题的借鉴。东方学家对东方态度的转变在这里可以找到答案。归根结底,东方仍然为西方所用,仍然作为西方的参照系相对于西方存在,虽然现在的东方学在利用东方为己所用上显得颇为隐蔽,但是如果据此就真的以为东方人从此可以与西方人平起平坐,那可就大错特错了。要知道,正是西方对东方的控制有所削弱和东方对西方形成的前所未有的挑战逼得西方不得不出此下策,东方地位的实质可从来就没有改变过,因为很多对东方的固有看法仍然存在,不容辩驳。许多东方学家声称他们对东方文化实现了真正的皈依,实现了切身的认同。但事实却证明,他们绝对不可能摆脱固有的思维方式,在身心两方面都融入东方,设身处地地站在东方的立场,为东方思考其所面临的问题,因此东方学家这种自诩的皈依只能是一种美好的愿望,可望而不可及。

也许我们可以从李约瑟身上看到这种隐蔽性的东方学的迷惑人心之处。李约瑟是英国著名科学家,英国学术院院士,中国科技史大师,他所编撰的《中国科学技术史》使他赢得了中国人民的老朋友的美名。也许我们将他定位为这种隐蔽的东方学家的代表人物之一会伤害某些人的感情,因为看起来李约瑟的一生似乎都在穷其精力证明西方并不优越于东方,为东方辩护。但是这位东方学的博士真的是完全为了中国而编著卷帙浩繁的大部头巨著?

李约瑟博士有个著名的难题:为什么中国在1到15世纪科学技术遥遥领先于西方,但是在后来的发展过程中却未能实现从经验科学到理论科学的演变?这个问题的确让人困惑。其实李约瑟在这个问题的设问中似乎已经给出了答案,那就是因为西方是理性的,而中国不具备这样的素质。因此中国只有经验科学,而永远上升不到理性科学的层面,因而只能为理性科学做必要的前期性工作,因为理性的层次显然就是要比经验的层次高级。要弥补中国科学上的这种缺陷,唯一的途径就是向西方学习,因为理性在西方有着根深蒂固的传统。这似乎又在重复了19世纪东方学家的陈词滥调,即我们(西方)有什么,而他们(东方)没有什么。而结论便自然可归结为:我们优于他们。当然李约瑟绝没有明言西方优于东方的意思,他甚至还极为反对这种说法。但是从他对中国的科学发展历史所做的分析中,我们却非常遗憾地看到了其中隐约闪现的东方学情结。既然西方有着如此优秀的理性传统,那么东方要向他们学习的理性就远远不能只局限于科学技术方面的理性,由此而来还可以扩展到西方优秀的民主、社会制度和价值观等方面。

在这方面,李约瑟就要比19世纪的同样有着东方主义倾向的人物来说高明、隐晦许多。同样是在讲理性,创立了世界历史上最庞大、最全面的哲学体系的威廉·弗利德里希·黑格尔就毫不讳言,理性是西方文化的固有特征,在西方是普遍的现象,而非西方文化则没有这种能力,或者更委婉地说,理性在非西方是沉睡未醒,还未被发掘。在这里19世纪与20世纪东方学的差异一目了然。

第二次世界大战以后,英国和法国在世界上不再占据中心的地位。美国的实力在战后大涨,其势力也随之急剧膨胀,这种膨胀并非只体现在其强大的军事、经济、政治方面,也体现在与东方学相关的研究领域。这一时期的东方学已经不是传统意义上的东方学了。随着英、法地位的下降,以欧洲为中心的传统东方学已经逐渐地丧失了市场,而美国新兴的东方学则正好填补了英法所遗留下来的空缺,取而代之。有一点是可以肯定的,那就是美国的新兴东方学并不是传统东方学的脱胎换骨。因为无论是在对东方的敌视上,还是唯我独尊的姿态上都与后者如出一辙。美国对东方学的贡献的历史并不长,但是这并不妨碍美国的东方学家成为这个领域的主导。

在早期的殖民帝国时代,美国也曾经沦为英国的殖民地,自身难保。但是当美国独立以后,便迅速地走上了对外扩张的道路,在对外殖民方面效法英法,并一跃成为世界上又一大殖民帝国。1842年,美国东方研究会成立。在此后,美国的东方学研究开始亦步亦趋地以英法的研究模式为范本,这似乎可以推断出美国的东方学也并不是单纯的学术研究,而是带着政治性的目的。

尽管美国的东方学研究沿袭了传统东方学,但是它也有着自己的特点。美国的东方学研究之所以呈现出与传统东方学不同的面貌,追根溯源与当时的时代背景有着密不可分的关系。现在东方学家活跃的时代再也不是东方国家坐以待毙、任人宰割的时代了,东方日益显出在西方人看来是桀骜不驯的姿态。称霸世界的强烈欲望支配着美国,使它即使在东方学的领域内也不甘落后,在经过改良和吸收后,东方学在美国呈现出一片"崭新"的面貌来。首先,这个时期的东方学已经被改头换面地称为"区域研究",其研究者们似乎也不屑于使用前辈东方学家所惯用的用以描述东方的语汇,即使在他们的著作中传统的影子仍然挥之不去。其次,东方学已经不再是一个无所不包的领域,而更多的与政治挂钩,至此,认为创造的东方学再次得到了强化。新东方学家们在今后的研究道路上将逐渐排除由文本分析带来的不足之处,而诉诸相对客观的数值分析和理论概念。他们所做的一切将成为美国对外关系方面极为重要的资料来源。

美国的东方学继承了以往东方学的传统,在新的国际关系中,发挥着日益重要的作用。区域研究,在美国制定对外对内政策中是极为重要、不可忽视的来源。美国在相当长的时期内,仍然是世界上的超强国家,仍然会对国际事务发挥着不可比拟的影响,但是当今的世界已经不再是东方俯首称臣,任由西方颐指气使的世界了。东方正在复兴,正在崛起,这种趋向不容忽视。但是可以肯定的是,西方的霸权主义方式在短期内还会存在,并发挥作用,继续强迫东方依附于自己,服从于它的权力,阿富汗战争、伊拉克战争就是明证。

第二节　东方学家的东方主义倾向

要想成为一个真正的东方学家并不容易,因为在成为一个东方学家之前必须具备很多素质。然而由于西方的东方学传统是如此的深厚,实现这一目的的手段却是唾手可得的。接受必要的、系统的东方学知识的训练是其中重要的一个环节。事实上,实现这一点其实并不困难,由于东方学在西方所具有的重要地位,在欧洲的各个主要大学都建立了相当完备的学术研究机构,相信任何有此项意愿的人都能在这些机构中找到自己所需要的东西。除了学习由前辈所遗留下来的书本知识,致力于去东方进行实地考察的人也能如愿以偿,因为形形色色的地理学会和探险协会层出不穷。

除了具备理论上的知识和实践上的经验,清晰的头脑也是很重要的。因为东方学家是在对东方的不断的论述中确定西方的存在的,因而在论述的过程中,东方学家必须把握住自己,必须坚定不移地相信东方是非理性的、贫穷的、野蛮的、道德沦丧的、幼稚不堪的。这种信念是非常必要的,以免稍不留神就会出现同情东方的错误行为。

想要成为东方学家还必须时时刻刻在手里握紧一把尺子,在面对与东方有关的事物时,都要不忘拿出来与自己的西方做一番衡量,做一番比较,在这种比较中获得极大的满足感和成就感。当然东方学家还必须有一定的使命感,他们必须使自己相信:他们是作为东方的拯救者的身份去研究东方的,是东方人落后的心性使自己落入几近灭亡的深渊,而东方学家却将以救世主的身份把东方人解救出来。这种神圣的使命感促使东方学家在东方学的领域中愈发的乐此不疲,获得一个又一个的研究成果。

西方通过东方进一步体现自己的价值,通过与东方的对照,西方的优越感得到最大限度地自我膨胀。令人感到奇怪的是,西方自我价值的确认却是通过东方来实现的。通过否认东方的一切,西方所自得的一切才能得到自我认同。通过与东方的对照,西方的现代、发达才能得以体现。东方学家就是为西方提供比较和对照的最佳对象,他们有传统的东方学基础,深谙比较的手段,了解应该从哪些角度出发毫不留情地揭露东方所谓的弊病,以满足自己。

当然东方学家们会在这里表明他们所做的一切只是为了将东方从落后的环境中解脱出来,暴露东方的所谓的弊病是为了拯救东方于危亡之中,这个论调听起来颇为感人,但实际上却是东方学一直以来用以隐蔽自己身份的外衣。看起来,他们的目的很纯洁,然而不可否认的是,欧洲关于东方知识的日益增长和系统化,是为欧洲的殖民扩张而效忠的,而这种扩张反过来又增强了东方学,为东方学的进一步发展创造了条件。

不论东方学家承认与否,强与弱的关系一直都在东西方之间存在着,它一刻也没有被忽视,反而不断得以强化。西方占领着强势的一方,东方却由于西方的掠夺而日益衰弱,西方则借势以强凌弱。西方地位每一次的上升都是踩着东方的身躯往上攀登的过程。谁能矢口否认东方殖民地在西方获得今天这样的地位所起的作用?东方乃是西方最强大、最富裕的殖民地,西方人尽情地掠夺东方广袤的土地,得到自身发展所需的一切。历史事实证明如果没有东方的存在,西方根本不可能获得如此大的发展。早在14世纪,欧洲就曾经历了萧条时期。欧洲不能一日无香料,一日无糖,欧洲对原料,对贵重金属白银的需求不断增长,如何能最大限度地获取这些资料?欧洲人口增长过剩,如何解决人口增长带来的一系列问题?无疑,西方人一致认为对外扩张是缓解萧条状况的最好方法。通过对东方疯狂的掠夺和直接占领,西方获得了自身发展所需的一切,广阔的殖民地,廉价的劳动力,丰富的资源……然而他们对施恩者却开始了长达几个世纪的恶意攻击。他们甚至还认为这种掠夺是天经地义的,因为东方本来就是为了西方而存在的,至于东方本身则并无生存的需要,东方不配拥有所有这些资源,作为西方的附属,他们只是暂且替西方保管而已。这种西方中心的论调在每个东方学家的头脑里都不同程度地存在着,就算是有差异,那也只是量的区别,本质并无不同。

　　东方学家心目中存在着挥之不去的西方中心主义的情结,这种情结体现在对自身的过分美化上。其论调无非就是西方处于世界的中心,而其他地方——在很大程度上就是指东方——都是边缘地带,西方文化优于东方文化,西方是精英文化的拥有者,而东方文化则是低下的,东方总是处于劣势。他们认为人类的历史就是围绕着西方文化而展开,西方的历史就是人类的历史。西方的价值取向、西方的行为准则具有与生俱来的普遍性,是适用于各种情况的。而当出现了与西方人所认同的法则不同情况时,西方无疑是正确的一方,因为进行比较的尺度只掌握在西方的手里。西方制约着东方,而东方则时时处于被动。西方和东方永远是无法调和的两极,它们之间的矛盾无法消失,差异也无从抹平,它们在政治、经济、语言、文化等各个方面都是对立的,是不平等的,而东方学家所做的和已做的一切就是使这种对立和不平等继续存在下去,并且使双方的区别进一步强化和加深。西方中心论总是有意无意地存在于西方文化中,它的身影在各个领域中显现,成为西方人很难摘掉的一副有色眼镜。东方学家们用一成不变的眼光看待东方的一切,否认东方有任何变化。虽然在东方学蔚为壮观的今天,由于广大东方国家的崛起,东方学家在表述东方时所用的方式更为隐蔽,但其对东方的遏制和攻击却从未停止。

　　在某种程度上,东方学也是一种男性化了的东方主义。西方与东方的关系正如男性与女性的关系,在男性即西方占主导地位的世界里,女性即东方为他们所控制,根本就没有说话的自由,没有决定自己命运的权利,她们只有等待男性的判决,等待着男性为她们表述自己的一切,没有丝毫例外。因为东方人是没有资格对他们自己进行评述的,只有智慧、高明的东方学家才能担负起对东方的一切做出评判和裁决的责任，他们全然不顾这个责任其实是他们自己一厢情愿地赋予自己而强加于东方的。

在所有对东方人的表述中，尤为引人注意的是西方人眼中的东方女性形象。东方的女性在东方学家的小说和游记中的形象无一例外是愚蠢、无知、放荡而粗鄙的，在东方的神秘和充满着异国情调的大背景下，她们的出现更是引起了东方学家无穷无尽的幻想，这些幻想大多与性有关。19世纪的欧洲，当资产阶级的观念逐渐取得了主导地位并在欧洲社会广泛得以流传后，性交往受到了极大的约束和规范。在西方本土受到压抑的东方学家在东方寻求新的乐趣时，他们不无惊喜地发现东方原来还是一块"性爱自由"的乐土。这个发现的意义无疑是巨大的，因为它又不容置疑地展示了东方学家的伟岸和支配欲。对东方女性的描述被不断重复着，以至于只要一提起东方来，东方学家们不禁马上就会彼此露出会心且暧昧的笑容，与东方女性相关的一切形容词都会在他们的脑海中出现，他们浮想联翩，跃跃欲试。

东方学在一定程度上还宣扬了种族主义的理论，这种理论无论从哪个角度讲，都是粗劣、蹩脚、毫无道理可言的，但是东方学家可不这么认为。种族主义倾向是东方学家的另一个特点。东方学家们普遍有着无比的优越性，在他们看来，即使是从身体的外部特征也能够让人一眼看出东方人与西方人有着截然不同的差异。这种区别就在于西方人有着高贵的肤色：白色。而其他的肤色都是下等的。按照东方学家的理论，由于生理分布和人的个性的分布是相关的，所以"美洲人是红色的，易怒的，挺拔的；亚洲人是黄色的，忧郁的，刻板的；非洲人是黑色的，懒散的，马虎的"。[①] 人种的分类在这里也被不由分说地打上了显而易见的种族主义歧视的烙印。东方学家们被认为是种族主义的忠实拥护者毫不为过。根据东方学家对几种不同肤色的人种特征的划分，我们可以毫不犹豫地推测出，欧洲人是白色的，理性的，优秀的，智慧的。总而言之，任何褒义词加在白种人身上总不会错。

白种人研究的领域与东方学家研究的领域是重合的，对这一领域中所有的话语范式、行为准则、思维模式都有着共同的见解，东方学研究在

---

① ［美］爱德华·W.萨义德：《东方学》王宇根译，生活·读书·新知三联书店，1995年，第155页。

现代被转称为"区域研究",顾名思义,就是对有色人种区域进行的研究。正如只有东方学家才能论说东方一样,也只有白种人才可以再现非白人的一切,而东方、非白色人种的国度都只能被动地在实验室里被陈列,等待着他们的检阅和操作。东方学家和白种人都充分意识到他们对东方所拥有的权力,他们不厌其烦地重复着他们对东方的认识,对东方的解读,向东方夸耀自己高人一等的姿态。白种人,东方学家,其实只是同一种人在两个不同角度的分法而已,他们的本质一般无二,以至于我们完全可以将他们互相替换而不会引起歧义,说东方是白人的东方或东方是东方学家的东方,其中所要表达的含义并无不同。

东方学家也无疑都是博学的。因为在东方无力为自己做出阐释的时候,是东方学家们担当起了大任,用在东方身体力行的经验或是从前辈东方学家那里继承下来的传统将东方一次一次地呈现在他们自己面前。也许将这门学术研究的分支冠以地理上的名称多少让人感到不伦不类,因为它本身似乎与对东方的地理研究并无多大的干系,而是无所不包,涉及东方人的方方面面,包括了西方人所关注的东方的一切。但是东方学家却丝毫不为这种命名的含混而感到尴尬,他们在这门学科中游刃有余,在种种带有东方学色彩的作品中,都动辄摆出一副双手交叉于胸前,或是轻蔑地对东方品头论足的模样,又抑或是悲天悯人的东方救世主的模样。人们对东方学的态度似乎非常的宽容,因为任何一门学科的界定都是在人类知识的某一个领域内开展。而对东方学,这一点显然是不适应的,东方学的边界被一次次地有意无意地扩大。因为东方学研究的领域如此宽泛,以至于在一般意义上对学科的分类,例如对政治或经济的研究只能成为东方学研究的一个方面而已。因为如果东方学只局限于特定的领域的话,在理论上,对显示东方学家的博学无益,在实践中,更无法彻底为殖民提供所需的各方面的指导。因此,它几乎涵盖了所有东方学家能够穷尽其想象力所能达到的所有的方面,以达到与帝国所要求的范围相吻合。而且毫不夸张地说,这一扩张的势头似乎有增无减,使它越来越像是一锅大杂烩。

东方学就一直顽强地存在于西方学者的头脑中,在他们对东方的一切进行评述时,这个观念就会时不时地出现,让他们做出不那么客观的判断。然而这个观念的消除并不是一朝一夕的事情,因为当西方确立了对东方的政策之后,东方学就一直根深蒂固地存在并不断地发展成熟。东方并不是现实中存在的东方,而是"他者"的东方,是被东方化了的东方,对这个事实东方学家总是有意无意地加以否认,他们永远以看客的身份出现在东方人的面前,支配着东方,为殖民侵略,为现当代西方国家的政策取向提供借鉴,这就是东方学对西方的妙用。

第三节 阿拉伯—伊斯兰形象的构建

伊斯兰教作为世界极具影响力的宗教之一,是继犹太教和基督教之后的唯一的一神教,在东方学家的表述中又会受到怎样的待遇?事实上,伊斯兰教一直就被看做是基督教的对立面,作为一种异端邪说而为西方所不容,伊斯兰教一直令西方烦恼不已。在东方学家的表述中,充斥着对伊斯兰教的怀疑、蔑视和仇恨。对伊斯兰的阐述从一开始就是东方学家对伊斯兰国家进行描述时的众矢之的。因此当我们知道早期欧洲的殖民运动在征服东方时,就一直贯穿着一种十字军①的精神,就不应该觉得太过于意外。

从地理位置上来说,伊斯兰就首先令欧洲坐立不安。因为穆斯林的疆域与欧洲基督教的领地相毗邻,这对欧洲来说无疑造成了极大的不安因素。更何况伊斯兰与犹太教和古老的佛教不同,是一个相当进取的、以向外传教为其目的之一的宗教,因此伊斯兰教对西方的威胁可想而知。它与同样是一神教的基督教有其相似之处,从而成为基督教的挑战者和竞争对手。信仰这种宗教的穆斯林兴起之后仅仅在短短百年之间就建立起了一个自大西洋东岸至中国边境的强盛帝国,其版图之大甚至超越了罗马帝国,这是对西方的挑战,对它的冲击不可谓不大。

伊斯兰教确立不久以后,在对叙利亚的征服中,穆斯林军队英勇作战,相反的,拜占庭军队却节节溃退,犹如乌合之众。"这场斗争的最后一幕是骄傲的拜占庭首都于1453年,在伊斯兰教最后一次战役中,陷落在穆斯林的手里,而最富丽的圣索菲亚大教堂里基督的名字被穆罕默德的名字所代替。"②伊斯兰的光辉掩盖甚至超越了西方人引以为豪的罗马,这是一个令西方人心痛的但却又无法否认的事实,不啻于是西方人

---

① 1097年,15万人汇集君士坦丁堡,其中大半是法兰克人和诺曼人,他们都佩戴十字军的徽章,所以叫十字军。组织十字军东征乃是基督教的欧洲对穆斯林的亚洲对其咄咄逼人的攻势的反攻。

② [美]希提:《阿拉伯通史》,马坚译,商务印书馆,1979年,第171页。

的奇耻大辱。穆斯林对欧洲西南门户伊比利亚半岛的出征正如"突厥斯坦的征服标志了穆斯林在亚洲和埃及的扩张达到极点一样",这标志了"穆斯林在非洲和欧洲的扩张达到高峰"。① 在此后的伍麦叶王朝时期,穆斯林在西班牙长驱直入,以至于最终把西班牙变成了哈里发帝国的一个省区。穆斯林对西西里岛的征服是"阿拉伯人涌入北非和西班牙浪潮的余波"。② 伊斯兰教和基督教在这里混合。伊斯兰文化使这里的文化具有了显著特征,西西里岛在传播伊斯兰文化方面充当了重要的媒介。

伊斯兰文化对欧洲文化的挑战也令欧洲人无法回避。强盛的伊斯兰帝国以它独有的魅力影响着它所征服的一切地方。阿拉伯文化灿烂辉煌的过去照耀着东方也照耀着西方。阿拉伯民族曾经是世界文明和文化的传递者。许多科学成就都应该归功于他们,正是有了他们的努力,欧洲的文艺复兴才有了可能,这一点连欧洲人都不得不承认。

然而在历史的潮流中,地跨欧亚两个大陆的奥斯曼帝国却国势衰微,从此一蹶不振,直至在第一次世界大战中沦为帝国主义列强争相瓜分的殖民地,完全丧失了昔日穆斯林帝国的风采。而作为昔日弱者的西方却摇身一变,变成了东方命运的主宰者。从前伊斯兰曾给欧洲带来的噩梦使欧洲人永远难以忘怀,他们极力想否认伊斯兰曾经为文化的传承作出的不可磨灭的贡献,把伊斯兰看成是文化的摧毁者和破坏者。

东方学家一向对东方心存敌意,当然对曾经给他们带来重创的伊斯兰东方更是不例外了。伊斯兰在东方学家的眼中是邪恶的恐怖的。东方学家们无法认同伊斯兰教,他们认为这种宗教是非原创性的宗教、是基督教拙劣的翻版,是具有欺骗性的宗教,甚至把伊斯兰教称为穆罕默德教,认为正是穆罕默德篡改了神圣的基督教。伊斯兰在基督教的眼中是一种得到不断强化的僵化形象,基督教对伊斯兰的看法不会改变。甚至可以说当伊斯兰产生并逐渐对西方构成了极大的威胁之后,西方已经为伊斯兰定了性。因此即使伊斯兰在以后的岁月中有所变化,在基督教的眼里它仍然与它产生时的状态并无不同。不管基督教是否真的理解了伊斯兰教,基督教对伊斯兰教的认识就是亘古不变,根本就容不得后者的一丝辩驳。鉴于基督教对伊斯兰教是基督教的翻版的定性,基督教曾经试图处理伊斯兰教,以实现后者的全面皈依,把这种异端邪说引入

---

① [美]希提:《阿拉伯通史》,马坚译,商务印书馆,1979年,第587页。
② 同上书,第722页。

正道。当然这种做法只不过是他们一厢情愿的想法而已。研究伊斯兰的东方学家们从来都是把伊斯兰教作为基督教的对立面看待的,他们与伊斯兰教保持着一定的距离,远远地观望着后者。企图从中找到蛛丝马迹以证明他们关于伊斯兰教的种种猜测。

然而有一点却是不得不注意的,那就是东方学家们故伎重演地对伊斯兰的定义进行了最宽泛意义上的阐释。在他们的表述中,伊斯兰远远超出了宗教层面上的意义,而兼容了政治、经济、文化等方面。伊斯兰是放之四海皆准的真理,当学者们遇到任何与穆斯林有关的问题,尽管这个问题可能在非穆斯林身上也同样发生,然而东方学家们却更乐意从"伊斯兰"这个角度出发而得到解答。也就是说,人们只要从伊斯兰这个角度出发,那么所有的疑难问题都可以迎刃而解,问者当然也就恍然大悟了:原来是伊斯兰在作祟。伊斯兰的概念在这里被无数次的同义反复,而且其势头似乎有增无减。这似乎令人颇为疑惑这些东方学家是否真的了解"伊斯兰"的涵义。但是这个问题无关紧要,因为东方学家一向就以这种话语方式去界定所要研究的对象的范畴,然后再对其分析和解读。

即使在20世纪,特别是第一次世界大战以来,当其他东方学家试图用一种现代性的眼光来看待东方时,伊斯兰东方学家却例外,他们仍然固守其阵地,抱残守缺,根本就不为它与其他的东方学相比的落后状态所动。这种完全不顾事物的发展而死守着故纸堆的做法,伊斯兰东方学家对此自然有着很好的解释。他们认为任何对伊斯兰现代性的表述都是对伊斯兰的侮辱,因此把伊斯兰定位在最初的状态中既方便研究,又能够更好地理解它。伊斯兰没有现实,它与现世的一切都相脱节。而正因为伊斯兰与现实相脱节,那么可以想当然地认为穆斯林也是与现实毫无关系,对新兴事物无法接受,抵制一切的变化就不为过了。伊斯兰东方学家们对这一点反复强调,不厌其烦。当我们想到伊斯兰曾被东方学家看成是导致这个世界的东方和西方之间的无法被逾越的鸿沟的强力之一时,伊斯兰东方学家的这种反复强调就令人起疑。似乎基督教西方似乎还未从伊斯兰教曾经给他们带来的梦魇中醒来,他们害怕有一天这种横亘在东西方之间的鸿沟会突然消失,这种念头令东方学家们只要一想到就会不寒而栗,无比痛苦。因此,对伊斯兰的东方,他们更多的似乎是由敬畏和恐惧而产生的强烈抵制。

以东方学家的渊博的学术知识和超凡的表达能力,他们尽管在所要表达的意思上加以重复和强化，在表述中所采用的语汇上具有通用性，但他们仍然非常具有个性，力求使自己的表述呈现出全新的观点与看法，也对东方作出自己的设想，对伊斯兰东方的形象作出自己的阐释。至于其实质是否为以往的观念的再现，就无关紧要了，因为这毕竟是一种尝试，而且也似乎颇为引人注意，尽管这种做法其实无异于新瓶装旧酒。在这个方面，美国的新东方学家做得颇为成功。因为美国的东方学是对传统东方学在原有的基础上的吸收和经过改良后的再现，而且在实践过程中也更有实用价值。

东方学对东方、对伊斯兰的研究还造成了另一个后果，那就是在西方的东方学机构及其学说培养了一批东方的或是伊斯兰国家的学者群。他们渴求知识，希望能得到最先进的教育。而不得不承认的是，当今，知识话语的权力掌握在西方人手中，他们要想学习就不可避免地只能去西方。他们在西方接受了东方学家们的潜移默化的影响，以至于当学业有成时，他们中的有些人会选择待在西方，即使回国，带来的也是东方学家的关于东方的陈词滥调。他们在大众中流露出对本民族的悲观失望的情绪和对西方的眷恋。因而不自觉地就充当了东方学家的助手，为东方学做了宣传。

由于伊斯兰的形象在西方人眼中是如此的糟糕，以至于人们也立刻不假思索地把阿拉伯人——信仰伊斯兰教的主要民族归为具有特定语汇表述的一类人。这类人当然也是"非我族类"中令人厌恶的一支。他们总是与恐怖主义，与落后愚昧联系在一起，他们总是作为西方的对立面而与世界的主流格格不入。

在第三次科技革命之后，发达资本主义国家对能源的需求与日俱增，而阿拉伯人却得天独厚地控制着世界上石油的大部分出产，这是个不争的事实。在70年代，阿拉伯国家曾联合抵制石油生产从而导致了西方国家的石油危机，这件事对西方的打击是如此的大以至于西方对这些冥顽不灵、不听教化的国家恼羞成怒，甚至产生了直接派武力占领油田的念头。人们对阿拉伯竟然给优越、发达、理性的西方带来如此大的打击而愤愤不平。因为昔日这些国家都只不过是臣服在帝国脚下的臣民而已，他们的形象一贯就是唯唯诺诺，野蛮却不自知的。而现在他们竟敢反戈一击，对昔日的主人做出如此悖逆的事情，这着实令西方人不可思议，大吃一惊。出于对国家的安全策略考虑，阿拉伯人不得不在西方的新东方学家所关注的领域中占据了一席之地。

当然,东方学家对阿拉伯人形象的建构和描述并不只是在第二次世界大战以后才开始的,因为阿拉伯人是信仰伊斯兰教的,伊斯兰教则意味着异端邪说,所以阿拉伯人当然也就是与信奉正统的基督教相背离的。他们的思想是偏执的,他们不能融入文明的社会,他们永远骑在骆驼背上,重复着早就被西方所遗弃的生产生活方式。阿拉伯人曾经在他们远征传播伊斯兰教的时候破坏过一些地方的文明,于是即使是现在,他们也仍然被视为洪水猛兽。东方学家在做此判断的时候,也全然不顾历史,他们似乎完全忘了,就在欧洲处于黑暗的中世纪的时候,是阿拉伯人为人类的文明做出了极大的贡献。阿拉伯人在自然科学、社会科学方面成就卓著,对西方产生的巨大影响是不可磨灭的。

东方学家认为所有的东方人都是一样的,阿拉伯的形象与东方人的形象大同小异,在东方学家(或许我们该称之为"区域研究家")的眼中,他们无非都是一个模子里刻出来的,没有个性。他们永远生活在帐篷中,永远骑着骆驼,生产方式落后,并且看起来悠然自得,很满足于这种生活,他们似乎全然不知道在沙漠之外还有一个与帐篷和骆驼全然不同的五光十色的世界,这一点尤为令西方人所鄙视。虽然关于阿拉伯人落后的断言其实都是东方学家们从书本上或是同行那里得来的,但这对东方学家来说,并非难事。因为根据东方学的传统,对事物作判断的时候,被判断物完全可以不必在场,也没有资格发出与东方学家不协调的声音,就算有,也早已被东方学家们过滤得干干净净。而且根据惯例,东方被认为是没有资格也没有能力对自己进行阐释和表述的,只有东方学家才具备这种能力,用他们清晰理智的头脑为东方人做出判断和分析。

东方学家对阿拉伯人的一切冷眼旁观,从他们的社会生活、政治、直到经济、教育等方方面面,无所不包。东方学家们无情地暴露了他们心目中的阿拉伯人形象,尽管就这个形象本身而言,也是想象的成分大过事实。阿拉伯人经常是西方人的笑料,因为他们看起来相当的愚蠢和可笑,他们的奇装异服,他们的怪诞的举止,他们的异国风情,他们的东方式的思维方式,这一切的一切都吸引着东方学家对他们进行更深入的描述,以满足人们对他们生发的强烈的好奇心。东方学家们洞察人们猎奇的心理,他们完全知道在对阿拉伯人表述时,人们更愿意听到些什么,因此便曲意迎合,甚至在必要的时候可以歪曲事实,越是不可思议的描述越是能引起人们更大的兴趣。人们为东方学家对阿拉伯人的描述啧啧称奇,惊异于在这样的文明的世界里居然会有这样的一群人与他们共存。如果阿拉伯人稍微显露出了一点文明的迹象,便会使人大为诧异,原来这些野蛮人竟然也会有着跟进步的文明人一样的想法!

在东方学家眼中,阿拉伯人也是善分不善合的。他们没有目的性,没有协作性。塞缪尔·亨廷顿曾经预言,21世纪是文明冲突与世界秩序重建的世纪,伊斯兰文明也是其中不可忽视的力量。但是他同时也不忘指出"没有凝聚力的意识是伊斯兰虚弱的一个根源,也是它对其他文明构成威胁的根源。"① 对东方学家而言,阿拉伯人的忠诚观念与西方人是不一样的。用传统的东方学话语解释,就可以这样表述:我们(西方)认为政治忠诚的顶点是民族国家。而在他们(穆斯林)那里则表现为对部落、对伊斯兰教的忠诚。部落观念一直在阿拉伯人的心目中占据相当重要的地位,而伊斯兰教更是阿拉伯人信仰所在,这就使得阿拉伯人与现代社会截然不同。我们可以猜测,正是这种与现代西方社会格格不入的生存方式使伊斯兰和阿拉伯人成为了所谓的对西方文明的威胁。

阿拉伯人在1967年对以色列的战斗中遭到了惨败,这个结果对西方人而言是理所当然的。因为在他们看来,阿拉伯人不管是在战争中还是在现实生活中都是失败的,而得到西方支持的以色列却是相对先进的,因此阿拉伯人只能屈从于以色列,巴勒斯坦人只能被驱逐出自己的家园,本该享有的权利几乎被全盘抹杀,而鹊巢鸠占的以色列人却得到了多得多的权利,在英国的一手策划下得以建国,又在美国的支持下气焰高涨。东方学家在制定对阿拉伯人的政策中发挥了极大的作用,阿拉伯人所付出的任何恢复自己民族权利的努力都被认为是蚍蜉撼大树,不仅对改变现状毫无作用,而且这种失败又为东方学家对阿拉伯人的研究提供了绝好的材料,以进一步证明阿拉伯人的无能。阿拉伯人总是被忽视,原因就在于东方学由来已久的对阿拉伯人的歧视和否定。

阿拉伯人曾经给当代的发达资本主义国家带来过严重的石油危机,这足以证明阿拉伯人是不驯服的,因此他们更易受到攻击。当西方开始逐渐从无石油不可的状态中摆脱出来,阿拉伯人已经再也不能以石油为武器对西方构成威胁了。相反,由于西方是阿拉伯石油的主要使用者以及西方在世界经济、政治中无可比拟的地位,阿拉伯的石油从生产到销售都受到西方的控制。而阿拉伯国家却因为生产力相对落后、产品单一

---

① [美]塞缪尔·亨廷顿:《文明的冲突与世界秩序的重建》,周琪、刘绯等译,新华出版社,1999年,第193页。

而不得不依赖西方进口自己所需,从而为西方商品的倾销提供了市场。东方学家们不无得意地认为,这是强大的西方战胜了东方的又一例证。随之而来的,该是西方让阿拉伯人尝尝当初不与西方合作的苦果的时候了。

除了在政治上遏制、在经济上控制阿拉伯国家之外,对大众的宣传也是必不可少的。由于当今媒体传播形式的多样化和手段的先进化,阿拉伯人形象的塑造已经不再局限于书本上的漫画似的形象了。通过电视、电影等,更多的西方人能看到直观、立体、生动的阿拉伯人的形象,他们一律长着鹰钩鼻,阴险,狡诈,毒辣,居心叵测,用卑劣的手段干着为非作歹、破坏社会治安的勾当。他们一贯作为西方的对立面而存在,而西方人则扮演着正义的一方,他们有理智,有责任感,有毅力,在面对由于前者带来的危险时挺身而出,临危不惧,识破他们的阴谋,把人类从灾难中解救出来。正面角色永远属于天生优越的西方人,而阿拉伯人往往担当着负面角色。事实是否如此并不重要,因为这都是由西方人所决定、分配和编排的,他们在对东方、对阿拉伯人肆意的诋毁中,获得快感,从而愈发觉得自己种族的高尚和神圣,愈发为自己而自豪,满足感油然而生。

阿拉伯人就这样在东方学家的表述中存在着,伊斯兰就这样被东方学家所东方化。西方,先是英法,现在又是以美国为首,成了东方学孕育、发展的肥沃土壤,一代又一代的东方学家在这里著书立说,阐明自己对东方的看法,把东方学的传统越积越厚。直到今天,阿拉伯—伊斯兰世界占据着越来越重要的地位,无论从战略意义、经济意义、政治意义、文化意义上来说,阿拉伯—伊斯兰世界都是不容忽视的力量。对东方的研究显得越来越重要,阿拉伯人要摆脱这种被观望、被描述的状态,就不能只盯着西方,对自己的优势视而不见,更不能只用西方的视角对自己进行省视。自尊和自爱,在纷繁复杂的国际事务中坚持自己的道路,才是阿拉伯人的生存之道,伊斯兰文明才会得到更大的发展,重放光彩。

第九章

后殖民主义与他者化

后殖民主义文化批评实际上是从批判欧洲的东方主义开始的,因此,它同东方学有着很多重叠的地方。当然,两者的重点不同,前者是对后者的批判与反思。但两者都与他者化有着密切的关系。

第一节 殖民和后殖民时代的模仿

一、殖民主义与东方的他者化

受米歇尔·福柯话语理论的启示和影响,爱德华·W.赛义德①将他的《东方学》的出发点建立在这样一个假定性的前提上:"东方并非一种自然的存在……作为一个地理的和文化的——更不用说历史的——实体,'东方'和'西方'这样的地方和地理区域都是人为建构起来的。"②何以如此?这是因为,在赛义德看来,"政治帝国主义控制着整个研究领域,控制着人们的想象,控制着学术研究的机构。"③这样,在西方的东方学家的眼中,世界便不再是一种地理存在,而是基于意识形态的假定和幻想:不是地理因素划分出了东方和西方,而是欧洲和亚洲之间不断变化的历史和文化关系决定了它们的存在,地理由此变成了人为的产物,这也就是赛义德所谓的"想象地理学"。为了不至于被人误解,赛义德对这一假定性前提进一步作出三点限制性的说明。其一,这一前提并不否认现实东方的真实性,因此不能由此得出东方在本质上只是一种观念性存在的错误结论。其二,所谓东方是一种人为性的建构,强调的是东方和西方之间存在着一种权力关系、支配关系和霸权关系,正是因为这些

---

① 又译萨义德、萨伊德。
② [美]爱德华·W.萨义德:《东方学》"绪论",王宇根译,北京:生活·读书·新知三联书店,1999年,第6—7页。
③ 同上书,第18页。

关系,东方被"制作"或说是被"驯化"成了(西方)所谓的"东方",是相对于欧洲的他者东方。其三,东方学中的东方并非什么谎言或神话结构,换言之,它不是欧洲对东方的纯粹虚构或奇情异想,而是一套被创造出来的理论和实践体系,并与西方实权社会的政治、经济及其机构之间存在着紧密的联系。

赛义德在《东方学》中所作出的思考,实际上是基于语言(话语)、真理(真实性)和权力这三者之间的关系展开的:真理是在一定的话语规则中对真实性的说明,权力则决定并证明着真理;真理从不存在于权力之外,权力的功能在于通过话语结构而制造真理;失却了话语以及由话语制造出来的真理的支持,权力也就不存在了,这正如福科所说的那样,只有通过真理的制作,人们才能行使权力。[①] 概而言之,借助于真理这个幌子,权力和知识可以狼狈为奸。因此,帝国主义不仅表现为经济、政治和军事领域的殖民现象,而且是表现于知识、文化和技术领域的一套话语体系,是欧美发达国家构造帝国主义世界体系的思维方式和思维习惯。

为了更清楚地说明这一点,我们不妨看看赛义德是如何例证他这种思考的。在《东方学》的绪论中,赛义德就东方如何被制作成他者东方的问题,举出一个典型的例子:福楼拜与埃及妓女库楚克·哈内姆的艳遇导致了有关东方女性的具有深远影响的模式的产生,在此,作为东方象征的库楚克是"不说话的",她成了神秘的(女性)东方,而福楼拜占有的不仅是她的身体,而且是她的说话权力也就是她的思想,是福楼拜告诉读者她在哪些方面具有"典型的东方特征"。这里,我们也可以设想,即使库楚克"说话",她也只能通过福楼拜来说话,她的话可以随时被福楼拜所利用或者删改,因为是福楼拜控制着说话的权利(书是由福楼拜写的),库楚克没有权力说话。赛义德在此运用解释学的方法和原理,注重于文本分析和"谁在说话"以及说话者所处的心理情境等问题。虽然这只是个案的研究,但它却具有普遍的意义,因此,赛义德说:"福楼拜在与库楚克·哈内姆关系中所处的有利地位并非孤立的现象。它很好地体现了东西方之间力量关系的模式,体现了在这种力量关系模式影响下产

[①] Bill Ashcroft, Gareth Griffith, Hellen Tiffin, *The Empire Writes Back*, Routledge, London-New York, 1989, p. 167.

生的论说东方的话语模式。"①在这种话语表征模式中,东方是沉默不语的,它是西方的审察对象。面对变成化石一般的东方,西方可以对它进行尽情地想象和言说,或被描述为专横残暴(亚细亚式的生产方式以及由此导致的专制社会),或被描述为妖娆迷人(它丰富的物产和任人欺凌的身份以及它充满诱惑与危险的有待开垦的疆域使西方把她想象为性感的女性),或是以科学和理性对东方进行条分缕析式的剖析,或是以父辈口吻伤感真正东方的逝去,或是以"民主自由"的精神教育并引导着东方的未来,或是以"世界主义"和"国际主义"的情怀把东方纳入自己的发展计划,东方就是如此被逐渐地东方化了,被他者化了。

这种东方化和他者化并不是一个已经完成了的过程,而是一个继续发展着的事实。殖民时代虽然过去了,但殖民主义并没有成为历史,后殖民主义、新殖民主义等等反而成为了热门话题。阿什克罗夫特说:"'后殖民'并不意味着'殖民主义之后',后殖民是殖民化了的话语。它始于殖民入侵,但并不终于殖民时代的结束。"②随着全球化经济形势的发展,作为一种话语形式的殖民主义在后殖民国家的影响愈以深入。赛义德的《东方学》考察的虽然是殖民时代的东方学,但它对现实的政治和文化都产生了很大的冲击,这实际上也是赛义德的用意所在。

迦·查·斯皮瓦克深刻认识到赛义德《东方学》的意义,并将书中提出的问题推向了极端。她在《属下能够讲话吗?》一文中认为,所谓的"属下"可以从社会上受压迫最深的妇女延伸到处于社会底层的普罗大众,之所以说属下不能讲话,是因为他们受到压制,没有讲话的时机和场合,他们的声音在特权阶层中是听不到的。③从历史和文化上讲,19世纪是帝国主义列强瓜分世界的时代,而当代则是社会资本使国际劳动分工越来越细的时代,知识取代了暴力,扮演着霸权的角色,属下阶层因此也变得复杂化了,相对于强权,处于弱势的地区和国家也不可避免地要沦为

---

① 爱德华·W.萨义德:《东方学》"绪论",王宇根译,北京:生活·读书·新知三联书店,1999年,第6—7页。关于福楼拜与库楚克的故事,《东方学》第241—244页有更为详尽的描述。

② Bill Ashcroft, "Globalism, Post-Colonialism and African Studies", in *Post-Colonialism: Culture and Identity in Africa*, Eds. D. Pal Ahhwalia and Paul Nursey-Bray, Nova Science Publishers Inc., NY, 1997.

③ J. Spivak, *Can the subaltern Speak*? 中译本可参阅罗钢、刘象愚主编:《殖民主义文化理论》,中国社会科学出版社,1999年。

属下阶层并感染上"失语"症,第三世界的知识分子(在斯皮瓦克看来,第三世界不存在真正的知识分子)至多不过是在第一世界的话语表征系统中为帝国主义文化提供些资料和素材(向第一世界的知识分子提供些"情报"性的东西),这与第三世界在经济上为第一世界提供能源和劳力的情形颇为相似。帝国主义在业已形成并不断完善的殖民话语和知识霸权的封闭且不断循环的圈套中以同化和压制等手段对庞杂混乱的异质文化进行着包容和控制,借以构造帝国主义世界体系。

我国学者易丹受到后殖民文化批评的影响,认为我们的外国文学研究,面临着非常尴尬的处境:在对外国的文学作品、运动、思潮、历史进行研究和判断时,我们采用的几乎都是来自外国的方法。当代哲学已经证明,在大多数情况下,方法就是本质,有什么样的话语结构就决定了有什么样的学术结论,由此看来,我们实际上是在帝国主义的话语结构中说明并证明着这套话语结构的有用性和合理性,因此,我们实际上变成了西方殖民文学的中国总代理,从事着西方传教士所无法完成的工作。这并不是一种孤立的现象,而是我们国家的知识系统在近几百年里所面临的困境的一个缩影。在这种情况下,我们要想摆脱外国文化在我们的外国文学研究领域的决定性影响几乎是不可能的,设想一下,如果我们放弃了我们所引进的话语体系,转而去寻找没有"殖民色彩"的、传统的、"纯中国的"话语方式,那么作为一门学科的外国文学研究就无法生存下去了。[①]

不仅外国文学研究如此,中国文学研究以及我国整个的人文学科都面临着同样尴尬的处境。基本上可以说,是西方著作的汉译本构筑了我们当下的学术语境:"实际上,整个20世纪中国文学呈现的现代性因素,几乎都能指认出西方文化的影响。而在今天的全球化语境中,当中国学者以从西方学来的'东方主义'作为理论武器透视'五四'以来的中国文学走过的道路,发出'谁的现代性'的质疑时,往日引以为自豪的精神成果与艺术成就便蒙上了西方霸权主义侵入的阴影。"[②]"谁在说话"在此变成了"为谁说话"的问题,我们当然是在为我们自己说话,但我们的任何言说似乎又经不起追问,因为我们的学术方法和学术语境使我们不可避免地跌入了帝国主义的话语圈套和话语陷阱之中,且无法自拔。

---

① 易丹:《超越殖民文学的文化困境》,载《外国文学评论》1994年第2期。
② 刘纳:《全球化背景与文学》,《文学评论》2000年第5期。

试图回到前殖民时代或是跨越过后殖民时代显然都是不可能的,而无论我们如何强调我们的文化立场或文化策略也都无以摆脱西方文化思想体系(帝国主义知识系统)的影响。只要是走进了某种体系或系统之中,必然要被结构于其中、并被体系规则所制约以至于最终被驯化、同化于体系之中;而要想保持自我,游离于体系之外,这在当今全球化的时代势必使自我封闭化、孤立化,结果自然是无法生存,所以世界各国都实行开放政策。全球化实质上就是让世界进一步体系化、系统化,它是任何民族、任何文化都无法逃避的趋势。但在全球化的过程中,东方或说在经济、文化上处于弱势的国家和地区真的变成了只会学舌的鹦鹉?

　　霍米·巴巴批评赛义德的《东方学》将问题简单化了。他认为,东方主义并不是单一的同质化问题,而是双向的运作过程。一方面,它是百科全书似的知识和帝国的权力,另一方面,它也是他者(即东方)的迷狂想法。① 我们以英国对印度的殖民统治为例对此加以分析。英国统治印度后,一个追切的问题是培养为英国统治服务的人才问题,在19世纪二三十年代,英殖民统治者中主张将印度西方化的代表人物麦考利在《印度教育备忘录》(1835)中说:"我们现在必须尽最大努力在我们与我们统治的数百万人之间形成一个可以称作翻译的阶级;这样一个阶级的人,在血统和肤色上是印度的,但在兴趣、见解、道德和知识上都是英国的。我们可以放心地让那个阶级去纯化那个国家的方言土语,用从西方名词中借来的科学术语来丰富那些方言,并将其转译成适当的工具以向那里的广大民众传达知识。"② 麦考利这段话曾多次被斯皮瓦克和霍米·巴巴等后殖民主义批评家所引用,借以分析英国对印度所实行的强制性殖民政策——使印度西方化。但麦考利实际上是顺应了时代的潮流,所以英殖民当局采纳了他的建议,对印度实行了西方教育体制,而这也正是当时以罗摩穆罕·罗易为代表的印度进步资产阶级知识分子所求之不得的。罗易在印度历史上被称为"现代印度之父",早在1823年他曾写信给印度总督阿姆赫斯特,要求对印度普及英语教育,他抨击印度教寡

---

① Madan Sarup, *Identity, Culture and the Postmodern World*, Edinburgh University Press, 1996, p.161.
② 转引自罗钢、刘象愚主编:《后殖民主义文化理论》,中国社会科学出版社,1999年,第116页。

妇殉葬、童婚、种姓制等习俗，认为英国对印度的统治是神对印度的恩赐，因为英国的统治促进了印度民族的自由、社会的幸福以及对文学和宗教自由的探讨等等。当时，在英统治者内部存在着东方派和西方派之争，而在印度资产阶级内部则存在着保守派和改革派的争论。这正像中国五四前后存在着新学与旧学、西学与中学之争的情形一样，有识的知识分子都在欢迎"德先生"和"赛先生"进入中国，借以对抗传统的封建旧思想。各自的出发点虽说截然不同，但走西方的道路在当时的东西方却是不谋而合的事情。西方在对东方进行殖民和半殖民统治的同时，东方也在借助于西方使自己逐步现代化，它采取的主要策略便是对西方进行模仿：学习西方。"学习"一词在此更多地意味着"挪用"，即马克思经典文献中常用到的"Aneignung"一词，在后殖民文化批评中，常常出现的"appropriation"（即"挪用"）是"Aneignung"的英译，我国也有学者将它译为"掌握"。①

二、后殖民时代的模仿

雅克·拉康认为：从严格的技术的角度说，模仿的效果是隐蔽，它并不是与背景谐调的问题，而是依附着斑杂的背景变成斑杂——就像人类在战争中所运用的伪装技术一样。②拉康主要是从精神分析的角度来谈论模仿的，霍米·巴巴将拉康关于模仿（mimicry）的理论运用于文化分析，认为殖民模仿是一种复杂、含混、矛盾的表征形式，并且模仿自身也在不断地产生延异、差别和超越，一方面，它是一种拒绝、不服从和摒弃的过程，另一方面，它也"挪用"一切有益和有用的东西以对自身进行改革、调整和规范。③艾勒克·博埃默在《殖民与后殖民文学》中把这种模仿表述为"殖民地民族主义的分裂性/依附性"："它好比是一个剥离与依附同时进行的双重过程。也就是说，它体现了'cleaving'这个词的两种不同的意思：既是'分裂'——离开殖民界定，越过殖民话语的边界，但同时又是为达到这一目的而采用借鉴、拿来或挪用殖民权力的意识形态、

---

① 张弘：《外国文学研究怎样走出困境？》，《外国文学评论》1994年第4期。
② Jacques Lancan, *The Four Fundamental Concepts of Psycho-Analysis*, London: Penguin Books, 1979, p. 99.
③ Homy K. Bhabha, "Of Mimicry and Man: The Ambivalence of Colonial Discourse", From *The Location of Culture*, London: Routledge, 1994, p. 86.

言语和文本的形式——即所谓'依附'。"①

实际上,后殖民主义所讨论的模仿并不是一个新问题,鲁迅的"拿来主义"谈的就是这个问题,毛泽东早在1940年写就的《新民主主义论》中也把这个问题谈得很透彻:"中国应该大量吸收外国的进步文化,作为自己文化食粮的原料,……例如各资本主义国家启蒙时代的文化,凡属我们今天用得着的东西,都应该吸收。但是一切外国的东西,如同我们对于食物一样,必须经过自己的口腔咀嚼和胃肠运动,送进唾液胃液肠液,把它分解为精华和糟粕两部分,然后排泄其糟粕,吸收其精华,才能对我们的身体有益,决不能生吞活剥地毫无批判地吸收。"②

为什么如此一个老而又老、看似常识性的问题又被后殖民主义文化批评重新抖搂出来呢?

首先,这里有一个新背景的问题。伴随着西方学界对索绪尔语言学理论的新阐释,解构主义、话语理论、后殖民主义等等发现西方思想中存在着话语霸权或说是知识暴力的问题,知识(文明)和经济、政治联系在一起,对世界进行着垄断性的统治,因此,福柯通过对知识所进行的谱系性研究从而把知识和权力化为一体。正是受到了福柯话语理论的影响,赛义德以《东方学》和《文化与帝国主义》等著作对西方的知识霸权进行了"揭秘",而霍米·巴巴等批评家则进而以《文化的定位》等著作对西方的知识结构进行着"解码",以求对其进行松动和解构。与此同时,从经济、政治和文化的角度看,晚期帝国主义的触须可谓无孔不入;而且,相对于殖民时代进行军事征服的帝国主义而言,文化帝国主义具有更加隐秘、更不易穿透的性质。随着全球一体化的发展趋势,它试图将整个世界都编织到它的网络中去,而在经济和文化上处于劣势的国家和地区则在竭力避免使自己走进全球网络化的"骗局"之中。劣势国家并不是反对全球化,而是因为全球化的发展过程中确实存在着"陷阱":帝国主义所设想的全球化将使富国更富、穷国更穷;它本来是一种不合理的现象,但帝国主义却把它构思为合理化、现实性的存在。因此,与现代性、全球化相提并论的地域(本土)文化、民族主义与民族传统等问题也再次成为

---

① [英]艾勒克·博埃默:《殖民与后殖民文学》,盛宁、韩敏中译,辽宁教育出版社,1998年,第120页。
② 毛泽东:《新民主主义论》,见《毛泽东著作选读》(上册),人民出版社,1986年,第397—398页。

热点话题,如何重新认识第一世界与第三世界的文化关系也成为一个现实的、迫切的问题。

其次,从近代以来,东方国家在现代化的过程中一直存在着东西方文化之间的争论。印度文学中有"印度性"和"现代性"的争论,阿拉伯文学中有传统与现代的争论,印尼文学中有"东方派"与"西方派"的争论,但是争论了上百年的问题总是无法解决。中国从清末就出现中学与西学的体用之争,五四时期又开始国故与新知之争,随后又有问题与主义之争,为什么总是争论不休呢?因为它一直是一个问题。就像毛泽东在中国新民主主义革命胜利前夜总结的那样,中国人在向西方人学习的过程中,发现先生总是在欺负学生,因而孙中山晚年和毛泽东都转而'以俄苏为师',然而,俄苏这位老师同样也欺负学生,而且俄苏模式并未提供给我们真正走向现代化的成功之路,它自身也遭到了麻烦。①于是,我们又回到了西方这个老师这里来了,但是,这个老师依然像以前那样要欺负学生,那回到老祖宗儒学那里去吧,但好像也不是个办法。所以,洋为中用、古为今用是我们讨论来讨论去的问题,但如何为我所用却一直是一个新问题:现代化的道路如何走,这是一个我们无论如何都无法逃避的现实性问题。印度诗人、评论家高卡克说:现代性并不意味着作家是一个现代主义者还是现代主义的反对者,而是意味着作家处在现代,感受着时代的压力,并为此而寻找生活的价值。②毛泽东早在新民主主义革命时期就断言,中国革命是世界革命的一个组成部分,中国新文化也必然和世界新文化联系在一起。在当今时代,随着现代信息技术手段的飞速发展,人们打破了时空的限制,生活在一种虚拟的现实(即"地球村")之中,任何社会都无法孤立地存在。市场经济把全球社会无法割断地联系在一起,这不仅使国家之间只能在相互依存中求得相互的发展,而且超越于国家权力之上的全球贸易、全球金融以及全球环境等等问题都在不断地促成并强化着一些国际组织和跨国性的区域组织。全球文化因此也必然会相互渗透、相互影响。"生产方式与日常消费的趋同化反映出不同文化模式和传统的相互接纳。在这种表象的背后,则初步显

---

① 张弘,《外国文学研究怎样走出困境?》,《外国文学评论》1994 年第 4 期。
② V. K. Gokak, *The Concepts of Indian Literature*, New Delhi, Munshiram Manoharlal Publishers Pvt. Ltd., 1979, p. 27.

现出民族文化、地域文化与全球文化之间的双向作用与复杂互动。"①从西方的殖民入侵开始,东方开始了它的现代化进程,从那时起,东方便一直在模仿或学习着西方,尽管不断地受到西方文化霸权的欺凌和挤压,但东方从来都没有、实际上也无法放弃对西方先进文化的模仿和学习。所以,这种模仿既是一个老问题,同时也是一个新问题。

当然,作为新问题提出来时,它也是有新内容的,我们依然从赛义德和霍米·巴巴对此问题的看法上进行分析。

赛义德在《东方学》以及后来的《文化与帝国主义》等著作中强调的,是居于支配地位的西方文化内部的东方表征乃一种假设,它的关注焦点在于东方主义是殖民统治的工具这样一个角色。而在巴巴看来,和西方文化联系在一起的帝国主义话语表征系统虽然具有征服一切的性质,但这种话语系统内部也存在着缺陷,这种缺陷在它与东方接触时表现得尤其明显。对这种缺陷的批评,既可以来自殖民者内部,也可以来自外在的被殖民者。②这种批评和对抗开始于西方对东方进行殖民征服并且持续不断地发展到帝国主义结束其殖民统治。殖民时代之后,帝国主义并不是放弃了殖民主义,而是在不断地充实和完善着它自身的思想结构和知识体系,赛义德和霍米·巴巴的批评理论本身就是这方面的典型例证。帝国主义并不害怕来自自己堡垒内部的批评,只要它是良性的,良药苦口利于病,这倒有利于帝国主义克服其话语系统内部的缺陷。帝国主义国家也在不断地调整着它们对第三世界国家的策略和方针,从殖民时代到当今全球化时代,帝国主义在来自外部即第三世界的对抗和压力中也在不断地吸取着经验和教训。从接受批评的角度来看,帝国主义思想结构和知识体系可以说是开放性的,因为业已形成了包容一切的封闭圈,所以它的开放性就带有循环发展(螺旋式上升)的性质,这也是它的活力所在。

霍米·巴巴认为,帝国主义话语体系既然要包容一切,那么,帝国主义话语体系自身就必然会不断地进行着解构和重构,这是一个无可更改的趋势,在这种趋势中,东方等被殖民的国家和地区实际上也在对帝国主义实施着压力和改造。一方面,巴巴认为,现实的情形是被殖民者好

---

① 蔡拓:《全球主义与国家主义》,《中国社会科学》2000 年第 3 期。
② Bill Ashcroft, Gareth Griffiths, Hellen Tiffin, *The Empire Writes Back*, London-New York: Routledge, 1989, p.178.

像已被建构于殖民主义话语体系之中,但另一方面,巴巴也认为,权力并不等于权威性,而殖民权力的权威性并不直接为殖民者所据有,它是殖民者和被殖民者所共同拥有的东西。①第三世界学习西方,是学习它的先进文明成果,也就是它的先进性,这种先进性实际上也就是它的权威性,权威性是隐含不见却又无所不在的东西,是存在于人的意识和心灵之中的尺度,它是帝国主义权力所无法征服的,只有在帝国主义思想与这种尺度重合时,帝国主义的权威形象才能建立起来;而一旦这种重合实现时,帝国主义实际上也就改变了模样。虽然这只是一种理论,但经过漫长的实践过程,它也是可以变成现实的,这正如艾勒克·博埃默在《殖民与后殖民文学》一书中所说的那样:"在这个时代里,启蒙运动的思想及支撑这些思想的一套体制,例如18世纪晚期或19世纪的欧洲民族国家,正明显地发生动摇……以帝国面目出现的西方文化和政治的权威正在土崩瓦解。非殖民化的目的当然是要在全球摧毁(并非总是成功)欧洲的权力结构。"②如此看来,不仅是第三世界在反抗帝国主义的霸权,而且帝国主义文化自身也在不断地进行着自我的解构,借以抹平或是消弭不同文化之间不断出现的差异和对立,因此也可以说,并不是殖民者把我们建构到某种话语理论体系之中,而是我们在差异和对立中为某种共同的话语体系的建构而做着努力。

当然,这里有差距存在,东西方对于先进和文明也就是权威性或说是现代性的看法常常是不同的。第三世界谈论现代性的问题,主要着眼于第三世界如何向着现代化发展的问题,而西方所谓的现代性则根植于资本主义社会本身,更侧重于对帝国主义的批判性认知。我们不能将现代性简单地等同于资本主义,资本主义在塑造现代社会的过程上固然具有举足轻重的作用,但同时也必须看到,资本主义只是现代性的某种"反射",现代社会的发展趋势不可能是西方文化的同质化。这是因为,在全球化的时代背景中,东西方文明是交织在一起发展的,东西方社会在经济、文化的发展上虽然存在着不平衡的现象,但它们却面临着很多共同的话题,比如人类的可持续发展的问题就不单单是东方或西方所面临的

---

① Bill Ashcroft, Gareth Griffiths, Hellen Tiffin, *The Empire Writes Back*, London-New York: Routledge, 1989, p.178.

② [英]艾勒克·博埃默:《殖民与后殖民文学》,盛宁、韩敏中译,辽宁教育出版社,1998年,第280页。

问题,而是需要人类携手解决的问题。全球化使国与国、文化与文化之间的距离缩短了,它给第三世界既带来了压力也带来了机遇:既谈论着自己,又谈论着西方;既学习着西方,又警惕着西方。东西方对各种问题看法上的差异,反映的主要是各自出发点的不同,而并不是问题本身的差异。

因此,巴巴不像斯皮瓦克那样认为属下不能讲话,他认为包括军事和文化上的征服是一个驯戒、改革、调整的过程,被征服者也在不断地对殖民话语进行模仿并对殖民权力构成挑战。再者,殖民模仿也意味着对殖民权力进行着监督,它以审视的目光对"正常化"的帝国知识和惩治权力均施加着压力和威胁。"在殖民话语的冲突性系统即赛义德描述的共时的、全貌的、处于支配地位的想象——对同一、静止的需求——和历史的历时性的反作用——变化、差异——之间的张力内部,模仿表现出某种具有讽刺效应的妥协性质。"①殖民话语强调二元对立,对世界进行中心与边缘、自我与他者、东方与西方等等的二元划分,在这种二元对立中,一方总是要控制、遏止另一方,对另一方实施着权力;殖民霸权、军事征服就是建立在这种意识观念和政治思想的基础之上。而殖民模仿则是要竭力改变、取消或是篡改这种二元对立关系的设定,换言之,它"把非此即彼的二项对立变成了'既……又……'的关系,把对立面结合在一起"②。我们强调世界的多极性和文化的多元性,并不是要强调对立,而是要强调权力、文化关系的对等性,借以抹平人与人以及种族之间的差别与对立,并使之在主观认识上处于同一即对等的存在状态。模仿作为一种复制和学习的形式,其中虽然有差异存在,但它指涉的是同一,哪怕这只是部分的同一,那么,权威话语的位移也意味着权力关系的逐渐平等,所以,模仿的过程既在稳固又在摧毁着殖民者的地位,殖民与被殖民者的身份在这一过程中奇特地发生着变异。③

譬如,在语言媒介和文学思想方面,吸收同化或是模仿复制就是对殖民权力和帝国文本的很有效的反动方式。"范农曾指出,使用一种语

---

① Homy K. Bhabha, "Of Mimicry and Man: The Ambivalence of Colonial Discourse", From *The Location of Culture*, London: Routledge, 1994, p. 86.
② [英]艾勒克·博埃默:《殖民与后殖民文学》,盛宁、韩敏中译,辽宁教育出版社,1998年,第120页。
③ Madan Sarup, *Identity, Culture and the Postmodern World*, Edinburgh University Press, 1996, p. 162.

言就意味着'接受了一种文化'(《黑皮肤,白面具》)。因此切断一个人与母语的联系,这就意味着与他的本源文化断绝了联系。在殖民统治下,压制地方语言而推崇英语已成为帝国主义统治的一种手段"。① 但是客观的情形是,英语的使用并不能切断一个人与其本源文化的联系。R. K. 纳拉杨等印度作家完全把英语变成了印度本国的一种语言,并运用从欧洲借来的文学形式进行着自我思想的表达,这实际上是以模仿的形式对英语及其文学进行了篡改。它"拒绝了英语的权威性,包括通过交流手段而实现的西方中心权力,同时又重建了英语,包括赋予语言的新用法,两方面可谓'扬弃'或'挪用'。它废弃的一面包括拒绝西方文化、美学和语言的'正确'用法,它挪用的一面则使英语成为负载自己文化、表现自己生活经验的工具。"② 再者,它对英语的使用也在一定程度上改变了英语的面目,使英语一步步地变成了众声喧哗的"杂烩"语言(即"多种英语":englishes)。也可以说,不是英语征服了大多数的殖民地,而是反转过来,英语变成了被殖民地"征服"了的语言:"沃尔科特在《鲁滨孙的日志》中说到,'我们模仿主人的风格和声音,把他的语言变成我们自己的'。英语,已经通过吸收同化而被'征服'了……通过使用当地的惯用语和带有特定文化所指的语汇,就可以使英语适应新的水土,变成一种民族性的语言。"③ 显然,对英语的运用使第三世界的模仿在此具有了篡改的意义,从本质上说它也是对殖民权力的篡夺。

　　文学形式和文学思想方面,我们也一直在"挪用"着西方文学,梁实秋谈到五四新文学时说:"自经和外国文学发生关系之后,我们对文学的见解完全变了。"④ 中国文学诗文形式和表现内容的变化都与西方文学的输入密切相关,而且这种输入是一个持续并不断深化的过程。虽然帝国主义的意图是扩张自己的文化,然而这种殖民化的实施过程对第三世界来说同时也就是现代化开始并发展的过程,当今文学中全球文化互相

---

　　① [英]艾勒克·博埃默:《殖民与后殖民文学》,盛宁、韩敏中译,辽宁教育出版社,1998年,第 237 页。
　　② Bill Ashcroft, Gareth Griffith, Hellen Tiffin, *The Empire Writes Back*, Routledge, London-New York, 1989, p. 38.
　　③ [英]艾勒克·博埃默:《殖民与后殖民文学》,盛宁、韩敏中译,辽宁教育出版社,1998年,第 242 页。
　　④ 梁实秋:《现代中国文学之浪漫的趋势》,见《浪漫的与古典的·文学的纪律》,人民文学出版社,1988年,第 13 页。

渗透的现象依然是这一过程的继续,它带来的结果是异花授粉,这多多少少地切合了余华的自画像:"作为一个中国作家,我却有幸让外国文学抚养成人。"①这是一种典型的文化杂交现象,它通过学习或追随而逐步要达到的目的是取消、抹平被模仿者与模仿者之间的差异,这也就是霍米·巴巴所谓的"基本同一,但不完全"②。

我们在语言和文学思想上对西方进行借鉴和模仿并不是一种孤立的现象,只要是先进的东西,我们自然就要加以模仿和学习,不仅人文科学如此,社会科学和自然科学也是如此,新的、先进的东西对我们的思维观念是一种转化和促进的力量,我们自觉或不自觉地都会对之加以吸收。从另一个角度看,西方文化实际上也是如此,现代主义和后现代主义对前殖民地和第三世界的文化也不是没有兴趣,它们也在不断地"挪用"着异质文化中对自己有用的成分。

三、模仿的变异与文化的杂交

所以,模仿从本质上来说,应该是一种自愿而非强迫的行为,它表现的是一个民族在文化上自我更生的能力,而不是自我消亡的命运,它并不是亦步亦趋,或者退一步说,即使是亦步亦趋,其中依然隐藏着不易觉察的新东西。这是因为模仿从根本上说是一种创造,是模仿者借助于模仿对象而进行的自我改造,因此它常常变成被模仿者的变异体。

模仿之所以出现变异,主要是由以下两个方面的因素所造成的。一、模仿常常是客观对象的主观化,因此,它常常表现为形似而非神似的类似,当然从模仿者的角度,这种形似也可以被阐释为神似;二、模仿也常常由部分的表征所构成,这有点类似于"瞎子摸象",不过,这里的"象"并不是一个真实的存在物,而是帝国主义话语所制造出来的所谓的真实存在物。模仿本身所具有的这两方面的变异性决定着模仿有可能变成戏拟甚至是戏弄或是滑稽,这也就是巴巴所谓的模仿的"讽刺"效应:通过权威话语的位移,殖民者发现他自身形象的变异。比如,西方所谓的人权,被我们挪用为"首先应是人的生存权",就是很有效的模仿,它虽然

---

① 余华:《我为何写作》,见《我能否相信自己——余华随笔选》,人民日报出版社,1998年,第193页。

② Homy K. Bhabha, "Of Mimicry and Man: The Ambivalence of Colonial Discourse", From *The Location of Culture*, London: Routledge, 1994, p. 86.

只是由部分的表征所构成,但它却以"类似"的形式对西方的权威话语进行了重构,使监察者与被监察者的身份发生了奇特的变异,这也意味着权力关系的平等化。

由于对被模仿对象并不是真正理解,或者说是对被模仿对象只作主观性的、对己有利的理解,也由于被模仿对象本身是一种含混性的存在,模仿也会演变成了迷狂式的奇情异想。模仿者既要保持自身的特性,又要吸纳被模仿者身上有用的成分,结果是,在被模仿者看来,模仿者成了一个四不像似的东西,而在模仿者的眼中,这种变异性恰恰是对权威话语不可通约性的消解和改变。中国有没有后现代派(或曰后现代主义)文学是一个至今仍引起争论的问题,如果撇开这种争论不谈,单从模仿的角度而言的话,我们也可以说,只要西方有了后现代主义,中国随之也会产生后现代主义,但它在本质意义上并不等同于西方后现代主义,而不过是西方后现代主义的中国变种罢了。当评论家说"刘震云的《故乡面和花朵》,无疑是 90 年代中国小说中最典型的解构主义叙事文本"[①]时,读者搞不清楚这是刘震云小说的本来面貌还是评论家的故弄玄虚,说它是"东施效颦"也好,说它是前卫思想也好,都不妨碍它"挪用"西方,虽然它可能是走了样的模仿,但它对中国的评论家和作家却是一种新奇和创造,话语方式的平移似乎是打破了东西方文化和文学之间的距离和差异,使之处于同一层面上的对话状态。再比如,在后殖民文化批评中,相对于少数者话语而言的主流话语和强势话语主要指代帝国主义话语,但当中国文论家思考 20 世纪中国文艺理论时,主流话语则可以被偷梁换柱为政治话语,而弱势话语或少数者话语则变成了个别文学家的个别话语,[②]这也可以说是中国文论家对西方话语形式的创造性模仿:不单是言辞的借用,而且是思想和思维方式上的借用。

任何理论都是基于特定的社会和历史语境而产生的,而当某种理论被我们"拿来"时,实际上它就脱离了它所赖以产生的语境,而受到来自于新的、不同的意识形态领域的影响,并在新的文化语境中发生变化,这也就是再语境化的过程,它是模仿发生变异的根本原因所在。对于外国文学研究者来说,我们着重要考察的是西方理论所赖以产生的西方文化

---

① 肖鹰:《九十年代中国文学:全球化与自我认同》,《文学评论》2000 年第 2 期。
② 庄锡华:《理论生态与归属困惑——20 世纪文艺理论的思考》,《文学评论》2000 年第 5 期。

背景,而对中国的作家和批评家来说,则是将西方理论在中国进行再语境化的运用和创新,因为中国文学反映的毕竟是中国人的生活和问题。但再语境化是建立在原来语境的基础之上,因此要对原创理论的原有语境进行深入的研究,否则它就会变成无本之木。对于理论,我们既要考察它的原产地,又要关注它的输入地,这样对模仿及其变异也就是创新才能有真正的把握。

变异本身是一个皂帛难分、龙蛇混杂的含混过程,用霍米·巴巴的理论来说,变异的过程也就是不同文化之间的杂交化,两种或多种文化既要保持各自的、明显不同的特性,同时又形成了某种新的东西。只要异质文化之间发生接触,新的东西的出现就是不可避免的,"在当今全球化的,而且往往是民族多元的文化中,(文化)理论再也不可能只是一个民族内部的事情,它再也不可能舒适地囿于本民族的内部争论,而是要面对由于与其他民族和文化理论的不断接触而带来的挑战。"[①]不仅中国这样的第三世界的文化面临如此严峻的现实问题,即使是像法国等发达国家的文化也面临着以美国为首的英语文化的冲击,当然美国文化自身也不断地在杂交化的过程中发生着变化,它本身像是一个多元文化的大熔炉一样在消解、融化着自身。在全球化的过程中,各个民族文化的向心力正在不断地扩散和削弱,所以大多数尤其是第三世界的民族国家政府的文化政策都试图维护自己的文化传统和民族遗产。

但伴随着全球化而出现的文化杂交现象并不是要消弭第三世界民族文化的特性,而是要在西方"文化霸权"的挤压中,以来自异质文化中新的因素激活民族文化的特性,因此,对于处于劣势地位的文化来说,"杂交"更多地表现为内在的迫力,是在对自我的捍卫中而对自我命运所产生的焦虑,是对改变其劣势地位的渴求。

80年代以来,西方文艺理论的大量引进对我们传统的文艺观念产生了极大的冲击,近些年来,正是在西方理论大肆入侵的严重形势下,我们开始关注中国古代文论的现代转向问题,提出了中国传统诗学的现代化问题,中国本土文化的失语症问题在传统的文学批评理论和批评方法方面表现得似乎是最为突出,如何将中国的传统诗学与现代化和世界化结合起来,成为一个令人焦虑的问题。焦虑现象的出现显然是与危机感

---

① [美]加布理尔·施瓦布:《理论的旅行和全球化的力量》,国荣译,《文学评论》2000年第2期。

联系在一起,而危机感的出现又是变异和创新所必不可少的前提条件。

　　无独有偶,20世纪的印度文学批评也面临着同样的危机,西方理论几乎支配了印度文学的批评和研究,印度传统的文学批评如何才能振兴？印度文学批评家纳姆沃尔·辛赫企图致力于在西方文学批评和印度古代文学批评的结合中寻找所谓的"别的传统"或说是"第三传统"。他认为,文学批评的兴盛有赖于思想和哲学的高度发展,印度古代诗学的兴盛就是如此。到了近现代,印度虽然出现了泰戈尔、奥罗宾多、拉塔克里希南等思想家和哲学家,但是他们的贡献基本上是将印度古代的思想与哲学介绍给西方而已。但即使如此,他们的历史意义也是不可忽视的,因为他们是在东西方文化的冲突中来复兴印度古代的文明,这个工作不是已经完成了,而是刚刚开始。纳姆沃尔提醒道,当代印度的文学批评家们似乎不愿意把自己的目光投向自己古老的文化传统中去,只是一味地模仿西方;模仿本身无可非议,但要有所创新,要切入我们的生活和文学现实。

　　纳姆沃尔实际上是一个文学批评方面的复兴主义者,复兴主义在当代印度是一个具有主流性质的文化倾向,这种倾向在目前的第三世界具有较为普遍的意义,是第三世界在全球一体化的世界趋势中所采取的基本态度。不难看出,在西方强势文化的冲击面前,处于弱势地位的文化大多要采取守卫的策略。但这种守卫并不是对西方文化进行拒绝,而是着眼于模仿之中的创新,假如没有这种创新,东西方文化之间的接触就会变成一种流产的行为:不仅自己的文化特性得不到发挥,而且移植过来的西方文化理论也会逐渐枯萎,其中的关键在于它缺少了将西方文化理论进行再语境化的过程。当然,这种再语境化并不是一蹴而就,它需要长期的实践。马克思主义原产于德国,中经苏俄而在中国革命的具体实践中得到发展,就是这样的一个实践过程。在我们当前的社会主义建设中,我们一直强调"中国特色",也是出于在模仿中要有创新这样的一种战略思想。

　　创新的首要条件是要敢于"融会"到异质文化之中,然后才能"贯通"于民族文化。在殖民时代,伴随着帝国主义的军事征服和经济掠夺,东西方在文化的接触上更多地表现为对抗和冲突,但即使如此,东方对西方文化中的先进因素也在不断地进行着吸收和同化。在当今全球化趋势越来越明显的时代,虽然东西方之间的文化冲突依然不可避免,但文化之间的相互依存和相互杂交却成为学界讨论较多的话题。

"杂交"一词大体相似于(文化之间的)"融合",但与"融合"不同的是,"杂交"更多地表现为文化心理经验方面的相互吸引和相互影响,它不以任何人的意志为转移,并将愈来愈发展为一种自然生成的过程,人为的策略对它来说只是外因,因此任何政府的干预行为也不会像以前那样具有号召力和凝聚力了,除非是顺应了现实中存在的文化心理,国家文化政策才能对文化心理的发展起到真正的引导作用。全球化就好像是一种新的文化气候,某种文化如何发展,不知不觉中都会受到这种气候的影响,它带有适者生存的意味。

显然,笔者在此是将文化赋予了生态学的意义,但从生态学的角度来考察现今世界的文化发展时,首先要明白的是,文化的生态学与自然生态学有一个根本的不同。我们可以将某种动物或植物归属于某个地理区域,因为它们只有在一定的地理区域内才能生存,而文化则不然,说某种文化专属于某地,显然是不恰当的。[1]相反,正是因为全球化的世界现状使各民族的文化接触与文化迁徙具有了较为普遍的意义,文化的杂交也就是文化的生态学问题才凸显出来。

文化杂交的前提条件是文化之间的接触,因此文化的杂交首先出现在不同文化相互接触的地带。"接触地带"(contact zone)是普拉特从语言学中借来的一个术语。文化之间的接触是一种交流的过程,交流自然离不开语言,"接触语言"指的是不同文化之间出现的混杂语言,它是为满足不同语言背景的讲话者相互交流的需要而产生的。在后殖民主义文化批评中,"接触地带",从历史上讲,指代的是殖民前沿,它较为典型地反映了不同的种族、语言和文化之间的相遇。一方面,它是殖民征服和殖民反抗的地带,另一方面它也是协作和接受、交流和模仿的场所,它的典型特征表现为跨文化因素的出现。普拉特借用"接触地带"这一术语,主要是为了阐明处于被征服和边缘地带的人们是如何从殖民文化中进行文化选择和文化创造的。[2]从现实的角度讲,在后殖民文化批评中,"接触地带"更多地意味着西方移民作家在西方社会中所处的边缘位置。霍米·巴巴认为,移民作家在西方所处的边缘地带具有文化战略上的重要性,他们处于不同文化之间,其创作必然是两种或多种文化之间的杂

---

[1] [英]汤林森:《文化帝国主义》,冯建三译,上海人民出版社,1999年,第47页。
[2] Marry Louise Pratt, *Imperial eyes: Travel Writing and Transculturation*, London, 1992, pp. 6—7.

交,杂交现象是当今世界文化发展的趋势。伦敦、纽约、巴黎等西方都市在各色移民的点缀下似乎早已杂交成了世界性的城市,而像加尔各答、孟买、拉各斯那样过去的殖民地城市(接触地带)几乎从一开始就是多元文化和多种语言并存的商贸中心和文化中心。①印度的政治、经济和文化在近百年来基本上是从沿海"接触地带"向内地进行辐射性发展,中国的情形与此也大致相似。西方列强是从沿海地区打开了中国的大门,帝国主义的租界成为典型的文化接触地带,我们的改革开放也是沿着这样的"接触地带"进行战略规划的。不难看出,正是在这些"接触地带",我们的民族经济和民族文化发展得越来越健康,在全球文化的新气候中获得了生机和活力。全球化的发展趋势必将使全球都变成文化上的接触地带,它不会是任何文化的一枝独秀,而必将是多元文化的"百花齐放"。

文化上接触地带的形成是由某种文化的迁徙引起的,文化的迁徙本来是人类历史上不断发生的现象,但只是在当今世界它才具有更为普遍、更为典型的意义。当今西方生活着为数不少的来自第三世界的移民作家,流亡生活对他们来说大多不是被迫的,而是主动的选择。对他们来说,"流亡地与家乡并非纯粹的地理概念,它们更多地表现为心理作用和心理建构。家乡实际上代表着某种看待问题的方式,而对流亡者来说,新的家乡就意味着以新的眼光来看待世界的方式的产生,是对世界的新发现。"②如果说信息革命使人们生活在某种虚拟的现实之中的话,那么也可以说,处于全球化时代的每一个人在文化心理上实际上已经不可避免地要处于漂泊不定的状态之中了,人们的文化视角再也不可能单一固定,来自异国他乡的文化景观不断地改变着人们的思维习惯,使人们在文化心理上都变成了流亡者。

霍米·巴巴说,在世纪之交,我们都生活在"现在"的界限上,对于这个界限我们似乎是除了使用意义游移不定的、充满矛盾色彩的前缀词"后"之外,也没有什么更合适的名字来称谓它了,因此后现代主义、后殖民主义、后女性主义等等"后"学勃然而兴。③ 对于这个"后"字,学界有

---

① [英]艾勒克·博埃默:《殖民与后殖民文学》,盛宁、韩敏中译,辽宁教育出版社,1998年,第270页。

② Timothy F. Weiss, *On the Margins: The Art of Exile in V. S. Naipaul*, the University of Massachusetts Press, 1992, p.111.

③ Homi K. Bhabha: "Introduction: Locations of culture", in *The Location of culture*, Routledge, London and New York, 1994.

各种说法,巴巴独辟蹊径地说,如果各种"后"学之"后"有什么意义的话,它的意义既不是"之后",也不"反……",而是指向"……之外"(the realm of the beyond)。"之外"既不是一种新的视野,也不是把过去留在了后面,巴巴引用马丁·海德格尔的话说,"界限并不表示某一事物的发展到此为止,而是像希腊人所认知的那样,界限是某种事物开始展现的地方。"时空交织到我们目前所处的过渡时代,殖民时代的军事征服早已成为历史,而同一个星球上出现的不同文化如何在互动中形成新的全球性的格局成为一个迫切的现实问题:差异与同一、过去现在、内部与外部、包容与拒绝交合在一起,使世纪之交的人们在文化上产生了一种无法定位的感觉,不仅东方文化如此,而且西方文化也是如此,所以,"之外"既是一种空间距离上的感觉,又是时间交叉上的触动。在全球化时代,前后左右,过去、未来和现在,四面八方,到处都是道路,到处又都没有道路。为了超越我们时代的文化困惑,巴巴驻足于两种或多种文化之间的"中空或中间地带"(in-between)来对文化问题进行考察和分析,这个"中间地带"也就是多种文化之间的"裂缝"或"缝隙"(interstices),只有从这个角度来对各种文化进行定位,才能以超越的眼光来看待并思考国家、种族、阶级、文化身份、文化地位、性别等等问题,并进而进行文化之间的商讨。他反对对文化传统的强调以及对文化优劣的区分,而主张文化之间的杂交。他企图超越二元对立的逻辑思维方式,在东西方文化以及多种文化之间搭起桥梁。

从历史上看,伴随帝国主义的殖民征服,曾有大量的帝国文本出现,但由于它们与帝国主义殖民征服联为一体,东西方文化之间主要表现为对立,所以吉卜林的名言"东方就是东方,西方就是西方"好像是把东西方固定成了文化上相互对立的堡垒。但到了20世纪末,随着西方国家中来自第三世界的移民作家力量的壮大,后殖民文学现象引起了西方学界的广泛重视,东方似乎不再是东方了,它与西方之间的界限正在逐步模糊。原先在殖民地外围地带形成的帝国小说,现在则作为后殖民文学现象奇怪地回到了西方大都市之中。一百多年以来,文化的迁徙在不知不觉中完成了一次空前的战略大转移,殖民入侵是西方打到东方以及世界各地,而后殖民时代则是东方以及广大的第三世界以移民或留学的方式被吸引到了西方,主动地学习西方。

文化上的侨居使移民作家处于一种比较特殊的地位,他们身处主流文化世界,但来自第三世界,介于两种或多种文化之间。他们处于西方主流文化的边缘地位,以外来者的身份和心理观察、模仿着主流文化,借以融入主流文化之中。这些流亡作家大多是在 40 年代伴随着前殖民地国家的独立而出生并在 60 年代移居西方,到了 80 年代初,他们在创作上的模仿性、双重性、无根(失重)性、混杂性、戏谑性正好迎合了后结构主义话语批评的趣味,由此逐步形成了后殖民文化批评的一套话语。后殖民文化指涉的主要就是这些流亡作家(如 V. S. 奈保尔、拉什迪等)和流亡批评家(赛义德、斯皮瓦克、霍米·巴巴等)的创作和批评。然而,这些流亡作家自身的第三世界文化背景在他们的创作中并不表现为本质性的东西,而更多地变成了他们在创作上可以利用的东西,变成了他们的创作策略,他们显得好像是非常关心原来国家的命运,但由于第三世界国家从 70 年代初越来越受到新殖民主义弊病的困扰而显得经济凋敝、社会混乱,因此他们的创作表现的主要是理想的幻灭和对第三世界文化的批判性反思。随着 20 世纪末全球化呼声的高涨,他们在创作上的跨国家、跨民族的"世界主义"特质正好使他们的创作参与了当前世界化的跨国信息交流过程之中,因此它们在西方世界能够日益走红。他们似乎是站在西方主流文化的边缘地位、代表着第三世界与西方主流文化进行着对话,然而冷静地分析一下,尽管他们大声嚷嚷着反对新殖民主义,但他们的创作和批评本身却属于新殖民世界的一个组成部分,因此也难免有新殖民主义的嫌疑,从而招致主要是来自第三世界的不少的批评,常常被斥为帝国主义的文化同谋或第三世界的文化叛徒。但无论怎么说,他们身处东西方文化接触的前沿地带,他们的创作和批评对东西方文化的发展都起到了较为直接的影响。

　　后殖民文化批评在我国也产生一定的影响,正是后殖民文化批评对西方帝国主义文化霸权的"揭秘"和"解码"使我国学者深刻地认识到话语权力的问题,由此,伴随着"失语症"而来的"谁在说话"和"为谁说话"以及"中国知识分子为什么不能发出自己的声音"等等问题一时间成为困扰我国学界的大问题。当然,"谁在说话"的问题对我们来说,并不像战争的硝烟一样弥漫在我们的面前,文化上的帝国主义更像赛义德所说的那样,是某种意识形态的假定和构思,是一种虚拟的现实。我们生活在我们的现实之中,我们似乎可以不顾及"谁在(世界上)说话"的问题,对他人的任何言说,我们也可以充耳不闻,我们甚至可以在自我的文化圈子内夸夸其谈或是引吭高歌。但身处全球化时代,任何一个有识的知识分子再也不会如此盲目自信、夜郎自大了。

从心理学的角度看，面对全球化的冲击时，处于劣势的民族和国家自然而然地会强化自我文化意识，这本来无可厚非，但我们也有不少学者常常在文化挑战面前瞻前顾后，唯恐失去了我们自己的文化立场，并为此而寻找相应的文化对策，这表面上看似出于捍卫民族文化的自尊心理，实际上却是把民族文化自卑化了。鲁迅早就看出了这种自尊掩饰下的自卑，说："无论是从哪里来的食物，壮健者大抵就无需思索，承认是吃的东西。唯有衰病的，却总常想到害胃、伤身，特有许多禁条，许多避忌，还有一大套比较厉害而终于不得要领的理由。"①如此脆弱的文化心理，只会使民族文化积弱不振，对民族文化的发展是没有益处的。一个人穿上了中山装，并不一定就是一个民族主义者，同样，一个人穿上了西装，也不一定就变成了英国人或是美国人，真正强化了的民族意识并不会与全球意识形成对立，因为全球意识与民族意识既相克相消，又相生相成，是一种互动的关系。模仿或学习先进文明目的并不在于使自己成为一个复制品，而是要超越或替代模仿的对象，如此，才能以自我的特色融入全球化的历史进程之中。

第二节　阿拉伯现当代作家的后殖民主义倾向

后殖民写作并不是完全独立存在的，它紧紧地依附于后殖民文化批评身上。所以，要谈后殖民写作，首先要对后殖民主义的来源有一个大体的认识。后殖民主义更多的是一种文化批评理论，最初是从政治理论派生出来的，带有明显的政治批评的色彩，正如一位印度裔后殖民批评家所指出的："当时研究的对象既不是'后殖民的文学'也不是'后殖民的知识分子'，而是'后殖民国家'。"②一般认为后殖民文化批评是20世纪六七十年代很多第三世界国家从殖民统治者手中获得独立和解放以后移民到西方国家的作家和学者，站在西方主流文化的边缘，对西方的主流文化进行解构，以一种批判的姿态、批评的话语体现一种权力意志，其学术活动与他在现实生活中的政治和文化密切相关，他们进行这种文学和文化批评的目的在于改变东西方的现实文化关系和权力结构。后殖

---

① 《鲁迅全集》（第1卷），人民文学出版社，1981年，第198页。
② ［印度］艾贾兹·阿赫默德：《文学后殖民性的政治》，见罗钢、刘象愚主编：《后殖民主义文化理论》，中国社会科学出版社，1994年，第258页。

民文学则是这些作家站在西方主流文化的边缘言说殖民时期和后殖民时期的第三世界历史与现实的一种文学创作。这些来自第三世界的移民作家和流亡作家在创作上具有模仿性、双重性、无根性、混杂性和戏谑性等特征,正好迎合了后结构主义话语批评的趣味,从另一个侧面支持了后殖民文化批评的话语。在他们的创作中,其自身的第三世界文化背景并不表现为本质性的东西,而更多地变成了他们的写作策略,成为他们在创作上可资利用的东西。表面上看,他们好像非常关心原来国家的命运,但出于融入西方主流文化的目的,他们的批评更多的是对第三世界文化的批判性反思,他们的文学作品则多表现东方的愚昧、落后、神秘、怪诞,在很大程度上迎合了西方对东方——"他者"的想象。这也正是他们遭到来自第三世界本土批评家攻击的一个重要原因。同时,我们发现在第三世界也有一些本土作家,他们的创作在很大程度上和这些流亡作家、移民作家趋同,从而具有了后殖民主义的创作倾向,我们在这里把他们的作品也纳入到研究的范围中来。

一、站在欧美反观中东的后殖民状态

后殖民理论家赛义德出生在巴勒斯坦,从小生活在阿拉伯社会,对阿拉伯社会的现实有着深刻的感受,后来到西方国家学习,又长期留在美国大学里任教。他的代表性著作《东方学》和《文化与帝国主义》等书对西方的知识霸权进行了"揭秘"和解构,得到其他来自第三世界的批评家如霍米·巴巴、斯皮瓦克、拉什迪、艾贾兹·阿赫默德等知识分子的响应,在他们的共同努力下,后殖民文化批评蔚为大观。这些来自阿拉伯国家和其他第三世界国家的后殖民批评家,其文化心态是很复杂的。他们大都已经定居于美国或欧洲国家,也有的在西方国家不断游走,或在母国与西方国家之间来回迁徙。当他们身处西方的时候,他们竭力想要融入西方主流话语,希望消除边缘与中心之间的界线,希望能够消除自己的母体文化身份,但是,他们要进入西方主流文化恰恰需要张扬其文化身份,他们的第三世界知识分子的身份成为他们用以跻身西方主流话语的一种有效资源。所以,他们一方面运用其第三世界文化背景去努力实践西方的权力话语和知识霸权,另一方面却要努力运用权力话语对母体文化进行批判,以获得西方主流思想的认同。所以,他们即便对西方的权力话语进行解构,也不是要从根本上动摇西方知识霸权的基础,而是为了西方能够更好地维护其文化霸权。在对待母体文化时,要么以西方的标准来评判，要么将其纳入西方的知识体系。在西方工作的阿拉伯知识分子基本上都是走的这种学术道路。

在哈佛大学工作的阿拉伯学者穆哈辛·迈赫迪①在这方面甚至走得很远。他认为阿拉伯哲学家法拉比代表了伊斯兰哲学以"他者"之名言说："事实上，法拉比写作的方法总的来说不为人所熟知，却是一种有趣的方法。其原则建立在通常的方法之上，即在伊斯兰的影子下进行编写。当一个人写作的时候，他常常写到起源或原则。当他想说些什么的时候，他常常以那些肇始者的名义发言，也就是说，以柏拉图或亚里士多德的名义说出他想说的东西。事实上，法拉比所写的全部著作在很大程度上都是很有个性化的著述，即他透过柏拉图或亚里士多德哲学应该具有的眼光去进行写作，毫不忽视两者哲学构成的原则和性质。法拉比研究了这种原则，并进行了思考，终止于哲学应该成为其哲学的地方。当他谈到柏拉图和亚里士多德的时候，他不是以历史性的话语进行言说，而是通过他们俩去谈论哲学思想的根源。他想借此告诉人们：'如果你们想了解根源所在，那么，这就是根源。'这样，就达到了我们要研究周围现实可以依赖的基础的东西。就像我上述提到的，这种方式在伊斯兰的遗产中非常广泛。也就是说，当人们以他者的名义言说的时候，便赋予了他的话语以一种原旨的含义。这是人们在审视法拉比著作时应该注意的事情。"②把法拉比与古希腊哲学联系起来，倒也无可厚非。但是，这位对伊斯兰哲学造诣颇深的学者连《古兰经》的哲学、伊斯兰教的哲学也硬扯到古代希腊身上，多少让人怀疑他对母体文化的态度，让人感受到他作为来自阿拉伯/东方的"东方学家"的东方主义倾向。他说："毫无疑问，在伊斯兰教中有一种建立在《古兰经》和圣训的基础之上的宗教政治思想。现行的各种政治制度总的看来也有一种建立在伊斯兰宗教学者的观察之上的政治思想。在教法学家那里有一种政治思想。同样毋庸置疑的是，当人们阅读一本教义学学者撰写的集大成著作时，将会发现，书的最后一章是关于哈里发职位。如此说来，在伊斯兰政治思想中

---

① 穆哈辛·迈赫迪是研究阿拉伯哲学的著名学者，在哈佛大学期间曾担任近东语言与文明中心主任。曾受邀在巴黎的阿拉伯世界研究院举办系列讲座，内容主要包括伊斯兰的政治哲学、法拉比与柏拉图思想。

② محسن مهدي، "فلاسفة الإسلام تكلموا باسم الآخر"، فى تأليف أحمد الشيخ، من نقد الاستشراق إلى نقد الاستغراب: المثقفون العرب والغرب، المركز العربي للدراسات الغربية، مصر، ٢٠٠٠، ص ٢٢٣-٢٢٤.

有许多不同的东西,教法学家与教义学家之间就有差异……这样,在包含了伊斯兰宗教学者审视统治问题的多种方法之中,就有着政治的哲学思想。这其中的每一种方法都有其特殊的一个根源或多个来源。而总的看来,政治哲学思想的基本来源就是古代希腊。"① 在前面的论述中他明明已经承认伊斯兰教有其自己的政治哲学思想,但到了最后却强词夺理,毫无理由地下一个无端的结论,把古代希腊作为政治哲学思想的基本来源。我们由此看到身在西方世界的阿拉伯知识分子是抱着一种什么样的后殖民心态。

而对于后殖民作家来说,他们要融入西方,更需要的是对母体文化的批判与反思。他们依靠对母体文化和祖国社会现实的批判而赢得西方文化市场的认可,甚至得到西方评论家和读者的喝彩。像摩洛哥作家塔希尔·本·杰伦(Tahar Ben Jeloun)这样在西方生活多年的阿拉伯作家,站在远离母国的西方国家,回头反视祖国社会,以西方的价值观来衡量本土社会的现实状况,看到的便是满目的落后,从而引得高高在上的西方人驻足"观赏"。正是侧重于叙述阿拉伯/非洲国家的落后与腐败现象,塔希尔·本·杰伦的作品在西方频频获奖,他创作的长篇小说《神圣之夜》② 于 1987 年获得法国的龚古尔文学奖;1994 年,他另一个长篇《腐败者》又获得地中海文学奖;1997 年他的另一力作《错误之夜》出版,在西方文化市场成为西方国家的畅销书,大获好评。

塔希尔·本·杰伦获得地中海文学奖的《腐败者》着重揭露了摩洛哥社会普遍存在的腐败现象,同时兼及对摩洛哥社会一些落后现象的批判。其实,腐败不只是东方特有的产物,它是一种普遍的现象。作家本人也指出:"如今,腐败现象已是肆虐南方国家和北方国家的司空见惯的灾难。"③ 南方国家指的是大多数分布在南半球的贫困的第三世界国家,北方国家则是大多居于北半球的西方发达富裕的资本主义国家。无论是贫穷的东方世界,还是富裕的欧美国家,腐败现象都在侵蚀着社会的正常运行。但是西方人却往往以他者的眼光看待东方国家的腐败,他们认为东方的腐败是在东方专制的温床上滋生出来的,因此,格外予以关

---

① محسن مهدي، "فلاسفة الإسلام تكلموا باسم الآخر"، فى تأليف أحمد الشيخ، من نقد الاستشراق إلى نقد الاستغراب: المثقفون العرب والغرب، المركز العربي للدراسات الغربية، مصر، ٢٠٠٠، ص ٢٢٣-٢٢٤.

② 中文版由台湾联经出版事业公司于 2000 年出版,题为《圣夜》,译者为黄有德。

③ [摩洛哥]塔希尔·本·杰伦:《腐败者》前言,王连英译,史忠义校,华夏出版社,1998 年。

注。印尼、中国等东方国家的腐败现象近年来特别为某些西方人所津津乐道。塔希尔·本·杰伦在其小说《腐败者》的前言中便坦陈自己是受到印尼作家普拉姆迪亚·阿南塔图尔的小说《贪污》的影响:"我读了他于1954年在印尼发表的小说《贪污》。① 为了表达我对他的尊敬和一位作家对另一位作家的支持,我写了这本关于腐败现象的小说《腐败者》。""我谨把这部小书献给印尼伟大的作家普拉姆迪亚·阿南塔图尔。"②另一方面,塔希尔·本·杰伦这位经常用法语进行创作的摩洛哥作家,由于常年生活在法国,受到法国文化/西方文化特别是其价值观的影响,有时难免也以一种"他者"的眼光审视阿拉伯各国存在的各种现象。《腐败者》所揭示的就是发生在他祖国摩洛哥的腐败故事。"这个相似而又不同,带有浓郁地方色彩而又具有全球性的故事,把我们跟南方作家的距离拉近了,尽管他的南方国家远在天边。"③尽管这个故事具有全球性意义,但是小说的获奖无法排除评委们对于其中"浓郁地方色彩"的瞩目。他们从中可以看到作者对于摩洛哥社会中老夫少妻、不加节制的生育、狂热怪诞的性"趣"的荒诞变形生活的详细描述。

二、典型的后殖民心态

按照后殖民主义的观点,被殖民的第三世界国家虽然都纷纷获得了独立,但这些国家在经济甚至是政治文化上并没有摆脱对前殖民国家、前宗主国的依赖。对东方国家的后殖民写作的研究实际上就建立在这种观点的基础之上。苏丹作家塔伊布·萨利赫在他的作品中常常提到英国殖民者对苏丹的统治,以及这种殖民统治对苏丹所产生的深远影响。在《迁徙北方的季节》中,塔伊布·萨利赫对英国人的殖民活动虽然着墨不多,却令读者充分感受到苏丹人民对殖民者的矛盾心理,呈现出一种典型的后殖民心态。在叙述者的眼中,英国殖民者不仅直接对苏丹人民进行压迫和剥削,还豢养了一大批代理人/走狗,以加强他们对苏丹的控制与统治。他们在每个县派驻的监察官,就具有生杀予夺的大权:

当时英国驻在一个县的监察官就是天使和皇帝,在比大不列颠

---

① 由德尼·隆巴尔译成法文,菲力普·皮基埃尔出版社出版。
② [摩洛哥]塔希尔·本·杰伦:《腐败者》"前言",王连英译,史忠义校,华夏出版社,1998年。
③ 同上。

全岛还要大的地盘上为所欲为。他住在一座高大而阔绰的官殿里,仆役成群,警卫森严,就是那些家人侍从也都神气十足,颐指气使,随意戏谑、讥讽我们这些靠赚钱拿工资维持生活的当地的小职员。对此,人们为我们鸣不平,向英国监察官提出控诉。当时的英国监察官还算是宽容开朗的。他们的走卒在我们苏丹人民的心中播下了怨恨,却取得殖民主义者的欢心。孩子,请相信我的话吧!难道现在我们的国家没有取得独立吗?我们没有成为自由的公民吗?请你相信,是他们豢养了那些奴颜媚骨的人,正是他们这些断送了脊骨的癞皮狗在英国人统治时代享有高官厚禄。①

非常奇怪的是,他们对英国殖民者虽然也恼也恨,但有时会觉得他们不太坏,最坏的是他们培养的那些走狗。小说的主人公从某种程度上也属于帮助了英国人的那一类人:"三十年代末期,英国在苏丹进行了大量的阴谋活动,在这期间,穆斯塔法·赛义德起了重要作用。然而却未曾听到过这里的任何人提到过他,这是令人感到吃惊的。他是英国人最忠实的支持者。英国外交部曾在它设在中东的行动诡秘的使馆中任用过他。在一九三六年的伦敦会议上,他是大会的秘书之一。"②正是像穆斯塔法·赛义德这一类人对殖民者的态度很暧昧。在故事的叙述者看来,英国人在苏丹的殖民活动并不像他们所描述的那样是一种恩赐,但同时又认为英国人也给苏丹人民带来了一些实惠,带来了西方的物质文明的建设,是苏丹人民直接从中受益,有时他又觉得英国人的殖民活动更像一场闹剧。

英国人来到苏丹以后把他们的思想观念、生活方式和所谓的民主制度也带到苏丹来,改变了苏丹人的政治生活,但是苏丹人照葫芦画瓢的那种政治的轮替、政客的表演、村民的选举呈现出来的喧嚣吵闹的景象让塔伊布·萨利赫这样的苏丹知识分子认识到了西方文明在移植到东方国家时并不总能适应,照搬西方的模式不可能在东方社会取得多大的作用,有时甚至会起到相反的效果。这一点不仅体现在《迁徙北方的季节》中,也体现在他的短篇代表作《瓦德·哈米德棕榈树》中:那些政客每

---

① [苏丹]塔伊布·萨利赫:《移居北方的时期》(原名《迁徙北方的季节》),李占经译,外国文学出版社,1983年,第46页。本文所引自该书的内容大多出自这一版本,个别地方译文有更动。有些内容参考了张甲民、陈中耀的译本《风流赛义德》,山西人民出版社,1987年。

② 同上书,第48页。

隔一段时间就领着他们的随从和吹鼓手,乘着卡车,打着标语牌到农村转悠一圈,高呼某某万岁,打倒某某,他们常常以农民的名义"闹革命"把在台上的当权者推下去,等自己上台以后一样地说着冠冕堂皇的话,私底下干着一样腐败的事情,过着一样花天酒地的生活,然后再等着别的政客来把他们替换下去。而政客的这些伎俩连最纯朴的农民也都能识破:"倘若我对祖父说,革命是以他的名义制造出来的,政府都是为了他而兴亡,那他一定会哈哈大笑。"①

也有些知识分子则对西方的殖民行为给予猛烈的抨击。小说中的苏丹人曼苏尔对欧洲人理查德说:"你们已经把资本主义的弊病传染给我们了。一小撮帝国主义公司过去吮吸了我们的鲜血,现在依然如此,除此之外,你们还给了我们什么呢?!"②这种观点,不仅在苏丹具有代表性,在整个阿拉伯世界甚至在所有遭受过殖民统治的东方国家中都普遍存在。但在从殖民者的角度看,他们认为落后的东方只有在接受他们的殖民统治,只有接受他们"普适的"文明以后才可能得到发展,尤其是殖民化程度较高的第三世界国家,在殖民者离开以后似乎都不知道如何维持国家机器的动转,不知道如何使自己的国家得到持续的发展。针对这种状况,西方找到了他们殖民的理由:"这一切只能说明一个道理:你们离开我们就无法活下去。过去你们曾控诉帝国主义,在我们离开以后,你们又人为地制造出所谓隐蔽的帝国主义的神话。然而无论我们公开地还是隐蔽地存在,对你们来说,都像水和空气那样的必要。"③这话出自欧洲人理查德之口,自然代表了殖民者的观点。正是殖民主义者的这种逻辑支配了他们对于第三世界国家持续不断的掠夺行为。曼苏尔和理查德之间的对话充分显示了东西方之间不可弥合的鸿沟。从这样的文本中,西方的读者和评论家了解到了东方对殖民者和殖民活动的真实想法。

不难理解,西方读者更乐于知道的是东方国家还有那么一些人竟然对殖民运动表示认同。这些人对激烈反对殖民运动的观点表示怀疑,而对殖民的成果表示欣然的接受:"他们闯入了我的家园。我不明白这是

---

① [苏丹]塔伊布·萨利赫:《移居北方的时期》,李占经译,外国文学出版社,1983年,第54页。
② 同上书,第52页。
③ 同上。

为什么,这是否意味着我们的现在和未来遭受到了侵害呢?他们迟早总会有一天要从我们的国土上滚出去。就像许多人在历史的进程中,从许许多多的国家撤离一样。到那时,铁路、医院、工厂和学校都将属于我们。我们将用他们的语言进行交谈,既不认为这是一种罪过,也不被看做是一种美德。我们一如既往,仍是是普普通通的百姓。如果说我们是幻象,那是由我们自己造成的。"① 从物质方面看,经过殖民以后的苏丹似乎进步了,有些事情确实变了:电动水泵代替了古老的水车,铁犁代替了木犁,女孩子也可以送到学校去读书识字,收音机、汽车也进入了一些人的生活,苏丹人还学会了喝威士忌和洋啤酒,而不再喝烧酒和苏丹土产啤酒了,然而,其他的一切还都是老样子。苏丹人的传统习俗,他们的信仰,他们的生活方式仍然没有改变。在后殖民国家,这种所谓的进步得到了一些知识分子的认同,甚至作家本人在一定程度上肯定了"殖民的成果",显示了后殖民国家里人们非常复杂的一种后殖民心态。

三、后殖民与他者化作为一种创作倾向

如果从严格的时间和作家身份上来限定,那么,后殖民文学只是一小部分六七十年代以后的移民作家和流亡作家的创作。但是,实际上早期从阿拉伯国家移民或流亡欧美的作家和后殖民作家有着同样的创作倾向。他们作品中具有这一倾向的部分也应该纳入到后殖民写作的范畴中来。这一点实际上得到了一些学者的承认。阿什克罗夫特说:"'后殖民'并不意味着'殖民主义之后',后殖民是殖民化了的话语。它始于殖民入侵,但并不终于殖民时代的结束。"②

在 19 世纪末 20 世纪初有大批的阿拉伯知识分子(其中主要是叙利亚、黎巴嫩的知识分子)移居到美洲新大陆,除了在那里淘金、谋生以外,也进行文学创作,形成了影响很大的阿拉伯旅美文学,在他们的创作中就已经有了很多对东方现实的反思与批判了。

不唯如此,阿拉伯不少本土作家在揭露东方社会的阴暗面,批评东方愚昧落后方面丝毫不亚于那些海外的移民作家和流亡作家,因为这部

---

① [苏丹]塔伊布·萨利赫:《移居北方的时期》,李占经译,外国文学出版社,1983年,第42—43页。

② Bill Ashcroft, "Globalism, Post-Colonialism and African Studies", in *Post-Colonialism: Culture and Identity in Africa*, Eds. D. Pal Ahhwalia and Paul Nursey-Bray, Nova Science Publishers Inc., NY, 1997.

分作家的某些作品具有与那些流亡作家和移民作家相同或相似的后殖民主义的创作倾向,在时间上从殖民时代就开始了。

像纪伯伦这样的早期移民作家,在他们的创作中早已将主题着重置于对封建统治政权的野蛮、残暴,对传统与法律的虚伪残酷的揭露,置于对迷信盲从与愚昧落后的批判,试图唤醒人们奋起反抗,向传统陋俗和宗教现实发起挑战。纪伯伦带着"狂人"的眼光审视着东方的停滞与僵化:东方人尚空谈、少行动,奴性十足,"个个被沉重负担压弯脖子,人人手脚被镣铐束缚"。他看到奴性成为东方社会里父子相传的"永恒的灾难"(《奴性》),①看到老父少妻现象,看到没有爱情的婚姻带给年轻人的摧残,看到宗教人士的虚伪和残忍,认识到改变传统的必要性。

另外有一些作家,如塔哈·侯赛因、陶菲格·哈基姆、叶海亚·哈基、苏海勒·伊德里斯等在西方学习、生活或工作过一段时间,然后又回到阿拉伯世界,他们已经接触过西方的文化,接受了西方的思想观念,从西方回到国内,对阿拉伯祖国现实的认识产生了变化,他们从西方的他者视角反观东方社会,得到的印象与后殖民批评家往往是相同的或相似的。

埃及作家塔哈·侯赛因(Taha Husein)和苏丹作家塔伊布·萨利赫在文学创作上与后来的后殖民作家有着更加接近的特征。塔哈·侯赛因1914年在获得了埃及大学的第一个博士学位以后,被选派赴法留学,先后在蒙彼利埃大学、索尔本大学和法兰西学院学习,广泛涉猎欧洲名著,潜心研究古希腊、罗马文化,对近代欧洲的文学特别是法国文学有深入的了解。在法国获得博士学位后回国任教。他在留法期间结识了法国姑娘,后结为伉俪,这对他认识西方文化有着很大的帮助。

在塔哈·侯赛因的小说《鹬鸟声声》中,可以读到埃及/阿拉伯社会中普遍存在的迷信现象。他们求神问卦,企图借助巫婆、神汉作为中介,以获取神秘的力量为自己排忧解难。让人感到更加奇怪的是作家本人对此类事情的立场。从后面的情节发展来看,老巫婆奈菲赛的话被应验了。那个爱她但伤害她的正是后来杀死了她舅舅的凶手,而那个伤害她但会爱她的却是诱惑她使她失身并间接导致她的死亡的少东家工程师。从这里,我们看到作家对待埃及老百姓的迷信现象的态度似乎是矛盾

---

① 《奴性》,收入纪伯伦的阿拉伯语散文诗集《暴风集》,见《纪伯伦全集》第二卷,人民文学出版社,1995年,第35—38页。

的。一方面,他详细地揭露了巫婆、神汉骗财骗物的伎俩,批判了普通老百姓的愚昧、落后;另一方面,作者本人又似乎相信这种民间巫术具有一定的可信度。由此可见,这种传统的阿拉伯陋习是多么根深蒂固,连一个接受了多年现代科学教育的文学家、思想家和教育家也很难把这种东西从自己的脑子里完全清除出去。

还有一些作家他们没有在西方学习或工作过的经历,但是,他们的身上也具有后殖民主义的创作倾向。如马哈福兹作品中所描绘的埃及/阿拉伯社会腐败、堕落等负面现象则在客观上契合了西方人妖魔化东方、他者化东方的臆想。其中长篇小说《雨中情》以战争的背景反衬埃及社会的腐败、堕落现象。该书于 1973 年出版,而写作的过程正是阿拉伯人在 1967 年六月战争失败后处于最初的惊愕与沉痛之中,马哈福兹以作家的良知反思战争失利的原因,发现老百姓的腐败与堕落也是造成阿拉伯人战败的重要原因之一。小说的题名寓含着深刻的思考,"雨"所指涉的是六五战争的枪林弹雨,"情"则既有以受伤战士伊拉欣为代表的埃及青年所追求的纯洁、真挚的美好爱情,但是另一类人在前方战士浴血奋战的情况下仍然沉湎于酒色、逐于欢场、行淫荡堕落之"情事"。故事的主人公侯斯尼·希贾兹作为一名摄影师,利用自身的方便条件,在战火纷飞的年代为自己精心构筑了一个"安乐窝",以卑鄙、恶劣的手段,通过向女学生放映色情电影,糟蹋了许多本来纯洁无瑕的年轻姑娘。在马哈福兹看来,更为可怕的是侯斯尼·希贾兹的糜烂行为还不只是个别现象,而是在社会上普遍存在的:电影导演穆罕默德·里什旺利用自己的职务之便勾引女演员;年轻的姑娘穆娜为了当上女演员,不惜闹出丑闻;著名的女演员费特娜在寻找机会,去诱惑下一个男人和自己上床;失恋的青年在俱乐部喝得烂醉,招来妓女释放自己的肉欲;"有能耐的人"想办法去了国外,外国变成一种时髦;平民百姓无端地背上"共产主义罪"的恶名,并锒铛入狱;有钱的女老板莎美蕾·沃吉迪不仅是个严重性变态的女同性恋者,还组织淫荡的男女群奸群宿,她控制着一群女孩子,"和她们一道去男男女女的家里过夜,寻欢作乐,却不要钱"①……人们禁不住要感叹世风日下,人心不古:女人在大街上光着身子,坐过牢的犯人当上政府的职员,居于弱势的犹太人居然打败了阿拉伯人,因贩毒而进过几十次监狱的人竟然无耻地说:"贩毒和搞政治一样,也没什么不光

---

① [埃及]纳吉布·马哈福兹:《雨中情》,杨孝柏译,文化艺术出版社,1991 年,第 106 页。

彩的。"[1]病态的社会正如那变态的女老板的讥讽之词所说的:"纯真的时代已经和反动派、封建主义、帝国主义一起消失了。"[2]在这样的病态社会中人们迷失了生活的方向,像侯斯尼·希贾兹一样,搞不清自己的位置。

马哈福兹在《雨中情》这部小说中"更多是采用暴露的手法",[3]通过对社会丑恶现象的描绘,表达自己的爱情希冀,以战火纷飞的场面和淫荡堕落的世俗图景这两种迥然反差的画面,来揭示埃及当时的社会现实,唤起埃及人民心中的良知。[4] 但是,在西方读者/评论家的眼里,作品所表现出的阿拉伯人的淫荡、性变态、无序的政治运作、漠然麻木的民众,正好符合了他们对他者化东方的想象。他的另外一些作品也在不同的程度上表现了落后的埃及社会。从这个角度来看马哈福兹获得诺贝尔文学奖一事,我们也可以更加清楚地看到作家的后殖民和他者化倾向。

阿拉伯现当代文学的后殖民写作现象虽然受到一些阿拉伯文学评论家的关注,但是他们大多只是作蜻蜓点水式的评论,而没有作深入的研究。而实际上,这些作家的写作在当前的语境下越来越凸现出其后殖民倾向。在现当代阿拉伯文学中,这样的阿拉伯作家可以开出一串很长的名单,而且其中有很多是非常著名的作家,在阿拉伯文坛上有着很大的影响,有的甚至有着国际性的声誉。如埃及文坛泰斗塔哈·侯赛因,苏丹著名作家塔伊布·萨利赫,曾获得龚古尔文学奖的摩洛哥作家塔希尔·本·杰伦,甚至于获得诺贝尔文学奖的纳吉布·马哈福兹……,他们都或多或少地以"他者"(西方人)的眼光,审视阿拉伯的社会现实,描述阿拉伯社会的愚昧、落后、神秘,从而因其符合西方对东方的想象,而迎合了西方读者和西方评论家对东方的阅读期待和审美需求。

在现当代的阿拉伯文学创作中,后殖民文学倾向有愈演愈烈之势。而造成后殖民文学现象的原因是多方面的。从外部环境来看,西方把自己的一套价值观作为放之四海而皆准的真理,从而高高在上地俯视第三世界文化,所以,当阿拉伯作家把落后的一面呈现出来的时候,正好"佐

---

[1] [埃]纳吉布·马哈福兹:《雨中情》,杨孝柏译,文化艺术出版社,1991年,第144—145页。
[2] 同上书,第106页。
[3] 同上书,"中译本前言"。
[4] 小说初版时的封面设计,即由这样两幅反差十分鲜明的画面剪接而成。

证"了西方的正确性,欣然给予好评,从而吸引了越来越多的阿拉伯作家趋向后殖民写作。

从阿拉伯文学内部来看,作为创作主体的作家和作为审美主体的读者身上以及阿拉伯社会的文化教育都为后殖民文学的泛滥提供了条件。

1988年度获得诺贝尔文学奖的阿拉伯作家纳吉布·马哈福兹坦言,他那一代的阿拉伯作家身上有种"洋人情结"。① 即认为阿拉伯文学本身没有多大的成就,起码比不上欧美作家的成就。马哈福兹本人虽然认为阿拉伯也有马哈穆德·阿卡德那样的大师,但他也更多地把萧伯纳、托马斯·曼、阿纳托尔·法朗士、萨特、加缪等欧美作家当成世界级的大师,以其作为师从、效仿的对象,视其为某种标志。"洋人情结"的一个最为突出的表现是跟署上一个外国名字。一来容易被相关的刊物采用发表,二来借洋人之名以壮自己的声势,可以拥有更多的读者。所以,这种"洋人情结"不只是存在于阿拉伯作家身上,而是在读者和批评家身上都普遍存在的一种现象。②

从阿拉伯读者方面来看,他们已经接受了太多的关于西方的文学,并自觉认同于西方的价值观念。一位阿拉伯著名学者指出"在我们的学校和大学里所学的,正是西方的学校里所教的。我们的杂志,我们的宣传机构,和我们的文化机构,传达给阿拉伯读者的是关于西方的最重要的形象。"③ 于是,阿拉伯读者在接受西方形象的同时,将本民族文化与西方文化相比较,将阿拉伯的想象与西方形象相比较,产生了对西方文明的艳羡之情,和对本民族文化和本国社会现实的嫌恶。因此,这些读者对后殖民倾向的文学作品中披露民族劣根性的描写能有所共鸣。

不管怎么说,阿拉伯现当代作家的后殖民写作中,创作主体的创作动机是有所不同的。有的是为了迎合西方而故意暴露阿拉伯的黑暗面,甚至不惜夸大其词,夸张事实;有的则的确具有明显的忧患意识,对阿拉伯的现实忧虑重重,为了阿拉伯的未来而揭露社会的种种弊端。由此,

---

① [埃及]拉贾·尼高什:《纳吉布·马哈福兹:文学与生活回忆》,金字塔翻译发行中心,1998年第1版,第151页。

② 参见林丰民:《阿拉伯作家的洋人情结与诺贝尔文学奖情结》,载《东方新月论坛》,经济日报出版社,2003年。

③ زكي نجيب محمود, "**خلافنا مع الغرب وهم متبادل**", في تأليف أحمد الشيخ, **من نقد الاستشراق إلى نقد الاستغراب: المثقفون العرب والغرب**, المركز العربي للدراسات الغربية, ٢٠٠٠م, ص ٢٣.

我们也看到了后殖民写作的影响也是双重的。那些主观上迎合西方的后殖民写作不利于东西方的文化交流,不利于西方对东方的正确认识。另一方面,后殖民写作也的确可以作为阿拉伯社会鉴照的一面镜子,为社会的进步发展提供了一些具体的图景和途径。

第三节　后殖民倾向的印度英语文学和侨民文学

自萨尔曼·拉什迪《午夜的孩子》(1981)发表以来,印度英语小说的兴起逐渐成了印度以及西方大众媒体与学术圈子讨论的一个中心话题。以《午夜的孩子》为界限,印度英语小说进入了一个新阶段,这样说,至少有两方面的含义。一是穆·拉·安纳德、阿·克·纳拉杨、拉伽·拉奥等人都成了老一代作家,而拉什迪、维克拉姆·赛德等作家则正如日中天,不仅如此,拉什迪还带出了一大批的追随者,使印度英语小说的创作蔚然成风;二是《午夜的孩子》像一座大厦一样遮住了它身后的一切,殊不知拉什迪之前,印度英语文学是在印度国内国外多种不利的环境中生成并发展的,而拉什迪等当代英语作家则是在后殖民、后现代的春风中应运而生的。

《午夜的孩子》可以说是尼赫鲁时代的史诗,它于 1981 年出版时,碰巧也是尼赫鲁时代趋向终结之时。贾瓦赫尔拉尔·尼赫鲁(1889—1964)想把印度建设成一个政治民主、经济发展的国家,但到了 70 年代初,印度中产阶级普遍认为是尼赫鲁的"社会主义"白日梦想抑制了印度经济的发展,而在英迪拉·甘地执政以后,印度政治上的"民主"也被进一步削弱。到了 80 年代初,随着印度国大党在国民心目中威望的下降,尼赫鲁家族的时代已趋于衰退,同时印度经济自由政策使印度出现新的商人阶层,虽然这时期的印度经济发展缓慢,贫富悬殊问题严重,但印度中产阶级的力量却进一步壮大。这个中产阶级在经济和意识形态上均以国际势力为后盾,他们企图以自己的意志来重新塑造印度,同时他们又深感悲观和绝望。《午夜的孩子》正是以"喜剧史诗"的形式反映出印度中产阶级的处境和心理。"史诗"意味着以神话、魔幻、超现实的方式来叙述一个时代,而"喜剧"在拉什迪的笔下实际上是悲剧的一种极端形式,正像乐极生悲一样,悲极也可以生乐,它不仅是像阿 Q 那样麻木不仁的喜剧,而且是觉醒后四处碰壁、无路可走的喜剧。拉什迪的小说倾诉出了印度国内的愤懑情绪,另一方面它也迎合了西方的心理和口味,在后殖民的文化背景中写出了后现代的一些精神面貌,只不过是这种后现代的文化之根不在西方,甚至也不在东方,是地地道道的浮萍,是西方文化奴役了东方文化的产物,是弃儿的无奈与痛苦。在臆想的东方主义成为一片空白之后,作为象征着印度的萨利姆(《午夜的孩子》中的主人公)也只有英语这样一个可怜的遗产了。而在80年代,英语已不像英国统治印度时那样是殖民者的语言,它堂而皇之地成了印度英语,俨然身份高贵的皇家成员,受到了非同一般的注意。这便是拉什迪的神话了——他以文学的形式结束了尼赫鲁的时代,使"印度"通过"英语"而融入了西方的话语世界。

但是,将"印度"和"英语"两个词语放在一起,毕竟有点不自在。从历史上看,英语代表着大英帝国,它与印度是两个敌对的大家庭,而现在,它们的子女却结成了婚姻关系,诞生了"印度英语文学"。虽然这是一种幸福的结局,但这"印度英语文学"却难免是一个"杂种"(hybrid)。

首先是作家的身份问题。说安纳德、纳拉杨等作家是印度英语文学作家,没人会产生疑问,因为他们是印度人,生活在印度,写的也是印度人的喜怒哀乐,安纳德虽然留学英国,但他最终却执着地生活在印度国内。而拉什迪、维克拉姆·赛德、安妮塔·德赛等作家则长期生活在西方,且加入了英、美、加拿大等国的国籍,他们还叫印度作家?其创作还叫印度英语文学?印度的学术圈子几乎无例外地将他们归入印度英语文学,英国的《联邦文学杂志》《泰晤士报文学增刊》说到印度英语文学时也少不了拉什迪等作家,这似乎是板上钉钉、无可置疑的问题了。阿米德·乔杜里在1999年9月3日的《泰晤士报文学增刊》上发表的文章《混血儿的魅力——后殖民印度小说对西方意味着什么》,无意中说透了其中的奥秘:实际上,"印度"一词在当代文学中只是与"英语"发生关联时才用,说孟加拉语、乌尔都语、卡纳达语小说时,没人想到要加上"印度"一词,这里潜在的意义在于,只是在英语中,印度作家才有一种优势感,或者至少说是一种义务感,才能说出被称为"印度"的后殖民整体。换言之,看来被唤作"印度"的这样一个后殖民时代的整体的东西只存在于印度英语小说家中的作品或相关的评论之中。阿米德·乔杜里本人是一个印度英语小说家,他于1998年刚刚出版了他的第三部小说《自由之歌》,他在这里的观点反映出印度作家的心理定势:英语创作是一种优势,这种优势在崇高的层面意义上进一步变成了一种义务,无怪乎很多作家纷纷加入了英语文学的创作队伍之中,就连印地语老作家阿格耶叶生前也要学着泰戈尔那样孜孜不倦地把自己的作品翻译成英语,以引起西方的注意。阿米德所谓"印度"这样一个后殖民时代的整体只存在于印度英语小说家的创作或相关的评论之中的说法并不是耸人听闻,因为英国殖民统治给印度留下的最大遗产也就是英语了。可以想象,今后还会有更多的印度作家用英语来进行他们的创作,这是一种必然的趋势。拉什迪的印度身份不可失却,否则"印度"就不存在了,这也可以说是拉什迪的"喜剧"吧。

其次是语言问题。1835年,英国在印度殖民统治阶层中的总督立法成员麦考利在《印度教育备忘录》中说:"我们现在必须尽最大努力在我们与我们统治的数百万人之间形成一个可以称作翻译的阶级;这样一个阶级的人,在血统和肤色上是印度的,但在兴趣、见解、道德和知识上都是英国的。我们可以放心地让那个阶级去纯化那个国家的方言土语,用从西方名词中借来的科学术语来丰富那些方言,并将其转译成适当的工具以向那里的广大民众传达知识。"[①]麦考利的教育思想在一百年后的印度开花结果了,不说印度英语,就是孟加拉语、印地语等印度语言也都沾染上了英语的习性,变得不伦不类——印地语中夹杂着英语,于是出现了 Hinglish(意为印地语 Hindi 与英语 English 的结合)。不知再过多少年,英语(印度英语)是否会完全吞食掉印度的各种语言。桑吉德南登在《全球化与文化》(Globalisation and Culture)一文中悲哀地说,印度在当今世界全球化过程中所面临的最大的文化威胁是民族语言的死亡,因特网上的通行语言,英语,主要是美国英语,正在取代印度的各种语言,印度文学正在变成印度英语文学。当然,"英语"在与"印度"结合之后,也难免要沾染上"印度"的一些土气,一些印度语言语汇也进入印度英语小说的创作之中,连维克拉姆·赛德这样语言精美的小说家也不例外,这使得印度英语作家的创作对西方来说也有了一点土特产的味道,音译的印度词汇与奇怪的句子结构,标准英语与殖民时代以来的口语传统相结合,使印度英语变成了杂种语言。不过,印度英语毕竟也是英语,印度词汇等等东西只是印度作家献给"英语"的一点土特产似的礼物。当一个作家失去了自己民族的语言之后,那时,它逐渐失去的便是自己的民族与文化。安纳德、纳拉杨等老一辈作家用英语进行创作时,英语

---

① 转引自罗钢、刘象愚主编:《后殖民主义文化理论》,中国社会科学出版社,1999年,第116页。

在他们的手中也还是抗争西方文化、维护东方文化的一种工具,即使如此,当纳拉杨发现自己的小说在家乡迈索尔很少有人去买时,他还是感到莫名的悲哀。但在新的文化背景下,拉什迪等作家的境遇就大不相同了,麦考利臭名昭著的言论在此变成了行动的指南,拉什迪通过萨里姆之口声称,现代印度的父亲是英国的拉伽(大王),尽管英国在印度的统治于 1947 年 8 月 15 日宣告结束,但英国的遗产被新诞生的国家继承了。在小说《莫尔的最后叹息》中,拉什迪进而将一只狗的名字安到印度第一任总统的头上,尽管其创作风格是真真假假、似真似幻,但这样的恶作剧难免使人想起殖民者曾在中国树起的"华人与狗"的招牌,也难怪一部分印度人要求禁止此书在印度发行。如果说,无论如何安纳德等作家还是生活在印度母亲的怀抱之中,那么,拉什迪等人则恨不得通过英语来丑化、"谩骂"一通,以博得新欢的喜爱。

第三是印度性与现代性,也可以说是后殖民与后现代的问题。既然被称作印度英语小说,就有一个印度性的问题,而印度,按人们的一般看法,或者是按阿米德的说法,是一个无所不容的怪物,因此容纳这个怪物的小说也必然是一个无所不容的怪物,每一个印度英语小说家都在以不同的方式丰富着这个怪物无所不容的性质。拉什迪等作家创造了一种魔幻般的、喋喋不休的叙事方式,而维克拉姆·赛德、罗西顿·米斯特利等作家则将 19 世纪欧洲小说的风格引入过来,同时肖帕·黛、阿鲁德蒂·罗伊等女作家又在进行着女性身体小说的创作。大量的印度英语小说的出现,使人感觉到了现代与古典、西方与东方等等的界限。拉什迪之后,按阿米德的说法,印度英语小说建构起了不同于传统印度英语小说的形式,其体裁多种多样,其风格变化无穷,已很难分清其印度性与现代性了。比如,拉什迪的小说风格极其外露,拒绝微妙、细腻与内涵,他的想象趋向于魔幻与狂热,叙述方式上也是非线型的,这些都是非西方话语特色的标志,属于后殖民时代和印度古代的传统。但是,强调多种声音是后现代的风格,阿米德认为,将夸饰、散漫、奇情异想、非线型历史叙述等归为印度性,而将雅致、微妙和讽刺等等归为英国小说和欧洲启蒙运动的理性传统,显然是一种殖民主义的偏见。也有将印度后殖民小说的印度性,将魔幻、非现实、无所不容等叙述方式与《摩诃婆罗多》《罗摩衍那》的史诗传统联系在一起的,但阿米德说,史诗传统与印度英语小说有很大差别,神话想象中诞生的史诗表现出不属于道德范畴之内的一些奇妙难解的内容(如对克利希纳大神的描写),正是这种超越于道德是非观念的描写,史诗向我们显示出人性和宇宙的奥秘,而印度后殖民小说则植根于印度中产阶级的思想意识,表现后殖民、后现代的文化处境和心理。印度后殖民、后现代小说的最典型特征就是模仿,因为后殖民印度本身就是一种杂交而成的整体,它处于散乱无序的状态,印度中产阶级按照自己的意志、以"民族寓言"的方式来塑造着它,可以肯定的一点是,这些作家在目前紧紧追随的是西方的潮流,而不是印度的传统,正因为如此,后殖民印度英语小说这个混血儿对西方具有相当的魅力。

在当今世界全球化趋势越来越明显的时代,东方学者试图以后殖民理论的批评来对抗"全球化"的话语时,印度后殖民小说实际上正迫不及待地要"全球化"。桑吉德南登说,全球化鼓吹将文化"人类学化",它将后殖民时代看成是殖民时代的延续。印度在殖民文化到来之前就有着自己丰富的文化传统,但在"全球化"理论看来,印度的历史和文明似乎开始于殖民主义,传统文化不是被忘记了,就是被看成是一种低劣于西方的文化;可悲的是印度学界本身也在随波逐流,结果必然导致文化自尊心的丧失。

一、文化与帝国主义

赛义德在《东方学》一书中,曾通过奥尔巴赫(Erich Auebach)的思考,引出了欧洲中世纪学院派神学家圣维克多的雨果(Hugo of Saint-Victor)在《世俗百科》(约 1127)中说过的一段著名的话:"发现世上只有家乡好的人只是一个稚嫩的雏儿;认为每一块土地都像自己的家乡一样好的人已经强壮;但只有当认识到整个世界都不属于自己时一个人才最终走向完善。"赛义德就这段话进一步阐述道:"一个人离自己的文化家园越远,越容易对其做出判断;整个世界同样如此,要想对世界获得真正了解,从精神上对其加以疏远以及以宽容之心坦然接受一切是必要的条件。同样,一个人只有在疏远与亲近二者之间达到同样的均衡时,才能对自己以及异质文化做出合理的判断。"[①]15 年之后,赛义德在《文化与帝国主义》一书的结尾再次引用了这一段不时出现于他脑海中的话,并进一步加以思考:强壮或完善起来的人并不是拒绝或失落了对家乡的

[①] [美]爱德华·W. 萨义德:《东方学》,王宇根译,生活·读书·新知三联书店,1991 年,第 331—332 页,笔者对引文稍有改变。

爱,相反,他是在对家乡的执着的爱中逐步进入了独立和超然的精神状态,因为在这个世界上没有任何一个人会是一种孤立的存在,生存实际上关涉于事物之间相互依赖的关系,这意味着不能将事物分成优劣或高下,不应当强调"我们的"文化传统或国家的至高无上。①

赛义德在两部重要的著作中引用同一段话是不无用意的。无论说话者的原意是什么,赛义德在引用时,其中的"家乡"一词显然已经不再是感情意义上的家乡,而是指理性或哲学思考意义上的家乡了;而且赛义德引用这一段话时针对的主要是西方的殖民扩张和文化征服,有着文化和政治方面的新含义。赛义德的《东方学》和《文化与帝国主义》主要是写给西方人看的,虽说它们是对西方文化的批判,但这种批判是"良性的",②无损于帝国主义文化本身,只不过希求它在对异质文化的吸收中变得进一步强壮、进一步完善罢了。即使是赛义德援引奥尔巴赫等东方学家的思考时,也是基于奥尔巴赫等学者对西方文化的良苦用心:在两次世界大战期间,"西方文化正在经历一个重要的阶段,其主要特征是面临着由粗暴、狭隘、道德沦丧、极端民族主义等恶劣品质所引发的危机。"③只要在文化上存在着"征服"或"扩张"的心理,赛义德所引用的这一段话就不会过时,因为这种文化心理,按上述逻辑推论,只不过是幼稚、脆弱和不成熟的表现而已。可悲的是,当世界进入新的千年时,帝国主义的扩张心理依然在膨胀,只不过更多地表现于政治、经济与文化领域罢了,因此,赛义德不无遗憾地说:"我们生活在一个共同的星球环境里,里面有大量的生态、经济、社会和政治压力,这些压力正严重地威胁着这个世界的结构。任何人哪怕对这个整体只有模糊的意识,也会惊诧地看到,诸如爱国主义、大国沙文主义、民族宗教和种族仇恨这样的狭隘态度,事实上可导致巨大的摧毁性。这个世界再也经不起几番折腾了。"④广而言之,在赛义德的心目中,家乡可泛指世界,世界就是一个大的家园,只有在这样的宽阔胸怀中,才能真正认识到小家(包括民族与国

---

① Edward. W. Said, *Culture and Imperialism*, Vitage Books, New York, 1993, pp. 335—336.
② 盛宁:《世纪末·"全球化"·文化操守》,《外国文学评论》2000年第1期。
③ [美]爱德华·W. 萨义德:《东方学》,王宇根译,生活·读书·新知三联书店,1995年,第330页。
④ [美]爱德华·W. 赛义德:《赛义德自选集》,谢少波译,中国社会科学出版社,1999年,第205页。

家)心理的狭隘性。按照赛义德的说法,世界变成今天这样一个权力与财富悬殊的现实,我们要想把世界上的种种不幸归于帝国主义的侵略或是第三世界咎由自取等等都是匪夷所思的,"我们着手要做的是将这些事实看作相互依存纵横交错的历史,压抑这些历史则造成偏误、毫无意义,理解这些历史则有益而有趣。"①

赛义德的学术要旨在于重写帝国的历史,他以对西方文化的批判姿态从事着体现权力意志的话语批评,他的学术活动与他在现实生活中的政治和文化立场密切相关,他文学批评的目的在于改变现实的文化关系和权力结构。不言而喻,对赛义德来说,他的学术活动具有崇高的意义,但凡事被赋予崇高时,其乌托邦的性质实际上也是显而易见的,换言之,过于崇高的东西常常是和虚伪联系在一起的。我们知道,赛义德出生于巴勒斯坦,后来长期生活于美国,他属于典型的移民学者,与他这种背景相似的、出生于第三世界但却生活在西方的学者和作家大有人在,已构成一种典型的移民文化现象,赛义德是不是在文化上为这些"乐不思蜀"的"阿斗们"塑造着光辉的形象？笔者在此无意高谈帝国主义、民族主义和爱国主义等富于政治色彩的话题,只是想从印度文学的角度,谈谈被赛义德颇为关注的"家乡"或"家园"问题,因为不管怎么说,圣维克多的雨果那段读起来有违常理的妙语或是赛义德由这段妙语中生发的种种思考都是颇能给人以启迪的。

二、家国与地域

当我们在日常生活中说到家乡时,"家乡"一词多是在感情意义上存在的。家是什么？它是我们心之所系,并且总是和愉快的记忆或想象中的幸福联系在一起,是和父母、兄弟姐妹生活在一起的温暖而安全的地方。通常的情形下,只是在我们长时间离开家乡,或是经历了某种严峻的或是英雄般的远行之后,"家"的感觉才会特别强烈,"衣锦还乡"的心理大约与此相关。在这种心理中,家常常被永恒化和神圣化。按常理说,任何一个地方都不会静止不变,它总是处于自然、社会和经济的变化之中,甚至还会消失,但在思乡者的心中,家是一个不变的存在,即使看到它的变化,思乡者也会产生排斥或是抗争的心理,因此可以说,家乡只

---

① [美]爱德华·W.赛义德:《赛义德自选集》,谢少波译,中国社会科学出版社,1999年,第204页。

存在于过去,而且是一种想象性的存在。

按照马克思主义的观点,任何一个地方的存在,都是关涉于权力的社会性建构,而海德格尔则强调人们对某地的经验和感受,不注重某地外部的、物质性的变化。① 马克思主义强调与人联系在一起的某地(家乡)的社会性,而海德格尔则把某地(家乡)看成是人的经验性的存在。这两方面也就是变与不变的差异:变是客观的、外在性的现实,不变是内在的、永恒的存在。当然,从根本意义上说两者又是统一的,是想象与现实的统一。家是如此,国也是如此,只不过作为某地来说,二者是一大一小的关系罢了。

稍有不同的是,"国"的存在与"家"相比,并不一定是在长时间的缺席之后才显得突出,而是在危难之中也就是受到他国或他民族入侵时,"国"的意识才会变得强烈而突出。印度本来没有"祖国"的观念,但是到了19世纪20年代,随着民族意识的觉醒,爱国主义的思想感情强烈地出现于文学创作之中,作家都在呼吁人们把生育自己的土地当作大写的母亲来崇拜,反对人们对英殖民者的奴性模仿。威维安·德罗兹奥(1809—1831)在《献给印度——生我的土地》(1827)一诗中深切地对沦落于尘埃之中的祖国诉说着自己一颗哀伤的心。印度这块地方在变成祖国的同时,也就被神圣化了,成为一种精神的存在,尽管这种精神是模糊不清的,但却是永恒而崇高的,它强调的是由来已久的传统性的存在。虽然它也强调改革,但这种改革的基点却不是对西方的奴性模仿,也就是说它是在外力的作用下对自身的完善,与英国对印度的征服存在着本质的不同,是对英国殖民征服的反抗。

马克思曾说,"的确,英国在印度斯坦造成社会革命完全是被极卑鄙的利益驱使的,在谋取这些利益的方式上也很愚钝。但是问题不在这里。问题在于,如果亚洲的社会状况没有一个根本的革命,人类能不能完成自己的使命。如果不能,那末,英国不管是干出了多大的罪行,它在造成这个革命的时候毕竟是充当了历史的不自觉的工具。"② "英国在印度要完成双重的使命:一个是破坏性的使命,即消灭旧的亚洲式的社会;

---

① Madan Sarup, *Identity, Culture and Postmodern World*, ed., Tasneem Raja, Edinburgh university press,1996,p. 4.

② [德]马克思:《不列颠在印度的统治》,见《马克思恩格斯选集》第二卷,人民出版社,1972年,第68页。

另一个是建设性的使命,即在亚洲为西方式的社会奠定物质基础。"①马克思在此强调的是印度社会变革的必要性,在此前提下,他认为英殖民者在印度肩负着双重的历史使命。但是从爱国主义的角度说,印度则强调自己在精神上优越于西方,认为西方是物质文明,印度是精神文明,进而以印度的精神去抗拒西方的物质性。英国可以把自己在印度的统治标榜为世界主义、是对印度民族自由和社会进步的极大促进,但实际上则是殖民主义;另一方面,印度的爱国主义的历史意义虽然不容忽视,但在客观上爱国主义也易于变成狭隘的民族主义。由英国的殖民统治而带来的社会变革是一种外在的、客观的存在,但印度一旦被神圣化为祖国时,它就变成了某种内在的民族经验和感受,固守着自己的传统和精神。正因为如此,印度民族独立运动的领袖人物 M. K. 甘地一方面要以"良心"和"人性"等非暴力手段来抗拒英殖民者的"残暴"和"兽性",另一方面也在以农业文明的"纺车"抗拒来自西方工业文明的"机器"。

马克思对印度的村社式社会曾进行过鞭辟入里的分析,认为这种社会制度以种姓制为典型特征,是阻碍印度社会进步的障碍,但印度泰卢固语著名作家维什瓦纳德·沙迪亚那罗衍(1857—1976)在小说《千头蛇》(1935)中却对印度的种姓制竭力讴歌,并认为是城市的出现破坏了印度社会的平和与安宁,使印度人变得道德沦丧。种姓制注定要瓦解了,但作者希求种姓制能在社会功能意义上积极地存在于世俗的世界之中。②印度印地语著名作家普列姆昌德也极为推崇印度传统的农村公社模式,他在小说《仁爱道院》中曾对这种社会结构模式进行了理想化的描写,而这正是马克思所深刻批判的村社式社会的情形。普列姆昌德不仅歌颂印度传统的农业文明,而且把伴随着西方工业文明而出现的城市看成是腐败与堕落的象征,小说《舞台》开篇写道:"城市是有钱人生活和商人做生意的地方。市郊是他们寻欢作乐、挥霍享受的去处。市中心则是他们子女的学校和他们在公正幌子下为欺压穷人而进行诉讼的场所。"③我国有学者认为,普列姆昌德的创作是对城市的否定和向乡村的回归,"在这种回归中,印度对着历史潮流而退回到宁静、平和,亦即保守

---

① [德]马克思:《不列颠在印度统治的未来结果》,见《马克思恩格斯选集》第二卷,人民出版社,1972年,第70页。
② 可参阅石海峻:《20世纪印度文学史》,青岛出版社,1998年,第143页。
③ [印度]普列姆昌德:《舞台》,庄重译,广东人民出版社,1980年,第1页。

落后的古代社会……回到传统的乡村社会中。这是普列姆昌德为印度社会所设计的'文明大迁徙',它是城市向乡村的迁徙,工业文明向农业文明的回归。"①但是,我们不能就此认为普列姆昌德的创作落伍于时代和历史;再者,这也不表明普列姆昌德的创作受制于当时的社会现实,因为从后殖民文化批判的角度看,普列姆昌德的创作恰恰是对西方殖民文化的批判,它表现的是甘地时代的文化斗争策略。因而,否定了普列姆昌德也就否定了甘地,同时也否定了整个印度现代文学的价值,因为甘地主义对印度浪漫主义、民族主义、现实主义、进步主义和现代派等等文学的创作都产生了不可估量的影响,将整个印度现代文学(指1947年印度独立之前的文学)称为甘地文学都不为过。当然,从马克思主义的观点来看,甘地的思想和普列姆昌德的创作无论如何都不代表着历史的进步;从后殖民文化批判的角度看,它也是狭隘的家国思想的典型特征。但是,这并不是说马克思主义和甘地主义相抵触,也不是说后殖民主义本身是一种分裂或矛盾的文化批判,笔者想由此印证的,是上文所说的家国作为社会现实和心理想象之间的对立统一性。现实和想象在此是悖论性的存在,如果现实离开了想象或是想象离开了现实都是不可思议的:我们无法设想英殖民统治者会像热爱自己的本土一样热爱着印度,同样,我们也无法想象印度作家会随着英殖民者的意志对印度进行改造。因此,英殖民者对印度的统治是一种历史和现实的存在,它昭示着印度未来的发展趋势,即马克思所说的"为西方式的社会奠定物质基础";而印度作家对印度的美化则是一种心理和想象,它着眼于过去并且是向着过去(传统印度)的回归,二者是南辕和北辙,但却都是合理性的存在,并不意味着前进或后退,而是印度社会发展过程中存在的两种相互促进的力量。

所以,随着印度的独立,甘地主义作为一种斗争策略虽然早已成了过眼烟云,但甘地主义作为某种想象性的心理存在这种实质却并没有消失。贾·尼赫鲁主张印度走工业化的道路,这与甘地的小农经济思想是大相径庭的。在印度民族独立运动中,尼赫鲁与甘地就常常为印度的发展道路发生激烈的争论,印度在心灵和精神上选择的是甘地,因此甘地在民族独立运动中成了印度民族的精神领袖,但在现实的政治思想与经济发展等问题上,印度则选择了尼赫鲁。

---

① 黄超美:《普列姆昌德创作的二重组合》,《外国文学评论》1989年第3期。

尼赫鲁在印度独立日的演讲中曾说,要把印度建设成为一个政治民主、经济发展的国家,但在60年代尼赫鲁去世时他的梦想也基本上落空了,印度的经济一直发展缓慢,政治上也是徒有民主大国的虚名。对尼赫鲁的演讲稍加分析就不难看出,尼赫鲁在印度独立后,没有别的道路可走,只能走西方或者是俄国的道路,从这种意义上说,独立实际上是不存在的,因为按照后殖民主义的观点,被殖民国家虽然获得了独立,但第三世界国家在经济甚至是政治文化上并没有摆脱对前殖民国的依赖。岁岁年年,花开花落,只不过是新桃换了旧符罢了,作家们的梦想依然只是梦想,并没有回落到现实之中。因此,甘地主义在精神上依然深深地影响着当代印度,几千年以来的乡村依然是印度作家的梦想所赖以产生的沃土。

三、乡村与城市

兴起于50年代的印度边区小说正是在乡村的理想沃土上生根开花并争姿斗艳。边区小说(regional novel)是对某一特定地域的生活进行描写的小说。这种区域多是偏僻落后的地区,一般是指农村,农村相对于城市而言发展缓慢,成为印度当代社会生活的边区。因此,边区小说也可称为乡村小说,其典型特征在于描写乡村的方言俗语和风土人情,类似于我们所谓的乡土文学。再者,印度社会中至今还存在着不少部落,对部落乡民生活进行描写的小说也常常被归类于边区小说。实际上在印度独立之前,边区文学已经存在,只是没有特别强调而已。在甘地时代,普列姆昌德等作家就将城市与乡村对立起来,把印度的希望寄托于农业文明传统的发扬光大;印度独立后,美化乡村并以乡村来对抗城市的倾向得到进一步的发展。"印度是个传统的农业文明国度,乡村是这种农业文明的集中体现之地,作家回归于乡村生活的主题,企图从对乡村生活的描写、展示上来揭示传统文明在当今社会中的命运与前途。因此,从这时期边区文学中反映出来的并不单单是乡村世界的风俗人情画面,而更多的是一个文化心态的积淀式分析,作家笔下的乡民形象凝聚着印度民族的苦难与希望,边区文学中广泛出现的乡民们的对话最能反映出现代印度社会在西方文化的侵袭中所经历的惊奇、恍惚以及无所适从的心理。"[①]印度边区文学自50年代兴盛之后,经历几十年的风雨,

---

① 石海峻:《20世纪印度文学史》第十四章"边区文学",青岛出版社,1998年。

至今不衰,使文坛上一直存在着"返回乡村"的倾向;作家们或是将西方现代派、后现代派的各种文学技巧运用于乡村文学的创作之中,或是追求乡村生活中朴实、形象的语言风格,竭力恢复失落的印度文学传统的叙事方式,并以反现代主义的姿态抗拒着现代主义及后现代主义的荒诞、异化等都市文学情调,企图解救随西方语言、文化入侵以及社会经济变革而处于风烛残年的本土文化的命运。

五六十年代的印度文坛,与边区小说几乎同时兴盛的也有从西方现代派文学中吸取灵感的新诗和新小说的创作。这些诗人和小说家对印度传统价值深感迷惘和怀疑,如印度卡纳德语诗人吉德拉对民族主义的嘲弄:"我们为什么要为名之为'母亲'的一片土地去死?"①他们想寻求新的生活价值和生活方式,竭力想抓住生活中的某种新奇体验,但同时又对这种体验感到陌生,一切熟知的东西都在隐去或变得不确定。到了六七十年代,由新诗和新小说发展而来的非诗和非小说更是着力于表现孤独、绝望、死亡等病态意识。但是无论是新诗、新小说,还是非诗、非小说以及其他什么实验派等追求西方现代、后现代风格的文学创作,借用后殖民主义文化批评的一个术语来说,都是模仿或复制(mimicy),正像经济、政治等领域对西方的借鉴一样,文化包括文学对西方的模仿即使优秀到可以以假乱真的地步,但复制最终也不可能成为真品。在19世纪二三十年代,英殖民统治者中主张将印度西方化的代表人物麦考利在《印度教育备忘录》(1835)中说:"我们现在必须尽最大努力在我们与我们统治的数百万人之间形成一个可以称作翻译的阶级;这样一个阶级的人,在血统和肤色上是印度的,但在兴趣、见解、道德和知识上都是英国的。我们可以放心地让那个阶级去纯化那个国家的方言土语,用从西方名词中借来的科学术语来丰富那些方言,并将其转译成适当的工具以向那里的广大民众传达知识。"②如果说当时的英殖民统治当局对印度实行西方教育体制还有强制性意味的话,印度后来的西方化,包括新诗、新小说等等的创作则是某种自觉的行为。当然,这种行为本身依然是一种"翻译"工作,这是因为印度虽然不再是近百年前的印度了,但在当今的世界上印度依然处于"边区"地位,处于主流文化渗透的地带,而不是处

---

① 石海峻:《20世纪印度文学史》,青岛出版社,1998年,第170页。
② 转引自罗钢、刘象愚主编:《后殖民主义文化理论》,中国社会科学出版社,1999年,第116页。

于主流文化中心。再者,印度毕竟只是印度,在"西方"二字后面加上一个"化"字时,便不可能是西方本身,而只不过是马克思所说的亚洲进行"根本革命"的过程。

说新诗、新小说等只是复制品而不可能是真品,还有另一层意思。新诗、新小说等富于现代派特色的文学多以都市和都市生活为反映对象,但这并非注定它们就是都市文学,这里我们不妨参照一下日本评论家对日本当代文学的看法:松本健一在《作为主题的都市》中表明的看法是:"都市小说并非描写都市里的体验和生活,也不是以都市本身作为主题,而是必须有都市的烙印。他引用了布朗齐·H. 赫尔范特所著《美国的都市小说》里的一段话:'无论是谁,无论住在哪里,都无法抹除自行加在身上的都市烙印。'只要有此烙印——松本健一继续写道——小说即使不是城市而是沙漠或乡间也无所谓。在这个意义上,他认为都市小说在日本'尚未真正登场','一句话,菲茨杰拉德那样的都市小说尚未出现'。"①我们不去追究日本到底有没有真正的都市小说这样的问题,只是想从这段话中引出我们的思考:按松本健一的说法,我们甚至可以把 E. M. 福斯特的《印度之行》看成是都市小说,因为福斯特身上有消除不掉的都市烙印,但我们却不能把新诗、新小说看成是都市文学,因为它们的作者身上不存在都市文化(代表着宗主国文化)的烙印。我们知道,现代都市伴随着西方工业文明而出现,是西方文化的特殊产物,在后殖民主义的批评话语中,都市文化(metropolitan culture)指代的就是宗主国文化,如此,新诗、新小说只能是都市文化影响下的产物,而不可能是都市文化本身,除非前殖民地与宗主国在地理位置上被完全彻底地合为一体。从这种观点来看,边区文学与新诗、新小说在本质上是完全统一的,无论是对乡村生活的反映还是对城市生活的描写,都逃脱不出地域文化的圈子;在此,乡村与城市并非对立,而是殊途同归,也就是说,新诗、新小说并非先进或说是时代的潮流,边区文学也非落伍或说是文化上的后退,二者都是印度走向世界过程中相辅相成的产物。

但是,有一种情况比较特殊,这就是生活于西方的印度侨民作家,他们的身上是否深深地烙下了都市文化的印记?

---

① 林少华:《比较中见特色——村上春树作品续谈》,《外国文学评论》2001年第2期。

四、印度侨民文学与想象的家园

英殖民者对印度的征服,是一种文化扩张,这与印度侨民作家生活于西方的情形是大不相同的:前者是强者对弱者的欺凌与同化;后者则是弱者对强者的皈依与融合,反映的是一种文化迁徙现象。在这种文化迁徙中,萨尔曼·拉什迪等印度侨民作家竭力想消除掉自己原有的文化身份(印记),恨不得把自己脱胎换骨为英美作家。拉什迪对把自己称为"印裔英语作家"的说法很不以为然,说:"我的新书写的是巴基斯坦,这该怎么办呢?'英国居住的印度——巴基斯坦作家'?拿护照来定作家的身份是多么荒唐。"① 芭拉蒂·穆克吉、V. S. 奈保尔和批评家 G. C. 斯皮瓦克等均是如此。他们或是已经定居于英国或美国,或是在西方国家之间不停地迁徙,偶尔回到母国,也是带着无可奈何的心理情结,因为他们对处于低谷的母国文化并无多少眷恋之情,而是深感悲哀。他们竭力想融入西方主流文化之中或是消除文化中心与边缘之间的界限并进而消除文化身份上的差异,但肤色、相貌上的非白人特征似乎将他们的文化身份固定死了,无论他们怎么挣扎都无以摆脱。

相应于文化身份的尴尬处境,他们的创作也有不伦不类之嫌,有"印度英语文学""英联邦文学""第三世界文学""边缘文学""后殖民文学""英语新文学""世界文学"等等不一而足的说法。拉什迪语气断然地说,不应该用"英联邦文学"的说法,因为它不存在,他希望人们把用英语创作的文学作为一个整体来看待;如果要从文化地域和民族国家上对文学进行划分的话,有民族主义也有国际主义和世界主义,而他倡导的是世界主义的文学创作。② 与这种世界主义有关,他们对自己的文学传统进行了一番解构。拉什迪说,自己的印度民族身份本身就是一个混杂体,因为印度文化传统是一个无所不容的怪物;印度除了印度教徒之外,还有穆斯林、佛教徒、耆那教徒、基督教徒、犹太教徒、英国人、法国人、葡萄牙人、越南人等等。③ 当斯皮瓦克被问到她的印度背景时,她

---

① Salman Rushdie, "'Commonwealth Literature' Does Not Exist", in *Imaginary Homelands: Essay and Criticism 1981—1991*, London: Cranta Book,1991.
② Ibid.
③ Gayatri Chakravotry Spivak, "Strategy, Identity, Writing", in *The post Critic: Interview, Strategies, Dialogues*, edited by Sarah Harasym, New York and London: Routledge, 1990.

回答说:

> ……印度,对于像我这样的人来说,并不真的就是一个可以确认民族身份的地方,因为它总是一个虚拟的建构。说"印度"有点像是说"欧洲",当人谈论到欧洲身份时,针对的显然是美国。
>
> 问:或当人们谈到"第三世界"或"亚洲"?
>
> 答:是。"印度性"(indian-ness)是一个不存在的东西。如我们不能把梵语文献看成是印度,因为印度毕竟不只是印度教。印度语支(指印地语、乌尔都语、梵语等,引者注)的东西并不就是印度,印度(india)这个名称是亚历山大的误用,印度斯坦(Hindustan)是伊斯兰征服者的说法,护照上用的婆罗多(Bharat)实际上很少有人用,它指示的是神话中的一个国王。所以,印度对我们印度人来说,是可以随意想象的,这是它本身的矛盾性。比如,当我要反对种族歧视时,我可以把自己说成是一个印度人,而当印度人问我时,我会说我是一个孟加拉人,这是很不同的。①

印度英语小说家阿米德·乔杜里也谈到印度侨民文学的印度性与现代性的问题,②同样,他也是在对印度性进行解构。按阿米德的说法,印度性是一个无所不容的怪物,因此容纳这个怪物的小说也必然是无所不容,每一个印度英语小说家都在以不同的方式丰富着这个怪物无所不容的性质。拉什迪等作家创造了一种魔幻般的、喋喋不休的叙事方式,而维克拉姆·赛德、罗西顿·米斯特利等作家则引进了19世纪欧洲小说的风格,同时肖帕·黛、阿鲁德蒂·罗伊等女作家又在进行着女性身体小说的创作。大量的印度英语小说的出现,使人分清现代、古典、西方、东方等等的界限。拉什迪《午夜的孩子》(1982)之后,按阿米德的说法,印度英语小说建构起了不同于传统印度英语小说的形式,其体裁多种多样,其风格变化无穷,已很难分清其印度性与现代性了。比如,拉什迪的小说风格极其外露,拒绝微妙、细腻与内含,他的想象趋向于魔幻与狂热,叙述方式也是非线型的,这些都是非西方话语形式的特色性标志。但是,强调多种声音是后现代的风格,阿米德认为,将夸饰、散漫、奇情异

---

① Salman Rushdie, "'Commonwealth Literature' Does Not Exist", in *Imaginary Homelands: Essay and Criticism 1981—1991*, London: Cranta Book, 1991.

② 阿米德·乔杜里:《混血儿的魅力——后殖民印度小说对西方意味着什么》,载《泰晤士报文学增刊》1999年9月3日。

想、非线型历史叙述等归为印度性,而将雅致、微妙和讽刺等等归为英国小说和欧洲启蒙运动的理性传统,显然是殖民主义的一种偏见。也有学者将印度后殖民小说的印度性,将魔幻、非现实、无所不容等叙述方式与《摩诃婆罗多》《罗摩衍那》的史诗传统联系在一起的,但阿米德说,史诗传统与印度英语小说有很大差别,在神话想象中诞生的史诗表现出不属于道德范畴之内的一些奇妙难解的内容(如对克利希纳大神的描写),正是通过这种超越于道德是非观念的描写,史诗向我们显示出人性和宇宙的奥秘;而印度后殖民小说则植根于印度中产阶级的思想意识,表现后殖民、后现代的文化处境和心理。后殖民印度本身就是一个杂交而成的整体,它处于散乱无序的状态,印度侨民作家按照自己的意志来塑造着它,他们在目前紧紧追随的是西方的潮流,而不是印度的传统,正因为如此,后殖民印度英语小说这个混血儿对西方具有相当的魅力。

在以世界主义的姿态消解了自己的传统(即印度性)之后,印度侨民作家也在扮演着西方文化与第三世界本土文化之间的商讨者形象。后殖民主义"商讨"(或"协商""谈判"等等,即 negotiation)理论主要是霍米·巴巴提出来的,霍米·巴巴主张被压迫的"少数者话语"与西方主流文化话语进行对话。在经历了殖民征服的炮火与刀枪之后,后殖民时代似乎演变成了文化上的谈判,自觉自愿或是自封的文化"协商者"便应运而生了。

巴拉蒂·穆克吉是活跃于美国文坛的印度裔女作家。她的小说多表现亚洲(印度)移民适应并同化于美国文化的历程,不过,这里所谓的"同化"(assimilation)并不是简单的"失却"(印度文化)和"消弭"(于美国文化),它意味着作家处于两种文化的边缘地带,在两种文化的交流(同时也是冲突)中充当着一个"协商者"(negotiator)的角色。在《一位四百岁的女人》一文中,穆克吉写道:"我的文学历程开始于这样的认识:美国改变了我。这种认识一直延续到我发现我(以及成千上万像我一样的人)是如何改变了美国为止。"[①]穆克吉真的改变了美国?笔者以为这只是后殖民作家的一种叙事(即"商讨")策略而已。这里笔者以穆克吉津津乐道的莫卧儿绘画与她的小说创作之间的密切关系为例,对此策略稍加阐述。

[①] Bharati Mulkherjee, "A Four hundred-Year-Old Woman", in *Critical Fictions*: *The Political of Imaginative Writing*. Ed., Philomena Mariani, Seattle: Bay, 1991, p.25.

穆克吉认为,她的创作思想在印度莫卧儿袖珍绘画中得到了较为具体的表现。在《一位四百岁的女人》中,她写道:"我在艺术结构与艺术美感方面的偶像是莫卧儿袖珍画:它那透视画法中没影点线条的奇妙缩减,它只是通过线条和色彩的表现力而对一切事情都是同时发生的强调。在印度的袖珍画中有十多个不同的焦点,最复杂的故事可以得到最充分的表现,角落也像中心一样得到完美的展示。所有的事物之间都有一种互相渗透的力量。"[①]从历史上说,莫卧儿袖珍画表现出了印度教传统与波斯—伊斯兰文化的冲突与交流,其画家常常是印度教徒,但其绘画风格则显然来自伊斯兰教文化传统。[②] 珍妮弗·德雷克认为,不同于强调上帝眼光的欧洲中世纪绘画,也不同于文艺复兴之后以绘画者的单一视野探索世俗空间的西方绘画,莫卧儿袖珍画将故事集中到一起,并创造出多重焦点的视野,一幅画常有多种不同的引人注目的场面。[③] 穆克吉解释说,理解这种艺术就是要学会以多种方式来看待问题,这就是她在小说创作中努力去做的事情:让多个故事同时发生以分散读者的注意力,同时又加强读者的意识。

无论是德雷克,还是穆克吉,他们对莫卧儿袖珍画的看法以及将这种看法引入小说的创作和分析之中,都没有什么新鲜之处,因为在后现代和后殖民的话语中,"多声部""多元化""边缘"与"中心"的对话、"消解中心"等等说法早已是司空见惯,只不过这种说法中多了一种印度背景而已。换言之,穆克吉只是拿出点印度的"土特产"来融入美国后现代的"拼贴画"之中。

在长篇小说《世界的持有者》(1993)的开头部分,穆克吉写道:"我同时生活在三种时间之中,这……是指过去、现在和未来。"这是典型的印度史诗或印度神话的笔法,但在穆克吉的移民作家眼光中,它变成了一种新的创造,细节描述中充满了故事的碎片,情节在上下左右的游移中找不出前因后果,这便是美国移民的真实感觉:"两个旅行者从来都不会找到同一种真实,哪怕是真实的一点碎片。历史是一个巨大的储蓄银

[①] Bharati Mulkherjee, "A Four hundred-Year-Old Woman", in *Critical Fictions: The Political of Imaginative Writing*. Ed., Philomena Mariani, Seattle: Bay, 1991, pp. 27—28.

[②] 可参阅 A. L. 巴沙姆主编《印度文化史》第 23 章"中世纪印度的袖珍画",商务印书馆,1997 年。

[③] Jennifer Drake, *Looting American Culture: Bharati Mulkherjee's Immigrant Narratives*, Contemporary Literature, Spring, 1999.

行,维恩说道,从中我们可以提取无限的真实,并在同样的真实中比较我们完全不同的经历,你说这有趣不?"①在眼花缭乱的生活中,任何真实的感觉都没有了,所以,一切虚假的都可以变成真实,一切真实的也都与虚假同行。如此一来,在侨民(即旅行者)的眼中连自己的家乡也都变得似是而非了:具有文化迁徙意义的"旅行"(travel)一词,常常是移民作家自我处境的心理写照,与"慈母手中线,游子身上衣"的感情大为不同的是,移民作家并不渴望着回家,而是努力在异国他乡寻找着自己的归宿,并把异国他乡变成自己想象中的家园。

家园在想像之中虽然可以具有无限的空间,但它毕竟不是现实,在现实的生活之中,穆克吉、拉什迪等移民作家深深感受到的是没有空间的压抑。所以,在《想象的家园》一文的最后,拉什迪借索兰·贝娄的小说"The Dean's December"中一只狗在某处嚎叫的意象来表达他的愤怒与渴望:"天哪,多给我一点空间吧!"②

但是,别指望拉什迪们会回到什么祖国的怀抱,因为他们身处西方文化的中心,不仅"身在曹营",而且心也在"曹营"。为此,他们常常被第三世界的批评家斥为帝国主义文化构想的"同谋"。典型的是被赛义德称为"无耻的前殖民地的叛教者"③的 V. S. 奈保尔,他一直在努力融入西方主流社会,他笔下的人物也有类似的心理倾向。他们认为殖民主义是不公正的,但又不愿把自己归为殖民主义的"受害者",而是渴望着加入殖民主义的队伍之中,如《在河流转弯处》(A bend in the River,1979)中的伊达尔,他抛弃自己在非洲印度社区被动屈从的生活,想在他自己社区里的人感到难以搞明白的西方世界里出头露脸:"我们只是接受它,生来对它就充满敬畏,这就是我们大多数人的所作所为。我们从来都没有想到我们自己也可以对它做出贡献。"④奈保尔像《在河流转弯处》中的伊达尔一样,抛弃了他土生土长的特立尼达,同时也抛弃了在文化上更为熟悉也更为遥远的印度;不同于史诗时代的奥德修斯,他是自愿地

---

① Bharati Mulkherjee,*Holder of World*,New York:Fawcett-Colubine,1985,p. 5.
② Salman Rushdie,*Imaginary Homeland*,London,Granta Book,1991,p. 5.
③ 爱德华·W. 萨伊德:《东方主义再思考》,见罗钢、刘象愚主编《后殖民主义文化理论》,中国社会科学出版社,1999 年,第 12 页。
④ Pankaj Mishra, "The House of Mr. Naipanl",*The New York Review of Books*,Jan. 20,2000. 转引自本格吉·密什拉:《纳波尔先生的家》,载 2000 年 1 月 20 日的美国《纽约书评》。

在外漂流。他的文化之根——印度，对他来说，"从来都不是一个有形的世界，因而也从来都不是真实的世界，它是远离特立尼达的、存在于虚空之中、悬挂在时间之中的国度。"①他像赛义德一样"出入于各种文化，不属于任何一种"，②颇似圣维克多的雨果所谓的完人。

赛义德在《东方学》一书中，曾通过奥尔巴赫的思考，引出了欧洲中世纪学院派神学家圣维克多的雨果（Hugo of Saint-Victor）在《世俗百科》（约1127年）中说过的一段著名的话："发现世上只有家乡好的人只是一个稚嫩的雏儿；认为每一块土地都像自己的家乡一样好的人已经强壮；但只有当认识到整个世界都不属于自己时一个人才最终走向完善。"赛义德就这段话进一步阐述道："一个人离自己的文化家园越远，越容易对其做出判断；整个世界同样如此，要想对世界获得真正了解，从精神上对其加以疏远以及以宽容之心坦然接受一切是必要的条件。同样，一个人只有在疏远与亲近二者之间达到同样的均衡时，才能对自己以及异质文化做出合理的判断。"③我们回味一下圣维克多的雨果的这段话，或许可以明白赛义德为什么会特别欣赏这一段话，因为这确实生动真实地反映了赛义德、拉什迪等移民作家和批评家的心态和理想。不过这一段话在以奥尔巴赫为代表的西方人和与以拉什迪为代表的印度移民作家之间则有着不同的意义。对奥尔巴赫来说，这是一种宽广的胸襟和理想，而对拉什迪来说，却只不过是一种渴望和需求罢了，只要联系一下双方不同的文化背景和所生活的处境，这个问题也就不言自明了。

---

① V. S. Naipaul, *An Area of Darkness*, London: Andre Deutsch Limited, 1964, p. 26.
② 陆建德：《流亡中的家园——萨伊德的世界主义》，见《麻雀啁啾》，生活·读书·新知三联书店，1996年，第216页。
③ [美]爱德华·W. 萨义德：《东方学》，王宇根译，北京：生活·读书·新知三联书店，1991年，第331—332页，笔者对引文稍有改变。

第十章

文化误读与他者化

　　文化的误读是一种普遍的现象。东方被西方他者化的一个重要原因就来自于文化的误读。在世界文化阡陌交通发展的今天,每一种文化都渴望被了解,但是又害怕被了解,因为要被了解就意味着要承担被误解、被他者化的危险。文化误读已经不是什么新鲜的问题,而是关系到文化是否能生存、发展,是否能在多种文化发展中保持自己的个性的重要课题。

　　要搞清楚什么是文化误读,首先要搞清什么是误读。误读(misunderstand),是指作为评估的主体对作为被评估对象的客体所做的与客体事实不相符合或有所偏差的解读。人们在认识事物时,总是期望得到对对象全面、可信的了解,从而做出自己的判断,能将其应用于生产或生活中去。因而这种错误的或者可以说是不够正确的解读会对获悉客体的真实情况产生什么样的后果当然是不言自明的。误读的现象普遍存在,当它发生在文化领域时,尤为值得重视和关注。文化误读,指的就是在文化的交流中,一种主体文化对另一种相对于前者而言的客体文化的建构和解读。当然,这个定义太过笼统,因为在当今世界全球化的大环境下,讨论文化误读这个问题已经不同以往,它关系到一种文化存在的独立性和与其他文化交流的必要性问题,与文化存在的单一性和多样性的问题息息相关,也关乎每个民族强烈的民族情感。再加之由于经济政治发展的不平衡和历史遗留的原因,文化交流的发生并非是简单和平面化的,而有着极其复杂的背景和纵横交错的立体性。文化误读的存在又往往在于观察者以自身文化为参照系和中心去审视异质文化,因此文化误读也不可避免地伴随着将异质文化他者化的过程。正确认识了两者的产生过程,就应该必须承认在当今世界,文化误读和他者化具有相当的普遍性。

第一节　文化误读和他者化的普遍性

　　文化的误读是在不同的文化发生交往中产生的,误读给人们认识其他的文化而带来的消极作用任何人都能够想象,它阻碍了正确真实地了解其他文化。由于个别人的误读,甚至会引导一大批人的看法走向与事实相背离的境地,从而使个别人的误读行为扩散,成为大范围内的行为。那么,我们是不是就该采用斩草除根的办法,以人为地强制性地停止文化交往的办法,彻底地根除产生误读的环境,进而彻底地杜绝误读呢?答案当然是否定的。实际上,文化误读并非那么可怕,如果我们摆正心态,探究一下误读产生的原因,也许我们会发现,其实在各种异质文化的交流、碰撞中,误读的现象是非常普遍的,甚至还可以说是不可避免的。任何为了杜绝误读现象而斩断各种文化交流与联系的做法无疑是因噎废食,而且不管是把文化误读当做鸡毛蒜皮的小事全盘忽略,还是过于顾忌、以至视之为洪水猛兽,都是不可取的。

　　文化交流不仅对世界交通通信便利,乃至于向地球村发展的今天而言,还是对交通落后、交往不便的古代来说,都是极为正常的现象。人类总是好奇的,总是在尽自己的力量去探索未知,获取新知,而就在人们探索的过程中,他们自身文化的触角就不可避免地触及其他异质文化。如果世界自古就大同,文化也只有一种,那么我们就不用费力地去寻找自身文化与异质文化的异同,不用去了解别的文化,当然也就不存在误读了。然而毫无疑问,这可能只是个乌托邦式的设想。正如莱布尼兹所言,"世界上没有两片完全相同的树叶",当然也就不可能存在完全相同的文化。正是这处处存在的差异性才使得世界万物显得如此异彩纷呈,缤纷多元,而不至于单调划一,了无生趣。

　　既然文化的差异是客观存在的,那么在文化交流的过程中,就应该允许误读的存在。在最初的交流中,人是主要的媒介,而"人",其实并不是单纯的个体的人,因为每个人都不是孤立存在的,而是社会的、历史的。正是其社会性和历史性决定了一个人在看待其他的异质文化时,总是有意识无意识地戴上了一副有色眼镜,在眼镜之后,是他来自的那个社会的文化背景、思维方式的烙印。而在经过这副眼镜的过滤之后,出现在他眼中的,已经不是被观察的客体文化的本真面目,而是经过了这个人的加工再造后的文化了,这个过程实际上也是他者化的过程。相信许多人都有这样的经验,在认识新事物的过程中,人们经常受到许多因素的制约,不管承认与否,其自身的知识结构、文化背景都为自己判断新事物提供了视角,这种视角往往是固定的,极难改变。这样,在认知的过程中,既有的传统性思维就会左右人们的判断力,使得人们对新事物的认识往往成为在旧事物基础上的添加和在自己想象基础上的再造。记得金庸先生在《鹿鼎记》中曾经借说书先生之口说过一个笑话,说的是当明初一个大元帅平定云南时,敌方放出许多身上绑着火器的大象。大象本来是在云南非常普遍的动物,但是来自中原的士兵却不认识,害怕不已,见那动物身高体壮,便在南方常见的牛的基础上加以想象,称之为"长鼻子牛妖"。听起来很好笑,但其实仔细想想,我们平时认知新事物的时候,又何尝没有出现过这种"长鼻子牛妖"的笑话呢?我们又何尝能够抛弃这副有色眼镜,用清澈澄明的目光去看待一切新事物呢?西方人在面对"黄祸"时不就曾把中国人想象成"猪尾巴"吗?

诚然,文化传播的先驱者们为两种文化的交流和融合做出的贡献是无可比拟的。然而由于自身条件的限制,他们常常会对待定认识的对象进行重构,在那些对自己而言陌生新奇的东西中添加迎合本国人口味的元素,进行选择性的加工和再造,它使有相同文化背景的人群能够比较容易地理解描述者所使用的话语,因而能够更快地得到认同,这样的过程就是以"自我"为出发点反观"他者"的过程。语言的隔阂,个人的理解能力、个人经验、知识结构的构成不同……所有这些固定思维构成了文化交流中的障碍,对人们获取真实资料是无益的。而人们获取这些资料的途径也相对比较单一,因为不是每个人都能精通几种语言,因此他们不得不借助有着这种语言知识、能看得懂这种语言所书写的文献资料的人,尽管这些人对于这些资料也可能只是一知半解,而对该文献背后隐藏的文化背景掌握的也可能只不过是凤毛麟角而已。

在当今世界形势下,西方占据着越来越重要的地位,这使人们不得不将目光投向西方,关注的更多的是东西方之间的文化交流,而我们更为关注的就是与我们自身文化的现状和前景相关的中西之间的文化交流。中西文化交流的历史由来已久。只要存在着交流,就难免会从互不了解,到逐渐对对方好奇,通过各种手段和途径去了解对方的阶段,在这个阶段中的摩擦绝不会少,出现误读也是在所难免的。甚至可以这么说,中西之间的交流由互相试探性的接触到逐渐走向深入的每一步都伴随着误读的发生。而出现误读的也大致是出于以上所说的原因。当然,在两种文化的交流中,也可能会有些并非个人所能造成的原因,而是一种集体的误读。误读的发生并不可怕,但是如果误读是在蓄意的安排下发生,作为观察者的一方怀着认为本民族的文化是世界文化中最优越、最崇高的文化的心态去歪曲、污蔑其他的文化,试图将其他文化同化,或者同化不成又试图将其边缘化,那么这种误读才是真正可怕的洪水猛兽,应该小心提防。西方在某些历史阶段对东方的他者化实际上就是某些政客蓄意制造的文化误读。

中西之间的接触非常频繁,不管是在古代,还是在现代,中西之间的交流都构成了世界文化交流中至关重要的部分。它们之间的交流造成了多少误读,我们无从得知,但是可以肯定的却是,不管是东方还是西方,都在极力地靠近对方,都在为对方所吸引、所好奇。

其实,西方在中国人的眼中又何尝不是他者。中华大地地大物博,物产丰饶,中国人自古就以为自己所处之地就是世界,或者就是世界的中心,其他的国家只是城邦小国,是依仗中国而生存的,连中国人也高人一等,能用两只眼睛看世界,而欧洲人只有一只眼睛,至于其他人就更不用说了,他们都是瞎子。这是中国人对世界的误读,这种夜郎自大式的误读在相当长的时间内都极大地滞后了中国的发展,这种误读来自于对自己的过分自信,甚至到了盲目自大的地步,而对世界的无知又是无比的惊人。鸦片战争,中英交战两年了,道光皇帝还不知道英国究竟在什么地方,提出了英国是否与回疆有旱路可通,而与俄罗斯又是否接壤的可笑问题。统治阶级自上而下一般地闭目塞听,愚昧无知。由此观之,我们的祖先在历史上也曾经将异族他者化,我们对此应该以史为鉴,引以为戒。

严格地说来,中国对外界并非完全的不感兴趣,也并不是从一开始就坐井观天,拒绝了解任何陌生的事物。对"西方"所界定的范围的不断变化,就足以说明中国对西方认识的推进和深入。起初的西方,也许就是指的是西域;唐僧西天取经,西方指的是佛教的起源地印度;到郑和下西洋,西方的范围得到了极大的扩展,指的是西洋一带。郑和下西洋,是中国人发挥了主动接触外界的极致,这是中国人到现在都引以为豪的盛事,大明的江山一统,国力强盛,郑和是为了什么而在28年间七下西洋?这背后的原因无数的学者都力图破解,相关的论述也并不少。有人说是为了促进贸易,有人说是为了宣扬国威,再有人说是为了替明成祖铲除异己……但是现在,关于这个问题的讨论已经太多,也许我们该去想想郑和下西洋为当时的人了解外界究竟带来了什么。我们不无痛心地发现，随着郑和下西洋的戛然而止，中国自此以后把探索外界作为一种政府行为的活动也突然结束，而民间的行为又受到政府的压制。中国大地上一片沉寂，中国人仍然一如既往地视自己为天朝上国的子民，下西洋并没能开阔中国人的眼界，反而使他们愈加自负，愈发以自我为中心。外国使节不会向中国的皇帝下跪，这种中西方礼仪方面的不同，在中国人的眼里被解释为西洋人的膝盖里少了一块骨头，故而膝盖不会打弯。这又是另一种由于文化背景不同而导致的误读。

在中西文化遭遇、交流的早期，中国人对西方文化的误读之所以出现，是因为在当时中国文化与异域文化交流时双方的地位是不平等的，中华文化是当时世界上较为先进的文化，与外界交流，不会得到什么自己需要的东西，是一味的"送去主义"。而当时的西方则相对落后，正如饥似渴地从中华文化中汲取一切可资利用的东西。但是这种自足式的发展模式很快就为中国带来了挥之不去的梦魇，就在中国一向看不起的、称之为番邦的西方得到迅猛发展的同时，中国却由于自欺而一次又一次地失去了睁眼看世界的机会，在始于19世纪的鸦片战争以来与西方一次又一次的接触中丧失自我。对西方的误读引起的很多故事在今天看来是如此的可笑，但它背后的无知却又是多么的可悲！

就是在历史发展的今天，中西交往不止，其中引起的误读仍然没有消除，误读仍然是个普遍的现象。但是今日的中国已非昔日之中国，而是开放求知之中国。中国正努力地融入世界，而在融入世界的过程中，中西之间的友好与合作必定伴随着冲突与摩擦。中国已经跳出了天朝上国的圈子，正睁大眼睛、拉长耳朵、摩拳擦掌地投身于中西文化交流的热潮中去。这种现象可喜可贺，相信中国会在不远的将来更加耳聪目明，更加睿智，既有宽宏大量的"送去主义"，也要根据自身的发展情况大大方方地"拿来"，不害怕在文化的交际中发生误读，也不因为误读的发生而因噎废食，中断了自己发展的道路，也隔断了与外界交往的机会。这也正是我们研究他者化这个课题的意义所在，在西方将我们他者化的时候，我们要努力去消除文化误读给我们带来的坏处，竭力避免西方在他者化东方的时候我们自己还去认可西方的观点，去加深他者化的程度，把我们自己看成低人一等的民族，从而将自己他者化。

第二节　区分不同的文化误读

的确,误读并不可怕,文化误读发生的普遍性说明只要有文化的交流,误读就不会停止。误读也并非都能以一种标准一概而论。事实上,每个人当然都希望在认识事物时能够一步到位,省去许多弯路,略过诸多麻烦,在这个意义上讲,误读的发生并非是什么好事。对误读,我们的心理是矛盾的,我们不欢迎误读的存在,因为它的存在,挡住了文化交流前进的脚步,然而我们又不得不在误读中进行交流。

有学者认为,文化误读已经构成了交往的普遍困扰[①]。根据引起误读发生的原因,我们可以从中推导出不同的结果来。由于无知而引起的误读并不可怕,因为那即使带来了与文化交流的初衷截然相反的结果,也可能只是无心之祸。这种困扰虽然带来了麻烦,但是还不足为惧,因为只要假以时日,双方恍然大悟,意识到自己昔日的无知和荒唐,必能消弭误会,解除误读,得到真知。与无心的误读相对应的,自然是有心的误读。当然,这有心的误读也并不都是导致同一种结果的,有些有心的误读虽然造成了理解的偏差,然而就因为这种误读,反而使得双方的交流进入了新的阶段,打开了新的局面,这种误读即使是错的,但也错得有利,例如一些基督传教士在中西交流的早期刻意误读了中国的许多现象,反而为中华文化在西方的传播做出了贡献,使得西方更进一步地接近中国。而有意识的、蓄意歪曲异族文化的误读才是真正可怕的行为。在大多数的情况下,人们很难分清楚到底是怎样的误读,因为误读的发生并不是一目了然,无心的误读往往和有心的误读混杂一处,难以分清,而有心的误读又往往造成两种不同的后果。因而这种恶意的误读更具迷惑性,让人摸不着头脑,以为可以把它当做是无心之过而一笑置之时,它却往往肆意传播,流毒甚广,为被研究、被观察的对象造成恶劣影响,也诋毁了其形象,它是造成不同文化之间隔膜的罪魁祸首,是真正值得人们打起十二万分的精神要对付的劣行。这种形态的文化误读造成的最严重的后果,就是他者化和妖魔化东方。

在中西文化交通交流的道路上,误读的例子不胜枚举。大洋的滔滔

[①] 参见乐黛云、勒·比雄:《独角兽与龙:在寻找中西文化普遍性中的误读》,北京大学出版社,1995年,第127页。

第十章 文化误读与他者化

巨浪多年以来隔断了中西双方的交往,大洋两端的国家都对对方的一切无知,但是在中国,那是一种自足式的无知,因为中国的一切不需要外界的补给。而在西方却是在无知中渴望了解:中国究竟是个想象中的虚构国家,还是真实的存在。在某些历史时期,关于中国的叙述简直是天方夜谭式的传奇。这个时期对中国的描述充斥着各种形式的误读,由于西方自身相对落后的状态,中国成为西方理想中的乌托邦,中国的一切都值得效仿,从社会的价值取向到生活方式,中国都是西方梦想的对象。

随着西方对东方了解的深入,中国逐渐从传奇走进现实,西方人开始出现在中国的海岸,中国成为可触可感的现实,他们对东方的一切是如此的好奇,以至于他们都想用自己已有的知识去阐释和解读。启蒙时期的西方,在对东方的解读过程中获取了自己的所需,在对东方的观察中他们反观、发现了自身的不足。在这个时期,西方对东方的解读是有着明显的目的性的,中国为西方提供了模式与典范,因而中国的实况会被一定程度地夸大。这是个中国形象为西方所用的时代,这种误读使对中国怀有好奇与向往之心的西方人更加为其所迷醉,促进了西方进一步对以中国为代表的东方的探索。这种误读颇具浪漫气息,中国的形象在西方人的眼中日益丰满,逐渐真实。

然而历史的发展并不总是一边倒的,在与西方一次又一次的接触中,中国的发展停滞不前,泱泱华夏,只能在历史中找回昔日的辉煌。中国对外界仍然闭目塞听,充耳不闻,而西方却愈见发达。中西的地位渐渐发生变化,中西发展的天平渐渐向西方倾斜,中国不再是西方人心目中的仙境,中国的神话也不再诱人,中国人再也不会愚蠢地以为那些携带着坚船利炮的西方人是来向他们的天朝上国纳贡效忠的,中国的态度开始前倨后恭。在以后的中西交往史中,西方始终占据着主导地位,以欧洲中心主义的论调,对东方输出自己的文化,对东方的文化进行利于自己的解读。文化的交流日益频繁,中国人在外界振聋发聩的喧嚣声中,开始关注世界,从此便一发不可收拾,卷入文化交流的洪流中去。

西方与东方是世界的两极。东方文明显得内敛且自足,西方文明则显得外扩和进取,这种差异早就在双方的历史中定格,并不断地在历史进程中得到验证。郑和下西洋,是以礼服人,恩威并重,施恩大于武力;而西方对东方的征服却是以力服人,耀武扬威,极逞武力之能,要把东方纳为自己的臣民。在中西方地位有着明显悬殊的背景下,误读的发生便更值得重视了,因为处于强势的一方往往会强加自己的意愿于弱势的一方,认为自己的一切才是正确的、完美的,而别人的一切都是落后愚昧不开化的,这时候的误读可能就是蓄意的,它以贬低其他的文化,宣扬自己的文化为其宗旨,在文化的交往中宣扬类似于种族主义的恶劣论调,似乎要把世界上所有他们所判定的"劣等"文化消灭而后快,或者是容许这些文化的存在,但是将之作为自己的附属,以自己的文化去同化这些"臣属"文化,力图抹杀其他文化的个性,消灭其他文化。他们总是居高临下地看待别人的文化,认为自己的文化是优越的,是世界上的唯一的文化和文明,别的文化都是由他们的文化衍生出来的,连中华文化也被欧洲中心论者认为是欧洲文化的旁支,其中表露出的以自我为中心的思想再明显不过。

虽然世界各地沟通的手段已经相当的先进,但是中国仍然被西方以各种形式误读。新闻媒体在中西方文化的介绍中充当着重要的媒介作用,然而由于意识形态的差异,西方媒体所报道的中国与现实中的中国又有多少符合之处呢?中国对西方的报道细致详尽,几乎每天在报纸上、电视上都能看到各种各样的关于西方的报道,但是西方对中国却非常淡漠,西方的许多人对中国的概念就是留着长辫子的男人和裹着小脚的女人,中国人邋遢、懒惰、愚昧……标榜着言论自由的西方,其媒体还是要为统治阶级服务,体现他们的意志,以诋毁与自己的思想意识不同的国家来防止本国人民思想的"变质",因此中国一遍又一遍地被看,被妖魔化。

西方总是很乐意看到中国落后的一面,除了新闻媒体,西方人了解中国的重要途径是通过媒体和电影。以张艺谋为代表的导演导出的一系列反映远离现代文明生活的乡村题材的电影在国外大受欢迎的原因就是这些影片不管其主旨如何,都在客观上迎合了西方人以自我为中心、体验东方文化的猎奇心理,张艺谋的电影被称作是"伪民俗"电影,也不是没有道理的。东方在他们的眼里是落后的、压抑的、神秘的,这些西方的看客就在观看这些电影的同时,用他者化的方式加以解读,完成了自己对东方的"探索",从而深感自己文化的先进和优越。其实中国这些年来,有许多覆盖全球的电视频道,也有许多反映中国现状的客观报道和电视电影,但是西方人对这些并没有兴趣去了解。可以说,他们就是为了看到这些与自己想象中一样的中国落后的一面而看电影的,重要的不是现代的中国是什么模样,他们根本就在潜意识中拒绝看到一个发展中的中国,而更愿意在故纸堆中寻找中国。要在西方走红,就得曲意去迎合西方人的这种心理，否则写出来的文章、拍出来的电影在西方都会如同石沉大海，激不起半点水花。近几年伊朗电影在西方走红得很，也是出于同样的原因。

作为当今西方的代表，美国与中国的关系更是错综复杂。美国哈瑞斯民意测验机构（HarrisPoll）调查了美各地1010人对世界18个国家的态度。据其公布的调查结果，误认为中国是"敌人"的比例最高，有27%的美国人都认为中国是美国的敌人。正由于美国民众对媒体相当高的信任度才使得他们对媒体对中国所做的任何报道都深信不疑。中国的形象在美国人眼中停滞，就算再过十年，也仍然得不到改变。美国每年都不厌其烦地在联合国人权大会上提出反华提案，污蔑中国的人权状况；美国也早就有排华的恶劣传统，在1875年的排华提案中，甚至规定"白痴、精神病患者和华工不许入境"；还有美国人一手编造的"中国威胁论"……这样一脉相承的反华、排华传统，不知道误导了多少美国民众对中国的印象。

国外的汉学热潮也在对中国进行误读。早期的中国是个神话，但是自鸦片战争之后，中国的形象就不再是正面的了。到了现代中国，"黄祸"之说仍然蔓延，自从西方人所惧怕的"红色中国"建立后，意识形态的差异更加导致了误读的扩大和加深。西方早就把东方纳入自己的体系之中，他们把中国放在他们的全球化的范围内考虑，对中国的一切加以研究和解读。汉学研究就是这样的一个机构，然而正如西方对第三世界国家研究的其他机构一样，其运作的无非还是东方主义的一套话语和机制。这些机构无视中国和其他东方国家的现实和现状，在自己的头脑和想象中构筑一个又一个的东方形象，为其国家的政治、经济利益服务。

为什么在国际事务中，发生在中国的麻烦事总是能够得到西方的特别"偏爱"而加以特殊"关照"呢？为什么西方人对中国这么敏感？塞缪尔·约翰逊曾经不无感慨地说，世界上的国家，没有哪一个如中国一般，被西方人讨论得最多，但是西方人对它的了解又是最少的。事实的确如此，西方人往往从欧洲中心主义出发，自认为自己的文化是具有普世意义的文化，不屑于了解中国的文化。因此他们得出的结论往往以偏概全，攻其一点，不及其余，丝毫不愿意去了解中国文化，就在一边指手画脚，妄加评论，造成一再的误读，从而成为中西正常平等交流的一道厚厚的屏障。

像这样的误读当然不能与其他无心的误读一视同仁，而应该加以区分对待，看清楚其真面目，挖掘其背后的真实用意，切不可忽视，否则便是为本民族文化的发展带来了一大祸害。区分出了这种类型的恶意误读，将它从中西文化交流中剔除出去，为顺利通畅的交流疏通道路，这是非常必要的，即有利于双方的正常交往，也有益于本民族文化的传播和发展。当然，怎样才能消除不利的误读，是许多学者研究的课题所在，因为造成误读的原因是复杂的，因此要避免误读也应该采取对症下药的办法。

第三节　消除文化交流中的"贸易逆差"

　　文化误读有多种形态，而我们真正要提高警惕的，就是那种怀有政治目的，蓄意丑化、扭曲东方文化的误读，否则任其放任自流，就是对民族文化的自我毁灭。发生这种误读的原因与其他的误读有所不同，它很少是因为作为传播媒介的个人造成的原因，而是有着更为深层的原因。

　　我们正处在一个全球化的大时代中，西方凭借自己的雄厚实力，始终支配、主宰着全球化，企图将全球化转变为西方化。旧殖民主义时代已经一去不复返了，帝国主义、殖民主义者直接压迫、占领、剥削第三世界国家已经不再可能，然而新的殖民政策又已经出台，以新的方式继续控制着后者。这种控制是全方位的，新的殖民者倚仗自己在世界上无可比拟的经济实力，从经济、政治、军事到文化，全方位地控制着第三世界。

　　文化控制作为一种意识形态的渗透，是西方控制东方的另一种武器。文化属于上层建筑的范畴，上层建筑是由经济基础所决定的。以美国为首的西方国家是世界上经济最为发达的国家，经济上的霸主地位必然也会要求文化上的霸主地位，而西方长久以来的普世文化思想，更使他们的文化霸权有了强大的后盾和理论上的支持。文化霸权主义的表现就在于以西方文化为中心，以自己的衡量标准为准则，把世界上的文化划分等级，本民族的文化自然是高高在上的，而别的文化则是本文化的附庸，是没有存在的意义的，是低下的，不具有理性的特征，也没有发展的前景。他们就是据此以高等文化的传播者自居，向别的民族和国家输出自己的文化，企图取而代之或者将其边缘化。黑格尔就是典型的西方中心论的代表人物，他认为东方的文化是没有历史可言的，而西方文化，作为一种具有普遍真理性的文化，是富有理性的，而且正是由于西方文化的存在，人类历史的车轮才得以向前滚动。

　　东方文化面临着前所未有的危机，一方面西方正以各种方式从东方国家的外部对东方文化形成压力,另一方面又通过种种手段渗透到东方文化的内部,施以内压。东方文化相对于西方文化来说,是内向型的,它在长期的自我发展中自给自足,求稳求静,而其进一步的发展则是在外界的强力压迫和改变下不得已发生的,也许没有因为西方文化的汹涌的来势,东方文化还将在自己的传统中怡然自得,按部就班,即使是有需求也是转向自身,向内求。然而外向型的西方文化却一心想要打破东方的这种沉寂,它迫切地要用自身的一切去影响、改造东方,发生需求的时候是向外求。西方是如此的强大,来势又是如此的迅猛不可挡,在与东方的交流中,双方的地位不平等,发展不平衡,那么即使发生交流,也必然是一方压倒另一方。

东西方的文化交流就好比双方在进行着贸易,一方总是凭借自己的老大地位,想方设法地打开各种渠道,用尽各种办法把自己的东西倾销给另一方,从而给对方造成了不利的贸易逆差。西方的文化被大范围地输出到东方去,让东方人集体消费西方人的文化,这就是西方人的目的所在。由于西方率先认识了世界,率先把世界纳入自己要征服的范围之内,而东方开始用全球性的眼光去看待世界无疑要晚于前者,因此东方要真正地进入世界,在最初的几年,或是几十年,甚至更长的时间内就不得不沿用西方业已形成了的一系列话语结构和模式,否则便无法与西方占据主导地位的世界沟通。这就是西方文化强势所造成的恶劣后果。那么,东方文化在与西方文化的碰撞中到底应该何去何从呢?怎样才能摆脱这种不公平、不合理的文化交流逆差呢?或者说怎样才能减少他者化对东方造成的不利影响?

要把这种逆差减低到最小的限度,并非不可能。有效的解决办法,还是要通过交流去实现。也许有些人会有所不解:既然交流引起了双方的误读,造成了不好的影响,为什么还要继续交流下去,那样岂不是更加糟糕?这种担心并非没有道理。"解铃还需系铃人",这句中国古话中蕴藏着丰富的智慧,的确如此,由交流引起的误读只能靠交流去化之于无形。当然,这种文化交流就并非是以西方的价值尺度为标准进行的了,而是在东方发挥主动性的前提下,以东方的真正面目昭示于世人的一种交流。

东方正在悄悄地发生着许多变化,而在西方看来,这一切的变化都要归功于西方,是西方拯救了东方,而且西方将继续完成这项未竟的事业,直到把东方完全地变成西方的附属品,让东方说西方话语,用西方产品,连思维模式都是西方的。西方已经逐渐地认识到,在今天,政治对东方年轻人的影响远远比不上文化的影响来得更为明显,而西方正是把改造东方的希望寄托在东方的新一代身上,因此他们往往从新一代的年轻人身上入手,试图把西方文化渗透到他们生活的方方面面。例如,美国非常具有影响力的《新闻周刊》出版过一期特刊,是关于亚洲青年的。封面上是两个亚洲女孩的造型,压题文字是"年轻、酷、自信,亚洲新生代领导着一场静悄悄的革命"。真正的亚洲青年的精神面貌究竟如何?是不是就是这样一味地扮酷?外表上的打扮不能替内心说话,更何况这种奇装异服的打扮也毕竟不能就被认为是代表了亚洲青年的主流。真实的亚洲,要靠亚洲人自己来表现,这种展示不会像西方人那样戴着有色眼镜,对看到的听到的不分青红皂白地过滤,再任意地断章取义,而应该是确确实实地反映真面目,宣扬东方社会的主旋律,便于人们了解和发现真相。

要做到独立自主地向西方介绍真实的自己,揭去假相,还原其被遮蔽的真实面目,减少交流中的逆差,这个任务对东方或者是更大范围的第三世界国家来说,都是任重而道远。中国是第三世界中相对比较特殊的国家,她的半殖民地半封建的历史并不算长,因而又与其他完全沦为殖民地的国家有所不同。中国的文化源远流长,传统遗留下的一切始终还在中国人的心目中占据着相当重要的地位,西方的价值取向、文化观念还不是那么轻易就能彻底地改变中国人的心智。但是,这也并不是说中国就能在西方文化大潮的冲击下安之若素,高枕无忧。

如果一味地批判西方在文化上的霸权主义和强权政治,好像中国成了专门受气的"小媳妇",总是受人迫害。其实,在这种全球化大背景下,对自身文化的敝帚自珍,对西方文化的某些意欲同化中华文化的思想的抵制、强调这些非但不会过时,而且还远远不够。因为中国虽然有着长期的传统文化,但是在中国近现代史的发展过程中,中国人对自身的文化也曾经有过失望和自卑。鸦片战争是一个历史的转折点,中国从天朝的迷梦中清醒过来,但令人遗憾的是,中国又陷入了另一个泥淖,那就是对自身文化的否定,"从最初在军事、器物上的学习,到辛亥革命到按西方模式建立政治制度,直到'五四'运动对西方价值观的全面肯定,极端的形态便是以陈序经为代表的全盘西化论。"① 从自负到自卑,从一个极端到另一个极端,中国一直在探索自己的发展道路。在西方文化的冲击下,到底应该做出怎样的选择,要保持自己的个性不被迷失需要做出怎样的努力?这个问题萦绕在每一个对本民族文化给予极大重视的东方人心中。

在西方文化还不是那么发达的时候,以中国为代表的东方一直是作为西方心目中的理想国的形象出现的。当西方发现自己在某些方面有所欠缺时,东方就是他们最好的借鉴。这时候的东方是西方眼中是一面镜子,西方在镜子里看到的表面上是东方,但是实质上看到的却是自己。历史的发展总是充满了不确定性,文化的强弱关系颠倒了,中华文化处于弱势。也许我们也该好好地反省一下,在对西方的观察中发现对方的先进的、可资利用之处,同时也积极反观自身的不足,不怕揭自己的伤疤,不怕暴露自己的短处。既然他们可以利用我们的文化,那么我们也可以利用他们的文化来为自己来服务。用西方的文化来比较自己的文化,也许我们会发现横亘在两者之间很大的差距和差异性。这样也许是痛苦的,但未必不是一个对自身发展无益的办法,因为它至少可以逼着我们反省自己,发现自己,也刺激自己向前看。

在全球化的浪潮下,世界逐渐向地球村发展,各种文化再也不能鸡犬不相闻、老死不相往来了。全世界都在求发展、求进步,如果把西方文化都看成是资本主义的毒草一棍子打死,全盘地否定和批判,以为如此就可以杜绝各种误读的发生,以为自己从此就能在自身文化的范围内得到突飞猛进的发展,这个设想只能是幼稚天真的幻想,不但没有理论的可能性,而且在实践上也是自相矛盾的。因为即使在古代世界交通不便,但是文化的交流却是一直在发生的。任何一种文化都不保持纯粹,总要在与异域文化的交流中充实自己,中华文化也不能够例外,因此文化的交流是杜绝不了的正常现象。逃避与西方的接触、故步自封不是办法,那只会导致鸦片战争式悲剧的重演,中国会再一次地病入膏肓,落后挨打,中国的发展也会因此而停滞不前,这是历史早就证明了的。而且在西方文化占主导地位的当今世界,拒绝西方文化,也就意味着拒绝与世界交往,这种重蹈覆辙的愚蠢行为,当然要不得,也行不通。如果这样

---

① 干春松:《现代化与文化选择——国门开放后的文化冲突》,江西人民出版社,1998年,第200页。

做,那就会陷入孤立无援的境地,自绝于世界,也自绝于自身的发展。长此以往,终将被世界所抛弃。

　　在这种提倡孤立本民族文化的思想的关照下,还有另一种倾向,那就是比较激烈的民族主义。如果用民族主义为借口,以纯洁本民族的文化为理由,硬要在本身已有界限的文化之间再竖起一道高墙,墙的两边不能互相往来,那么文化的交流就更是困难重重了。民族主义者过度保护本民族文化的举动反而可能帮了倒忙。这种偏激之举,出发点是好的,但是造成的后果却未必就能如愿以偿。

　　至于那种要一洗中华文化在西方所受的冤屈,也信誓旦旦地想在中华文化崛起、腾飞、超越西方文化的那一刻,要对西方文化施行文化霸权主义的设想更是一厢情愿的念头,实在是可笑又可气。可笑的是这种念头的天马行空,不切实际,因为文化交流的前景必然是多种文化共同发展,互为借鉴,没有文化的优劣高下之分,各文化一律平等;可气的是自身的发展靠的是自强自立,而不该建立在贬低、压制他者的基础上,这种报复心理更是要不得。己所不欲,勿施于人。既然本民族文化的发展已经在某些方面受制于西方的文化,也知道这种滋味并不好受,明知是错误却还要施加在别人身上,以牙还牙,以眼还眼,那么误读的发生就更是可以大张旗鼓地进行了,搞不好还会直接地相互诋毁,互相攻击,长此以往,也难以给自身文化营造良好的发展环境。

　　既然文化上的孤立只能导致闭塞自身的狼狈结果,而偏激的民族主义又会在某种程度上阻碍正常交流的进行,而霸权主义更是行不通,那么看待文化误读的正确方法应该是什么呢?摆正自己的心态当然是必要的,中国有过辉煌灿烂的文化,但那是过去,躺在老祖宗的功劳簿上,追忆昔日的辉煌,只能坐吃山空,最后在世界发展的大潮中迷失方向,丧失个性。要承认事实,看到差距,中国和西方之间有差距,并不是什么可耻之事,光顾着遮遮掩掩反而可耻。在西方文化面前,要不卑不亢,心态平和,世界上的文化本来就没有优劣之分,都有存在的合理性,也正是因为有着不同的文化,世界文化的大花园才能显得如此五彩缤纷,异彩纷呈。中华文化的传统不能抛弃,但是传统毕竟是在历史中形成的,其中的某些思想,某些做法,今天看来并不合时宜,因为文化是具有时代性的,只有在其中再加上新的东西,输入新的血液,中华文化才又能容光焕发,也才能永葆青春。包括季羡林先生在内的许多学者都大胆预言,中华文化将在21世纪大放光彩。虽然文化的发展并不是你方唱罢我登场的简单轮回,但是它毕竟鼓舞了人心。要实现这个梦想,我们更该以世界性的眼光去规划自身的发展道路,将传统与现代性完美结合,不妄自菲薄,也不狂妄自大,踏踏实实地走好每一步路,最终将中华文化发扬光大。

而文化的误读,既然已经是一直伴随着文化的交流而客观存在,那么也就是必然有其存在的合理性。消除文化交流的逆差,以杜绝文化误读的发生,也许只能是个美好的愿望而已,这种误读,只能缩小,不可能完全地、彻底地被消灭,因此我们只能用各种办法,在相互之间的误读发生后去努力补救,也要尽力避免不必要的误读的发生。既然不能杜绝,那就该好好面对,积极解决。在误读中反观自己,以他人对自己的误读来激励自己去改变自身形象或是将真实的自我展示给他人,是一门学问,修好了这门课,就必须在文化交流中正视误读,正确解读误读,并端正自己的形象。文化的问题归根结底是要落实到物质上来的,经济是基础,包括中国文化在内的东方文化要重振旗鼓,避免被妖魔化、他者化,首先还是要积极提高自己的经济地位,腰杆子硬了,自然说话理直气壮,也才能在文化交往中赢得对手的尊重,获得平等的地位。事物的发展主要是由内因决定的,只有我们自己调整好心态,努力求发展,为能在世界文化舞台上得到应有的地位而积极"备课",才能为东方文化的发展做出贡献,这也就是对文化误读的研究意义之所在了。

第十一章

结语:建立多样化的世界文化生产机制

文化是人类作为万物之灵的基本标志。剥去了文化的外壳与内涵,人类就与其他动物一般无二了。面对当今世界来势汹汹的全球化浪潮,面对西方强势文化的强大进攻,处于经济文化弱势地位的民族、国家的文化正面临着前所未有的严峻挑战。这些国家、民族倘若未能在全力发展经济的同时,发扬光大自己的文化并顺应时代潮流予以创新发展,它们的文化迟早都会有灭顶之虞。而丧失了自身独特文化的民族/国家亦将失去"本我"的特征指涉,也就丧失了自己作为独立的民族/国家的根基,在文化上沦为西方的附庸与奴隶。这样的结果不仅对于特定的弱势民族/国家而言是一大灾难,对于全人类而言也是巨大的不幸和精神财富不可弥补的损失。所以,在当今世界以激烈的经济、政治、外交与军事竞争包裹、遮蔽下的全球文化资源掠夺、文化竞争已经成为摆在弱势文化群体面前的最严重挑战之一。值此之机,我们不得不高度清醒,十分严肃、认真地迎接这种生死存亡关头的危机与挑战,并且做出正确的判断与抉择,在积极捍卫自身文化的同时,主动参与到世界多样化文化的生产机制中去,寻求奠定自身文化在世界文化格局中的一席之地。

一、文化的个性与品格

文化自身具有自主、自信、自为的品格。每种特质的文化都相对独立并区别于其他文化。它有自己的自信力,不依附、从属或附庸于其他文化。文化又是在一个相对独立的空间里萌发、产生和发展的。

种族与群体对文化的发育形成影响极大。经过考古、地质勘探等科学发现初步证实:人类大约是先后在地球上的若干个地区独立产生并发展起来的。这一群群的人不断发展,从语言到思维、从生产到艺术,文明之光渐渐点燃,分别创造出各自种族/群体的文化,譬如以中国、埃及、印度、古巴比伦四大文明古国为代表的几大种族的古典文化。以古希腊、罗马为代表的欧洲文化,显然区别于以中国为代表的东方文化,也区别于以印第安人为代表的拉丁文化。当今世界,白色、黄色、黑色人群各自的文化,也具有相对明显的差异。

其次,语言、文字对文化的影响极大。语言和文字是人类思维的中介,不同的语言/文字包含着各自丰富的文化蕴含、文化背景和文化积淀。根据语言划分,世界可分为印欧、汉藏等几大语系,每一大语系下又可划分出大的语类。如汉文化区。而大语类下又能衍生出众多的方言。如汉语,从大的方面分,又有北方方言与南方方言之别,而光是一个福建方言,就又包括了福州话、厦门话、泉州话等若干个分支。不同的语言/文字种类,是造就不同文化的一个基础,相同的语言/文字覆盖范围内的文化则总具有较多的共同点。比如,英语文化区因其使用语言/文字的相同,即使是像英国和澳大利亚这样两个相距遥远的国家,其文化方面亦具有较多的共同点。

其三,文化具有地缘性特征。国家/民族对于特定文化的生成、发展和维持延续起到不可忽视的作用。一个统一的国家/民族,比较容易形成统一的文化形态。这其实也是文化具备地域性特点的表现。一定区域范围内,较易形成相同、相似或相近的文化。譬如东方文化之对应于西方文化,罗马文明之区别于希腊文明。

其四,文化具有时代性。不同时代的文化形态总不尽相同。换言之,文化是随时代变迁而变迁的,文化与一定的时代或时期紧密相连。特定的文化会随时间推移或发展壮大或衰落灭亡。

其五,文化与历史传统相关。现代的文化总是在过去文化的基础上成长起来的,必然带有历史和传统的印记。

其六,文化与宗教信仰有关。世界文化从宗教形态的角度划分,大致可以分成基督教文化区、伊斯兰文化区和儒教文化区。这是因为,宗教本身也是文化,是文化的载体与体现,宗教对于文化有着巨大的作用力,宗教信仰的教条、理念、意识等也深深地渗透进文化内里。

其七,文化与由语言、种族、国家、时代等因素造就的集体心理、民族思维或观念等意识形态范畴的内涵息息相关。文化必然受人的意识形态所影响,体现着特定群体的集体无意识、潜意识等。

因为以上这些原因,文化就被不可避免地赋予了民族、地域、时代的特性,而每一民族或地域或时代的文化,总是具备了自身独立的个性和品格。世界文化就是由这些千奇百艳的个性文化集合融汇而成的一座百花园。

二、文化的共存共荣关系

如果我们运用相对静止的观点来考察的话，每一个社会人都既是文化的一个筹码，也是文化的一个载体。每个个体身上都携带并体现着特定的文化因子。一群个性因其携带与体现的文化因子相同或相似，便组成了某一文化集合或文化群落。他们又将隶属于某一具有更大包容性的文化群落或文化圈、文化带。世界文化正是由无数个大大小小的文化圈或文化带集合构成的。如果将世界文化看作一个文化母集的话，这些大大小小的文化和文化带便是它的子集。而每一文化圈/文化带又会包容一支支独立的文化流脉或分支，它们与该文化圈/文化带的关系也正是子集与母集的关系。这些文化子集之间，或相互对立或相互交叉，甚至有的还会相互重复或包容，即犹如月之阴晴圆缺一般，它们相互间的关系也是处在变动不居的状态之中。

文化集合或文化圈/文化带的形成正是由文化的个性/品格决定的。时代、地域、种族、语言等要素能够塑造出不同的文化集合、文化圈或文化带，由此形成了世界文化绚丽多姿的无限多样性和极大丰富性。

世界文化犹如一个完整的生态系统，是一个看似疏散组合实则结合紧密的整体。各种异质文化都是这一生态系统的有机组成，它们在这个体系中生长、发育、繁荣或衰朽。对于具体的个别文化而言，它可能会有自身萌发、生长、发育、繁荣与衰朽的过程，但对于世界文化这一整体的生态系统而言，各种文化生态处于一种共同关系之中，它们相互影响、相互作用、互相交融、激荡，互相吸纳、抗拒或排斥，存在着相互依赖对立统一的关系。世界文化生态系统正是通过不同文化的"百花齐放，百家争鸣"、对立统一运动来维持一种动态的平衡。人为地妄图消灭其他文化、保存或突出一种文化实施文化霸权，势必破坏世界文化的生态平衡，给人类文明带来灾难性后果。

三、文化发展的两大规律

综观世界上各式各样的文化的发展历程，不难寻出以下两大规律：

一、在民族/传统文化基础上的创新。亦即我们常说的"古为今用，推陈出新"。文化的发展总是在一定的平台、基础上进行的，这个平台/基础即是对民族文化、传统文化的继承。文化的发展总要结合变化了的历史条件和现实状况而且也受此二者巨大的影响。

在继承基础上发展文化,最关键的在于营造并维护一种文化创新机制,要让人群的主观能动性充分发挥出来,积极开拓探索,开辟新的路径,创造新的资源,为文化生态系统注入鲜活有力的血液。"户枢不蠹,流水不腐",缺乏创新的文化体系只能逐渐趋向萎缩、衰落和灭亡。我们今天提倡建设现代化的文化,其核心与灵魂也正在于倡导文化的创新。

文化的创新不能抛弃传统/民族文化的根基,对这一根基采取虚无主义态度必然会使新文化沦为无源之水无本之木,最终导致文化的创新本身成为一句空话。文化的创新包括内容、形式、运作机制等方面的创新,是从现实历史环境条件出发,根据社会精神生产力发展的需要而进行的文化变革和文化更新。创新是一种文化的质变。

二、文化的相互接触、交流、碰撞与融合。我们常说的"洋为中用,借鉴吸收"体现的正是文化发展的这第二条规律。

世界文化是一个有机的生态系统。文化之间的接触、交流与传播,文化间的碰撞、冲突、激荡、吸纳与排斥是无时无刻无处不在地发生着的事实。孤立的、封闭的文化实际上是自绝了一条较快自我发展的途径。文化的自我开放性、宽容与包容性、善于兼收并蓄、扬弃吸收其他文化的内容、形式与生产机制等,对于本文化的丰富、创新与发展势必产生巨大的推动作用。欧洲伟大的文艺复兴就是一个显而易见的实例。

文化的交流与碰撞,还有利于不同文化之间的竞争。优胜劣汰,自由发展,文化竞争于世界的长远发展无疑有着重大的意义。

文化是动态的、发展的。从以上这两条关于文化发展的普遍性规律总结中,我们可以看出,要保持民族文化的生机与活力,最重要的是要赋予其自我创新的能力。这之中包括了要采取开放的态度,勇于借鉴、吸收世界形形色色文化的长处和优点以补己之短之缺,也包括建立一种有利于文化创新的宽松、适宜的运行机制和环境,更好地调动文化生产、创造者的积极性与创造性。

四、建立多样化的世界文化生产机制

人类因为地理、种族、语言等原因而被分割成一个个相对独立的文化群体。这些群体由于以上原因以及传统文化积淀、心理积淀和现实社会发展状况等原因,决定了他们各自在进行文化生产与创造时的特异性、独特性。世界文化是由无限丰富、多样的文化类型和文化种属组成的。世界文化生产也应该是多样化、丰富多彩的。努力推动建立多元文化生产机制,已经成为摆在世人面前日益紧迫的严峻课题。

首先,建立多样化的世界文化生产机制是由世界文化生态系统动态平衡运动规律决定的。世界文化这一整体系统,是由诸多的文化子系统、众多的文化类属构成。文化在全球范围内通过各种介质和媒体途径传播,不同的文化在这个统一的系统内相互接触、交流、影响、作用,相互激荡、吸纳与抗拒、排斥,各种文化互有消长起伏变化,世界文化生态体系由此出现了"平衡——动荡——平衡——动荡"式的反复性运动,维持着一种动态的稳定。这种文化生态动态平衡运动和发展规律就要求建立多样化的文化生产机制,此二者相互作用,相辅相成,是造就世界文化五彩缤纷、绚丽灿烂的根本原因。

其次,世界文化/精神生产力的发展要求建立多样化的文化生产机制。世界各国、各地、各民族、各个群体的文化/精神生产力发展水平、发展状况不尽相同,这就注定了各种文化不可能是完全对等或整齐划一的。每一民族/国家/地区都要根据自身社会精神生产力的发展状况,从实际出发,建立自己的文化生产机制和创新机制。而多样化文化生产机制的建立,也将极大推动各种文化相互间的作用与反作用,推动各种文化的发展进步,进而促进世界文化整体的繁荣昌盛。多样化文化生产机制的建立,还能因为文化产品的丰富多样而增进人类的相互理解和友谊。

再次,建立多样化的世界文化生产机制也是为了满足不同文化消费群体的需要。不同国家、地区或民族的文化消费者对于文化的类属、品味、风格、内容、主题等的需求不尽相同,即使同一国家/地区/民族的消费群内也存在着对于文化这种精神产品需求方面的差异;而同一位文化消费者的需求则会随时间、条件、环境等因素的变化而起变化;全球化资讯时代的到来,使人类的文化生存逐渐超越单一的方式,而表现出新的"跨文化生存"等等。

所有这些都要求文化的生产应该是多种多样的,能够创造并提供丰富的文化产品,以满足人们日益增长和不断变化的精神需求。

建立多样化的世界文化生产机制不仅是十分必要的,也是非常重要的。它对于推动人类文化的发展繁荣,满足人类精神需求,增进相互间的友谊与理解,推动物质生产、人类文明进步、社会发展都有着举足轻重的作用。可以说,它是人类发展历史车轮中的一轮,不可或缺或偏废。

那么,如何建立多样化的世界文化生产机制呢?

第一,各文化类属必须自重、自立、自信,保持并发展自己独特的文化品格,保存文化传统,防止文化"失语症",防止文化之河中途干涸、断流。这首先要求直接从事文化生产、创造的人群要有独立、自信、自重的文化品格,不能盲目追从他人,盲目迎合消费者,更不可一味地"崇他""媚他"或"媚俗";文化生产者还应努力加强文化修养,掌握自身文化的精髓,借鉴其他文化的菁华,勇于并善于探索、创新,开辟自身文化有效、高效的生产机制。政府和文化部门与组织要大力扶植文化,加大投入,培育文化队伍,开拓文化资源,发展文化产业,维护自身文化的正常流传、继承和发扬光大。

第二,各文化应采取开放姿态。不同的文化之间应尽量排除樊篱与屏障,使异质文化能在世界范围内自由交流,使不同文化都能以开放姿态迎接其他文化,实现文化生态的共存共荣。对中华文化的发展之路,孙中山先生曾提出过"中国传统,西洋精华,自己创见"的真知灼见。人类文化发展的历史实践证明:任何一种文化的发展都要借助内力和外力,有内因和外因两大因素。首要的是依靠这种文化自身的创生、更新能力,靠自己实现文化由少到多、由浅入深、由低级到高级的不断积累和进步;其次要依靠外来文化的不断补充、丰富、启发、刺激,在与外来文化的摩擦、搏击、竞争、交流和融合中发展壮大自己。而要实现文化间的沟通与对话,这就首先需要克服语言/文字等文化介质的障碍,比如,应大力发展翻译事业,发展运用世界通用形式创造出来的艺术,例如音乐、舞蹈、画面类艺术。要彻底消除文化间的隔阂与阻碍,实现多样化文化在全球范围内的自由流传、竞争,人类还有很长的路要走。

随着信息时代的迅速到来,文化作为以信息为载体的精神产品,正面临着全球化的严峻挑战,尤其对于包括中国在内整体上处于弱势地位的东方文学艺术/文化而言,已经到了危机四伏、忧患重重的境地。随着以美国的肯德基、麦当劳快餐,可口可乐、百事可乐饮料等为代表的饮食文化,以畅销书、摇滚爵士乐、好莱坞大片等为代表的文学艺术,以美国微软垄断的信息产业文化等的强大进攻,东方文艺/文化不断丧失影响领域和范围,逐渐消削,美国文化标准、文化运行机制大有企图一统天下的趋势,以致不少学者惊呼"后殖民"时代、美国化世界文化时代已经到来,以文化为武器的侵略正在使弱势国家蒙受巨大的乃至是致命的损害。在今天的国际文化市场上,巨大的不平衡已经出现并日益加剧。1999年在互联网上流动的信息中,英语信息约占信息总量的82%;在国际电影市场上,美国电影的销售额约占市场总销售额的 70%;在国际出版物的版权交易市场上,发达国家的出版物约占 65.5%;在电视节目的交易中,由发达国家生产的节目约占 74.5%……在如此严酷的形势下,东方的一些文艺家出于种种原因,竟自觉不自觉地牺牲自身文化独立品格,刻意迎合西方中心主义者的观点,追求作品能被译介到西方,影片、绘画能获得国际大奖等,客观上只能加剧"后殖民化"进程,加剧本身文化削弱的程度,对于保存和发展自身文化,促进世界文化交流与繁荣,推动人类相互间的友谊与理解等都是弊大于利。

在信息全球化的今天,我们必须特别清醒地看到,作为国家/民族综合实力重要组成部分的文化,在国际纷繁复杂的竞争、对抗中正在扮演着日益重要的角色。在某种程度和意义上,几乎可以这样说,文化是一个国家/民族屹立于世界的旗帜与标志,是立国、立族的根基。旗杆倒了,人群将作鸟兽散;文化削弱、衰亡了,国家/民族亦将不复存在。这种意识,即使对于像法国这样的西方国家也概莫能外。长期以来,法国对本国文化的美国化感到忧心忡忡,不少法国知识分子都认为:在一个由市场而不是由国家主宰的世界里,占主导地位的肯定是美国模式、美国文化和英语,而不是法国文化和法语。法国人因此坚决要保护本国的文化。2001 年欧盟首脑在尼斯举行的会议上,法国坚决拒绝在"文化产品"贸易中使用多数制,从而在保护本国文化独特地位方面保留了重要的否决权。

在保护民族文化方面,从事精神化生产/创造的东方作家、艺术家等群体肩负着庄严而神圣的使命,在日渐频繁、复杂多样的国际交流来往中,在纷纭多样的文化现象、文化产品面前,要做出正确的抉择。既要走向开放,勇敢面对外部世界,面对以美国为首的西方,善于学习西方文化的精华、优秀部分;同时要善于将自身民族的优秀文化推介出去、推向西方的文化消费者,走向国际市场;又要认真把握尺度分寸,正确区分良莠,正确对待西方的消费需求。既不狂妄自大,闭塞自守,亦不妄自菲薄,自暴自弃,要积极通过自己及其他人的努力,争取民族文化融入世界,实现文化间的互动与共享,为本民族文化在世界文坛上赢得一席之地。

参考文献

(一) 中文参考书目:

[埃及]纳吉布·马哈福兹:《自传的回声》,薛庆国译,光明日报出版社,2001年。

[埃及]塔哈·侯赛因:《鹡鸟声声》,白水、志茹译,中国盲文出版社,1984年。

[埃及]哲迈勒·黑托尼:《落日的呼唤》,李琛译,南海出版公司,2007年。

[澳大利亚]A. L. 巴沙姆主编:《印度文化史》,商务印书馆,1997年。

[巴勒斯坦]穆斯塔法·穆拉德·代巴额:《阿拉伯半岛》,北京大学东语系阿拉伯语教研室译,北京人民出版社,1978年。

[德]马克思:《马克思恩格斯选集》第二卷,人民出版社,1972年。

[荷兰]伊恩·布鲁玛:《日本文化中的性角色》,张晓凌、季南译,光明日报出版社,1989年。

[黎巴嫩]纪伯伦:《纪伯伦全集》第二卷,人民文学出版社,1995年。

[黎巴嫩]米哈依尔·努埃曼:《七十述怀》,王复、陆孝修译,甘肃人民出版社,1993年。

[美]E. A. 罗斯:《变化中的中国人》,公茂虹、张皓译,时事出版社,1999年。

[美]M. G. 马森:《西方的中华帝国观》,杨德山等译,时事出版社,1999年。

[美]阿瑟·高顿:《一个艺妓的回忆》,黎明译,青海人民出版社,1999年。

[美]爱德华·W. 萨义德:《东方学》,王宇根译,生活·读书·新知三联书店,1995年。

[美]爱德华·W. 赛义德:《赛义德自选集》,中国社会科学出版社,1999年。

[美]雷蒙·道森:《中国变色龙》,常绍民、明端译,时事出版社,1999年。

[美]鲁思·本尼迪克特:《菊与刀——日本文化的类型》,吕万和、熊达云、王智新译,商务印书馆,1996年。

[美]明恩溥:《中国乡村生活》,午晴、唐军译,时事出版社,1999年。

[美]塞缪尔·亨廷顿:《文明的冲突与世界秩序的重建》,周琪等译,新华出版社,1998年。

[美]希提:《阿拉伯通史》,马坚译,商务印书馆,1995年。

[摩洛哥]塔哈尔·本·杰伦:《腐败者》,王连英译,史忠义校,华夏出版社,1998年。

［摩洛哥］塔希尔·本·杰伦：《圣夜》，黄有德译，台湾联经出版事业公司，2000年。

［日］川端康成：《川端康成小说经典二》，人民文学出版社，1999年。

［日］川端康成、三岛由纪夫：《川端康成三岛由纪夫往来书简集》：许金龙译，昆仑出版社，2000年。

［日］大江健三郎：《大江健三郎作品集》，光明日报出版社，1995年。

［日］谷崎润一郎：《疯癫老人日记》，竺家荣译，中国文联出版社，2000年。

［日］谷崎润一郎：《恋爱及色情》，孟庆枢译，河北教育出版社，2002年。

［日］三岛由纪夫：《假面自白》，唐月梅译，北京出版社，2002年。

［苏丹］塔伊布·萨利赫：《风流赛义德》，张甲民、陈中耀译，山西人民出版社，1987年。

［苏丹］塔伊布·萨利赫：《移居北方的时期》，李占经译，外国文学出版社，1983年。

［意］但丁著：《神曲》，黄文捷译，广州花城出版社，2000年。

［印度］普列姆昌德：《舞台》，庄重译，广东人民出版社，1980年。

［英］艾勒克·博埃默：《殖民与后殖民文学》，盛宁、韩敏中译，辽宁教育出版社，1998年。

［英］麦高温：《中国人生活的明与暗》，朱涛、倪静译，时事出版社，1999年。

［英］汤林森：《文化帝国主义》，冯建三译，上海人民出版社，1999年。

［英］小泉八云：《日本与日本人》，胡山源译，海南出版社，1994年。

［英］约·罗伯茨：《十九世纪西方人眼中的中国》，蒋重跃、刘林海译，时事出版社，1999年。

《古兰经》，马坚译，法赫德国王古兰经印制厂，回历1407年。

陈嘉厚主编：《现代伊斯兰主义》(《东方文化集成·西亚北非文化编》)，经济日报出版社，1998年。

干春松：《现代化与文化选择——国门开放后的文化冲突》，江西人民出版社，1998年。

高慧勤、栾文华主编：《东方现代文学史》，海峡文艺出版社，1994年。

黄宝生等译编：《印度现代文学》，外国文学出版社，1981年。

季羡林主编：《东方文学辞典》，吉林教育出版社，1992年。

季羡林主编：《东方文学史》，海峡文艺出版社，1994年。

乐黛云、勒·比雄主编：《独角兽与龙：在寻找中西文化普遍性中的误读》，北京大学出版社，1995年。

李琛：《阿拉伯现代文学与神秘主义》，中国社会科学出版社，2000年。

李琛选编：《四分之一个丈夫》(《蓝袜子丛书·阿拉伯卷》)，河北教育出版社，1995年。

梁实秋:《浪漫的与古典的·文学的纪律》,人民文学出版社,1988年。
刘安武:《普列姆昌德评传》,中国国际广播出版社,1999年。
刘呐鸥:《刘呐鸥小说全编》,学林出版社,1997年12月。
鲁迅:《鲁迅全集》第11卷,人民文学出版社,1981年。
陆建德:《麻雀啁啾》,生活·读书·新知三联书店,1996年。
罗钢、刘象愚主编:《后殖民主义文化理论》,中国社会科学出版社,1999年。
麻国庆:《走进他者的世界》,学苑出版社,2001年。
毛泽东:《新民主主义论》,见《毛泽东著作选读》(上册),人民出版社,1986年。
棉棉:《糖》,中国戏剧出版社,2000年。
倪培耕:《印度现当代文学》,新加坡新华文化事业有限公司,1997年。
钱理群:《中国现代文学三十年》,上海文艺出版社,1987年。
施祥生:《一个都不能少》,中国电影出版社,1999年。
石海峻:《20世纪印度文学史》,青岛出版社,1998年。
唐月梅:《怪异鬼才三岛由纪夫传》,作家出版社,1994年。
田中阳、赵树勤主编:《中国当代文学史》,湖南师范大学出版社,1998年。
童道明:《文化的魅力》,广西教育出版社,1995年。
王铭铭:《文化格局与人的表述》,天津人民出版社,1997年。
王平编:《中国现代小说风格流派名篇》,中国文联出版公司,1998年。
卫慧:《像卫慧那样疯狂》,珠海出版社,1999年。
吴云贵:《伊斯兰教法概略》,中国社会科学出版社,1993年。
严歌苓:《扶桑》,中国华侨出版社,1996年。
杨大年编著:《中国历代画论采英》,河南人民出版社,1984年。
叶渭渠:《谷崎润一郎的唯美艺风》,中国文联出版社,2000年。
余华:《我能否相信自己——余华随笔选》,人民日报出版社,1998年。
张京媛:《后殖民理论与文化批评》,北京大学出版社,1999年。
张文建:《阿拉伯电影史》,中国电影出版社,1992年。
张颐武:《世纪末的沉醉》,百花文艺出版社,1999年。
仲跻昆等著:《阿拉伯:第一千零二夜》,吉林摄影出版社,2000年。
周宁编著:《2000年西方看中国》,团结出版社,1999年。
邹跃进:《他者的眼光——当代艺术中的西方主义》,作家出版社,1996年。

(二) 阿拉伯文书目:

[埃及]艾哈迈德·谢赫主编:《阿拉伯知识分子与西方:从东方学批评到西方学批评》,开罗:阿拉伯西方研究中心,2000年。

[埃及]加利·舒克里:《归属:马哈福兹文学研究》,贝鲁特,新视野出版社,1982年版(1969年初版)。

［埃及］卡西姆·艾敏：《新女性》，埃及人民出版社，1911 年版。

［埃及］拉贾·尼高什：《论纳吉布·马哈福兹之爱》，舒鲁格出版社，1995 年第 1 版。

［埃及］拉贾·尼高什：《纳吉布·马哈福兹：文学与生活回忆》，金字塔翻译发行中心，1998 年第 1 版。

［埃及］拉贾·尼高什：《纳吉布·马哈福兹文学与生活回忆》，金字塔翻译发行中心，1998 年第 1 版。

［埃及］穆罕默德·扎格鲁勒·萨拉姆：《阿拉伯现代短篇小说研究：根源、倾向与痛苦》，亚历山大知识出版社出版发行公司，1973 年版。

［埃及］纳吉布·马哈福兹：《我们街区的孩子们》，贝鲁特，文学出版社，1972 年第 2 版（1969 年初版）。

［埃及］奈娃勒·赛阿达薇：《阿拉伯社会两性研究》，阿拉伯研究出版机构，1999 年。

［埃及］奈娃勒·赛阿达薇：《一钱不值的女人》（又译《不求赦免的女人》），贝鲁特，文学出版社，1979 年第 2 版（1975 年初版）。

［巴林］法姬娅·拉希德：《问》，载《阿拉伯 18 国短篇小说选》，埃及金字塔翻译出版中心，1993 年版。

［黎巴嫩］艾尼斯·穆格戴斯：《现代阿拉伯世界的文学倾向》，贝鲁特万众知识出版社，1977 年版。

［黎巴嫩］乔治·托拉比虚：《东方与西方：阳刚与阴柔——阿拉伯小说中的文化与性危机研究》贝鲁特，先锋出版社，1979 年第 2 版。

［苏丹］塔伊布·萨利赫：《迁徙北方的季节》，贝鲁特，回归出版社，1969 年第 2 版。

阿卜杜·麦基德·阿比丁：《苏丹的阿拉伯文化史：从起始到现代》，贝鲁特文化出版社，1967 年版。

艾哈迈德·萨伊德·穆罕迈迪亚主编：《塔伊布·萨利赫：阿拉伯小说的天才》，黎巴嫩，回归出版社，1976 年版。

（三）英文参考书目：

Bharati Mulkherjee, *Holder of World*, New York: Fawcett-Colubine, 1985.

Bill Ashcroft, Gareth Griffiths, Hellen Tiffin eds., *The Empire Writes Back*, London-New York: Routledge, 1989.

Bill Ashcroft, GarethGriffith, Hellen Tiffin, *The Empire Writes Back*, Routledge, London-New York, 1989.

Bryan S. Turner, *Orientalism, Postmodernism & Globalization*, London and New York: Routledge, 1994.

Byron Porte Smith, *Islam in English Literature*, Beirut, 1939.

D. Pal Ahhwalia and Paul Nursey-Brayeds. , *Post-Colonialism: Culture and Identity in Africa*, Nova Science Publishers Inc. , NY, 1997.

Ed. , Philomena Mariani, *Critical Fictions: The Political of Imaginative Writing*, Seattle: Bay, 1991.

Edited by Sarah Harasym, *The post Critic: Interview, Strategies, Dialogues*, New York and London: Routledge, 1990.

Eds. D. Pal Ahhwalia and Paul Nursey-Bray, *Post-Colonialism: Culture and Identity in Africa*, Nova Science Publishers Inc. , NY, 1997.

Edward. W. Said, *Culture and Imperialism*, Vitage Books, New York, 1993.

Edward. W. Said: *Orientalism*, London, Routledge, 1978.

Homi K. Bhabha, *The Location of culture*, Routledge, London and New York, 1994.

J. Spencer Trimingham, *Islam in the Sudan* (London: Oxfod University Press, 1949).

Jacques Lancan, *The Four Fundamental Concepts of Psycho-Analysis*, London: Penguin Books, 1979.

Madan Sarup, *Identity, Culture and the Postmodern World*, Edinburgh University Press, 1996.

Marry Louise Pratt, *Imperial Eyes: Travel Writing and Transculturation*, London, 1992.

Miguel Asin, *Islam and the Divine Comedy*, London, 1926.

R. W. Southern, *Western Views of Islam in the Middle Ages*, Cambridge Massachusetts, 1962.

Roger Allen, *The Arabic Novel: An Historical and Critical Introduction*, Syracuse University Press, second Edition, 1995.

Roger Bacon, Opus Minus (edited by J. H. Bridges, 3 volumes, London, 1900).

Salman Rushdie, *Imaginary, Homeland: Essay and Criticism* 1981—1991, London: Granta Books, 1991.

Timothy F. Weiss, *On the Margins: The Art of Exile in V. S. Naipaul*, the University of Massachusetts Press, 1992.

V. K. Gokak, *The Concepts of Indian Literature*, New Delhi, 1979.

V. S. Naipaul, *An Area of Darkness*, London: Andre Deutsch Limited, 1964.

V. S. Naipaul, *Indian: A Wounded Civilization*, London: Andre Deutsch, 1997.

后　记

　　本书是我开始进行学术工作以后获得的第一个国家社科基金项目。在 20 世纪末申请一个国家课题，在当下是难以想象的。也不知道为什么当初我竟然有那样的勇气去申请。而最后竟然申请成功，在让我颇感意外的同时，也给了我以学术的自信，对我后来的学术活动影响甚大。

　　在这里我要特别感谢陈嘉厚老师的鼓励和帮助。他不仅指导我如何填写课题申报书，而且还对整篇书稿的结构和内容提出了非常具有建设性的意见，使我当时对课题中心内容朦朦胧胧的构想变得清晰。原先只是知道陈老师的阿拉伯语水平非常高，一方面是通过前辈师长的口耳相传得知陈嘉厚老师是当年《毛泽东选集》阿拉伯文版的审定者，另一方面也通过陈老师给我们上课亲身感受到了他高超的语言水平和严谨的教学态度，令我们受益匪浅。但后来申请课题的过程中才真正感受到陈老师不仅阿拉伯语语言水平高，而且对阿拉伯文学和阿拉伯历史文化也有着深刻的理解和独到的见解。

　　其次，要感谢慨然应允参加课题组的诸位同行。正是在他们的大力支持下，全力以赴地进行课题的研究工作，才使得课题最终得以完成。尤其要感谢中国作家协会的李朝全先生，一人承担了课题中有关中国文艺部分的所有写作内容。颇感欣慰的是，后来他以这部分内容另外申请了一个国家社科基金项目，并且顺利结题，出版了《文艺创作与国家形象》一书。

　　我对课题组的诸位同行感到非常抱歉的是，因为我的个人原因，在 2004 年至 2009 年期间被教育部借调到中国驻埃及大使馆工作，而耽误了课题的结项工作。在课题提交评估之后，又根据评审专家的意见，对整本书稿进行了大改动，最后的撰写分工如下：

　　林丰民：绪论、第一章第一节、第二章第二节、第三章第一节、第四章第一节、第五章第一至二节、第七章第四节、第九章第二节

　　李朝全：第一章第二节、第二章第一节、第三章第三节、第四章

第三节、第五章第三节、第六章、第七章第三节、第十一章（结语）

  蔡春华：第一章第三节、第二章第三节、第七章第二节

  石海军：第三章第二节、第九章第一节及第三节

  魏丽明：第四章第二节

  史　月：第七章第一节、第八章、第十章

在"东方文化集成"诸位编委的大力支持下，本书纳入了季羡林先生所发起的这个集成系列。感谢集成的相关编委，特别要鸣谢作为编委的孟昭毅先生在审阅书稿的过程中提出了诸多宝贵的意见。令我意外的是，本书还得到北京市社会科学理论著作出版基金的资助，现在此书即将面世，我感到不胜欣慰。

最后还要感谢北京大学出版社张冰女士和本书责任编辑严悦先生，不仅感谢他们对这本书的关心，也感谢他们对我的工作和阿拉伯语系的大力支持。作为本书的责任编辑严悦，他的宽容和负责任的态度也给我留下极为深刻的印象。

林丰民

2016 年 11 月于燕园

本书的出版得到"北京大学
阿曼卡布斯国王讲席"项目的资助

تمت طباعة الكتاب بدعم من
كرسي السلطان قابوس للدراسات العربية في جامعة بكين